文学理論講義

新しいスタンダード

ピーター・バリー
[著]

高橋和久
[監訳]

ミネルヴァ書房

BEGINNING THEORY :
An Introduction to Literary and Cultural Theory, 3ed.
by Peter Barry

Japanese translation rights arranged with
Manchester University Press
through Japan UNI Agency. Inc., Tokyo

謝　辞

飛び続けたいのなら
下を見ない方がいい

と偉大なるＢ・Ｂ・キングは言った。このすばらしい助言のおかげで、私は本書を完成させることができた。マンチェスター大学出版局の人文系担当編集者アニータ・ロイの助言と専門的知識にも大いに助けられた。アニー・イーグルトンによる原稿整理は詳細かつ有益で、アリソン・エイベルには校正の段階で貴重な助言をもらった。

章の多くは、サウサンプトンのＬＳＵ大学での「文学入門」と「批評の諸概念」の授業で使った素材がもとになっている。前者は同僚たちの「宣教チーム」によるオムニバス講義で、過去数年にわたる彼らの意見と助言にはとても感謝している。とりわけジリアン・スキナーからは、原稿の一部を読んでいくつかのきわめて有益な指摘を受け、それらすべてを参考にした。感謝したい。ニコラ・キングが作ってくれた「フェミニズム批評がすること」のチェック項目は、他のすべての章で踏襲させてもらった。もちろん、本書に誤りが残っていればその責任は私にある。

スティーヴ・ドーニーは、私の技術力が最先端の（と思っていた）ディスクからハードコピーを作るのに満たないことが判明したときに救ってくれた。マリアンヌとトムがスーパーのセインズベリーと幼児番組の「プレイディズ」の研究をしばしば休ませてくれたことで、本書の執筆が可能になった。本書を私の母と、父フランシス・バリーの記憶に捧げる。

読者からの意見は大歓迎である（マンチェスター大学出版局を通してか、直接アベリストウィス大学、ユニヴァーシティ・コレッジ・ウェールズ、英文学科（Ceredigion SY23 3DY, Wales, UK）またはptb@aber.ac.ukまで）。もしこの本で不明な、あるいは不必要な、誤っている、欠けている箇所があれば、もしくは出典が示されていなかったら、将来の版で改善ないし訂正したい。

第3章の一部は（やや異なる形で）すでに『英語の用法』（*The Use of English*）誌と『英文学評論』（*The English Review*）誌上で発表されている。

ピーター・バリー、LSU大学

第二版のはしがき

この本の初版（一九九〇年代前半に書かれた）以降、文学理論は変化し発展し続けてきた。それを反映するために、エコ批評の章を新たに加えた。文学の「グリーンな」アプローチへの関心の高まりについて、類書では初めての記述である。

もちろん、さまざまな理論についての私自身の気持ちも少し変わってきた。特に今、私はポスト構造主義よりも構造主義の方が面白いと感じているので、これを反映するためにナラトロジーについての章を新たに加えた。ナラトロジーは構造主義から分岐したもので、楽しく刺激的な応用の可能性に満ちている。これらの新しい章を除けば、第二版は第一版と同じだが、書誌情報はアップデートしてある。

私はアベリストウィス大学の同僚たちといくつかの理論の授業を担当しているが、そのなかに「理論を読む／テクストを読む」（RTRT: 'Reading Theory / Reading Text'）という履習単位がある。もとの二七の小テーマを、私が四つの大きめのテーマに統合したのだが、これは構造主義者のレヴィ＝ストロースとトドロフが、ウラジミール・プロップの提示した三一の物語の機能についてしようとしたことだ。このようにアベリストウィス大学では、文学理論の教訓を日常的な教育に応用しているわけである。「理論を読む／テクストを読む」について議論してくれた同僚と学生たちに、また過去数年のあいだ物語へのさまざまな理論的アプローチを試みる相手をしてくれた、短編を扱うクラスの学生たちに感謝する。

二六八ページのマンガからの引用は、イギリス・マース傘下のペディグリー・マスターフーズ営業部のグレイ・デューデックの好意による（二〇〇一年）。マンチェスター大学出版局のマシュー・フロストはこの本を精力的に宣伝してくれた（そしていまや「入門」（Beginning）シリーズの一冊になった）。感謝する。そして、その他ほとんどすべてについて、マリアンヌとトムに感謝を（トムは第一版のあと、「プレイディズ」を卒業して「ゲームボーイ・アドバンス」に夢中である）。

アベリストウィス大学英文学科

第三版のはしがき

『文学理論講義』の第三版は、第二版と同様、厳密な意味での改訂版というよりは拡大版である。ただし全体にわたって訂正をほどこし、参考文献をアップデートした。本書の第一版は一九九〇年代に、一九八〇年代の「理論の戦い」で築かれた土台のうえに成立したものだった。その時代の影響をすべてそぎ落としてしまうと、本書の性格が根本から変わって、価値が下がるおそれがある。そこで、テレビのリフォーム番組を参考にして、二つの章を建て増しすることにした。

新しい章の一つ目は、時が経つことでひらかれた見通しをもとに、新しい方法で理論の物語を提示する。二つ目は、二〇〇〇年代に登場した新しい理論のいくつかを紹介している。全体として、そこで扱ったものは新歴史主義と文化唯物論・文体論・ナラトロジーのアップデートになっているが、その理由の一端は、それらを取り上げることが、第一版ではじめた理論の物語の続きとなる点にある。本書は「入門」であるから、倫理学・空間論・身体論といった分野での最近の展開までは含めなかった。

追加の素材について議論してくれた同僚のセアラ・プレスコットに、そしていまも「理論を読む／テクストを読む」（われわれのあいだではEN30930として知られる）で刺激を与えてくれている、アベリストウィス大学の理論チームに謝意を表する。いつもながらマリアンヌとトムに感謝を（トムはいまAレベル試験のために『リア王』と格闘しているが、まだパパの本に助けを求める必要は感じていないようだ）。

ピーター・バリー、アベリストウィス大学

文学理論講義——新しいスタンダード　目次

凡例

一、訳文の底本には、Peter Barry, *Beginning Theory: An introduction to literary and cultural theory, Third edition* (Manchester: Manchester University Press, 2009) を使用した。

二、本文において、［ ］内は訳者による補足であり、（ ）内は原則として筆者（原著者）による。ただし、邦訳書誌を含め書誌については、訳者が適宜（ ）内に補った。また、明らかな誤りについて、訳者が適宜訂正したところもある。

三、原文におけるイタリックによる強調は、訳文において原則として傍点を付した。「傍点筆者」とあるのは、原著者による強調の意味である。

序　論

この本について

文学理論の最盛期は、おそらく一九八〇年代だった。その一〇年間は理論の「瞬間」で、この話題が流行し、論争を呼んだ。一九九〇年代に入ると、トマス・ドハーティ『理論その後』（Thomas Docherty, *After Theory* (Routledge, 1990)）、ニコラス・トレデル「ポスト理論」（Nicholas Tredell, 'Post-Theory' in *The Critical Decade* (Carcanet, 1993)）といったタイトルの研究書や論文が始終出されるようになった。こうしたタイトルが示すように、「理論の瞬間」はおそらく過ぎ去ったのだろう。ならば何故、こんなに遅れて理論の「入門書」が必要なのだろうか。

簡単に答えるなら、理論の瞬間の次には、必然的に理論の「時間」がやってきて、理論は少数の専門家だけの関心事ではなくなり、当然のものとしてカリキュラムに組み込まれ、知の血流に流れ込んでくるから、ということになる。この段階になると魅力は色あせ、カリスマたちもありきたりの存在に変わり、理論を学んだり教えたり（あるいは両方を）することが、かなり多くの人にとって日常的な問題になってくる。物事を単純化しすぎて、初めて難しい理論に接する学生たちに間違った安心感を与えてしまう恐れも十分にある。しかしこのような本を書こうとする者の主たる責務はやはり、わかりやすい説明や例示がほしい、という声に応えることだろう。もしもそんなことはできない、理論の山には専門家しか登れないのだ、というのなら、学部課程に理論の授業を組み込むという、その試み自体が間違っていることになる。

この本は練習に重きをおいていて、ただの「テキストブック」ではなく、「ワークブック」になっている。読み進めていくと「考えてみよう」というコーナーがあり、文学理論を実際に使ってみて、その問題点を学べるようにした。読者はスーパースターばかりが活躍するスポーツを観ているような気持ちでこの本を読み進めるのではなく、理論を自分で使いはじめる。それがたとえごく初歩的な練習であったとしても、参加してみることで理論に対する何らかの個人的な感覚が生まれ、自信がつくことを筆者は願っている。また、この本が演習授業でも使われる場合、「考えてみよう」コーナーがクラス内でディスカッションを始めるきっかけとなれば、とも考える。

この本が取り上げる批評上のアプローチはすべて、先行する何かに対する反発であり、それを読者がすでに知っていると想定することはできない。そこで私は、「リベラル・ヒューマニズム」についての説明から始めようと思う。新しい批評アプローチが自分たちを定義する時には、大抵どれもこの「リベラル・ヒューマニズム」を念頭に置いている。同じように、現在成功しているマルクス主義、フェミニズム、精神分析、そして言語学批評もすべて、それぞれの古いバージョンを背景に自らを定義している。したがってどのケースにおいても、私は古いバージョンを先に説明することにした。学生が理論を学ぶ時に感じる困難の多くは、この段階を抜かそうとするためではないだろうか。私のアプローチ法は読者を浅瀬に投げ込むようなものである。もしかすると、これは深い淵に投げ込まれる——他の学生向け文学理論入門書の多くはこのやり方を取っている——よりも辛いことかもしれない。しかし、溺れる危険性は減るのである。

本書は現在出回っている他の理論入門とは異なる、ということを強調しておきたい。他の本はすべての領域をむらなく網羅的にカバーしているが、応用に関する実践面は比較的小さな扱いになっている。こうした本は大変役に立つのだが、文学というよりむしろ哲学的な観点から理論を概括しているように思われる。むらなくカバーするということは、ペースが変わることもないわけで、立ち止まって個々の例についてじっくり考える機会もないということになる。これとは対照的に、私は網羅的であることは目指さず、問いや例、鍵となるエッセーを選んで注意深く扱うことで、ペースに変化をもたせようとした。通常、序論というのは理論を教えたり学んだりすることの問題と向き合ったりはしないもので、最近までこれを試みたのは、デュラントとファブの『文学研究の実践』（Durant and Fabb, *Literary Studies in Action*）と、リンの『テクストとコンテクスト』（Lynn, *Texts and Contexts*）（巻末の参考文献一覧を参照）の二冊だけである。これらは面白いが風変わりな本で、構成にややばらつきがあるため、議論や説明の流れがよくわかるとは言い難い。

学部レベルでは、どの程度の理論なら初心者にもうまく扱うことができるかの判断が大切になる。時間が無限にあるわけではないので、理想ではなく現実的なシラバスを考えなければならない。小説家と同様、理論家の数も気が遠くなるほど多いので、学生の立場に立ったシラバスを作成しない限り、講義でも演習でも、理論を教えることは難しい。今日私たちは、主要な小説家たちが織りなす「偉大な伝統」を教える、というF・R・リーヴィスの考え方を否定する傾向にある。しかしリーヴィスのいう偉大な伝統とは、本質的には学部生が小説を学ぶ一年間のコースに適したシラバスだったともいえるだろう。それくらいの時間があれば、オースティン、エリオット、ジェイムズ、コンラッド、ロレンスの小説をそれぞれ一、二冊読んで、しっかり論じることができる。理論についても同様に、教えるという観点から考えなければならない。

新しいことを学ぶ時には、まず初めに今知っていることを振り返っておくのが良いだろう（単に後になって、ここまで進んできた、と確認するためだけだとしても）。そこで本書の第1章では、あなたがこれまで文学を学ぶ際に行ってきたことについて、批判的にじっくりと検証してもらいたい。そして伝統的な文学批評の背景である、理論家たちが通常「リベラル・ヒューマニズム」と呼ぶものについて考えていく。

「リベラル・ヒューマニズム」は、理論の登場以前に支配的だった批評の類に、手っ取り早く（そしてたいがい敵意をもって）言及する用語として、一九七〇年代に使われるようになった。ここでいう「リベラル」とは、大まかにいうなら政治的に急進的でなく、政治問題にはあまり言及せず関わりを持たない姿勢を指す。「ヒューマニズム」も似たようなもので、「マルクス主義者ではなく」「フェミニストでもなく」「理論派でもない」というような、否定的な属性を表すことになっている。また、リベラル・ヒューマニストたちは、偉大な文学作品が描き出す、一定不変の「人間性」を信奉していると考えられている。リベラル・ヒューマニスト自身はこの呼称を用いることはなかった（そして原則、今でもない）。しかし影響力の大きい学派がいうには、文学批評を試みる人が、自分はマルクス主義批評家であるとか、構造主義者、文体論者であるなどと名乗らない場合、本人がどう思っていようとおそらくその人はリベラル・ヒューマニストなのである。

現在流布している主要な批評概念を説明するなかで、本書は難解な論文の要旨や内容を数多く紹介していく。最初に断っておきたいのだが、主要な批評家の書いたものを直接、自分で読んでみることは大切だ。しかしバルトやラカン、フーコーやデリダの本のページを繰り始めた途端、おそろしく難しくて、とても読み進められないような文章に出くわすことになる。ではどうすればよいのだろうか。

私が提案したいのは、理論を広く読むよりも、深く読むことである。ほとんど理解できない本を一章二章と読んでいっても、あまり得るところはない。その時間があったら、きわめて重要でよく言及されるひとつの章や論文を、何度も繰り返し読んでみる方が、ずっと多くのことを学べるのだ。解説書を読んだり、やみくもに全体に目を通したりすれば、全体的な印象は得られるが、それは表面的な理解に留まる。それよりも、よく知られた議論のなかで実際に何がいわれているかをよく知り、論の展開や位置づけを把握する方が、ずっと役に立つ。対象がどんなに厄介なものであっても、実際に自分で理論を読み、自分の頭で考えなければならない。じっくりと読み進める人になってほしい。さらに、こうして深く読むことによって、他の解説書で散々引用されている一部の箇所以外も、自分で引用できるようになる。そして、これが最も重要なことなのだが、自分なりの物の見方ができるようになる。それは捻れた不完全なものかもしれないが、少なくとも解説書が用意する見解の真似や受け売りではない。まとめると、精読は多読より役立つだろうということだ。「英文学研究」は精読という考えのもとに成り立っており、一九七〇年代後半から一九八〇年代初めにかけてよく精読は必要ないなどと言われたが、精読なくしては面白いことなど何もないのがこの分野なのである。

そこで私は皆さんに、「ＳＱ３Ｒ」という精読法を提案したい。これは難解な章や論文を、「ＳＱＲＲＲ」または「ＳＱ３Ｒ」と呼ばれる五つのステージに分けて読んでいく、というものだ。

S――議論の目的や性質をざっとつかむために、章やセクション全体を、さっと流し読みする（Survey）。情報はテクスト全体に均一に散らばっているわけではない。最初と最後の段落には情報が詰まっていて（ここから全体の要旨がわかることが多い）、議論の「かなめ」は、各段落の最初と最後の文に書かれていることが多いのである。

Q――全体を通読したら、自分で問いを立ててみよう（Questions）。問いとは、今読んでいるものからあなたが知りたいと思う事柄のことである。これで受身の読者から「能動的な」読者になることができ、読むことに目的が生まれてくる。

R1――では全体を読んでみよう（Read）。自分の本なら、キーポイントに下線を引いたり、難しい箇所に「?」を書きこんだり、大事なフレーズは○で囲ったりしてみる。広げた本の前に座っているだけ、ということのないようにしよう。自分の本ではない場合は、ほんの少しでもいいから何かメモを取りながら読む。

R2――次に本を閉じて、読んだことを思い返してみる（Recall）。要点をいくつか書き出す。初めに立てた問いの答えが見つかったか、少なくとも前より明らかになったか、考えてみる。そして未解決の問題を書き出してみよう。こうすることで読書の成果が目に見える形で残り、本を閉じた途端に、時間を無駄にしてしまったと感じることはなくなるだろう。

R3――最終ステージは復習（Review）。読んでから時間をあけて行う。いろいろ試してみてもいいが、初めのうちは読んだ次の日にやってみよう。本を開いたりメモを見たりしないで、何を学んだか振り返ってみる。自分で立てた問い、R2で書き出したポイント、重要なフレーズなどを思い出す。ほとんど何も思い出せない場合は、メモを見る。メモもどうも意味不明の場合は、Sステージを繰り返してから、手早くR1を行う。このときはまず、最初と最後の段落だけを読み、次に自分の書き込みを頼りに本論をざっと読んでいく。

あなたはすでにこれに似た勉強法を編み出しているかもしれない。そう、これはごく常識的なことである。けれどもこうすることで、初めはどんなに近寄りがたく見えた理論のテクストからも、自分が何かを学んでいることを確認できるようになるだろう。

最後に、言うまでもないことのはずだが、本書の体裁は総合的な理解をもたらすものではない。理論について知っておくべきことはすべて本書に盛り込まれているとか、この本自体が（参考文献として挙げてあるものを実際に読むことなしに）文学理論のコースになる、ということもない。触れていないことはたくさんあるし、多くのトピックについてかなり簡潔にしか取り上げていない。本書は初心者向け入門書で、理論とは一体何なのか、文学を学ぶことにどんな影響をもたらすのかを、知ってほしいという思いから書かれている。そして何より、皆さんに理論に関心をもってもらうことが目的である。

理論へのアプローチ

もしあなたがすでにメディア学、コミュニケーション学、社会言語学などの授業を取ったすぐ後で文学理論を学ぼうとしている場合、文学への新しい理論的アプローチは、馴染みあるものと感じられるかもしれない。特定の思想に基づいたアプローチを、すんなり受け入れられるだろう。専門用語にもひるむことなく、社会的・政治的関心の高さにも驚くことはないと思う。[1] ところが、もしあなたが指定された作品を読むことが主体の、「普通の」Ａレベルの文学の授業やアクセスコースの出身なら、本書に書いてあることの多くは目新しいものだろう。文学に対する別な見方を、すぐには飲みこめないかもしれない。大学レベルの勉学では、誰もが同意する答えが存在しない問題にも出くわす。本書で論じられている事柄に関するあなたの理解が、中途半端で偏ったものになるのも仕方がない。皆そうなのである。

どちらのタイプの学生にも最初にわかってほしいのだが、理論に対してあなたがこれから感じる疑念や不確かさの理由は、おそらく次のどれでもない。

(1) 自分の知力に欠陥があるから。例えば「哲学向きの頭」とか、専門用語の下に潜む意味を透かし見るレント

ゲンみたいな知性をもっていないから。あるいは、

(2) これまで学校で、言語学や哲学などをしっかり教わってこなかったから。あるいは、

(3) 理論は元々どうしようもなく難しいものだから（この点についてはまた後でふれる）。

そうではなく、理論を学ぶことの難しさは、まさにその書かれ方、論じられ方にある。文学理論は本来難しいものではない、と強調しておきたい。それ自体として複雑な思想というのは、理論にはほとんど見当たらない。それどころか、まとめて「理論」と総称されているものは、一ダース程度の思想（三四―三七ページにいくつか挙げてある）がもとになっていて、どれも本来わかりにくいものではない。難しいのは、理論の言葉なのである。重要な理論家の多くはフランス人なので、私たちは翻訳を読むことが多くなるし、時には翻訳がまずいこともある。フランス語はロマンス語に属するので、直接ラテン語からとった言葉を多く含んでいる。［イギリスの読者にとっては］見慣れた、簡潔で親しみやすい、日常的なアングロサクソンの語彙は見当たらない。フランス語で書かれた学術的な文章をしっかりと英語に訳そうとすると、長いラテン語系の語を多く使用することになり、英語圏の読者にとっては読むのに骨が折れる。こうした特性が色濃い文章というのは、近寄りがたくうんざりするもので、面倒になってしまうのも無理はない。

しかし、初めに理論に対する三つの姿勢を提案しておきたい。第一に、最初のうちは見かけ上の難しさを我慢しなければならない。理論はわけのわからない、もったいぶった専門用語のかたまりだ（つまり理論が悪い）と、安易に決めつけてはいけない。第二に、自分には理論を理解する能力がないのだ（つまり自分が悪い）、という見方にも、もちろん抵抗しなければならない。第三に、きわめて重要なことだが、理論が難しいのは、そこにいつも深遠な思想があるからだ、という考え方をしてはならない。時にはそういうこともあるだろう。それを区別できるようになる必要がある。つまりこういうことだ。私たちは、文学理論を使えるようになりたいのであって、こちらがこき使われてはいけないのである。私たちの時間を勝手に使える自由裁量権を理論に渡してはいけない（すると、間違いな

くとても割ききれないほどの時間を食われてしまう）。理論に対していつまでも辛抱強くあることはやめにして、何かはっきりとした、実体あるものを得ようという姿勢で向き合おう。理論は「こちらの知力を試すような」しきたりだとか、何かはっきり特定されない形で「疑義を唱える」ものだ、といって片付けてしまう人が多いが、それではいけない。試すのは構わないが、最終的にそこから何かを学び取らなければならないのである。

考えてみよう――これまで文学をどのように学んできたか

文学の新しい学び方に話を進める前に、これまでの文学の学び方を棚から卸して、少し考えてみよう。これまで使ってきた手法や手順を明らかにし、詳しく検証してみるためである。それらはすっかりお馴染みのものになっていて（おそらくセカンダリー・スクール[2]の頃から使っているのだから）、もはや特別の知的作業だとは認識されなくなっている。この「棚卸し」はいつもの知の習慣とは違うもので、なかなか骨が折れるけれど、どうかこのコーナーを飛ばさないでほしい。理論とはその必要性を自分で感じない限り、無意味なものなのだから。では、これまでの英文学の勉強法について、次のことを思い返してみよう。

(1) そもそも最初に英文学を学ぼうと思ったのはなぜか。そこから何を得たいと思い、その願いは叶ったか。
(2) どんな作品や作家を選んで勉強してきたのか。それらに共通点はあるか。
(3) どんな作品や作家については、ほとんど勉強してこなかったか。
(4) これまで文学について学ぶ時、大まかにいって何について教わってきたか（例えば「人生」について、行いについて、それとも文学それ自体について？）。

すると、自分のこれまでの文学との付き合い方がわかってくる。一時間程度、振り返ってみよう。この本を執筆する過程で、私自身も同じようなことをしてみた。結果は次の通りである。モデルというよりも参考程度のものなので、右の四つの質問に体系的に答えているわけではない。読んでもらえば本書の背後に響く声がいくぶん「個人的なもの」に聞こえてくるかもしれないが、最初に私の例を読むか、後から読むかは皆さんにお任せしたいと思う。

私の「棚卸し」

本書が扱うのは文学理論なので、私のこれまでの理論との付き合いについて、詳しく振り返ってみる。実は一九六〇年代後半にロンドン大学の学生だった頃は、理論についてまったく何も知らなかった。通常の「ウルフからウルフまで」(『ベーオウルフ』からヴァージニア・ウルフまで)を扱う英文学の授業を取り、古英語や中英語についてのレポート課題にも取り組んだ。今にして思えば、そのころ履修した英文科の授業は、一〇〇年以上前にロンドン大学で始められた先進的な学位コースの名残を留めるものだった。

当時ロンドン大学の英文学教授法の目新しさは、アメリカ文学の存在を認め、専任の講師を雇っていた点にあった[1]。このコースを取ったおかげで、私は当時の「カウンターカルチャー」の一部だったアメリカの詩人たちに夢中になった。学部時代とその後の数年、この種の詩を自分でも書いてみた。するとすぐに、従来の批評法ではそれらを論じられないことが明らかになってきたのである。そこで七〇年代前半までには、大学で習ったものとは異なる新しい批評のアプローチを探すようになっていた。しかしその頃から理論擁護派だったというわけではない。今でいう「理論」は当時の文学研究の分類上は存在しなかったのだから。

私の場合、関心の対象が移っていったのは一九七三年前後である。「構造主義」「意味論」などの用語が、作品についての注釈や、興味を引かれた本や論文中で、重要な役割を果たすようになっていた。構造主義とは、フランスで隆盛していた新しい文学理論で、記号論(「記号の科学」)はその分派のひとつだ、ということがわかってくる。私はフランク・カーモードがロンドン大学ユニヴァーシティ・コレッジ(UCL)の教授になってから始めた、ロンドン院生セミナーに時々顔を出していた。このグループはカーモードが熱中していた構造主義者、ロラン・バルトの著作について検討していた。私は当時イギリスで出版されていたバルトの作品をすべて買って読んでみた。とはいえ、これはそれほど面白いことではなかった。当時出ていたのは『零度のエクリチュール』(渡辺淳・沢村昂一訳、みすず書房、一九七一年)(Roland Barthes, *Writing Degree Zero*, trans. Annette Lavers and Colin Smith (Jonathan Cape, 1967))と、『記号学の原理』(*Elements of Semiology*, trans. Annette Lavers and Colin Smith (Jonathan Cape, 1968))という、彼の著作のなかでは最も取っつきづらい二冊だったのだから。一九七三年、バルトのもっと魅力的な作品『現代社会の神話』(下沢和義訳、みすず書房、二〇〇五年)(*Mythologies*, trans. Annette Lavers (Paradin, 1973))の英語版が、パラディン社から刊行される。また同じ年、『タイムズ文芸批評』が、二号連続で(一〇月五日と一二日付のもの)、「記号論を読む」に大きく紙面を割き、ウンベルト・エーコ、ツヴェタン・トドロフ、ジュリア・クリステヴァなど、この新分野の名だたる研究者たちの手になる記事が掲載され、(私の場合は)初めてそれらを目にしたのである。一九八一年に、前任校の学部課程に文学理論のコースを作ってほしいと依頼されたことで、批評への関心は決定的なものになった。そして、そのコースで一〇年ほど教えた経験から本書が生まれたのである。

原注

(1) 当時の講師はエリック・モットラム。一九九五年一月没。

訳注

[1] Aレベルとは、イギリスで大学入学のために行われる統一試験のこと。一六歳、一七歳の二年間が受験準備に当てられる。これは年齢的にはほぼ日本の高校教育に当たるが、学習内容は日本の大学における専門教育初期課程と同等のことが多い。アクセスコースの方は年齢制限が設けられておらず、Aレベルの受験資格がない大学入学希望者が履修する。

[2] イギリスにおける中等教育のこと。生徒の年齢は一一歳から一六歳まで。

第1章

「理論」以前の理論——リベラル・ヒューマニズム

英文学研究の歴史

英文学が一つの学問分野としてどのように発展してきたかを知らずに、リベラル・ヒューマニズム（英文学研究における伝統的なアプローチのこと。序論の三ページを参照）を理解しようとするのは困難である。そこで以下の数ページでは、まず英文学の発展について考えていきたいと思う。[1]

考えてみよう

以下の選択問題は、これからこの節で取り上げる内容に関するものである。先を読む前に正しいと思う答えに下線を引いておき、本節を読み進めながら必要に応じて答えを訂正してほしい。

(1) イギリスで、英文学が初めて学位科目として教えられたのはいつか。一四二八年、一五二八年、一六二八年、一七二八年、一八二八年、それとも一九二八年？

(2) イギリスで、英文学を初めて学位科目として教えたのはどこの大学か。オックスフォード大学、ケンブリッジ大学、ロンドン大学、サウサンプトン大学、それとも、このいずれの大学でもない。

(3) 一九世紀まで、イギリスの大学で学士号を取るためには、イギリス国教会（主教制）の一員でなければならなかった。正しいか正しくないか？

(4)　一九世紀まで、イギリスの学位コースで教えるには、イギリス国教会の牧師の身分があり、未婚でなければならなかった。正しいか正しくないか？

(5)　一九世紀まで、女性は大学で学位を取ることを認められていなかった。正しいか正しくないか？

(6)　二〇世紀初頭、女性は大学の学位コースで学ぶことはできたが、学位を取ることは許されていなかった。正しいか正しくないか？

英文学研究の勃興を説明するためには、一八二五年頃までのイギリスにおける高等教育がどのようなものであったかを、ざっと見ておく必要がある。簡単にいえば、高等教育はイギリス国教会が独占している状態だった。その頃大学は、オックスフォードとケンブリッジの二つしかなく、どちらも小さな独立したコレッジに分かれていて、それぞれが修道院のように機能していた。もちろん男性しか入れず、学生はイギリス国教会の陪餐会員[2]で、コレッジでの礼拝に出席する必要があった。そして教員は聖職者で、コレッジ内に住むには未婚でなければならなかった。当時学ぶことができたのは、古典（古代ギリシャ・ラテン文学）、神学（聖職者を目指す学生対象）、数学の三つであった。カトリック教徒、ユダヤ教徒、メソジスト派教徒、無神論者は入学を拒まれたため、専門職に就いたり、公務員になったりすることはできなかった。実に一八二〇年代になるまで、高等教育の仕組みは中世の頃と同じだったのである。

状況を改善して高等教育の対象を広げ、実際的な学問もカリキュラムに加えようという試みは数多くあったのだが、いつも頭の固い保守勢力に阻まれてきた。しかし、一八二六年に変化が起こる。ロンドンに、信教のいずれや有無を問わず、男女双方に学位を授与することを謳ったユニヴァーシティ・コレッジが創設されたのだ。一八二八年から英文学（English）が学べるようになり、一八二九年には初めてイギリスにおける英文学の教授が任命された。

しかしここでいう英文学とは、現在私たちが知っている英文学とは異なっている。当時の英文学は主に言語としての英語について学ぶもので、文学は語法の例を見るために使われるにすぎなかった。今でいう英文学が初めて教えられたのは、一八三一年にできたロンドンのキングズ・コレッジ（のちにロンドン大学になるもう一つのコレッジ）だった。

一八四〇年には、F・D・モーリスがこのキングズ・コレッジの教授に就任した。彼は指定された文学作品を読むという手法を導入し、最初の講義でリベラル・ヒューマニズムの骨子となるいくつかのことを述べている。すなわち、英文学を学ぶことは「我々の時代に固有の考え方や習慣から、私たちを解き放ってくれ」、その代わりに「一定で不変なるもの」に私たちを結びつけてくれる、というのだ。モーリスは、文学とは中産階級独自の財産であり、その価値観を表したものと考えた。モーリスにとって中産階級こそがイギリス性（Englishness）の本質をなすものであり（貴族は国際派エリートに属するし、貧しい者たちは生きていくだけで必死だったから）、中産階級の教育は特にイギリス的なものでなければならず、したがって英文学を中心としなければならなかった。モーリスは、このことがもつ政治的側面をよく理解していた。このようにして教育を受けた人々は、自分はイギリスに属している、自分には母国があると感じるようになるだろう。「政治的扇動者たち」は「隣人が馬車に乗っているのに自分は徒歩である」ことの意味を問いかけるかもしれないが、「扇動者たちが何といおうとも、教育を受けた人は自分のナショナリティを現実のものだと感じるだろう」。これはつまり、英文学を学ぶことで、富の再配分をすることなしに、人々が政治的現状の維持に関心をもつよう仕向けることができる、ということである。

このことから、当時英文学研究は、宗教に代わるようなものとして考えられていたことがわかる。中産階級以下の人々が教会に来る頻度には、随分とむらがあったことが知られている。このため、下層の人々が自分たちは国とは何の関わり合いもないと考え、道徳や自制を教える宗教ももたず、蜂起してフランス革命のような事態を起こすかもしれない、という恐れがあった。一八三〇年代のチャーチスト運動[3]はその始まりと考えられ、ちょうど同じ頃に大学で初の英文学コースがスタートしたのである。

英文学の始まりを考える時、このような考え方は一八五〇年代にマシュー・アーノルドによって始められ、イギリスにおける英文学教育について一九二一年に出されたニューボルト・レポートで頂点に達した、とされるのが常である。モーリスの就任講演のようなものを見れば、それがもっと早くから始まっていたことがよくわかる。しかし私は、英文学の始祖たちが人々をイデオロギー的にコントロールする欲求によってのみ突き動かされていたという単純な見方はしたくない。それも動機のひとつであったことは間違いないが、現実はもっと込み入ったものだった。初期の英文学指導の背景には、社会的不平等への罪悪感、誰にとってもより良い世の中にしたいという切なる願い、文化と啓蒙を広めようという宣教師的な熱意、社会的安定を保ちたいという利己的な欲求――これらの混じり合った、まぎれもなくヴィクトリア朝的な意識が働いていたのである。

ロンドン大学の学位コースは、認可された外部の大学にも開設されていた。それらはリバプール、バーミンガム、マンチェスター、シェフィールド、リーズなどの主要な産業都市にあり、後にそれぞれが有名大学に成長することになる。このようにして、英文学は学部レベルで全国に広がっていった。しかしながら、オックスフォードとケンブリッジはこの新しい科目に最後まで懐疑的で、オックスフォードでは一八九四年、ケンブリッジでは一九一一年までこの教科を取り入れることはなかった。

一九世紀最後の四半世紀、オックスフォードでは英文学の教授職を設けようという議論や活動が精力的になされた。しかしその最初の試みは一八八七年、歴史学教授エドワード・フリーマンによる協議会でのスピーチがもとで挫折している。フリーマンのスピーチは、英文学を巡る今なお未解決の問題群を示すものとして、重要な資料のひとつである。彼は次のように述べた。

文学を学ぶことは「審美眼を高め、共感する力を養い、精神の幅を広げてくれる」といわれています。これらは皆すばらしいことですが、審美眼や共感は試験では評価できないものです。試験官は専門的で明確な知識に基づいて学生を評価すべきです。

これは、英文学研究においていまだ完全に解決されていない問題である。その知の構成要素とは一体何だろうか。初期の賛同者たちは、この分野の勉強が特定の専門知識に基づくものとなるように、言語の体系的な学習を提唱した。しかし英文学を教えようとする当事者たちは、文学と語学を切り離し、それぞれが独立したものとなることを目指していたのである。これに対しフリーマンが次のように答えたことは良く知られている。「もしも文学が、シェリーについての単なるおしゃべりではなくて、偉大な作品の研究を意味するというのなら、文学と語学を区別することに何の意味があるでしょう」。

議論に勝ったのはフリーマンだった。語学と一緒に学ばない限り、文学は学問だとは見なされないことになったのである。そこで一八九四年、ついにオックスフォードで英文学コースが創設された時、アングロ・サクソン語、ゴート語、レット系スラブ語、中英語など、歴史上の言語をみっちり学ぶものとなり、現在でもこの傾向は残っている。

英文学研究によりしっかりとした方向性が与えられたのは、一九二〇年代ケンブリッジの英文科においてだった。一九一一年に始まったばかりの最も新しい学科だったため、戦いを挑まねばならない伝統の重みといったものもほとんどなく、変化をもたらすのは比較的容易だったのだ。この変革を成し遂げたのは、一九二〇年代にケンブリッジで教え始めたI・A・リチャーズ、ウィリアム・エンプソン、F・R・リーヴィスの三人である。

I・A・リチャーズは、今日でも規範となっている英文学の学習法を提唱した人物である。この方法はまず語学と文学をはっきりと区別している。リチャーズは「実践批評」(一九二九年に出版された彼の本のタイトルでもある)と呼ばれる手法を編み出した。これはテクストを歴史や文脈から切り離すことで、精緻な文学研究ができるというものだった。たとえば、ルネッサンス期をある特定の歴史的瞬間と見なし、その時代に特徴的な物の見方や社会の仕組みなどを学ぶ代わりに、実践批評の手法を身につけた学生は、「ページの上に書かれた言葉」だけを分析すればよい。この利点は、曖昧な美文調で隠喩ばかりが多い文章は批評だと見なされなくなった、ということである。リチャーズは、テクストの精密な細部にもっとこまやかな関心を払うべきだと主張した。

ケンブリッジの先駆者たちの二人目は、リチャーズの学生、ウィリアム・エンプソンである。彼は指導教官のリチャーズに『曖昧の七つの型』の草稿を贈り、これが一九三〇年に出版される運びとなった（William Empson, *Seven Types of Ambiguity* (Chatto & Windus, 1930)）。多くの読者にとって、この本は言語を緻密に分析するリチャーズの手法を極限まで押し進めたものであった。エンプソンは、詩の言語に存在する七つの異なるタイプの難しさ（すなわち彼が曖昧と呼ぶもの）を取り上げ、例を挙げつつ手の込んだ分析をしたのである。もう一人のケンブリッジ出身の批評家、F・R・リーヴィスは書評でこの本のことを、詩に対してまるでそれが数学であるかのように真剣に知性を用いた穏やかならぬ本である、といっている。誰もがこの超精読を気に入ったわけではない。T・S・エリオットなどはこれを「批評のレモン絞り器学派」と名づけ、彼自身の批評は常により全体的な次元に留まるものであった。

これらケンブリッジの先駆者の最後を飾るのはF・R・リーヴィスで、おそらく二〇世紀イギリスの批評に最も大きな影響を与えた人物である。彼は一九二九年にQ・D・ロスと出会って結婚し、彼女は後にQ・D・リーヴィスとして知られるようになる。夫の方はジャーナリズムと文学の関係について、妻は大衆小説についての博士論文を書いた。これらは当時としては革新的なトピックで、一九三〇年代、このカップルにはある種の興奮と輝きがつきまとっていた。一九三二年に二人は『スクルーティニー』(*Scrutiny*) という重要な雑誌を創刊し、その後二一年間共同で発行し続ける。タイトルが示す通り、これは「精読」の手法を詩だけでなく小説や他の素材にも適用したものだった[4]。

批評家としてのリーヴィスの欠陥は、彼の精読にはしばしば作品からの長い引用が含まれるわりに、それに対し驚くほどわずかなコメントしかしないことである。有能な読者であればリーヴィスの言いたいことがわかるはずだ、というのが前提だった。テクストを分析しているようで、実は言い回しを変えて同じことを繰り返しているだけではないのか、というのがリーヴィスについてよくいわれることである。さらに、彼の文学へのアプローチはきわめて道徳的なものである。文学とは私たちに人生を教えるためにある、人間的な価値観を伝達するためにある、というものだ。彼の用いる批評用語がきちんと定義づけされたことはない。一九三〇年代に批評家ルネ・ウェレックから「批評の方針をもっと明快に述べるべきだ」と促されたリーヴィスが、これを拒絶したのは有名な話である。その結果、文学研究はまた一歩孤立への道を歩むことになった。今まで見てきたような形成期において、文学研究は語学、歴史的考察、哲学的思索からの独立を表明してきた。一九三〇年代から六〇年代までの文学研究をまとめる力となった共通認識はこうした線引きを受け入れた結果である。一九六〇年代以降の「理論」の「課題」とは本質的に、文学がきっぱり袂を分かってしまったこれら三つの分野と、文学研究とのつながりを取り戻すことにあったといえよう。

リベラル・ヒューマニズムの十の信条

序論の「考えてみよう」コーナーのあとの個人的な記録（九―一〇ページ）は、主に四つの問いの二番目と三番目に当てはまるものだった。そこで今度は四番目の問い、伝統的な方法で英文学研究「する」時、私たちが学んでいるのは何か、という点について考えてみたい。もちろん、私たちは個別の作品や作家について学ぶのだが、ここではむしろ私たちが英文学から吸収するより一般的な価値観や態度、つまりは個々の詳細が忘れ去られた後に残る蒸留されたエッセンス、とでもいうべきものを検討したいと思う。それらは通常、系統立てて述べられることはない。しかし広く行き渡っていて目に見えないからこそ、その分よりリアルなものだともいえるだろう。それらは意識的な努力をしなければ表面化しないので、それをここでしてみたい。さて次に挙げるのが、英文学の「蒸留されたエッセンス」を成しているらしきもののリストである。私たちがおそらく無意識に用いている態度や前提、考え方の集積ともいうべきものだ。英文学を学ぶ際、私たちはこれらの価値観や信条を、この教科の半ば隠れたカリキュラムとして学んできたようなのである。

(1)　最初に当然、文学そのものへの次のような態度が挙げられる。良い文学作品には、時代を超えた重要性がある。それは作品が書かれた時代の制限や個別性を超え、人間性の普遍的な部分に語りかけてくる。そうした作品とは、（ベン・ジョンソンがシェイクスピアについていったように）「一つの時代のためだけの作品ではなく、すべての時代のための作品」[5]で、「ニュースであり続けるニュース」（エズラ・パウンドによる文学の定義）なのである。

(2) 第二の点は、(1)の論理的帰結である。文学作品は、それ自体のなかに独自の意味を内包している。したがって、テクストを以下のようなコンテクストのなかに位置づけようとする、手の込んだ過程は必要ない。

(a) 社会‐政治学的――ある個別の社会「背景」や政治状況のようなコンテクスト。

(b) 文学‐歴史的――その作品が他の作家の影響を受けているかどうか。あるいは特定のジャンルの慣習が見られるか。

(c) 自伝的――作者個人の生涯や思想における個別的な細部の影響があるか。

もちろん、アカデミアの人たちのほとんどは、学者としてはこれらのコンテクストを研究することの意義を認めるだろう。しかし批評家としての彼らは、「ページに書かれた言葉」が第一で、それだけで事足りるというアプローチに固執し、「初見の精読」に身を投じる。これによってテクストはこうしたコンテクストからすっかり切り離され、専門家による「初見」での、コンテクストに頼ることのない解釈に委ねられることになる。

(3) テクストをよく理解するためには、これらのコンテクストから切り離したテクストそのものを検証しなければならない。必要なのはテクストの言語を詳細に分析することなのだ。イデオロギー的・政治的な前提はもちろん、いかなるものであろうと特定の何かを期待してテクストを読んではならない。そんなことをすれば、一九世紀の批評家マシュー・アーノルドがいう批評の使命、「対象をあるがままに見ること」を決定的に妨げるからである。

(4) 人間性は根本的に不変である。情熱、感情、状況さえも、同じものが繰り返し歴史に現れる。したがって文学における継続性は、革新性よりも重要かつ意味のあるものである。有名な一八世紀の詩の定義によれば、

「これまでにもしばしば考えられてきたが、これほど見事に表現されたことはない」ものを描くのが詩である、ということになる。またサミュエル・ジョンソンが、ロレンス・スターンの『トリストラム・シャンディ』を、その革新性のために酷評したこともよく知られている。それこそがこの作品の独創性だったのだが。

(5) 個性というものは、私たち一人ひとりがしっかりと内面に抱えるそれぞれに固有の「本質」のようなものである。個性は環境の影響にも打ち勝つもので、(小説の登場人物のように) 変化したり成長したりすることはあっても、完全に別のものになってしまうことはない。したがって、ある登場人物が「改心」し、環境の力によって人格のすべてが新しい局面に移行するようなシーン (例えばディケンズの作品によく見られるような、守銭奴がすっかり変わって新しい生き方を始めたり、善良な男女が金持ちになったせいで堕落したりするシーン) を読むと、私たちは不安になる。これらのシーンは人格の本質が変わりうることを示し、英文学研究の根底にある人格は不変であるという前提とは相いれない。概してこの研究分野は、現在では「超越的主体」と呼ばれているものを信奉している。個人 (「主体」) は、社会・経験・言語の影響に先んじており、これらを超越している、という考え方をするのである。

(6) 文学の目的とは人生をより良いものにし、人間的な価値観を広めることにある。しかし、これを計画的に行うわけではない。もしも文学や批評が公然と、直接的に政治的色合いを帯びるようになったら、それは必然的にプロパガンダに行き着いてしまう。キーツがいったように、「われわれははっきりとした意図をもった文学には不信を覚える」。つまり、あからさまに私たちを転向させようとしたり、物の見方に影響しようとしたりする文学には、不信を覚えるのである。

(7) 文学における形式と内容は、一方から必然的に他方が成長するような形で有機的に混じり合っていなければならない。文学における形式は、すでに完成したものに外部から取りつけた飾りのようなものであってはならない。例えば、修辞表現などの詩の形式で、内容にしっかり取り込まれておらず、取り外してしまっても平気なものは、単に「奇抜な＝空想的な」だけで、真に「想像力に富んだ」ものではない (これはコールリッジが

『文芸評伝』で述べている区別である)。

(8) 有機的形式という考え方は何よりも文学の「誠実さ」のためのものである。誠実さ(体験に基づく真実を述べること、自己に対して正直であること、共感したり同情したりできること)とは、文学の言語に内在する性質である。誠実さは作品の背後にある事実や意図を指すものではない。つまり誠実さとは、例えばある事柄に対する詩人の意見と同じ事柄に関するもっと「事実に基づいた」見方を比べたり、作者の実人生や行いにまつわる情報を作品とは別に見つけたりすることで見えてくるものではない。むしろ誠実さとは、使い古された表現を避ける、大げさな表現を使わない、などの形でテクスト内部に見られるものだ。誠実さは、使い回しではない個性的な表現や、控えめに述べられた感情表現のなかに見つかるもので、それによって(願わくば)、ある出来事の提示から感情が静かに立ち現れることになる。さらに、文学の言語がこういった特性を帯びる時、真に誠実な詩人は言語と素材の間にある距離を超越する。言語は自分が描写しているものを「実演し」、言葉と事物との間にある距離を失くしてしまう。

(9) さらに以下の点も、(8)に関連する。文学において価値があると見なされるのは、ある事柄について説明したり、はっきり述べたりすることよりも、それを「静かに」指し示すことである。したがって文学において、思想は「実演」され具体的に示されない限り無価値だと見なされる。文学史でよく引用されるような評論に、思想をそのまま表現することに侮蔑の念を表す反知性的な論調が見られるのはこのためである。ここに、英文学に特徴的な考え方——体感できる実演性、感覚的直接性、思考の具体的表象など——が高じた様子を見ることができる。こうした考え方によれば(もちろん、思想への不信を表わすこの考え方自体ひとつの思想なのだが)、言葉はそれが意味する内容を抽象的な形で表現するのではなく、内容を身振り手振り具体的に指し示し、実演し実奏してみせるべきなのだ。この考え方は特にF・R・リーヴィスの著作のなかで熱心に述べられている(「実演」という考え方への批判としては、本書の著者ピーター・バリーの論文「実演性の誤謬」が、『エッセイズ・イン・クリティシズム』誌の一九八〇年七月号に掲載されている(Peter Barry, 'The Enactment Fallacy', *Essays in Criticism* 30

(1980), pp. 95-104)。包括的な議論については、ジェイムズ・グリブル『文学教育再評価』(James Gribble, *Literary Education: A Re-evaluation* (Cambridge University Press, 1982))の第二章を参照のこと)。

⑽　批評の責務とは作品を解釈し、読者と作品の橋渡し役になることである。読解行為や文学一般を理論的に説明することは無用で、そのような試みは、「先入観」として批評家とテクストの間に立ちはだかり、足手まといになるだけである。おそらくこの「先入観」という語にも、リベラル・ヒューマニズムに蔓延する観念への不信を垣間見ることができる。観念というものはすべて何かしらの「先入観」であり、少しでも気を許すと、読者とテクストの間に入り込んで邪魔をする、という考え方があるようだ。実はここに「イギリス経験主義」と呼ばれるものの痕跡がはっきりと認められる。イギリス経験主義とは五感にはっきり訴えるもの、直接経験されたものしか信じない姿勢、と定義することができるだろう。この姿勢は少なくともジョン・ロック(一六三二—一七〇四)の哲学にまで遡ることができる。ロックは『人間悟性論』(一六九〇年)において、観念は、心が外界から直接感覚的な印象を受けることで形成されると説いた。心はこれらの印象を集め、思考の過程を生じるのである。ロックは内省的思索が有効な知の源泉になりうるとは考えず、直接的な経験と事物による証拠の必要性を主張した。この意味で、伝統的な英文学研究は常にロック的であった、といえるかもしれない。

もしも伝統的な批評家たちに、自らの前提とするところをはっきり表明する習慣があったなら、右のリストにある一連の命題に、多かれ少なかれ同意しただろうと思う。このような考え方や、それに基づいて行われた文学批評の総体を現在では「リベラル・ヒューマニズム」と呼ぶことが多いのである。

アリストテレスからリーヴィスまで——文学の理論化の鍵となる場面たち

ここまでの記述では、リベラル・ヒューマニストたちは、少なくともイギリスにおいて、文学に対する理論的姿勢をはっきりと表わすことはなく、すべてを暗示するに留まる、という印象を与えたかと思う。ところが英文学研究のなかには、もともと広く流布していた理論体系があり、研究書や論文のなかでしばしば言及されている。しかし英文学は、こうした一般的な姿勢を取ることを避けてきた科目なので、一九七〇年代までの平均的な「英文」の学生や教員がそれらの作品群にじかにふれる機会は、おそらくかなり限られていただろう。

それでは、文学専攻の学生たちが直接しっかりふれることは滅多になかったけれども、何世紀もの間、文学研究が支えとしてきた一連の理論とはどのようなものか。それらはギリシャ、ラテンの原典にまで遡るものである。批評理論は実は個々の作品の批評にはるかに先立って生まれている。理論の最初期の作品はアリストテレスの『詩学』(紀元前四世紀)で、これはタイトルに「詩」と冠しているが、文学そのものの性質について論じたものである。アリストテレスは有名な悲劇の定義を行い、文学とは人間の性格(キャラクター)を扱うものだと述べ、性格は行動を通じて明らかになるもので、そのために必要な段階を筋(プロット)の進行のなかに見出そうとした。また、アリストテレスは初めて「読者中心型の」文学アプローチを行った批評家で、演劇が観衆にどう影響を及ぼすかを明らかにしようとした。悲劇はあわれみや恐れの感情を生じさせ、主人公の苦境に共感および感情移入をさせるものだ、とアリストテレスは述べている。こうした感情の組み合わせによって、彼が「カタルシス(感情浄化)」と名づけた効果が生じ、観客は主人公の苦難を自分に重ね合わせながら、これらの感情を追い払うというより、むしろ働かせることで浄化するのである。

文学について英語で書かれたものでよく知られた最初のものは、フィリップ・シドニー卿が一五八〇年頃に書いた、「詩の弁護」だろう。シドニーは、古代ローマの詩人オウィディウス(紀元前四三—紀元後一七)が最初に提唱した古典的な文学の定義を押し広げたいと考えた。オウィディウスは、文学の使命が「喜ばせながら教えること」(*docere delictendo*)にあると考えた(これは楽しませながら教える、という程の意味だろう)。シドニーはホラティウス(紀元前六五—六八)も引用し、詩は「教え、喜ばせるために語る絵」である、と述べている。ここでは、例えば、価値あるもので精神を高めるけれども退屈、との烙印を暗に押されている哲学と比べれば、快楽付与が文学作品を読むことにおいて中心的な役割を与えられていることがわかる。現代では文学が快楽を与えるという考えは別段新しくもないように思えるだろう。しかしシドニーの試みは画期的なものであった。彼は、文学の第一の目的は読者を楽しませることであり、道徳的・教条的な面はこれに従属するか、少なくともこの「楽しませる」要素なしにはうまくいかないという独自の考えに基づいて、文学と他のタイプの文章を区別したのである。宗教が幅を利かせ、あらゆる虚構や詩、表象がひどく懐疑的な目で見られ、ともすれば悪魔の所業として非難された時代に、これは実に大きな一歩だった。したがって、英語で書かれたものについても、批評理論は実際的な批評行為に先立っていたことになる。シドニーは特定の作品や作家についてではなく、文学全般について書いていたのだから。

シドニー以降の文学理論は一八世紀のサミュエル・ジョンソンによって大きな進歩を遂げる。ジョンソンの『イギリス詩人伝』と、『シェイクスピア全集』への序文は、共にある特定の作家の作品について詳しく論じたという点で批評理論における大きな一歩であり、イギリスにおける実践批評のスタートでもあった。ジョンソンの登場以前には、そのように集中的に詳しく論じられた書物は聖書と他宗教の聖典しかなかったのである。これら神的なインスピレーションの直接の産物であるとされる書物以外にも批評の対象を広げることは、世俗主義のヒューマニズム発展の過程において、重要な進歩の瞬間であった。

ジョンソンの後には、ワーズワス、コールリッジ、キーツ、シェリーといった、ロマン派詩人たちの著作において、批評理論が大いに花開くことになる。なかでも重要なのはワーズワスの手になる『抒情民謡集』序文である。この序文は彼とコールリッジの対話から生まれたもので、一七九八年に出た『抒情民謡集』第一版が当惑をもって受け止められたため、一八〇〇年の第二版で付け加えられたものだった。この詩集は田舎に住む普通の人々が口ずさむ民謡をベースにした詩歌を収録し、純文学と大衆文学を一緒にしたものである。しかし最初に読んだ人々は従来の詩作法が受け継がれていないことに憤慨した。それまでのしきたりで、詩の言語は日常会話とはかけ離れた高度に人為的なものになっていた。したがって専門的な詩の言葉遣いは、日常的で単純な表現をなるべく避けてきたし、複雑な音韻体系や凝縮された文法の形が、日常言語よりはるかに深みのある言葉のニュアンスを生み出してきたのである。そこへ突然、大志を抱いた二人の若い詩人が長い間支配的だった言い回しや言語構造を避け、詩の言語をできるだけ散文に近いものにしようと試みたのだ。このように『抒情民謡集』は、自作に原理的な説明を与えることで批評家が読者を教育するという直接的な目的をもった、文学理論の重要な作品のひとつなのである。また、『抒情民謡集』は詩的言語と「普通の」言語の関係、「文学」と文学以外の文章の関係というような今日の批評理論にとって重要な問題を先取りしてもいた。

ロマン主義の時代で次に重要なのはコールリッジの『文芸評伝』である。このタイトルは誤解を招きやすく、ジョンソンの『イギリス詩人伝』のようなものを想像するかもしれないが、実際のところは大部分がワーズワスが「序文」で表明した考え方への応答であった。そのなかでコールリッジはワーズワスの作品を詳細に取り上げ、彼の最もよい作品は自分の詩論に最も無頓着である時に書かれていることを明らかにした。実際、ワーズワスとコールリッジが友人として疎遠になっていった時期、二人は詩の性質について大きく異なる考えをもつようになり、詩の言語はもっと散文の言語に近づくべきだという意見にコールリッジは完全に反対するようになる。彼にとってそれは詩的効果の貧弱化であり、最終的には自殺行為を意味するものであった。コールリッジの議論は前出の議論ともぴたりと符号するものである。つまり、もしアリストテレスやシドニーがいうように、文学がその目的と効果において他の文章とは異なり、詩が読者を楽しませることで何かを教えるものであるなら、その「楽しませる」行為は、主にそれが書かれる言語によってなされるに違いない、という訳だ。文学の言語はその「想像的な」特性において読者を楽しませる――ここから美的効果が生まれるのである。シェリーの『詩の擁護』（一八二一年）も似たようなことを示唆している。詩は本質的に、後に二〇世紀のロシアの批評家たちが「異化」と名づけるものに関わる、とシェリーは考えた。[6] 詩は「この世界から日常性のベールを剝ぎ取り（中略）われわれの心の目から、日常性の薄膜を一掃する（中略）詩はわれわれが知覚するものを否応なしに感得させ、われわれが知っているものを想像させる」と述べたシェリーは「異化」という用語を先取りしていたことになる。この驚くべき評論はまた、T・S・エリオットの「没個性」という概念（一九一九年のエッセイ「伝統と個人の才能」で提示されたものである）を予見してもいた。この概念は作家（いわゆる作品の背後にいる人）と、作者（いってみれば作品の内部にいる人）を区別するものだった。エリオットの考えでは、この二者が乖離していればしているほど良く、それは「芸術家として完全であればあるほど、経験する人間と創造する精神は彼の内側で完全に分離している」からである。したがって詩とは、単に個人的経験を意識的に言葉にしたものではない。シェリーは一〇〇年前にこうしたことすべてを、彼特有の威厳のある文章にしたためている。

創造する精神とは、消えかかっている炭火が、気紛れな風のように目に見えない力に煽られ、束の間輝くようなものである。この力は内部から生じ、綻びるにつれ移ろい変化する花の色に似ている。そして、人間の意識的な能力では、この力の去来を予言することはできないのだ（『詩の擁護』九九九―一〇〇三行目、傍点筆者）。

ここには心は意識と無意識の要素からなっている、とするフロイト的な考えの兆しも見られる。実際、無意識という考え方はロマン主義の根幹をなすものであり、もう一人の主要なロマン派詩人、ジョン・キーツが詩について書いたものは、どれも潜在的にこの無意識について述べている。キーツはワーズワスやコールリッジ、シェリーのように本式の文学理論は書いていないが、個人的な手紙のなかでは詩について考え続けていた。無意識の働きについてもはっきりと論じていて、例えば一八一七年一一月二二日の友人ベイリーへの手紙では、「純粋な想像的な心をもつ人は、その声なき働きが突然美しく、精神の上に絶え間なく注ぎ、それが繰り返されるところに、報いを得られるかもしれないのです」と述べている。ここでいう心の「声なき働き」とは無意識のことで、それがほとばしり出る「精神」とは意識のことだと考えられる。キーツのいう「消極的能力」も同様に、無意識を特別視し、それに働く場を与えたいという願望を表わすものだった。「消極的能力」とは、「不確定、不可解、疑惑の状態にあっても慌ただしく事実や理由を求めない能力」のことである（一八一七年一二月二一日、弟たちへの手紙）。このように、ロマン主義者たちの文章には、現代の批評理論の関心事を先取りしているものが数多く見られる。

ロマン派以降の批評理論における主要な発展は、ジョージ・エリオット、マシュー・アーノルド、ヘンリー・ジェイムズなど、ヴィクトリア朝中期から後期の作家たちにおいて見られる。コールリッジの批評がそうであったように、ジョージ・エリオットの批評もまた、古代ギリシャ・ローマや大陸の作家たち、そして哲学的命題など、多岐に及ぶものだった。この認識は大切である。なぜならイギリスにおける批評の発展には、はっきりとした二つの「路線」があるからだ。ひとつはサミュエル・ジョンソンやマシュー・アーノルドを経てT・S・エリオットやF・R・リーヴィスに至るものである。こちらは「実践批評路線」と呼べるもので、特定の作家の作品を詳細に分析することに重きをおき、私たちにとってなじみの深い「精読」の伝統をもつものである。もうひとつの路線はシドニー、ワーズワス、コールリッジ、ジョージ・エリオット、ヘンリー・ジェイムズと続くもので、「作品主導」というよりは大いに「観念主導」であり、次のような文学に関する全般的で大きな問題について考える傾向にある。文学作品はどのような構造をもっているか。読者や観衆にどのように影響を及ぼすか。文学の言語はどのような性質をもつか。文学と同時代人、文学と政治やジェンダーの問題との関係は？　文学について哲学的見地からどのようなことがいえるか。創作行為とはどのようなものか。これら「路線二」の関心事は、一九六〇年代以降台頭する批評家たちが問題とした事柄にとても近い。したがって、そうした問題意識は、英米における文学への「元祖」アプローチ法に外部からもたらされた異質なものではなく、最初からその一部であったことを認識する必要がある。

一九二〇年代に現れた「精読」重視の傾向は、前世紀のマシュー・アーノルドの著作から起こった面がある。アーノルドはいまだにイギリス批評史の鍵を握る規範的な存在であるが、これはF・R・リーヴィスがアーノルドの考え方や姿勢のいくつかを取り上げ、二〇世紀向けの形にして流通させたからである。アーノルドが懸念したのは、キリスト教の衰退に伴い、共通する信条や価値観、通念の体系をもたない分裂した社会の有り様が進み、悲惨な結果を招くことだった。こうした観点から、アーノルドは文学が宗教の代わりになりうるのではないかと考えたが、民主主義の責務の大部分を担っている中産階級は物質主義と功利主義によって次第に品位を失っているとも考えていた。こうした人々が「この世界で知られ、考えられてきた最上のこと」を知り、一人ひとりが時代の集合的な知恵から生まれた偉大な作品から成る正典に同意できるようになるよう、手助けをするのが批評家だ、というのがアーノルドの見解だった。

アーノルドの最も重要な思想は、「現代批評の機能」と「詩の研究」の二つの論文に見られる。そこでアーノルドは文学とは「公平無私」、つまり政治的に一歩引き、何か特定の行動計画に加わらないものであるべきだとしている。文学批評の目的とは純粋で無私なる知に到達すること、すなわち、別のアーノルドお気に入りの言い方をするなら、特定の行動路線に供する洞察を得ようとせず、純粋に「対象をあるがままに」鑑賞することなのである。アーノルドの文学批評の鍵を握るのは「試金石」の概念であるが、これは何か望ましい文学的特質を指すものではなく、過去の文学のさまざまな側面を今日の文学を評価する手段として用いる、という考え方である。「試金石」の働きについては、J・A・カドンの『文学用語・文学理論辞典』(J. A. Cuddon, *Dictionary of Literary Terms and Literary Theory* (3rd edition, Blackwell, 1991)）に、以下のような簡潔な説明がある。

試金石は、金の純度を試すために用いられるのでこう呼ばれる。マシュー・アーノルドは「詩の研究」(一八八〇年）において、この語を文学における規範や基準と関連づけて使用している。

アーノルドはいう、われわれは「偉大な作家たちの文章や表現を常に憶えていて、他の詩に対する試金石とすべきである」と。この試金石法こそ、「歴史的」でも「個人的」でもない「真の」詩の判断基準なのだ（カドン、p. 980 参照）。

さて、二〇世紀前半におけるイギリスの主要な批評家は、F・R・リーヴィス、T・S・エリオット、ウィリアム・エンプソン、I・A・リチャーズである。エリオット以外の三人は一九二〇年代、三〇年代にケンブリッジ大学に在籍し、一九七〇年代までの英文学教育に世界規模で強い影響力を振るった先進的な英文科に関わっていた。現在受容されている正典的な批評概念への貢献は、四人のなかではエリオットが一番大きい。彼の主な批評概念は次のようなものである。

・ハーバート・グリアソン編『形而上詩人論』の書評で展開した、「感性の分裂」という概念
・二部構成の論文「伝統と個人の才能」で展開した、詩の「没個性」の概念
・『ハムレット』論で展開した、「客観的相関物」の概念

これらの概念はどれも論争を呼ぶこととなった。例えば、一七世紀に感情と思考を根本的に切り離す「感性の分裂」が起こった、という考えには歴史的証拠は何も見当たらない。後になってエリオットは、この分裂がピューリタン革命によって起こったという見方を否定しながらも、革命と同じ要因によって引き起こされたかもしれない、という謎めいた説明を加えている。何とも微妙な区別である。「感性の分裂」という概念が最もうまく使われているのは、形而上詩人たちに見られる特別な心と感性の有り様を説明する、まさにその場合であって、歴史的な一般概念としては根拠をもたない。フランク・カーモードは『ロマン派のイメージ』において、「感性の分裂」に最も優れた批判を加えている。

「没個性」の概念は、ロマン主義に端を発する独創性や自己表現といった考え方から、当時の詩論を逸らすために用いられた面があった。エリオット自身の性格やハーバードで受けた教育にとって、ロマン派的な個性の重視は嫌悪の念を催させるものだった。詩とは私的な感情や体験の表出ではなく、詩人を通じて語られ伝えられる伝統の感覚によって、個人を超越していくものであると考える方が、エリオットにとってはずっと好ましかった。ある詩人の作品で最上の部分というのは、最も独創的な部分ではなく、彼に先立つ詩人たちが彼を通じて語りかけてくるのが最もよくわかる箇所である、とエリオットは述べている。したがって個々の経験する人間の精神と、詩のなかで語る声との間にはしっかり線引きがなされることになる。これはエリオットの打ち出した考えではなく、先ほど見たように、シェリーも『詩の擁護』においてこれに非常に近いことをいっている。しかしこれを詩の美学全体にとって肝要なものだと考えたのは、エリオットが最初であった。

最後に「客観的相関物」についてだが、これもまたイギリスの経験主義的態度を凝縮したものである。つまり、

芸術作品においてある感情を表現するのに最良の方法は、その感情に直接接近したり、描写しようとしたりするのではなく、身振りや行動、または具体的象徴を媒体とすべきだ、ということだ。これは確かにその通りである。小説においても詩においても、登場人物（あるいは語り手）が自分の感情をそのまま語って得られるものは少ない。感情は何らかの形で言葉や行動のうちに示されなければならない。これは古代からある（プラトンが最初に考えた）ミメーシスとディエゲーシスの区別とあまり変わらない。ミメーシスとは、演劇の場合、観客が実際に舞台上で目にする登場人物のせりふや行動のなかで何かを見せること（showing）である。後者のディエゲーシスは、観客や読者が実際目にしたり登場人物の直接話法の形で体験したりすることのない事柄を、告げること（telling）である。このように、エリオットの主要な批評概念はすべて何かしらの欠陥があり十分とはいえないが、理論が特にふれてこなかった空白部に向けられているために長らく流通しているのだろう。

理論が隆盛する以前のイギリスの批評家でもっとも重要なのはF・R・リーヴィスである。一九世紀のアーノルド同様、リーヴィスも文学の研究と鑑賞は健全な社会の前提条件だと考えた。彼もまた、抽象的な思考には懐疑的で、定まった基準をもたない文学鑑賞の体系（アーノルドのいう「試金石」のような）を見つけ、テクストの質について開かれた形で論じたいと考えた。そして文学や批評を直接的に政治的なものにすることを拒絶した点でも、アーノルドと共通するものがある。

しかし二人はいくつかの点では随分と異なっていた。例えばアーノルドは、過去の偉大な作家たちの殿堂を多かれ少なかれ当然のものと見なしていた。ダンテの素晴らしさを疑うことなく、試金石たりうると考えた。これとは対照的に、リーヴィスは時として、すでに名声の確立した大家を批判するような論文を書いている。実際、ある作家についてのある種の評判は自分の推奨する精読法には耐えられない、と論じることが、彼の手法の真髄だった。また、アーノルドの批評は本質的に、アマチュア読者にも批評する許可を与え、励ますものだった。すべてを読むことはできなくても（プロの批評家のように時間が無限にあるわけではないので、これは仕方ない）、最上の作品を読み、その質の高さに共鳴することができるなら、あなたも新しい作品について適切な判断を下せるようになるだろう、という具合である。この「プロテスタント的」美学は、個々の読者が偉大な文学者との間に直接的な関係を結ぶことを促すものだった[7]。

対するF・R・リーヴィスは、初めはエリオットの批評概念や詩作品を称賛していたが、後に大きく考えを修正し、新しい専門用語を作るのではなく、世俗的な意味がすでに定まっている語句を批評用語として使用するようになった。例えばリーヴィスは、「人生（life）」という語を、「実体験（felt experience）」という概念同様、ほとんど批評用語として使っている。リーヴィスにとって欠かせない判断基準は、ある作品が「人生」と生命力に通じるかどうかである。リーヴィスが非常な人気を博したのは、彼がジョンソンとアーノルドを足したような批評家であって、前者の道徳主義と後者の社会観および反理論的な批評を実践したからでもあろう。リーヴィスの影響力はいまでも非常に大きいので、彼についてここでこれ以上述べる必要はないだろう。

ウィリアム・エンプソンは一九二〇年代の後半、I・A・リチャーズの弟子であったが、この二人は一緒に考えていいだろう。エンプソンの本『曖昧の七つの型』（一九三〇年）のもたらした影響は、それ自体どこか曖昧なものだった。この本が行うテクストの超精読は、先ほど挙げた批評の二つの路線のうちの「路線一（実践批評）」から論理的に発展した、テクスト主体の批評の極致を示している。タイトルの「曖昧」とは、「言語表現の多義性」と言い換えてもいいもので、エンプソンはこれを、幅広いコンテクストを考慮するというより、むしろテクストを子細に検討することで解明した。しかし、曖昧性に言語表現の豊かさを見る一方、エンプソンの基本的な姿勢は言語とは本当にとてもつかみどころがない、というものだった。言語を扱うときには、思ってもみなかった意味が爆発的に生じるかもしれないことを覚えておかなければならない。曖昧のタイプ一から七へと進んでいくにつれて、われわれは言語のフロンティアに近づき、そこでは言語の領土はもはや地図化されず、最終的には決定不能性という空白を目の当たりにするかに思える。これをもって、ポスト構造主義的な、媒体としての言語の不確実性という見方（六八―六九ページ参照）を、イギリスの批評の伝統が内発的に予見していたということもできる。しかしもちろん、言語がコンテクストのなかに置かれれば、それがどんなコンテクストでも、曖昧さは減じたり払拭されたりする

(例えば「紙」は、一語だけだと「髪」と同じ発音なのではっきりしないが、実際に使われるときにはコンテクストのなかに置かれ、この曖昧さはなくなる)。したがって後にエンプソンは、文学作品は自伝的コンテクストに立脚するものだと考え、そうしたコンテクストをとりわけ重視することで、言語の決定不能性という空白から退却している。

最後にI・A・リチャーズは、コンテクストを離れた文学アプローチ法の先駆者である。この手法は一九三〇年代から七〇年代にかけてのイギリスで「実践批評」として、アメリカでもほぼ同じ時期に「新批評」として規範となったものである。リチャーズは一九二〇年代に、注釈なしで作者の名前も伏せた詩を学生と教師に与え、コメントや分析をしてもらうという実験を行った。その結果、従来からある見解や知識を与えることはせず、作品からじかに得た印象をもとに、読者が「真の判断力」を育むのが理想と考えるようになった。このリチャーズの考えと、アーノルドの「試金石」との間には明らかにつながりがある。この決定的な「リチャーズ的」瞬間により、「路線一・実践批評」がすっかり確立され、その後も長く続くことになったので、この分野全体に選択的健忘症ともいうべき事態が起こって、「実践批評」がこれまでに存在した唯一の伝統であるかのように広く見なされるようになったのである。

続いて起こったリベラル・ヒューマニズムと「理論」の衝突はたしかに根元的なものだった。しかしこの対立は、イギリス、アメリカ、その他の場所であんなにも激しく起こった一九七〇年代より、ずっと前からあったことを確認しておきたい。例えば一九三〇年代、イギリスのリベラル・ヒューマニストの原型ともいえるF・R・リーヴィスと批評家のルネ・ウェレックの間で似たような論争があった。二人はリーヴィスの発刊する『スクルーティニー』誌上で、文学批評と哲学の関係について議論を交わした。ウェレックがリーヴィスを批判したのは、まさに実践批評は十分ではないという点においてだった。リーヴィスは彼の読解や批評の手順が拠り所とする理論的前提をはっきりさせるべきだ、というのがウェレックの指摘である。ウェレックの見るところ、リーヴィスの著作『再評価』における一連のロマン派詩人「精読」は理論的に空白の状態で行われた。ウェレックは礼儀正しく述べている、「あなたが前提とするものをもっと明確に説明し、それらを体系的に擁護していただけたなら、と思うのです」

（*Scrutiny*, March 1937, p. 376）。リベラル・ヒューマニストの手法を文学研究「する」のに「自然」で当然の方法として受け止めることを拒むこの姿勢は、理論が取る一般的態度の核心をなす。ウェレックほどお行儀よくはないが、理論家たちも同じことを求めた。つまり、文学作品を読んだり批評したりするにあたり、自分がしていることや、なぜそうするかを明快に述べよ、そうすればあなたが用いる手法を他のものと並べて評価できるようになるから、というわけである。この要求の裏にあるのは、もしもこうしたことが（私たちが前節で行ったように）表立って行われれば、リベラル・ヒューマニストの前提や手順の弱点が明らかになり、他の文学アプローチがそれに取って代わるチャンスが生まれるだろう、という思いである。

なお、この節で取り上げられた人物全員の書いたものが収録されている論集として、D・J・エンライト、エルンスト・ド・キケラ編『イギリス評論集』（D. J. Enright and Ernst de Chickera ed., *English Critical Texts*（Oxford University Press, 1962））がある。

リベラル・ヒューマニズム批評の実例

リベラル・ヒューマニズムの批評実践は読者にとって馴染みあるものに違いないので、大がかりな実例を挙げる必要はないだろう。しかしここでは、主に他の批評と比較するために、エドガー・アラン・ポーの短編「楕円形の肖像」（巻末の「付録」一を参照）の、典型的なリベラル・ヒューマニスト的読解を簡潔に示してみたい。この短編は、あとで構造主義と物語論の実例を挙げる時にも使用する。

この話へのリベラル・ヒューマニスト的アプローチ（さらに特定するなら、リーヴィス的アプローチ）は、話のなかで明らかに対立する二つの価値観、「芸術」と「生」に注目するだろう。注釈と解釈の中心は、本当に価値があるのはかけがえのない個々人の「生きられた生」であり、芸術は共同社会という現実に従属すべきであることに芸術家が気づかないなら、それは破滅を招くという道徳主義的な議論になるだろう。さらに、芸術家が自分はファウストのような超人的ヒーローで、嗜好や禁忌や品行の境界を自在に行き来でき、さらには生命そのものを創造したり犠牲にしたりする神のような役割をもちうる、と見なすようになったなら、その思い上がった行動は結局、芸術の生まれ出る源泉そのものさえ枯らすことになる。したがって「楕円形の肖像」に登場する、塔に籠ってモデルの生のエネルギーを吸血鬼のように吸い取る芸術家は、純粋に審美的な「芸術のための芸術」のみに価値を認め、個人的精神的な健康状態には目もくれない、堕落し衰退した芸術の形を象徴していると考えられる。

このアプローチ法は二つの点が際立っている。第一に、この種の読解は（究極的には）、文学批評への体系的アプローチを構成するひな形というより、道徳的信念（それ自体としてはもちろん見上げたものであるが）を原動力としている。右の例が「生」を熱っぽく支持する様子は、「リーヴィス的」と呼ぶにふさわしい。第二の点は、作品の形式や構造、ジャンル等の問題を取り上げることなく、まっすぐ内容についての議論に向かっていることである。もしもここでより詳しく見るなら、そこには構造や象徴や意匠といった特徴についての注釈ももちろんあるだろう。しかし、それらはおそらく道徳的な見解という読解上の主要な点を具体的にサポートするための補助的な性質のものに留まるだろう。私はこうしたアプローチを無価値だとして片づけているわけではなくて、その特徴を明らかにし、他のアプローチと区別したいのである。

「理論」への移行

戦後発展した批評理論には一連の「ウェーブ」があるようだ。そのどれもが特定の年代と関連をもち、ここまで取り上げてきた一九三〇年代から五〇年代にかけて確立されたリベラル・ヒューマニスト的合意に、反論を試みるものである。まず一九六〇年代に、いまだに融和せず敵対関係にある二つの新しい批評が現れた。「マルクス主義批評」と「精神分析批評」である。いずれも元は一九三〇年代に出現し、六〇年代に再び登場した。同じ頃に、リベラル・ヒューマニストの正統性を激しく批判した二つの新しいアプローチ法があった。一九六〇年代初めに登場した「言語学的批評」と、六〇年代末に重要性を帯びてきた初期の「フェミニズム批評」である。

そして一九七〇年代の英米の文学批評グループでニュースが広まった。それは論議を呼んでいる新しい批評のアプローチ法、特にフランス生まれの「構造主義」と「ポスト構造主義」である。これら二つの影響はあまりに大きく、七〇年代末から八〇年代初頭にかけて、よく英文学研究の「危機」あるいは「内戦」といわれるような状況を作り出した。構造主義とポスト構造主義が中心的に取り上げたのは言語学的、哲学的問題であって、歴史やコンテクストに関わるものではなかった。そこで一九八〇年代になると、時に「歴史への転回」と呼ばれる変化が起こり、歴史や政治、コンテクストが文学と批評における中心的位置を回復した。八〇年代初頭に誕生した新しい政治的／歴史的批評に、アメリカ生まれの「新歴史主義」とイギリス生まれの「文化唯物論」がある。どちらも文学に対して「全体論的」といってよいアプローチを取り、七〇年代の構造主義・ポスト構造主義の知見を取り入れつつ、文学研究と歴史研究を統合しようとした。

一九九〇年代になると、支配的で尊大な論調を避ける傾向が見られるようになり、分散的、折衷主義的、「特別利益団体」的な批評や理論への移行が決定的なものになったようである。「ポストコロニアル批評」として知られるアプローチは、物事は何でもマルクス主義的に説明できるという考え方を否定し、ポスト帝国主義時代の国家や国民の疎外や他者性を主に取り上げた。同様に、「ポストモダニズム」は、現代の経験の多くが独特な形で断片化していることに注目している。フェミニズムもまた、ジェンダー研究という緩やかな連合体へと解消されていく兆候を見せており、同時にゲイ・レズビアン作品が文学における明確なひとつの領域として立ち現れ、それに適した固有の批評方法を生み出しつつある。黒人フェミニズム（またはウーマニズム）批評も、この九〇年代の流れの一部である。本書のような入門書ですべてを取り上げることはできないので、ひとまずは二〇〇〇年初頭までの動向を第15章で示した。

批評理論に繰り返し現れる考え方

これらのさまざまなアプローチは、それぞれ異なる伝統と歴史をもつものだが、批評理論に繰り返し現れる考え方がいくつかあり、理論に共通する基本原則のようなものになっている。したがって、まるで「理論」が根底をなす信条一式をもったひとつの実体であるかのように語ることも、それが単純化であることを了解した上でなされるのであれば、ある程度意味があるだろう。以下はそれらの繰り返し現れる基本的な考え方のリストである。

(1) 通常、われわれの存在にとって「所与のもの」だと考えられている基本的な事柄（ジェンダー・アイデンティティ、個人の自我、文学という概念そのものも含む）は実のところ流動的で不安定なものであり、しっかりと揺るぎない本質ではない。それらは事実と経験からなる現実世界にしっかりと「存在する」のではなく、「社会的に構築された」もの、つまり社会的政治的な力や、変化する物の見方や考え方に依存するものなのである。哲学の用語でいえば、それらはすべて絶対的なもの（つまり、一定で不変である、うんぬん）ではなく、偶発的な範疇である（これは、一時的、暫定的、「状況依存的」な状態を指す）。したがって、支配的な不変の「真実」というものは確立され得ず、どんな知的探求の結果も暫定的なものでしかない。一定で確かな真実などというものはない（おそらく、こうした「一定不変の真実はない」という発言を別にすれば）。こうした事柄について理論が攻撃対象とする立場は、しばしば端的に「本質主義」と呼ばれる。これに対し、本書が取り上げる理論の多くは自らを「反本質主義的」だとしている。

(2) 理論家はふつう、どのような思考や研究も先行するイデオロギー性から必然的に影響を受け、大きく左右されると考えている。したがって、公平無私な問いというものは成り立たない。理論家たちはこういうだろう、私たちのうち誰も、天秤から離れて立ち、先入観なく物事を量れるものはいない、誰もが天秤のどちらかの側に手をかけているのだ、と。実践的な手順（例えば文学批評における）はどれも、何らかの理論的な物の見方を前提としている。これを否定すれば、自分の理論的立場を精査できない「常識」だとか、「単に所与のもの」としてしまうことになる。もちろん、こうした主張自体も問題を含んでいるのだが、通常は「理論」が特定の議論を批判する際にしか表立って述べられることはない。こうした考え方の問題は、他のすべてと一緒に自らの試みも疑ってかかること、議論自体を不能にし、どのような批評的コミットメントからも根拠を奪う相対主義を導入してしまうことである。

(3) 言語はそれ自体、私たちが目にするものを条件づけ、制限し、あらかじめ決めるものである。したがって、現実とはすべて言語によって構築されたものであって、何の問題もなくただ「そこにある」ものなどない。すべてのものは、言語によって／テクストによって構築されたものだ。言語は現実を記録するのではなく、現実を形作り生み出すのであり、世界全体がテクスト的なものなのである。さらに、理論家にとって、意味は読者と作者の共同によって構築される。意味は読者がテクストを読む前から「そこにある」のではなくて、生起するためには読者の貢献を必要とするのである。

(4) したがって、決定的な読解を提出しようとすることは不毛である。文学作品中の意味は一定で信頼できるものではなく、常に変化し、多面的で、曖昧なのである。他のどんなテクストでもそうだが、文学においても、一定で絶対的な意味を打ち立てることは不可能である。むしろ、意味の無限の織物を生み出すことこそ言語の特徴であり、脱構築の手続きが明らかにするように、すべてのテクストは必然的に自己矛盾を孕んでいる。こうした事柄に関して最高決定機関は存在しない。文学作品は一度完成すると独立した言語構造物となり、そこでは作者は「死んでいる」か「不在」なのである。

(5) 理論家はすべての「包括的な」概念を信用しない。例えば、「偉大な」作品を絶対的で自立した範疇だとする考え方は疑ってみるべきだ。なぜならどんな作品も特定の社会的政治的状況から生まれたもので、このことは抑圧されるべきではない（「偉大な作品」として祭り上げられる際には、よく抑圧されてしまうのだが）。同様に、特定の人種、ジェンダー、階級を超越する普遍的な規範としての「人間性」というものも疑わしい。実際にはそれは、ヨーロッパ中心主義的で（つまり、白人ヨーロッパ人の規範で）、男性中心主義的な（男性の規範や姿勢を基本とする）ものに他ならないことが多いからである。したがって、一般化された、包括的とされる人間性に訴えかけることは、実際には女性や立場の弱い人々の集団を周辺化し、無視し、否定することにさえなりかねないのである。

以上五つの点をまとめると、理論にとって

政治はあまねく行き渡っていて、
言語は世界の本質的な構成要素であり、
真実とは暫定的なものでしかなく、
意味は偶発的なものであり、
人間性などというものは神話にすぎない。

もし本書を読み進める過程で、あるいはあなたが理論を勉強していて、頭が混乱してきた場合、右記のリストに立ち戻って理論が体現しているこれら基本的な物の考え方を確認してみるとよい。するとあなたが難しいと思っている概念が、これらの立場のうちのどれか一つの変形版に過ぎないことがわかるだろう。

参考文献

〈リベラル・ヒューマニズムの立場を述べた研究書〉

ロバート・オールター『読みの快楽――イデオロギーの時代における』叢書・ウニベルシタス、山形和美ほか訳、法政大学出版局、一九九四年（Alter, Robert, *The Pleasures of Reading in an Ideological Age* (Simon and Schuster, 1989; rpt. W. W. Norton, 1997, with a new preface)）。

アンチ理論を強く打ち出した序論「読みの体験の消滅」と、最終章「複数の読みと不確定性の沼」を収録。その他の章では、「登場人物」「文体」「語りの遠近法」などの伝統的な文学批評上の概念が取り上げられている。

ヘレン・ガードナー『想像力の擁護』和田旦、加藤弘和訳、みすず書房、一九八五年（Gardner, Helen, *In Defense of the Imagination* (Oxford University Press, 1984)）。

当時批評界の急先鋒だったフランク・カーモードの著書に対する応答として行われた一連の講義をもとにしている。著者が理論の悪しき影響だと考えるものに対して、伝統的なヒューマニズムの学術研究と批評を熱心に擁護したもの。

ジェイムズ・グリブル『文学教育再評価』(Gribble, James, *Literary Education: A Re-evaluation* (Cambridge University Press, 1983))。

理論の隆盛に対し、一九八〇年代初めに伝統的な文学研究の擁護を始めた数冊の研究書のなかのひとつ。特に第一章「文学と真理」、第四章「批評の理論への服従」、第五章「文学と感情教育」を参照のこと。

ジョージ・スタイナー『真の存在』叢書・ウニベルシタス、工藤政司訳、法政大学出版局、一九九五年(Steiner, George, *Real Presences: Is There Anything in What We Say?* (Faber, 1989; rpt. University of Chicago Press, 1991))。

スタイナーは多言語を操る博識なヒューマニストで、その著書はアンチ理論的というわけではない。同書に収録された三つの長い論文で、スタイナーは理論的な記述と、文学や他の芸術に反応する時の実際の経験をどう結びつけるか、という問題に取り組んでいる。

ジョージ・ワトソン『文学の確実性——論争的論集』(Watson, George, *The Certainty of Literature: Essays in Polemic* (Harvester, 1989))。

このタイトルが示すように、ワトソンの理論に対する敵意は、絶対的かつ無条件のものである。

〈英文学の学問としての登場に関する研究書〉

クリス・ボールディック『英文学研究の社会的使命　一八四八年—一九三二年』(Baldick, Chris, *The Social Mission of English Studies 1848-1932* (Oxford University Press, 1989))。

マシュー・アーノルド以降のイングランドにおける文学批評の歴史が明確に論じられている。詳細な研究書で、わかりやすい序論付き。

ブライアン・ドイル「英文学研究の隠れた歴史」ピーター・ウィドウソン編『英文学再読』収録(Doyle, Brian, 'The hidden history of English Studies' in *Re-Reading English*, ed. Peter Widdowson (Methuen, 1982), pp. 17-31)。

「英文学は、なぜ、どのようにして高等教育における重要科目となったのか?」という問いを扱っている。本章の議論とは少し違ったところに力点が置かれているが、影響力のある論である。

テリー・イーグルトン「英文学批評の誕生」『新版　文学とは何か——現代批評理論への招待』大橋洋一訳、岩波書店、一九九七年(Eagleton, Terry, 'The rise of English', chapter one in his *Literary Theory: An Introduction* (Blackwell, 1983; 2nd edn. University of Minnesota Press, 1996))、第一章。

「英文学」の発展についての、論争的かつ非常に読みやすい説明。だいたいにおいて、ドイルの論と同じ路線を取っている。

ジェラルド・グラフ『文学信仰——制度化の歴史』(Graff, Gerald, *Professing Literature: An Institutional History* (University of Chicago Press, 1987))。

アメリカにおける英文学研究の発展について詳述している。

アンソニー・キーニー『文学の毛髪についたシラミ——ジョン・チャートン・コリンズ』(Keaney, Anthony, *The Louse on the Locks of Literature: John Churton Collins* (Scottish Academic Press, 1986))。

コリンズは一九世紀の英文学研究の先駆者。興味深い研究書であり、「英文学」という新しい学問が提案された時の、メディアや議会での論争について読むことができる（本章の関連部分の記述は、このキーニーの書に依拠している）。

フランシス・マルハーン『スクルーティニーの時代』(Mulhern, Francis, *The Moment of Scrutiny* (New Left Books, 1979))。

『スクルーティニー』は一九三二年にF・R・リーヴィスが創始した文芸誌。この広く称賛されている研究書は、ボールディックの前掲書が扱っていない、一九三二年以降の「英文学」の物語を取り上げている。

D・J・パーマー『英文学研究の勃興』(Palmer, D.J., *The Rise of English Studies* (Oxford University Press, 1965))。

読みやすい解説書。

スティーブン・ポッター『縛められた女神——教育研究』(Potter, Stephen, *The Muse in Chains: A Study in Education* (Cape, 1937, rpt. Folcroft, 1973))。

初期の英文学に関する研究書の走り。一九世紀の英文学の試験問題の見本（補遺に収録されている）からは、実にさまざまなことがわかる。

E・M・W・ティリヤード『解き放たれた女神——ケンブリッジにおける英文学研究改革の詳細』(Tillyard, E.M.W., *The Muse Unchained: An Intimate Account of the Revolution in English Studies at Cambridge* (London, Bowes & Bowes, 1958))。

ポッターの上掲書がふれていない、その後の英文学についての物語。一九二〇年代、三〇年代のケンブリッジと、リチャーズ、エンプソン、リーヴィスの初期の経歴について書かれている。ここに挙げたパーマー、ポッター、ティリヤードの書はどれもリベラル・ヒューマニズムが自らの発展を語ったものといえ、ボールディック、ドイル、イーグルトン、マルハーンの研究書とは明らかに異なる見方が示されている。

訳注

［1］ ただしこの章で取り上げられている英文学の歴史はあくまでイギリス本国、もしくはイングランドにおけるものであり、例えば植民地における英語教育の政治性や、わが国における英文学研究の発展は考察の対象外となっている。

［2］ 陪餐会員とは、洗礼を受け聖餐式においてキリストの血肉を意味するパンとぶどう酒を拝領する信徒のこと。

［3］ 主に労働者階級による、普通選挙権獲得などの政治改革を目的とした運動。

［4］ スクルーティニー（scrutiny）とは「吟味」または「精査」の意。

［5］ シェイクスピアの才を称え、同時代の劇作家ベン・ジョンソンは「一つの時代のためだけの作家ではなく、すべての時代のための作家」といったとされる。

［6］ 「異化」については本書一九〇ページを参照。

［7］ 一般に、神と信徒の間を取り次ぐ教会の権威を重視するカトリックに対し、信徒各々が神の言葉としての聖書を読むことを重視するのがプロテスタントといわれ、バリーの言い回しはこれを踏まえたもの。

第2章　構造主義

構造主義者の鶏とリベラル・ヒューマニストの卵

構造主義は一九五〇年代にフランスで始まった思想運動で、文化人類学者クロード・レヴィ＝ストロース（一九〇八―二〇〇九）や文芸批評家ロラン・バルト（一九一五―八〇）の仕事に端を発する。構造主義をひとつの主張に要約するのは難しいが、あえていえば、その要点は物事を単独で理解することはできないという考え方にあるといえるだろう。つまり、物事はそれがその一部をなすところの、より大きな構造に照らして見なければならないということである（それゆえにこの考え方は「構造主義」と呼ばれている）。構造主義は主に一九七〇年代にイギリスに紹介され、一九八〇年代を通じて広く影響力をもち、批判さえ受けることになった。

　ここで問題になっている構造というのは、私たちが世界を認識し、経験を構成する際に世界に押しつけるもので、外界にすでに存在する客観的実在物ではない。とすれば、意味や意義といったものは物事の内部にある核心や本質ではなく、常に外部にあるということになる。意味とは物事に内在するのではなく、常に人間の心によって物事に帰属（attribute）させられるもの、という字義通りの意味で、物事の属性（attribute）なのである。文学を読む際に構造に即して考えるとはどういうことか、具体的に示してみよう。例えば、ジョン・ダンの「グッド・モロー（朝の挨拶）」という詩がここにあるとする。この詩がパロディ化し転覆しようとしているジャンルについての確固とした概念がなければこの詩を理解することはできない、と構造主義者なら即座に答えるだろう。どんな詩にせよ、ある特定のジャンルの一例であり、ジャンルと具体例の関係は、いわば、あらゆる規則や慣例を含めた構造としての英語という言語と英語のフレーズの関係に似ている。ダンの詩の場合、関連するジャンルはアルバ（alba）、すなわち「後朝《きぬぎぬ》の歌」である。これは一二世紀から存在している詩形式で、恋人達が離ればなれにならなければならない朝の訪れを嘆くというものだ。

しかし、そもそもアルバは宮廷風恋愛の概念なしにはほとんど理解できないし、またこれは詩なので、詩という発話の慣例的形式についての知識を前提としている。これらはダンの詩が属する文化的構造のほんの一部である。構造主義的な詩のアプローチをとると、実際には、詩に次第に近づいていくというよりむしろ遠ざかり、英米の伝統にしたがって、ジャンル、歴史、哲学といった、大きなそしてより抽象的な問題について考えることになる。鶏と卵の大雑把な比喩を使えば、容器となる構造（アルバ、宮廷風恋愛、文化的実践としての詩）が鶏で、個々の例（この場合はダンの詩）が卵だと考えられる。リベラル・ヒューマニストにとっては卵についての詳細な分析が最重要なのに対し、鶏の性質を正確に決定づけることこそが構造主義者にとっては最も重要な活動となる。

したがって、構造主義の文学へのアプローチは常に、個々の文学作品の解釈から離れて、作品を含むより大きく抽象的な構造を理解しようとする方向に進む。この章の冒頭で示唆したように、この構造というのは文学的なものとか詩的なものについての概念、ナラティヴ一般の性質といったような抽象的なもので、アルバや宮廷風恋愛の歴史といった、要するに、ふつうの文学史を見さえすれば至極容易に知ることができるような「単なる」有形の具体物ではない。一九七〇年代、イギリスやアメリカにおける構造主義の紹介は大いに議論を巻き起こしたのだが、それは、特にこれらの国の文学研究は伝統的に、構造主義者たちが提起しようとしていたような種類の大きい抽象的な問題にほとんど関心を払ってこなかったからである。一九二〇年代の英文学研究に起こったいわゆる「ケンブリッジ革命」は、これとはまったく正反対のことを普及させようとしていた。つまり、より広い構造や文脈からテクストを切り離して精読に努めるように教え、無慈悲なまでに「テクスト中心主義的」で、広範囲の疑問や抽象的な問題や思想を排除する傾向にあった。この意味で、構造主義は英文学研究を逆転させて、半世紀近くも好ましいと思われてきたことからその価値を奪い、これまで抑圧されてきた疑問を投げかけたのである。「『文学的』であるとはどういう意味なのか」「ナラティヴはどのように機能するのか」「詩的構造とは何か」といったように。端的にいって、卵から鶏に注意を移さねばならないという彼らの提案は伝統的な批評家たちには歓迎されなかった。

父たちのサイン――ソシュール

すでに述べたように、厳密な意味での構造主義が始まったのは一九五〇年代、一九六〇年代だが、その起源はスイスの言語学者フェルディナン・ド・ソシュール（一八五七―一九一三）の思想に遡る。ソシュールは言語研究の分野における現代的アプローチを発展させたキーパーソンであった。一九世紀、言語学者は主に言語の歴史的側面に興味をもっていた（例えば、言語の歴史的発展を調べたり、その発展が互いにどのように関係しているのかを分析したり、言語の起源について仮説を立てたりすることがそれにあたる）。しかしソシュールは今日使用されている言語のパターンや機能に注目し、意味が支えられ確立される方法や文法構造の機能を解明することに力点を置いた。

では、ソシュールが言語構造についていったどのようなことが後の構造主義者たちを魅了したのだろうか。彼の主張は特に三点に要約することができる。まず、彼が強調したのは、私たちが言葉に付与する意味はまったく恣意的であるということ、そしてそれらの意味は慣例だけで支えられているということだ。つまり、言葉は「無契約な（unmotivated）記号」である。すなわち、言葉とそれが指示するものの間に何ら内在的な関係は存在しないということ。例えば、「小屋（hut）」という単語はいかなる意味においてもその内容に「適している」わけではなく、すべての言語記号がこのように恣意的なのである（「カッコー（cuckoo）」や「シュー（hiss）」など少数の擬音語は例外だが、こうした擬声語さえも言語によって異なっている）。言語記号が恣意的であるというのはおそらく明白なポイントで、しかも、プラトンも古代ギリシャ時代にいっているわけだから、さして新しい主張ではないのだが、これを強調したことは新しく、そのことのほうが（常にそうであるが）はるかに重要なのである。というのは、構造主義者たちが興味をもっていたのはそれが含意する内容だったからだ。つまり、もし言語がこの種の恣意性に基づいた記号システムであるならば、言語はこの世界や経験の反映ではなく、それとはまったく切り離されて存在するシステムだということになる。この点については後に詳しく述べよう。

第二に、ソシュールは言葉の意味がいわば「関係的」であることを強調した。つまり、どの言葉も他の言葉から独立して定義できない。いかなる任意の単語の定義も他の「隣接する」単語との関連に依存する。例えば、「小屋」という単語の正確な意味は、「パラダイム上の連鎖」――機能と意味が関連している単語の連鎖で、それらの単語はある文のなかで用いられた場合、互いに入れ替え可能でなければならない――のなかでそれぞれの語が占める位置によって決まってくる。この場合の「パラダイム上の連鎖」は以下のようなものである。

あばら屋(hovel)　納屋(shed)　小屋(hut)　家(house)　邸宅(mansion)　宮殿(palace)

この連鎖から単語がどれかひとつでも取り除かれれば、それぞれの単語の意味はまったく違ってくる。つまり、「小屋」と「納屋」はどちらも小さい簡易建築物だが、完全に同じではない。前者は主に雨風をしのぐために(例えば、夜警小屋)用いられ、後者は主に倉庫として用いられる。それぞれの単語はもう一方の単語が無ければ両方の意味を含むことになり、意味が違ってくるのである。同様に、邸宅は単なる家よりも大きい立派な住居として定義することができるが、宮殿ほど大きいわけでも立派なわけでもない。私たちは「邸宅」という単語の意味を、パラダイム上の連鎖の隣接する二つの語に関連づけることによって意味を決定しているのである。反義語について考えると、言葉が互いに定義し合う様子はもっとはっきりするだろう。例えば、「男性」と「女性」という語は大体お互いの関係から意味を決定している。それぞれがもう一方の側に含まれる性質をもっていないことを意味し、それゆえに「男性」は主として「女性ではない」ものとして、「女性」は「男性でないもの」として理解することができる。同様に、「夜」の概念がなければそれと関連した「昼」の概念もないし、「善」の概念も対立する「悪」の概念がなければ成り立たない。ソシュールの有名な台詞は、こうした言語の「関係的」な側面から生まれた。「言語には実定的な項のない差異しか存在しない」。したがって、すべての言葉は、これらの「二つ組」や一組の反義語のような、また先の「住居」を意味する単語のパラダイム上の連鎖のような、「差異化するネットワーク」のなかにある。

言語には内在的で実定的な意味はないとはどういうことかを説明するために、ソシュールが挙げている例は有名である。ジュネーブ発パリ行き八時二五分の急行列車の例だ（フェルディナン・ド・ソシュール『一般言語学講義』（小林英夫訳、岩波書店、一九七二年）（Ferdinand De Saussure, *Course in General Linguistics*, trans. Wade Baskin (Philosophical Library, 1959), pp. 108-109）を参照。また、ジョナサン・カラーの『構造主義の詩学』（*Structuralist Poetics*, p. 11）でもこの例が論じられている）。何がこの列車にアイデンティティを与えているのだろうか。それは物質的な要素ではない。なぜなら、列車は毎日違うエンジンと客車を備え、別の運転手と乗客を乗せているからだ。もし遅れたら、それは八時二五分に出発することさえないかもしれない。それは列車である必要すらないのではないか。以前私はサウサンプトン駅で「ブライトン行きの電車」について尋ねたことがある。切符係は駅の外に停車しているバスを指していった。「あれです」。日曜日で線路の土木工事が行われていたので、作業区域の先まで乗客を輸送するのにバスが使われていたのだった。とすれば、時には「電車」は電車である必要すらない。ソシュールの結論によれば、この電車にアイデンティティを与えているのは差異の構造におけるこの電車の位置である。つまり、この電車は七時二五分と九時二五分の「間」に来るものだということで、そのアイデンティティは完全に関係的なものなのだ。

第三に、ソシュールによれば、言語は私たちの世界を「構成」するのであって、単にそこにある世界を記録したり名づけたりするのではない。意味は人間精神によって常に対象や概念に帰属させられており、言語によって構築され、言語を通じて表現される。意味は物の内部に予め内在しているわけではないのだ。この意味生成のプロセスについては、「テロリスト」と「自由の闘士」のような二の選択可能な語のうちのひとつを選ぶという例が有名である。こうした人を表現するニュートラルで客観的な呼び方は存在せず、二つの単語のうちどちらを選択するかがある種この人物を「構成する」。この考え方はイギリスでサッチャー政権が課した国内税の二つの呼び方にも見ることができる。この税金に反対する人はそれを「人頭税」と呼び、中世と農民の反乱のイメージを喚起した。他方、政府はこの税金をコミュニティ・チャージと呼んで「税金」というネガティヴな単語を避け、好ましい響きのある「コミュニティ」という語を利用した。この税金に対してどのような用語を当てるかによって、すぐにその人の政治的な立場が明らかになった。つまり、繰り返しになるが、中立的で客観的ないかなる選択肢もあり得ないのである。どの物語にもあなたのバージョン、私のバージョン、そして真実という三つのバージョンがあるといわれているが、この場合はそれよりももっと複雑だ。というのは、利用可能なすべての用語は純粋に言語的なもので、こうしたことについて、言語の外部に安全に存在する真実は存在しないからである。

どこを見ても、言語は単に世界を映し出しているのではなく、言語こそが世界を構成していることがわかる。例えば、色を表現する単語は現実を作りだすのであって、単に「そこに」存在するものに名前をつけているのではない。光のスペクトルは七原色に分けられるわけではなく、すべての色は互いに混じり合っている。だから私たちは七つではなく一四の色の名前をもつこともありうる。別の例として挙げられるのは一年の四季に当てられた単語である。私たちは春、夏など四つの名前を使っているが、実際には一年は絶え間なく続いていて、はっきりした切れ目や変化があるわけではない。現実に四つに別れてはいないのである。六つとか八つの季節にしてもよいではないか。変化は一年を通じて連続しているので季節はどこでも区切ることができる。だから、季節というのは自然の客観的な事実ではなく、一年を捉えるひとつの方法ということになる。ソシュールは言語が恣意的で、関係的で、構築的であると強調したのだが、こうした言語についての考え方は構造主義者に大きな影響を与えた。なぜなら、この考え方が構造主義の自己充足的なシステムのモデルになったからだ。この構造においては個々の事項は別の事項と関係しており、より大きな構造を作り上げている。

ソシュールによって指摘されたもうひとつの言語の特質によって、構造主義者は文学に関する大きな構造について考えることができるようになった。ソシュールは「ラング」と「パロール」という用語を用いたが、それぞれ、システムや構造としての言語とその言語内における所与の発話を指している。フランス語のある特定の発話（パロールの一例）は、私たちがフランス語（すなわち、ラング）と呼ぶ言葉づかいを支配する規則と慣例の全体をすでに体得しているときにのみ意味をもつ。古典的な構造主義の考え方では、個々の発話は不連続の事項で、それを含むより大きな構造との関係のなかで初めて意味をなすのである。構造主義者はラングとパロールの区別を利用し、個々の文学作品（例えば小説『ミドルマーチ』）を文学的パロールの例と考えた。文学作品もまた、より大きな構造の文脈に置かれて初めて意味をなす。『ミドルマーチ』がパロールであるとすれば、それと関連するラングは、ジャンルとしての、また文学的実践体系としての小説の概念ということになる。

考えてみよう

言語についてこのセクションでこれまでに勉強したポイントを考えてみよう。

まず、すでにそこにあるものに単に名前をつけるのではなく、現実を構成するものとしての言語の例を他に挙げられるだろうか。あなたが挙げる例は、上で挙げた例（「自由の闘士」「人頭税」、季節）に近いかもしれない。また、この文脈で、「パフォーマティヴ（遂行的）」として知られている「言語行為」（すなわち、発話そのものが、それが指し示すところの現実でもあるような発話）の重要性についても考えてみるとよいかもしれない。例えば、約束をする時の言語行為（「彼に言っておく、約束するよ」）とか、新しい設備を公に開く時の言語行為（「この橋の開通を宣言します」）とかがそれにあたる。

第二に、ソシュールが提唱した言語と現実についての議論に何か欠けているところはないだろうか。例えば、純粋な差異というカテゴリーを仮定することに納得できるだろうか。差異だけというのはありえない、差異は物事のあいだにしかありえないのだから、という批評家クリストファー・リックスの反論に説得力はあるだろうか（「理論の上では」（Christopher Ricks, 'In Theory,' *London Review of Books*（April 1981), pp. 3-6）を参照）。もしリックスの議論に納得して、差異が物事の間にだけ存在するという主張を受け入れるとしたら、この考え方は、言語には実定的な項はなく差異からのみ成り立つと考えるソシュールの議論について、どのようなことを示唆しているのだろうか。

第三に、電車の例は納得できただろうか。時刻表内の位置だけが電車にアイデンティティを与えているというのは本当だろうか。ソシュールは他の例で補足している。

街路は作り直されてもなぜ同一でありつづけられるのか。それは、街路というものが純粋に資材的な存在ではないからである。その場の状況に合うだけの臨時的な資材とは別のある種の条件、例えば、他の街路との位置関係に基づいて作られるからだ（ソシュール『一般言語学講義』pp. 108-109）。

これに対する反論は、八時二五分発の電車は、それが八時二五分発であるより前にまず、電車のようなものでなければならないというものだ。もし駅の張り出し屋根から電車ではなく鳩の群れが現れたとしても、誰もそれを「八時二五分パリ発」とはいわないだろう。似たような例を挙げよう。ある通りが大体において関係的なアイデンティティをもっているという点は正しいし、X通りをY通りとZ通りの間に直角に走っている通りと定義することはできる。しかし、二つの通りの間に伸びた一本の糸があったとしても、それを通りと勘違いすることはない。

構造主義の射程

構造主義は言語と文学にだけ関係しているわけではない。ソシュールの仕事が一九五〇年代に入って、今日「構造主義者」と呼ばれている人たちに吸収されたとき、ソシュールの提唱する言語機能のモデルは応用可能で、あらゆる意味体系の働きを説明してくれるだろうと考えられていた。文化人類学者クロード・レヴィ＝ストロースは、構造主義的なものの見方を神話解釈に適用した。彼が示唆したところによれば、神話サイクルの個々の物語（パロール）は、個別の内在的意味をもっているわけではなく、神話サイクルの全体（ラング）のなかでの位置や、連続する他の物語との類似や差異を考慮してはじめて理解することができる。

それゆえ、オイディプス神話を解釈する際、レヴィ＝ストロースはオイディプスについての物語を、都市テーベに関連したより大きな物語サイクルの文脈に位置づけた。それから、繰り返されるモチーフや対照に着目し、これらを解釈の基盤に据えた。この方法によれば、物語とそれが一部分を成す神話サイクルは、動物と人間、親類と他人、夫と息子といった基本的な対立項に再構成することができる。物語の具体的な細部は大きな構造の文脈に即して考えられ、さらにその構造は、明らかに象徴、テーマ、原型を喚起するような基本的な「二つ組」（後でポーの作品についての実例で挙げるが、例えば芸術と生命、男性と女性、町と田舎、語ることと見せること、など）のネットワーク全体の観点から捉え直される。

個別から一般に焦点を移したり、個別の作品をより大きな構造的文脈に位置づけるのは構造主義者の典型的な方法である。また、こうしたより大きな構造は、例えば、ある作家の作品群全体とか、特定のトピックについてのジャンルの慣例にも見出せるかもしれない（例えば、ディケンズの『困難な時代』は小説の慣例から逸脱していて、メロドラマやバラッドといったより大衆的なジャンルに近いと論じることができる）。または、根底にある規定的な「二つ組」にこでいう大きな構造を見出すこともできるかもしれない。この意味で、意味作用のシステムというのは非常に広い概念なのである。つまりそれは、文化的な意味を担う組織化され構造化された記号の集合のことなのだ。このカテゴリーには次のような多様な現象が含まれる。例えば、文学作品、部族の儀式（雨乞いのダンスや学位授与式など）、ファッション（服装、食事、ライフスタイルなど）、車のスタイリングや広告の内容など。構造主義者にとって、私たちがその一部をなす文化は、これらの原則を使って言語のように「読む」ことができるものだ。なぜならそれは意味を担う多くの構造的なネットワークによって形成されており、システマティックに運用されているからである。これらのネットワークは記号システムの「コード」を通して機能する。そして、ちょうど言語と同じように発言し、構造主義者や記号論者によって読まれ、解読される。

例えばファッションは言語のように読むことができる。別々のアイテムや特徴が結合に関わる複雑な文法規則に従って積み上げられていくことによって、身支度や装いになる。だから、イブニングドレスとスリッパを同時に身につけることはないし、軍隊の制服を着て授業を受けにくることもない。また、逆に、構成要素であるそれぞれの記号は構造的な文脈から意味を引き出してもいる。もちろん、多くのファッションはルールを「意図的」に破ることによって成り立っているのだが、このようなルール破りの主張も（例えば、インナーのように見えるアウターを作るとか、高級な洋服をあからさまに雑に切ったりするのがこれにあたる）、それがこれ見よがしに逆らおうとしている既存のルールや慣例に依存しているのだ。ファッションの世界においては、一九九四年後半、例えば、縫い目が外に出たままだったり、くしゃくしゃの布地を使った服や、大きすぎたり小さすぎたりする服は（この文脈では少し混乱させてしまうかもしれないが）、「脱構築」として知られたファッションだった。どれひとつをとっても、残りの文脈から切り離してしまうと、単にジャケットを表裏に着ているとか、アイロンの効能を認めていないということを意味するにすぎない。ここでも、これら個別のアイテムは構造全体のなかにそれぞれの位置を占めており、より重要なのは個別のアイテムではなく構造のほうなのである。

初期の構造主義におけるもう一人の重要人物はロラン・バルトである。彼は構造主義の方法を現代文化全般に応用した。一九五七年にフランスで出版した『現代社会の神話』（下沢和義訳、みすず書房、二〇〇五年）（Roland Barthes. *Mythologies*, trans. Annette Lavers（Farrar, Straus and Giroux, 1972））という短い本のなかで、彼は文化人類学者の観点から現代（一九五〇年代）フランスを検証している。この本ではそれまで知的分析の対象にされてこなかった多くの項目が取り上げられている。例えば、ボクシングとレスリングの違いとか、ステーキと一緒にポテトフライを食べることとか、シトロエンの車のスタイリングとか、グレタ・ガルボの顔の映画でのイメージとか、雑誌に掲載されたフランス国旗に敬礼するアルジェリア兵士の写真が挙げられる。彼はこれらの項目の一つひとつを、それらを理解する鍵となるような価値、信念、象徴のより大きな構造のなかに位置づけている。例えば、ボクシングは抑圧と忍耐に関わるスポーツで、苦痛が大げさに誇示されるレスリングとはまったく違うものだと考えられている。ボクサーは打たれたときも痛みのために叫ぶようなことはしないし、ルールは試合中のいかなるときでも軽視されることはない。ボクサーはお約束の悪者やヒーローという手の込んだ仮装のもとにではなく、自分自身の資格で戦う。対照的に、レスラーは攻撃的にうめいたり唸ったりするし、苦しみや勝利の喜びを入念に演出し、誇張され、際立った悪党やスーパーヒーローとして戦う。明らかにこれらの二つのスポーツは社会のなかでまったく異なる機能を担っている。ボクシングは人生に時として必要となるストイックな忍耐を体現し、レスリングは善悪の究極の闘争と衝突を劇的に表現してみせるのだ。ここでのバルトのアプローチは古典的な構造主義者のものである。個々の項目は「構造化され」、ないし「構造によって文脈を与えられ」、このプロセスのなかで意味の層が開示されていく。

初期の頃、バルトは文学の諸相についても詳しい検証を行っており、一九七〇年代までに、構造主義はパリや世界中で多くの注目を集めるようになっていた。一九七〇年代には何人かのイギリスやアメリカの学者がパリで過ごし、構造主義の中心人物たちの指導を受け（この中にはコリン・マッケイブも含まれる）、こうした思想やアプローチを教えようと意欲を燃やして本国に帰っていった。構造主義の主要な仕事はフランス語でなされていたが、それらは一九七〇年代から英語に翻訳、出版され始めた。何人かの英米の学者は未だ翻訳されていない資料を読み、英語読者のために構造主義を通訳する仕事に着手した。重要な橋渡し役となった人には例えば次のような人たちがいる。一九七五年に『構造主義の詩学』（*Structuralist Poetics*）を出版したアメリカのジョナサン・カラー。イギリスの批評家テレンス・ホークス。彼の『構造主義と記号論』（*Structuralism and Semiotics*）は一九七七年に「ニューアクセント」というメシュエン社の新シリーズの最初の巻として出版された。ホークスはこのシリーズの監修者で、そのシリーズが目的としていたのは文学研究における「変化のプロセスに抵抗するのではなく、それを「後押しする」こと」だった。他に影響力をもった人物として、イギリスの批評家で当時ロンドン大学ユニヴァーシティ・コレッジの教授だったフランク・カーモードが挙げられる。彼はロラン・バルトについて熱心に論じていて、彼の作品を論じるために大学院のゼミを開講していた（後に退職してからの一九九〇年代には、はるかにより伝統的なアプローチで知られるようになったが）。そして、最後に挙げられるのがバーミンガム大学の英文科の教授デイヴィッド・ロッジである。彼は構造主義の考えをより伝統的なアプローチに接続しようとした。この試みは彼の『構造主義との協働作業』(David Lodge, *Working with Structuralism*, 1980) に特徴的である。

構造主義批評がすること

(1) 構造主義者は主に散文ナラティヴを分析し、テクストをより包含的な構造に結びつける。例えば

(a) 特定の文学ジャンルの慣例

(b) テクスト相互間の関係のネットワーク

(c) 作品の基底をなす普遍的なナラティヴ構造の投影されたモデル

(d) 反復されるパターンやモチーフの複合体としてのナラティヴの概念

(2) 構造主義者は、現代の言語学者たちがそうしたように、基底をなす言語構造との並行関係から文学を解釈する。例えば、レヴィ＝ストロースが設定した「神話素(mytheme)」(ナラティヴの意味の最小単位)は、言語学における文法的意味の最小単位である形態素との類似に基づいている。形態素の例としては、過去形を意味するために動詞に加えられるedが挙げられる。

(3) 構造主義者はシステマティックなパターン形成や構造化の概念を西洋文化の分野全体に適用し、文化を横断しながら、古代ギリシア神話から粉石鹸のブランドに至るまで、あらゆるものを記号のシステムとして扱う。

構造主義批評の実例

一九七〇年に出版されたバルトの『S/Z――バルザック「サラジーヌ」の構造分析』(沢崎浩平訳、みすず書房、一九七三年)(Roland Barthes, *S/Z: An Essay*, trans. Richard Miller (Hill and Wang, 1975))のなかで説明、展開された文学の分析方法にしたがって例を示していこう。これは二〇〇ページ程度の本なのだが、ここで扱われているのはバルザックのわずか三〇ページの短編「サラジーヌ」である。バルトは分析にあたって、物語を五六一の語彙形式(lexis)、つまり意味の単位に分割し、さらに、すべてのナラティヴの基本的下部構造と彼が考える五つの「コー

ド」を使って分類する。この章の冒頭で述べたように、構造主義は個別の項目を理解するために、その項目が属しているより大きな構造の文脈に各々の項目を位置づけるわけだが、ここでいう個別の項目は「サラジーヌ」で、構造はコードの体系にあたる。バルトは、書かれ話されるあらゆる文が文法構造に基づいて生み出されるように、このコードの体系が実際の物語を生み出すと考えていたのである。ただ、一九七〇年にバルトが出版したテクストを構造主義の例として挙げることには問題がないわけではないということも付け加えておかねばなるまい。なぜなら、バルトのポスト構造主義の時代は一九六八年のエッセー「作者の死」（'The Death of the Author'）とともに始まったと広く（この本でもそうなのだが）考えられているのだから。それでも私が『S/Z』を構造主義のテクストであると考えるのは、まず第一に、そう考えるのが習慣として確立しているためである。例えば、テレンス・ホークスの『構造主義と記号論』、ロバート・スコールズ『文学における構造主義』（*Structuralism in Literature*）、ジョナサン・カラーの『構造主義の詩学』（*Structuralist Poetics*）など、構造主義についての最も著名な本の多くで、この本は構造主義のテクストとして扱われている。第二に、明らかに『S/Z』には、構造主義の確信に満ちた実証主義を覆す要素がたくさん見られるものの、フィクションで起こりうる限りない複雑性と多様性を五つのコードの働きに単純化するという試みは、それがどれほどおふざけに見えようとも、やはり、根本的には構造主義的なのだ。とはいえ、実際のところ、この本は構造主義とポスト構造主義の中間に位置づけられる。五六一の語彙形式と五つのコードについては、一九六八年の「物語構造の分析」（'Analysing Narrative Structures'）というエッセーでバルトが展開した構造主義最盛期の主張と核心のところで結びついているのだが、他方、間欠的に登場する九三もの脱線は、物語についてのかなり自由奔放なコメントとも相まって、一九七三年の『テクストの快楽』（沢崎浩平訳、みすず書房、一九七七年）（Roland Barthes, *The Pleasure of the Text*, trans. Richard Miller（Hill and Wang, 1975））のポスト構造主義最盛期を先取りしてもいる。

『S/Z』でバルトが特定した五つのコードは次のものである。

（1）行動のコード（proairectic code）――このコードは行動・出来事の展開を指示する。「この船は夜中に出航した」「彼らは再び始めた」など。

（2）解釈学的コード（hermeneutic code）――このコードは疑問や謎を投げかけ、ナラティヴに緊張感を与える。例えば、「彼はペル通り界隈の、とある家のドアを叩いた」という文は、誰がそこに住んでいるのか、どんな界隈なのかといったようなことについて、読者に疑問を抱かせる。

（3）文化的コード（cultural code）――このコードは共有知とされていることをテクストの外部に参照することである。例えば「アンジェリス係官はしばしば変な靴下で出庁する」という文は、これがどんな種類の男かについて、読者のなかにすでに存在しているイメージを喚起する。おそらくそれは不器用で無能な男のステレオタイプで、「係官（agent）」の概念に含まれる、きびきびして有能なイメージと対照をなす。

（4）意味素のコード（semic code）――このコードはコノテーションのコードとも呼ばれている。これはテーマとかかわっていて、スコールズが先に紹介した本で指摘しているのだが、このコードが特定の固有名詞の周りに編成されると「性格」を作り上げる。その働きは以下の二番目の例で説明しよう。

（5）象徴のコード（symbolic code）――このコードもまたテーマに関わっているのだが、いうなれば、そのスケールはもっと大きい。このコードは、男性と女性、昼と夜、善と悪、人生と芸術などといった、最も基本的な二極の対照と組み合わせからなっている。これらは、人間が現実を認識し、構成するうえで根源的なものだと構造主義者たちが考える、対立項の複合体なのだ。

最後の二つのコードは非常に難しいので（区別がつきにくいのではないだろうか）、順番に使いながら例題を考えてみよう。まずは、象徴のコードから始めよう。これが物語全体を解釈するうえで構成原理として機能しているところを示してみたい。この物語は「楕円形の肖像」（巻末の「付録」一を参照）で、作者は、構造主義者やポスト構造主義者が大いに注目する一九世紀初頭のアメリカの作家エドガー・アラン・ポーである。先に挙げた「構造主義者は何をするか」のリストでいえば、カテゴリー1(d)、つまり、繰り返されるパターンとモチーフの複合体としてナラティヴの構造を捉えることの一例でもある。

議論を進めるにあたって、この構造主義批評の共著者としてあなたの助けを借りたい。協力を願いたいのは「考えてみよう」のところだ。

簡単なプロットの要約が役に立つだろう。ヨーロッパのとある国で内戦と思しき戦争が勃発し、怪我をした士官(と思われる)人物が廃屋となった城に避難することになった。彼が寝ようとしている部屋には実物と見紛うばかりの若い女性の肖像があり、部屋にあった説明書きによれば、この絵を描いたのは彼女の夫だという。夫は肖像画を描くのにあまりに夢中になっていたので、絵に生命(life)が満ちてくるにつれて、対照的に座っているモデルからは生命が無くなっていくということに気づかない。結局、物語の終わりで、作品を完成させる最後の一筆と同時にモデルは死んでしまう。

リベラル・ヒューマニズムと構造主義の最も基本的な違いは、構造主義においては、構造、シンボル、デザインが重視され、議論の中心となっているのに対し、より広い文脈での作品の倫理的重要性や広義の解釈そのものへの注目はほとんどなされないことである。リベラル・ヒューマニズムが内容に直接取り組むのに対し、構造主義は一連の並行関係や反響、反映やパターン、対照を提示する。その結果、物語はきわめて図式化され、実際に、言葉の図表といってもよいようなものに転換されるのである。構造主義的な批評を試みるにあたって私たちが何を求め、そしてどこにそれを見出そうとしているのかは、次の表に示される。作品に探そうとしているのは表の下側の要素で、上側にある物語の部分の中にこれらが発見できると思っている。

プロット 構造 登場人物／動機	における	並行関係 反響 反映／反復

状況／環境 言語／イメージ		対照 パターン

ポーの物語のなかに見出されるいくつかの並行関係の例などを挙げるのがいちばんよいだろう。まず、物語は対照的な二つの部分からなる二項対立的な構造をしている。前半部分は「枠」となるナラティヴで、怪我をした士官の一人称の語りになっており、後半部分は、彼が読む肖像画についての説明書きのストーリー内ストーリーである。これら二つの部分のナラティヴのペースはまったく異なっている。前半部分は、のんびりしていて退屈でさえあり、士官の地に足がついた合理的な精神を反映しているのに対し、後半は支離滅裂な速さになり、芸術的創作への熱狂や被害者／モデルの健康が螺旋階段を下るように急速に悪化する様子を反映している。

二つ目の対照の例は、物語の前半と後半で城がまったく異なる仕方で機能しているということだ。前半では、城は士官にとっての避難と回復のための場所で、彼は敵から逃れて安全を手に入れ、おそらくは健康を取り戻していくだろうと想像される。しかし対照的に、後半では、城は肖像画のモデルにとって危険で、究極的には破滅の現場となる。彼女はそこで芸術家の夫の気まぐれに振り回され、その命は尽き果ててしまうのである。

考えてみよう

前半と後半には他にどのような対照があるだろうか。例えば、前半でも後半でも、それぞれ二人の人物間の関係（前半では士官と従者、後半では芸術家と妻）が中心に扱われている。前半と後半では、これらの人間関係はどのように異なるだろうか。どちらの場合においても権力が不均等に分配されているが、その影響は異なる。では、具体的にはどのように異なるのか。それぞれのペアが相手に対してすること、もしくは、お互いにすることに共通点はあるだろうか。

物語の二つの部分において、主要な「役者」はそれぞれ、怪我をした士官と芸術家である。これらの二人の精神状態には、どんな対照が見られるだろうか。

前半部分の士官と後半部分の芸術家は、ある意味、どちらも絵画に没頭しているのだが、前半と後半では芸術の役割はまったく異なる。具体的にはどのように違うだろうか。

ここまで挙げてきたのはすべて前半と後半の間に見られる対照や並行関係だが、それぞれの内部にはもっと多くの対照や並行関係がある。まず、非常に強くほのめかされているのは、自己陶酔的な芸術的熱狂と、新妻に対して当然抱くようなもっと平凡な外に向けられた性的情熱の間の対立である。妻に魅了される代わりに、この夫は「彼が作った作品の前に恍惚として」自慰的な瞑想にふける。実際、「すでに芸術という花嫁をもっていた」と書かれているので、この結婚はある意味で重婚ということになる。新しい妻と二人で絵を創作しながら過ごした数週間はある種、ハネムーンの陰画的パロディである。数週間花嫁と二人で閉じこもり、この画家である夫は、「その作業に熱烈で燃えるような快楽を得ており」「昼も夜も働」く。物語が終わりに近づくにつれて、「画家は彼の仕事への熱情で狂って」いくのだが、実際、彼は二番目の妻よりも最初の妻とより親密にハネムーンを過ごしていたのだ。

三つ目の対比と並行関係は内容についてだけでなく、表現や言葉づかいなど、ナラティヴのメカニズムに関するものである。一例として、前半と後半の語り手の並行関係を挙げておこう。どちらもある程度匿名なのだが、後半の場合は完全に匿名の人物である。ストーリー内ストーリーの「あいまいで奇妙な言葉」の書き手が何者なのか、読者はまったく情報を与えられていないからだ（この物語中で唯一名前が与えられている登場人物は従者のペドロだが、彼は最も重要度が低い人物でもある）。しかし構造主義者なら、ロラン・バルトに従って、テクストで「誰が語っているのか」を考えてみよう。物語の後半部分に関してこの問いに答えるとすれば、語り手が中立的で傍観的な出来事の記録者であると考えることを止めなければならない。このストーリー内ストーリーは、介入などするつもりはまったく無いままにこれらの出来事を目撃した何者かによって書かれたはずだからだ。どう少なく見積もっても、この目撃者には洞察力がなく、肖像画を見て「それがそっくりであることはすばらしい驚異であり、また画家の能力だけでなく彼がそんなにも並はずれてよく描いた彼女への深い愛の証拠だと、低い声で語」るような人たちと同類の人物だ。

考えてみよう

後半の語り手同様、最初の語り手もいくらかは責めを負うべきところがあって、目撃した出来事にあえて盲目になっていると考えることもできるかもしれない。さらにこうも考えることができるだろうか。前半の語り手もその言語使用によって、芸術家の夫と同じような立場に立つ、といったような、二人の並行関係はあるだろうかと。

例えば、語り手が肖像画について長いこと思索するのをどのように解釈すべきだろうか。肖像画を描く際に画家が妻に向けた執拗な視線のエロティシズムと並行した要素は前半にもあるのだろうか。この物語には男性の執拗な視線の例がひとつのみならず二つある。「視線」や「悦び」（または「悦びに満ちて」）の言葉の配置をテクストのなかに探してみよう。そして、それぞれの場合に時間の経過がどのように描かれているかを見てみよう。どちらの場合にも視線のそらされる瞬間があるのだが、この並行関係は何を意味しているのだろうか。

ここに挙げた対照はすべて特殊な種類のもので、この物語の内部でのみ機能している。それでは、一連の例の最小公倍数を探すように単純化していこう。これらの対照は一連の、より一般的な要素に還元することができるからである。生命と芸術、男性と女性、光と陰（純粋に物理的な意味だけでなく、啓蒙と道徳的後進性という意味においても）、見ることと行うこと、現実と表象の対立や衝突がそれである。構造主義者の主張では、ナラティヴの構造は基底的な対立項ないし二つ組の上に成り立っている。だからこうした対照はナラティヴが肉づけされるための骨組みのようなものだ。もしこれらの二つ組のリストをさらにひとつのペアに還元しなければならないとしたら、それは生命と芸術の対立ということになるだろう。この物語はなによりも、全体的な心的経済のなかの要因としての、生命と芸術についての物語であるように思われるからである。

わかりきったことだが、物語はこの二分法のどちらの側に加担しているのだろうか。答えが芸術の側にあることにはほとんど疑いの余地がない。というのは、この物語で最も鮮やかに、最も情熱的に描写されているのは、若い命が犠牲になったということよりもむしろ、芸術的創作行為や、それよりは程度は低いが、芸術作品について思索する行為だからだ。この「情熱的で、気違いじみていて、気分屋の男」の熱狂は生き写しの芸術を生み出すのだが、それは神の御技であるかのように思える。これは決して「生命」を擁護する方法ではない。「公には」この物語は若い命が犠牲になることに対するもっともらしい抗議なのだが、実際のところ、この犠牲はある種の羨望とともに描かれているのである。D・H・ロレンスが言った「芸術家を信じるな、物語を信じよ」という言葉に倣っていえば、教訓を信じるな、物語を信じよ、ということになるだろう。

象徴のコードについてはここまでにしておこう。これから挙げる第二の例では意味素のコードがテクスト内でどのように作用するかに着目していく。すでに述べたように、このコードは登場人物やテーマを形成するプロセスに関係しているのだが、象徴のコードよりも小さい規模で機能する。先に挙げた本のなかでホークスは、このコードは「ヒントや『意味の明滅』を利用」し、個々の語句のニュアンスを通じて働くので、実際にこれを理解する最もよい方法は、教育者が「空所補充法」と呼ぶものの変形版――あるテクストから任意の言葉を消去し、コンテクストや全体の構造から読者が推論して穴埋めをする――を利用することである。

以下の文章はマーヴィン・ジョーンズの小説（『アーミティッジ氏はまだ戻らない』（Meryn Jones, *Mr. Armitage Isn't Back Yet*））の冒頭である。中心人物であるアーミティッジ氏は冒頭から登場し、彼がどのような人物かはすぐに明らかにされるのだが、テクストに空欄を設けて、それぞれの文章の最後に空欄に入る可能性のある言葉をいくつか挙げておいた。どの場合も、そのうちひとつは作者によって実際に使われた単語である。どの言葉を空欄に選択するかによって人物像が決定的にかわってしまうこと、したがって、意味素のコードが実際に作用していることがわかるだろう。参照の便宜のため、それぞれの段落には番号を振ってある。「構造主義者は何をするか」のリストに即していえば、これは1の(c)——構造主義者の理解ではバルトの五つのコードはすべてのナラティヴ機能の基本なので、このテクストを、規定的かつ普遍的なナラティヴの構造の投影モデルに関連づける——ことの一例である。では、私のコメントに進む前に時間をとって、それぞれの空欄にどの単語が入るかを選択してほしい。

考えてみよう

(1) ジョン・エドワード・スコット・アーミティッジ——五五歳、身長五フィート一一インチ、体重は一三ストーン三＿＿＿＿。

〈ポンド、オンス〉

(2) 六月八日。気持ちのよい朝。車で流れるラジオ番組がちょうど入れ替わるところだったので九時一五分だろう。彼が自分の＿＿＿＿でチェックしても、ちょうど九時一五分だった。

〈多機能時計、スイス製の時計、スウォッチ、タイメックス製の時計、懐中時計、ミッキーマウスの時計〉

(3) ヘンドンウェイ上り線。アーミティッジはジャガーを軽く流し運転をしているところだった。新車なので彼は大喜びだ。＿＿＿＿皮の匂い、マイレージメーターの美しいゼロの並びも。彼は同じ車に一年以上乗ったりしない人種なのだった。

〈高価な、甘美な、めまいがするような、セクシーな、贅沢な〉

彼の性格についての描写が続いた後、アーミティッジは車の速度を緩めて二人のヒッチハイカーをよく見ようとする。彼の受け入れ基準に達していたので、アーミティッジは二人に乗っていきませんかと提案する。しかし、この提案に彼らは一瞬躊躇する。そしてテクストは次のように続く。

(4)　少年はまだ愛想の良い笑みを浮かべていたが、車には乗らなかった。行き先のことだけでなく、車について、アーミティッジについても何か考えているようだった。実際、今は、〈ドライバーではなく〉ヒッチハイカーの方が、ドライバーの提案を飲むかどうかを考えていた。アーミティッジは＿＿＿＿。あと数秒遅かったら彼は怒ったかもしれない。しかし、少女は言った。「いいわ。ほんと、これってすごいわね、本当に。」

〈困惑した、閉口してしまった、あっけにとられた〉

(5)　少女は熱くなって言った。実際、少年が躊躇していることに少しイライラしていた。それから彼女もアーミティッジに笑いかけたのだが、それは愛想笑いではなく＿＿＿＿微笑みだ、と彼は思った。もちろん、ジャガーの新車で長距離ヒッチハイクができるなんて彼らはラッキーなのだった。少女は明らかにこのことに気づいていた。また、彼女は、アーミティッジと旅行できることを喜んでいるようだった。この考えが浮かぶや否や、アーミティッジは馬鹿げていると思ったのだが、彼女がそんな印象を与えてくれるというのは嬉しいことだった。

〈楽しそうな、元気な、誘いかけるような、大喜びな〉

(6)　彼女は助手席に＿＿＿＿し、少年は後部座席に座った。アーミティッジは素早く出発し、引っ越しトラックを追い抜こうとした。彼の運転は強引で、機会を逃さず三足で追い越しをした。少女が隣にいたから自分の技術を見せびらかしたかったのだと彼は思ったが、その考えをすぐに打ち消した。

〈急いで飛び乗った、ドサっと腰を下ろした、誘惑するように座席に滑り込んだ、気楽な感じで座席に滑り込んだ、ぎこちなく体を押し込んだ、静かに乗り込んだ〉

それでは、それぞれのパラグラフの空欄についてコメントしていこう。

最初のパラグラフについて、出版されたテクストで使われている単語は「オンス」である。この表現の厳密さがただちに示すのは、男が非常に厳密で秩序だった生活態度をしているということである（どのくらいの人が自分の体重をオンスの単位まで知っているだろうか）。

二番目のパラグラフでは、つけている時計が違えばアーミティッジの性格はまったく違ってくる。出版されたテクストでは彼は「スイス製の」時計をしていて、すでに冒頭の数行で設定されている、秩序だった金回りのよい生活のイメージを補強する。しかし、「意味の明滅」の意味素のコードにおいては、多機能性のデジタルストップウォッチによって彼は老齢のガジェット好きになるし、流行のスウォッチによってファッションの流行にうるさい人になるし、懐中時計をもっていれば時代遅れの人、冗談じみたミッキーマウスの時計をもっていれば元気なパーティ好きタイプということになる。

三番目のパラグラフでは、「甘美な」「めまいがするような」「セクシー」などの単語が用いられるとアーミティッジは皮にフェティシズムを覚えるような人物になるが、「高価な」という単語が使われると、物に対する嗜好が値段に直接比例することになるから、彼はある種の率直さと俗っぽさを備えた人物になる。実際のテクストに使われている「贅沢な」にもこうした要素はあるが、同時に、彼が物の質や職人技を重視していることもほのめかされている。

四番目のパラグラフでは（フィクションではよくあることなのだが）、語り手が使う単語の種類によって、描写される人物像が変わってくる。「閉口した」や、さらに「あっけにとられた」は野暮でなにかピンときていない様子を示唆するだろう。他方、本文で実際に使われている「当惑した」が示唆するのは、ある程度の敬意を払われることに慣れた、それなりの地位の人物が名誉を傷つけられた様子である。

五番目の、女の子の笑顔の意味をアーミティッジがどのように受け取ったかは彼の性格を決定づけるうえで重要だ。本文では彼女は「元気に」笑ったと認識されており、自分に対する少女の肯定的な反応に彼が喜んでいることがわかる。もし彼女が「誘いかけるような」笑顔をしているように彼の目に映っていたとしたら、彼の動機はもっぱらセクシュアルなものだという含みがあることになり、他方、「大喜び」だったとしたら、彼女を大人というよりは子どもとして見ていたことになるだろう。

最後のパラグラフで欠けているフレーズが示しているのは、ともかくアーミティッジが少女を魅力的だと感じていて、特に彼女の体を意識しているということである。本文では、彼女は助手席に「気楽な感じで滑り込んだ」とあり、彼女のある種のスラリとした優雅な物腰が伝わってくる。アーミティッジが注意を払っているのは男の子ではないから、男の子は後部座席に単に「乗り込む」。もしこれらの表現を入れ替えたら、アーミティッジは女の子よりも男の子のほうに興味があるという印象になるだろう。だから「少女は助手席に乗り込み、少年は後部座席にさっと滑り込んだ」という文章だと、たとえはっきりそのように書いていなかったとしても、アーミティッジがホモセクシュアルであるということになりかねない。

このシンプルな「空所補充法」の練習問題は規模は小さいが、人物造形における意味素のコードの本質的な働きを示している。と同時に、アーミティッジを連想させる几帳面さと抑制などモチーフを、このコードが順次どのように始動させるのかを示している。

同じ引用箇所で、ほかの二つのコードの働きも簡単に示すことができる。例えば、当然、解釈学的コードは重要である。小説が始まるとすぐに読者は、結末はどのようになりそうかを想像し、謎について考え、出来事や動機のパターンについて予想するプロセスに引き込まれる。つまり、この例題の箇所から私たちは即座に「この出会いの結果何が起こるのか」とか「このヒッチハイカーは見かけほど無垢なのか」「小説が進むにつれてアーミティッジの自信は何らかの形で揺らぐのか」といったような疑問に答える作業に巻き込まれていくのである。最後に、文化的コードの例は三番目の段落に見ることができる。そこではアーミティッジは「同じ車に一年以上乗ったりしない人種」ということになっているのだが、この記述は、性格や習慣に関してこの男がどんなタイプの男なのか、私たちの知識に訴えかける。最後のコード、すなわち象徴のコードはこのように短い小説冒頭の抜粋から考えるのは難しいのだが、すでにポーの例で検証済みである。

参考文献

ロラン・バルト『記号学の冒険』花輪光訳、みすず書房、一九八八年（Barthes, Roland, *The Semiotic Challenge*, trans. Richard Howard（Blackwell, 1988））。

構造主義批評で最も著名な批評家による批評集。「ヴァルドマアル氏の病症の真相」についてはセクション3の「エドガー・ポーの短編のテクスト分析」を参照のこと。

ロラン・バルト『ロラン・バルト読本』（Barthes, Roland, *A Barthes Reader*, ed. Susan Sontag（Vintage, 1993））。

ジョナサン・カラー『構造主義の詩学』（Culler, Jonathan, *Structuralist Poetics*（Routledge, 1975））。

本書を出版したことによって、著者は難解な理論の紹介者として知られるようになった。簡潔ではないが包括的。

ジョナサン・カラー『バルト』富山太佳夫訳、青弓社、一九九一年（Culler, Jonathan, *Barthes*（Fontana, 1983））。

ジョナサン・カラー『バルト――イントロダクション』（Culler, Jonathan, *Barthes: A Very Short Introduction*（Oxford Paperbacks, 2002））。

テレンス・ホークス『構造主義と記号論』池上嘉彦ほか訳、紀伊國屋書店、一九七九年（Hawkes, Terence, *Structuralism and Semiotics*（Methuen, 1977））。

重要なシリーズのパイオニア的文献。カラーの本と似ているが、私の見たところ、こちらはさらに良書。このシリーズのフォーマットは簡潔でしっかりしている。

ロバート・スコールズ『スコールズの文学講義――テクストの構造分析にむけて』高井宏子ほか訳、岩波書店、一九九二年（Scholes, Robert, *Structuralism in Literature: An Introduction*（Yale University Press, 1974））。

賞賛に値する本。古いからといって敬遠してはいけない。これ以上の入門書は他に見つからないだろう。

ジョン・スタロック『構造主義』（Sturrock, John, *Structuralism*（Paladin, 1986））。

さまざまなフィールドにおける構造主義（言語、社会科学など）を網羅している。第四章が大変良く書けていて、文学的構造主義とその先例についての簡潔な解説がある。

第3章

ポスト構造主義と脱構築（ディコンストラクション）

構造主義とポスト構造主義の理論的な相違点

ポスト構造主義は構造主義が延長し、発展したものなのか、それとも構造主義に対する一種の反逆なのか。それは後者であるという一面をもっていることは重要だろう。反逆の効果的な方法とは、信念を貫く勇気がないという非難を先行者に向けることなのだから。実際、ポスト構造主義者たちは、構造主義者がその知的体系の基盤とする言語観の意味するところを最後まで追究していないと非難する。これまで見てきたように、構造主義を特徴づけるひとつの見解にしたがえば、言語はただ世界を映し出し、記録するのではなく、むしろ、言語が世界を作り出し、私たちが世界を「どのように」見るかによって「何を」見ているかが決まると考えることになる。ポスト構造主義の立場からは、この言語観を突きつめるなら、私たちは根源的な不確実の世界に入り込むことになる、と主張される。何故なら言語処理を越えた何らかの固定した目印を手にすることができず、したがって何かを測るための確かな基準がなくなるからである。ある動きを測定するのに基準となる固定した参照点がなければ、動いているかどうかさえわからないだろう。例えば、次のようなことを経験したことがあるのではないだろうか。停まっている電車に座っていて、自分と向こう側のプラットホームの間にもう一台の電車が停まっている。その電車が動き始めると、あなたは自分が乗っている電車のほうが動いているように感じ、その向こうの電車が行ってしまってプラットホームという固定された参照点が再び見えてようやくそれが錯覚だったことに気づく。ポスト構造主義者は、構造主義者が言語について主張したことをきちんと受け止めれば、知的な判断基準となる参照点は永久に存在しなくなる、といっていることになる。喩えを変えると、重力のない空間では上下もないわけだが、言語についてのこのような宣言は私たちをいわば無重力の世界に送り込むといったらいいだろうか。そこには逆さまもなければ正しい上向きもない。この知的判断において参照点がないという状況こそが、ポスト構造主義者のいう脱中心化された世界を説明するひとつの方法となる。この世界では、定義上、私たちはどこに立っているのかわからない。何故かというと、かつて中心を、そしてそれに対する周縁を定義した概念はすべて「脱構築《ディコンストラクト》」され、つまり、その土台が切り崩されているのだ。どのようにそうなるか、その方法については後で説明しよう。

このようなポスト構造主義特有の関心は随分と非現実的なものであると最初は見えるかもしれない。なぜ言語について常にそれほどの不安にかられるのか。言語というものは毎日使う分にはほとんど申し分なく機能しているように思える。しかし、よくよく考えてみると、ポスト構造主義的な関心について最も素直に合点がいく部分は、まさにこの言語についての不安という問題に他ならない。自分の知り合いや同じ社会的立場にある人々との毎日の何気ないやりとりを超えたところで言語を使わなくてはならない場合には、往々にしてそのような不安の感覚に襲われるものだからである。例えば、言語状況として、多少とも面倒な手続きが必要なケースを考えてみればよい。銀行宛に書状をしたためる、小論文を書く、パーティで見知らぬ人とお近づきになる、お悔やみの手紙を送る、などである。これに限らず多くの場合に、その言語によってこちらが意図してもいなかったような事が表明されてしまうのではないか、何か間違った印象を相手に与えてしまうのではないか、あるいは、こちらの無知、無関心、混乱などをさらけ出してしまうのではないかといった不安をほとんどすべての人々が感じるだろう。「わかってもらえると思うけれど」とか「言ってみれば」などの表現を使うときでさえ、言語システムを実はコントロールできていないのだという同じ感覚が根底にある。大げさかもしれないが、このような感覚は実は、脱構築に特徴的な言語についての根源的な懐疑と同じである。少なくとも同じ源を有している。というわけで、ここを出発点としてポスト構造主義の概念を理解していくことにしよう。誰もが経験する感覚や不安との共通点がそこにあるのだから。

とはいえ、まずは簡単に、構造主義とポスト構造主義の相違点を次の四つの項目においていくつか挙げていくことにしよう。

(1) 起源——構造主義の起源は究極的には言語学にある。言語学は本質的に、客観的知識は確立することができると信じている学問領域である。正確に観察し、体系的にデータを収集し、論理的に推論すれば、言語と世界について信頼しうる結論にたどりつくことができる、と考える。構造主義はこの自信に満ちた科学的展望を受け継いでいる。つまり、方式、体系、理性に基づけば信頼しうる真理を獲得することができると考えるのである。

対照的に、ポスト構造主義の起源は究極的には哲学にある。哲学という学問領域は、物事について確実な知識に到達することの難しさを強調する傾向がある。この見方はニーチェの有名な、「事実などは存在しない、ただ解釈のみが存在する」という言葉に要約されている。いってみれば、哲学は本来的に懐疑的であり、常識的な考えや想定を評価せず、疑問視する。哲学的手続きは多くの場合、ただあるがままのものと当然に捉えられていることを疑うことから始まる。ポスト構造主義はこの懐疑の習慣を受け継ぎ、さらに強化する。科学的方法に由来するいかなる自信もナイーヴなものと見なし、さらには、何事もたしかには知りえないということをたしかに知ることで、ある種の被虐的な知的快楽を味わってさえいる。もちろん、そうすることに伴うアイロニーやパラドクスは十分意識したうえで、である。

(2) 論調とスタイル——構造主義の記述は抽象化と一般化へと進む傾向がある。冷静な論調と「科学的なクールさ」が目標とされる。言語科学から派生したことを考えればこれは自然なことであろう。ロラン・バルトの一九六六年発表のエッセー「物語の構造分析序説」（『物語の構造分析』花輪光訳、みすず書房、一九七九年所収）（英訳はスティーヴン・ヒース編『イメージ・音楽・テクスト』（一九七七年）に再録）はこのような論調と論法の典型で、明確に順序だった説明がなされ、図表まで付けられている。ニュートラルで匿名性が強く、科学的記述において典型的なスタイル。

これに対して、ポスト構造主義の記述にはより感情に訴えるところがある。論調はしばしば緊迫感と昂揚に満ち、スタイルは華やかで意識された派手さを帯びる。タイトルには語呂合わせや仄めかしが多く、議論の中心部が何らかの語呂合わせや言葉遊びのうえに構築されていることも多い。

脱構築的な記述は、言語のある「物質的な」側面、例えばある作家が用いた比喩や、ある言葉の語源などに焦点を当てることが多いが、全体的には、超然としたクールさではなく、対象に直接関与する熱を志しているように見える。

(3)言語に対する態度——言語という媒体なくして現実にふれることはできないという意味で、世界は言語によって構築されていると構造主義者は理解する。それにもかかわらず、その事実を受け容れながら、考え、知覚するために言語を使用し続ける。つまるところ、言語というものは秩序ある体系であり、カオスではないのであるから、言語に依存しているという事実を認識したところで知的絶望を引き起こすことはない。

対照的に、ポスト構造主義の態度は、現実そのものが実質的にテクスト的であるという見解の帰結するところにあくまで固執するという点ではるかに原理主義的である。つまり、果たして言語を通して何らかの知に到達できるのかという究極的な不安に至る可能性を増大させる。この見方によると、言語の記号は絶えずそれが指し示す概念から解き放れ、浮流し続ける。それでポスト構造主義者が言語について話すとき、そこには液体に基づくイメージがかなり執拗に登場することになる。記号はそれが指し示すものから解き放れて浮流している、あるいは、意味とは流動的なものであり、絶えず「横すべり」したり、「こぼれ」たりしやすいものである、といったように。この予測不能な形であちらこちらに「こぼれ」、「流れる」言語の流動性は、言葉という容器のなかに入った意味を注意深く「与え手」から「受け手」へと運ぼうとする試みを阻むものである。言語という媒体は完全には制御しきれず、ジャガイモの種を一列に植えつけるようには、決まった場所に意味を植えつけることはできないのである。むしろ、種を蒔く人が歩きながら腕をいっぱいに振って種を蒔き散らし、多くの種が予測不能なところに落ちたり、風に飛んで行ったりするように、意味もランダムに蒔き散らされ、

「散種」されるだけなのである。

同じように、ある語の担う意味がそのまま一〇〇パーセント純粋であるという保証はない。実際、語は常にその反義語によって「汚染」されている――「夜（night）」という語は「日（day）」という語との関係なしには意味を決定できず、また「善（good）」は「悪（evil）」との関係なしには定義されない。またある場合には、語がその語自体の歴史によって侵蝕されている。ある語のすでに使われなくなった意味が現在の語用において厄介な亡霊のように立ち現れて、その語を安全に使用することができると思った途端に、廃れたはずの意味が実質化してしまうのだ。例えば、何の害もないと思える「客（guest）」という単語は、ラテン語で敵やよそ者を意味する'hostis'という言葉と同じ語源をもつ。したがって、その客の潜在的に歓迎されざる身分がふと明らかになるのである（七六ページ参照）。同様に、ある言葉において長らく眠っていた比喩構造が、哲学や文学の領域でその言葉が使用されることで再び活性化し、文字通りの意味に介入したり、単一の意味の言明を揺るがすことも多い。このように、言語的不安というものがポスト構造主義的見解の基調なのである。

(4)

プロジェクト――ここでの「プロジェクト」とは、それぞれの運動における根本的な目標、つまり何について人を説得しようとしているのか、ということである。まず、構造主義は、私たちが現実を構造化し分類する方法を疑問に付し、また、知覚や分類の慣習的な様式から脱却するように促す。しかし、そうすることによって物事に対するより信頼度の高い見方を獲得できると信じている。

ポスト構造主義ははるかにより原理的である。理性という概念そのものに対して不信の念を抱き、また人間が独立した実体であるという考えを疑い、「解体された」あるいは「構築された」主体という概念を好む。このように考えると、個人と考えられるようなものは、実は社会的及び言語的諸力の産物であり、まったくもって本質的存在ではないのである。それは単に「テクスト性によって織り上げられた織物」でしかない。このように、この懐疑主義が掲げる松明は西洋文明がそのうえに築いてきた知的基盤をも焼却しようとするのである。

ポスト構造主義——脱中心化された世界の営み

ポスト構造主義は一九六〇年代後半のフランスに登場した。この登場に最も深く関わる二人の人物がいる。ロラン・バルトとジャック・デリダ（一九三〇―二〇〇四）である。バルトの仕事はこの時期にその性質が変化し始め、構造主義の段階からポスト構造主義の段階へと移行していった。その違いは、バルトが書いたナラティヴについての二つの異なる記述を比較することで理解できる。二つの段階からひとつずつ挙げると、エッセー「物語の構造分析序説」（一九六六年に初出、一九七七年に『イメージ、音楽、テクスト』（スティーヴン・ヒース編）に再録）と著書『テクストの快楽』（Roland Barthes, *The Pleasure of the Text*, 1973）である。前者は詳細で、方法へのこだわりが強く、嫌になるほど技術的である。一方、後者は物語についてのただランダムな批評の連なりであり、アルファベット順に並び、そうすることで素材がランダムであることを強調している。この二つの著作の間に、大変重要なエッセーである「作者の死」（一九六八年）が入る。これはバルトが構造主義からポスト構造主義へと転回する重要な「蝶番」だった。このエッセーのなかでバルトは作者の死を宣言する。これは文学テクストの自律性を主張するレトリックであり、作者が意図したかもしれないことや作品中に「盛り込んだ」かもしれないことをどう考えるかによって、テクストが制限を受け、統一されることなどない、と主張するものである。つまり、このエッセーはテクストの根源的な自律性を宣言する。作品はどんな意図やコンテクストにも決定されることがなく、むしろテクストはその本来の性質からして、そのようなすべての制限から解き放たれているものなのだ。そしてまた、同エッセーでバルトがいうように、作者の死の当然の帰結は読者の誕生である。したがって、一九六六年のエッセーと一九七三年の著作の違いは、テクストとは作者によって産み出されるものであるという見方から、テクストとは読者によって、そしていってみれば、言語そのものによって産み出されるものである、という見方への転換である。つまり、バルトもいうように、作者が不在という状況ではテクストを解読しようと主張してみても無駄ということになる。このようなポスト構造主義の初段階では、果てしなく続く意味の自由な戯れにふけり、あらゆる形のテクスト的権威から逃避することを認め、かつ大いに楽しんでいたといえるだろう。しかし、後にこのテクスト的快楽主義から、より厳格で規律あるテクスト共和主義への移行が必然的にあり、このことはバーバラ・ジョンソンの引用（七六―七七ページを参照）から明らかである。ジョンソンにとって脱構築は、あらゆる制限を排する快楽主義的な作業ではなく、ある規律のもとにテクスト的権威の源を総ざらいし、その装備を解体する作業である。

一九六〇年代後半におけるポスト構造主義の発展に寄与した第二の重要人物は、哲学者のジャック・デリダである。実のところ、ポスト構造主義の出発点はデリダの一九六六年の講演「人文科学の言語表現における構造と記号とゲーム」（Jacques Derrida, 'Structure, Sign and Play in the Discourse of the Human Sciences'）（多数の再版がある。例えばK・M・ニュートンの『二〇世紀文学理論読本』（*Twentieth Century Literary Theory: A Reader* (Macmillan, 1988)）に縮約版が載せられている）にあると考えられているだろう。デリダはこの講演において、現代にある特別な知的「出来事」を見出す。それは過去の思考法からの根源的な決別を決定づけるものであり、デリダはその決別をニーチェとハイデガーの哲学、及びフロイトの精神分析とゆるやかに関係づけている。その出来事は私たちの知的世界の「脱中心化」に関係する。この出来事が起こる以前、あらゆる物事において規範や中心が存在するのは当然のことと見なされていた。つまり、ルネサンスのスローガンが唱えたように、「人間（man）」こそが、この世界に存在する万物の尺度であり、また、西洋の白人の維持する規範こそが、あらゆる服装、行動、建築、知的思考などにおいて揺るがざる中心を形成していた。そして、その中心からの逸脱、異常、変種は「他者（Other）」として指摘され、周縁的存在と見なされた。しかし、二〇世紀に入ってこの中心が破壊され、侵食されたのである。この破壊と侵食は時に歴史的な出来事によって引き起こされた。例えば、第一次世界大戦によって淀みない物質的進歩という幻想がいかに打ち砕かれ、ホロコーストによって欧州が人類の文明の源であり、かつ中心であるという概念がいかに砕かれたか。それはまた時に科学的発見によっても引き起こされている。例えば、相対性理論によって時間や空間が絶対不変の中心をなすものであるという考えがいかに覆されただろうか。そして最後に、それは知的革命や芸術革命によっても引き起こされているといえよう。例えば、二〇世紀初頭の三〇年間に起きた芸術分野におけるモダニズム運動によって、音楽における和声、物語における時系列的進行、美術における視覚世界の再現といった絶対不変とされた中心がいかに否定されたかを見ればいい。

この結果として生じる世界には、絶対的なものや固定した参照点は存在しない。そのため、私たちが生きるこの世界は「脱中心化」され、その本来の性質からして相対的なものとなる。既知の中心からの脱却や逸脱の代わりにあるのは「自由な戯れ」（あるいは、デリダのエッセーのタイトルにある「ゲーム」）でしかない。バルトが「作者の死」のなかで、作者の死が喜びにあふれた自由な時代の到来を告げることを祝したように、デリダはこの講演において、自由な戯れに満ちたこの脱中心化の世界が自由解放をもたらすであろうと歓迎している。この新しい脱中心化された世界の行く先を推測することはできない。しかし、「その到来は明らかであるが、まだ名づけられ得ぬものを前にして、それから目をそらすような者」（ニュートン、p. 154）になりさがってはいけないのである。光から目をそらしてはいけないという、この力強く、半ば宗教的な訴えは、ポスト構造主義的記述によく見られる終末論的論調を典型的に示している。これが示唆する事態は、私たちは勇気を出して、この新しいニーチェ的世界へ参入しなければならないということである。その世界では確実に保証された事実は存在せず、存在するのは解釈のみになる。その解釈には何の権威の刻印もない。なぜなら、解釈の妥当性を求めて訴えるべき権威的中心そのものがもはや存在しないからである。

デリダの名は翌年に出版された三冊の著書（『声と現象』『グラマトロジーについて』『エクリチュールと差異』というタイトルで翻訳がある）によって確固たるものになった。三作とも文学的主題というよりむしろ哲学的主題を扱っているが、デリダの方法は常に、他の哲学者の著述のある一面について非常に詳細な「脱構築的」読解を行うというものである。この脱構築的方法が文学批評家によって借用され、文学作品の読解に使用されたのである。文学テクストの脱構築的読解とは基本的に、ここで議論してきた脱中心化された世界を表す典型としてテクストを読む傾向にある。ある統一性のもとに作り上げられた芸術作品と見なされてきたテクストが、今やばらばらに分断化され、自己分裂を起こし、中心を失ったテクストとして示される。つまり、テクストは「構造と記号とゲーム」の最後に予言されている「怪物の誕生」を象徴するものとして示されるのである。

考えてみよう

ポスト構造主義の中心となる著作はデリダの『グラマトロジーについて』（*Of Grammatology*）である。この著作から最も引用される言葉が「テクスト外なるものは存在しない」というスローガンである。しかし、通常これが引用される際は文脈から切り離されたところで、ある種の極端なテクスト主義を正当化するために用いられる。そのような場合、現実はすべて言語的であるという主張のもと、何か「現実」世界が言語の外部に疑いようもなく存在するかのように語ること自体、意味がないものとされてしまう。

デリダはこのような見方を実際に提唱しているわけではないと考えるのが、最近は一般的になりつつある。今の段階では読者にこの著作のすべてを読破することを勧めはしないものの、この発言がなされた部分についてでもある程度詳細に知っておくと、たいていの批評家や解説者よりも十分先んじることになるだろう。その部分を読むときは、本書の「序論」で説明している精読（intensive reading）のスキルを用いて読むと良い。なお、デリダのその部分のタイトルは「常軌（軌道）を逸したもの。方法の問題」（pp. 157–164）である。

ここでデリダはルソーのエッセー「言語起源論」について話を進めているが、一旦立ち止まり、このテクストを解釈する自らの方法を、ひいては解釈一般の性質そのものを疑問に付す。デリダは「代補（supplément）」という概念について論じている。これは「補足（supplement）」という意味だけでなく、フランス語では「取って代わること（replacement）」という意味にもなり、この場合は言語が現実に取って代わる、あるいは、その代理となるという意味で使用されている（この考え方についての概要は直前のページで述べられている。『グラマトロジーについて』pp. 141–157）。しかし、この「代理」とは正確にはどのような状況を表しているのだろうか。「著作家はある定められたテクスト体系のなかに刻み込まれている」（p. 160）とある。それはつまり、言語は既成のシステムであり、その内部にはすでにそれ独自の歴史や哲学などが「組み込まれ」ていて、そのようなものとして私たちは言語を受継いでいるということである。その意味では、私たちが言葉を通して表現するものは自分自身ではなく言語の諸相にすぎない、といえるのかもしれないのである。

著者はあるひとつの言語の「内部」、つまり、あるロジックの「内部」において書くのであり、それに固有の体系、法則、存在を自らの言語表現によって支配することは定義上不可能である。それらが利用できるのも、自らがその体系にある程度支配されることによってでしかない。したがって、読解とは、著作家が用いるさまざまな言語的様式において、著作家自身の統制下にあるものと統制下にないものとの間に存在する、ある気づかれ得ない関係を探ることを常に目標としなければならないのである。この関係は光と闇、強さと弱さといったある量的な配分で存在するのではない。批評的読解によって「産出」される、意味体系の構造である（デリダ『グラマトロジーについて』p.158）。

それならば、読解や解釈とは単に著者がそのテクスト中で考えたことや表現したことを再生産する作業ではない。解釈に対するそのような不適切な考え方をデリダは「重複する注釈」と呼ぶ。なぜなら、そういった解釈は、テクスト以前に存在する非テクスト的な現実（つまり著者が考えたり行ったりしたことの現実）を再構築し、それをテクストの横に並置しようとするからである。そうではなく、批判的読解とはテクストを生産するものでなければならない。テクストの裏には再構築できるような実質は何も存在し得ないからである。その意味で読むこととは再構築するのではなく脱構築するものなのである。デリダが「このエッセーの枢軸となる命題、それはテクスト外なるものは存在しないということ」（『グラマトロジーについて』p.163）と例の発言を行っているのは、まさにこの点である。

読解とは、そのテクストを逸脱して何かそれ以外のものへ、（中略）テクストの外部のシニフィエへと向かうことを正当化することはできない。そのような対象は、言語の外部において、つまり言語とはこのエッセーでは書かれたもの（エクリチュール）全体を意味するが、その外部において、起こり得るかもしれない、あるいは起こり得たかもしれないことにすぎない。故に、ここで敢えて一例にその応用を試みる方法論的考察は、これまで詳述してきた一般的命題、つまり指示対象の不在、超越的シニフィエの不在に関するそれに密接に依存することになる。つまり、テクスト外なるものは存在しないのである（『グラマトロジーについて』p. 158）。

デリダはさらに論を展開させ、「ルソーのテクストとして考えられている枠組を越えたところやその背後には、書かれたもの（エクリチュール）以外の何も存在していない。（中略）意味と言語を開始するものは、自然的現前の消失としての書かれたもの（エクリチュール）である」（p. 159）とも繰り返している。

デリダによるこのような記述は決して簡単に理解できるものではない。しかし精読してみるだけのことはある。理想的にはグループ・ディスカッションをして取り組むと良いであろう。デリダが言葉と世界の関係について何をいわんとしているか正確に理解できるであろうか。また、デリダの考えは厳格であり妥協を許す余地がないと非難されることが多いが、本当にそうであるといえるだろうか。

構造主義とポスト構造主義の実践上の相違点

ここで最初に問題となる点は、実践的な批評の方法よりはむしろ心構えそのものが重要であるとするポスト構造主義者の主張である。ある意味で正しいといえるが、そのような主張はおそらくどの批評理論の指針にも当てはまることで、特にポスト構造主義特有のものであるとはいえないだろう。つまるところ、マルクス主義批評やフェミニズム批評、あるいはリベラル・ヒューマニズムの批評にしても、一体どのような意味でこれらが方法であるといえるのだろう。それはごく漠然とした意味においてでしかない。文学作品を分析するためのワンステップごとの手順のようなものを提供する批評はない。どんな批評も、その批評において特徴的とされる中心的問題点（つまり、上の例でいえばそれぞれ階級、ジェンダー、個人的倫理観という論点がある）に対する指針を示すだけであり、それぞれの例が集められた一連の著述があるだけなのだ。

そのうえで、批評的方法論としてのポスト構造主義における特徴とはどのようなものか考えてみたい。ポスト構造主義の文学批評家たちは専らテクストの「構築をほぐす、外す」作業に従事する。このプロセスが「脱構築」と名づけられ、この「脱構築」がポスト構造主義の応用学であると大体定義される。このプロセスはしばしば「木目に逆らって読む」あるいは「テクスト自体に逆らってテクストを読む」行為といわれ、その目的は「テクスト自らが知り得ることのできないテクストを知る」ことにあるとされる（これらはすべてテリー・イーグルトンの定義である）。脱構築的読解のひとつの説明として、テクストの意識的次元ではなくその無意識を、つまり、テクストが表面上取り繕っていることになり、自ら認識できないことを、すべて暴いてしまう読解であるという言い方が可能かもしれない。言語におけるこのような抑圧された無意識は、前に挙げた例によって理解できるだろう。「客（guest）」という単語は「主人役・ホスト（host）」と同族であり、つまり同じ語源をもつが、この単語の由来はラテン語で敵を意味する'hostis'という言葉にある。このことが暗に示すのは客がもつ潜在的二重性である。つまり客であるということは歓迎される客もしくは歓迎されざる客であるということ、もしくはその一方から他方へ変化する、ということである。すなわち、この「敵性（hostility）」があるという考えが言葉のいわば抑圧された無意識の部分である。脱構築のプロセスがテクストの無意識を暴く際には、このように語源学のような学問方法に依拠することになるかもしれない。

他によく挙げられる脱構築的読解の定義はバーバラ・ジョンソンによるもので、その著『批評的差異』（Barbara Johnson, *The Critical Difference*（Johns Hopkins University Press, 1980））に見られる。

脱構築（deconstruction）とは「破壊（destruction）」と同義ではない。脱構築とはその本来の語義である「分析（analysis）」に非常に近いといえる。「分析」の語源学的意味は「ほどく」ことである。（中略）テクストの脱構築は、手当たり次第に疑ったり、好き勝手に転覆させたりすることによって行われるのではない。テクストのなかで互いに反目する意味作用の力を注意深く引き出すことによって行われるのである（『批評的差異』p.5）。

デリダ自身による脱構築的読みの説明も同じ趣旨である。脱構築的読解とは、

著作家が用いるさまざまな言語的様式において、著作家自身の統制下にあるものと統制下にないものとの間に存在する、ある気づかれ得ない関係を探ることを常に目標としなければならないのである。（中略）見えぬものを見えるようにする試みである（『グラマトロジーについて』p.158, p.163）。

J・A・カドンは『文学用語・文学理論辞典』（J. A. Cuddon, *Dictionary of Literary Terms and Literary Theory*）のなかで脱構築について次のように示している。

テクストはそれが表面的に述べているように思えることとはまったく異なる何かを述べているものとして読むことができる。（中略）テクストには意味の多重性が内在していると読むこともできるであろう。ある批評において唯一の「揺るぎない」意味であるとされるものに根本的に反目し、矛盾し、それを転覆させてしまうさまざまな要素をはらんでいるものとして読むこともあるだろう。テクストとはこのように自らを「裏切り」うるのである（「脱構築」の見出しより）。

したがって、脱構築を実践する者はいわゆるテクスチュアル・ハラスメント、もしくは対抗的読解と呼ばれる読み方を実践する。テクストに内在する矛盾や不整合を暴き、その表向きの統一性の下に潜む非統一性を示すことが目的となる。対照的に、前世代の「新批評」が目指すものはまったくの反対で、表面上は統一性がないように見えるものの背後にある統一性を示すことが目的であった。脱構築のプロセスでは、その目的を実行するために、一見

偶発的に思えるテクストの細部に目をこらすことがよくある。例えばある特定の比喩に着目し、それを全体のテクストの重要な鍵として捉え、それをもとにすべてを読み込んでいくのである。

構造主義の説明の際に、構造主義者がどのようにしてテクストのなかに並行、反響、反転などの特徴を探し出すかを考えた（五五―五六ページ）。このような作業によって、テクスト内のある目的をもった統一性の示される場合が少なくない。それはまるでテクスト自体が何をしたいのかわかっていて、テクストがその目的のためにあらゆる手段を講じてかのようである。これに対し、脱構築主義者はテクストがテクスト自身と不和であることを示そうとする。そのテクストを分断されてばらばらになってしまったひとつの家のように捉える。そのため、さまざまな種類の空隙、中断、亀裂、不連続の証拠を探し出す。ここで、構造主義とポスト構造主義の実践的レベルにおける相違点を左のような表でまとめてみよう。

構造主義者が求める対象	ポスト構造主義者が求める対象
並行・反響	矛盾・パラドクス
均衡	変化・中断
	（例えば左の項目において――語調、視点時制、時間、人称、テクストの態度）
反転・反復	対立
シンメトリー	欠落・省略
対照	言葉のひねり
パターン	アポリア
目的――テクストの統一性と一貫性を提示すること	目的――テクストの非統一性を提示すること

これから例を示す際には、このリストに戻って参照することにする。また、脱構築のプロセスにおけるごく簡単な三段階モデルも提示する。各段階の最後で幾つか質問も提示するので、読者は自分で「実践例」を試みてほしい。

ポスト構造主義批評がすること

(1) 「テクストの下意識」と考えられるものを露わにするために「テクストに逆らってテクストを読む」。そこでは表面上の意味とは正反対の意味が表出されることもありうる。

(2) 言葉の表面的な特徴に注目する。例えば、似ている音、言葉の語源的意味、常套化して隠喩としての性格を失った「死喩」（もしくは「死にかけた」隠喩）などに着目する。取り出して前景化することで、それらが全体の意味に決定的な重要なものであるとわかる。

(3) テクストが統一性よりも非統一性によって特徴づけられることを示す。

(4) テクストのある一部分に集中し、徹底的に分析する。そうすることで「単声的な」読みを維持することが不可能となり、言語は「意味の多重性」へと増殖する。

(5) テクスト内にあるさまざまな種類の変化や中断を探し出す。そして、テクストによって沈黙のうちに抑圧され、取り繕われ、やり過ごされたものの証拠としてそれらを示す。このようなさまざまな不連続は「断層線（fault-lines）」と呼ばれることもある。これは地質学の用語を使った隠喩で、岩盤構造におけるずれのことを指すが、このずれが以前に何らかの活動や移動があったことの証拠となる。

脱構築批評の実例

ここでは脱構築の実践についてわかりやすい例を提示することにしよう。脱構築的読解に特有なものは何であるかを示すと同時に、よく知られている批評形式と完全に分離しているわけではないということも示してみたい。以下で説明するのは脱構築のプロセスの三段階である。各段階をそれぞれ「語句」「テクスト」「言語」と呼ぶことにしよう。以下、ディラン・トマスの詩「ロンドンのある子どもの、火災による死を悼むことを拒んで」（巻末の「付録」二を参照）を用いて説明することにする。

まず「語句」の段階は、一九二〇年代、三〇年代に英国批評家ウィリアム・エンプソンの『曖昧の七つの型』（一九三〇年）などによって提唱された、伝統的な批評形式の精読に相通ずるものがある。テクストのなかに、純粋に単語や語句のレベルといえる部分でパラドクスや矛盾がないかを探し出す作業になる。例えば、トマスの詩の最後の一行は「最初の死のあとに、ほかの死はない」であるが、この陳述はそれ自体矛盾し、自家撞着に陥っている。もし何かが最初であると呼ばれたら、その次に第二、第三、第四……と続くことが含意される。つまり、文字通りのレベルでは、「最初の死」というフレーズがあれば明らかにそのほかの死もあるはずということになる。このような自己矛盾は、言葉に内在する不確実性と横すべりの傾向を示すことになる。この点については後でもう少し説明することにしよう。トマスの詩にはこの種の例が他にもある。もう一度詩を読んでみて、他に何があるか調べてみてほしい。例えば「〜までは〜しない」という「〜までは」と「〜しない」を組み合わせた使い方について考えてみることから始めてもよいだろう。

これに関係し、ポスト構造主義のもうひとつの特徴に、二項対立としてよくある組み合わせの両極をひっくり返してしまうという傾向が挙げられる。例えば、男性と女性、日と夜、光と闇などの組み合わせの両極をひっくり返すことで、第一項より第二項のほうが「特権的」となり、より好ましい存在と認められるようになる。トマスの詩では、生を生み出すものは光ではなく闇であると考えられているようで、それは詩のなかの「人類を造り／鳥と獣と花を／父として生《な》しすべてを謙虚にさせる闇が」という一節に表れている。このパラドクスは詩の世界がどのように提示されているかを反映する。つまりこの詩の世界は、私たちが生きるこの認識可能な世界であると同時にその世界の逆転でもある。脱構築にとって、こうした瞬間もまた、言語は世界をそのまま反映し、伝えるのではないという状況を示す徴候である。むしろ言語によって世界は構成されるのであり、それは一種のパラレルワールド、あるいはヴァーチャル・リアリティのような世界である。このような矛盾した、あるいはパラドクスを含んだフレーズをいくつか見つけだすことが、この詩について「木目」に逆らって読む第一段階である。この作業によって、「テクストに逆らってテクストを読む」ことになり、「シニフィアン」が「シニフィエ」と折り合わないことを示し、そしてこの詩自体の抑圧された無意識を暴くことになる。また、この第一段階は常にその後の段階においても役に立つ材料を浮かび上がらせる。

次の「テクスト」段階では、個々のフレーズを超え、より全体的に詩を眺める。この第二段階における作業は、詩の連続性に何か変化や中断がないかを探し出すことである。変化や中断を見つけだすことで、この詩の態度が常に一定ではないこと、つまり、ある固定された統一的な立場がとられていないことが明らかになる。この変化や中断にはさまざまなものが考えられる（前の表を参考にしてほしい）。例えば焦点の変化。そのほか時間、語調、視点、態度、速度、語彙における変化なども挙げられるだろう。文法を指摘してもよい。例えば、一人称から三人称への変化、過去形から現在形への変化などである。このように、第一段階よりも大きな範囲でパラドクスや矛盾を指摘し、テクスト全体を視野に入れるようにする。例えばトマスの詩の場合、時間と視点において大きな変化が見てとれる。決して時系列的にスムーズに流れていない。最初の二つの連では地球史的な時間の経過と「この世の終わり」の到来を想像している。最後の光が射し、海がついに静まり、「鳥と獣と花」を生み出した循環は終わりを告げる。それと同時に「すべてを謙虚にさせる闇」がやってくる。しかし、第三連では現在に軸がある。「その子どもの死の荘厳さと燃焼」とあるように、現実の子どもの死が焦点となる。最後のスタンザではまた最初の二つの連のように視野が広がっているが、それでも「流れゆくテムズの／悼まない水」が目撃しているように、ロンドンが刻々と記録し続ける歴史的な時間の営みが軸のようでもある。このように、ある明確な視点から子どもの死を「フレーム」に入れてその状況を定めるような、あるひとつの大きなコンテクストは提供されていない。こうした変化と揺らぎのために、トマスの詩は、その意味の所在をひとつに位置づけることがきわめて難しい詩となっているのである。

トマスの詩をもう一度読み、このような大きな規模の「テクスト」レベルで中断や不連続がないかどうか、他の例を見つけてもらいたい。「省略」も重要である。テクストによって当然伝えられるはずのことをそのテクストが伝えていない場合である。例えば、詩人がなぜ悼むことを拒否するのか、その理由を伝えているのかどうか、あるいは、悼むことを拒否すると発言された意図がそもそも実行されていないのはなぜか、手始めにそれを考えてもよいだろう。

最後の「言語」の段階では、コミュニケーションの媒体として言語そのものの適性が疑問視されるような瞬間を詩のなかに探し出す。このような瞬間とは、言語の不確実性や言語の信頼性がないことへの言及が、間接的にしろ直接的にしろ、なされている場合にもたらされる。例えば、言葉ではいえないといっている場合、それを表現したり説明したりすることはできないといいながらそうしてしまっている場合、あるいは、言語というものは対象をふくらませたり、ちぢませたり、誤って表象したりするものだといいながら、結局言語を使用し続けるような場合、などである。トマスの詩の場合、この詩は全体としては、それが「しない」といっていることを行う。詩人は悼むことを拒否すると宣言するが、詩としての構成は悼むという行為そのものである。第三連で詩人は、「私は殺しはしない／厳粛な真理とともに逝く彼女のなかの人類を」といい、つまり、この出来事について一般的に認められる語り方のすべてを非難している。そして、紋切型の哀悼の意をささげるスタンスや「言説習慣／実践」といったよくある行為や立場の外側に立つことを宣言する。まるで何か「純粋な」立場が、こうした妥協せざるを得ない表現形式を超えたところにあり得るかのように。しかし、この後に続くのは沈黙ではない。厳かな典礼式文にも似た宣言で始まる最終連である。「地中深く最初の死者とともにロンドンの娘は横たわる」と詩人は宣告し、伝統的な賛辞の形式をわきまえたかのようである。死者は等身大よりも大きな英雄像へと変化を遂げ、「ロンドンの娘」となり（現実の彼女にはあり得ない呼び方であろう）、あらゆる時代の死者による偉大なる行進の列に続くかのように「ローブ」を身にまとい、そして埋葬された地であるロンドンの土となり、母なる大地へと再び結ばれるのである。

トマスはこの詩において、言語の罠に嵌ることを知りながらもその罠に落ちてしまったのかもしれない。「言語」レベルの視点でもう一度この詩を読み、その他の例がないか考えてみてほしい。トマスが自分で露わにしたばかりのレトリックの戦略を使わざるを得ないでいる、そのような他の例がないだろうか。「母」と「娘」という言葉の使い方に着目してもよいであろう。「母」と「娘」の言葉でもって了解される、比喩的な意味での「家族」の性質がどのようなものであるか考えるとよいかもしれない。その他注目すべきものとして、「殺す」という言葉の使い方や「悼まない」テムズ川という考え方に内在する幾つかの比喩構造の例が挙げられるだろう。

「木目」に一度亀裂が入れば、押しかかる脱構築の圧力にもちこたえられず、詩はそれ自体が分裂し、矛盾したものとして暴かれ、そして文化的にも言語的にも不安定な症候を抱えている事態が明らかになる。このような三段階のモデルは他の素材に応用しても役立つはずである。ひとつの批評的実践としての特徴も示すことになり、一方で他の方法と同じように、その長所と短所を曝け出すことにもなり得るのである。脱構築的読解の目的は、つまり、統一性の「欠如」を引き出すこと、統一性と一貫性を備えているように見えるものが実際は矛盾と対立をはらみ、そしてテクストがそれを抱えきれず、沈静化できないでいることを示すことである。喩えてみれば、意味作用という寝た子を起こし、その子らを喧嘩させようとしているようなものなのだ。対照的に、精読のような伝統的手法は反対の目的を掲げる。ばらばらで統一性のないように見えるテクストを取り上げ、その下に潜む統一性を示そうとする。喧嘩する子らを引き離し、なだめすかしてまた寝付かせようとする。しかし、お互い正反対のように捉えられるかもしれないが、実は両方法論ともまったく同じ欠点をもっている。両者ともあらゆる詩を似たように見せてしまう傾向があるということである。精読をする者は、ダンの複雑な形而上的抒情詩にも、ロバート・フロストの「雪の夕べ森のそばにたたずんで」のようなシンプルな詩にも、そのどちらにも奇跡的なほど均衡のとれた両義性を見出してしまう。シンプルな詩についても一〇ページや二〇ページもの論文で徹底的に完全な分析が示されるので、一つひとつの詩を読む経験の個別性が失われる。同じように、脱構築による分析を経た詩はすべて、言語的不確定性やその他あらゆる不確定性を顕在化させた不安と分裂の産物に見えてしまうのだ。

さらにここで、七八ページの表に関して、ポスト構造主義の側に挙げられている特徴の幾つかに説明を加えておこう。ここでは一八世紀の詩人ウィリアム・クーパーの有名な詩「漂流者」（巻末の「付録」三を参照）を例として使用する。多くの批評家が認めるように、この詩には二つのレベルの作用がある。その「表層」において、この詩は船から流されてしまったある男の死についての話であり、その男が自らの声で語り、運命を嘆いている。「深層」のレベルでは、この詩は初期の憂鬱症にかかったクーパー自身の恐怖とその孤立を語っている。

脱構築的読解において、まず矛盾やパラドクスを明らかにする場合、詩のなかの「公言されている」感情と「表出されている」感情が合致しないということを示すだろう。例えば「漂流者」の詩では、語り手は自分の苦境に対して仲間の船員を責めてはいないというが、このようにいってしまうことこそが実は責めている可能性を浮かび上がらせる。また、ある時点では友人が自分を助けるためにできる限りのことを行ってくれたといっているが、他の箇所では彼らは自分を見捨て、自分たちの身を守るために急いで去って行くかのようにほのめかしている。もう一度詩を読み、このような推察が可能な箇所を見つけてみてほしい。

次に、中断、空白、亀裂、不連続を指摘することは、テクストがその趣旨において統一性や一貫性に欠けていることを示す一法となる。例えば、語調、焦点、視点に変化が見られるかもしれない。「漂流者」の場合、テクストは流された男のことを「私」と名指したり「彼」と名指したりする。「哀れな運命の男である私は」とあるが、「彼の浮かぶ住まいを永遠にあとにした」(傍点筆者)ともある。もう一度詩を読み、このような例が他にないか探してみよう。すでに指摘したように、この詩はあるレベルにおいて、流された水夫の死についての想像的な語りであり、探検家ジョージ・アンソンの航海中に起こった出来事として、その公開されたアンソンの日誌の説明に基づき再び語りなおされている。もうひとつのレベルでは、この詩は単にクーパー自身が感じている孤立と憂鬱を表した比喩となっている。しかし、この二つのレベルの関係はきわめて「どっちつかず」で、例えば、アンソンや航海について詳細な事項が書き込まれているために、読者は喪失、放棄、孤立といった一般概念から気がそらされてしまい、二つのレベルの間を行ったり来たりすることになる。

第三に「言葉のひねり」。これは、一見したところ適切に使われていると見えるが、言語的に奇妙な点をいくつか含んでいる場合である。安定した意味を転覆させる「辻褄が合わない(non sequitur)」例に注目しなければならない。「漂流者」にはこのような例がいくらでもある。最終連で詩人はどんな神の助けもこない、そして「私たち、がそれぞれ、独りで死んだ」（傍点筆者）というが、この詩はたった一人の死についてしか示していない。他方で、もしこの発言が一般的な発言であり、私たちはみな一人で死に直面しなくてはならないというのであれば、過去形ではなく現在形であるべきだろう（「私たちは死んだ」ではなく「私たちは死ぬ」）。

最後に、「アポリア」であるが、これは脱構築批評で好んで用いられる。文字通りには「袋小路」を意味する言葉であるが、テクスト内で自己矛盾しているがために解決できない、ほどけない結び目のようなものを表す。これはエンプソンの『曖昧の七つの型』のなかで、文学作品における困難な言語的曖昧性として七番目の型に提示されているものとおそらく一致する。それは「テクストのなかに両立し得ない意味の衝突」がある場合に起こるとされる。例えば、第九連の初めで、その溺れた男について「彼を悼む詩人はなかった」とあるが、今読まれているこの詩が存在すること自体、それに矛盾している。このような「縛り」からは抜け出ることではきない。ロラン・バルトの一九六八年のエッセー「作者の死」は構造主義からポスト構造主義への転換を表すとされるが、このエッセーのなかでバルトは、テクストの「すべては解きほぐされなければならない、何ものも解読されてはならない」という。しかし、アポリアとはその解きほぐしに抗うテクスト上の結び目なのだ。右記で示してきた、矛盾やパラドクス、変化やずれなどの要素のいくつかも、より広義の意味におけるアポリアという見出し語のもとに、同じように分類される場合があるかもしれない。

脱構築的プロセスがなぜ「木目」に逆らって読むことと呼ばれるのか、その理由は明らかだろうが、詩には、批評家が単に型にはまった対抗措置を講ずるべき見やすい「木目」や明白な意味があるのだ、と捉えてしまうと誤解を招くことになる。この詩を脱構築的に読むことによって、まずは構造主義的読解を実践することとポスト構造主義読解を実践することはお互い相容れないのであるということを理解してもらいたい。構造主義の方法によってパターン、シンメトリーを見つけだすことは、いわば幸せな自己充足の状態である統一されたテクストを発見することであり、一方、「テクストに抗ってテクストを読む」ことは、テクストが自ら内戦状態に陥っているというその非統一の感覚を引き出すことなのである。

参考文献

ロラン・バルト『テクストの快楽』沢崎浩平訳、みすず書房、一九七七年（Barthes, Roland, *The Pleasure of the Text*, trans. R. Miller（Hill & Wang, 1975））。

バルトの「遊戯」的な側面を代表する著作。簡潔であり、謎めいていて、読みものとして楽しい。

ジョナサン・カラー『ディコンストラクション』富山太佳夫・折島正司訳、岩波現代文庫、二〇〇九年（Culler, Jonathan, *On Deconstruction: Theory and Criticism After Structuralism*（Routledge, 25th anniversary edn, 2007））。

一九八〇年代以降の脱構築の歴史を概観した新版用の序文つき。ここ最近の文化理論における位置づけも行っている。

ジャック・デリダ「常軌を逸したもの。方法の問題」『根源の彼方に――グラマトロジーについて』足立和浩訳、現代思潮社、一九七二年（Derrida, Jacques, 'The exorbitant. Question of method', pp. 157–164 in *Of Grammatology*, trans. Gyatri Chakravorty Spivak（Johns Hopkins University Press, 1976））。

ジャック・デリダ「人文科学の言語表現における構造と記号とゲーム」（Derrida, Jacques, 'Structure, Sign and Play in the Discourse of the Human Sciences'）（K・M・ニュートン『二十世紀文学理論読本』（Newton, K. M., *Twentieth Century Literary Theory: A Reader*（Macmillan, 1988））に縮約版の形で再版）。

ジャック・デリダ「真実の配達人」清水正・豊崎光一訳、『現代思想』一九八二年二月臨時増刊号（Derrida, Jacques, 'The purveyor of truth', pp. 173–212 in *The Purloined Poe: Lacan, Derrida, and Psychoanalytic Reading*, ed. John P. Muller and William J. Richardson（Johns Hopkins University Press, 1988））。

ポーの短編「盗まれた手紙」のラカンによる読みに対して、デリダが反応している。序文に詳述あり。上記二本を含め、デリダのこれら三本のエッセーは、初めてデリダを読む読者に薦められる。

ジャック・デリダ『デリダ読本』（Derrida, Jacques, *A Derrida Reader*, ed. Peggy Kamuf（Columbia University Press, 1998））。

「入門書」として役に立つ。デリダのエッセーの掲載が充実しており、各エッセーにそれぞれイントロダクションも付いている。継続してデリダを読んでいきたい読者に薦められる。

ペネロペ・ドイッチャー『デリダを読む』土田知則訳、富士書店、二〇〇八年（Deutscher, Penelope, *How to Read Derrida* (Granta Books, 2005)）。

短いのでデリダへの取っかかりとして良い。「どう読むか」（'How to Read'）シリーズの一冊。最近の傾向を表していてイントロダクションが非常に短い。

アン・ジェファソン、デイヴィッド・ロビー編『現代文学理論——比較入門』（Jefferson, Ann and Robey, David, eds., *Modern Literary Theory: A Comparative Introduction* (Batsford, 2nd edn, 1986)）。

なかでも第四章「構造主義とポスト構造主義」を参照。

ジョン・レヒテ『現代思想の50人——構造主義からポストモダンまで』山口泰司・大崎博監訳、青土社、一九九九年（Lechte, John, *Fifty Key Contemporary Thinkers* (Routledge, 2nd edn, 2006)）。

戦後の「重要な思想家」に関する短い入門用のエッセーがいくつか紹介されている。ポスト構造主義や脱構築に限らない。

クリストファー・ノリス『デリダ——もうひとつの西洋哲学史』富山太佳夫・篠崎実訳、岩波書店、一九九五年（Norris, Christopher, *Derrida* (Fontana, 1987)）。

良い入門書。簡潔である。

クリストファー・ノリス『ディコンストラクション』富山太佳夫・荒木正純訳、勁草書房、一九八五年（Norris, Christopher, *Deconstruction: Theory and Practice* (Routledge, 2nd edn, 1991)）。

標準的入門書。

ニコラス・ロイル編『脱構築——ガイドブック』（Royle, Nicholas, ed., *Deconstructions: A User's Guide* (Palgrave, 2000)）。

重要な批評家によるエッセーが掲載されている。よくまとめられている。

マダン・サループ『ポスト構造主義とポストモダニズムへの入門ガイド』（Sarup, Madan, *An Introductory Guide to Post-Structuralism and Post-modernism* (Longman, 2nd edn, 1993)）。

内容がより充実した新版。「デリダと脱構築」の章を参照。

第4章

ポストモダニズム

ポストモダニズムとは何か。モダニズムとは何であったか。

構造主義とポスト構造主義の場合と同じく、モダニズムとポストモダニズムが厳密にどう異なるのかについても多くの議論がある。この二つの概念はいわば醸造年《ビンテージ》が異なっている。「モダニズム」は古くにさかのぼる銘柄で、二〇世紀の文化を理解するのに決定的に重要である。それに対して、「ポストモダニズム」という語が流通するようになったのは、よく知られているように、一九八〇年代に入ってからのことである。「モダニズム」は二〇世紀前半の芸術・文化を支配した運動に与えられる名称である。それは諸芸術における大変動であり、二〇世紀以前の音楽、絵画、文学、建築上の実践を支えていた構造の大部分を打ち倒した。主たる震央地のひとつは一八九〇―一九一〇年のウィーンだったと思われるが、その影響はキュビズム、ダダイズム、シュールレアリスム、未来派といった芸術運動という形で、フランス、ドイツ、イタリアで、さらにはイギリスでも感じられる。その余波は今日でもなお消えておらず、モダニズムが打ち倒した構造の多くは再建されてはいない。それゆえ、モダニズムの理解なしに二〇世紀の文化を理解することは不可能である。

モダニズムの洗礼を受けた芸術の全分野において、それまでの実践を構成する最も根本的な要素が疑問視され、退けられた。音楽ではメロディやハーモニーが脇に追いやられ、絵画では遠近法や直接的な絵画表現が放棄され、抽象の度合いが高められた。建築では伝統的な様式や素材（傾斜した屋根、ドームや円柱、木材・石・レンガ）が退けられ、簡潔な幾何学的形態が板ガラスやコンクリートといった新しい素材でしばしば制作された。文学では伝統的なリアリズム（時系列に沿ったプロット、全知の語り手による切れ目のない語り、「閉じた結末」など）が拒否され、さまざまな種類の実験的形式が採られた。

ハイ・モダニズムの時代は一九一〇年から一九三〇年の二〇年間だったが、この運動における文学の「主唱者」は、（英語圏では）T・S・エリオット、ジェイムズ・ジョイス、エズラ・パウンド、ウィンダム・ルイス、ヴァージニア・ウルフ、ウォレス・スティーヴンズ、ガートルード・スタイン、（フランス語およびドイツ語圏では）マルセル・プルースト、ステファン・マラルメ、アンドレ・ジッド、フランツ・カフカ、ライナー・マリア・リルケだった。これらの作家が実践した文学のモダニズムの重要な特徴としては、以下のものが挙げられる。

(1) 印象や主観、すなわち、「何を」見るかより「どう」見るかの強調（意識の流れ技法の使用に明白）。

(2) （小説の場合）見かけ上の客観性からの離反。この客観性は、全知の外的な語り、固定的な語りの視点、明確な道徳的立場などによって与えられた。

(3) ジャンルの境界線の曖昧化。小説は例えば叙情的かつ詩的になり、詩はドキュメンタリーや散文のようになる傾向がある。

(4) 断片形式、非連続的な語り、異なる素材の一見ランダムなコラージュの多用。

(5) 「再帰性」への傾向。詩・演劇・小説はそれ自身の性質・地位・役割に関する問いを掲げる。

こうした変化の全般的な結果として、実験や革新に捧げられたように見える文学が生み出された。最盛期を越えたモダニズムは一九三〇年代、ひどく衰退するかに見え、これは部分的には間違いなく、政治的・経済的危機の時期に生じた緊張のためである。ただ、それは一九六〇年代（モダニズムがその頂点にあった一九二〇年代と興味深い類似点のある時期）に再燃することになるのだが、過去に享受したような優位をふたたび得ることはなかった。

以上から大まかながらモダニズムとは何であったのか、いつのものであったのかが示された。では、ポストモダニズムとは、モダニズムを引き継ぐものなのか、それとも、対立するものなのか。これを判断するには、ポストモダニズムにさし当たっての定義を与える必要がある。出発点として、最も容易に参照できる記述を選ぼう。J・A・カドン『文学用語・文学理論事典』（J. A. Cuddon, *Dictionary of Literary Terms and Literary Theory*）でポストモダニズムは、「折衷的なアプローチ、偶然性による記述、パロディやパスティーシュ」によって特徴づけられると説明されているが、これでは、モダニズムとポストモダニズムの違いはさほど明らかにはならない。というのも、「折衷的」という言葉は断片形式の使用を想起させるが、これはさきほど見たように、モダニズムの特徴である（例えば、エリオットの『荒地』（岩崎宗治訳、岩波文庫、二〇一〇年）（*The Waste Land*）は並置された未完の物語や物語の断片をコラージュしたもの）。また、「偶然性」による形式は、無作為性や偶発性といった要素を取り込む形式を意味するが、これらは一九一七年のダダイストらにとって重要なもので、彼らは例えば、無作為に選んだ新聞の文章から詩を作っていた。そして最後に、パロディやパスティーシュの使用は明らかに、神を気取る著作者の立場（これは全知の語りというスタンスに内在していた）を放棄することと関連していたが、これもまた、モダニズムに不可欠の要素だった。とするならば、モダニズムとポストモダニズムを区別するひとつのやり方は、モダニズムのある側面を、それはポストモダニズムの要素であると遡って定義しなおし、両者の連続した関連性を消滅させてしまうことだといえるだろう。この見方によれば、両者は芸術の歴史における連続した二つの段階ではなく、二つの対立した気分あるいは態度となる。次の段落で両者の違いを見ていこう。

　モダニズムとポストモダニズムの違いの特質は、ジェレミー・ホーソーン『現代文学理論簡約用語集』（Jeremy Hawthorn, *Concise Glossary of Contemporary Literary Theory*（Edward Arnold, 1992））における二つの用語の優れた合同見出しに要約されている。ホーソーンが述べるところでは、両者とも、二〇世紀の芸術・文化の特徴として、断片化をとりわけ重視しているが、その気分は大いに異なっている。モダニズムは信仰に篤く、権威の損なわれていなかった過去への深いノスタルジーを示すかたちで断片を取り扱う。例えば、エズラ・パウンドは代表作『詩篇』（*Cantos*）を「ぼろきれ袋」と呼び、現代で可能なのは断片しかないとほのめかすが、この事実への哀惜をも示している。「ヒュー・セルウィン・モーベリー」（'Hugh Selwyn Mauberley'）（『世界名詩集』第22巻、岩崎良三訳、平凡社、一九六八年所収）という詩のなかで彼は、第一次世界大戦について「いくばくかの壊された彫像のため、／僅か数千の潰された書物のため」に戦われたと語り、同じ詩の「けばけばしい安物が／われわれの時代の後に生き延びるだろう」や「われらは見る、『美』が／市場で決定されるのを」という行では、「永遠の真理」が犠牲になり商業主義が隆盛していることに明らかに苦しみを感じている。『荒地』でもまた、登場人物はあたかも絶望しているかのようにこの詩について「これらの断片を支えに、ぼくは自分の崩壊に抗してきた」と語っている。こうした例には、「バラバラに裂かれた」芸術形式（例えば、クルト・シュヴィッタースのコラージュはキャンバスの油彩部分と新聞、時刻表、広告のランダムな切り抜きを混ぜ合わせている）のなかにこそ適切な表現を見出す世界に対する嘆き、悲観、絶望の調子がある。これに対して、ポストモダニストにとって断片化は活力や解放感を与えてくれる現象であり、固定された信念体系による窮屈な囲い込みからの解放を示している。一言でいえば、モダニストは断片化を嘆き、ポストモダニストは断片化を褒めたたえるのである。

　これと関連したもうひとつの差異もまた、調子あるいは態度の問題である。モダニズムの重要な側面のひとつに、強烈な禁欲主義がある。このため、一九世紀の過度に手の込んだ芸術形式は、ひどく不快で厭わしいものと見なされた。この禁欲主義が最も特徴的かつ印象的に現れているのは、モダニズムの建築家による宣言である。アドルフ・ロースは「装飾は犯罪である」と、ミース・ファン・デル・ローエは「より少ないことはより豊かなことだ」と、ル・コルビュジエは「住宅は住むための機械である」とそれぞれ述べた。こうした宣言が結実した建築は、とりわけ一九八〇年代、「くつ箱」や「吹き出物」[1]のようだという嫌悪や反感を引き起こしたが、彼らが見せた高い理想主義は感情を揺り動かす力を保持している。同じく洗練された禁欲主義が文学ではミニマリズムのなかに見られる。そこで詩は（例えば）一単語からなる行が積み重なった細長い列柱へと縮小され、徹底して簡素で切り詰められた観察を述べる。あるいはサミュエル・ベケットの戯曲では芝居が一三分に切り詰められ、その時間はたった一人の話し手、舞台装置なし、極端に少ない台詞とともに経過することにもなる。それと対照的に、ポストモダニズムはモダニズムにとって重要だった「高級《ハイ》」な芸術と「大衆《ポピュラー》」の芸術の区別を退け、過剰さ、けばけばしさ、「悪趣味」な異種混淆を信条とする。ポストモダニズムはモダニズムの禁欲主義をエリート主義として蔑み、こちらでは擬ジョージ王朝様式の三角破風、あちらではふざけた古典様式の柱廊と、ひとつの建築のなかで異なった時代の建築の破片を進んで混成する。文学におけるポストモダニズムの「殿堂」は、クレイグ・レインやクリストファー・リードといった作家による「火星派」の詩となるだろう。これらの詩では奇怪なまでに多彩なイメージや視点、語彙の混合物がひとつの表層において衝突する。この表層は表層以外の何物でもなく、文学教育が探し求めるよう教える意義深い深層をもたないことに満足しているように見える。その精神において、これほどモダニズムの厳格な禁欲主義からかけ離れているものはない。

ポストモダニズムにおける「画期的出来事」——ハーバーマス、リオタール、ボードリヤール

ポストモダニズムの歴史における重大な「瞬間」のひとつは、現代ドイツの思想家ユルゲン・ハーバーマスによる一九八〇年の講演「近代——未完のプロジェクト」（三島憲一訳、岩波現代文庫、二〇〇〇年）（'Modernity-an Incomplete Project'）で、この論文は大きな影響力をもった。ハーバーマスにとって近代は啓蒙思想とともに始まる。一七世紀半ばから一八世紀半ばまでのおよそ百年の間に、理性が人間社会を進歩させるのだという新たな信念が生まれた。こうした思想はドイツではカント、フランスではヴォルテールやディドロ、イギリスではロックやヒュームの哲学に表明ないしは体現されている。イギリスでは「理性の時代」という術語がこの時代を指すために（最近まで）使われていた。いわゆる啓蒙の「プロジェクト」とは、以下のような考えを推し進めたものである。すなわち、私欲を捨てた個人が理性や論理を働かせ、伝統、盲目的な習慣、宗教の戒律や禁則への隷従を断ち切ることで、社会が抱える問題への解決がもたらされうる、と。こうした展望こそ、ハーバーマスが「近代《モダニティ》」によって意味するものだ。フランス革命はこうした理論を実践において検証した最初の例と見なされる。ハーバーマスの見るところ、理性や進歩の可能性への信頼は二〇世紀に入っても生き延びており、その一世紀の歴史を構成する一連の惨事を経

てもなお健在なのだ。モダニズムとして知られている文化運動は、目的意識、一貫性、価値体系の喪失を嘆く意味において、この「プロジェクト」に賛同するものだった。ハーバーマスにとって、デリダやフーコーといった一九七〇年代フランスのポスト構造主義の思想家たちは、この種の啓蒙的「近代」への明確な拒絶を示していた。ハーバーマスの見解に従えば、彼らは理性、明晰性、真理、進歩といった理想を攻撃しており、正義の探求から距離を取ったのであり、ハーバーマスは彼らを「青年保守派」と見なした。

ポストモダニズムという術語は一九三〇年代には使用されていたが、現在の意味と流行はジャン＝フランソワ・リオタールの『ポスト・モダンの条件――知・社会・言語ゲーム』（小林康夫訳、書肆風の薔薇、一九八六年）（*The Postmodern Condition*）とともに始まったといえる。リオタールの論考「『ポストモダンとは何か？』という問いに対する答え」（一九八二年初出。八四年英訳『ポストモダンの条件』に補遺として追加。九二年ブルッカー編『モダニズム／ポストモダニズム』（*Modernism/Postmodernism*）に収録。『こどもたちに語るポストモダン』（管啓次郎訳、ちくま学芸文庫、一九九八年、第一章）（'Answering the Question: What is Postmodernism ?'））は、いくぶんか遠回しな方法で主にハーバーマスを標的としつつ、啓蒙をめぐる以上の議論を取り上げている。リオタールは啓蒙に関する議論を、敵対者こそが真の保守主義者であると示そうとする（文化に関する論争によく見られる「結論としての最終行」）乱闘へと巧みに変えてしまう。彼はこう書いている、「われわれは四方八方から、実験を止めるよう迫られている」。さらに、他の事例をいくつか引いたあと、（明らかにハーバーマスについて）こう述べている。

ひとりの著名な思想家が、彼が新保守主義と呼ぶものから近代を擁護しているのをわたしは読んだ。彼の信じるところでは、こうした連中は、ポストモダニズムの旗のもと、未完成の近代のプロジェクト、「啓蒙」のプロジェクトを廃止しようと望んでいるという（ブルッカー編、p. 141）。

ハーバーマスは「芸術における実験」の終わりや「秩序・（中略）統合性・同一性・安全性」（ブルッカー編、p.

142）を求める多くの声のひとつにすぎない。これらの声は一言でいえば、「アヴァンギャルドの遺産の清算」を求めている。リオタールから見ると、ハーバーマスがプロジェクトの継続を望む啓蒙とは、キリスト教、マルクス主義、科学的進歩という神話と同様、「すべてを包含」し、「全体化」する権威的な説明原理になりたがるもののひとつにすぎない。こうした「メタ物語《ナラティヴ》」（あるいは「超―物語」）は、説明や安心を与えると自称するが、実際には、差異や対立、複数性を覆い隠すために醸成された幻想である。そこで、リオタールによる有名なポストモダニズムの定義、簡潔にそれは「メタ物語に対する不信感」が生まれる。進歩や人間の向上可能性といった「大きな物語」はもはや維持できず、たかだか、一連の「小さな物語」しか望むことができない。小さな物語は、暫定的、偶発的、一時的、相対的なもので、特定の局所的な状況で、特定の集団が取る行動にしか根拠を与えることはない。ポストモダン的状況はこうして啓蒙の根本的な目標、「歴史の単一の目的という概念や主体という概念」を「脱構築」する。

もう一人の重要なポストモダンの理論家は現代フランスの著述家ジャン・ボードリヤールで、その『シミュラークルとシミュレーション』（原書は一九八一年。英訳（*Simulations*）は一九八三年。邦訳『シミュラークルとシミュレーション』は竹原あき子訳、法政大学出版局、一九八四年）がこの領域への参入を示している。ボードリヤールは「リアルなものの喪失」と一般に知られるものと関連づけられている。すなわち、現代社会においては、映画、テレビ、広告からのイメージが広く行き渡った影響で、リアルなものと想像されたもの、現実と幻想、表層と深層の区別が失われるに至ったという見方である。その結果が「ハイパーリアリティ」の文化で、そこではこうした区別が次第に消えていく。彼の主張はエッセー「シミュラークルとシミュレーション」（縮約版がブルッカー編一九九二年に収録（'Simulacra and Simulations'）。『シミュラークルとシミュレーション』第一章「シミュラークルの行方」に相当）のなかで練り上げられている。その議論は「充足」した過去を想起することから始まる。かつて記号は背後に横たわる深層や現実を指し示す表層だった（ローマ・カトリックの教理問答の言葉でいう「内なる恵みの外のしるし」）。しかしもし記号が、背後に横たわる現実ではなくて単に別の記号を指すものであるならどうだろうか、と彼は問う。もしそうなら、記号体系の全体は彼が「シミュラークル」と呼ぶものとなってしまう。ここでボードリヤールは「表象」に代えて、「シミュレーション」という概念を用いている。記号は一連の過程を経て現在の空虚な段階へと至ることになるが、この過程を異なった種類の絵画と比較しつつ、説明してみよう。

第一に、記号は基本的な現実を表象する。例として二〇世紀イギリスの画家L・S・ラウリーの作品における、工業都市サルフォードの表現を取り上げよう。こうした土地での労働者にとって二〇世紀中頃の生活は過酷なものであり、ラウリーの絵画にも単調さと繰り返しに満ちた雰囲気がある。怯えた棒切れのような人間が通りを埋め尽くし、色彩は抑えられ、地平線はいかめしい工場のような建物でいっぱいになっている。ラウリーの絵画は、記号としては、対象となる土地の基本的な現実を表象しているように思われる。

第二段階として、記号は背後にある現実を誤って表象したり、歪めたりする。例として、ヴィクトリア時代の画家アトキンソン・グリムショーの絵画におけるリヴァプールやハルといった都市の魅惑的な表現を取り上げよう。これらの絵画では夜の都市が描かれている。濡れた舗道は波止場に並ぶ店舗の明るい光を反射し、月は雲の背後から現れ、林のように立ち並ぶ船のマストは夜空を背景にその輪郭を浮かび上がらせている。こうした土地における当時の生活もおそらくは厳しいものだったはずで、それにもかかわらずグリムショーの絵画は夢想的で魅惑的なイメージを示しており、記号はそれが示すものを誤って表象しているといえる。

第三の段階で記号は背後に対応する現実がないという事実を隠蔽する。これを説明するため、シュールレアリスムの画家ルネ・マグリットの作品で使われている仕掛けを取り上げよう。[2] その絵画では、キャンバスを載せた画架が窓のそばに置いてあり、そのキャンバスには窓から見える外の景色が描かれている。しかし窓の向こうに示されているのは、画中画と照らして評価される現実ではなく、単にもうひとつの記号、画中画と同じく権威も現実ももたない、もうひとつの記号、もうひとつの描写である（実際、画中画は表象の表象である）。

第四のそして最後の段階では、記号は現実とまったく関係をもたない。この段階の例としては、例えばマーク・ロスコによる紫の色調に溢れた大きなキャンバスといった完全に抽象的で、何も再現していない絵画を思い浮かべればよい。ここで強調しておきたいのだが、わたしは以上四つの絵画が記号の四段階の実例であると述べているわけではない。むしろ四つの段階がここで取り上げた絵画が事物を意味し表現する、四つの異なった方法に類似していると述べているだけである。

　これらの段階のうち、はじめの二つはきわめてわかりやすいが、残りの二つはおそらくそれほどわかりやすいものではないだろう。ボードリヤール自身が挙げる第三段階（記号が不在を隠す）の例はディズニーランドである。ただ、ディズニーランドが第二のタイプの記号でもあって、以下に示されるようにアメリカを神話化し、誤って表象していることはいうまでもない。

> ここでは、その（アメリカの）あらゆる価値が、ミニチュアや漫画のかたちで高められている。（ディズニーランドは）防腐処置が施され、平和な状態で維持され、（中略）アメリカの生活様式の要約となり、アメリカ的価値を称賛し、矛盾を抱えた現実を理想像へと置き換えたものとなっている（ブルッカー編『モダニズム／ポストモダニズム』(*Modernism/Postmodernism*), p. 154)。

しかしディズニーランドは、実は「第三段階のシミュレーション」（不在を隠蔽する記号）となっている。

> ディズニーランドは、「実在する」国、「実在する」アメリカのすべてがディズニーランドであるという事実を隠すために、そこに存在する（ちょうどまさに、社会的なものが全体として、そのありふれた遍在性のために監獄であるという事実を隠すために、監獄が存在するように）。ディズニーランドは、そこ以外の場所が現実であると信じこませるために、想像上のものとして現出している。

一言でいえばディズニーランドには「現実がもはやリアルなものではないことを隠し、そうして現実原則を保つ」という効果がある。ポストモダニズムにあっては現実とシミュレーションの区別は崩れ落ちる。「すべて」がモデルやイメージであり、あらゆるものが深層なき表層なのだ。これこそ「ハイパーリアル」とボードリヤールが呼ぶものである。

この種のレトリックの壮大さには大きな魅力がある。これを現代におけるある種のプラトン主義と見る者もいるかもしれない。その信奉者たちは、堅固でリアルな世界と通常思われているものが実際には夢のようなイメージの織物にすぎないという神秘めいた見識を享受している。このポストモダンの二つ目の条件、リアルなものの喪失が事実として受け入れられるならば、文学理論が占めるべき根拠地を見つけることは難しくなる。というのも、マルクス主義、フェミニズム、構造主義などの文学解釈の方法はみな、表層と深層のあいだ、すなわち、テクストのなかに見えるものとその背後に横たわる意味のあいだに区別を設けることを拠り所としているからだ。いったん、見えるものだけが手に入るものだと受け入れてしまえば、当然ながら、文学の批評家や理論家が行っていると主張できるものはほとんどない。[3]

より一般的にいって、ポストモダニズムにはある問いと但し書きが絶えず存在している。ボードリヤール流の極端なかたちでは、「リアルなものの喪失」は苦しみに対する冷淡な無関心を正当化するように思われるかもしれない。いまや悪名高い発言において、ボードリヤールは湾岸戦争は決して起こらなかった、「本当に」起こったのは、テレビにおけるある種のヴァーチャル・リアリティであると主張した（第14章におけるこの事件についての議論参照）。同様に、もし「リアルなもの」が「喪失」していること、現実やシミュレーションがある種のヴァーチャル・リアリティへと崩れ落ちていることを受け入れるならば、ホロコーストについてはどうなるのか。これもまたイメージの網の目のなかに「失われた」現実の一部となるのか。言い換えれば、例えば歴史、現実、真理といったポストモダニズムによって価値を減ぜられた概念をまったく信じなくなってしまうと、少なからぬ嫌悪感を惹き起こす連中の仲間入りをすることになってもおかしくない。

考えてみよう

ボードリヤールの四段階モデルにおいてきわめて重要なのは、第三段階、不在を隠蔽する記号である。この記号は、意味すべき想定上の「リアルなもの」がもはや存在しないこと、表層の戯れを越えては他に何も存在しないことを覆い隠してしまう。

この概念を正確に理解するのは容易ではない。理解の助けとして、ディズニーランド以外の事例を思い浮かべてみよう。例えば、広告中に表される男性らしさ、女性らしさの理想像が役立つかもしれない。こうしたイメージは、オリジナルなきコピーであり表象である。つまり、人々はそのイメージのようになろうと努力するかもしれないが、そっくり広告イメージのままという人は現実には存在しない。このように、イメージが現実となって、両者は区別できなくなりがちである。

さらに、リアルなものが本当に失われたと認めるとして、それならこの事実にどう対応すべきか決める必要がある。かりにイメージと現実の境界領域で浮かれ遊びたいと思うなら、「リアルなもの」とはなくても構わない概念であると見定めておく必要があるだろう。しかし最近の出来事はそうではないと示しているのではないか。第一次湾岸戦争のテレビ報道で私たちは、イラクの標的に向かって進むハイテク「自動式」兵器のコンピュータ映像を目撃し、その一方で実況放送は敵の主要軍事施設を「殲滅」しうる「ピンポイント爆撃」について語っていた。また、ニュース速報には、パイロットが自分たちの行っていることを例えば戦闘機ゲームの用語を使って、同じ「リアルではない」言葉で語っている場面も含まれていた。これらはおそらく、リアルなものというカテゴリーが浸食されたときに起こりうるものの徴候である。同じように、リアルなものというカテゴリーがないままで、ホロコーストを非難できるだろうか、あるいは、（例えば）人種差別や環境汚染への反対運動を行うことができるだろうか。

ポストモダニズム批評がすること

(1) 二〇世紀の文学作品のなかにポストモダニズム的な主題、傾向、態度を発見し、その意味するところを探る。

(2) 「リアルなものの消失」という概念を例示しているといえそうなフィクションを前景化する。こうした作品内では、例えば、ポストモダンのアイデンティティの揺らぎが文学ジャンル（スリラー、探偵小説、神話物語群、写実的心理小説など）の混淆のなかに見出される。

(3) パロディ、パスティーシュ、引喩など、文学の「間テクスト的要素」と呼びうるものを前景化する。これらの要素ではみな、あるテクストと外的といって差し支えない現実のあいだよりも、そのテクストと別のテクストとのあいだで、密な参照関係がある。

(4) ウンベルト・エーコのいう意味でのアイロニーを前景化する。すなわち、モダニストが過去を破壊しようとするのに対し、ポストモダニストは過去を「アイロニーを込めて」ではあるが、再考すべきものと理解している（ピーター・ブルッカー編『モダニズム／ポストモダニズム』p. 227。「ポストモダニズム、アイロニー、快楽」『「バラの名前」覚書』谷口勇訳、而立書房、一九九四年）。

(5) 語りの手法における「ナルシシズム」的な要素、すなわち、小説が小説自身の結末や進行に焦点や議論を向け、その内容を「脱―自然化」する要素を前景化する。

(6) 高級な文化と低俗な文化の区別を疑い、両者の混淆として作用する作品を際立たせる。

ポストモダニズム批評の実例

リオタールに由来する概念を直接活用するポストモダニズム批評の有益な実例は、ジェフリー・ニーロンの「サミュエル・ベケットとポストモダン――言語ゲーム、戯曲、『ゴドーを待ちながら』」(Jeffrey Nealon, 'Samuel Beckett and the Postmodern: Language Games, Play and *Waiting for Godot*') である（スティーヴン・コナー編『「ゴドーを待ちながら」と「勝負の終わり（エンドゲーム）」』に再録（Macmillan 'New Casebook' *Waiting for Godot* and *Endgame*, ed. Steven Connor, 1992)）。この論考は、右記六つのポストモダンの批評活動のうち、主に第一のものを示すが、自己完結した体系としての言語という概念がボードリヤールの「リアルなものの喪失」という考えと密接に関わっているという意味では、第二点の要素も備わっている。ニーロンはまず、ヴィトゲンシュタインに由来する「言語ゲーム」という概念を説明する。この概念によれば、私たちが何かを正しいと主張するとき、その判断を下すのは外的な絶対基準に照らしてのことではなく、ある特定の範囲でのみ機能し、その範囲を越えた「超越的」な地位などもたない内的な規則と尺度によって判断しているのである。こうした規則には、ちょうどあるゲームで駒の動きを規定するルールのように、限定された適用可能性しかない。したがって、「ナイトをＫＲ４へ」はチェスのゲームでは勝ちを決める一手となるかもしれないが、例えばサッカーの試合や誰が食器を洗うのかを議論するときには、まったく影響力をもたない。これと同様に、ある主張を正しいとか妥当だと立証する哲学の議論における「駒の動き」は哲学という「言語ゲーム」のなかでしか妥当性をもたない。ニーロンにとって、ベケットの戯曲『ゴドーを待ちながら』におけるウラジミールとエストラゴンはその意義を十分理解しないまま、この種の「言語ゲーム」に参与している。実際、ポストモダニストが同意するところでは、私たちはこうした言語ゲームのほかにはなにももってはいない。言語ゲームの背後には超越的な現実は存在せず、事実、言語ゲームは外からの確認を必要としない自己妥当性をもち、私たちの求める社会的アイデンティティを与えてくれる。しかしウラジミールとエストラゴンは、これを越えたより深い、もしくは「超越的」な現実を渇望している。そこでニーロンはいう、「ウラジミールとエストラゴンの社会的つながりを構成するのは、二人にとって同意された何らかの意味ではなく、二人の言葉の戯れである。ゴドーに二人の結びつきの正当化を期待することははじめから必要のないことだ」。

つまり、ウラジミールとエストラゴンにとって「ゲームすること」だけで十分だというポストモダンの考え（『ゲームするだけ』（*Just Gaming*）とはリオタールの著書のひとつ）を受け入れるのは難しいということになる。というのも、二人は保証や絶対的確証という「大きな物語」によって与えられる安心を求めているからだ。この必要とされる包括的な安心は戯曲中では贖罪というキリスト教の概念と結びついている。贖罪とは日常生活の一見したところ無意味な些細なことや苦難を「回復する」こと（大ざっぱにいって、それに説明と意義を与えることを意味する）である（わがカトリック司祭ならば、不正や不公平に対するどんな些細な不満に対してでも「それをささげなさい」というだろう）。ウラジミールとエストラゴンはしたがって、「モダニズム」の段階に捕らわれており、それゆえ、過去の失われた完全性へのノスタルジーによって引き裂かれている。ニーロンの見るところ、ウラジミールとエストラゴンが求めるような正当化の言説は、第一幕の終わり近くに見られるラッキーの「考え」によってパロディ化されている。ラッキーの「考え」た長台詞は哲学や宗教といった「全体化」する「メタ言説」をパロディ化するものであり、私たちが唯一手にすることのできる「真理という言語ゲーム」を実践において示している。この長台詞は普遍的、非歴史的で無矛盾的なメタ物語という概念のすべて――す、べ、て、のゴドーたち――を揺るがし、脱構築する物語なのだ、とニーロンはいう。ここに示唆されているのは、もしゴドーが現れていたとしても、この種の敬虔かつ衒学的な訳のわからぬ戯言のほかに、ゴドーは何も差し出すことができなかっただろうということである。

ラッキーは以上のことを理解しているがゆえ、溢れんばかりの喜びに満ちたパロディを見せるが、ほかの登場人物はそれに抵抗し、ラッキーの語りは暴力に見舞われる。つまり、モダニストは転覆した神やゴドーを信仰し続けることを望むのである。ニーロンによれば、ウラジミールとエストラゴンは、戯曲を通して、「脱構築的な突破」の入口に立っている。二人がゴドーのことを忘れられるならば、彼らは幸福になり、言語ゲームにおいて創意に富み、こういってよければ、「ポストモダンの条件」たる解放性と不安定性のなかで喜びを覚えることもできるだろう。しかし、二人は何度もゴドーへと、ゴドーが二人に課したと想定される制限や命令へと立ち返ってしまう。「ずっと遠くへ行っちまおう」とある箇所でエストラゴンが提案するが、これに対する返事は「だめだ。（中略）またあした来なくちゃ。（中略）ゴドーを待ちに」である。ここに見える考え方の特徴を述べるには、こういえばよいだろう。ウラジミールとエストラゴンは結局のところ、二〇世紀に見られた真理や価値の断片化に対するモダニストの態度を取っている、と。二人は過去の目的が備えていた失われた豊かさへの回帰を望んでおり、それゆえ、彼らの断片化の経験はノスタルジーに満ちて、不安に悩まされたものとなる。ときおり二人はポストモダンの態度

——そこでは断片化という状態は歓迎され喜ばれる——への移行（ニーロンはこれを「突破」と呼ぶ）、をいまにも遂げようとするかに見える。しかし結局のところ、彼らはそうすることができない。

この読解を支えるモダニズム／ポストモダニズムの二項対立はほかの多くの作品にも適応可能だろう。皆さんにとって思い浮かぶものはあるだろうか。例えば、待つことは二〇世紀の演劇において重要な営為であると思われる——とりわけ、ハロルド・ピンターの戯曲において。『料理昇降機』（*The Dumb Waiter*）がきわめてわかりやすい例となるだろう。読者の皆さんはそれぞれが慣れ親しんでいるピンター作品の解釈にポストモダニズムの概念を用いることの有用性や無用性について考察したくなるかもしれない。類似の読解が試みられそうな「待つこと」の戯曲はアントン・チェーホフの『三人姉妹』（*The Three Sisters*, 1901）である。タイトルにあるオリガ、マーシャ、イリーナの三姉妹は、ロシア北部、となり町から鉄道で二三時間かかる土地でブルジョワ的品位に満ちた生活のなかに取り残されている（メシュエン版チェーホフ戯曲集におけるマイケル・フレインによる序文を参照）。姉妹は何らかの外部の力が田舎の生活に入り込み、彼女らの生活を変容させるのをいたずらに待っている——ウラジミールとエストラゴンのように。社会の発展という理想や、自分たちの苦しみは将来の人々のより良い生活にどこかで貢献するのだという考えなど、姉妹のそれぞれが切望する理想は個人の「メタ物語」と見なすことができる。例えばイリーナは戯曲の終わり近くでこう述べている、「やがて時が来れば、どうしてこんなことになったのか、なんのために苦しんできたのか、それがわかる日がやって来る。そうなれば、わけのわからない秘密も何もなくなってしまうんだわ」。姉妹にとってもまた、姉妹が身を置く実のところ自己充足した現実は、彼女らが際限なく行っている言語ゲームと、さらには首都モスクワのイメージとによって与えられている。そしてそのイメージは記憶と願望から成るきらめく混合物であり、彼女たちに対して一種のハイパーリアリティやシミュラークルを構成しているのである。

参考文献

アンドルー・ベンジャミン編『リオタール読本』（Benjamin, Andrew, ed. *The Lyotard Reader* (Blackwell, 1989)）。

大変便利な原典集。

ピーター・ブルッカー編『モダニズム／ポストモダニズム』(Brooker, Peter, ed., *Modernism/Postmodernism* (Longman, 1992))。

この主題に関する概略的な読本。ドハーティとウォーとともに吟味すべき。序論はモダニズムとポストモダニズムの区別を難解にしていると思われるが、ハーバーマス、リオタール、ボードリヤール、ジェイムソン、エーコ、ハッチオンなどの主要文献やこれらに先立つ原典をコンパクトにまとめている。

スティーヴン・コナー『ポストモダニズムの文化――現代理論入門』(Connor, Steven, *Postmodernism Culture: An Introduction to Theories of the Contemporary* (Blackwell, 2nd edn, 1996))。

この分野において影響力をもちち続けている。明晰かつ力強く争点やジレンマを述べている。

トマス・ドハーティ編『ポストモダニズム読本』(Docherty, Thomas, ed., *Postmodernism: A Reader* (Columbia University Press, 1993))。

記念碑的。ウォーに匹敵する読本。それぞれ概論の付された項目別の、大変便利な原典集。ただし、全体のわかりやすさ、使いやすさから、私はウォーのほうが好みではある。

マダン・サルップ『ポスト構造主義・ポストモダニズム入門』(Sarup, Madan, *An Introductory Guide to Post-Structuralism and Postmodernism* (Longman, 2nd edn, 1993))。

リオタールやボードリヤールを含むポストモダニズムに関する有益なセクション、及び、ビデオや建築など、ポストモダンの「文化実践」の考察。

パトリシア・ウォー編『ポストモダニズム読本』(Waugh, Patricia, ed., *Postmodernism: A Reader* (Arnold, 1992))。

有益な原典集。リオタール、ボードリヤール、ハーバーマスの主要文献に加え、「ポストモダン」の術語が一般化するのに先立つころのアメリカの関連論文（スーザン・ソンタグの独創的な「反解釈」（『反解釈』高橋康也ほか訳、ちくま学芸文庫、一九九六年（'Against Interpretation'））など）も収録。また、ジェイムソンとイーグルトンによるポストモダニズムに関するマルクス主義の論争（ポストモダニズムは避けがたい「後期資本主義の文化的論理」と不本意ながら見なされた）における論文も収録。また、リンダ・ハッチオン、ブライアン・マクヘイルなどポストモダニズムの著名な理論家の論文も収める。

ティム・ウッズ『ポストモダニズム入門』(Woods, Tim, *Beginning Postmodernism* (Manchester University Press, 2nd

edn, 2009))。
鋭敏かつ読みやすくポストモダニズムを包括的に解説。本「入門」(Beginning) シリーズの一冊。

訳注

[1] 一九八四年、王立英国建築家協会（ＲＩＢＡ）のスピーチにて、チャールズ皇太子がロンドンのナショナル・ギャラリー増築案について述べた言葉。

[2] この段落では《人間の条件》などの作品を念頭においている。

[3] コンピュータ用語ＷＹＳＩＷＹＧ（あるいはＷＹＳＷＹＧ）(what you see is what you get) を受けている。制作・編集時にディスプレイに表示されるものがそのまま出力・印刷されるという、コンピュータのユーザー・インターフェイスの技術。

第5章
精神分析批評

はじめに

精神分析批評は、文学の解釈において精神分析の技法の一部を使う文学批評の一形式である。精神分析は本来、(『コンサイス・オックスフォード英語辞典』によれば)「心の意識的要素と無意識的諸要素との相互作用を探究することによって」精神障害の治療を目指すひとつの療法である。これを行う古典的な方法は、患者に自由に話をさせ、問題を引き起こしている抑圧された怖れや葛藤を、無意識に「埋没」させ続けるのではなく、意識へと導き、患者に率直に直面させることである。こうした療法は、心、本能、セクシュアリティがどのようにして働くのかに関するいくつかの具体的な理論に基づいている。これらの理論を展開したのが、オーストリア人、ジグムント・フロイト(Sigmund Freud, 1856-1939)である。こんにち、彼の方法の療法的な価値は限定的であり、フロイトのライフワークは方法論上の不備のためにひどく損なわれている、というコンセンサスが広がりつつある。それにもかかわらず、フロイトは依然として主要な文化的な力であり続け、われわれが自分自身について思考する仕方への彼のインパクトは測り知れない。

フロイトの主だった概念をいくつか見てみよう。三つの段落にわたって傍点を加えたものがそれらである。フロイトの仕事はすべて、無意識(unconscious)の観念を拠り所としている。無意識は心の一部であり、意識の手の届かないものであるが、それにもかかわらず、われわれの行為に強い影響を及ぼす。フロイトは無意識の発見者ではない。彼の独自性は無意識がわれわれの生において決定的な役割をもっていると考えたことにある。これと密接に結びついているのが、抑圧（repression）という考え方である。抑圧とは、未解決の葛藤、自認されない欲望、あるいは外傷的な過去の出来事を意識の外に引きずり出し、無意識の圏内に押し込むべく、「忘れること」あるいは無視することである。これに似た過程に昇華（sublimation）の過程がある。昇華によって、抑圧された素材はより荘重な何かへと「高め」られるか、「高尚な」何かへと姿を変える。例えば性的な衝動は、強烈な宗教的体験や求道心というかたちで、昇華された表現を与えられることがある。晩年にフロイトは、精神のモデルを意識と無意識からなる二部構成ではなく、三部構成にして、自我（ego）、超自我（super-ego）、イド（id）へと分割した。それらはパーソナリティの三つの「水準」であり、それぞれ意識、良心、無意識にほぼ対応している。

　フロイトのアイデアの多くは、セクシュアリティのいくつかの側面に関係する。例えば、幼児のセクシュアリティ（infantile sexuality）という概念は、セクシュアリティは身体の成熟とともに思春期に始まるのではなく、幼児期に、特に幼児と母との関わり合いを通じて始まるというものである。これと結びついているのがエディプス・コンプレックス（Oedipus complex）であり、フロイトによれば、それによって男児は父親を殺し、母親の性的パートナーになるという欲望を心に抱く。フロイト派は世代間葛藤の数多の形式をエディプス的な含みをもつものと見なしており、出世競争などはしばしば、フロイト派の見地からすれば、親の好意を得るための兄弟間の争いを再生産したものとして考察される（エディプス・コンプレックスという観念が示唆するように、フロイト理論は往々にして男性中心主義的な傾向を色濃く示す）。もうひとつの鍵となる観念はリビドー（libido）であり、それは性的欲望と関連した欲動エネルギーである。古典的なフロイト理論では、リビドーは口唇（oral）、肛門（anal）、ファルス＝男根（phallic）を焦点とする三つの段階をもつ。個人においてリビドーは、晩年のフロイトがエロス（Eros）（「愛」を言い表すギリシャ語）と呼んだ、より一般化された欲動の一部である。エロスは大雑把にいえば生の本能を意味し、タナトス（Thanatos）（「死」を言い表すギリシャ語）に対立する。タナトスは大ざっぱにいえば死の本能を意味するが、もちろんこれは議論を呼ぶ概念である。

　キーとなる用語のいくつかは心的過程と呼ばれうるものに関わる。例えば、転移（transference）がそうである。

この現象を通して、分析を受けている患者は分析のなかで喚起された感情を精神分析家へと向け直す。こうして過去に父親像に対して感じた敵意や怨恨が再活性化されて、分析家へ向けられることになる。もうひとつ別のメカニズムに投影（projection）がある。そこでは、われわれ自身のいくつかの側面（たいていは否定的なもの）がわれわれ自身の一部としては認められず、他者のなかに知覚されるか、あるいは他者のものとされる。例えば、われわれ自身の欲望や敵意が、このようにして自分とは無縁のものだとされたりする。両者は、防衛メカニズム（defence mechanisms）、すなわち、苦痛を伴う承認や認識を避けるための心的な手続きと見ることができる。そのような手続きにはさらにもうひとつ、遮蔽想起（screen memory）がある。それは些細で取るに足らない記憶で、その機能はより重大な意味をもつ記憶を消すことにある。これらのメカニズムのうちでよく知られている例は、フロイト的失言（Freudian slip）である。彼自身はそれを「失錯行為（parapraxis）」と呼んでおり、これによって無意識へと抑圧されている素材は、言い間違い、書き間違い、意図せざる行為といった日常的現象を通して、はけ口を見出すのである。

フロイトの重要な用語の最後の例は夢の作業（dream work）で、それは現実の出来事や欲望が夢のイメージへと変形させられる過程である。それには次のものがある。まず、置き換え（displacement）。これによってある人や出来事は、それと何らかの仕方で（語音の類似などによって）つなげられ、関連させられたもうひとつ別の人や出来事によって表象されるか、あるいは象徴的置換という形式で表象される。次いで圧縮（condensation）。いくつかの人物、出来事、意味がこれによって夢のなかでひとつのイメージへと結合され、表象される。このように、人物、動機、出来事は夢においてまさに「文学的な」仕方で表象され、夢の作業によって抽象的な観念や感情は具体的なイメージへと翻訳される。まさに文学に似て、夢はふつう明示的な陳述はしない。両者とも、遠まわしに間接的な仕方で伝達を行う傾向にあり、直接的で見通しの良い陳述を避け、時間、場所、人を具体的に形象化することを通して、意味を表象する。

フロイトの解釈の働き方

フロイト的解釈は一般に、対象に性的な意味を読み込むものだと考えられている。例えば塔や梯子はファルスの象徴とされる、というように。この種の事柄はフロイト自身が生きている時からすでにジョークとなっていた。彼がかつて「葉巻は時にただの葉巻でしかない」といったことを忘れてはならない（ただし、フロイトは葉巻のヘビースモーカーだったので、こういうに際して彼には私的な意味合いがあった）。実際のところ、フロイトの解釈はきわめて単純化されたものというより、大くの場合きわめて巧妙なものである。例えば、ローマ時代の兵士が出てくる夢がどのように解釈されうるか、想像してみよう。フロイトは、夢を非常口ないし安全弁であると考えており、抑圧された欲望、怖れや記憶はその夢を通じて意識へのはけ口を探し求める。当の情動は意識によって検閲されるので、偽装して夢に入っていかなければならない。あるクラブから締め出された人が変装し別の誰かとしてそこに入って行くように。ローマ時代の兵士は一連の連想によって夢の真の主題へとつながっているかもしれない。この夢を見た人は若者であり、いまだ権威主義的な父親に押さえつけられているが、その影響から抜け出し大人の生活を満喫したいと願っている、としよう。ローマ時代の兵士は連想（association）の過程によって父親を表象しているかもしれない。父親は家庭の領域で厳格さ、権威や権力を連想させ、ローマ時代の兵士は政治の領域において同じ事柄へと結びつけられる。その結果、一方は他方に置換される。こうして夢のなかの兵士は、父親の象徴的な表象となる。

だが、いくつかの意味がこの象徴のなかに圧縮されているかもしれない。この夢を見た人が、父親が確実に賛成しないと思われる性的な交際を始め、父親に反抗する気になっているとしたらどうか。ローマ時代の兵士はこの人物、つまり、思い描かれた恋人をも表象していることだろう。ことによると「地中海の色男（Latin lover）」という決まり文句がこれを助長したかもしれない。このようにして、怖れられている父親と欲望されている恋人とが両者とも、ローマ時代の兵士という夢のなかのただひとつの形象のうちに圧縮される。

置き換えと圧縮のような仕掛けの目的は二重になっている。第一にそれらは、前述の通り、夢のなかの抑圧された恐れや願望を偽装し、それらが検閲を通り抜けることができるようにする（通常、検閲はそれらが意識へ浮び上がって来るのを妨げている)。第二に、置き換えと圧縮は、その素材から、夢のなかで表象されうる何か、つまり、さまざまなイメージ、象徴、隠喩を作り上げる。夢にとって素材はこのような形式へと変化させられなければならない。なぜなら、夢は事柄を述べる（say）のではなく、示す（show）からだ。前述の通り、特にこの意味において夢は文学にとてもよく似ている。文学批評がフロイト的な解釈の方法に関心をもつのはこのためである。

このように見てくると、どのような時にフロイトの解釈はもっともらしく、どのような時にそうではないかをわれわれはいかにして決定するのか、という疑問が生じることだろう。私は、もう一度、今度はフロイトが『日常生活の精神病理にむけて』（*The Psychopathology of Everyday Life*）と呼んだ本（ジグムント・フロイト「日常生活の精神病理にむけて」『フロイト全集第七巻　一九〇一年――日常生活の精神病理学』高田珠樹訳、岩波書店、二〇〇七年）から例を挙げたい。そのタイトルにもかかわらず、これは最も楽しく、近づきやすいフロイトの刊行物のひとつである。「度忘れ、言い間違い、失錯行為、迷信、勘違いについて」という副題が、この本が何についてのものであるかを説明している（失錯行為は、あなたがキャンディの包み紙を解いて、包装紙を口に入れ、キャンディを投げ捨ててしまうような場合である）。そこでは次のような想定が根底にある。何らかの願望、怖れ、記憶、欲望に直面することが難しい場合、われわれは抑圧することによって、つまり、意識から削除することによって、それに対処しようとするのだ、と。けれども、こうすることで、それは去って行ってしまうわけではない。それは、海中深くに埋められた放射性物質のように、無意識のなかで生き続け、絶えず意識への帰り道を探し求め、最後には成功する。フロイトの有名なことばによれば「抑圧されたものはつねに回帰する」。言い間違い、書き間違い、名前の度忘れ、同様の数々の「偶発事」は、この抑圧された素材が、帰り道を探していることを示している。

次の例はフロイト自身の経験からのもので、引用句のなかの単語の度忘れが問題にされている。これは、私がフロイト的な解釈に共通することを示した複雑で巧妙な性質を典型的に示しているので、少し詳しく紹介しよう。フロイトの説明によれば、彼は家族との休暇中に研究者の青年（この青年はフロイトと同様ユダヤ人であった）と出会い、自分たちの成功を妨げるかもしれない反ユダヤ主義を話題にした。青年はこれについて強い感情を露わにし、そのような不正はおそらく来るべき世代によって正されるであろうという願いを口にした。彼はそれを、ラテン詩人ウェルギリウスからの引用句を用い、カルタゴの女王であるディドーがアエネアスに捨てられた時に語った言葉でもって主張した。彼女の言葉は「誰か我らが灰より復讐者となって現れでんことを」（Exoriare aliquis nostris ex ossibus ultor）というものである。しかし、青年はラテン語でそのせりふを引用する際に、図らずも「誰か（aliquis）」という語を抜かしてしまう。フロイトが引用句の誤りを直すと、青年――彼はフロイトの本を読んでいた――は、この度忘れという単純な行為の意義を説明するようフロイトに挑む。フロイトはこの挑戦を受け、青年に「これといった意図もなく度忘れした言葉に注意を向け、その際に思いつくことをなんであれ率直に論評ぬきに」いってくれるよう依頼する。これによって次のような一連の連想が生み出される。

第一に、relics（聖遺物）、liquefying（液状化・流動化）、fluidity（流動性）、fluid（液体）のような類音語。

第二に、トレントの聖シモン。彼は聖シモンの聖遺物を何年か前に見た。

第三に、「聖アウグスティヌスが女性について述べていること」と題されたイタリアの新聞記事。

第四に、聖ヤヌアリウス。その血はナポリのとある教会でガラス瓶に保存されているが、決まった聖日になるとその血は奇跡が起こり液体になる。青年がいうには「これが遅れたりしようものなら人々は大騒ぎになる」。

フロイトは、これら聖人のうち二人の名前（「ヤヌアリウス」と「アウグスティヌス」）は暦と深く結びついたものであることを指摘するが[1]、そのときすでに彼は青年が何故aliquisという語を忘れたのかを導き出していた。青年はある出来事を不安に思っており、もし彼がaliquisという語を口にしたなら、その不安を思い出してしまったことだろう。そこで無意識は、彼の意識的記憶からその語を消去することでこの青年を守った。恐らくもうすでにお解りのことだろう。青年が悩んでいた出来事とは何であるのか。青年はそれまでの話を中断して、幾分困惑して「急にある女性のことが思い浮かびました。この女性が当人にとっても私にとっても実に厄介なことを知らせてくるかもしれないのです」と述べる。彼が躊躇っているので、フロイトはこう尋ねる。「その女性の月経が来なかったということですか？」。青年が驚いていると、フロイトはどのようにしてそれを知ったのかを次のように説明する。

「考えてごらんなさい。暦の聖人、決まった日に液体状になる血、その出来事が起こらないと生じる大騒ぎ」と。

考えてみよう

この例は、その巧妙さにおいても、文学批評で「象徴重視（symbolism）」と呼ばれそうなものが用いられているという点においても、精神分析的解釈の特性を幾つかよく示している。あなたはそれを、どれほどもっともなものと思うだろうか。

あなた自身の反応を明確に見極めてみよう。あなたの判断は何に基づいてるのだろうか。あなたはこの例に、手が込みすぎているという理由で不信の念を抱くだろうか（私はある程度の不信感は当然だと思う。それは、精神分析的解釈を行う際に私が必ず直面するものだからだ）。失言とその解釈とのあいだで、可能な連想の段階の数には制限があるのだろうか。何らかの制限がなければ、連想の鎖はほとんどどんな解釈的結論にも、拡げられることになってしまわないだろうか。それとも、この例を最終的に納得し難いものにしているのは、段階の数ではなく、段階の性質なのだろうか。そうだとすれば、何が原因でそのような性質を帯びるのだろうか。

お気づきのように、この例において、無意識は、意識的な思考の流れを先取りし、液体を暗示するどんな語も、危ぶまれている妊娠を思い出させるものとして作用するのを見て取り、ラテン語の aliquis をあらかじめ意識から消去することを求められているように思われる。

私の感覚からすれば、この例には魅力的な複雑さ、広く一般に「フロイト的」と呼ばれる解釈の凡庸さからは遠くかけ離れた複雑さがある。青年の感じる不安が、どこか特定の区画にしまい込まれるのではなく、心に満ちあふれているので、どこにでも浮上してくるさまがとても説得的に示されている。しかしこれもまた、私がこの例で気に入っているのは手の込んだその精巧さだ、ということにすぎないのかもしれない。

こうしたわけで、文学批評は常にフロイトの解釈に少なからぬ関心を示してきた。その基本的な理由を再び挙げるならば、無意識は、詩や小説や戯曲のように、直接的かつ明示的には語りえず、イメージ、象徴、エンブレム、隠喩を通じて語るということにある。文学もまた、生について直接的かつ明示的な陳述をなすのではなく、形象、象徴体系や隠喩などを通じて経験を示し表現する。しかしながら、その「陳述」が明示的なものではないがゆえに、避けがたく「価値判断」の要素が含まれることになり、文学の精神分析的解釈は往々にして論争を招くことになる。

フロイトとエビデンス（証拠）（evidence）

近年、フロイトへの不信が高まりつつあり、それはフロイトが女性について主として否定的な見解をもっていたことに幾分かは起因している。例えば、女性のセクシュアリティはナルシシズム、マゾヒズム、受動性といった感情に基づくという考えや、女性は「ペニス羨望（penis envy）」として知られる生得的な劣等コンプレックスに苦しんでいるという考えにそれが見受けられる。最近の研究は、こうした見解は、患者が提示した証拠をフロイトが誤解したこと、さらには不正確に表象したことによるものだ、と示しているようである。例えば、幼年期における性的虐待の報告を現実ではなく幻想として受けとめた、というようなことである。フロイトの身勝手な誤解は、ふつう単に「ドーラ（Dora）」として知られているが、正式には「あるヒステリー分析の断片」（ペンギン版フロイト著作集では第八巻）（「あるヒステリー分析の断片〔ドーラ〕」、『フロイト全集第六巻　一九〇一―一九〇六年――症例「ドーラ」性理論三篇』渡邉俊之・草野シュワルツ美穂子訳、岩波書店、二〇〇九年）と題されている症例研究に見られる。フェミニストの批評家たちや他の批評家はこの症例研究をフロイトを精神分析する手段として読解してきた。その一例として、一九八五年に『ドーラのために――フロイト、ヒステリー、フェミニズム』（Charles Bernheimer and Claire Kahane. eds., *In Dora's Case: Freud, Hysteria, and Feminism*（Virago, 1985））という題で刊行された論文集がある。「ドーラ」が治療のために父親によってフロイトのところに連れてこられたのは一九〇〇年の秋であり、一八歳の時であった。彼女の両親は自殺を仄めかす手紙を見つける。極度の引きこもりと最悪の症状が頂点に達したのだった。何らかの結論に達する前にドーラが治療を打ち切ったため、フロイトはこの症例を「あるヒステリー患者の分析の断片」（Fragment）と呼ぶ。その素材の大半はドーラが治療過程で話した二つの夢に関するフロイトの分析と解釈だが、ここではそのうちのひとつを取り上げることにする。

分析が行われた当時の家族状況は次のようなものである。ドーラの裕福な両親は結婚生活がうまくいっておらず、K夫妻という別のカップルと親密な交友関係にあった。ドーラの父親とK夫人の関係は性的なものに発展し、幾年かに及んだ。K氏はこれを承知しており、大人三人全員［K夫妻とドーラの父親］がいわばその代わりとして、K氏がドーラを手に入れてもよいと暗黙裡に同意しているように見えた。K氏は二度にわたって彼女にアプローチしており、一度目は彼女が一四歳のとき、彼の商店でのことだった。明らかに興奮した状態でK氏は突然、彼女を抱き寄せキスを始めたのである。ドーラは激しい嫌悪感を示し、走り去った。フロイトはこの反応を神経症的なものと見なした。彼の見解では「この状況はきっと、一四歳のまだ手つかずの少女にとっては、はっきりとした性的興奮の感覚を呼び覚ましてしまう状況であっただろう」（ペンギン版フロイト著作集第八巻、p. 60）。というのも、彼が脚注で説明しているようにK氏は「まだ若々しく、好感のもてる風体」だったからである。

二度目はドーラが一六歳の時に起こった。彼女とK氏が湖畔を散歩していると、K氏は「あろうことか愛を告白した」。ドーラは彼の顔に平手打ちを食わせ、急いで立ち去った。フロイトは彼女の拒絶の「冷酷なかたち」に当惑し、彼は再びドーラの反応を神経症的であるとする。彼女が父親に何が起こったのかを話すと、父親はK氏に説明を求めたが、K氏はそのようなことは決して起こっていないと否定した。父親が信じたのはドーラではなく、K氏であった。こうした事情を考慮すれば、フロイトの見方は非常にひねくれたものであるように思われる。二つの夢のうち第一の夢は繰り返し見られたものであり、分析の多くがそれに集中している。彼女がその夢を最初に見たのは、K氏が無作法な申し出をした湖畔近くの家に家族が滞在していた時のことであった。

ある家が火事になっています。父がわたしのベッドの前に立っていて、私を起こします。私は急いで服を着ます。

母は自分の宝石箱を持ち出そうとぐずぐずしていますが、父はこう言います。「君の宝石箱のために僕や二人の子どもたちが焼け焦げるような目には遭いたくない」と。私たちは下の階に急いで降ります。そして外へ出るとすぐに目が覚めるのです（ペンギン版フロイト著作集第八巻、p. 99）。

フロイトは次のように注釈する。第一に、夢の直接的な誘因は、家族がこの木造の小さな家に到着した際に、父親が「火事が起こるかもしれない」と心配を口にしたことにある。第二に、前日の午後に、ドーラはソファーでの昼寝から目覚め、K氏が彼女の上に身をかがめていることに気づいていた。夢においては父親とK氏が入れ替わっている。第三に幾年か前、母親と父親が宝石のことで大喧嘩したことがあった。第四に、フロイトは、「宝石箱（jewel-case）」を意味するドイツ語[2]は女性器の俗語表現であると指摘している。それゆえ、フロイトに従えば、この夢が表現しているのはドーラの抑圧された願望、K氏に対し彼が欲しているもの（つまり彼女の宝石箱）を与えたいという願望である。火事は彼女自身の抑圧された情熱を表象している。K氏の像が父親の像に入れ替えられるが、そのことは、父親へのかつてのエディプス的な愛が、K氏の申し出に屈するという誘惑から彼女を守ってくれるだろうという願望を表現している。フロイトは、父親とK夫人との関係に対するドーラの憤激のうちにこのエディプス・コンプレックスの残滓を、つまり、K夫人は父親の愛を巡って成功を収めたライヴァルだという感情を見ている。父親、K氏、フロイトといった男性陣相手では、ドーラにはほとんど勝ち目はないように思われるだろうし、この症例研究全体はフロイトと精神分析の最も弱いところを間違いなく明らかにしている（精神分析とフェミニズムの関係については、フェミニズムに関する第六章でさらに論じる）。

フロイト派精神分析批評がすること

(1) 彼らは文学解釈において、意識と無意識の区別に核心となる重要性を与える。文学作品の「顕在的な」内容を前者に、「潜在的な」内容を後者に結びつけ、当の作品が「ほんとうは」何をいわんとしているかを示すものとして、無意識を特権的に扱い、両者を解きほぐすことを目指す。

(2)　それゆえ、彼らは(a)作者のものであろうと、(b)作品において描かれる登場人物のものであろうと、無意識的な動機および感情とに細心の注意を払う。

(3)　彼らは文学作品のなかに、古典的な精神分析が主張する諸症状や諸状態、あるいは諸段階——幼児における感情的かつ性的な発達を表わす口唇期、肛門期、ファルス＝男根期など——が見られることを明らかにする。

(4)　彼らは精神分析の諸概念を文学史一般へと大規模に適用する。例えば、ハロルド・ブルームの『影響の不安』（一九七三年）は、各世代の詩人たちが偉大な先人たちの「脅威」の下で行うアイデンティティのための闘いを、エディプス・コンプレックスの上演であると考える。

(5)　彼らは、文学作品の社会的・歴史的文脈を犠牲にして、その「心的」な文脈を見極め、階級闘争の「社会的なドラマ」ではなく「心理的なドラマ」を特権的に扱う。例えば、世代間、兄弟間の葛藤や、個人の内部で闘ぎ合う欲望同士の葛藤は、社会的な階級間の葛藤よりもずっと重大なものとして現れる。

フロイト派精神分析批評の実例

フロイト派の精神分析理論はどのような類の文学的問題に役立つことができるのか。あまりにもよく知られているので今では月並みになってしまった例、シェイクスピアの『ハムレット』から始めよう。フロイト派の批評家が行う事柄に関するすでに述べたリストのなかで、関係する項目は、①意識と無意識の区別を強調すること、②登場人物の無意識的な動機をあらわにすること、③文学作品のなかに古典的な精神分析的状況が具体化されているのを見て取ること、この三つである。劇中、ハムレットの父親は彼自身の弟、つまり、ハムレットの叔父によって殺害される。その後、叔父はハムレットの母親と結婚する。父親の亡霊がハムレットの前に現れ、叔父を殺して自分の死の復讐を果たすよう告げる。そうすることに目立った困難などないのに、ハムレットは復讐を先延ばしにし言い訳をすることで劇の大半を過ごす。何故か。ハムレットは劇が進展して行くなかで他の人たちを殺しているのだから、特に人を殺すことについて気が咎めているわけではない。また、亡霊が知らせた事柄はハムレット自身が自ら抱いていた疑念を単に裏づけるものであり、彼は、亡霊が真理を自分に告げているという他の外的証拠を集めている。それなのに何故先延ばしにするのか。批評家は長らくこの問いを論じてきたが、何ら広く受け入れられる結論には至らなかった。精神分析批評は単純明快な解答を提示する。ハムレットがこの犯罪に復讐できないのは、彼が同じ罪を犯すことを欲している点で、有罪だからである。彼にはエディプス・コンプレックス、つまり、母親に対する抑圧された性的欲望とその帰結たる父親を殺すという願望とがある。こうしたわけで、叔父はハムレットが密かにそう願っていた（wished）ことを行っただけなのであり、ハムレットにとって復讐者であることが困難なのはこのためである。『ハムレット』に関するこのような見解は、フロイトによって『夢解釈』（*The Interpretation of Dreams*, 1900）（ジグムント・フロイト『夢解釈』新宮一成訳『フロイト全集第四巻　一九〇〇年――夢解釈Ｉ』／『フロイト全集第五巻　一九〇〇年――夢解釈Ⅱ』岩波書店、二〇〇七年・二〇一一年）のなかで初めて略述された。フロイトがまとめたところによれば、ハムレットは

> 彼の父を殺して母の傍らの座を占めているあの男に復讐を遂げることができない。その男は、ハムレット自身の抑圧された幼年期の欲望を体現しているからである。それゆえ、復讐へと彼を駆り立てるはずの忌み嫌う気持ちは、彼のなかで自己非難ないし良心の呵責によって代替されてしまう。そしてこの良心の呵責は彼に向かって、本当のところは彼自身が、罰しようとしている罪人同様に罪深い、ということを突きつけてくる（ペンギン版フロイト著作集第四巻、p. 367）。

この『ハムレット』観の証拠として、フロイトは寝室の場面を指摘している。ハムレットはそこで母親のセクシュアリティに強烈で尋常ならざる注意を示している。フロイトは劇中のハムレットの状況をシェイクスピア自身の状況へと結びつける（「われわれが『ハムレット』を読むときに出会っているのは、もちろん詩人その人の心であろう」）。彼

は『ハムレット』が、シェイクスピアの父親の死直後、一六〇一年に（「父に向けられた幼年期の感情が新たに再現された期間に」）執筆されたという見方を引き合いに出し、「シェイクスピアの夭折した子どもは『ハムネット（Hamnet）』（ハムレットと同じ）であったということも知られている」と付け加えている（ペンギン版フロイト著作集第四巻、p. 368）。それにもかかわらず、エディプス的な葛藤が見出されるのはハムレットというキャラクターであり、作者であるシェイクスピアではない。それゆえ、ここにこそ、精神分析がその解答の基盤を提供しうる文学上の有名な問題が存在する。フロイトが差し出した『ハムレット』解釈の略述は、後に同僚のイギリス人、アーネスト・ジョーンズの『ハムレットとオイディプス』（一九四九年）において展開される。ジェイムス・ジョイスの『ユリシーズ』（一九二二年）にはこの精神分析的――自伝的『ハムレット』観に対する、有名な長めの文学的パスティーシュがある。

精神分析批評家が手助け可能な難解な劇のもうひとつの例はハロルド・ピンターの『帰郷』である。これは精神分析批評家が行う作業リストの第三項目を例証している。この劇のなかに具体化されている古典的なフロイト的状況は母親固着（mother fixation）のそれである。『帰郷』はロンドンのイースト・エンドの男ばかりの一家、専制的な父親と成人した二人の息子からなる一家に焦点を当てる。母親は数年前に亡くなっているが、男寡と息子たちは彼女との思い出をとても大事にしている。アメリカに移住した三男がおり、そこで大学教授となっている。彼は妻を伴って家族のところに戻って来る（これが題名が文字通り表す帰郷である）。滞在中、息子たちと父親はあるアイデアを思いつく。それはソーホー地区にアパートを借り、彼らの弟の妻を娼婦に仕立て、その収益に頼って生活するというものである。三男はこれを承諾し、その妻も、このアイデアが示されると、はじめに最良の経済的条件を引き出し、自分がさまざまな意味においてこの新しい一家のボスとなることをはっきりさせたうえで、冷静にそれを受け入れる。彼女の夫は妻を残し、アメリカへ、三人の子どもたち（全員男の子である）のもとへ戻る。こうした出来事はあまりにも奇想天外に見えるため、この劇はしばしば一種のシュールレアリスム的な笑劇として上演されている。

だが、ここでも、精神分析批評家は、それらの出来事を何らかの仕方で理解させる説明を提案することができる。M・W・ロウが「ピンターのフロイト的な帰郷」という論文（M. W. Rowe, 'Pinter's Freudian Homecoming' (Essays in Criticism, July 1991, pp. 289-207））のなかで示したところによれば、基盤となる説明はフロイトの「性愛生活が誰からも貶められることについて」という小論に見出される。[2]劇中に示されている男ばかりの家族は、母親への過大評価のために、母親固着として知られる古典的な状態に陥っている。そうした男たちは母親に似た女性にしか惹き付けられず、それが原因で近親相姦のタブーの影響を被り、そのような女性に対する性的感情の表現は困難になるか、不可能になってしまう。したがって、彼らの唯一つの解決法は、母親には似ておらず、そのために蔑まれる女性との性関係を求めることである。そのため、こうした男性が性的興奮を引き起こすには愛の対象を貶めなければならない。なぜなら、女性が貶められなければ、彼女は母親に似てしまい、男性の心のなかで性的なパートナーとして役立たなくなるからである。このようにして女性は、一方では理想化された母親像に、他方では娼婦像に、両極化される。母親への過大評価はたいてい思春期までにかなり弱められる。けれども劇中の家庭のように、子どもが思春期に達する前に母親が死んでしまった場合、彼女の理想化されたイメージが生き長らえてダメージをもたらし、すべての可能な性的パートナーのイメージを凌駕してしまいかねない。兄弟たちが売春の計画を提案し、夫である三男がこれを受け入れるのはこのためである。なぜならそれは、彼自身が自分の妻との性関係を可能なものとするため、彼女について考えあるいは幻想した方法そのものだからである。ここでもまた、この劇中でわれわれが目の当たりにする筋書きは、主要な登場人物の抑えられた欲望を上演しているのだということが明らかになる。

ラカン

ジャック・ラカン（Jacques Lacan, 1901-81）はフランスの精神分析家であり、彼の仕事は新しい文学理論に多くの側面で際立った影響を及ぼした。彼の経歴は一九二〇年代に医学の学位を取得し、精神医学のトレーニングを受けることに始まる。一九三〇年代に彼はパラノイアに取り組み、自分の患者であるエメについての論文を刊行した。

有名な「鏡像段階」（後に解説する）の理論は一九三六年の学会で初めて発表された。その後、彼の思索は、パリの知的生活を相次いで支配した人たち、例えば、人類学者のクロード・レヴィ＝ストロース（一九〇八―二〇〇九）、言語学者のフェルディナン・ド・ソシュール（一八五七―一九一三）、ロマーン・ヤーコブソン（一八九六―一九八二）といった人たちの影響を受けた。一九五〇年代になってやっと彼は、自らが専門としている領域の正統派の人々に挑み始める。一九五五年のウィーンの学会で、彼は、改めてフロイト理論の「基本に帰る」ことを求めた。だが、彼が意図したのは、「意識的パーソナリティ」（「自我」）を理解し、その行動を、無意識がどう働くのかという理解に照らして解釈しようとする試みではない（多くの人々がそうした試みをフロイト理論の要点そのものであると受け取るだろうが）。むしろ彼は、無意識そのものを「われわれの存在の核」として新たに重視した。一九五九年、このような非正統的な見解のために、彼は国際精神分析協会（フロイト派分析家の世界大会のようなもの）から追放される結果となる。彼は一九六四年に彼自身の独立組織である「パリ・フロイト派」を設立し、『エクリ』という題で彼の授業の一部を刊行した。この頃にはもう、ラカン自身がパリの最も著名な知識人の一人であった。

それゆえ、ラカンの名声は公刊された「セミネール」や『エクリ』に拠っている。フランスのゼミ（セミネール）はグループ・ディスカッションではなく、大学院レベルの学生に向けた一種の集中講義である。その際の強烈な雰囲気は一九五〇年代にラカンのセミネールを実際に聴講した人の話に窺われる。

彼は揺らめくような、シンコペーションの効いた、もしくは雷鳴のような声で、溜息と躊躇いをさしはさみながら語る。彼はこれから言おうとしていることをあらかじめメモしたうえで、聴衆を前に、王立シェイクスピア劇団の役者のような即興を行う。（中略）彼は聴衆を印象的な言葉遣いで魅了する。（中略）ラカンが行っているのは分析ではなく、連想である。ラカンは講じるのではなく、反響を生み出す。この集団を相手にした各セッションにおいて、弟子たちは、師が、各々に密かに宛てられている暗号化されたメッセージで、自分たちについて、また自分たちのために語っているのだという印象をもつ（ジョン・レヒテ『ジュリア・クリステヴァ』（John Lechte,

Julia Kristeva（Routledge, 1990）pp. 36-37）からの引用）。

ここで注目したいのは、聴衆を惹きつける手腕、即興性、講義によく見られる形式的に構造化された思想提示の回避、入門過程の一環として暗号化されたかたちでの情報伝達、これらが重視されていることである。ラカンは後で論じる論文で、教育の名にふさわしい唯一の教育とは、それ固有の条件で／固有の用語法によってのみ受け入れることのできるような教育である、と述べている。私がこれを強調するのは、ラカンの書き物（それらはすべて、これら毎週二、三時間にわたる、なかば即興でなされた省察がもとになっている）へと読者が入っていく際に感じる奇妙さに、あらかじめ備えてもらいたいからである。

ラカンの膨大なアウトプットすべてが等しく文学批評家の関心を呼び起こしたわけではない。主な関心は次のものに寄せられた。

（1）「無意識における文字の審級」（'The insistence of the letter in the unconscious'）（ジャック・ラカン『エクリII』佐々木孝次・三好暁光・早水洋太郎訳、弘文堂、一九七七年所収）（デイヴィッド・ロッジ編『現代批評・理論読本』（*Modern Criticism and Theory* (Longman, 1988), pp. 76-106）所収）。

（2）「《盗まれた手紙》についてのゼミナール」（ジャック・ラカン『エクリI』宮本忠雄・竹内迪也・高橋徹・佐々木孝次訳、弘文堂、一九七二年所収）（ジョン・P・ミュラー、ウィリアム・J・リチャードソン編『盗まれたポー——ラカン、デリダ、精神分析的読解』（*The Purloined Poe: Lacan, Derrida, and Psychoanalytic Reading*, ed. John P. Muller and William J. Richardson (The Johns Hopkins University Press, 1988), pp. 28-54）所収）。

（3）「ハムレットにおける欲望とその解釈」（'Desire and the Interpretation of Desire in *Hamlet*'）（ショシャーナ・フェルマン編『文学と精神分析——読むことの問題、別の仕方で』（*Literature and Psychoanalysis: the Question of Reading: Otherwise*, ed. Shoshana Felman (The Johns Hopkins University Press, 1982), pp. 11-52）所収）。

ラカンが自分の考えについて行う解説は読者を怖気づかせるほど不明瞭であることが多い。彼を読む際には、彼の数多くの仕事を一度だけ読み通すよりも、同じ論文を時間をかけて何度も読み直すことを勧めたい。ラカンに取り組むに当たり、私には以下の文献が特に役立った。

(1)　デイヴィッド・ロッジによる「無意識における文字の審級」の解題（『現代批評・理論読本』pp. 79-80）。

(2)　ジョン・レヒテによるラカン思想の解説（『ジュリア・クリステヴァ』の第二章「無意識の効果」pp. 13-64）。先に引用した伝記的な詳細もここからである。

(3)　トリル・モイによる『性／テクストの政治学』でのまとめ（Toril Moi, *Sexual/Textual Politics* (Methuen, 1985), pp. 99-101）。

(4)　レイモンド・タリスによるラカン批判である「鏡像段階——批判的省察」（'The mirror stage — a critical reflection'）（『アンチ・ソシュール——ポスト・ソシュール派文学理論批判』村山淳彦訳、未来社、一九九〇年（Raymond Taillis, *Not Saussure: A critique of Post-Saussurean Literary Theory* (Macmillan, 1988), pp. 131-63）の第五章）。

文学研究者にとって最も重要なラカンのテクストは「文字の審級」である。これはまず一九五七年に精神科の研修医にではなく、哲学科の学生という「素人の」聴衆に向けて述べられたが、用いられている素材は専門的なセミネールからのものである。私は以下で、そこで為されている議論の要約を試み、何故そのアイデアが文学批評家によってあれほど集中的に用いられてきたのかを明らかにしようと思う。

ラカンはこの論文を言語研究の知的支配に対し恭順を示すことで始めている。彼は（修辞的に）「今日の精神分析家は、彼の真理の領域とは実際には言葉なのだということを認めないでいられるでしょうか」と問う。したがって核心は言語にある。というのも無意識を探究する際、分析家は常に言語を使って、言語を吟味するからである——事実、フロイト派精神医学は完全に言葉の科学である。無意識は、以前考えられてきたような、異質な素材からなる混沌のかたまりではなく、秩序づけられたネットワークであり、言語の構造と同じくらい複合的である。要するに「精神分析的経験が無意識のなかに発見するのは言語（language）の構造そのものである」。

だから、無意識は、ラカンの有名なスローガンによれば、ひとつの言語のように構造化されているのである。だが、言語はどのように構造化されているのか。ラカンは続けて、現代の言語研究はソシュールとともに始まった、という。ソシュールは、言語における意味は言葉と物の対比ではなく、言葉と他の言葉の対比によってつくられることを示した。つまり、意味とは差異のネットワークなのである。シニフィアン（言葉）とシニフィエ（指示対象）との間には常に障壁がある。ラカンはこのあらかじめ組み込まれている分離を、一方には「婦人（Ladies）」と、もう一方には「殿方（Gentlemen）」と記された二つの同じトイレのドアの図を用いて証明する。この図は、同じシニフィアンが異なったいくつかのシニフィエをもつ場合があることを示しているとされる。その結果、「シニフィアンとシニフィエの相互関係のみがあらゆる意味の探求に標準を提供する」（ロッジ、p. 89）のである。したがって「われわれはシニフィアンの下にシニフィエが絶えず横滑りするという考え方を認めざるを得ない」（ロッジ、p. 87）。つまり、言葉と意味は各々、自身の生をもっており、単純で明晰なものとして想定される外的現実を絶えず踏みにじり、曖昧なものにする。シニフィアンがシニフィアン同士の関係しかもたないとすれば、言語は外的現実から離れ、独立したひとつの領域となる。これはポスト構造主義の思想においても重要な観念でもある（第3章、六八―六九ページを参照のこと）。

しかし、無意識が、ラカンが主張しているように構造において言語的であるというどのような根拠があるのか。彼が挙げているのは、フロイトが見定めた二つの「夢の作業」、圧縮と置き換え（本章一〇九―一一〇ページ）は、言語学者ロマーン・ヤーコブソンが見定めた言語の二つの基本的な極、つまり、隠喩（metaphor）と換喩（metonymy）にそれぞれ対応しているということである。その対応関係は以下の通りである。

(1) 換喩においては、部分が全体を表すことによって、あるものが別のあるものを表象する。二〇の帆が二〇隻の船を意味するといった具合に、である。フロイト派の夢解釈においては、夢のあるひとつの要素は置き換えによって何か他のものを表している場合がある。そのため、ある人は彼の属性のひとつによって表象されることがある。例えば、イタリア人は夢のなかで、アルファ・ロメオ社の車によって表象されるかもしれない。ラカンは、これは部分が全体を表す換喩と同じであると述べている。

(2)　圧縮においてはいくつかのものがひとつの象徴に詰め込まれる。ちょうど「船は波を切り開いて進んだ(The ship ploughed the wave)」といった隠喩のように。この文のなかでは二つの異なるイメージ、波を切って進む船(ship)と土地を耕す鋤(plough)の二つのイメージが、ひとつのものに圧縮されている。

無意識が自らを表現するためにこうした言語的な手段を用いるという事実が、無意識はひとつの言語のように構造化されているというラカンの主張を部分的に根拠づけている。続いて彼はフロイトの著作の言語的な側面を強調する。無意識が議論される時には常に言語的分析の量が増える。というのは、地口や引喩やその他の言葉遊びは往々にして無意識の内容を明示するメカニズムだからである。例えばaliquisの例を思い出して欲しい。

この論文の分水嶺となるセクションで彼は、根源的自己と常に見なされてきた意識そのものから、「われわれの存在の核」としての無意識へと注意を移す。西洋哲学において、意識は長らく自己であることの本質と見なされてきた。この見方は、哲学者デカルトの「私は考える、それゆえ私は存在する(I think therefore I am)」という宣言に要約されている。ラカンはこの哲学的なコンセンサスに対しドラマチックな挑戦を決然と行う(哲学科の学生の聴衆に語りかけていることを思い出そう)。彼はこの宣言を「私は、私が考えていないところで存在する(I am where I think not)」(ロッジ、p. 97)へと逆転させる。つまり、私が真に自己であるのは無意識においてなのである。さらにラカンは、無意識に関するフロイトの発見はその論理的帰結――「自己の自身に対する根本的な脱‐中心性(ex-centricity)」(ロッジ、p. 101)――に至るまで徹底的に追求されるべきだと強く主張する。そしてこう問う、「私が、自分自身よりも固くつなぎとめられているあの他者とは誰のことか。私が自身の同一性に最も強く同意するその奥底で、私をなお揺さぶるのは彼なのだから」(ロッジ、p. 102)と。したがって自己は本質的実体としてではなく、単なる言語の効果として示され、「脱構築される」。したがって、無意識が「われわれの存在の核」となる。けれども無意識はひとつの言語に似ており、言語は個人がそこに参入する以前からひとつの構造として存在している。こうして、唯一かつ個性的な自己というリベラル・ヒューマニズムの観念は脱構築される。この議論はきわめて野心的であり、その影響は広範囲にわたる。ラカンは僅か数ページで、われわれが何であるかについてわれわれが最も深く抱いている観念をまさに変えようとしている。

しかしながら、どうしてそれが文学批評家の関心を特に惹き付けるのか。思うに、この問いへの解答は、この論文で提示された見解の苛烈な論理にある。ラカンに従えば、無意識は「われわれの存在の核」である。が、無意識は言語的であり、言語はわれわれがそこに参入する以前からすでに完全な体系として存在しているので、唯一にして個別的な自己は脱構築されることになる。もしそうだとすれば、今度は「人物(character)」という観念――それは唯一にして個性的な自己の観念に基づく――も支持し得ないものとなる。だから、ラカンの立場を受け入れることから導かれる主たる帰結は、キャラクター造形に関する文学上の慣習的な見方を拒絶することである。ラカンは意識の安定的な合成物としての主体という観念を脱構築するのだから、われわれが小説のキャラクターを人間として受け止めることはできなくなる。われわれはただ、それらをいわば帰属不明なものとし、固有名の周囲に群がるシニフィアンの寄せ集めと見なさなければならない。それゆえ、まったく異った読解の戦略が要求される。

そのうえ、ラカンが示した言語観は、言語を基本的に世界のいかなる指示対象からも引き離されたものと見なしている。この見方を受け入れることは文学におけるリアリズムを拒絶することへとつながる。なぜなら、リアリズムの小説において基盤となっているのは、テクストはわれわれに対して現実の世界を描き出すという想定だからである。そのためラカンの視点を採用すれば、その代わりに、モダニズム的もしくはポストモダニズム的なテクスト、実験的、断片的、暗示的なテクストが評価されることになる。そうしたテクストのなかで、小説は自らの仕掛けを相手にしたり、他の小説を暗示したり、といったことが起きる。ちょうどソシュールにとって、言語を構成するシニフィアンはひたすら互いに他のシニフィアンを参照し、相互作用を行いはするが、世界を描き出すことなどはないように。したがって先と同じように、文学の完全に異なる評価姿勢が要求される。

ラカンは無意識を前面に押し出したことで、意識へとわれわれが現れ出るメカニズムについて考察するようになる。自己感覚が現れる前の幼児は、ラカンが「想像界（the Imaginary）」と呼ぶ領域に存在している。そこには自己と「他者（Other）」の区別はなく、母親との一種の理想化された同一化があるだけである。やがて、生後六カ月と一八カ月の間にラカンが「鏡像段階（mirror-stage）」と呼ぶものが到来する。その時、子どもは鏡のなかに自分自身の反射像を見て取り、自分自身を、世界の他の部分から切り離されており、統一された存在であると思い始める。この段階で子どもは言語システムへと参入するが、ここでは欠如と分離（いずれもラカンの重要な概念である）が本質的に問題となる。というのも、言語はそこに現前しないものを名づけ、それを言語記号に置き換えるからである。またこの段階は、父親像と結びつけられる禁止と抑制を伴う社会化の開始を記しづけている。子どもがこの時に参入する新しい秩序をラカンは「象徴界（the Symbolic）」と呼ぶ。この「想像界」と「象徴界」の区別は文学研究において、例えばフランスのフェミニズム批評家たちによって広く用いられてきた（第6章、一四八―一四九ページ）。リアリズムのテクストと反‐リアリズムのテクストとに両極化された文学という見地からすれば「象徴界」の領域はリアリズムの文学に見出されるそれ、つまり、父権的秩序と論理の世界と見なされなければならないだろう。それに対し、反‐リアリズムのテクストが表象しているのは、「想像界」の領域、すなわち、詩的言語がしばしばそうするように、言語がそれ自身を超えたもの、論理と文法を超えたものを指し示すような世界である。確かに「想像界」と「象徴界」との対比は、詩と散文の対比に似たものであると考えられるかもしれない。実際問題としては二つの領域、二種類の言語は常に共存していなければならず、ラカンの視点を受け入れた批評的なスタンスは、「想像界」が「象徴界」へと絶えず侵入するような種類の文学テクストを好む結果となる。例えば、「メタフィクション」や「マジック・リアリズム」といった種類のテクストがそうであり、そこにおいて、小説は自ら自身のリアリズムの土台を突き崩し、それを問いに付す。この種の作品の好例はイギリスの小説家B・S・ジョンソンの作品であろう。彼のテクストに変わりなく見出される独創性は例えば、次のような形式に求められる。そこでは、キャラクターたちが作者に反対尋問を行い、彼らの動機についての説明に異議を申し立て、あるいは、彼らの関与するプロットの取り扱いに対して異議を申し立てる。それゆえ、主体（自己）の構築性や不安定性、あるいは言語的構築物としての主体、ディコクースの自己充足的な世界としての言語といった見かけ上抽象的なラカンの諸観念は、フィクション作品の構造のなかで実際に作用しているのだということが理解される。

ラカン派精神分析批評がすること

（1）フロイト派の批評家たちのように、彼らは無意識的な動機および感情に細心の注意を払う。しかし彼らは作者や登場人物の動機や感情を発掘するのではなく、テクストそれ自身の動機や感情を探し出し、意味のさまざまな相反する底流——それらは下意識のようにテクストの「意識」下に横たわっている——をあらわにする。これは「脱構築」の過程を定義するもうひとつの仕方である。

（2）彼らは文学作品のなかに、ラカン派精神分析が主張する諸症状や諸段階——鏡像段階や無意識の支配性など——が見られることを明らかにする。

（3）彼らはより一般的なラカン的方向づけ、例えば、欠如や欲望といった概念への方向づけに基づいて文学テクストを扱う。

（4）彼らは文学テクストを、言語と無意識に関するラカン派の見方（とりわけ、シニフィエに固有な捉えどころのなさと無意識の中心性）を実演するもの、あるいは論証するものであると見ている。

ラカン派精神分析批評の実例

文学に対するラカン派のアプローチの関心事をいくつか例証するために、われわれはここで、エドガー・アラン・ポーの先駆的な探偵小説「盗まれた手紙」（この物語はペンギン版『エドガー・アラン・ポー選集』（*Edgar Allan*

Poe: Selected Writings, ed. David Galloway）にも収録されているし、『盗まれたポー』にも収録されている）に関するラカンのよく知られた解釈を簡単に見てみよう。ラカンはこの物語を、分析の研修生のために教育課程の一環として開催された、ある「セミネール」のなかで分析した。このセミネールの刊行に応じ、一九八〇年代にポスト構造主義者による論文がいくつか書かれた。その論文の多くは便利なかたちに集められ『盗まれたポー』として再版された。また、ニュートン編の『理論の実践』は、ラカン派精神分析批評家ショシャーナ・フェルマンによるこのテーマについての論文を収録している。[3] この例はラカン自身によるものなので、右記のラカン派批評家の活動リストの第四項目を立証しており、彼はこの物語に、言語と精神分析の過程についての自らの見解を証拠立てるものを見出している。

ポーの物語は、精神分析的な解釈に好都合な典型的な外見を身に纏っている。詳細なキャラクター造形はなく、キャラクターたちははったりで騙したり、騙されたり、言い抜けたりと、儀礼的な争いのなかで作者によって動かされるチェスの駒を思い起こさせる。キャラクターたちはそこで王妃、王、大臣、警視総監、それに探偵であるデュパンと名づけられている。この物語で起こったことを次の四つの段階に分割することができよう。

(1)　大臣が王妃と彼女の部屋で議論している時、思いがけず王が入ってくる。大臣は、王妃が机上の手紙を王に見られたくないと思っていることに気づく。けれども王妃は手紙を隠すことができない。何故なら、そうすることで王の注意は手紙へ向けられてしまうからである。王と王妃の注意が逸れた際に、大臣は自分のポケットから外見上似通った一通の手紙を取り出し、当の手紙と置き換え、それを持ち去ってしまう。

(2)　王妃はその盗みに気づき、誰の仕業かを理解する。大臣が立ち去った後、王妃は警視総監とその部下に、大臣邸を捜索させる。非常に徹底的かつ科学的な方法を用いているにもかかわらず、彼らは何も見つけることができない。

(3)　王妃は窮余の策でデュパンに助けを求める。彼は大臣邸を訪問してこう推理する。手紙を身につけて持ち運ぶのは危険過ぎるが、その手紙が役立つためには、彼はいつ何時でもそれを取り出すことができなければならない。そのため、手紙は家の外に隠されるはずはない。しかし、もし家のなかに隠されていたとしたら、捜索によってそれは発見されたはずだろう。とするならば、手紙は隠されてはいないが、家のなかにあるに違いない。予想通り、デュパンはマントルピースの上方に、幾通かの文書の間に無雑作に突っ込まれている手紙を見つける。

(4) デュパンは、通りで騒ぎが生じるように手はずを整えたうえで大臣邸を再び訪問し、手紙を偽の手紙と置き換える。手紙は王妃へと戻され、大臣はもはや手紙を所有していないことに気づかぬまま、自ら破滅を招いてしまう。偽の手紙の内側には、これはデュパンの復讐である旨——彼は若い時分、大臣に恋愛絡みで出し抜かれたことがある——が記されていた。

ラカンのこの物語に関する解説は非常に長いものであるが、ポーについての従来のフロイト派批評とは著しく異なる性格をもっている。従来のフロイト派批評は、フロイトの三〇年代の弟子であったマリー・ボナパルトの著作に最もよく代表される(『盗まれたポー』にも抄訳がある)。ボナパルトにおいてこの物語は、ポーの全作品がそうであるように、作者の神経症的な内的世界の症状として読解されている。例えば、ボナパルトはテクストを超え作者へ向けて読解を行い、物語内容を基盤にして、作者のうちに母親固着や死体嗜好《ネクロフィリア》を見定めている。これとは対照的に、ラカンは作者個人の心理的特徴を語ろうとせず、テクストを隠喩として、無意識のいくつかの側面、精神分析の本質、そして言語のいくつかの側面を明らかにする隠喩として見ている。われわれはこれらを次のように要約することができよう。

(1) 盗まれた手紙は無意識それ自体のエンブレムである。この物語のなかでわれわれは手紙の内容を少しも知ることはない。われわれはただ、手紙が物語の人物すべての行為に影響を及ぼすのを見るだけである。同様に無意識の内容も定義上知り得ないが、われわれが行うことはすべて無意識によって影響を受けている。それゆえ、ちょうど手紙が引き起こす不安から、その内容のおおまかな性質を推定することができるように、われわれは無意識の内実がどのようなものであるか、その諸効果を観察することで推測することができる。フロイトの探求は無意識の内実がいかなるものであるかについて確信をもった断言へと帰着したが、ラカンはそのような確実さの可能性についてははるかに懐疑的である。手紙がそうであるように、われわれの内的精神世界を理解しているかもしれない欠片は、すでに盗まれてしまっており、われわれはそれらを欠いたまま仕事を行うことを学ばなければならない。つまり、われわれは解読表がないままで暗号を使わなければならないのである。

(2)　デュパンによる盗まれた手紙に関する犯罪捜査は、精神分析の過程を実演している。分析家は精神分析において反復と代用を用いる。というのも、患者に痛ましい抑圧された記憶を言葉で表現させる際、オリジナルの出来事は言葉の形式で反復されるが、その時、意識において、言葉による説明は、無意識のなかで抑圧された記憶の代用となっているからである。ひとたびそれが意識化され言葉で表現されれば、その記憶から力が奪われ、精神的な安寧が回復する。同じように、この物語においてデュパンの捜査過程は、反復と代用を中心に据えている。彼が大臣から手紙を盗むことは、大臣が王妃からそれを盗んだことの反復である。そして、両方のケースにおいて盗みは、代用によって、つまり偽の手紙が本物の手紙の代理として用いられることで、成し遂げられる。

(3)　内容が知られていないその手紙は、言語の性質をいくつかの側面を具体化している。言語にあるのは、シニフィアンの終わりなきゲームであり、言語を超えた内容であるシニフィエとの単純なつながりは存在しない。シニフィエは常に失われているか、もしくは盗まれている。これと同じ仕方で、われわれはストーリーの至るところで手紙の意味作用を理解するが、そこで何が意味されているのか、何が手紙のシニフィエなのかを正確に知ることは決してない。手紙は意味作用それ自体の例であって、何か特別なものの記号なのではない。同じように言葉はすべて盗まれた手紙である。それらを開封し、その内容を明確な仕方で眺めることは決してありえない。われわれはいわば概念を包む封筒、言葉でできた封筒であるシニフィアンを手にしている。しかし、これらの封筒を開封することはできない。そのため、ちょうどポーの物語の盗まれた手紙の内容のように、シニフィエは常に隠されたままに留まるだろう。

この章でフロイト派の批評とラカン派の批評の例を比較してすぐに見て取れるのは、両者はともにフロイト理論という同じ本体から分岐しているにもかかわらず——逆説的なことに——これら二つのアプローチのあいだにはきわめて大きな隔たりが存在するということだろう。

参考文献

〈概説〉

モード・エルマン編『精神分析的文学批評』(Ellmann, Maud, ed. *Psychoanalytic Literary Criticism* (Longman, 1994))。

　フロイトとラカンが批評に及ぼした影響を示してくれる有益な論文集。

ショシャーナ・フェルマン編『文学と精神分析——読むことの問題、別の仕方で』(Felman, Shoshana, ed. *Literature and Psychoanalysis — The Question of Reading: Otherwise* (The Johns Hopkins University Press, 1982))。

　重要な評論集。フェルマン自身の論文「読みのねじ回転」はヘンリー・ジェイムズの『ねじの回転』に関するものである[4]が、この『ねじの回転』は精神分析批評の対象となった最初期のテクストのひとつである(一九三四年に批評家エドマンド・ウィルソンが批評の対象としている)。

アン・ジェファソン、デイヴィッド・ロビー『現代文学理論——比較入門』「第五章　現代精神分析批評」(Jefferson, Ann and Robey, David, eds. *Modern Literary Theory: A Comparative Introduction* (Batsford, 2nd edn, 1986), Chapter five 'Modern psychoanalytic criticism')。

　フロイトに限定されてはいないが、有益な概括的な解説。

イーディス・カーツワイル編『文学と精神分析』(Kurzweil, Edith, ed. *Literature and Psychoanalysis* (Columbia University Press, 1983))。

編者によって優れた解説が付された、とても有益な論文集。第一セクションは初期の精神分析理論を扱っている。第三セクションは、文学へのその応用を扱い、キーツ、ヘンリー・ジェイムズの不気味な怪談「にぎやかな街角」、カフカ、ルイス・キャロルに関する数々の評論が含まれている。最後のセクションでは、フランスの精神分析理論が扱われている。

インゲ・ワイズ、マギー・ミルズ編著『精神分析のアイデアとシェークスピア』(Wise, Inge and Mills, Maggie, and eds., *Psychoanalytic Ideas and Shakespeare* (Karnac Books, 2006))。

「シェイクスピアの世界を、精神分析の思考と実践へと結びつける」本。

エリザベス・ライト『テクストの精神分析』鈴木聡訳、青土社、一九八七年(Wright, Elizabeth, *Psychoanalytic Criticism: Theory in Practice* (Polity Press, revised edn, 1998))。

フロイトとラカンのアプローチだけでなく、ここで議論されていない他のアプローチをも手短かながら広範囲にわたって論じている。しかし、読みやすくはない。

〈フロイト〉

チャールズ・バーンハイマー、クレア・ケイヘーン編『ドーラのために――フロイト、ヒステリー、フェミニズム』(Bernheimer, Charles and Kahane, Claire, *In Dora's Case: Freud, Hysteria, and Feminism* (Columbia University Press, 2nd edn, 1990))。

この症例に関するフロイトの扱い方を批判している。ジャック・ラカン(簡潔ながら鋭い)、ジャクリーン・ローズ、トリル・モイ、ジェイン・ギャロップを含むさまざまな論者によるもの。この本は、フェミニズムと精神分析の伝統的な(しかし今ははやらない)敵対関係を、フロイトのラカン的・ポスト構造主義的な再読へ近づいていくことで超えようとしている。

ジグムント・フロイト『夢解釈』(一九〇〇年に出版。ペンギン版フロイト著作集では第四巻)(ジグムント・フロイト『夢解釈』新宮一成訳『フロイト全集第四巻　一九〇〇年――夢解釈Ⅰ』/『フロイト全集第五巻　一九〇〇年――夢解釈Ⅱ』、岩波書店、二〇〇七年・二〇一一年)。

二〇世紀の感性が生み出されるにあたって鍵となった著作。夢の基本的なメカニズムを説明している。「圧縮(縮合)」については第六章a、「置き換え(遷移)」については第六章bを参照のこと。また、エディプス・コンプレックスと『ハムレット』ついては三六二―三六八ページを参照のこと。

ジグムント・フロイト「日常生活の精神病理にむけて」(一九〇一年に出版。ペンギン版フロイト著作集では第五巻)(高田珠樹訳『フロイト全集第七巻　一九〇一年――日常生活の精神病理学』岩波書店、二〇〇七年）。

そのタイトルにもかかわらず、とても読みやすく興味深い本である。この本と症例集はいずれも、最初にフロイトへと取り組む絶好の手がかりとなるだろう。

ジグムント・フロイト「ドーラ」および「小さなハンス」（ペンギン版フロイト著作集では第八巻）（「あるヒステリー分析の断片〈ドーラ〉」『フロイト全集第六巻　一九〇一―〇六年――症例「ドーラ」性理論三篇』渡邉俊之・草野シュワルツ美穂子訳、岩波書店、二〇〇九年、および「ある五歳児の恐怖症の分析〈ハンス〉」『フロイト全集第十巻　一九〇九年――症例「ハンス」・症例「鼠男」』総田純次・福田覚訳、岩波書店、二〇〇八年）。

フロイトの解釈の詳細な記録。先に強調した巧妙さと複雑さの要素は、解釈の説明のなかでまさに明らかになる。

パメラ・サーシュウェル『ジグムント・フロイト』（Thurschwell, Pamela, *Sigmund Freud* (Routlege, 2000)）。

「クリティカル・シンカーズ」シリーズの有益な著作。このシリーズは入門書として、それ以前の「フォンタナ・モダン・マスターズ」に類似している。

セバスティアーノ・ティンパナーロ『フロイト的失言――精神文分析とテクスト批評』（Timpanaro, Sebastiano, *The Freudian Slip: Psychoanalysis and Textual Criticism* (Verso Paperback, 1985)）。

著名なイタリアのマルクス主義者による魅力的で読みやすい本。マルクス主義と精神分析のあいだの、伝統的な敵対関係を例証するものでもあるので、ここに挙げておく。ティンパナーロはフロイトの『精神病理』で取り上げられている多くの失言を、偶然的な言葉の類似性に基づいて説明できることを根拠に「脱構築」している。

リチャード・ウォルハイム『フロイト』（Wolheim, Richard, *Freud* (Fontana Press, 2nd edn, 1991)）。

依然として最もよい入門書。しかし、最初にフロイト自身のものをいくつか読んでおくべきである。

〈ラカン〉[5]

ショーン・ホーマー『ジャック・ラカン』（Homer, Sean, *Jacques Lacan* (Routlege Critical Thinkers, 2005)）。

有益なシリーズの有益な著作。

ジャック・ラカン「ハムレットにおける欲望とその解釈」ショシャーナ・フェルマン編『文学と精神分析――読むことの問題、別の仕方で』（Lacan, Jacques, 'Desire and the interpretation of desire in *Hamlet*', reprinted in *Literature and Psychoanalysis-The Question of Reading: Otherwise*, ed. Shoshana Felman (The Johns Hopkins University Press, 1982), pp. 11-52)）。[6]

「無意識における文字の審級」（'The insistence of the letter in the unconscious'）（ジャック・ラカン『エクリⅡ』佐々木孝次・三好暁光・早水洋太郎訳、弘文堂、一九七七年所収）（デイヴィッド・ロッジ編『現代批評・理論読本』（*Modern Criticism and Theory*（Longman, 1988）pp. 76–106）所収）。

「《盗まれた手紙》についてのゼミナール」（ジャック・ラカン『エクリⅠ』宮本忠雄・竹内迪也・高橋徹・佐々木孝次訳、弘文堂、一九七二年所収）（ジョン・P・ミュラー、ウィリアム・J・リチャードソン編『盗まれたポー――ラカン、デリダ、精神分析的読解』（*The Purloined Poe: Lacan, Derrida, and Psychoanalytic Reading*, ed. John P. Muller and William J. Richardson（The Johns Hopkins University Press, 1988）, pp. 28–54）所収）。

　この本では上のラカンの論文に、編集者による長大な解説と註とが付されている。

ジャック・ラカン『エクリ』（『エクリⅠ』宮本忠雄・竹内迪也・高橋徹・佐々木孝次訳、弘文堂、一九七二年／『エクリⅡ』佐々木孝次・三好暁光・早水洋太郎訳、弘文堂、一九七七年[7]／『エクリⅢ』佐々木孝次・海老原英彦・葦原眷訳、弘文堂、一九八一年（Lacan, Jacques, *Ecrits*（Routlege, 2001））。

　ラウトレッジの優れた「古典」シリーズでの刊行は大変喜ばしいことである。このシリーズは二〇世紀の批評テクストを再版している。

ジュリエット・ミッチェル、ジャクリーン・ローズ編『女性のセクシュアリティ――ジャック・ラカンとフロイト派』（Mitchell, Juliet, and Rose, Jacqueline, eds., *Feminine Sexuality: Jacques Lacan and the Ecole Freudienne*（Macmillan, 1982）[8]）。

　鍵となるラカンのテクストを翻訳し議論している。

ジャン＝ミシェル・ラバテ編『ケンブリッジ・コンパニオン――ラカン』（Rabaté, Jean-Michel, ed., *The Cambridge Companion to Lacan*（Cambridge Companions to Literature, 2003））。

　ラカンの考えを研究するためのより上級者向けの論文集。

マダン・サループ『ジャック・ラカン』（Sarup, Madan, *Jacques Lacan*（Harvester, 1992））。

　「現代文化理論」シリーズのなかの一巻。難しい素材を優れた解説者が扱う。フロイトの考えの説明から始まり、ラカンとフェミニズムに関する議論で終わる。

訳注

［1］「ヤヌアリウス（Januarius）」と「アウグスティヌス（Augustinus）」の名前には、ドイツ語の「一月（Januar）」と

「八月（August）」がそれぞれ含まれている。

［2］ジグムント・フロイト「性愛生活が誰からも貶められることについて」須藤訓任訳『フロイト全集第十二巻　一九一二—一三年——トーテムとタブー』岩波書店、二〇〇九年。

［3］Felman, Shoshana, 'The Case of Poe: Applications / Implications of Psychoanalysis' in K. M. Newton ed., *Theory into Practice: A Reader in Modern Literary Criticism*（Macmillan, 1992）. このフェルマン論文のオリジナルのテクストは、ショシャーナ・フェルマン『ラカンと洞察の冒険——現代文化における精神分析』森泉弘次訳、誠信書房、一九九〇年、三七—七六ページ（Felman, Shoshana, *Jacques Lacan and the Adventure of Insight: Psychoanalysis in Contemporary Culture*（Harvard University Press, 1987））に「ポーの場合——精神分析の応用と内包」として再録されている。

［4］この本は一九七七年に『イエール・フレンチ・スタディーズ』の第五五／五六号「文学と精神分析」特集号（*Yale French Studies*, No. 55/56（Yale University, 1977））として刊行され、次いで一九八二年にジョンズ・ホプキンズ大学出版局より再刊行された。フェルマンの論文「読解のねじ回転」は上記『イエール・フレンチ・スタディーズ』に掲載されたあと、一九七八年に仏訳された。『狂気と文学的事象』土田知則訳、水声社、一九九三年（Felman, Shoshana, *La folie et la chose littéraire*（Seuil, 1978））に「精神分析（学）にとっての罠——読解のねじ回転」として収録。

［5］ラカン自身の英訳の大まかな一覧は、ラカン・ドット・コムの Jacques Lacan Bibliography（http://www.lacan.com/bibliography.htm）で確認できる。

［6］これは一九五八—五九年に開催されたセミネール「欲望とその解釈」（Lacan, Jacques, *Le Séminaire: Livre VI, Le désir et son interprétation*（Martinière, 2013））の一部（一九五九年四月一五日、二二日、二九日分の英訳）である。『ハムレット』を講じた部分のみ「オルニカール」誌に掲載された。

［7］この本は『エクリ』の原著（*Écrits*（Seuil, 1966））から、アラン・シェリダン（Alan Sheridan）が主要な論文を選び出し、編み直した英訳である。そこには以下九篇が収録されている。

① 「〈わたし〉の機能を形成するものとしての鏡像段階——精神分析の経験がわれわれに示すもの」（'The Mirror-Stage as Formative of the I as Revealed in Psychoanalytic Experience'）。

② 「精神分析における攻撃性」（'Aggressivity in psychoanalysis'）。

③ 「精神分析におけるパロールとランガージュの機能と領野」（'The Function and Field of Speech and Language in Psychoanalysis'）。

④「フロイト的事象、あるいは精神分析におけるフロイトへの回帰への〈意味〉」（'The Freudian Thing, or the Meaning of the Return to Freud in Psychoanalysis'）。

⑤「無意識における文字の審級、あるいはフロイト以後の理性」（'The Agency of the Letter in the Unconscious or Reason since Freud'）。

⑥「精神病のあらゆる可能な治療に対する前提的な問題」（'On a Question Preliminary to Any Possible Treatment of Psychosis'）。

⑦「治療の指導とその能力の諸原則」（'The Directions of the Treatment and the Principles of its Power'）。

⑧「ファイルの意味作用」（'The Signification of the Phallus'）。

⑨「フロイトの無意識における主体の転覆と欲望の弁証法」（'The Subversion of the Subject and the Dialectic of Desire in the Freudian Unconscious'）。

邦訳は、それぞれ

①、②、③は『エクリⅠ』宮本忠雄・竹内迪也・高橋徹・佐々木孝次訳、弘文堂、一九七二年に所収。

④、⑤、⑥は『エクリⅡ』佐々木孝次・三好暁光・早水洋太郎訳、弘文堂、一九七七年に所収。

⑦、⑧、⑨は『エクリⅢ』佐々木孝次・海老原英彦・葦原眷訳、弘文堂、一九八一年に所収。

なお、二〇〇六年にブルース・フィンク（Bruce Fink）らによって『エクリ』の英語完訳版（*Ecrits: The First Complete Edition in English*（W. W. Norton, 2006））が出版された。

[8]　この本は、編者が『エクリ』、セミネール二〇巻「アンコール」（Encore）、二二巻「R・S・I」および『言い換えれば』（*Scilicet*）所収のテクストから、女性のセクシュアリティに関わるものを選び出して英訳したものである。以下七篇が収録されている。

①「転移に関する発言（転移への介入）」（'Intervention on Transference'）。

②「ファルスの意味作用」（'The Meaning of the Phallus'）。

③「女性のセクシュアリティについての会議にむける教示的意見」（'Guiding Remarks for a Congress on Feminine Sexuality'）。

④「ファルス＝男根期と去勢コンプレックスの主体的導入」（'The Phallic Phase and the Subjective Import of the Castration Complex'）。

⑤「精神分析の学説における女性のセクシュアリティ」（'Feminine Sexuality in Psychoanalytic Doctrine'）。
⑥「神と女性の享楽」（'God and the Jouissance of the Woman'）、「ラヴ・レター」（'A Love Letter'）。
⑦「一九七五年一月二一日のセミネール」（'The Seminar XXII of 21 January 1975'）。
邦訳は、それぞれ
①は『エクリⅠ』宮本忠雄・竹内迪也・高橋徹・佐々木孝次訳、弘文堂、一九七二年に所収。
②、③は『エクリⅢ』佐々木孝次・海老原英彦・葦原眷訳、弘文堂、一九八一年に所収。
⑥の前半部「神と女性の享楽」は『現代思想』一九八五年一月号、若森栄樹訳、青土社、一〇五―一一七ページ。

第6章
フェミニズム批評

フェミニズムとフェミニズム批評

いうまでもないことだが、一九六〇年代の「女性運動」によってフェミニズムが始まったのではない。むしろそれは古典的著作を輩出してきた思想や行動の古い伝統の復活であり、そうした著作は社会における女性の不平等の問題を究明し、（時には）解決策を提案していたのだった。そのなかにはミルトンやポープ、ルソーなどの男性作家を論じるメアリ・ウルストンクラフトの『女性の権利の擁護』（一七九二年）や、オリーヴ・シュライナーの『女性と労働』（一九一一年）、教育や妻および母になる以外の道を求める女性たちへの不平等な待遇を鮮やかに描くヴァージニア・ウルフの『自分だけの部屋』（一九二九年）、D・H・ロレンスの小説における女性描写についての重要なセクションを含むシモーヌ・ド・ボーヴォワールの『第二の性』（一九四九年）などがある。フェミニズム著作のこうした伝統にはジョン・スチュアート・ミルの『女性の解放』[1]（一八六九年）やフリードリッヒ・エンゲルスの『家族の起源』[2]（一八八四年）といった男性による貢献も含まれる。

今日のフェミニズム文学批評は一九六〇年代の「女性運動」の直接の産物である。この運動はいくつかの重要な点で最初から文学的であった。何故なら、それは文学が普及した女性イメージの重要性を認識し、そうしたイメージと戦い、その権威と一貫性とを疑うことが肝要と考えたからである。この意味で女性運動は常に書物や文学に決定的に関わってきており、それゆえフェミニズム批評は、運動の究極の目的とは離れたフェミニズムの派生物もしくは副産物としてではなく、日常のふるまいや態度に影響する最も実践的な方法のひとつと見なされなくてはならない。

「条件づけ」と「社会化」への関係を土台にきわめて重要な区別立てが成立する――「女性解放の」「女の」そして「女性的な」という言葉の区別である。トリル・モイが説明するように、一つ目は「政治的立場」であり、二つ目は「生物学的事柄」であり、三つ目は「文化的に定義された一連の特徴」である。フェミニズムは特に二つ目と三つ目の違いに主たる影響力を発揮する（キャサリン・ベルジーとジェイン・ムーア編『フェミニズム読本』（Catherine Belsey and Jane Moore, eds. *The Feminist Reader*）のモイの論文参照）。他の重要な見解はこのセクションのなかで以下、適宜説明する。

さて、文学における女性表象は「社会化」の最も重要な形のひとつであると理解された。というのもそれが、どのような「女性的」姿が容認されるのか、正統な女性的目標や抱負とはいかなるものかを、女性に対しても男性に対しても指し示す役割規範を提供したからである。フェミニストたちは例えば、一九世紀小説において生活のために働く女性は差し迫った必要に駆り立てられない限りきわめて少数であると指摘した。代わりに興味の焦点はヒロインの結婚相手の選択にあり、それが彼女の最終的な社会的地位を決定し、彼女の人生の幸福と満足感あるいはその欠如を、もっぱら左右することになるのだ。

それゆえ一九七〇年代のフェミニズム批評においては、家父長制の仕組みと呼びうるもの、すなわち男性と女性の両者に根づく性的不平等を永続させる文化的「思考様式」を暴くことにその主な労力がつぎ込まれた。批判的に注目されたのは、影響力の大きいあるいは典型的な女性イメージの構築がなされた男性作家による著作である。必然的にこの任務を引き受ける批評は戦闘的で論争的だった。そして一九八〇年代になると、他の批評流派と同様に、フェミニズムにおいても思潮が変化した。第一に、フェミニズム批評はよりずっと折衷的になった。すなわち、他の批評――マルクス主義、構造主義、言語学など――の成果やアプローチを利用し始めたのだ。第二に、フェミニズム批評は男性の世界観を攻撃することから、女性の世界と見方の性質を探求し、失われたあるいは抑圧された女性の経験の記録を再構築することにその焦点を転じた。第三に、看過されてきた女性作家たちが新たに注目されるように小説や詩の歴史を書き直すことによって、女性による著作の新しい正典を構築する必要性へと力点が移った。

こうした関心および活動が明確に違いを見せるそれぞれの段階は、フェミニズム批評の特性を示しているように思われる。例えばアメリカの批評家エレイン・ショウォールターは、一九七〇年代後期の変化を「アンドロテクスト」（男性による著作）から「ガイノテクスト」（女性による著作）への関心の移行であると表現した。彼女はガイノテクストの研究を意味する「ガイノクリティックス」という用語を造り出したが、ガイノクリティシズムというのは広範囲にわたる多種多様な分野であり、それについてどのような一般化も軽々になされるべきではない。ガイノクリティシズムの主題は「女性による著作の、歴史、文体、テーマ、ジャンル、そして構造であり、女性の創造性の精神力動、個あるいは集団的な女性のキャリアの軌道、そして女性の文学的伝統の進展や法則」であると彼女はいう。

ショウォールターはまた女性の著作の歴史のなかに、女性作家たちが支配的な男性の芸術的規範と美的基準を模倣した女性的段階（一八四〇―八〇年）、次に急進的でしばしば分離主義の立場が主張されるフェミニズムの段階（一八八〇―一九二〇年）、そして最終的に、とりわけ女性の著作と経験とに注意を向けた女の段階（一九二〇年以降）の三つの段階を見出す。[3]「段階づけ」をこのように好む理由は複雑である。ひとつには、フェミニズム批評が理論上の品格を得ようとするなら専門用語が必要という考え方の産物であろう。そしてさらに重要なのは、すべての知的な学問分野において進歩しているという感覚を確立することが大いに必要だということ。そうした感覚によって、初期の未熟な段階の（この場合）フェミニズム批評の事例が正当な評価と承認とを受けることが可能になり、それと同時にそうした事例が示すアプローチが、もはや実践上のモデルとは一般には考えられていないことが明らかになるのである。

だが一九七〇年代以降のフェミニズム批評はその内部に幅広い立場を擁する点で注目されてきた。議論上の不一致は三つの特定の分野に集中した。すなわち、①理論の役割、②言語の性質、③精神分析の有用性の有無、である。以下三つのセクションでこの三点を順に見ていこう。

フェミニズム批評と理論の役割

フェミニズム批評内で起こる主な分裂の原因は、フェミニズム批評において理論がどの程度まで主役を演ずるべきか、またその理論はどのようなタイプのものであるべきかについて意見が分かれるためである。いわゆる「英米」系フェミニズムは、「フランス」系フェミニズム批評家たちに比べ、最近の批評理論に対し懐疑的で、その使用にも慎重になりがちである。一方「フランス」系フェミニズム批評家たちは、（主に）ポスト構造主義批評や精神分析批評を自らのおおかたの著作のよりどころとして大いに取り入れ修正してきた。「英米」系の批評家（必ずしも全員がイギリス人あるいはアメリカ人ではないが）は、テーマやモチーフ、人物造形といった伝統的な批評概念に主たる関心をもち続けている。「英米」系の批評家は文学のリアリズムの約束事を受け入れているようで、文学を女性の人生および経験を表象するものの集合体で、現実に照らして比較や評価ができるものとして扱っているように見える。個々の文学テクストを精読し評釈することをフェミニズム批評の主な務めと考えるのだ。通例この種のフェミニズム批評は、文学へのリベラル・ヒューマニズム的なアプローチの手順や前提と共通する点が多い。もっともフェミニストたちは史料や（日記、回顧録、社会および医学の歴史といった）非文学資料の使用もまた、文学テクストを理解する際かなり重要視する。エレイン・ショウォールターは通常このアプローチをとる主たる代表者と考えられているが、他の例としてサンドラ・ギルバートとスーザン・グーバー、パトリシア・スタッブズ、そしてレイチェル・ブラウンスタインが挙げられよう。

だが実のところこうした類例の多くは「イギリス系」というよりむしろアメリカ系であり、このことはわれわれにこの広く容認されたカテゴリーの有効性の問い直しを迫る。イギリスのフェミニズム批評は、結局のところアメリカのフェミニズム批評とは明確に異なっている場合が多い。それは方向性としてカルチュラル・マテリアリズム（文化唯物論）あるいはマルクス主義と結びつく「社会主義フェミニズム」の傾向があるので、それを「非理論的」なカテゴリーに同化させようとするのは明らかに不適切である。この種のフェミニズムの存在はかなり見過ごされてきた。というのも、フェミニズム批評を要約的に紹介するいくつかの有名な著作（K・K・ルスベンの『フェミニズム文学研究――入門』（K. K. Ruthven, *Feminist Literary Studies: An Introduction*）やトリル・モイの『性／テクストの政治学』（Toril Moi, *Sexual/Textual Politics*）など）が、それを別個のカテゴリーとして議論していないためである。この種の著作の例には、テリー・ラヴェルの『フィクションの消費』（Terry Lovell, *Consuming Fiction*, 1987）、ジュリア・スウィンデルズの『ヴィクトリア朝の著作と働く女性』（Julia Swindells, *Victorian Writing and Working Women*, 1985）、そして長年イギリスで教鞭をとったアメリカ人コーラ・カプランによる『様変わり――文化とフェミニズム』（Cora Kaplan, *Sea Changes: Culture and Feminism*, 1986）が挙げられる。カプランは〈マルクス主義フェミニズム文学集合体〉のメンバーだったが、この重要な団体の存在こそが、この種のフェミニズム批評の強固な政治的・理論的関心を示している。同様に重要な団体が〈文学教育の政治学集合体〉で、これも一連の集会と関連ジャーナルから成っていた。この団体に関係する重要な存在がキャサリン・ベルジーで、彼女の著書（例えば『悲劇の主体』（*The Subject of Tragedy*, 1985）や『ジョン・ミルトン――言語、ジェンダー、権力』（*John Milton: Language, Gender, Power*, 1988））はこの同じ社会主義フェミニズムの流れを汲むイギリスの伝統の一部である。いわゆる「英米系」の伝統のなかで決定的な著作が一九七〇年代後半に登場した一方、イギリスの「社会主義フェミニズム」の流れは一九八〇年代中ごろにその主要な著作を生み出し、今なお活動的で影響力をもち続けている。

アメリカの批評家（いま論じたように、イギリスの批評家たちは別だとすれば）とは対照的に、「フランス系」フェミニズムの著作ははっきりと理論の影響を受けており、特にラカンやフーコー、デリダといった主要なポスト構造主義者たちの洞察をその出発点としている。こうしたフェミニズム批評家たちにとっては、文学テクストの第一義は決して現実の表象ではなく、あるいは個人的経験を事細かに表現する個人的な声の再生産でもない。実際、フランス系の理論家たちはしばしば文学以外の事柄を扱う。かれらは言語、表象、心理学そのものについて本格的に論じ、文学テクストそのものにたどり着く前に、この種の主要な哲学的問題の詳細な議論をしばしば旅するのである。二つのグループのこの「フランス」側の主要な人物としては、ジュリア・クリステヴァ（Julia Kristeva）（彼女が悲しそうに言っているように、海外ではフランスにおける知性偏重の権化のように見なされているが、実際にはブルガリア人である)、エレーヌ・シクスー(Hélène Cixous)(アルジェリア生まれ)、そしてリュス・イリガライ(Luce Irigaray)が挙げられる。

三者の著作を読もうとするなら、現在入手可能な種々のフェミニズム読本に収録されたものにまずはあたるのがベストである。例えば、クリステヴァの一九七四年のインタビュー「女性は決して定義されない」('Woman can never be defined')は『新・フランス系フェミニズム』(*New French Feminisms*)(マークス、ド・クールティヴロン)に収録されており、シクスーの「脱出」('Sorties')[4]と「メデューサの笑い」('The Laugh of the Medusa')[5]からの数セクションとイリガライの『ひとつではない女の性』(*The Sex Which is Not One*)[6]からの数セクションも、そこに収録されている。同シクスーとイリガライの作品からの抜粋は、『フェミニズム読本』(*Feminisms: A Reader*)(マギー・ハム編)にも収録されている。

「英米系」と「フランス系」フェミニズム間の違いをめぐるまとまった議論が(大いに後者側に立った議論ではあるが)トリル・モイの『性/テクストの政治学』で展開されている。より最近の議論は、『変りゆく主体——フェミニズム文学批評の成り立ち』(*Changing Subjects: The Making of Feminist Literary Criticism*)(グリーン、カーン)収録のアン・ロザリンド・ジョーンズ(Ann Rosalind Jones)による「本物のカエルのいる架空の庭——フェミニズムの幸福感とフランス・アメリカの分裂一九七六年—一九八八年」('Imaginary gardens with real frogs in them: feminist euphoria and the Franco-American divide, 1976-1988')の章を参照してほしい。これらのフランス系フェミニストたちはとりわけ言語や心理学に関心があり、それは次の二つのセクションで検討する。

フェミニズム批評と言語

同じように意見が対立するもうひとつの根本的な問題は、本来的に女性的な言語形式が存在するか否かに関わっている。この問題をめぐっては長年にわたる議論の伝統がフェミニズム内に存在する。例えばヴァージニア・ウルフは(その長い論争的なエッセー『自分だけの部屋』[7]のセクション四と五で)言語の使用というのはジェンダー化されており、それゆえ女性が小説の執筆に取りかかると、「自分の使える共有された文がない」ことに気づくと示唆している。偉大な男性小説家たちは「素早いがいい加減ではなく、表現豊かだが変に気取らない自然な散文」を著し、「共有財産であり続けながら自分の色も保って」きた。彼女はある例を引き、「それは男性の文だ」という。彼女はその特性を明示しないが、その例は入念にバランスのとれた、類型的なレトリックの連続を特徴としているように見える。だが「それは女性が使うのにはふさわしくない文で」、それを使おうとした女性作家たち（シャーロット・ブロンテ、ジョージ・エリオット）はうまくいかなかった。ジェイン・オースティンはそれを拒否し、代わりに「彼女が使うのに適した、完全に自然で、均整のとれた文を考案した」というが、これに説明や例示はなされない。だがおそらく、「女性の文」の特徴は、男性の散文体で見られるように入念にバランスが取れていて様式化されているというより、節と節がよりゆるやかにつながっていることだと考えられる。

それゆえ一般的に女性作家は、男性の目的のためにつくられた本来男性の道具である媒体（散文体）を使わねばならないというハンディキャップを負っていると見なされる。言語がこの意味で「男性的」だというこの主張は、一九八〇年代初頭にデイル・スペンダー（Dale Spender）によって、彼女の著書『ことばは男が支配する――言語と性差』（*Man Made Language*, 1981）[8]で推し進められている。この著作はまた、言語は中立的な媒体ではなく、多くの特徴をもつ媒体であり、その特徴は家父長制が表現される道具としての役割を反映していると論ずる（言語は男性がつくったものというこの見方は、フェミニズム内部から――キャサリン・ベルジーとジェイン・ムーア編の『フェミニズム読本』に再録されている論文「性の言語学――ジェンダー・言語・セクシュアリティ」（'Sexual Linguistics: Gender, Language. Sexuality'）のなかでサンドラ・ギルバートとスーザン・グーバーによって――異議が唱えられている）。もし規範的な言語が何らかの意味で男性向けと考えられるなら、このバイアスがない言語形式、さらにいうなら何らかの意味で女性向けの形式がありえるのか、という疑問が生じる。フランス系の理論家たちは、それゆえ、女性性と結びつけられ、緩やかな文法構造の枠組のなかで意味の自由な戯れを容易にするエクリチュール・フェミニン（この言葉はフランス系の理論家エレーヌ・シクスーのもので、彼女の論文「メデューサの笑い」からのものである）の存在を提案した。

シクスーの論文の高揚した文体が、その実例となると同時にそれを説明している。

書くこと（エクリチュール）の女性的な実践を定義するのは不可能で、これは今後も残り続けるであろう不可能性である、というのもこの実践は決して理論化することも、囲い込むことも、コード化することもできないからだ（中略）それは常にファルス中心主義[1]の制度を司る言説をしのぐだろう。それは哲学＝理論的支配に従属する領域以外の領域で起こっており、これからもそうであろう。それは機械的行動を打破する主体、すなわちいかなる権威も決して服従させることができない周辺的な人々によって考え出されるだろう（マークス、ド・クールティヴロン編『新・フランス系フェミニズム』（Marks and de Courtivron, eds., *New French Feminisms* (Harvester, 1981)））。

ここではエクリチュール・フェミニンの書き手は論理を超えた領域にいるように見える（「この実践は決して理論化」できず、「哲学＝理論的支配に従属する領域以外の領域で起こ」るだろう）。こうした言語の使い手は、絶え間ない対立という秩序なき領域において、戦いをやめることなく権力の中心を狙撃する自由の闘士のようなものと見なされる（「いかなる権威も決して服従させることができない周辺的な人々」）。シクスーにとっては（他の理論家にとっては違うのだが）この種の書き方というのは、どういうわけかもっぱら女性の生理機能の産物で、女性が自らの著述において称えなくてはならないものである。

女性は自身の身体を通して書かねばならず、区分、階級、修辞、規則やコードを粉砕するであろう難攻不落の言語を作り出さなくてはならない。「沈黙」という語を発しようと思うこと自体を笑うような言説を含め、究極の慎みの言説を沈め、切り開き、乗り越えなくてはならない（中略）女性の力は非常に強いので、統語法を払いのけ、男性にとってへその緒の代わりをするあの有名な糸（ほんの小さな糸に過ぎないと彼らはいう）を引きちぎる（マークス、ド・クールティヴロン、p. 256）。

つまりエクリチュール・フェミニンは性質上、侵犯的で、規則を超越しており、陶酔的だが、シクスーが提言するような概念が多くの問題を提起することは明白である。身体の領域は、例えば社会的・ジェンダー的な条件づけ（「修辞学、規則やコード」）の影響をどういうわけか免れており（「難攻不落の」）、混じり気のない女性性の本質を発することができると考えられている。そのような「本質主義」は、女性性をともかくもただ神秘的に「そこ」にある、所与のものではなく、社会的構築物として強調するフェミニズムとは相いれない。そしてもし女性性が社会的に構築されるならば、当然それは文化ごとに異なるのであり、その結果、女性性に関するこのような包括的な一般化は不可能ということになる。われわれは問うかもしれない、自身の身体を通して書か「ねばならない」この女性たちというのは誰なのか。この高圧的な「ねばならない」を女性たちに押しつけるのは誰なのか、そして（何よりも）何故なのか、と。

エクリチュール・フェミニンに通じる概念についてはジュリア・クリステヴァの著作のなかで新たに描き出される。クリステヴァは、サンボリックとセミオティックという言葉を使って言語の二つの異なる側面を示す。彼女の論文「体系と語る主体」（'The System and the Speaking Subject'）では、サンボリックの側面は、権威、秩序、父親、抑圧、支配と結びつけられる（「家族、正常、規範的な古典的＝心理学的傾向をもつ言説、それらはすべてファシズムのイデオロギーの特徴を並べているだけになるのだが」）。言語のこのサンボリックの側面は、自己というのは不変で統一的なものだというフィクションを擁護する（彼女が「排除された主体、あるいは超越論的な主体―自我を伴う言語」と評するもの）。対照的に、言説のセミオティックの側面は論理や秩序によってではなく、「置き換え、横滑り、圧縮」によって特徴づけられ、ずっと自由で、よりランダムなつなげ方、すなわち可能性の幅を広げるやり方を、ここでも示唆する。彼女は『ティマイオス』（*Timaeus*）のプラトンを引用し、「プラトンがコ̇ー̇ラ̇と呼ぶ」「言葉に先行する言語の状態」を引き合いに出すが、ここでもまたその状態は父なるものというより母なるものと結びつけられる。これらはすべてかなり一般化されたレベルで提示されているが、クリステヴァはセミオティックを散文とは対照的な詩的言語と考え、特定の詩人たちの作品におけるその作用を考察する。それは概念的には女性性と結びつけられているのだが、その言語を使う詩人は皆女性というわけではなく、実際のところクリステヴァの挙げる主たる類例は男性作家たちである。

もっとも、サンボリックとセミオティックというのは言語の二つの異なる種類ではなく、二つの異なる側面であり、いかなる言語のサンプルにおいても両者が常に存在することは強調されねばならない。ここでも無意識と意識のモデルと、ラカンのこうした概念の再利用が雛型となる。サンボリックは秩序ある表層の領域であり、その領域の厳密に区別され規定された構造を通じて言語は機能する――言語のこの側面は構造主義者たち、すなわちソシュールの「差異のネットワーク」によって強調されている。だが、言語の「無意識」、すなわち浮遊するシニフィアン、ランダムなつながり、即興、近似、偶然、そして「横滑り」――いわばポスト構造主義的言語観に含まれるすべて――の領域が消えることは決してない。事実、脱構築のプロセス（テクスト内で互いに矛盾する複数の意味が発見されるプロセスなのだが）の特徴は、テクストの「無意識」が「意識」あるいは「表面的」な意味のなかに表出し、それを混乱させることだともいえる。合理的で、以前は安定していた構造へのこうした攪乱的侵入は、例えば夢や詩、そして言語の表層をゆがめるモダニズム的、実験的な著作（例えばE・E・カミングズの詩）に見られる。この「ランダムな」要素というのは最も細心の注意を払い、痛ましいほどに慎重な散文の書き手をもってしても、決して逃れることができない。疑うまでもなく、言語というのはそもそも創造的・即興的な実践なので、もしクリステヴァのいうセミオティックの領域から切り離されれば、それは立ちどころに息絶えてしまうだろう。

クリステヴァはセミオティックとサンボリック間の基本的な対立概念を設定するにあたり、ジャック・ラカンと彼の想像界と象徴界という二つの領域の区別を参考にしている。想像界の領域とは、言語習得以前、前エディプス期にある幼児のものである。自己は依然として自己以外のものから区別されておらず、まわりの世界から切り離されているという身体感覚はいまだ確立されていない。幼児は楽園のような場所に住んでおり、欲望と剝奪の両方から自由である。セミオティックは本来的に、政治的な転覆を招くものと考えられ、政府や標準とされる文化的価値観、標準語の文法といった慣習に体現される閉じられた象徴的秩序を常に脅かすのである。

シクスーやクリステヴァによって喚起されたこの観念的な「セミオティックな」女性の世界と言語は、一部のフェミニストたちにとって可能性に満ちたきわめて重要な舞台である。その価値とはわれわれ、特に女性が現在直面する世界に代わるものを想像させてくれることにある。一方それは、致命的にも合理性の世界を男性に引き渡し、女性には伝統どおりに、感情的、直観的で、合理性の向こうにある「私的化された」場を用意することになると見るフェミニストたちもいる。それゆえ当然言語の問題はフェミニズム批評の最も議論を呼ぶ領域のひとつとなる。

フェミニズム批評と精神分析

現在に至るフェミニズムと精神分析の関係は、概略を単純に語ることはできるが、細部においては入り組んでいる。[9] この話は、他の多くと同様、ケイト・ミレット（Kate Millett）の一九六九年の『性の政治学』（*Sexual Politics*）と共に始まるといえる。この著作はフロイトをフェミニストたちが戦わなくてはならない家父長制的態度の主たる源として非難する。フェミニズムにおけるこの意見の影響は依然として非常に強いが、フロイトはその後、一連の重要な著作、特にジュリエット・ミッチェル（Juliet Mitchell）による一九七四年の『精神分析と女の解放』（*Psychoanalysis and Feminism*）[10] のなかで擁護された。この著作は要するに、ミレット自身の用語と概念、とりわけ、フェミニズムにとっては非常に重要なセックスとジェンダーの区別——前者は生物学的事柄で、後者は構築物、すなわち「自然な」ものというより学習し、習得したもの——を使うことで、ミレットに対しフロイトを擁護したものである。この区別はシモーヌ・ド・ボーヴォワールが、『第二の性』（*The Second Sex*, 1949）の第二巻の有名な最初の一文である「人は女性に生まれるのではない、むしろ女性になるのだ」によって示唆した区別である。『精神分析と女の解放』はこのボーヴォワールの著作の企図を受け継ぐものである。そしてミッチェルはフロイトを擁護するにあたり、フロイトは女性性を単に「所与の、自然な」ものとして示してはいないと論じている。女性のセクシュアリティ（実際は異性愛全般）は「自然に」最初からただそこにあるのではなく、幼少期の経験や適応によって形づくられており、フロイトはそれが生み出され構築される過程を、特に『性理論三篇』（*Three Essays on the Theory of Sexuality*)(『エロス論集』(*On Sexuality*)[11]と題されたペンギン版フロイトの第七巻所収)において示している。そうなると、ジェンダーの役割は形を変えることができる可変的なものであって、不可避で不変の所与のものではないということになる。

実際——と議論は続く——ペニス羨望という概念は(フロイトの意図がどんなものだったにせよ)ひたすら男性の身体的な器官そのものに関わるものとして受け止める必要はなく、社会的な力やそれに伴う特権のしるしとしての器官に関わるものとして理解しうる(私はある広告——のちに使用中止になったが——を思い出す。それは「女性が男性の社会で成功するために必要なもの」というキャプションのついたヌードの女性の写真を掲げたもので、写真の彼女の性器の上には露骨な男性器の絵が描かれていた)。次のセクションで論じられる読解において、サンドラ・ギルバートとスーザン・グーバーは「社会的去勢」という考えを使うが、これも結局同じことになる。というのもこの用語は女性の社会的な力の欠如を意味し、この欠如しているものが「去勢」という言葉によって、男性の所有物として——決して男性の属性としてではないのだが——表象されるからである。

ジェイン・ギャロップ(Jane Gallop)の一九八二年の著作『娘の誘惑——フェミニズムと精神分析』(*Feminism and Psychoanalysis*)[12]によって精神分析は名誉回復を続けることになるが、それはフロイト派からラカン派へとその関心を転じることによってなされている。理由の一端は、フロイトにおいてたびたび仄めかされることがラカンの体系では明示されているという点、すなわちそこではファルスがかたちある生物学的な対象ではなく、それに伴う力の象徴であるという点にある。もちろんのこと男性はラカンの著作において女性よりずっと恵まれた立場で登場するが、それにもかかわらずラカンは男性もまた無力な存在として示しており、というのも十全な意味作用は——ラカンの著作ではこれもファルスが表象するのだが——男性、女性のいずれによっても到達できないものだからである。またラカンの書き方は——周知のように難解でおどけており、語呂合わせがあって「錯論理的《パラ》」(論理を大いに超えていることを意味する)で——言語の「男性的」つまり「サンボリックな」側面より「女性的」つまり「セミオティックな」側面を体現しているようである。

フロイトの名誉回復に際し重要な役割を演じたもう一人の人物は英国の批評家ジャクリーン・ローズ（Jacqueline Rose）で、彼女の著作『シルビア・プラスの幽霊』（*The Haunting of Sylvia Plath*）はフェミニズム的 - 精神分析的アプローチの応用例のひとつである。ローズのプロジェクトはフェミニズム、精神分析、そして政治学の洞察を結びつけることである。彼女はジュリエット・ミッチェルとともに『女性的セクシュアリティ――ジャック・ラカンとフロイト学派』（*Feminine Sexuality: Jacques Lacan and the école freudienne*, 1982）を編集している。ラカン、そしてフロイトを支持するその議論は再度、ラカンやフロイトが性的アイデンティティは「文化的構築物」であることを示し、その構築がどのように起こるかについて詳細な一連の「内幕からの」説明を提供し、この条件づけが抵抗を受ける例を示している、というものである。

結果として生じる立場は（イゾベル・アームストロング（Isobel Armstrong）が『タイムズ高等教育付録』（*The Times Higher Education Supplement* 16 July 1993, p. 15）のローズに関する記事で述べているように）大変複雑なものである。一般的に、フロイトとラカンの擁護はアメリカよりフランスや英国のフェミニストたちに、より好意的に受け入れられてきた（英米対フランスという通例の二分法のもうひとつの興味深い逸脱である）。エレイン・ショウォールターは例えば、オフィーリアに関する彼女の論文（ニュートン（K. M. Newton）の『理論の実践』（*Theory into Practice*）に再録――参考文献の「概略的読本」の項目を参照）において、ラカンによる明白なオフィーリアの軽視に否定的である――彼は『ハムレット』に関するセミナーで、オフィーリアを論ずると約束するが、どういうわけかしないで終わっている。同様に、『変りゆく主体――フェミニズム文学批評の成り立ち』（*Changing Subjects: The Making of Feminist Literary Criticism*）（グリーン、カーン編）に寄稿しているアメリカの批評家ジェリー・アリーン・フリージャー（Jerry Aline Flieger）は、以下のように述べて、ある種の疑念をほのめかしている。

私は「性関係は存在しない」や「女は存在しない」というラカンの悪名高い主張と同様、彼によるシニフィアンのなかのシニフィアンとしてのファルスの特性づけに魅了されると同時に悩まされた。それゆえ私はジャクリーン・ローズやジェイン・ギャロップといったフェミニストたちが七〇年代後期と八〇年代初期において、ラカンを男根（ファルス）支配主義の支持者というより批判者とする独創的で説得力のある読解を行った際、安心したし、ありがたく思った（p. 257）。

このコメントの効果は、ひとつには、そうした擁護を行うのに必要とされる創意に注意を引きつけることである。スティーヴン・ヒース（Stephen Heath）は、『フェミニズム文学批評』（*Feminist Literary Criticism*）（メアリ・イーグルトン編）のなかの論文において、「精神分析の金字塔は越えなくてはならない――回避するのではなく」（p. 214）という趣旨のロラン・バルトを引用する。フェミニズムはまず後者を行おうとして、それから針路を変えて前者を行ったともいえるかもしれない。アメリカのフェミニストたちが精神分析の名誉回復に納得していない傾向は、アメリカでは精神分析が（ヨーロッパでかつてないほど）中産階級の生活の一部として受け入れられていたという事実によって説明できるのかもしれない。それゆえ、アメリカ人にとっては、精神分析を未だにラディカルな可能性をもつものと考えるのは困難であり、とりわけ女性にとってはそうである。さらに一九九〇年代には、精神分析が特定の文化に固有のものであることが新たに重視されるようになり、そのため、精神分析のいかなる普遍的な妥当性を主張することもはばかられるようになる。ローズ自身の著作に限ったことではないが、そこには従来排除されていた「他者」の声、とりわけフロイトあるいはラカンの著作において居場所のなかった文化や人種の声に耳を傾けることへの強くて深まりつつある関心が見られる。

考えてみよう

概略的に――フェミニズム内では女性性の「構築性」、すなわち、条件づけや社会化という問題、そして文学や文化における女性性のイメージと表象の影響が非常に強調される。これらすべての定式化は「本質主義」――すなわち女性性に何らかの自然で所与の本質があり、それは普遍的かつ不変であるという反対の見解――を避ける方法なのである。

反本質主義はここ数年批評理論において支配的な概念であったが、いくらかの困難を伴う概念であることも多少認識されている。例えば反本質主義は女性に関するいかなる一般化も難しくすることで、集団として女性を政治化することを困難にしているのではないか。それは、あるいはアイデンティティというものはそれよりも深いものかもしれないというわれわれの本能的感覚にもかかわらず、アイデンティティを環境要因の総和へと単純化する傾向がありはしないか。われわれがそうした感覚をもつという事実は証拠としてどちらの側からも容認されるのか。そしていずれにしても、この問いのどちらの側についても、何が証拠となるのだろうか。

より具体的に――以下で論じられる実例において、重大な前提と手続きが同じ作品に対し、フェミニズム批評でないアプローチでなされるものとどう異なるのか。それを以下の実例の最初に言及される二つの論文、あるいはマクミラン社の『「嵐が丘」ケースブック』（*Emily Brontë: Wuthering Heights: A Casebook*, Miriam Allott ed., 1970）における論文と比べてみること。

フェミニズム批評がすること

(1) 正典を再検討する――女性によって書かれたテクストの再発見を目指す。
(2) 女性の経験を再評価する。
(3) 男性および女性の手による文学作品での、女性の表象を考察する。
(4) 「他者」として、「欠如」として、「自然」の一部としての女性表象に異議を申し立てる。
(5) テクストと人生において行われる権力関係を考察する――それらを乗り越え、読解を政治的行為と見なし、家父長制の範囲を示すことを目指して。

(6) 社会的かつ構築されたものを、透明で「自然」らしくする言語の役割を十分意識する。
(7) 男性と女性が生物学的理由で「本質的に」異なっているのか、それとも異なるものとして社会的に構築されているのかという問いを提起する。
(8) 女性の言語、エクリチュール・フェミニンというものが存在するのかどうか、そしてこれが男性にも利用できるかどうかという問いを探る。
(9) 女性と男性のアイデンティティという問題をさらに探究するために精神分析を「読み直す」。
(10) 作者の死という広く普及した概念を疑う――「言説内で構築された……主体の位置」しか存在しないのか、あるいはこれに反して、（例えば黒人やレズビアン作家の）経験が中心となるのかを問う。
(11) 「中立的」あるいは「主流」と思われている文学解釈のイデオロギー的基盤を明らかにする。

フェミニズム批評の実例

フェミニズム批評の実例として、サンドラ・M・ギルバートとスーザン・グーバーとの共著『屋根裏の狂女――ブロンテと共に』（山田晴子、薗田美和子訳、朝日出版社、一九八六年）（*The Madwoman in the Attic*）のなかから、『嵐が丘』（*Wuthering Heights*）に関する批評を取り上げよう。この批評は広く流通している『テクストを議論する』（*Debating Texts*）（リック・ライランス（Rick Rylance）編）に再録されている。ライランスは同じ『嵐が丘』についてその他の二つの批評も再録していて、ひとつはQ・D・リーヴィス（Q. D. Leavis）によるもので、これはリベラル・ヒューマニズム的と見なされるだろうし、もうひとつのフランク・カーモード（Frank Kermode）によるものはポスト構造主義的と見なされるだろう。同じ小説のイーグルトンによるマルクス主義的評価――ギルバートとグーバーが言及している彼の著作『テリー・イーグルトンのブロンテ三姉妹』（*Myths of Power: A Marxist Study of the Brontës*）[13]所収――とも比較できよう。

ブロンテの小説を読むにあたってのギルバートとグーバーの戦略は、それを教養小説《ビルドゥングスロマン》として知られる男性的なジャンル（「ビルドゥングスロマン」とはドイツ語で「形成小説」あるいは「教育小説」を意味する）の女性版と見なすことである。教養小説とは主人公が大人になるまでの成長を「勝利に満ちた自己発見」の過程として辿るもので、その自己発見によって主人公のアイデンティティが発見され、人生における使命が打ち立てられ、それに向かって一歩が踏み出される。典型的な実例はジェイムズ・ジョイス（James Joyce）の『若き芸術家の肖像』（*A Portrait of the Artist as a Young Man*）であろう。ヒロインにとってはしかし、事態が異なる。大人の女性になるまでの成長を描く教養小説に相当する小説（『嵐が丘』のような）は「女性の受ける教育が究極的にもたらすもの」である「不安な自己否定」の過程を記録する。ギルバートとグーバーが言うには、「キャサリンが、あるいはどんな女性であれ、学ばなければならないのは、自分の名前がわからないので、自身が何者なのかあるいは何者になる運命なのか、どちらも知ることができない」ということである。それに伴う拒絶の過程をギルバートとグーバーは「社会的去勢」と表現する。実際には、キャサリンは生まれ育った嵐が丘に象徴される彼女が本能的に好むすべてのものを置き去りにし、スラッシュクロス屋敷に象徴される異質な態度を身につけなくてはならない。ここで「去勢」という言葉を使う意義は、キャサリンが受け入れられ、女性性を獲得するためには、男性には当然のものと見なされる力、すなわち自身の運命を左右する力を彼女は失わなくてはならない点にある。これは「紫色の舌がその口から半フィート垂れ下がっている」男根的な番犬によって象徴されており、その犬が屋敷に入ろうとするキャサリンの足にかみつくのだが、それは象徴的去勢であるとギルバートとグーバーはいう。彼女はそれから屋敷に幽閉されるという一種の通過儀礼を受けるが、それはペルセポネや白雪姫といった伝統的なヒロインが受けたものと似ている。[14]

スラッシュクロス屋敷は「隠蔽と二重化」の場である。ここで彼女は、ブロンテの言葉を借りれば「誰のことも欺こうという明確な意図なく、二重の人格を身につける学習」をする。すなわち、ギルバートとグーバーが言うには、彼女は「自身の衝動を抑圧すること」を覚え、「自身のエネルギーを『理性』という鉄のコルセットで締めなくてはならない」。この「二重化の教育」は「彼女の人格の実際的な二重化あるいは断片化」を伴う、というのも「彼女の反抗的な分身」であるヒースクリフが彼女の人生から強制的に排除されるからである。こうした自己否定の精神状態で彼女は、ヒースクリフを「私より私そのもの」だといいながらも、エドガーとの結婚に同意する。この過程において、ヒースクリフもまた不名誉な地位に貶められ、まったくの無力で、それゆえ「キャサリンは、もし女性であることが不名誉なことであるなら、女性のようであることはよりいっそう不名誉なことなのだと、正しく学んだ」。したがって、ギルバートとグーバーは、『嵐が丘』批評の趨勢に反して、エドガーはヒースクリフの男らしさと対照的な女々しさのイメージを表象しているのではなく、それどころか、彼の社会的、性的な権力の冷酷な使い方において、家父長制の権化であると論じる。その結婚は「彼女の自律性を否定する社会制度のなかに彼女を容赦なく閉じ込め」るので、ヒースクリフの帰還――フロイトの術語を使って「抑圧されたものの回帰」と呼べるかもしれない――は「彼女のかつての力は再生しないまま、彼女の真の自己の欲望が帰還することを表象して」いる。それゆえ必然的に自己拒絶（キャサリンは鏡のなかの自身の顔が誰だかわからない）、拒食、狂気、そして死、すなわち「女性のもつ無力さと怒りの感情の典型的現れといっていい精神神経症的な症状の複合体」への転落が起こる。こうしてこの小説の出来事はジェンダー・アイデンティティの構築の象徴として「強く」読まれるのである。

参考文献

〈読本〉

キャサリン・ベルジー、ジェイン・ムーア編『フェミニズム読本――ジェンダーと文学批評の政治学における論文集』（Belsey, Catherine and Moore, Jane, eds., *The Feminist Reader: Essays in Gender and the Politics of Literary Criticism* (Palgrave, 2nd edn, 1997)）。

非常に優れたイントロダクション。扱いやすいサイズ。重要な論点に関する卓越した論文集。

ダニ・キャバレロ『フランス系フェミニズム理論――入門』（Cavallaro, Dani, *French Feminist Theory: An Introduction* (new edn, Continuum, 2006)）。

この分野で鍵となる論文の、完成度の高い最新の選集。

メアリ・イーグルトン編『フェミニズム文学批評』（Eagleton, Mary, ed., *Feminist Literary Criticism* (Longman, 1991)）。

興味深い選集。重要な問題点に関する対立する意見を示すために、論文がそれぞれセットになっている。編者の解説が素晴らしい。

メアリ・イーグルトン編『フェミニズム文学理論——読本』(Eagleton, Mary, ed. *Feminist Literary Theory: A Reader* (Blackwell, 2nd edn, 1995))。

ブラック・フェミニズムに関わる批評や、ポストモダニズムがフェミニズムに与えた影響に関わる批評を含む。

広範にわたる重要な批評から、短い抜粋を掲載。

エステル・B・フリードマン編『基礎フェミニズム読本』(Freedman, Estelle B., ed. *The Essential Feminist Reader* (Modern Library Classics, 2007))。

歴史的な名著や、批評のみならず創作をも含む、包括的な選集。

マギー・ハム編『フェミニズム読本』(Humm, Maggie, ed. *Feminisms: A Reader* (Longman, 1992))。

大変優れた著作。ブラック・フェミニズム、レズビアン・フェミニズムを含む、ウルフから今日に至るまでのフェミニズムを扱っており、カバー範囲が広くわかりやすい。カテゴリーによって、セクションがさらに細分化されており、それぞれに個別のイントロダクションが付いている。

エレイン・マークス、イザベル・ド・クールティヴロン編『新・フランス系フェミニズム』(Marks, Elaine and de Courtivron, Isabelle, eds. *New French Feminisms* (Harvester, 1981))。

この種の批評の多くを、英語圏の読者に紹介する、先駆者的著作。

トリル・モイ『フランス系フェミニズム思想——読本』(Moi, Toril, *French Feminist Thought: A Reader* (Blackwell, 1987))。

エレン・ルーニー編『ケンブリッジ・コンパニオン——フェミニズム文学理論』(Rooney, Ellen, ed. *The Cambridge Companion to Feminist Literary Theory* (Cambridge Companions to Literature, 2006))。

大変有用な最新論文を含む。読解《リーディング》の際のフェミニズム的な美学、フェミニズムと小説の読解、フェミニズムと精神分析、フェミニズムとポストコロニアリズム、など。

〈一般書〉

レイチェル・ブラウンスタイン『ヒロインになるということ』(Brownstein, Rachel, *Becoming a Heroine* (Penguin, 1982; rpt. Columbia University Press, 1994))。

「古典的」小説においてヒロインになるのに必要なものに関する、読みやすく思慮に富んだ批評。

バーバラ・クリスチャン『新ブラック・フェミニズム批評、一九八五―二〇〇〇年』（Christian, Barbara, *New Black Feminist Criticism, 1985-2000*（University of Illinois Press, 2007））。

一流の実践家かつ理論家バーバラ・クリスチャンの選集。彼女の死後グロリア・ボウルズ（Gloria Bowles）、M・ジュリア・ファビ（M. Giulia Fabi）、アーリーン・カイザー（Arlene Keizer）によって編集された。

サンドラ・ギルバート、スーザン・グーバー『ノー・マンズ・ランド――二〇世紀における女性作家の位置』（Gilbert, Sandra and Gubar, Susan, *No Man's Land: The Place of the Woman Writer in the Twentieth Century*（Yale University Press, 1988））。

大変興味深い。第七章「女性、文学、そして第一次世界大戦」（'Women, literature and the Great War'）を参照し、次章ゲイ批評の実例と比較してみること。

サンドラ・ギルバート、スーザン・グーバー『屋根裏の狂女――ブロンテと共に』山田晴子・薗田美和子訳、朝日出版社、一九八六年（Gilbert, Sandra and Gubar, Susan, *The Madwoman in the Attic: The Woman Writer and the Nineteenth-Century Literary Imagination*（Yale University Press, 2nd edn, 2000））。

オースティン、ブロンテ姉妹、ジョージ・エリオットなどについて書かれた章で構成された高名な著作。

ゲイル・グリーン、コッペリア・カーン編『差異のつくり方――フェミニズムと文学批評』鈴木聡ほか訳、勁草書房、一九九〇年（Greene, Gayle and Kahn, Coppelia, eds, *Making a Difference: Feminist Literary Criticism*（Routledge, 1985））。

ゲイル・グリーン、コッペリア・カーン編『変わりゆく主体――フェミニズム文学批評の成り立ち』（Greene, Gayle and Kahn, Coppelia, eds, *Changing Subjects: The Making of Feminist Literary Criticism*（Routledge, 1993））。

この分野第一級の研究者による、興味深い知的自伝論集。

メアリ・ジャコウバス編『書く女性・書かれる女性』（Jacobus, Mary, ed., *Women Writing and Writing about Women*（Croom Helm, 1979））。

『ヴィレット』（*Villette*）、ジョージ・エリオット、ウルフ、イプセン等を論じた章で構成されている。

メアリ・ジャコウバス『女性を読む――フェミニズム批評論文集』（Jacobus, Mary, *Reading Woman: Essays in Feminist Criticism*（Methuen, 1986））。

『ヴィレット』（*Villette*）、『フロス河の水車小屋』（*The Mill on the Floss*）、フロイトの症例（「『ドーラ』と身ごもった聖母マリア」（'*Dora* and the Pregnant Madonna'）などを参照）を扱う章から成る。

サラ・ミルズほか『フェミニズム的読解――フェミニズム文学入門』（Mills, Sara, *et al*, *Feminist Readings: An Introduction to Feminist Literature*（Prentice Hall, 1996））。

　主要なフェミニズムに関する議論と正典的な文学テクスト類へのその適用。読みやすく、実用的で、有益である。

サリー・ミノーグ編『フェミニズム批評の諸問題』（Minogue, Sally, ed., *Problems With Feminist Criticism*（Routledge, 1993））。

　真の困難を引き起こした諸々の話題を扱う、興味深い著作。

トリル・モイ『性／テクストの政治学』（Moi, Toril, *Sexual/Textual Politics*（Methuen, 1985））。

　非常に影響力のある著作だが、主要なフェミニズム理論・批評についての見解に対しては、異論も少なくない。

トリル・モイ『女性とは何か』（Moi, Toril, *What is a Woman?*（Oxford University Press, 2001））。

　フェミニズムの多くの面に関する、大変興味深く根本的な再考。

K・K・ルスベン『フェミニズム文学研究――入門』（Ruthven, K. K., *Feminist Literary Studies: An Introduction*（Cambridge University Press, 1984））。

　便利な概説書。「英米」系フェミニズム寄りである。

エレイン・ショウォールター編『新フェミニズム批評――女性・文学・理論』青山誠子訳、岩波書店、一九九九年（Showalter, Elaine, *The New Feminist Criticism: Essays on Women, Literature, and Theory*（Pantheon, 1985））。

エレイン・ショウォールター『女性自身の文学――ブロンテからレッシングまで』川本静子・岡村直美・鷲見八重子・窪田憲子訳、みすず書房、一九九三年（Showalter, Elaine, *A Literature of Their Own*（Revised and expanded edn, Virago 1999））。

　この著作の初版の受容に関する新しいイントロダクションと、フェミニズム批評の遺産に関するあとがきの章を含む。

パトリシア・スタッブズ『女性とフィクション――フェミニズムと小説一八八〇年―一九二〇年』（Stubbs, Patricia, *Women and Fiction: Feminism and the Novel 1880-1920*（Routledge, new edn, 1981））。

原注

（1）男性優位の。

訳注

［1］ 邦訳題名は、J・S・ミル『女性の解放』大内兵衛・大内節子訳、岩波書店、一九五七年に従った。
［2］ *The Origin of the Family, Private Property and the State* (1884).
［3］ エレイン・ショウォールター「フェミニズム詩学に向けて」（『新フェミニズム批評――女性・文学・理論』青山誠子訳、岩波書店、一九九九年、一二三―一五四ページ（*The New Feminist Criticism: Essays on Women, Literature, and Theory*））では、それぞれ「フェミニン段階」「フェミニスト段階」「フィーメイル段階」となっている（訳書一四五ページ））。
［4］ 邦訳題名は、エレーヌ・シクスー『メデューサの笑い』松本伊瑳子・国領苑子・藤倉恵子編訳、紀伊國屋書店、一九九三年より（三五六ページ）。
［5］ 邦訳題名は、エレーヌ・シクスー「メデューサの笑い」（前掲書、七―四八ページ）より。
［6］ 邦訳題名は、リュス・イリガライ『ひとつではない女の性』棚沢直子・小野ゆり子・中嶋公子訳、勁草書房、一九八七年より。
［7］ 邦訳は複数存在するが、邦訳題名は『自分だけの部屋』川本静子訳、みすず書房、二〇〇六年、ヴァージニア・ウルフ・コレクションを参照した。
［8］ 邦訳題名は、デイル・スペンダー『ことばは男が支配する――言語と性差』れいのるず＝秋葉かつえ訳、勁草書房、一九八七年より。
［9］ 邦訳題名は、ケイト・ミレット『性の政治学』藤枝澪子・横山貞子・加地永都子・滝沢海南子訳、ドメス出版、一九八五年より。
［10］ 邦訳題名は、ジュリエット・ミッチェル『精神分析と女の解放』上田昊訳、合同出版、一九七七年より。
［11］ 翻訳は複数あるが、邦訳題名は『エロス論集』中山元編訳、ちくま学芸文庫、一九九七年を参照した。
［12］ 邦訳題名は、ジェイン・ギャロップ『娘の誘惑――フェミニズムと精神分析』渡部桃子訳、勁草書房、二〇〇〇年より。
［13］ 邦訳題名は、テリー・イーグルトン『テリー・イーグルトンのブロンテ三姉妹』大橋洋一訳、晶文社、一九九〇年より。
［14］ 邦訳多数。ここでの邦題は、大澤正佳訳（岩波書店、二〇〇七年）、丸谷才一訳（新潮社、一九九四年）などを参照した。

第7章

レズビアン／ゲイ批評

レズビアン／ゲイ批評理論

レズビアン・ゲイ文学理論がひとつの独立した分野としてはっきりと姿を現したのは一九九〇年代になってからのことである。例えば、テリー・イーグルトンの『文学とは何か』（*Literary Theory: An Introduction*, 1983）や、ラマーン・セルデン（Raman Selden）の『現代文学理論ガイドブック』（*A Reader's Guide to Contemporary Literary Theory*）第一版（一九八五年）ではまったくこれに関する記述はない。二〇年前の女性学と同様に、この新領域の重要性と受容の高まりは、多くの一般書籍店や出版社の研究書目録に「レズビアン・ゲイ研究」というセクションができたことや、大学においては、それに関連する学部授業が創設され、そのための教科書『レズビアン・ゲイ研究読本』（*Lesbian and Gay Studies Reader*）が一九九三年に出版されたことに表れている。イギリスのサセックス大学にも、修士課程のプログラムとして、レズビアン／ゲイ研究関連の「性的不一致（異議）と文化変遷（Sexual Dissidence and Cultural Change）」が設置された。これはきわめて学際的な研究領域であり、文学研究よりもカルチュラル・スタディーズに重きを置いているといえるかもしれない。

しかし、レズビアン／ゲイ批評はゲイやレズビアンの人々だけに関わるものではない。そのため、この分野の性質を定義するにあたり、まずフェミニズム批評と比べてみるのが理解の助けとなると思われる。女性が書いた文学批評すべてがフェミニズム批評とは限らないことはいうまでもない。また、女性の作家について書かれたすべての本が、フェミニズムの本ではないというのも然りである。フェミニズムの著作がすべて女性によって書かれる必要もない。フェミニズム批評が女性の読者だけを対象として書かれているわけでもない。同様に、ゲイの作家についての本、あるいは、ゲイである批評家による本が、必ずしもレズビアン・ゲイ研究に含まれるとは限らないし、レズビアン／ゲイ研究に属する本だからといって、ゲイの読者のみを対象としていたり、ゲイのセクシュアリティだけに関連していたり、ということでもない。

それでは、レズビアン／ゲイ批評の目指すものとは何だろうか。『レズビアン・ゲイ研究読本』によれば、「大まかにいえば、レズビアン／ゲイ研究とは、女性学がジェンダーに対して行うことを、性とセクシュアリティに対して行うものだ」ということになる。同書の数行前のところで、女性学は、「歴史的分析と理解の根本的カテゴリーとして、ジェンダーの重要性」を確立するものとして書かれている（序、p.xv）。つまりレズビアン／ゲイ批評の決定的な特徴は、性的志向を「分析と理解の根本的カテゴリー」とすることであるといえる。したがって、フェミニズム批評のように、レズビアン／ゲイ批評は社会的、政治的目的をもち、特に社会に対する「対抗的な企図」をもっている。なぜならこれは、「ホモフォビア（同性愛に対する恐怖と偏見）と異性愛主義に対する抵抗（中略）および異性愛の特権がもつイデオロギー的かつ制度的な慣習に対する抵抗によって特徴づけられる」からである。

レズビアン・フェミニズム

しかし、レズビアン／ゲイ批評は単一の、統一された研究分野ではない。レズビアン批評理論とゲイ批評理論のあいだでも力点の置かれ方が異なっているし、レズビアン批評理論のなかですら二つの主要な流派がある。そのうちのひとつがレズビアン・フェミニズムである。これはまず、もともとフェミニズムの内部に起源をもつという文脈のなかで見てみればわかりやすいだろう。レズビアン研究は一九八〇年代、フェミニズム批評のサブジャンルとして登場し、その後ひとつの独立した研究分野として確立していった。実際、一九九〇年代の学問状況については、フェミニズムが多大な成功を収め、制度化されたことで、急進性を失ってしまい、そこにレズビアン研究の担い手が自分たちの立場の急進性を主張し始めた、という見方もできる。こうした見方からすると、フェミニズムは、人種、文化、あるいはセクシュアリティのあらゆる差違を考慮するのが難しくなり、都市に住む白人、中流階級、異性愛の女性の経験のみを普遍化する傾向が強まった、ということになる。そのようなフェミニズム批判は、学究的フェミニズムは黒人女性の声や経験を排除して、フェミニズムそのもののなかに父権制的な不平等を再生産しているにすぎないと指摘するアフリカ系アメリカ人の批評家の業績に端を発する。例えばベル・フックスは、一九八二年に初版が出版された『私は女ではないの?——アメリカ黒人女性とフェミニズム』(*Ain't I a Woman: Black Women and Feminism* (Pluto Press, 1986)) でこうした問題を見事に論じている。フェミニズムに対する同様の批判はレズビアンの批評家によっても行われた。レズビアンの批評家からすると、フェミニズムは人種、階級、性的志向の違いにかかわらず、すべての女性が誰でも共通してもっている女性としての本質的なアイデンティティがあると思いこんでいる、というのである。とりわけボニー・ジマーマンは、有名な論文「かつて存在しなかったもの——レズビアン・フェミニズム文学批評の概観」('What has never been: an overview of lesbian feminist criticism') (『新フェミニズム批評』青山誠子訳、岩波書店、一九九九所収) のなかでこの「本質主義」を攻撃し、「異性愛主義という知覚を遮蔽するもの」によって、先駆的なフェミニズム著作においてもレズビアンの問題が一考すらされなくなってしまっている、と指摘した (本章の最後にリストアップされている再録の論文参照、p. 180)。例えば、サンドラ・ギルバートとスーザン・グーバーの『屋根裏の狂女』(*The Madwoman in the Attic*) といったフェミニズムの文芸批評の古典でさえ、レズビアニズムについては軽く一度きり言及するに留まっているのである。

したがって、「古典的」フェミニズムにおいて、レズビアニズムは脇に追いやられるか、無視されてきた。このような状況に反撃を加えたのが、むしろレズビアニズムこそ、フェミニズムの最も完全な形態であると考えられるべきだ、という主張である。これはレズビアン・フェミニズムの発展におけるもうひとつの重要な論文であり、『ラディカル・フェミニズム』(Anne Koedt et al. eds. *Radical Feminism* (Quadrangle Books, 1973)) に掲載された急進的レズビアン団体「ラディカレズビアン・コレクティブ」(Radicalesbian collective) による「女と同一化する女」

（'The woman identified woman'）が論じたことである。この論文が明示するレズビアン・フェミニズムの立場とは、レズビアニズムをフェミニズムの中心に置くというものであった。何故なら、レズビアニズムはさまざまな形態の父権制的な搾取との共謀関係に背を向け、その代わり、女性同士の結びつきから成り立っているからである。そのような女性同士の結びつきは、その定義上、既存の社会関係へのある種の抵抗、またはその急進的な再構築を行うことになる。

このように始まった異性愛フェミニストとレズビアンの対立は、もうひとつの重要な論文によっていく分和らげられた。それはアドリエンヌ・リッチによる「強制的異性愛とレズビアン存在」（'Compulsory heterosexuality and lesbian existence'）である（『血、パン、詩。』（大島かおり訳、晶文社、一九八九年）（*Blood, Bread and Poetry: Selected Prose, 1979-1985*（Virago, 1987）所収）。ここでリッチが導入するのは、「レズビアン連続体」という概念である。

「レズビアン連続体」（lesbian continuum）という語に含まれるのは、一人ひとりの女性の人生を通じて、そして歴史全体を通じて、女性に同一化するという一連の経験である。これはただ単に女性が、他の女性と性器をつうじた性的経験をしたとか、意識的にそのような経験を望んだということに限られない（ジマーマンによる引用。Greene and Kahn eds., *Making a Difference*, p. 184）。

それゆえに、このレズビアン連続体という概念はさまざまな種類の女性の行動を網羅する。例えば、特定の職業集団や組織の女性が形成する非正規な相互援助のネットワークから、女性同士がお互いに助け合う友情、果ては女性間の性的関係といったものが含まれる。この定義の利点は、女性同士のさまざまな連帯がそれぞれつながりあったものであることを示してくれる点である、とジマーマンは述べる。しかし、ポーライナ・パーマーが指摘しているように（彼女の『現代レズビアン文学』の第二章を参照）、このようにレズビアニズムを見ると、レズビアニズムから性的な要素が取り除かれるという奇妙な効果が生じ、その結果、性的志向というよりもむしろ、ほとんど完全に政治的行動になってしまう。そこから「毒気を除く」ことになり、何か別のものに変質してしまうのである。そしてまた、そのような立場から生じる必然的な結果として、女性の異性愛は、女性と女性の利益を裏切るものとして、倫理的に糾弾されることになる。それは、暗に、女性がレズビアニズムを通してしか誠実であることができない、ということを意味する。

「女と同一化する女」とレズビアン連続体という二つの概念には重複する点が多いが、これらの概念は明確かつ柔軟なものであり、そのため個人的経験と知的営為双方の評価基準として重要なものであり続ける。これらは性とジェンダーの問題に選択と忠誠という概念を導入する。その結果、セクシュアリティはただ単に「自然な」もの、不変なものではなく、構築され、変化しうるものと見なされるようになる。

これらの批評の結果、レズビアン的なアプローチは八〇年代のあいだに、主流のフェミニズムから一線を画すようになった。しかし、九〇年代にいたるまで、レズビアン批評はフェミニズムからいわば相続した本質主義を否定することはなかった。それゆえ、「こんな、あんなレズビアン――九〇年代のレズビアン批評に関する覚え書き」('Lesbians like this and that: some notes on lesbian criticism for the nineties') のなかで、ジマーマンが初期の論文から一〇年経ってからレズビアン批評の分野を再び概観したとき、自分で書いた過去の論文を読んで衝撃を受けた。レズビアニズムを不動のカテゴリーとして想定していたからである。つまり（実際のところそうであるような）一九世紀後半の構築物というよりも、「超越的シニフィアン」、つまり、厳然たる事実としてただそこにある、歴史を超えた、恒常的な、不変なものとしてのものと見ていたのだ。一九九〇年代には、この最初のレズビアニズムほど本質主義的でない新しいレズビアニズムの概念が登場する。これは現在「クィア理論」として知られている領域においてのことである。

クィア理論

これまで、レズビアン・フェミニズムと呼ばれる思潮の性質と発展を論じてきた。第二のレズビアニズム思潮は、ポーライナ・パーマーがリバタリアン的レズビアニズムと呼んだものである。これはフェミニズムから袂を分かち、新たな忠誠対象を見出す。他の女性とではなく、むしろ、特にゲイの男性と手を携えるのである。こうしたレズビアン理論は自らを「クィア理論」、あるいは「クィア研究」という分野の一部として位置づける。もともと、「クィア（オカマ・変態）」という語はホモフォビアに端を発する言葉で、ゲイに対する侮蔑的な呼び方であったが、次第にゲイの人々によって盛んに用いられるようになった。「クィア理論」「クィア研究」といった用語は、（少なくとも組織立って受け入れられるようになるのは）カリフォルニア大学サンタ・クルス校での「クィア理論」に関する一九九〇年の学会に遡る。すでに述べたように、この意味での「クィア理論」は、ここまで説明したレズビアン批評のように「女性中心」であるというよりも、女性分離主義を排し、ゲイの男性との社会的、政治的利害の一致を見出していく。これら二つの連帯のうちいずれかを選ぶ人間にとって、最も根本的な問いとは、個人のアイデンティティにおいてジェンダーとセクシュアリティのどちらがより根源的か、というものである。もちろん、後者を選ぶとすれば、女性間の結びつきや、父権制への抵抗というよりも、セクシュアリティの形態としてのレズビアニズムを重視することになる。そのようなレズビアニズムは、サド・マゾヒズムや、ブッチ／フェムのロールプレイ[1]といった、レズビアニズムにおける「実験的」なセクシュアリティの形も支持する傾向がある。しかし、「クィア理論」という包括的な用語を受け入れることで生じる影響のひとつとして、究極的には、女性の利益関心を男性のそれに従属させ、父権制を永続させてしまう、と論じられることもある。

それでは、理論的には、クィア理論はレズビアン・フェミニズムといったいどれほど違うのであろうか。現在流通している他の批評アプローチ同様、「クィア理論」の範囲内のレズビアン／ゲイ研究は一九八〇年代のポスト構造主義に特に依拠している、ということがその答えになる。ポスト構造主義のひとつの要点は、二項対立（例えば、話し言葉と書き言葉といった）を「脱構築する」ことである。「脱構築」がまず示すのは、一対の対立物を隔てる境界は絶対的なものではない、ということである。二つのうち片方が理解され、定義づけられるには、もう一方の対立するものがなければならない。続いて、そのような組み合わせのなかでの主従関係はひっくり返すことが可能である、ということが示される。これにより、主とされるものよりも従とされるものに「特権が与えられる」（第3章、八〇―八一ページ参照）。かくしてレズビアン／ゲイ研究では、異性愛／同性愛という対も、このように脱構築される。この対における対立は、そもそも安定したものではないと見なされる。ダイアナ・ファスが『内／外――レズビアン理論、ゲイ理論』（*Inside／outside: lesbian theories, gay theories*）の序論で書いたように、現在クィア研究の多くが、「異性／同性愛の主従関係の不変性と永続性に異議を唱えることを目的」としている（p. 1）。この本のなかに収められたリチャード・メイヤーの論文は、この異性愛／同性愛の二項対立がどのように脱構築されるかを示す実践例といえるだろう。メイヤーが取り扱うのは映画スター、ロック・ハドソンである。ハドソンはかつて、魅力的な異性愛男性の像を銀幕で体現したような人であった。実際には彼はゲイであり、これは初め、一部の人にとって衝撃的であったものの、その衝撃は彼が異性愛／同性愛のカテゴリーを混乱させたためというより、女性にとって彼を魅力的に見せていたものが彼の同性愛そのものと関わっていたためである。なぜなら、「ロック・ハドソンは、ストレート[2]の女性に性的な安心の場を約束してくれていたからである。――つまり、彼は、男性の優位性を主張することなく、家庭に服従してくれそう」だからである（ダイアナ・ファス、p. 282）。

同様に、ハドソンの映画を見たストレートの男性も、「男性性の『基準を満たす』ために途方もない労力を要するマッチョな男らしさとは異なる役割規範が見つけられて」安心したのだ。このように異性愛／同性愛という二項対立を脱構築することには、革新的な意味がある。何故なら、そのような区別は、すべて同じ方法で構築されたものであるため、この異性愛／同性愛の区別を問い直すことは、他のすべての区別に対する異議申し立てをすることにもなるからである。

この、性的アイデンティティに関する反本質主義は、他の批評家たちによってさらに推し進められて行くことになる。その一人が、『内／外』の重要な寄稿者ジュディス・バトラーである。バトラーは論文のなかで次のように指摘する。「ゲイ」とか「ストレート」といったアイデンティティのカテゴリーは、「管理体制の道具となりがちである。抑圧構造を規範として押し広げるカテゴリーとしても、まさにその抑圧に対する多様な解放の異議申し立てを結集させる地点としても、である」（pp. 14-15）。このことから、バトラーによれば、同性愛という概念自体、ホモフォビア（反同性愛）の言説の一部であるといえる。実際、「同性愛」という語はもともと医療・法律の用語であり、ドイツにおいて一八六九年に初めて用いられたのだが、これは「同性愛」に対応する「異性愛」という語が発明される一一年も前のことであった。この意味で、異性愛というのは、同性愛という概念がはっきりとした形をもった結果として存在するようになったにすぎないのである。それゆえ、例えばレズビアニズムは、安定した、本質的なアイデンティティというわけではない。したがって、バトラーの言葉を借りれば、「アイデンティティは異議申し立てと修正の場となりうる」（p. 19）。

バトラーはこの議論をさらに推し進め、ジェンダー・アイデンティティも含め、すべてのアイデンティティが、「ある種の物まねであり、近似値的なものである。（中略）ある種のオリジナルなき模倣である」（p. 21）という。この主張は、「ポストモダニズム」的なアイデンティティの概念に道を開くものである。つまり、一種の無制限な可能性のデータバンクから引き出された、一連の異なった役割や立ち位置のあいだで常に切り替わっているものとしてのアイデンティティの概念である。さらに、ここで問い直されているのは、異性愛という自然にして所与の規範的な「自己」と、同性愛という拒否された「他者」の区別である。このような公式によれば、「他者」は、われわれの外部にあるのと同様に、われわれの内部にあるものでもあり、「自己」と「他者」は、常にお互い、折り込まれている[3]。つまり、お互いのなかに織り込まれる、あるいは、折り込まれるのである。入門的な心理学で示されるように、外的な「他者」として見なされるものは、たいてい、拒絶され、それゆえ外側に向かって投影された自己の一部である。

性的アイデンティティを含めアイデンティティの流動性を主張したもう一人の批評家は、『クローゼットの認識論』（*Epistemology of the Closet*）という甚大な影響力をもつ著作で知られるイヴ・コゾフスキー・セジウィックである。セジウィックは、「クローゼットからカミングアウトする」（自分がゲイ、あるいは、レズビアンであると公表する）行為が一回きりの絶対的行為ではないと考えた。ゲイということを家族や友達におおっぴらにすることはあるかもしれないが、雇用主や同僚には表立っていうことはあまりなく、おそらくは、（例えば）銀行や保険会社に対して明かすことは皆無であろう。[4]そのことから、クローゼットのなかに「こもっている」とかクローゼットから「出た」とかというのは、単純な二項対立などではなく、あるいは、一度限りの出来事でもない。隠れている状態と明らかにしている状態は、一人の人間の生活でもさまざまな割合で共存している。同様に、普通、ある人が同性愛という性的志向をもっていることだけで完全に社会の外部者になったり、それにより父権制や搾取の汚名を免れたりすることもない。あるゲイは、安定した専任教員の地位をもつ学者かもしれない。この人物は、例えば小さな町の工場労働者の視点からすると（そちらがゲイであろうとなかろうと）、完全に特権階級内部に属する人間に映るであろう。したがって、セジウィックの論点は、主体のアイデンティティとは、常に不変な、内面的な本質というよりも、自ら選んだ忠誠、社会的地位、職業の役割といったものが複雑に絡んだものだということである。

このような議論の影響は、政治にも文学批評にも広範囲に渡るものである。政治的な影響を先ず見てみよう。ソシュールをポスト構造主義的に読めば、異性愛とか同性愛といった一見したところ基本的なカテゴリーは、実のところ、不変の本質を表すものではまったくなくなる。これらはソシュールのシニフィアンのように、定まった項をもたない差異構造の一部にすぎない（第2章を参照）。われわれがその代わりにもつのは、反本質主義的、ポストモダニズム的なアイデンティティの概念である。これは仮面、役柄、潜在的可能性の連なりであり、一時的で、偶発的、即興的なものすべてのある種の混合物である。ここから生じる政治的な影響としては、ゲイであることや黒人性とは不変の実在物ではなく、単なる流動的なシニフィアンにすぎないのだとわれわれが主張するとき、ゲイや黒人のために効果的な政治運動を行うにはどうすればいいか、想像しにくくなることが挙げられる。何故なら、反本質主義の名の下、あらゆる形態の「アイデンティティ政治」が依拠する基調となる概念が取り除かれてしまうからである（ここでのアイデンティティ政治とは、ジェンダー、人種、性的志向といったアイデンティティのある局面によって、不利な立場に置かれた集団のための、あるいは、そのような集団による、政治活動を意味する。アイデンティティ政治の反対は、階級政治であろう。階級政治では、例えば、低賃金で働かされている炭鉱労働者のように、自分たちの置かれた状況のある局面により不利益を被る人々のための運動が行われる)。

反本質主義の文学理論への影響は、二つの要素からなる。先ずはっきりしているのは、レズビアン/ゲイのテクストとは何かを決定することの難しさである。以下に挙げた候補のリストでは、「レズビアン」としている箇所を「レズビアン、あるいは、ゲイ」ということで理解しておけばよい(これは若干、ジマーマンの公式を焼きなおしたものである)。考えられるものとして、レズビアン/ゲイのテクストとは、

(1) レズビアンによって書かれたもの(もしそうであるなら、レズビアンの定義づけをどのようにするかが問われる。特に、これまで説明してきたような反本質主義的な方針をとる場合どうするか)。

(2) レズビアンについて書かれているもの(これは異性愛者の女性か男性によって書かれているかもしれない。またこの立場も、非本質主義でいうレズビアン/ゲイの人間とはどのような人かを決定しなければならないという問題に直面することになるだろう)。

(3) レズビアン的「ヴィジョン」を表現しているテクスト(これがどんなものなのかはまだ満足に説明されていない)。

第一、第二のカテゴリーはそのままでは不適切である。単にゲイによって、あるいは、ゲイに関する本について書いているということだけでは、明らかに不十分である。何故なら、ゲイであることは生まれつきの、本質的な、不変のカテゴリーとして定義されるのではなく、他の要素が複雑に交じり合ったものの一部として定義されるためだ。解決方法は、歴史的な時期を特定したアプローチを採用することであろう。一九二〇年代の小説や作家に見られるゲイ的要素は、一九八〇年代、一九九〇年代のそれとは同じではなく、批評によっては、それがどのように違っているかを示すことになるだろう。第三のカテゴリーに関していえば、批評家は、ゲイであるということがより大きく隠喩的に拡張されていることに気づく必要がある。例えば、レズビアニズムは複数のカテゴリーの敷居で均衡を保っている状態と結びついている、と示唆することなどがこれにあたる。「一般的に、レズビアン批評の解釈

は、いかなるテクストであっても、自己と他者、主体と客体、愛する側と愛される側、といった境界線が曖昧になることを、レズビアン的瞬間として提言している」（ジマーマン「こんな、あんなレズビアン」、p.11）。かくしてここでは、レズビアニズムは、既存のカテゴリーが脱構築される過程にある状態を指す「識閾」[5]的意識という概念と、理論的に結びつけられている。

しかし、この第三のカテゴリーにも明らかな危険がある。おそらく特に、ゲイであるということがあまりにも大きな象徴の重荷を背負うことになる、ということが考えられる。何故ならここでは、ゲイであるということがロマンティックに美化され、あらゆる種類の抵抗と攪乱をテクストにおいて象徴するものとして立ち現れるからである。ジマーマンは、近年の批評的著作から、この美学化／理想化の傾向の例を挙げ引用している。レズビアニズムとは、「隙間」「スペース」「断絶」「実験的なこと」「急進的攪乱」「尋問」といった用語で表され、「柔軟性のない定義や、二極対立」へ抵抗する力であるという。このような「陶酔的でロマンティックな」もの（p.4）は、超本質主義と呼べるものを示している。何故ならこれは、あるひとつの抵抗の形で、すべての抵抗を代表させようとしており、それゆえ、まったくもって非合理に、政治的、社会的な重荷を性的指向に課すものだからである。

そして、最後に、反本質主義がもたらす文学批評上のより具体的な結果として、リアリズム文学を評価しない傾向が挙げられる。なぜなら、リアリズム文学は固定的なアイデンティティの概念と、安定した視点に依存する傾向があるためである。例えば、リアリズム小説には概して、ある一定の倫理観と知的立ち位置から出来事を表現し、それを解釈する全知の語り手がいて、時系列に沿って出来事が語られる直線的な時間の流れがあり、登場人物は安定した実体をもち、その人格も一歩一歩着実に成長していくものとして描かれる。それゆえに、最近の「クィア理論」期のレズビアン／ゲイ批評は、（現在の一般的な批評理論と同じように）このようなわれわれに馴染みのあるリアリズム文学を転覆させるテクストやジャンルを好む傾向にある。例えば、スリラーや滑稽小説やパロディ小説、官能小説などがそれである。それゆえ、ジャネット・ウィンターソンの『オレンジだけが果物じゃない』（一九八五年、Vintage 版は一九九一年）といった小説がレズビアン／ゲイ批評家の興味をひきつけるのは、単にレズビアンが主題となっているからだけではなく、数々の反リアリズム的要素をもつからでもある。彼女は一九九一年版の序で、この作品が、「実験的小説であり、反直線的なものに対する関心をもつものだ」と書いている。そして、自ら『オレンジ……』は自伝小説か」と問をたて、「自伝小説とは全然違う、そして、もちろん自伝小説である」と答えている。彼女によれば、(おそらくは若干の誇張はあるものの)構成、文体、内容が「他のどんな小説とも全然違う」し、「複雑な語りの構造や、多岐に渡る語彙、表向きのところはわかりやすい構文」をつかうことで、意図的に、語りの方法そのものに読者の注意を向けさせるようになっている。若い少女が、自分の性的アイデンティティを発見するという主題は喜劇的な要素や細部によって邪魔をされ、物語の流れも神秘的で幻想的な断片によって分断されてしまう。ポーライナ・パーマーが書いているように、「それらの断片が創りだす語りの相互作用は、思春期の精神の形成にあたりファンタジーが果たす役割に焦点をあて、ありがちなカミングアウトの小説よりも複雑で多面的な表象を生み出すことになる」(*Contemporary Lesbian Writing*, p. 101)。したがって基本的には、レズビアン/ゲイ批評の反リアリズム的傾向は、この小説とその批評の論じ方に典型的に現れているといってよいだろう。

レズビアン/ゲイ批評がすること

(1) 独自の伝統をなす作品を描いた「古典的」レズビアン/ゲイ作家の正典を発見し確立すること。多くの場合(イギリスのレズビアン作家に関しては)ヴァージニア・ウルフ、ヴィタ・サックヴィル＝ウェスト、ドロシー・リチャードソン、ロザモンド・レーマン、そしてラドクリフ・ホールといった二〇世紀の作家がそれにあたる。

(2) 主流の作品のなかにあるレズビアン/ゲイ的なエピソードを見つけ出し、これを同性間の性関係それ自体として議論する(例えば、『ジェイン・エア』のジェインとヘレンの関係のように)。同性同士の組み合わせを、例えば、一人の人物の二つの異なった側面を象徴するといったあいまいな方法で解釈するのではない(ジマーマン)。

(3) 「レズビアン/ゲイ」という言葉の拡張された、メタファーとしての意味を設定すること。これにより「レズビアン/ゲイ」という概念は、境界線を越える瞬間や、一対のカテゴリーの境目を曖昧にする瞬間を含意することとなる。そのような「識閾」的な一瞬一瞬は、レズビアンやゲイとしての自己のアイデンティティ確立の瞬間を反映する。それは、とりもなおさず、既存の規範や境界線に対する意識的な抵抗行為である。

(4) 主流の文学や文学批評の「ホモフォビア」を暴き出す。こうした「ホモフォビア」は、キャノンと見なされる有名な作家の作品における、同性愛的側面を無視したり、軽視したりすることに見られるものである。例えば、W・H・オーデンの詩を選んで、議論する際、明らかに同性愛的叙情詩とわかるものを省くといったことなどである。

(5) 主流の文学作品において、これまで議論を避けられてきた同性愛的要素に焦点をあてること。例えば、第一次大戦期の詩の多くに見られる、非常にホモ‐エロティックな含みのある優しさなど。

(6) 男性性や女性性の理想像の形成に多大な影響をもたらした、それまで顧みられることのなかった文学ジャンルに焦点をあてること。例えば、ジョゼフ・ブリストウが『帝国の少年たち』(Joseph Bristow, *Empire Boys* (Routledge, 1991)) で論じているような、大英「帝国」を舞台にした、一九世紀の冒険小説（ラドヤード・キプリングやライダー・ハガードによって書かれたものなど）。

考えてみよう

一、一般的に——本章末の理論的アプローチの例は、右にリストアップしたもののうち、二番、四番、五番を扱う。ここで論じられるのは、第一次世界大戦期の詩と第二次世界大戦期のそれには、扱われる性的な感情に関してはっきりとした違いがある、ということだ。これはどこまで正しいといえるだろうか。第一次世界大戦期の詩の方はホモ‐エロティックで、第二次世界大戦期の詩にはそれがあまり見られないという意見に賛成できるだろうか。この問いを念頭に置いたうえで、二つの関連する選集を比べてみよう。例えば、ジョン・シルキンの『ペンギン第一次世界大戦期詩集』(John Silkin, ed. *The Penguin Book of First World War Poetry*) と『恐ろしい雨』(*The Terrible*

Rain)（左記を参照）などを比べてみるとよいだろう。

より具体的に――第一次世界大戦期の詩人はしばしば水浴というモチーフを性的なニュアンスを込めて使った。マーク・リリーは、R・D・グリーンウェイの「水浴する兵士」を引用している（「力強くて毛深い曹長よ／空を向いて裸で寝そべる」）。F・T・プリンスによる同じ題のより有名な詩は、第二次世界大戦期の詩で最もよく知られているといわれている。このセクションで要約された戦争詩に関する議論の視点から、プリンスの詩を議論してみよう。この詩は、『恐ろしい雨』のなかに納められている。

第一次世界大戦期の詩では、しばしば死体がホモ－エロティックに扱われている。第二次世界大戦期の有名な死体の詩に、キース・ダグラスの'Vergissmeinnicht'[6]（ブライアン・ガードナー編『恐ろしい雨――戦争詩人たち、一九三九年―一九四五年』(Brian Gardner, ed. *The Terrible Rain: The War Poets, 1939-1945* (Methuen, 1977)) 所収）がある。この詩と、一九一四年から一九一八年にかけての作品との違いを、リリーのセクションで使われている観点で説明し、議論してみよう。

レズビアン／ゲイ批評の実例

このような批評の例として、マーク・リリーの『二〇世紀のゲイ男性文学』(*Gay Men's Literature in the Twentieth Century*) のなかに納められた章、「第一次世界大戦期の愛の詩」を取り上げてみよう。この論文はレズビアン／ゲイ批評の視点から、第一次世界大戦期に書かれた一連の詩を真っ向から分析したものだ。リリーはマーティン・テイラーの『若いやつら――塹壕のなかの恋愛詩』(*Lads: Love Poetry of the Trenches*) に集められた詩を取り扱い、自らの視点を同書序章においてはっきりと示している。彼はこの論文の冒頭で、戦争下にはっきりと現れる、男性同士の非常に強い感情を指摘し、世間一般は、そのような関係にホモ－エロティックな意味合いが潜んでいること、あるいはより明確に同性愛的であることを、認めたがらないと述べる。こうした同性愛的要素は、戦時下の軍隊は国の最も伝統的な男らしさの特別な表現であるという考え方によって、より認めづらいものとなる（「社会そのものの制御された生殖力をもった男らしさと力の、集合的象徴」（テイラー、p. 65））。そのため、「異性愛者からすると、もしそうでなかったら、心からの敬意を抱きたくなる男が、他の男と肉体的な関係をもっているかもしれないと考えることには抵抗感があるもの」である（p. 65）。同時に、軍隊が自分たちについて述べる際には、ときに極端なまでに、従軍する人間たちの若々しさを強調する傾向がある。リリーが引用する、第一次湾岸戦争期のイギリスの『サン』紙の愛国主義的な見出しによれば、「我々の息子（our boys）が攻撃する」。

戦争中の状況によって男性同士の接触が密接なものになったことと同様に、当時戦争詩は、男性同士の感情を他に例をみないほど直接的かつおおっぴらに表現することのできる、特別に許された場として機能していた（第二次世界大戦によってそれも変わってしまったが）。それゆえ、戦友（たいてい死んでしまっているにもかかわらず）に対する愛を表現することは、第一次世界大戦期の詩ではよくあることであった。もっとも、このような詩における「愛」とは、正確には何を意味するのか（あるいはどのような愛を意味するのか）を知ることは難しい。それらの詩は、しばしばさまざまな異なったレベルで機能しているので、異性愛者の読者なら、こうした「愛」を単に友人の死を悲しむ気持ちとして読むこともできるだろう。それゆえ、当時そのような詩がスキャンダルになることもなく出版され、世間に広く出回ることになった。そして作者にとっても、このような重層的なレベルで詩が機能していたのであろう。なぜなら、必ずしもすべての詩人たちが自分たちのことをゲイだと思っていたわけではないからである。ここから、「表現上の約束ごとによって、兄弟愛、身体的な愛情表現、性的欲望は、時にすべて同じものであるかのように見えることがある」（p. 66）。もし、特に戦時期の恐ろしい状況において、リッチの「レズビアン連続体」の男性版があると想定するならば、こうした兄弟愛・身体的愛情表現・男性間の性欲望は、各々完全に独立した別々の状態とはならない、ということは強調されるべきだろう。若干言い回しは違うものの、リリーもこのことを指摘している。これらの三つのありふれた用語が示すものは、ほんのわずかな違いしかなく、そのため、愛情や身体的愛情といった一般的な感情は「ホモ－エロティック」と呼ぶことができ、他方で、明確に性的な欲望からくる感情は、

「ホモ‐セクシャル」、あるいは、「ゲイ」と呼びうるだろう、と。これは当然のことながら、「間違いなくゲイ（サスーンの場合）、あるいは、ほぼ間違いなくゲイ（オーエン）」である人以外にも、レズビアン／ゲイ批評という分野への道を切り開くことであろう（p. 66）。

リリーは、これらの詩には「男性同士の愛を、男性の女性に対する愛よりも優れたものであると見なす」というモチーフが頻出する、と指摘している。そのような詩のひとつには、実際に「女性の愛を超えて（女性を愛するふりをして）[7]」という題がつけられている。これは陸軍付属牧師スタダート・ケネディが、ある一兵卒の仮面を借りて書いたものである。

そうだ、俺は夏の黄昏時に座った、
手に手を取って、かわいい女《こ》といっしょに。
だが、そのときですら、部隊の奴らの立っている、
爆弾でできた穴のことを考えてしまった、
キスしようとして彼女に唇に顔を寄せたが、
そのキスは冷たいものに思われた、
石のように冷たく、ありふれた話のように色あせていた、
すっかりひからびて古くなってしまったものだ。

そして、この詩は（女性について言及しながら）こう締めくくられる。「しかし、俺にはわかっている、女性の愛よりも強いもののことを、／それは、男への愛だ」。興味深いことに、これらの詩は、しばしば、いくつかのレベルで、例えば男女間の性的な感情や、宗教による慰めの不可能性などに関して、きわめてあけすけにみえる（恐らく、この詩が牧師によって書かれているので、特に）。この詩は、「それは、神の愛だ」という結びの文句が予想されそうだ

が、そうした神の愛への言及はあまり見られないように思われる。そもそもレズビアン／ゲイ研究では、性的規範の逸脱は常に潜在的な規範からの逸脱を象徴すると見るのであり、この詩に見られる、いくつかの境界線を「複数逸脱」する傾向によって、そのようなレズビアン／ゲイ研究の主張の説得力が増す。

しかし、これらの詩は、社会的に烙印を押された愛の形態を祝福するものと単純に見なすことはできない。なぜなら、詩のなかで賞賛の対象となる性的対象は、たいてい死んでいるからである（名前があげられているか、特定の個人である場合は）。男性の肉体への、一般的な賛美が描かれているときには、その肉体は、たいていの場合、死体なのである（しばしば、敵の死体に思われる）。そのような例が非常に多いので、リリーはこの詩のなかに、死姦症的要素を感じ取っているほどである。ハーバート・リードの「俺の仲間（三）」にあるように、性欲のあからさまな表現は、時に、死姦的な要素と結びつけられている。

俺の男が
鉄条網のうえによこたわっている。
そして、彼は腐っていくだろう、
そして、先ずは彼の唇を
ウジ虫どもが喰うだろう。
だが、俺はそのように彼にキスしないだろう、
そうではなく、ここにいる、彼の戦友の、温かい情熱的な唇で
俺は彼にキスをするのだ。

（『二〇世紀ゲイ文学』pp. 78–79）

それゆえ、このような同性愛的感情を表すために、詩人は先ず、そのような想いが達成されることを妨げる障害をもうけようとするのである。実際にそのような感情を、肉体的に表現することは不可能である。その感情を受け

取るべき人は死んでいるためだ。その例外として、描かれる男が傷を負っている詩は多くある。そのような詩の多くが血で満ちており、リリーはこれを、一九世紀のアメリカ人詩人ウォルト・ホイットマンによるアメリカ南北戦争中の負傷兵と病院についてのホモ－エロティックな詩と関連づけている。第一次世界大戦期の詩において、負傷は性的なニュアンスを帯びたものとなっている。これは男性同士の愛情のこもった身体的接触の名目を与えるものだからだ。それゆえに、戦争は普段抑えつけられた感情をはっきりと表現することができる「安全な」場となる。他方同時に、状況が尋常ではないものであるために、ここで喚起され、描かれている感情は普段の状況におけるものとは異なったものとなっている。リリーはサッカー場で起きることを類似した例として挙げている。サッカー場では、男同士、公の場で派手にキスをしたり、抱き合ったりする。ところが、（イギリスでは）今でも、もし街中でそのような行為が見つかれば、逮捕されかねないのである。

それゆえ、それらの詩が正しく理解されるには、詩の書かれたコンテクストのなかに置くことが必要になる。結局、軍隊そのものも、戦争の開始時から、「相棒（pals）」たちの連隊を組織することで、そのような感情を利用したのである。そのような連隊内では、同じ地域出身の多くの男たちが入隊し、部隊で軍務に就く。その意図とは、学生時代の友人関係や階級内の連帯感情、郷土アイデンティティや郷土への従属などに基づいた信頼と忠誠の結びつきを利用することであった（もっとも、その試みはすぐさま放棄された。というのも、攻撃や砲撃が起きると、その兵士たちの出身地近辺一帯が、喪に服することになってしまったからである）。それゆえ、（リリーが示唆しているように）このような詩は、戦士たちの士気を上げるのに都合がよいため、公的に容認されていたということが妥当であろう。確かに、戦闘員の詩は、新聞、定期刊行詩集、学校雑誌などで容易に出版することができた。このような詩に表現されている感情の連続体、そして、そういった感情が表現される際のさまざまな度合いの自己認識や自己欺瞞は、揺らぐことなく、区別されたアイデンティティをもち、究極的には、独立した（異性愛者の視点からすると）「他者」としてのゲイという概念を「脱構築」する傾向があるのである。

参考文献

ヘンリー・エイブラヴ、ミシェル・アイナ・バラール、デイヴィッド・ハルペリン編『レズビアン・ゲイ・スタディーズ読本』（Abelove, Henry, Barale, Michele Aina and Halperin, David, eds., *Lesbian and Gay Studies Reader* (Routledge, 1993)）。

大規模、かつ包括的な評論集である。第一セクションの第二章は、多大な影響力を与えてきた『クローゼットの認識学』からの抜粋。文学中心の部分は、第七セクション「ページとページの間で」で、ドリモアのワイルドとジッドに関する評論が含まれる。第一二セクション（pp. 662-665）の、きわめて有用な「参考文献」は、一九九二年八月までに出版された文献を網羅する、本分野で最も優れた書誌である。

ジョゼフ・ブリストウ編『性の同一性——レズビアン文学とゲイ文学のテクストにおける差異』（Bristow, Joseph, ed., *Sexual Sameness: Textual Difference in Lesbian and Gay Writing* (Routledge, 1992)）。

E・M・フォースター、ウォルト・ホイットマン、シルヴィア・タウンゼンド・ウォーナーといった有名な作家たちによる同性愛の文学的表象を扱う章がある。

ジュディス・バトラー『ジェンダーを打破する』（Butler, Judith, *Undoing Gender* (Routledge, 2004)）。

本書は、ジュディス・バトラー『ジェンダー・トラブル——フェミニズムとアイデンティティの攪乱』（竹村和子訳、青土社、一九九九年）（Butler Judith, *Gender Trouble: Feminism and the Subversion of Identity* (Routledge, 1990)）に始まる、ジェンダーのパフォーマティヴィティに関する初期の見解を再考するものとなっている。

ジョナサン・ドリモア『性的差異——アウグスティヌスからワイルド、フロイト、そしてフーコーまで』（Dollimore, Jonathan, *Sexual Dissidence: Augustine to Wilde, Freud to Foucault* (Clarendon, 1991)）。

第三章から第五章までを含む第三部は、本章でふれた本質主義の問題を議論している。

ダイアナ・ファス編『内／外——レズビアン理論、ゲイ理論』（一九九一年）（Fuss, Diana, ed. *Inside/Out: Lesbian Theories, Gay Theories* (Routledge, 1991)）。

序章とセクション—第一章（ジュディス・バトラーによる）が非常に有用だと思われる。しかし、文学そのものに関するものは、その部分を除くとあまりない。第十章は、ラドクリフ・ホールのレズビアン小説、『孤独の泉』（*The Well of Loneliness*, 1928）についてだが、実際には、その本が発行された際のさまざまな表紙に関する研究である。

ドナルド・E・ホール『クィア理論』（パルグレーヴ、トランジション・シリーズ（Hall, Donald E., *Queer Theory* (Palgrave, 'Transitions' Series, 2003)))。

マーク・リリー編『レズビアン・ゲイ文学』(Lilly, Mark, ed., *Lesbian and Gay Writing* (Macmillan, 1990))。

第五章、第六章、第十章は、レズビアンの詩、ゲイの詩についてである。ゲイ、レズビアンというと、どうしても、散文に重きが置かれがちで、あまり顧みられなかった詩という分野への注目という点で大いに歓迎される研究。

マーク・リリー『二〇世紀ゲイ文学』(Lilly, Mark, *Gay Men's Literature in the Twentieth Century* (New York University Press, 1993))。

文学理論への広範な知識があることを前提としない、わかりやすい本。第一章は、ゲイ作家の主流となっている批評の全体的な概説(「ホモフォビアの学術界」(The Homophobic Academy))と、それ以外のところでは、バイロン、ワイルド、フォースター、第一次世界大戦詩人、テネシー・ウイリアムズ、ジェイムズ・ボールドウィン、ジョー・オートン、そして、クリストファー・イシャウッドといった重要な作家たちが扱われている。

イアン・モーランド、アナベル・ウィロックス『クィア理論』(Morland, Iain, and Willox, Annabelle, eds., *Queer Theory* (Palgrave, 'Readers in Cultural Criticism' series, 2004))。

サリー・マント編『新レズビアン批評——文学的読解と文化的読解』(Munt, Sally, ed., *New Lesbian Criticism: Literary and Cultural Readings* (Harvester, 1992))。

有益な概論的文学理論の論文、黒人レズビアン詩人であり、文学批評理論研究家オードレ・ロルドといった重要な人物に関する寸評、レズビアン・ポップカルチャー、レズビアン・ユートピア小説、レズビアン・ポルノグラフィーについての資料などが含まれている。

ポーライナ・パーマー『現代レズビアン文学——夢、欲望、差異』(Palmer, Paulina, *Contemporary Lesbian Writing: Dreams, Desire, Difference* (Open University Press, 1993))。

文学理論のさまざまな観点が概説された章で始まり、政治小説、スリラー、滑稽小説、ファンタジー小説などを含む、レズビアンに関わるさまざまなジャンルについての章がある。

サラ・サリー『ジュディス・バトラー(シリーズ現代思想ガイドブック)』竹村和子訳、青土社、二〇〇五年(Salih, Sara, *Judith Butler* (Routledge Critical Thinkers, 2002))。

イヴ・コゾフスキー・セジウィック『男同士の絆——イギリス文学とホモソーシャルな欲望』上原早苗・亀沢美由紀訳、名古屋大学出版会、二〇〇一年(Sedgwick, Eve Kosovsky, *Between Men: English Literature and Male Homosexual Desire*

(Columbia University Press, 1985))。

この本と次に挙げた本は、現在のレズビアン／ゲイ批評の理論的バックボーン形成上、重要な役割を果たした。

イヴ・コゾフスキー・セジウィック『クローゼットの認識論――セクシュアリティの二〇世紀』外岡尚美訳、青土社、一九九九年（Sedgwick, Eve Kosovsky, *Epistemology of the Closet* (University of California Press, 1992))。

アラン・シンフィールド『文化政治学――クィア・リーディング』（Sinfield, Alan, *Cultural Politics-Queer Reading* (Routledge, 2nd edn, 2005))。

熱のこもった、挑発的な著作。初めて出版されたとき、その分野では、先駆的な研究だった。

マーティン・テイラー編『若いやつら――塹壕のなかの恋愛詩』（Taylor, Martin, *Lads: Love Poetry of the Trenches* (Duckworth & Co., new edn, 1998))。

詩の選集。序文で、詩全体の「再配置」を行う。詩の選択の仕方や解説と、ジョン・シルキン（Jon Silkin）編纂の『ペンギン第一次世界大戦期詩集』（*The Penguin Book of First World War Poetry*）といった、より伝統的な詩集と比べてみるとよいだろう。

グレッグ・ウッズ『ゲイ文学の歴史』（Woods, Greg, *A History of Gay Literature* (Yale University Press, 1999))。

古代から現代にいたる、ゲイ男性の文学の解説。

ボニー・ジマーマン「かつて存在しなかったもの――レズビアン・フェミニズム批評概観」ゲイル・グリーン、コッペリア・カーン編『差異のつくり方――フェミニズムと文学批評』鈴木聡訳、勁草書房、一九九〇年所収（Zimmerman, Bonnie, 'What has never been: an overview of lesbian feminist criticism,' reprinted in Gayle Greene and Coppelia Kahn, eds., *Making a Difference: Feminist Literary Criticism* (Methuen, 1985))。

この本の出版の時期にいたるまでの、レズビアン批評に関する影響力をもった概説である。この分野での初心者には手ごろな入門書。

ボニー・ジマーマン「こんな、あんなレズビアン――九〇年代のレズビアン批評に関する覚え書き」上掲サリー・マントに掲載（Zimmerman, Bonnie, 'Lesbians like this and that: some notes on lesbian criticism for the nineties' from Sally Munt, *New Lesbian Criticism*）。

前記の著作の分野に関するもうひとつの概説。前記の著作の一〇年後に書かれており、九〇年代の問題と取るべき道筋を議論している。

訳注

［1］日本でタチ／ネコ（男役／女役）と呼ばれているものに似ているが、性関係にとどまらずファッションなどの男女の社会的性役割も含めて演じるもの。

［2］異性愛。

［3］implicate、ふつうは、「関係させる」「加担させる」の意。

［4］特にゲイの男性に対する偏見として、不特定多数の性的関係をもつなどと考えられて、保険に入れないなどの問題が生じる。

［5］意識が現れたり消失したりする境界。

［6］ドイツ語で勿忘草の意、英語では forget-me-not。

［7］旧約聖書サムエル記下、一の二六にダヴィデ王がヨナタンの死を悼む詩の引用。

第8章

マルクス主義批評

マルクス主義のはじまりと基礎

ドイツの哲学者カール・マルクス（一八一八―八三）と、ドイツの（今でいうならば）社会学者フリードリッヒ・エンゲルス（一八二〇―九五）の二人が、この学派の共同創設者である。マルクスは法律家の息子であったが、ドイツからの政治的亡命者として、イギリスでひどい貧困のうちに人生の大半を過ごした（彼は「革命の年」と呼ばれる一八四八年のあとに追放されたのだった）。エンゲルスは、マンチェスターにある父親の繊維工場で働くため、一八四二年にドイツを離れた。二人は、ともに寄稿していた雑誌に載ったエンゲルスの論文をマルクスが読んだことがきっかけで出会うことになった。彼らは自分たちの経済理論を（「マルクス主義」ではなく）「コミュニズム」と呼び、産業や交通などは私的所有ではなく、国家所有が成されるべきだと主張した。マルクスとエンゲルスは、一八四八年に共著の『共産党宣言』で、コミュニズムの到来を宣言した。

マルクス主義の目標は、生産・分配・交換の手段を共同所有にすることを通して、階級のない社会を実現することにある。マルクス主義は唯物論の哲学である。すなわち、私たちをとりまく自然世界や私たちの生活する社会を超越するような世界や諸力の存在を想定することなしにものごとの説明を行うものであり、したがって、観察可能な事実の世界に対する具体的・科学的・論理的説明を追求する（その反対としては、スピリチュアルな「他界」の存在を信じ、例えば、人生と行動規範について宗教的に説明したりする観念論の哲学がある）。しかし、他のさまざまな哲学が世界の理解のみを求めるのに対し、マルクス主義は（マルクスの有名な言葉だが）その変革をも目指す。進歩とは社会的階級間の権力闘争を通して実現されるものだ、とマルクス主義は考えるのだ。歴史を階級闘争と捉えるこの歴史観は（例えば、王朝の継起として、あるいはネーションがそのアイデンティティと主権を獲得するゆっくりとした進歩として歴史を見るのとは違って）、歴史を経済的・社会的・政治的な優位をめぐる競争に「突き動かされている」ものだと見なす。ある社会階級による他の社会階級の搾取は、ことに近代の産業資本主義において、また特にその野放図な一九世紀的な形において見出される。この搾取の結果が疎外である。これは労働者が「技術を奪われて」いき、その性質と目的の全体を理解できないような、断片的・反復的な仕事をさせられる状態を指す。これとは対照的に、より古い「前工業的」あるいは「家内工業的」な製造システムにおいては、家と仕事場が一体であり、労働者はさまざまな生産過程の全体を完結させ、製品の買い手たちとじかに接していた。これら疎外された労働者たちは手工業システムから近代産業資本主義への移行において、物象化の過程を経験したということになる。この物象化という術語は、マルクスの主著である『資本論』で用いられてはいたものの、そのなかではそれ以上展開されなかった。これは、資本主義的な目的と損益が至上命題とされるなかにあって、労働者たちがその十全な人間性を奪われ、「手」や「労働力」と見なされる事態を指す。こういった状態になることで、例えば工場閉鎖の影響は純粋に経済的な観点から計算されることになる。端的に、人がモノになってしまうのである。

初期マルクス主義思想には、その創始者たちの政治的経験のほかにもさまざまなものからの影響がある。そこには一八世紀ドイツの哲学者ヘーゲル（ことに彼の弁証法、すなわち「対立する諸力や考えが新しい事態や考えをもたらす」というもの）の仕事が含まれる。マルクス主義はまた、フランス革命期にフランスで生み出された社会主義思想をその基盤にしていたり、初期経済学理論の考え方のいくつかを、特に、「個人の経済的な自己利益の追求が社会全体に経済的・社会的な利点をもたらす」という考え方（これが、かっても今も、資本主義に底流する論理である）を、さかだちさせて用いたりもしている。

もっとも単純なかたちでのマルクス主義的な社会モデルは社会を下部構造／土台（生産・分配・交換の物質的手段）と上部構造（思想・芸術・宗教・法などの「文化的」世界）によって構成されたものと見なし、その本質的な観点は、上部構造が「無垢」ではありえず、経済的な下部構造の性質によって「決定」（あるいは形成）される、というものである。この文化についての考え方は経済的決定論と呼ばれ、伝統的なマルクス主義思想の中心をなしている。

マルクス主義文学批評の概略

とはいえ実際には、マルクスとエンゲルスは包括的な文学の理論をうちたてたわけではなかった。彼らの文学についての見解は、ゆるやかで非教条的であったように思われる。たとえ経済的な事実が芸術の「究極的な決定要素」であったとしても、よい芸術はある程度そこからの自由を保つ、というのが彼らの考えだった。それゆえにエンゲルスは、イギリスの小説家であるマーガレット・ハークネス宛の一八八八年四月の書簡で、「あなたが、あからさまな社会主義的小説を書いていないことを責めるつもりは毛頭ありません。作者の意見が隠されたままであればあるほど、芸術作品としては良いものになります」と述べたのだった。教養を備え、高等教育を受けたドイツ人としてのマルクスとエンゲルスは、「偉大な」芸術と文学への敬意という彼らの階級に典型的な側面をもっており、こうした発言には芸術とプロパガンダの差異を強調しようとする明確な欲望がある。

それでも、マルクス主義文学理論は作家の社会的階級、そしてその支配的な「イデオロギー」（ものの見方、価値観、暗黙の想定、なかば無意識の支持、など）がその階級の成員によって書かれたものに大いに関係する、と考える。したがってマルクス主義者は作家を本来的に自立し「霊感を受けた」個人とは見なさず、また、その作家の「天賦の才」と創造性に満ちた想像力が独創的で不朽の芸術作品をもたらしたのだ、とも考えない。むしろ作家とは、作家自身が往々にして認めたがらないようなやり方で社会的文脈に絶えず規定されていると捉えるのである。これはそういった作家の作品の内容のみにあてはまるものではなく、一見すると政治的含意のなさそうな形式面にさえもあてはまる。例えば、イギリスの突出したマルクス主義批評家であるテリー・イーグルトンは、言語において「共有された語義と文法規則は、秩序立てられた政体を反映するものであり、その設立の助けをするものでもある」（『シェイクスピア——言語・欲望・貨幣』（大橋洋一訳、平凡社、二〇一三年）（Terry Eagleton, *William Shakespeare* (Blackwell Publishers1986), p. 1）と述べている。同様に、イギリスの卓越した左翼批評家であるキャサリン・ベルジーは、「リアリスト」小説の形式には既存の社会構造を認可するような力が明らかに含まれている、と述べている。その理由として、リアリズムとはまさにその本質からして、習慣的な見方を無傷のままにしておくものであり、したがって現実に対する批判的な精査を妨げるものだからだ、と論じているのである。ここでの「形式」とは、単線的な時間図式や形式的な始まりと終わり、綿密な心理学的性格描写、入り組んだ筋立て、そして固定された話者の視点、といった小説の慣習的な特徴を含むもので、同様に、ベケットやカフカによって用いられた演劇および小説の「断片化された」、あるいは「不条理」な形式も、後期資本主義社会に内在する矛盾や分断状況への応答と見なされる。

しかしながら（ケン・ニュートンが『理論の実践』（Ken Newton, *Theory into Practice: A Reader in Modern Literary Criticism*（Palgrave MacMillan, 1992), p. 244）で述べているように）、伝統的なマルクス主義批評が、少々一般化し過ぎた形で歴史を扱う傾向にあるというのはおそらく事実だろう。マルクス主義批評は社会階級間での対立や大きな歴史的諸力の間での衝突については雄弁だが、一般的通念とは対照的に、特定の歴史的状況の細部に関する議論や、それを特定の文学テクストの解釈に密接に連関させるということはほとんどしない。ニュートンが示唆するように、これは一九六〇年代と一九七〇年代のマルクス主義批評の間にある、あるいは文化唯物論者と一九八〇年代に前景化してきた新歴史主義（第9章）の間にある、重要な相違点のひとつを示している。というのも、新歴史主義はほとんど考古学的な気概でもって、歴史のある時期における「精神のありかた」の再構築を試みようと、特定の歴史的文書を丹念に取り扱うからである。

「レーニン的」マルクス主義批評

少なくとも一九六〇年代になるまで、マルクスとエンゲルス当人たちが認めるであろうよりもはるかに厳密な文学の線引きが公式に認可されたマルクス主義者によって追求された。ロシア革命直後にあたる一九二〇年代においては、文学と芸術に対するソビエトの公式的態度は非常に進んだ「実験的」なものであり、特徴的なことに芸術のモダンな形式を推奨していた。一九三〇年代にはソビエト社会全体で反動が起きる。国家がありとあらゆるものに対する直接的な統制を開始し、文字や芸術も例外ではなかった。一九三四年に行われた最初のソビエト作家連邦作家同盟大会では自由主義的な見解が禁止され、マルクスやエンゲルスの著作ではなくレーニンの著作を根拠とした新しい正統的見解が押しつけられた。レーニンはすでに一九〇五年の時点で、文学は党の道具とならなければならない、と述べていた。彼は、「文学は党の文学とならなければならない」と主張したのだ。実験的な手法は事実上禁止され、プルーストやジョイスといった作家は「ブルジョワ的退廃」の典型例との汚名を着せられることとなり（ジョイスの『ユリシーズ』は一九三四年の大会で、「虫が這い回るこやしの山だ」と公然と非難された）、直截的なリアリズム（「社会主義リアリズム」として知られている）が強いられることとなった。こういった状況は、ジョージ・スタイナーの言葉にあるように、いうなれば『アンクル・トムの小屋』以上の文学を不可能にしてしまうものだった。スタイナーはマルクス主義批評の二つの大きな流れを、それぞれ「エンゲルス的なもの」と「レーニン的なもの」と呼んだ。「エンゲルス的な」マルクス主義批評とは、芸術が直接的な政治による決定論から自由である必要を強調するものとされ、「レーニン的な」ものとは、芸術が左派の政治的大義に公然と参与する必要があると主張するものとされた（ここまでのエンゲルスとレーニンに関する議論はジョージ・スタイナー『言語と沈黙——言語・文学・非人間的なるものについて』（由良君美ほか訳、せりか書房、二〇〇一年）（George Steiner, *Language and Silence: Essays on Language, Literature, and the Inhuman* (Yale University Press, 1998)）の「マルクス主義と文学批評家」（'Marxism and the literary critic'）という章（pp. 271-290）を参照している）。

党公認の政策が存在する諸問題について、コミュニズムという考え方に共感するソビエト外の人々がこの「モスクワ方式」に従おうとしたことから、一九三四年の大会で具体化された「レーニン的な」見解は国際的な影響力をもつことになった。後に一九三〇年代の「俗流マルクス主義」と呼ばれることになるこの考え方においては、文学と経済の直接的な因果関係が想定され、すべての作家は決定的なかたちで作家自身の社会階層の知的限界に絡め取られていると見なされた。この厳格なマルクス主義文学批評としてしばしば引き合いに出されるものとして、クリストファー・コードウェル『幻影と現実——詩の源泉の研究』（長谷川鉱平訳、法政大学出版局、一九六九年）（Christopher Caudwell, *Illusion and Reality: A Study of the Sources of Poetry* (MacMillan, 1937)）（一九三〇年代に書かれ、一九四六年に出版）が挙げられる。コードウェルの文章は、議論の対象となっている作品の細部への言及がほとんどないという点において非常に一般化されているといえるし、また同時に、作家の側面がことごとく作家自身の社会的地位の様相に結びつけられているという意味でとても具体的である、ともいえる。実際に、ヴィクトリア朝期の詩に関するコードウェルの議論（ニュートンの『二〇世紀文学理論読本』（K. M. Newton, *Twentieth Century Literary Theory: A Reader* (Palgrave MacMillan, 1997)）に引用されている）のなかには、「（ブラウニングの）語彙には、同時代の現実的な問題を扱うときの彼自身の知的不誠実さが反映された曖昧な言い回しが見られる」という部分がある。つまり、ある種の語彙は扱いの難しい社会問題については曖昧にしておきたい、という中産階級出身の作家の態度から直接的に生み出されたものである、というのだ。あらゆる詩人が自分自身の同時代的現実から逃れる形式をもっている。例えばテニスンはキーツ的な空想世界に入り込んで行くし、ブラウニングはイタリアの中世的なテーマを頻繁に書いている。

テニスンにとってのキーツのロマンスの世界、ブラウニングにとってのイタリアの揺籃期。この双方ともに実に不快な退行であり、彼らの支持する階級が抱える矛盾からの逃避を企図したものである（ニュートン、p. 87）。

こういった議論が帰結としてもたらすのは、政治的議論に利用するための、文学に関する「サウンドバイト」（相手側を攻撃するための表層的な手短な批判）を提供することでしかない。

「エンゲルス的」マルクス主義批評

しかし一九三〇年代から、スタイナーが「エンゲルス的」と呼ぶ、ロシアという国を追われた、あるいは抑圧されアングラ形式のマルクス主義批評が台頭し始める。現在ロシア・フォルマリストと呼ばれているこのグループは、ソ連共産党に解散させられる一九二〇年代まで活躍していた。彼らは厳密な意味ではマルクス主義精神にのっとってはいなかったものの、ここで言及しておく必要がある。この集団の主要メンバーはヴィクトール・シクロフスキー、ボリス・トマシェフスキー、そしてボリス・エイヘンバウムで、彼らの著作は『ロシア・フォルマリストの批評』(*Russia Formalist Criticism: Four Essays*, edited by Lee T. Lemon and Marion J. Reis (University of Nebraska Press, 1965))で読むことができる。彼らの考えとは、(その名前が示す通り)文学の詳細な形式分析の必要性と、芸術の言語は独自の特徴的な手順と効果をもっており、日常言語の一変種などではない、という確信である。ここにはさらに、シクロフスキーの「異化」つまり「見慣れないものにすること」(レモンとレイスの再版した「手法としての文学」で説明されている)という考え方、すなわち、文学的言語の主要な効果のひとつは見慣れた世界をまるで初めて目にするものであるかのように読者の目の前に提示すること、そして世界を見直す機会を作り出すことだ、とする主張も含まれる。もうひとつの主要なフォルマリスト的概念としては、トマシェフスキーによるストーリー(ロシア語でファブラ)とプロット(ロシア語でシュジェット)の区別が挙げられよう。ストーリーとは(想像上のものではあるのだが)出来事を実際に起こった通りに順序立てたものを意味し、他方プロットとはそういった出来事の芸術的な表象提示を指しており、そこには文学作品内でその効果を強調するために行われる並べ替えや並置、反復なども含まれる。異化の概念と同様に、ここには現実そのものと文学作品内での言語による現実の表象を分ける厳密な区別がある。こうすることで私たちは、文学は単純にドキュメンタリー的手法で現実を鏡映しにしたものである、という観念から離れることができるのだ。後の一九五〇年代初頭や一九六〇年代になると、こういったフォルマリストの考えは初期構造主義者の大きな関心事となる。これは、フォルマリストが言語と現実の区別を強調していたこと、あるいは一連の体系的な手順と構造をもつという文学の側面を前景化していたという点に、その理由の一端を見出することができる。

フォルマリストと関係していた人たちのなかには、ミハイル・バフチンのようにロシアに留まった人々もいれば、亡命して研究を続け、一九六〇年代に表れることになる新しい形式のマルクス主義の種を撒いた人々もいた。そういった亡命者のなかに言語学者ロマーン・ヤーコブソン（一八九六—一九八二）がいた。彼はプラハで仕事を続け、ルネ・ウェレックを擁するプラハ言語サークルを立ち上げた。ウェレックは、ヤーコブソンと同様に戦争開始直前にアメリカに渡り、「新批評」として知られる運動のなかで重要な役割を果たした。「新批評」は、そういったロシア・フォルマリストの数々の概念、特に文学テクストを言語的に細かく分析する必要性や、文学言語を日常的に使用される言語とは区別されるべき特性をもった媒体として見なす特別な認識を、その基礎としていた。

抑圧を受けていたロシア・フォルマリストたちもドイツにおいて、マルクス主義的美学のフランクフルト学派に影響を及ぼした。フランクフルト学派とは、一九二三年にフランクフルト大学付属の政治研究機関として設立されたもので、フォルマリズムの諸側面の接合と同様に、フロイトとマルクスの接合を試みる批評形式を実践した。彼らのなかでよく知られている思想家として、ヴァルター・ベンヤミン（一九四〇年、ナチスから逃れようとして自殺した）、ヘルベルト・マルクーゼ（一九六〇年代のラディカルな思想に多大な影響を与えた）、そしてテオドール・アドルノが挙げられる。また、ドイツからの亡命を余儀なくされた劇作家ベルトルト・ブレヒトを挙げることもできるだろう。彼も単純化された社会主義リアリズムの教条主義への反対者だった。演劇における彼の「異化効果」という概念は、観客が舞台上に見ているものは構成された文学的イメージであり、現実そのままのものではない、という事実の方へと観客の関心を引っ張っていくための装置を含むものであった。それは例えば（ブレヒトの戯曲『ガリレオ』にあるように）、台本のト書きに従って、「監督」の姿を演劇の間中ずっと舞台の端に座らせておくといったものだった。こういった装置も、それが文学と日常生活との間の境界や「移行」を強調するという点で、フォルマリストの「異化」という考えと密接につながっているのである。

マルクス主義批評の現在とアルチュセールの影響

より最近の文学におけるマルクス主義思想はフランスのマルクス主義理論家ルイ・アルチュセール（一九一八―九〇）の影響を受けている。彼の重要な術語と概念を概観することで、彼の寄与を明らかにしてみよう。まず一つ目は、彼がフロイトから借用した重層的決定という概念である。これは多様な原因による効果、すなわち単一の要因（マルクス主義では経済がこれにあたる）ではなく、いくつかの原因が相互的にはたらくことから生じる効果を指している。相互に連関し作用する原因というこの概念は、下部構造と上部構造の一対一の照応関係という単純な考えを切り崩すことを意図している。これと関連した術語に、文化と経済のつながりを認めつつも芸術に経済的諸力からのある程度の独立を見出す相対的自律性というものがある。この概念も、上部構造は経済的な下部構造の性質によってもっぱら決定されている、という単純化に過ぎる見方に対する批判を企図している。

他のすべてのマルクス主義者と同様に、アルチュセールにとってもイデオロギーは重要な術語である。これはマルクス主義のなかで多様な定義づけがされてきた、意味幅の広い概念ではあるが、アルチュセールの定義は（ゴールドスタインの引用による）以下のようになっている。

> イデオロギーとは、既存の社会の核心で存在と歴史的役割を与えられた、表象（イメージ、神話、意見、あるいは概念など状況による）のシステム（固有の論理と厳格さをもつもの）である。
> （フィリップ・ゴールドスタイン『文学理論のポリティクス』（Philip Goldstein, *The Politics of Literary Theory: An Introduction to Marxist Criticism*（Florida State University Press, 1990）, p. 23）。

これは、「既存の社会の核心にある表象システム」と言い換えることができるだろう。そうすることで、既存の体制を下支えする諸価値の媒体として（文学を含めた）文化を捉えるための、簡便な定義づけができる。そういった諸価値と想定は、普段であれば潜在的でしばしば認識されないものなのだが、その時代のすべての作品とすべての文化を覆っているのだ。そういったわけでこの定義も、下部構造が上部構造の性質を決定するという粗野な下部構造／上部構造モデルから距離をとろうとするものであるといえるだろう。したがって、ゴールドスタインがいうように「経済的な構造基盤はいまだにイデオロギー的実践に影響を及ぼしているが、それは「最終審級」においてのみである」（ゴールドスタイン、p. 23）。

脱中心化とは、本質や焦点あるいは中心をもたない構造を指すときにアルチュセールが用いる術語であり、これも、経済的下部構造が社会の本質であり上部構造はその二次的な反映でしかない、とする見方を部分的に避けようとするものである。この脱中心化という概念は全般的な調和がないことを、つまり芸術は相対的な自律性をもち、「最終審級において」のみ経済的レベルで決定される、ということを示している。こういった「エンゲルス的な」見解は、芸術を経済のなかに幽閉してしまうマルクス主義の傾向を完全に棄却するものではないものの、文学をいうなれば仮釈放し、かなりの程度、当座の自由を認めるものである。

アルチュセールは私たちが国家権力あるいは国家による統制と呼ぶであろうものに、非常に有用な区分を設けた。国家権力は、最終的に外在的な力によって機能することになる法廷や監獄、警察、軍隊などといった、アルチュセールが抑圧構造と呼ぶ諸制度によって維持されている。しかし国家の権力はより巧妙なかたちでも維持されてもいる。国内の市民の同意を確保するために、国家はアルチュセールがイデオロギー的構造あるいはイデオロギー的国家装置と呼ぶものを用いる。それは国家や既存の政治体制に共感を示すようなイデオロギー（ここでは一連の考え方や姿勢を指す）を助長するように、政党、学校、メディア、教会、家族、そして芸術（文学も含まれる）などが配置されたものである。こういった状況において、私たちの一人ひとりは実際には押しつけられているものを自由に選択しているのだ、と感じることとなる。

このアルチュセール的な区分は、イタリアのマルクス主義者アントニオ・グラムシ（一八九一―一九三四）が重要な語として提起したヘゲモニーという概念と密接に連関している。グラムシは、直接的で時には武力行使も辞さない政治的統制としての支配と、（レイモンド・ウィリアムズの定義に従えば）「社会の生きられた全体的プロセス、特に

「世界観」や「階級的視点」として抽出されうる類の、独特かつ支配的な意味づけや価値、信念によって組織立てられているもの」（ウィリアムズ『マルクス主義と文学』（Raymond Williams, *Marxism and Literature* (Oxford University Press, 1977), p. 101）としてのヘゲモニーを対置した。ウィリアムズはヘゲモニーを、広義には文化に、狭義にはイデオロギーに結びつけている。ヘゲモニーとは内面化された社会統制の形式のようなもので、特定の見解を「自然な」ものとして不可視化することによって、それが見解などではまったくなく、「物事のありよう」そのもののように見せかけるのだといえよう。

実際には選択肢がないのに自分で選んでいると思わせる「トリック」を、アルチュセールは呼びかけと名づけている。アルチュセールによれば、資本主義はこのトリックをうまく用いて発展していく。それは私たちを自由な行為者だと感じさせつつ（「お好きな色からお選びいただけます」）、その他方で、実際には私たちに何事かを押しつけるのだ（「それが黒であれば、ですが」）。このようにして、例えば民主主義は私たちに、私たちは自分たちの政府の種類を選択しているのだと感じさせるのだが、実際には、いったん政権の座についてしまえば政党間の違いなど、実際に個々の政党が述べる誇張された相違に比べれば、微々たるものでしかない、という事態が生じることになる。呼びかけとは、ある個人が自分自身を自由な実体であり社会的諸力から独立していると見なすそのやり方を示す、アルチュセールの術語なのだ。それは、統制を行う構造の働きが物理的な力によって保たれているのではないということを、したがって富と権力を少数者の手の内に集約させておく社会的な仕組みの永続性を、説明するものなのである。

こういったアルチュセールの概念が広く目標としているのは、社会が機能するそのあり方について伝統的マルクス主義者が供するものよりも、はるかに詳細な視点の提供を可能にすることである。つまり、ある単一のところから、例えば機械のレバーから、露骨なかたちでくわえられるような暴力ではなく、むしろ、多様で複雑なやり方でとりつけられた同意があり、そしてイデオロギー的な力は究極的には物的な力よりも比較にならないほど重大である、ということを示すのだ。したがって文学は、社会の実際の営みが継続していく経済的下部構造を単に無力なままで受動的に映し出すだけなのではなく、文学はそれ自体で決定的な重要性をもつと考えられることになる。それゆえに、最近のマルクス主義批評家を惹きつけるアルチュセールの魅力は、彼がマルクス主義的な視点を完全には棄却することなしに、粗雑な下部構造／上部構造モデルを回避する道を提供しているという点に見出すことができる。アルチュセールの考え方は、修正主義的マルクス主義とでも呼びうるような、より複雑かつより柔軟な形式で、基本的な概念を再考し再構築しようという考え方を表している。だがこれは、アルチュセールが柔軟な思想家だったということを示しているわけではない。むしろその反対で、彼は特に独断的な思想家で、自身の「理論」を経験や実践あるいは社会運動から離れた上位の枠組として広めるために、左翼を激しく攻撃した（特に、イギリスのマルクス主義歴史家E・P・トムソンによる『理論の貧困』を参照していただきたい）。しかし、彼はリベラル主義化の進む一九六〇年代に必要とされた術語や定式を実際に提供したのだし、マルクス主義者の凝り固まった考え方を解きほぐし、そうすることで、それが当時の急進的運動家たちに受け入れられるようにしたのであった。こういった「解きほぐし」の動きがなければ、当時の「対抗文化」にとって拒絶する必要のあった硬直した伝統的な考え方のひとつとして、マルクス主義は広く拒絶されてしまっていたかもしれない。

一九七〇年代から現在までのあいだ、最もよく知られているイギリスのマルクス主義批評家はテリー・イーグルトンである。彼の著作は時にはアルチュセールからの影響も認められるなど、非常に幅の広い影響を反映している。マルクス主義批評はその根本的な想定について、ポスト構造主義やポストモダニズムと対立関係にあるように思われるし、一九八〇年代と一九九〇年代の最も重要なマルクス主義的著作にはそういった思想運動との錯綜した相互作用の過程がつきものだった。マルクス主義批評は、個人を社会的諸構造から不正に孤立させてしまうという理由から伝統的に精神分析とも対立してきた。それでも、アメリカのマルクス主義批評家フレドリック・ジェイムソンは（『政治的無意識――社会的象徴行為としての物語』のなかで）この二つを調和させようとしてきた。簡単に要約してしまうと、ジェイムソンは「無意識」や「抑圧」といった精神分析の基本的な術語を、政治的な議論へと敷衍することを提案しているといえよう。彼の考えでは、文学は往々にして歴史的真実を抑圧するものではあるが、分析をすることでその根底にあるイデオロギー（すなわち文学の無意識）を明らかにすることができる。イーグルトンやジェイムソン、そしてこの議論領域全体での基本的なスタート地点は、ジェイムソンのエッセー「理論の政治学——ポストモダニズム論争におけるイデオロギー的立場」とイーグルトンの「資本主義、モダニズム、ポストモダニズム」にあるといえるだろう。なお、このどちらもデイヴィッド・ロッジの『現代の批評と理論』（David Lodge, *Modern Criticism and Theory: A Reader* (Longman, 1988)）に第二一章および第二三章として所収され再版されている。

考えてみよう

総論——文学の性質はそれが生起する社会的政治的状況に影響される、というマルクス主義批評の中心的な教義は、自明の真実として即座に受け入れられるものであるかもしれない。

マルクス主義批評にまつわる困難さと論争点は、もっぱらその影響の強さはどれほどのものなのか、という点にある。あなたは「決定論者」の立場をとって、文学とは社会 - 経済的諸力による受動的生産物である、と論じるだろうか。あるいはより「リベラルな」ラインに沿って、社会 - 経済的な影響は「決定論者」の想定よりもはるかに距離を隔てられた希薄なものとである、と見なすことになるだろうか。

もっとも難しいのは、それらの経済的諸力（「強力」モデルと「希薄」モデルのどちらを採用するかは関係ない）が特定の文学作品のなかでどのように作用しているかを示すという作業だろう。文学作品のなかでの社会的諸力の直接的あるいは間接的作用とは、実際、どのようなものなのだろうか。

各論——上記のような諸問題は抽象論のなかでは取り扱うのが難しいものなので、それらを個別具体的な文脈のなかで考えてみることが有用だろう。したがって以下では「決定論的」あるいは「リベラル」な線引きをそれぞれ採用して例示する。それぞれの例は何を示すことになるだろうか。社会 - 経済的な影響が、批評家によってどうやって演劇の筋書きのなかに、登場人物造形のなかに、あるいは文学形式そのもののなかに見出されるのか、そしてもし見出されるとすればそれはどのようにしてか、見てみよう。

マルクス主義批評がすること

(1) マルクス主義批評家たちは、(精神分析批評家がするのと同様に)文学作品の内容を「明白なもの」(顕在的な、あるいは表面的な)と「覆われたもの」(潜在的な、あるいは隠された)に区別し、その「覆われた」主題をマルクス主義の基礎的なテーマと、すなわち封建制から産業資本主義への移行など多様な歴史的段階を通した階級闘争や社会の進歩といったテーマと連関させていく。したがって『リア王』(*King Lear*)における対立はまさしく、勃興階級(ブルジョワジー)と没落階級(封建領主)の間の階級的利害の対立「そのもの」として読まれ得ることになる。

(2) マルクス主義批評家の用いるもうひとつの手法は、作品の文脈を筆者の社会階級的位置と関係させるというもの。そのようなケースでは(これもまた精神分析批評と同様に)、その筆者は自分がテクストのなかでいってしまったり明らかにしてしまっていることをはっきりとは気づいていない、という想定が成される。

(3) マルクス主義的手法の三つ目は、文学ジャンル全体を、それを「生み出した」社会的時代区分の術語で説明するもの。例えばイアン・ワットの『小説の勃興』(*The Rise of the Novel*)は、一八世紀の小説の台頭をその時代の中産階級の拡大と関連づけている。小説はこの社会階級のために「語る」のだ。それは例えば、悲劇が君主政治と貴族階級の「ために語り(speak for)」、あるいはバラッドが地方や都市近郊の「労働者階級」の「ために語り」、そうすることでそれらを「代弁し擁護する(speak for)」のと同じことだ。

(4) マルクス主義批評の四つ目の実践法は、文学作品をそれが「消費される」時代の社会的諸前提と関係づけるもので、その戦略は文化唯物論として知られる後期マルクス主義批評の一部に特に見られる(第9章、二一四—二一二ページを参照)。

（5）マルクス主義的実践の五つ目は「文学形式の政治化」、すなわち文学形式はそれ自体が政治的状況によって決定されている、という主張である。例えば文学のリアリズムは保守的な社会構造がその正当性を認証するような機能をもっていると考える批評家もいるし、ソネットや弱強五歩格詩の形式および韻律の複雑性は、社会的安定性や上品さ、秩序に対応していると考える批評家もいる。

マルクス主義批評の実例

マルクス主義批評の実例として、エリオット・クリーガー『シェイクスピア喜劇のマルクス主義的研究』（Elliot Krieger, *A Marxist Study of Shakespeare's Comedies* (Rowman and Littlefield Publishers, 1979)）から、『十二夜』（*Twelfth Night*）を扱った第五章をみていこう。この実例は、以下で明らかになる通り、リストアップされた五つのマルクス主義批評の最初のものを主に表している。この演劇はオーシーノ公爵とオリヴィア嬢の間の愛を中心に展開される。オーシーノ公爵の愛は激しくそしてしつこく表明されるもの、オリヴィアは無き兄の喪に服しており、最初は彼を拒絶する。その後、彼女は、一時的に男装して彼の召使と仲介人（そこではシザーリオと名乗っている）を演じる聡明な女性ヴァイオラに恋をする。オリヴィアは彼女の給仕の厳格で真面目なマルヴォーリオに求婚されてもいる。マルヴォーリオは、オリヴィアの叔父であるサー・トウビー・ベルチにだまされて、彼の彼女への愛は報われると信じ込まされている。

クリーガーのエッセーはこの戯曲に対する最も一般的な批評的視点を参照することから始まる。すなわち、この戯曲は登場人物それぞれの多様で極端なわがまま（ロマンティックな愛に身悶えるオーシーノ公爵や物的欲求に身を捧げてしまうトウビー・ベルチなど）を表しており、さらにはそれらがマルヴォーリオに見られるような極端なピューリタニズムおよび快楽への抵抗と対置されている、といった読解である。この演劇は、そういった極端さを避けて人間の適切な充足が可能となるようなバランス感覚と礼節を推奨するものだと見なされている。クリーガーはこの観点はこの戯曲における階級問題を無視するものだと指摘している。戯曲の終盤で「秩序」が回復されるとき、マルヴォーリオの運命がより過酷なものになっている一方で、貴族階級の登場人物たちは特に悪い影響は何も受けていない。それればかりか、オーシーノとオリヴィアの明らかに自己愛的な恋愛への没頭やサー・トウビーのエゴむき出しのお祭り騒ぎが、マルヴォーリオの利己心と差異化されるのだが、その理由というのが、マルヴォーリオの階級に特有の礼節は「彼の過度な贅沢」(p. 99)を禁じているから、というもの「だけ」なのだ。したがって「特権的な社会階級に属する者のみが耽溺の道徳性へのアクセスをもっている」ということになる。じっさいにその定義からして、「支配階級の成員は欲求を満たすための過度の放縦を通して、自分たちのアイデンティティを見出す」(p. 100)のである。

貴族階級の個々の成員はそれぞれ個人的な「二次的世界」をもっている、とクリーガーは続ける。サー・トウビーにとってそれは、酒の力を借りて到達する束縛のない自由な世界である。彼は「他の人物を気にかけなければならなくなる可能性から自分をまもるために、飲酒で前後不覚に陥ってみたり、あえて時間を忘れてしまったりしながら、その他方でその場の皆に彼を気遣うように強いる」(p. 102)ことでその世界に到達しているのだ。これと同様に、オリヴィアは［父と兄との］死別という個人的な世界に引きこもることで、他の人に求められる状況から自身を守っているし、またオーシーノはといえば、すべてが「彼の精神状態のお飾り、もしくは副産物になってしまう」(p. 104)ような完全に主観的な愛の妄想世界に引きこもっている。これらの「個人所有された」「二次的な世界」のなかではそれぞれが共同体の成員になるのではなく、「自分だけの世界の王様」(p. 103)になってしまう。ヴァイオラも同様にそういった二次的世界のひとつに引きこもろうとするのだが、彼女は実際に貴族であるにもかかわらず、彼女の男装が一時的に、非 - 貴族的地位の選択を可能にしている(「私はこの公爵に仕えよう」)。そうすることで彼女は「オーシーノやオリヴィア、サー・トウビーの二次的世界の間で一個の対象物」(p. 107)に、すなわち彼らが勝手な利用や操作に利用できると想定するような人物になるのである。

この戯曲における召使の世界では、「上昇志向」がしばしば強調されている。新しく召使となったシザーリオ(ヴァイオラ)はヴァレンタインとキュリオを、オーシーノ公爵とやり取りできるその特権的な立場から追い払って、取って代わってしまうし、オリヴィアの家ではマライア（別の召使）とマルヴォーリオの間に特権的ポジションをかけた争いが続いている。実際に、両者とも結婚することでその家系に入っていくことを目標にしており、その争いはマルヴォーリオの面目を決定的に潰した見返りにマライアがサー・トウビーと結婚することで、マライアの勝利に終わる。以上のことから、クリーガーはマライアを劇中の重要な要素であると考える。

マライアは原－ブルジョワ的な存在だとはいえない。彼女の上昇志向は継続的な貴族的特権の有効性に挑戦するのではなく、むしろそれを支え強化するものなのだ。しかし彼女には、自身を天職から引き離し、強いられた職務から離れて自分を表現する能力、そして自身の行為でもって自分の社会的地位のなかでの向上を獲得する能力があるのだから、『十二夜』のなかではマライアだけが、独立と競争、および能力と功労の連関に対するブルジョワ的かつピューリタン的な重要視を表している（p. 121）。

これとは対照的に、マルヴォーリオは社会秩序における変化をほとんどまったくといっていいほど代表していない。というのも、彼は上流階級の象徴すべてに極端なほどの敬愛の念を抱いていて、上流階級への上昇を可能にしてくれる（と彼が考えている）状況を「運命」や「運勢」によるものと考えているからなのだ。したがってこの戯曲中の運命とは、しばしば継承されてきた貴族的特権にたいするアリバイや正当化となる「自然であること」と似た、ある種の力なのである。そういったわけで、この演劇はマルクス主義批評家にとって主人と召使の間に存在する溝を実演するものとなり、個々の階級に特徴的な精神状態の何がしかを表現するものとなるのだ。このエッセーでのマルクス主義的特色は、それが社会階級の観念をこの戯曲を説明するために導入するその方法にある。これこそが、この戯曲に関する批評の大きな総体に対する、すなわち社会階級の観念を問題として提示しようとしない批評の総体に対する、マルクス主義的批評からの特殊な「介入」なのだ。この戯曲が書かれた正確な歴史的な時期の特徴についてては、たしかにこのエッセーではほとんど述べられていない。むしろ、社会階級の対立や階級的特権の一般化された概念、そして現代なら社会の上昇移動と呼ばれるものへの切望をめぐって、複雑でオリジナルな読解が編み出されているのである。

参考文献

ウィリアム・C・ダウリング『ジェイムソン、アルチュセール、マルクス――『政治的無意識』入門講座』辻麻子訳、未来社、一九九三年（Dowling, William C., *Jameson, Althusser, Marx: An Introduction to the Political Unconscious* (Methuen, 1994)）。

ジェイムソンの『政治的無意識』を「文脈化する入門講座」。マルクス主義思想の最近の課題と、デリダやラカン、ポストモダニズムとの関係とそれによる変化を研究し始めるのには最適で手ごろな著作。

テリー・イーグルトン『マルクス主義と文芸批評』（Eagleton, Terry, *Marxism and Literary Criticism* (Routledge, 1976)）。

この分野に関する、概略的ではありつつも卓越した手引き。

テリー・イーグルトン『美のイデオロギー』鈴木聡訳、紀伊國屋書店、一九九六年（Eagleton, Terry, *The Ideology of the Aesthetic* (Blackwell, 1990)）。

イーグルトンの比較的最近の問題意識を示す。

フィリップ・ゴールドスタイン『文学批評のポリティクス――マルクス主義批評入門』（Goldstein, Philip, *The Politics of Literary Theory: An Introduction to Marxist Criticism* (Florida State University Press, 1990)）。

フランクフルト学派に関する記述（pp. 17-21）やポスト構造主義的マルクス主義（pp. 22-28）、テリー・イーグルトン（pp. 59-65）、アルチュセール、デリダ、フーコー（pp. 164-174）についての箇所は有益。

ジーン・E・ハワード、スコット・カトラー・シャーショウ『マルクス主義のシェイクスピア』（Howard, Jean E. and Shershow, Scott Cutler, *Marxist Shakespeare* (Routledge, 2000)）。

テレンス・ホークス編集による 'Accents on Shakespeare' シリーズでも特に有用な一冊となっている。同シリーズは、文学理論を文学テクストに付き合わせるというメシュエンの 'New Accents' シリーズの任務を引き継いだものである。

フレドリック・ジェイムソン『政治的無意識――社会的象徴行為としての物語』大橋洋一・木村茂雄・太田耕人訳、平凡社、二〇一〇年（Jameson, Fredric, *The Political Unconsciousness: Narrative as a Socially Symbolic Act* (Cornell University Press, 1981)）。

ジェイムソンの主要著作のひとつだが、非常に難解。上述したダウリングの著作を先に読んでいたほうが良いだろう。

エリオット・クリーガー『シェイクスピア喜劇のマルクス主義的研究』（Krieger, Elliot, *A Marxist Study of Shakespeare's Comedies* (Macmillan, 1979)）。

マルクス主義批評の「応用編」。

フランシス・マルハーン編『現代マルクス主義文学批評』（Mulhern, Francis, ed., *Contemporary Marxist Literary Criticism* (Longman, 1992)）。

思慮深い多彩な解説と、いくつかの主要文献が所収されている。

S・S・プラーヴァ『カール・マルクスと世界文学』（Prawer, S.S., *Karl Marx and World Literature* (Oxford University Press, 1978)）。

「マルクスはその人生のいかなるときに、文学について何を言ったか」についての詳細な紹介と議論。

エドワルド・リウス『マルクス（FOR BEGINNERSシリーズ）』小阪修平訳、現代書館、一九八〇年（'Rius', *Marx for Beginners* (Writers & Readers Cooperative / Unwin Paperback, 1976 / 1986)）。

マルクスの思想をコミックの形式で要約した「ドキュメンタリー・コミック」。マルクスの思想にふれたことのない人には、良いきっかけになる。

レイモンド・ウィリアムズ『マルクス主義と文学』（Williams, Raymond, *Marxism and Literature* (Oxford University Press, 1977)）。

基礎的マルクス主義の有用な諸概念と、ウィリアムズによるその応用。第一章四節の「イデオロギー」あるいは第二章一節「下部構造と上部構造」、六節「ヘゲモニー」、八節「支配的、残滓的、勃興的」、九節「感情構造」を参照のこと。

第9章

新歴史主義と文化唯物論

新歴史主義

「新歴史主義」とはアメリカの批評家スティーヴン・グリーンブラットによって作られた言葉であり、彼の『ルネサンスの自己成型――モアからシェイクスピアまで』（高田茂樹訳、みすず書房、一九八〇年）（Stephen Greenblatt, *Renaissance Self-Fashioning: From More to Shakespeare* (University of Chicago Press, 1980)）がその草分けと見なされている。しかしこれと同様の批評的観点は、一九七〇年代の多くの批評家の仕事に見受けられる。J・W・リーヴァーの『国家の悲劇――ジェイムズ朝演劇研究』（J. W. Lever, *The Tragedy of State: A Study of Jacobean Drama* (Methuen, 1971, 1987)）（一九七一年にメシュエン社から出版され、一九八七年にジョナサン・ドリモアの序文をつけて再版された）はその好例である。リーヴァーはこの短くも画期的な本において、ジェイムズ朝時代の演劇に関する従来の保守的批評に挑戦し、演劇作品を同時代の政治的出来事とより密接に結びつけた。

新歴史主義を簡単に定義するならば、文学テクストと（普通は同時代の）文学以外のテクストを並行して読むことに基づく手法だといえるだろう。つまり新歴史主義は文学テクストを「特権化」することを（少なくともうわべでは）拒否するのである。新歴史主義が構想し実践する研究は、文学を「前景化」して歴史をその単なる「背景」と見なすのではなく、文学テクストと文学以外のテクストに同様の重みを与え、両者を常にお互いに活気づけ合い問い質し合うものと見なす。この「同様の重み付け」は、アメリカの批評家ルイス・モントローズが新歴史主義を定義する際に述べた特徴である。彼は新歴史主義を「歴史のテクスト性とテクストの歴史性」の両方へ関心を払うものとして定義する。これは（グリーンブラットの言葉によれば）「伝統的には文学テクストにのみ払われてきたような注意を過去のテクスト的痕跡に向け、そのすべてを読もうとする強い意志」を伴うものである。したがって新歴史主義は、（「新しい歴史」という名前自体が示すように）ある種の逆説、あるいは見る人によってはスキャンダルをはらんでいる。つまりこれは、文学性を特権化しないような文学へのアプローチなのである（後に見るように、これには多少の留保が必要だが）。

典型的な新歴史主義の論文は文学テクストを文学以外のテクストの「枠組」に置いて読むものである。例えば文学研究の視点からいえば、グリーンブラットの画期的な点は主にルネッサンス期の戯曲を「同時代のヨーロッパ列強国全てが追求した、恐るべき植民地主義政策」（ヒュー・グレイディ『モダニスト・シェイクスピア』（Hugh Grady. *The Modernist Shakespeare*））とつき合わせた点にある。かくして彼の仕事は「抑圧された他者の周辺化と非人間化」（グレイディ）に注意を向けるものだが、それは多くの場合、論文冒頭において戯曲の主題と何らかの形で重なりあう同時代の歴史資料を分析することによって可能になっている。グリーンブラット自身こうした歴史資料を「逸話」と呼んでいるように、新歴史主義の論文の多くは、分析対象である戯曲の先行研究の検討という学術上の習慣の代わりに、劇的で印象に残る逸話をその冒頭に据える。例えば、後に論じるルイス・モントローズの論文は次のような文章から始まる。「エリザベス朝期のある夢について語ろうと思う。シェイクスピアの『真夏の夜の夢』ではなくて、一五九七年の一月二三日にサイモン・フォアマンが見た夢について」。このような劇的な序文は、多くの場合具体的な場所や日付を挙げることで記録資料や目撃証言のようなインパクトをもち、（抽象的な）「歴史」というよりも生きられた経験の性質を強く呼び起こす。こうした歴史的資料は単なる「文脈」としてテクストより下位に置かれるのではなく、それ自体において分析されるため、テクストの「文脈（*con-text*）」というよりも「共テクスト（co-text）」と呼ばれるべきものである。テクストと共テクストは同じ歴史的「瞬間」の表現と見なされ、解釈の対象となる。こうしたプロセスについて、リチャード・ウィルソンとリチャード・ダットンは論文集『新歴史主義とルネッサンス演劇』（Richard Wilson, and Richard Dutton, eds., Richard. *New Historicism and Renaissance Drama*）

の序文において以下のように説明する。

従来の批評がシェイクスピアを口語英語の顕現として神秘化していたのに対して、新歴史主義は彼の戯曲が刑罰、医学、あるいは植民地の資料などの他の文書テクストに埋め込まれていることを発見した。こうした文書的連続体の枠のなかにおいて読むと、彼の戯曲が表すものは調和ではなく暴力――つまりカーニヴァルに対するピューリタンの圧力や、奴隷制の強制、家父長制の勃興、社会的逸脱への迫害、そしてフーコーがいうところの「監獄社会の黎明期における大監禁時代」の監獄の扉の閉まる音が示すような暴力――に他ならない（p.8）。

これは新歴史主義の傾向がどのようなもので、それが何を目指しているかを簡潔に表す説明だといえるだろう。新歴史主義の手法は文学を「文書的連続体の枠のなかにおいて読む」という一節に鮮明にまとめあわされている。

新歴史主義と古い歴史主義――その違い

先ほど新歴史主義は文学テクストと文学以外のテクストを「並行して」読解する手法だと述べたが、新歴史主義と、歴史的資料を何らかの形で利用する従来のアプローチとの本質的な違いは、この「並行」という語に端的に示されている。従来の歴史的アプローチは、至高の価値をもつものとしての文学作品と、単なる舞台としての（したがって当然価値の低い）歴史的「背景」とを明確な上下関係をもって区別してきた。

これに対し、文学的資料と文学以外の資料に「同様な重み付け」を行うことが「新しい」歴史主義の「古い」歴史主義との最初にして最大の違いである。「古い」歴史主義の典型であり、新歴史主義が自らを定義するにあたりしばしば比較対象としてきたものとして、E・M・W・ティリヤードの『エリザベス朝の世界像』（磯田光一ほか訳、筑摩書房、一九九二年）（E. M. W. Tillyard, *The Elizabethan World Picture*, 1943）や『シェイクスピアの史劇』（*Shakespeare's History Plays*, 1944）を挙げることができる。これらの本においてティリヤードは、エリザベス朝的世界観の特徴である保守的な心的態度（社会に対する態度、神に対する態度、被造物としての宇宙に対する態度など）がいかにシェイクスピアの戯曲に反映されているかを論じた。このように、一九七〇年代まで続いた「伝統的」なシェイクスピアへのアプローチは、こうした歴史的枠組、作品の「精読」、そして「修辞的表現のパターン」の分析の組み合わせを特徴としてきたのである。

古い歴史主義と新歴史主義の第二の重要な違いは、先ほど引用した「文書的連続体」という語における「文書的」という言葉に表れている。つまりこの語が示すように、新歴史主義は歴史的運動というよりも歴史主義的運動であり、その関心は文書資料に表象・記録された歴史、いわば「テクストとしての歴史」にある。新歴史主義の考えにおいては、歴史的出来事それ自体は、失われ取り戻しえない。この主張は、文学研究における伝統的な考え、つまり実際の作者の考え・感情・意図を取り戻し再構築することは不可能であり、過去に現実に生きた作者という個人は私たちの手元にある文学テクストに完全に取って代わられたのだ、という考え方の影響を受けている。過去の「世界」は過去の「言葉」に取って代わられた、と言い換えてもよい。新歴史主義者にとって過去の出来事や態度は書物という形でしか存在しないため、こうした書物を従来文学テクストだけに限られてきたような「精読」の対象とするのは当然のことなのである。

過去の文書的記録を好むこうした態度には、脱構築の影響も見られる。新歴史主義は、テクストの外部には何も存在しない、というデリダの考えを受け入れる。これは彼らにとっては特に、われわれは過去のすべてをテクスト化された形でしか手に入れることができない、ということを意味する。「テクスト化された過去」は三重のプロセスを経てわれわれのもとに届く。まずその時代のイデオロギーや世界観、あるいは言説の実践を経て。次にわれわれの時代のイデオロギー等を経て。最後に言語それ自体がもつ、世界を屈折させる網の目を経るというプロセスである。テクストで表象されたいかなるものも、こうした再構築のプロセスを免れることができない。新歴史主義の論文それ自体、分析対象である戯曲や詩を任意の歴史資料と並び合わせ、新たな歴史的全体を作ることで、「テクストとしての過去」を再構築し並べ替えし続ける。この意味において、論文で選択された資料が戯曲と「関係性が低い」という批判は意味をなさない。なぜなら新歴史主義の目的は過去をそのままに再現することではなく、過去を位置づけなおすことで新たな現実を提示することだからだ。

新歴史主義とフーコー

新歴史主義は断固として「反体制」であり、常に個人の自由というリベラルな理想を支持し、あらゆる差異や「逸脱」を受け入れ称えるものである。しかし同時に、新歴史主義はこれらの反体制的理想を完全に鎮圧する抑圧的国家の全能性を、すなわち国家権力が個人の生の最も「私的」な領域にさえ浸透し汚染するものであることを、絶えず暴き続ける。こうした全知全能の国家という観念は、ポスト構造主義の文化史家ミシェル・フーコーに由来する。彼の仕事において通底する国家のイメージは「一望監視＝パノプティコン」国家（あらゆる領域に目を光らせる国家）というものだ。一望監視施設＝パノプティコンとは一八世紀の功利主義者ジェレミー・ベンサムによって考案された円形牢獄のデザインで、円形に層を成した独房の中心に、そのすべてを監視できる看守を設置したものである。こうした一望監視施設をモデルとしたフーコー的国家は、身体的な暴力や威嚇によってではなく、（彼の言葉を借りれば）国民全体にイデオロギーを循環させる「言説実践／習慣」によって監視を行う。

フーコーのいう言説［英語ではディスコース］とは、単なる話し方や書き方ではなく、ある社会を構成するすべての人の思考を囲い込む「思考様式」やイデオロギーの総体を意味する。これは単一の、あるいは一枚岩のものではないから（言説は常に複数のものである）、権力の構造は例えば家族においても政府の階層においても同じように重要な要素となる。したがってこれらの権力構造に対し異議申し立てを行うには、党の政治を変える闘争と同様に例えば性の政治を変える闘争が必要となるのである。これは個人の「私的」な領域も政治的行動を行いうる領域となったことを意味するため、こうした議論に「個人的なことは政治的である」と考えるフェミニスト批評家が関心を向けたのも当然のことといえるだろう。ここにフーコーの権力観がもつ、ある種の政治的楽観主義の基盤が見出せるかもしれない。だが他方、政治権力がそれだけ多くの領域に浸透し、機能しているとき、抜本的な変革を起こす可能性は非常に薄いものにも見えるだろう。

全体として、新歴史主義はこうした「思想統制」の及ぶ範囲を強調しすぎるがゆえに、「逸脱」した思考はほとんど文字通り「思考不可能」である（あるいは想定することしかできない）と述べているかのように思われる。その結果国家は一枚岩的な構造であると見なされ、その変革はほとんど不可能と見えるのだ。フーコーの仕事は、国家による処罰制度、監獄、医療、あるいは性に関する法といった、こうした権力を維持する制度に目を向ける。彼はアルチュセールとは異なり「抑圧構造」と「イデオロギー構造」（第８章参照）をあまり明確には区別しない。しかしながら彼の論じる「言説実践」はグラムシの「ヘゲモニー」やアルチュセールの「呼びかけ」（ともに第８章参照）と明らかに類似した概念である。これらの概念はみな、権力によって力を奪われる人がいかに権力を内面化してしまうか、したがっていかに権力が常に外部から行使されずとも機能するか、を指し示すものであるためだ。

ここで、新歴史主義は「歴史主義」という言葉を打ち出しているにもかかわらず、実際には文学研究の帝国の大いなる拡張に他ならない、ということは指摘しておくべきだろう。新歴史主義の手法は、文学以外のテクストを文学批評的なやり方で「精読」するためである。資料の全体が提示されることはほとんどなく、その代わり一部の抜粋の精読が行われる（たいていの場合、資料の文脈化は最小限に留められる。これはいくらかはそのインパクトを高めるための批評家の戦略である）。さらに、新歴史主義は分析対象のテクストに関するそれまでの研究にほとんど関心を払わず、あたかも自らがこれまでの学術的蓄積を白紙に返すものであるかのように振舞う。したがってこれは「ページの上に書かれた言葉」を中心に据えたアプローチであり、その意味において文脈を脇にやり、詩を文脈から独立したものとして扱う一九二〇年代の精読批評家I・A・リチャーズの方法論とよく似たものであるといえるだろう。そのため、例えばセクシュアリティのある側面に関する社会的態度が変化したという主張が、たったひとつの歴史的テクストを根拠としてなされる、といったことも起こる。一つの資料に対する解釈の重みはしばしばきわめて大きなものとなるのである。それゆえ新歴史主義の方法論が歴史家に高く評価されると考えるべきではない。反対に、新歴史主義が歴史を「扱う」やり方は、歴史家以外の批評家にこそ強い魅力をもつものなのである。

新歴史主義の長所と短所

しかし新歴史主義の魅力は疑いようもなく大きい。理由はいくつもある。第一に、これはポスト構造主義の思想に基づくにもかかわらず、これよりもはるかにとっつきやすく書かれているためだ（これは主にポスト構造主義の特徴である難解なスタイルや語彙を避けているためである）。新歴史主義は明確なデータとその結論を提示する。そしてそのデータの解釈の仕方が時に反駁しやすいものであるならば、これは（フロイトの理論のように）その解釈が拠ってたつ実証的基盤が続く分析に開かれた形で示されているためだ。第二の魅力は、資料それ自体が魅力的なものであり、文学研究の文脈では目新しいものであることが多いということだ。こうした論文は他の批評アプローチによるものとはまったく異なるものに見えるため、文学を学ぶ学生に新しい領域が開かれていくという感覚をじかに抱かせる。

とりわけ、作品の先行研究を引用しないために「整理され」「切り詰められた」雰囲気をもつことで、新歴史主義の論文は強烈で劇的な印象をもつこととなる。第三に、新歴史主義の論文は鋭い政治性をもつものではあるが、同時に「正統派」マルクス主義がしばしば直面する問題を避ける傾向にもある。つまり後者に比べ、新歴史主義は論争的でなく、歴史的証拠に自らの声で語らせようとするように見えるのである。

考えてみよう

新歴史主義を「行う」とは、本質的には文学テクストと同時代の文学以外のテクストをつき合わせて読むことである。しかし、こうした原則に基づいた論文を単に読むだけでなく、自分自身でこれを行うにはどうすればよいのだろうか。

例えば新歴史主義の方法を用いてシェイクスピアの喜劇についての論文を書くにあたり、適切な歴史資料をどこに求めればよいだろう。またそうした資料を見つけた後は、どのような形式で論文を書けばいいだろうか。

こうした方法上の困難は容易に克服できるものではないということは十分に承知のうえで、例えば以下のような方法が考えられる。シェイクスピアの喜劇は多くが「家庭」をテーマにし、性習慣、求婚、男女関係、世代間の軋轢などに関わるものである。したがって、社会史・家族史に関する資料を探してみる、というのは一個の方針となる。

こうした主題に関連した本としては、ロレンス・ストーンの『家族・性・結婚の社会史――一五〇〇年―一八〇〇年のイギリス』（Lawrence Stone. *The Family, Sex, and Marriage in England, 1500-1800* (Penguin, 1979)）がよく知られている。第五章「家父長制の再強化」、特に第三節「夫と妻」の小区分け「妻の従属」と「女性の教育」は特に有用であろう。第七章と八章は「結婚と求婚」に、第五部（第一〇～一二章）は「性」について論じるものである。

これほど知られてはいないものの、著名な新歴史主義者が使うのと同じような資料を載せているものとして、ロジャー・トンプソン『ミドルセックスにおける性――一六四九年―一六九九年のマサチューセッツにおける風俗』（Roger Thompson. *Sex in Middlesex: Popular Mores in a Massachusetts Country, 1649-1699* (University of Massachusetts Press, 1986)）を挙げることができる（とりわけ第一部「青年期の習慣」や第二部「夫婦の習慣」を参照）。

こうした歴史資料や社会史に関する書物は、新歴史主義のアプローチのための「共テクスト」の手っ取り早い入り口となる。これにより少なくとも、その方法論上の困難を回避することなく、新歴史主義を実践的な批評アプローチとして「実地経験」することができるだろう。

新歴史主義批評がすること

(1) 新歴史主義者は文学テクストと文学以外のテクストを並列させ、文学を文学以外のテクストを参考にしたうえで分析する。

(2) それにより彼らは文学キャノンを「異化」する。つまり、これを先行研究の蓄積から解き放ち、まったく新しいテクストであるかのように読む。

(3) 彼らはテクスト分析にあたり（文学テクストについても「共テクスト」についても）、国家権力がいかに保持されたか、家父長制の構造がどのように維持されたか、植民地化のプロセスがいかなるものでありどのような「思考様式」を伴ったか、といった問題に着目する。

(4) 彼らはこれにあたり、ある種のポスト構造主義の議論に頼る。とりわけ「現実のあらゆる側面はテクスト化されている」というデリダの観念や、「社会構造は支配的な『言説実践』により決定されている」というフーコーの議論などである。

新歴史主義の実例

ここで新歴史主義の実践の例として、ひとつの論文を細かく見てみることにしよう。ここで扱うのはグリーンブラットではなくルイス・モントローズによる論文、「『真夏の夜の夢』とエリザベス朝の構成的幻想——ジェンダー、権力、形式」（Louis Montrose, 'A *Midsummer Night's Dream* and the Shaping Fantasies of Elizabethan Culture: Gender, Power, Form'）である。これはもともと新歴史主義の「内部報」であるアメリカの雑誌『リプリゼンテーションズ』（*Representations*）に掲載され、後にウィルソン・アンド・ダットン社から再版された。新歴史主義はテクストの歴史性と歴史のテクスト性に目を向ける、というモントローズの有名な定義は、この論文に端的に表れているということができるだろう。論文全体としての彼の主張は、『真夏の夜の夢』は「この戯曲を作り出した文化を作り出し、またこれを形作っている幻想を形作っている」（p. 130）という言葉に集約される。例えば、「処女王」としてのエリザベス一世礼賛は、彼女に関する寓意詩であるスペンサー『妖精の女王』（Edmund Spenser, *The Faerie Queen*）といった文学作品や、宮廷の仮面舞踏会・仮装行列によって作られると同時に、そうした文学・文化を作るものでもあった。言い換えれば、文学と現実の生活は互いに互いを活性化させ、影響を与え合うものであったのだ。エリザベス一世が自らの処女性を神秘的・魔術的な力の体現として示すことができたのは、こうしたイメージが宮廷仮面劇や喜劇や田園叙事詩において広く流通していたためである。他方で、彼女という人物像それ自体が、こうした作品やイメージを作り広めることを可能にしたともいうことができる。したがってこの意味で、歴史はテクスト化され、テクストは歴史化されているのである。現代におけるこれとよく似たわかりやすい例は、映画における男性性・女性性のイメージと現実の性役割の錯綜した関係だろう。映画において示された性役割のイメージがわれわれの生活全般に浸透することで、われわれが現実において自らの性を示すあり方の指針になってしまう。こうしたイメージが提示する「役割規範」にわれわれが閉じ込められてしまうことで、現実の生活が映画で表象された生活を逆に模倣する形になってしまうのである。

　モントローズの論文は新歴史主義のもつ理論的折衷主義の好例でもある。これは精神分析（特にフロイト的夢解釈）とフェミニズムという、一見相反する方法論を利用するためだ。論文冒頭で論じられるのは先述のサイモン・フォアマンの夢であるが、彼が夢見るのは当時はすでに年老いていたエリザベス一世との性的な出会いである。いわばこの夢は、女王へ「仕える（wait upon）」ことと「乗る（weight upon）」ことのフロイト的言葉遊びによって成り立っているのである。彼女のドレスの裾が泥に引きずられているのを見たフォアマンは、彼女を妊娠させ、腹を大きくすることで服を引っ張りあげようかともちかける（「つまりあなたの下に仕えるのではなくて、あなたの上で『ご奉仕』しようかということですよ（I mean to wait upon you not under you）」）。この夢のなかでフォアマンは「長身赤ひげの職工の男」に絡まれている女王を救ったところだが、モントローズの解釈によればこの場面はエディプス的三角関係に他ならない。彼はこれを、国の母であると同時に淫らで挑発的な処女としてのエリザベス女王の自己提示に結びつける（彼女の服がきわめて肌を露出させるものであることの根拠として、「彼女はドレスの前をあけていて、胸が丸ごと見えた」というフランス大使の言葉が引用される（p. 111））。これらすべては、エリザベス朝社会特有の状況によって作り出されたある種の緊張関係とつなぎ合わされる。すなわち、すべての権力が男性に与えられたきわめて家父長的な社会が一人の女性によって支配されており、それゆえ彼女の手に男女問わず全臣民の生殺を決める絶対的な権力が握られ、家臣の男性が昇進するも解雇されるも彼女の思惑次第である、という権力の緊張関係である。シェイクスピアの戯曲において、しばしば女王は「支配」され女性化される。例えばアマゾン族の女王ヒッポリタはアテネの大公シーシュースに敗北し、服従の証として彼の妻となる。妖精の女王ティターニアは取替え子である少年への愛情から夫オベロンに反抗し、その結果パックを通じて、目を覚まして最初に目にした人に惚れさせる魔法の薬を飲まされるという屈辱の目にあう。戯曲全体を通じ、娘に対する父の権力や妻に対する夫の権力というモチーフが繰り返されるが、男性の欲望の前提条件となるのは女性の服従である。物語の「ハッピー」エンドは、家父長制を強化することによって成り立っているのである。

『真夏の夜の夢』の祝祭的な結末、すなわちロマンティックで生殖的な異性間の結合を賛美するその結末は、男嫌いの戦士、独占欲の強い母、従順でない妻、意志の強い娘などがあらわす女性の誇りや力が、夫と主人の支配下におかれるというプロセスが成功することによって成り立つものである（p. 120）。

したがってこの戯曲は暗に反逆的なものであると読みうる、とモントローズは述べる。何故なら、

処女の支配者がその臣民の処女母であると考えられているとき、男性の生殖能力や単為生殖、あるいは男性による女性の支配といったテーマは煽動的な響きをもつことになる。王室劇では常に女王が指針である。彼女の処女性が魔術的な力の源となっているためだ。しかし『真夏の夜の夢』ではこうした魔術的な力を与えられているのは［男性の］王なのである（p. 127）。

かくして「シェイクスピアの喜劇は、王朝権力に敬意を払うふりをしつつ、これを象徴的に無効化する」（p. 127）。現実において家父長制は、権力の頂点にエリザベス一世という女性を戴きつつも、彼女が他の女性とは異な

るのだと常に主張しつづけることによって維持される。これは今日においてもありふれた戦略である。サッチャーという女性の指導者の存在は、イギリス保守党がもつ女性の社会的役割についての考えを変えはしなかった。それどころか「鉄の女性」(この文脈においては興味深い言い回しである) の下において、性に関する反動的な観念が再強化されていったのである。したがって、「エリザベス一世の統治は、彼女の文化における男性の支配権を突き崩すことを目すものではなかった。むしろ彼女と他の女性の違いが強調されることで、男性の権力は却って強化されたということができるだろう」(p. 124)。劇作品や彼女の崇拝者によって、女王が同時に「処女にして夫人にして母なるもの」と賛美され続けたということは、言い換えれば彼女は現実の女性ではなく宗教的な神秘となっていたということだ。かくして論文全体を通じ、この戯曲についての議論は、女性の支配者と強力な家父長制構造が同時に存在する状況と折り合いをつけようという、男性の試みについての議論と絡まりあう。臣下の男性にとって、「処女王」の慎み深い家臣であることにはある種の「男らしくなさ」が付きまとうように見えたであろうし、他方彼女のもとで身分を上げようとした者は国の母の寵愛を求める子どものように見えたであろう(モントローズはある長く豪華な宮廷演芸において、探検家ウォルター・ローリーと詩人フルク・グレヴィルがこの母―子の隠喩を演じるさまを論じる)[1]。これらの議論は総体として、テクストの歴史性と歴史のテクスト性を主張するという新歴史主義の方法論が実際に意味するところを指し示している。

文化唯物論

イギリスの批評家グレアム・ホルダーネスは文化唯物論を「政治化した形式の史料編集」であると述べる。これは文学テクストを含む史的資料を政治的な枠組のもとで分析するという意味であり、こうした枠組には当該文学テクストによって何らかの形で形作られた、われわれの現在そのものも含まれる。「文化唯物論」という語が広まったのは、一九八五年、(もっとも有名な文化唯物論者である) ジョナサン・ドリモアとアラン・シンフィールド編集の論集『政治的シェイクスピア』(Jonathan Dollimore and Alan Sinfield, eds., *Political Shakespeare*) の副題として使われ

たことがきっかけである。同書序文において、彼らはこの語を以下の四点に着目する批評的方法論だとして定義した。すなわち、

(1)　歴史的文脈
(2)　理論的方法論
(3)　政治的コミットメント
(4)　テクスト分析

である。各々簡単に説明するならば、第一の「歴史的文脈」への着目により、文化唯物論は「伝統的に文学テクストに認められてきた超越的意味を突き崩す」。ここで「超越的」という語は「時代を超えた」といった意味だ。無論この立場は、われわれがいまだシェイクスピアを読み、研究している以上、彼の戯曲は（単純にそれが作り出された歴史的状況に閉じ込められていないという意味で）「時代を超えた」ものではないか、という明白な反論に向き合わなければならない。しかしこれは程度の問題である。文化唯物論のこの歴史的立場が目指すところは、先行研究がしばしば見逃してきた文学テクストの「諸歴史を取り戻させる」ことにあるのである。歴史を取り戻す、とは、例えば戯曲作品を「田舎の貧困層の囲い込みと抑圧、国家権力とそれへの抵抗、（中略）魔力や、カーニヴァルの挑戦やその封じ込め」（ドリモアとシンフィールド、p.3）などの出来事と結びつけることを意味する。第二に、「理論的方法論」に重きを置くことにより、文化唯物論はリベラル・ヒューマニズムと袂を分かち、構造主義・ポスト構造主義など一九七〇年代以降に発展した批評アプローチの議論を吸収する。第三の特徴である「政治的コミットメント」の強調は、これがマルクス主義やフェミニズムの視野の影響を受けており、従来シェイクスピア批評において優勢だった保守的なキリスト教的枠組から距離をとっていることを意味する。最後に、「テクスト分析」の重視が「伝統的アプローチに対する批判を無視しえない点に位置づける」。言い換えれば、文化唯物論は抽象的な理論を作

ることだけに没頭するのではなく、こうした理論の実践として、学術的・専門的関心の的であり続け、国家と文化の卓越したアイコンであるキャノン的テクストに焦点を合わせるのである。

ドリモアとシンフィールドは「文化唯物論」という語における二つの語句「文化」「唯物論」をさらに以下のように定義する。「文化」にはあらゆる文化の形態が含まれる（「テレビやポピュラー音楽や小説といった形態など」）。つまり、このアプローチはシェイクスピアの戯曲のような「高尚な」形態の文化に限られない。「唯物論」とは「観念論」の対語である。「観念論」的な考え方においては、高尚な文化は、才能ある個人の精神の、自由で独立した作用によって生まれるものである。それに対し「唯物論」的な考え方においては、文化は「物質的な力や、生産関係を超越することができない。文化は経済的・政治的システムの単なる反映ではないが、それから独立したものでもない」。こうした唯物論的議論は、マルクス主義の正統的理念をあらわすものであり、「正統派」マルクス主義批評と文化唯物論が分かちがたいものであることを指し示しているといえるかもしれない。しかし付け加えるならば、文化唯物論の批評において作品に関連する歴史とは、戯曲が書かれた四〇〇年前の時代だけでなく、シェイクスピアが作られ、再生産された時代でもある（したがってこれはわれわれ自身の時代を含む）。このため文化唯物論は、シェイクスピアを現在のわれわれにもたらす制度に着目する。例えばロイヤル・シェイクスピア・カンパニー、映画産業、教科書の出版社、そしてすべての学生がシェイクスピアの特定の戯曲を学ぶように決定するナショナル・カリキュラムなどである。

文化唯物論の展望（そしてその名前）はイギリスの左翼批評家レイモンド・ウィリアムズに拠るところが大きい。フーコーの「言説」概念に代わって、ウィリアムズは「意味や価値の生きて感じられた形」を指し示す「感情構造」という語を生み出した。感情構造はしばしば、公の価値や信念の体系、および社会における支配的イデオロギーと対立する。これは特に文学において見出され、現状に対峙するものである（例えばディケンズやブロンテ姉妹の作品が表わす人間的な感情構造という価値は、ヴィクトリア時代の商業的・即物的価値と相反するものである、というように）。そのため文化唯物論は社会変革の可能性についてより楽観的であり、しばしば文学を抵抗的価値の源としてみようとする。文化唯物論は特に過去を用いることで現在を「読もう」とするものであり、われわれが過去の何を強調し抑圧してきたかに着目することで、われわれ自身の社会がもつ政治性を暴こうとする。こうしたイギリス文化唯物論によるシェイクスピア批評の多くの仕事は、イギリス文化の保守的象徴として機能してきたシェイクスピアのフェティッシュ的役割を突き崩そうとすることに向けられてきた。このような文化唯物論の仕事を代表するものとしてラウトレッジ社の「ニュー・アクセント（New Accent）」シリーズが挙げられる。例えばグレアム・ホルダーネス『シェイクスピア神話』（Graham Holderness, *The Shakespeare Myth*）、ジョン・ドラカキス編『オルタナティヴ・シェイクスピア』（John Drakakis, *Alternative Shakespeares*）、テレンス・ホークス『かのシェイクスピア的ラグ』（Terence Hawks, *That Shakespearian Rag*）（この一風変わったタイトルは、T・S・エリオット『荒地』（T. S. Eliot, *The Waste Land*）における引喩に由来する）などである。『ロンドン書評』（*London Review of Books*）では『シェイクスピア神話』の書評が掲載されてから一年間のあいだ、「シェイクスピア崇拝」という見出しでこれに関する記事が掲載された。

文化唯物論は新歴史主義とどう異なるか

文化唯物論はアメリカにおけるよく似た存在である新歴史主義としばしば結びつけて論じられる。しかしこの二つの運動は同じ系統に属す批評ではあるものの、その間にはある種の内輪もめが起こり続けている。『政治的シェイクスピア』には新歴史主義による論文も掲載されているが、序文では両批評運動の違いが以下のように説明される。

第一に、ドリモアとシンフィールドはマルクスの「人間は自分自身の歴史をつくる。だが、思うがままにではない」（p. 3）という言葉を引用して両者を峻別する。すなわち彼らによれば、文化唯物論者は人間が自身の歴史を作り、歴史に介入する側面に着目する。それに対し新歴史主義者は、そうした介入を行う状況が理想的なものから程遠いこと、つまり人間が「社会的・イデオロギー的構造のもつ力」から被る抑制にしばしば目を向ける。したがって両者は政治的楽観主義と悲観主義という対照をなす、という訳である。

第二に、文化唯物論者から見ると、新歴史主義者のとる政治的立ち位置は有効なものではない。これは後者がある種のポスト構造主義を受け入れ、たしかな知を得られる可能性に徹底的に疑いの目を向けるためである。ポスト構造主義の勃興と共に、知、言語、真理などが根本から問題化されたが、新歴史主義はこうした懐疑主義的な視野を取り入れ、自らの根幹としていった。こうした批判に対し新歴史主義は、あらゆる知に内在する不確かさに目を向けるからといって、真理を打ち立てることそれ自体を諦めたわけではなく、真理を確立しようとする際にそれに伴う危険や限界を意識しているだけだ、と反論し、彼らの知的探求に特別な権威を与えようとするであろう。あたかも自分たちは、危険な海域を危難に無自覚なまま暢気に明かりを照らして進むのではなく、あらゆる知慮を凝らし備えをしたうえで漕ぎ出しているのだ、というように。したがって新歴史主義者が（ピーター・ウィドウソンの言葉によれば）フーコーから「真理志向でないテクストの歴史的分析」（p. 161）を受け継いだと述べるとき、これは彼らが自分たちのいうことが正しいと信じていないという意味ではなく、真理を確立したと主張するときのリスクや危険を理解しているということを意味しているのである。

新歴史主義と文化唯物論の第三の重要な違いは、前者における「共テクスト」がシェイクスピアと同時代の資料であるのに対し、後者においては現在のロイヤル・シェイクスピア・カンパニーの上演作品のプログラム解説であり、湾岸戦争のパイロットによるシェイクスピアの引用であり、教育に関しての政府高官による声明などである、ということだ。言い換えれば、新歴史主義は文学テクストを作品当時の政治的状況に位置づけるのに対し、文化唯物論はわれわれ自身の政治的状況に位置づけるのである。これは二つのアプローチの政治的重点の違いを言い換えたものに他ならない。実際、右の三点はすべてこの両者の政治的差異を共通項としてもっているということができるだろう。

考えてみよう

こうして文化唯物論と新歴史主義の違いにわざわざ紙幅を費やしてきたということは、逆にいえば両者は多くの点で重なり合うということである。これらは本質的には同じものの、国ごとの変種にすぎないのだろうか。あるいは両者は（特にイギリスの文化唯物論が主張するように）根本的に異なるものなのだろうか。

この問いに正しく答えるにはおそらく各々の形式の論文を読み、比較することしかないだろう。両者の差異は以下の二点に集約されるといわれている。すなわち、第一にその政治的展望。そして第二に、ポスト構造主義の観点をどの程度重視するか。

この問題を考えるにあたり、本書における各々の例に現れた態度を、短い説明から判断できる限りで比較することから始めてみてほしい。それから本章末尾の文献を参考に、さらに二つの論文を読み比べしていくとよい。

無論、これら二つのアプローチの違いはひとつには各々の知的枠組の違いに起因する。新歴史主義に大きな影響を与えたのはフーコーであり、彼にとって「言説実践」はしばしば支配的イデオロギーの再強化を意味していた。それに対し文化唯物論はレイモンド・ウィリアムズに負うところが大きく、ウィリアムズは「感情構造」を支配的イデオロギーへの抵抗の種を含むものと考えていた。両者への皮肉として述べられたように、新歴史主義者にとってはピューリタン革命がいかにして起こったかを説明するのは難しいであろうし（国家権力をあらゆる領域に及ぶものと考える彼らにとって、抵抗は事実上不可能であるため）、文化唯物論者にとってはそれがいかに終わったかは説明しがたいであろう（「感情構造」は新しい観念を生み出し続けるため、停滞状態はありえないと考えられるので）。しかし実際には、両者の違いとしてしばしば挙げられる政治的差異は、こうしたわかりやすい二項対立が示すような一律のものでも予想可能なものでもないのである。

文化唯物論批評がすること

(1) 文化唯物論者は文学テクスト（多くはルネッサンスの戯曲）を読むにあたり、われわれが「その諸歴史を取り戻す」ことのできるような方法をとる。歴史とはすなわち、作品が生まれた社会・経済的搾取という文脈である。

(2) 彼らは同時に、そうした一連の歴史が失われてしまったそもそもの原因となった、現在のわれわれへの作品の伝達やその文脈化といった要素を浮き彫りにする（例えば、見世物としての歴史、国民的詩人、文化アイコンといった形での、文化遺産産業によるシェイクスピアのパッケージ化などである）。

(3) 彼らはマルクス主義とフェミニズムのアプローチを組み合わせ、(1)の目的を達成しようとすると同時に、これまでの批評、とりわけシェイクスピア批評に蔓延していた社会・政治・宗教に関する保守的な仮説を打ち破ろうとする。

(4) 彼らは精読によるテクスト分析という手法を用いるが、しばしば構造主義とポスト構造主義の手法も用いる。それは特に社会・文化に関する保守的な仮説の枠組に閉じ込められた精読分析の伝統と袂を分かつためである。

(5) しかしながら同時に、彼らの仕事の多くは伝統的なキャノンという考えのなかにおいてのものである。無名なテクストについての論文は（例えば学校のカリキュラムや国家アイデンティティに関する論争において）有効な政治的介入をなさない、というのがその名分である。

文化唯物論の実例

文化唯物論のアプローチの若干くだけた一例として、ここでテレンス・ホークスの「テルマ」（'Telmah'）という論文を取り上げたい。これは『かのシェイクスピア的ラグ』に収録された四番目の論文である。ホークスは同書の各章において、二〇世紀初頭の著名なシェイクスピア批評家の仕事を取り扱い、本全体の戦略としてシェイクスピアがどのように媒介され現在の読者であるわれわれに届けられたのかを明らかにすることを試みる。この章で取り上げられる批評家は、三〇年代の著作『ハムレットで起こること』(John Dover Wilson, *What Happens in Hamlet ?*)で名高いジョン・ドーヴァー・ウィルソンである。ホークスはまず『ハムレット』における循環や対称性といった要素——具体的には、作品冒頭がいかに結末と呼応しているか、あるいはいかに同一の状況が反復されるか(例えば父子の対比的な関係)など——に分析の目を向け、いかなる演劇の始まりも終わりも定めることができない、と論を進める。戯曲は観衆がそれを観る前に、すでに何らかの形で彼らの心に文化的に入り込んでいるためである。戯曲において繰り返される過去を振り返るというモチーフ(ここで振り返られる過去は現在よりも良いものである)に従って、ホークスは実際の戯曲に影のように付き添う「逆転した」『ハムレット』を想像する。これが「ハムレット」を逆つづりにした論文タイトル「テルマ」の意味するものである。

同章第二節は、ロシア革命についての有名な歴史書『フィンランド駅へ』(エドマンド・ウィルソン著)をもじって、「サンダーランド駅へ」という小題があてられている。ここで語られるのは一九一七年、サンダーランドへ向かう列車に乗るジョン・ドーヴァー・ウィルソンである。ドーヴァーは軍需工場の労働問題を解決するという命を受け政府から派遣されており、車内でW・W・グレッグによるハムレット論を読んでいる。グレッグが論じるのは、作中の無言劇において王(クローディアス)が表立って反応できないことに示されるように、クローディアスの人物造形は単なるありきたりの物語的悪漢ではなく、深みをもった複雑なものである、ということだ。それゆえ彼はわれわれの関心を向けるべき対象であり、従来の、少なくともロマン主義以来の伝統であったハムレット自身にのみ焦点を合わせる批評を攪乱する存在なのである。ウィルソンはこの議論に激怒したが、この反応は彼の秩序への狂信的欲望と呼応する。こうした秩序への欲望は彼のロシアに関する著作に顕著に現れている。彼はロシアを美しい「有機的な」封建国家であると見なしたが、これは彼の社会階級がノスタルジアと「失われてしまったかもしれない」という恐れをもって振り返るある種のイギリスの姿を投影するものであった。ドーヴァー・ウィルソンはグレッグへの書簡、また後の彼自身による『ハムレット』に関する著作において、グレッグが脅かした文化的アイコンであるハムレットを必死に擁護しようとするが、これもまた彼の秩序への欲望を徴づけるものであるといえるだろう。ウィルソンが第一次世界大戦直後に所属していたニューボルト協会は、英語・英文学教育はイギリス社会の結合性を保ち、ロシアを襲った混乱の運命から守るものであるとする声明を発表していた。ホークスはまた、『ハムレットで起こること』を賞賛している(後に首相となる)保守党のネヴィル・チェンバレンの手紙を引用し、そこにグレッグの論文が示唆するような差異を鎮め封じ込めるパターンを見出す。したがって、『ハムレット』という作品の解釈の仕方は、二〇世紀の社会生活における複数の「共テクスト」の関係のなかにあるものであり、この戯曲はそれ自体文化的に変容を被ってきたのである。ホークスは作品結末部の読解においてト書きを付け加えることで論を締めくくるが、ここで彼が批評のモデルとするのは、受け取ったテクストを単に伝達するのではなく、自身が演じる(*perform*)ものを変容させる(*transform*)ジャズミュージシャンのスタイルである。これはこの種の文化唯物論批評の特徴ということができるかもしれない。

こうした著作をいかに「位置づけ」るかは難しい問題である。生気にあふれた興味を引く筆致で書かれ、その調子は個人的かつ活動的であり、学術的な論文の形式的慣習からほとんど自由である。議論は劇的に始まり、突然に転換する。鍵となるアイデンティティや状況に関する細部の一節を、最大に効果を発揮するところまで隠しておくことで、ある種のサスペンスが保たれる。議論を構成する一見したところ無関係な出来事や状況の羅列は、実のところ密接に絡み合っていることが明かされる。これらすべての特徴は小説的といえるものであり、ある意味においてこれは明らかに文学と批評を最終的に区別しないある種の「創作」でもある。新歴史主義においてそうであるのと同様に、文学と批評は絡み合っているものだが、新歴史主義と異なり文化唯物論の視野や歴史化するあり方はわれわれ自身の時代のものである。

参考文献

シンシア・チェイス編『ロマン主義』(Chase, Cynthia, ed. *Romanticism* (Longman Critical Readers, 1993))。
ロマン主義に関する新歴史主義によるアプローチの論文三篇を収録(カレン・スワンによるコールリッジ「クリスタベ

ル」に関する章、マージョリー・レヴィンソンによるキーツに関する章、そしてジェローム・クリステンセンによるバイロン『サルダナパルス』に関する章）。

ジョナサン・ドリモア、アラン・シンフィールド編『政治的シェイクスピア――文化唯物論による新しい論文集』（Dollimore, Jonathan and Sinfield, Alan, eds., *Political Shakespeare: New Essays in Cultural Materialism* (Manchester University Press, 2nd edn, 1994)）。

序章は新歴史主義についての有益な説明であり、これが文化唯物論とどう異なるかをまとめあげている。本書にグリーンブラットの論文「見えない弾丸」が再録されている。

ジョン・ドラカキス編『オルタナティヴ・シェイクスピア』（Drakakis, John, ed., *Alternative Shakespeares* (revised edn, Routledge, 2002)）。

本書収録の論文は「文化唯物論」という語それ自体は使わないものの、全体にこのアプローチの典型である。「これまでに打ち立てられたシェイクスピア批評のキャノンからの分離を加速させ」「歴史的に固有の読みが生み出されてきたやり方を探求する」という方法論は本書によく表れている。

キャサリン・ガラハー、スティーヴン・グリーンブラット『新歴史主義の実践』（Gallagher, Catherine and Greenblatt, Stephen, *Practicing the New Historicism* (University of Chicago Press, 2000)）。

「キャサリン・ガラハーとスティーヴン・グリーンブラットは、明快で専門用語を使わない書き口でもって新歴史主義の五つの中心的要素に焦点を合わせる。逸話の反復的使用、表象の性質への関心、身体の歴史への興味、従来見落とされてきた細部への鋭い焦点、そしてイデオロギーへの懐疑的分析である」（出版社の袖広告より）。

ヒュー・グレイディ『モダニスト・シェイクスピア』（Grady, Hugh, *The Modernist Shakespeare* (Oxford University Press, new edn, 1994)）。

pp. 225-35 で新歴史主義が論じられている。常に鋭く読み応えのある素晴らしい本である。第四章のティリヤード（「古い歴史主義」）に関する議論はきわめて有用。第五章は現代の批評トレンドをシェイクスピアに適用することについて論じるもの。

スティーヴン・グリーンブラット『シェイクスピアにおける交渉』酒井正志訳、法政大学出版局、一九九五年（Greenblatt, Steven, *Shakespearian Negotiations: The Circulation of Social Energy in Renaissance England* (California University Press, 1991)）。

シェイクスピアの喜劇における異性装を論じる章「小説と摩擦」は新歴史主義のよい入り口である。「見えない弾丸」は本書で最もよく知られた論文。

テレンス・ホークス『かのシェイクスピア的ラグ』（Hawkes, Terence, *That Shakespeherian Rag*（Methuen, 1986））。

文化唯物論の実践の実例。生き生きとして読み応えがあるこの本全体を通して、ホークスはシェイクスピアとわれわれが彼に出会う状況とを驚くべきやり方で並び合わせる。

グレアム・ホルダーネス『シェイクスピア神話』（Holderness, Graham, *The Shakespeare Myth*（Manchester University Press, 1988））。

「文化的に作り出され歴史的に決定されたシェイクスピア神話」の研究。「教育、演劇、出版、テレビにおけるシェイクスピアの卓越した媒介者たちとのインタビュー」を含む。

マージョリー・レヴィンソン編『歴史主義再考——ロマン主義の歴史の批判的読解』（Levinson, Marjorie, ed., *Rethinking Historicism: Critical Readings in Romantic History*（Blackwell, 1989））。

新歴史主義をロマン主義に適用したもの。

アラン・シンフィールド『シェイクスピア、権威、セクシュアリティ——文化唯物論の未完の役割』（Sinfield, Alan, *Shakespeare, Authority, Sexuality: Unfinished Business in Cultural Materialism*（Routledge, 'Accents on Shakespeare' series, 2006））。

文化唯物論の先駆者による刺激的な一冊。特に一章と一一章（「未完の役割——文化唯物論の問題」と「未完の役割二」）を参照。

アラム・ヴィーザー編『新歴史主義』（Veeser, H. Aram, ed., *The New Historicism*（Routledge, 1989））。

有用で価値ある一冊。

アラム・ヴィーザー『新歴史主義読本』（Veeser, H. Aram, *The New Historicism Reader*（Routledge, 1994））。

ルネサンスに限らず、イギリス・アメリカ文学を広く取り扱う。

リチャード・ウィルソン、リチャード・ダットン編『新歴史主義とルネッサンス演劇』（Wilson, Richard and Dutton, Richard, eds., *New Historicism and Renaissance Drama*（Longman, 1992））。

重要な論文を集めた有用な一冊。序章もよい。

訳注

［1］正確にはこれを演じたのはグレヴィルと文人にして軍人であるフィリップ・シドニーである（モントローズ、p. 84）。

第10章 ポストコロニアル批評

背景

ポストコロニアル（ポスト植民地）批評がはっきりとしたカテゴリーとして登場したのは一九九〇年代になってからにすぎない。例えば、セルデンの『現代文学理論ガイドブック』（Raman Selden, *A Reader's Guide to Contemporary Literary Theory* (University Press of Kentucky, 1985)）やジェレミー・ホーソーンの『現代文学理論簡約用語集』（Jeremy Hawthorn, *A Concise Glossary of Contemporary Literary Theory* (Hodder Arnold, 1992)）の初版には言及がない。ポストコロニアル批評は、『文化としての他者』（鈴木聡ほか訳、紀伊國屋書店、一九九〇年）（Gayatry Spivak, *In Other Worlds: Essays in Cultural Politics* (Routledge, 1987)）や『ポストコロニアルの文学』（木村茂雄訳、青土社、一九九八年）（Bill Ashcroft, *The Empire Writes Back* (Routledge, 1989)）、『ネイションと語り』（Homi Bhabha, *Nation and Narration* (Routledge, 1990)）あるいは『文化と帝国主義』（大橋洋一訳、みすず書房、一九九八・二〇〇一年）（Edward Said, *Culture and Imperialism* (Vintage, 1993)）といった著作の影響力を通して、その潮流を強めていったのだった。関連する重要な論集としては、『クリティカル・インクワイアリー』（*Critical Inquiry*）誌の二つの特集号から再掲され、アメリカのこの分野では最も知られた論者の一人であるヘンリー・ルイス・ゲイツ・ジュニアの編集による『「人種」、書くこと、差異』（Henry Louis Gates Jr. ed. *'Race', Writing and Difference* (A Critical Inquiry Book, 1986)）が（「ポストコロニアリズム」という語を使用してはいないものの）挙げられる。

ポストコロニアル批評がもつ最も大きな効果のひとつは、リベラル・ヒューマニズム的な批評家の立場からなされていた、文学についての普遍主義の主張をより深いところで突き崩すことにある。もしわれわれが偉大な文学とは時間を超えた普遍的な重要性をもっていると主張してしまうと、それはすなわち、個々の経験や展望における文化的、社会的、地域的あるいは国民的な差異の重要性を軽視し、無視することになってしまう。そしてそれは、前記の差異によってではなく、文学を単一で「普遍的」と思しき基準でもって判断することになってしまうのだ。例えばトマス・ハーディの小説が「ウェセックス」を舞台にしているということについて、ウェセックスはハーディが人間の条件の根源的で普遍的な側面を描き出しそれを詳細に検討するためのキャンバスとなっている、との主張がしばしばなされる。さらには、したがってハーディの著作は地域や歴史に限定されるものではなく、また、男性的なものでも白人労働者階級のものでもなく、ただ小説そのものなのだ、と。この考え方に組み込まれているのは、現実を描写し表現するこの方法は疑問視され得ない規範であり、そこで描写される状況は人間の相互関係のとり得るすべての型を表すことができる、との想定である。ポストコロニアル批評はこの普遍主義を拒絶している。つまり、ある作品について普遍的な重要性が主張されるときにはいつでも、白人のヨーロッパ中心主義的規範や実践が巧妙なごまかしによってこの高尚なレベルに引き上げられ、その他のものはすべてこれに呼応する形で、二次的で周辺的な役割へと降格させられてしまうのである。

ポストコロニアル批評の先駆としては、一九六一年にフランス語で刊行されたフランツ・ファノンの『地に呪われたる者』（Frantz Fanon, *The Wretched of the Earth* (Richard Philcox tran. Grove Pr. 2008)）にまで遡ることができる。これはアフリカでのフランス帝国に対する「文化的抵抗」とも呼ばれ得るものを言葉にしたものである。「植民地化された」人々が自分の声とアイデンティティを模索する第一歩は、自分たちの過去を取り戻すことだと（マルティニーク出身の精神科医である）ファノンは述べている。数世紀にわたって、植民地化を行うヨーロッパの権力はアフリカの植民地化以前の時代を前‐文明的な未開の空白地帯（limbo）、さらには歴史を欠いたものと見なしつつ、その国民の過去を格下げしてきたし、今後もそうするだろう。白人と黒人双方の子どもたちは歴史や文化、進歩を、ヨーロッパ人がやってきたことで始まったものと教えられてきたし、これも、今後もそうなるのだろう。もしポストコロニアルな視点への第一歩が自分の過去を取り戻すことだとするならば、二つ目のステップとは、その過去を格下げしてきた植民者的なイデオロギーを徐々に解体し始めていくことなのだ、とファノンは述べている。

　これこそがポストコロニアル批評をはっきりと立ち上げたもうひとつの著名な著書とされるエドワード・サイードの『オリエンタリズム』（Edward Said, *Orientalism*（Vintage, 1978））のプロジェクトにほかならない。すなわちヨーロッパ的あるいは西洋的なものの優越性およびそれ以外のものの劣等性、両方を自明のものとするヨーロッパ中心主義的普遍主義を、微に入り細を穿って明らかにするものである。サイードは、東洋を「他者（Other）」と見なし西洋に劣るものと捉える、独特で長年にわたるヨーロッパの「オリエンタリズム（東洋趣味）」の文化的伝統をつきとめる。西洋人の精神において、オリエントは「自己にとってのある種の代理あるいは内奥に隠された自己」として特徴づけられたのだ、とサイードはいう（『現代世界における文学』（Denis Walder ed., *Literature in the Modern World: Critical Essays and Documents,*（Oxford University Press, 1990）, p. 236）。これはつまるところ、東洋とは西洋が認めたくない事柄（残虐さや、官能性、退廃、怠惰、など）の収納場所あるいは投影先である、ということを意味する。これと同時に、かつ逆説的に、東洋は人を魅了するようなエキゾチックで神秘的で魅惑的なものの領域と見なされてもいる。またさらにこういった考え方は、東洋は一枚岩的であり、そこに住む人々は個人の集団というよりは無名の大衆で、その行動は意識的な選択や決断によるものというよりは、（肉欲や恐怖や激昂などといった）本能的な感情によるものだと見なす傾向にある。東洋人たちの感情や反応は人種的な理由（彼らがそうなのは彼らが野蛮なアジア人／黒人／東洋人であるからだ）によって常に決定されてしまい、その際には個々人の身分や環境（例えばその人たちがたまたま誰かの妹だったり、おじだったり、あるいは骨董の壺の収集家であったりするということなど）は考慮に組み込まれない。このことを、サイードはダマスカスでの生活を説明している植民地総督の一九〇七年の言葉を引用して述べている。「『アラブ的なもの』や『アラブ人』なる語が、物語るべき個人史をもった個々のアラブ人のいかなる痕跡をも消し去ってしまうような隔絶性や限定性、そして集合的な一貫性のオーラを有しているということを、こうした発言のなかに見出す」（傍点筆者）ことができる、と。

ポストコロニアル的読解

『オリエンタリズム』の視点を念頭において文学を読むということは、例えばイェイツの二つの「ビザンティウム」詩（「ビザンティウムへの船出」（'Sailing to Byzantium'）、一九二七年および「ビザンティウム」（'Byzantium'）、一九三二年）がどのようにしてイスタンブールのイメージを提供しているか、といったことを批判的に認識することだといえる。かつての東ローマ帝国の帝都であったイスタンブールは、イェイツの詩のなかでは無気力や肉欲、そしてエキゾチックな神秘主義と結びつけられており、その点においてイェイツはサイードが批判する自民族中心主義的あるいはヨーロッパ中心主義的な視点を採用してしまっていることになる。すなわちイェイツは、彼が追求し関心を向けている事柄、つまりはその詩が規範的なものとして提示するものすべてにとって対照的な失敗例となるような、エキゾチックな「他者」として東洋を提示しているのだ。興味深いことに、エドワード・サイードはポストコロニアリズムの文脈でイェイツを読み解くエッセーも書いている（『文化と帝国主義』に採録）。ここでサイードはイェイツの作品のなかでしばしば表現される、過去の神話的で国民的（nationalistic）なアイルランドとのつながりを強めたいという欲望を、ポスト植民地的な位置にある作家の典型例だとしている。これは過去を取り戻そうとするファノンの考え方と非常に近いものであると考えられる。特徴的なことに、ポストコロニアルの作家たちには、自分たちの国の植民地化以前の状況を喚起あるいは創造し、近代的なものとその作家にとっての現代的なものを拒絶するという態度が見られる。自分たちの国が植民地状況によって汚されてしまっているから、というわけだ。ここにポストコロニアル批評の一つ目の特徴を見出すことができる。すなわち、非ヨーロッパ人がエキゾチックで不道徳な「他者」として表象されてしまう、という認識である。

ポストコロニアル作家に往々にして見られるように、イェイツにとっても植民者の用いる言語へのぎこちない態度は明らかなものだ。アイルランドの詩人たちは自分たちの技巧を体得すべきだというイェイツの命令は、英語という言語の見習いを積むという卑しき徒弟制度の必要性を示唆している。言語へのこの「卑しき」態度とは、ジェイムズ・ジョイス『若き芸術家の肖像』（James Joyce, *A Portrait of the Artist as a Young Man*）（一九一四—一五年の間に、雑誌に掲載された）の主人公スティーヴン・ディーダラスの英語に対する考え方を思い起こさせるものだろう。特にスティーヴンが地元方言の語彙を使用することでイギリス人牧師に見下されるという最初の方のシーンだ。スティーヴンはこうつぶやく。「私たちが話している言語は、私のものである前に、彼のものだ（中略）私の魂は彼の言語の影のなかで苛立っている」（第五章）と。もっと最近になると、アイルランドの詩人シェイマス・ヒーニーが「恐怖省」（'Ministry of Fear'）と題された詩のなかで、自身の英語発音に関する幼少時代の不安や自意識（「遠く山を越えてきた鋲の打たれたそのブーツは／きれいに均された芝生の上を歩き回っていた／雄弁術の芝生の上を」）を思い起こしているし、また、「北アイルランド（Ulster）はイギリスのものだった／だがそれには英語の抒情詩への／権利はなかった」とも述べている（詩集『北』（*North*）、一九七五年）を参照のこと）。こういった言語の差異は、言語的な調度品は誰か別な人に属しているものであって許可なしには動かしてはいけないものなのだ、という感覚に行きつくことになる。ポストコロニアル作家のなかには、植民者の言語は永久に植民地主義に汚染されているのだと結論づけ、その内部での著述は植民地主義的構造に欠くことのできない知識に組み込まれることになると言い切っている作家もいる。そういったわけで、ポストコロニアル批評のなかでは言語そのものが第二の関心領域となるのである（このポストコロニアルな視点からの詩的言語についてはスタン・スミスの論文（Stan Smith, 'Darkening English: Post-imperial contestation in the language of Seamus Heaney and Derek Walcott' in *English*, Spring 1994）を参照されたい）。

ここまでの議論が示すように、アイルランドにおける支配的プロテスタント階級の一員であるイェイツは、植民者でありつつ被植民者であるという二重のアイデンティティをもっている。そしてそういった二重のアイデンティティを認識することこそがポストコロニアリズム的視点の強みのひとつだと考えられる。これと同様の形で、一九五八年に初の小説『崩れゆく絆』（Chinua Achebe, *Things Fall Apart*）を出版したナイジェリアの作家チヌア・アチェベに対してなされた批判を理解することができる。アチェベは作品のなかでアフリカ村落民に同一化する身振りを示しているが、実際には首都ラゴスでの大学教育と放送の仕事に携わっているのだから、ヨーロッパ人がアフリカにもち込んだとされる「文明」の価値に同一化してしかるべきではないのか、と初期の書評において批判されたのだった（アチェベの論文「植民地主義批評」（'Colonialist Criticism' in *Literature in the Modern World*, ed. Dennis Walder, Oxford University Press, 1990）を参照されたい）。この、二重の、あるいは混淆的、不安定なアイデンティティを強調するという点が、ポストコロニアル的なアプローチの三つ目の特徴である。

アチェベがアフリカの村落を用いるというのは、あるレベルでは、イェイツが植民地化以前の神話的なアイルランドのヒーローあるいはヒロインを喚起するということに対応しているといえるし、また別のレベルでは、二重のあるいは混淆的なアイデンティティとはポストコロニアル的な状況がもたらすあり方そのものであるとも考えられる。これらに対し、一九八〇年代および一九九〇年代のポストコロニアル作家たちにはある方向転換が見られる。すなわち、小説のようなヨーロッパ的なジャンルのただなかで仕事をすることを最重要視し、そこにある程度のエキゾチックなアフリカらしさを加えていくだけという態度から、アフリカ的あるいはアジア的な形式を最も重要なものとして用いつつそれをヨーロッパ由来の影響で補完していく作家として自らを認識する、という態度への転換である。あらゆるポストコロニアル文学がこの転換を経るものであるといえるかもしれない。そういった文学はヨーロッパのモデル（特に小説における）の権威を何の疑問ももたずに受け入れ、ひたすらこの伝統の枠組のなかで傑作と見なされる作品を書くという野心のもとに始まる。作家の野心が、普遍的な妥当性をもつと想定する所与の形式をそのまま採用する点にあることから、これを植民地文学の「採用（adopt）」期と呼ぶことができる。二つ目の段階は「適応（adapt）」期といえよう。これはヨーロッパの形式をアフリカ的主題に適応させることを目的としていること、したがってこのジャンルへの部分的な介入を想定していることからきている。最後の段階には、アフリカの作家がヨーロッパの規範に言及することなく形式を自分たちの目的に合わせて変形する、文化的な独立宣言ともいえるような側面がある。これを「達人（adept）」期とも呼んでよいだろう。なぜなら、植民地の作家は最初の段階のような卑しき見習い徒弟でもないし、あるいは第二段階での単なる免許取得者でもなく、その形式において独立した「達人」であるという想定に、この時期の特色があるからだ。この「文化横断的」な相互作用の強調は、ポストコロニアル批評の四つ目の特色である。

ポストコロニアル作家に特徴的なこういった二重の、分裂した、流動的なアイデンティティという観念から、ポスト構造主義と脱構築がポストコロニアル批評にとって大きな魅力であり続けているということがわかる。ポスト構造主義は、個人やジェンダーのアイデンティティの流動的で不安定な性質や、テクストの内部で変遷し多様な意味や価値をもつ「多価的な」矛盾した意味作用の流れ、あるいはイデオロギー闘争の場としての文学そのもののありように、主たる関心を抱いている。この傾向はポストコロニアル作家や批評家が絶えざる注意を払ってきた多くの矛盾や、忠誠を誓う相手が複数であるといった問題を表現するのに素晴らしく適しているのだ。このポスト構造主義的な視点は、ヘンリー・ルイス・ゲイツ・ジュニアやガヤトリ・スピヴァクそしてホミ・バーバといった代表的な思想家たちの仕事に見ることができる。この三者全員のなかに、デリダ‐フーコー的なテクスト性やディスコースの場といった観念が直接的に表れている。また同様にこの三者の文章は難解で、帰結としての政治的行為へといたる経路（あるいは政治的態度へと向かう経路でさえ）は必然的に曲がりくねったものとなっている。この種のポストコロニアル批評は荒っぽくまとめてしまえば、ジュリア・クリステヴァやエレーヌ・シクスーといった人物たちに結びつけられる高度に理論的な「フランス」系フェミニズム批評と対応している。このあとで言及されるポストコロニアル批評的読解例は、それほどあからさまには理論的ではなく、またリベラル・ヒューマニズムの前提をいくぶんか受け入れているように思われるエドワード・サイードの仕事から引いてきたものである。またサイードには、より「前線に近い」政治的なつながり（パレスチナ系アラブ人の大義との深い関わり）があることも指摘しておきたい。この点でサイードの仕事はより明確に政治的で、より直接的にアクセスが可能だと（私には）思われるフェミニスト批評の「アングロ‐アメリカ」的な変奏を思い起こさせるものだといえよう。

もし先ほど言及した三つの段階（採用、適応、達人）がポストコロニアル文学を見ていくひとつの方法を提供するものであるとするなら、ポストコロニアル批評の諸段階を見ていくひとつのやり方として、今ちょうど見てきたように、ポストコロニアル批評の諸段階とフェミニスト批評のそれとの間に密接な並行関係を見出す、という方法があり得るだろう。その最初期の、いわばそれが批評のジャンルとして確立される以前には、白人による植民地諸国表象の問題をその中心的な主題として扱い、そこに見られる諸々の限界や偏りを批判した。例えば、批評家たちはジョゼフ・コンラッド『闇の奥』（Joseph Conrad, *Heart of Darkness*）におけるアフリカの表象や、E・M・フォースター『インドへの道』（E. M. Forster, *A Passage to India*）におけるインドの表象、あるいはアルベール・カミュ『異邦人』（Albert Camus, *The Outsider*）におけるアルジェリアの表象を批判したのだった。これは、主要な問題関心がD・H・ロレンスやヘンリー・ミラーといった男性作家による女性表象であった一九七〇年代前半のフェミニスト批評に対応しており、その古典的な事例としてケイト・ミレットの『性の政治学』（Kate Millet, *Sexual Politics* (Doubleday, 1970)）が挙げられる。ポストコロニアル批評の二つ目の時期は、ポストコロニアル作家による自分たち自身や自分たちの社会への探究へと向かう前述した方向転換と深く関わっていた。この段階では、多様性や異種混淆性《ハイブリディティ》、差異に対する賞賛や探究が中心的になる。これは、この分野で良く知られた先駆的著作のタイトルが示すような「帝国の返書」[*The Empire Writes Back*]の段階であり、フェミニズム批評の「ガイノテクスト」の段階、すなわち女性による著作における女性的経験やアイデンティティの探究へと向かった転換の段階に対応している。これら二つの批評タイプの類比をもう少し押し進めていくと、前述したフェミニズム内部での「理論的」批評と「経験的」批評の分裂に相当するものをポストコロニアル批評内部にも見出すことができるだろう。つまりポストコロニアル批評の内部に、脱構築およびポスト構造主義から直接的に影響を受けた変種（例えばホミ・バーバの仕事）と、サイードのようにリベラル・ヒューマニズムの大部分を受け入れ、もっと読みやすい方法で書かれ、そしてより直接的に政治参加に結びつけられていると考えられる仕事との間の分裂を見出すこともできるのである。

考えてみよう

ポストコロニアル批評は文学テクストのなかの文化的差異の問題に注意を向けるもので、ここまで見てきたようなジェンダーの問題に焦点を当てるフェミニズム批評や階級問題を扱うマルクス主義批評、あるいは性的志向の問題を扱うレズビアン／ゲイ批評など、個別具体的な問題に焦点を当てる批評的アプローチのひとつである。

このことは、ある種の「超絶《スーパー》読者」という問題を、つまり、右記のアプローチ方法のすべてにたいして公平にかつ十分に応答し得るようなきわめて優秀な読者が想定されてしまう、という問題を引き起こすことになりかねない。だが実際には、ほとんどの読者にとってこれらのうちのひとつの問題がほかの問題すべてを覆い隠してしまう傾向にある。

例えばフェミニズム批評の好例であるギルバートとグーバーの『屋根裏の狂女』（Sandra Gilbert and Susan Gubar, *The Madwoman in the Attic: The Woman Writer and the Nineteenth-Century Literary Imagination*（Yale University Press, 1979）の第六章では、ポストコロニアル批評家が関心を抱きそうな『嵐が丘』（Emily Brontë, *Wuthering Heights*）のいくつかの側面が言及されていない。すなわち、作者エミリー・ブロンテが登場人物のヒースクリフを人種的「他者」の語彙（ジプシー、あるいは「小さなインド人水兵か、アメリカかスペインからの漂流者」）でもって描写していたという点である。ヒースクリフはギルバートとグーバーによって、登場人物キャサリンの「他我（分身）あるいはイド」と説明され、その肌や髪の色の黒さが屋敷の所有者で金髪のエドガーと対比され、またこの屋敷も皮肉を込められてはいるものの、「天国」や「社交性」あるいは「理性」として提示されているのだ。これは人種的な他者性（Otherness）をイドや前意識といった非合理的な力と結びつけるものであり、無神経で心ない読み方だと思われかねないものだといえよう。

では一般的に、私たちは多層的な共感と認識を備えた「超絶読者」になることを目指すべきなのだろうか。あるいは、そうしようとすることはただ精彩を欠いた表面的な読解を生産することになってしまうのだろうか。

この問題を誰かのために答えてあげる、といったことは明らかに不可能である。私自身の感覚としては、これらすべての論点を偏りなく網羅した問題意識をもつということは理論上可能であろうが、他方実践において、ただ単純に政治的な公平性や中立性を追求するためだけにこれを目的とすることは、ほぼ間違いなく上っ面だけの読解につながることになる。これら多くの論点のなかのひとつに対する本物の関心は、読者であるあなたの置かれた状況のさまざまの局面からのみ、真に立ち上がってくるものだろう。そういった観点は、スーツのように着脱できるものではない。何らかの緊急性をもって立ち現れ、その必要性がおのずから示されるものでなければならないのである。

ポストコロニアル批評がすること

(1) 彼らは西洋文学の正典《キャノン》に利するような普遍主義の要求を退け、そこに見られる展望の限界を示そうとする。とりわけ、文化や民族の差異を超えて共感を抱くという能力が普遍主義を求める態度には一様に欠けていることを明らかにしようとする。

(2) この目標のために、彼らは文学のなかにある他者文化の表象を詳細に検討する。

(3) 彼らは、そういった文学が植民地主義や帝国主義と関わる問題についていかに責任逃れをしつつ、決定的な形で沈黙しているかを示す（その好例として、以下のジェイン・オースティンの『マンスフィールド・パーク』についての議論を参照されたい）。

(4) 彼らは文化的な差異と多様性の問題を前景化し、それと関わる文学作品のなかでこういった問題がどう扱われているかを精査する。

(5) 彼らは混淆的なものと「文化的多価性」を、すなわち個人や集団が同時にひとつ以上の文化に所属する状況に注目する（例えば植民地の教育システムを経験する植民者の状況や、被植民者が地元の口承伝統を通して到達する状況である）。

(6) 彼らはポストコロニアル文学への適用のみにとどまらない視点を、すなわち周縁性および複数性、さらには知覚された「他者性」の位置づけをエネルギーの源あるいは社会変革の潜在力だと見なすような視点を発達させていく。

ポストコロニアル批評の実例

ジェイン・オースティンの『マンスフィールド・パーク』（Jane Austen, *Mansfield Park*）についての、エドワード・サイードの論考を例にとろう。これは確固とした地位を急速に獲得しているエッセーで、マルハーンの『現代マルクス主義批評理論』（Francis Mulhern ed., *Contemporary Marxist Literary Criticism* (Longman, 1992)）やケン・ニュートンの『理論の実践』（*Theory into Practice*）、テリー・イーグルトンの『レイモンド・ウィリアムズ』（Terry Eagleton, *RaymondWilliams: Critical Perspectives* (Northeastern University Press, 1989)）、そしてサイード自身の『文化と帝国主義』で読むことができる。「ジェイン・オースティンと帝国」というタイトルの下で、サイードは慎重にオースティンの小説に書かれた「背景を前景化」させる。ここでの背景とはマンスフィールドと呼ばれる土地を維持する源になっている、サー・トマス・バートラム所有のアンティグアの地所を指している。ここにある中心的なアイロニーは、秩序と文明の理想を代表するイングランド内の土地が、世界を隔てた別の地所によって維持されているという点にあり、したがって、マンスフィールド・パークは「奴隷貿易と砂糖と農園主階級の支えなくしては成立しえなかった」（マルハーン、p.111）であろう、という点に見出せる。というのも、サイードが指摘している通り、「カリブにあるサー・トマスの資産は（一八三〇年代になるまで廃止されることのなかった）奴隷労働によって維持される砂糖プランテーションに違いないはずだ」からなのだ。このようにサイードは小説の「道徳の地理」を読解の中心に据え、コンラッドやキプリングなど植民地化の過程を事細かに検証する一連の小説のスタート地点にオースティンを据えるのだ。帰結として、序文でマルハーンが指摘しているように、「イギリス文化の帝国的な側面の年代測定は、公式の大英帝国の誕生から一八世紀まで遡って読み直されなければならない」ということになる（p.97）。そういった意味で、自身の見方や直観が狭小であったり誤っているかもしれないという可能性は一顧だにせず、帰郷するなり家庭内の秩序を回復させようとするサー・トマス・バートラムという人物は、自らを文明の規範と考える正真正銘の植民者像なのである。彼は「物事を秩序づけていくクルーソー」なのだ、とサイードはいう。以上から、私たちは次のように想定することができる、とサイードは述べている。すなわち、サー・トマス・バートラムは「まったく同様のことをアンティグアで行っている。ただその規模が大きくなっているだけだ。マンスフィールド・パークを保持し支配するということは、帝国の領土をマンスフィールド・パークとの連関において保持し支配することなのだ」（p. 104）と。

この読解は、小説のなかで直接には言及されない側面を「明確化する」という作業を含む。この読解は、そういった表面化されていない諸側面がすべて小説のなかに「存在する」とまで論じるとは限らないが、これが正しい読み方であると主張する。サイードはまさしく、そういったことがらがやはり間違いなく存在すると主張している。「内部にもち込まれてくる外部に関連するこうしたことすべての事柄は、私の見たところ、実はオースティンの暗示的で抽象的な言語が示唆するもののなかに紛うことなく存在しているのだ」。このようにしてサイードは彼の方法に則した精読の必要性を訴えているわけだが、大部分において説得的に思われたその主張は、論の終わりになって、「良心」に、それも白人中産階級読者の良心に向けてうったえかけられているもののように見えてくる。

> 私たちは、『マンスフィールド・パーク』は小説なのだから卑しむべき歴史的現実とのつながりなどは見当違いでありあまりにもうがった見方だ、などと簡単にいうことはできない。なぜなら、そんなことを述べるのは無責任であるばかりか、あまりにも多くのことを知っている私たちがそんなことをすれば背信行為になってしまうからである（p. 112）。

私が思うに、サイードのエッセーを読むことの効果は間違いなくある。小説のこういった側面について私たちが抱いていたかもしれないいかなる「無邪気さ（innocence）」も、サイードの議論を読むことで退けられることとなる。換言すれば、ある意味ですべての中心に位置しながらも、別の意味ではいつも後景に退き周辺に位置してもいる、そういった不在の入植者－植民者を繰り返し想起することなしにこの小説を読むことは、サイードの論考を読んだ後ではもはや不可能なのだ。サイードの読解はこれと同じように、本の中心を不在のなかに、すなわち直接的に語られることも具体的に挙げられることもないことがらのなかに、位置づける。そういった意味ではこのサイードの読み方は、より「正道な」クリーガー的マルクス主義との対比において、ポスト構造主義の影響を受けたマルクス主義批評の形式のひとつであるといえよう。そしてこの読み方は、新歴史主義と同様に、植民地での搾取に関する平板化された観念をただ喚起するだけではなく、むしろ具体的な社会的／植民地主義的状況の詳細（ここでは、不在とされている一八世紀アンティグアの不在農園主階級）を実際に名指すという行為に接近していくことにもなる。

参考文献

ビル・アシュクロフト、パル・アールワリ『エドワード・サイード』大橋洋一訳、青土社、二〇〇五年（Ashcroft, Bill, and Ahluwali, Pal, *Edward Said*（Routledge, 2001））。

　「ラウトレッジ批評家／思想家」シリーズの良書。

ビル・アシュクロフトほか『ポストコロニアルの文学』木村茂雄訳、青土社、一九九八年（Ashcroft, Bill, et al., *The Empire Writes Back: Theory and Practice in Postcolonial Literature*（Routledge, 2nd edn, 2002））。

　読みやすく包括的な内容をもつもので、本章の議論に関する素晴らしい入門書。

ビル・アシュクロフトほか『ポストコロニアル読本』（Ashcroft, Bill, et al., *The Post-Colonial Studies Reader*（Routledge, 1994））。

　広範な題材を収録しているもの。

ビル・アシュクロフトほか『ポストコロニアル・スタディーズ――概念集』（Ashcroft, Bill, et al., *Post -Colonial Studies: The Key Concepts*（Routledge, 1998））。

　『ポストコロニアルの文学』（*The Empire Writes Back*）の筆者陣による用語集。

Bhabha, Homi K., ed., *Nation and Narration*（Routledge 1990））。

　この分野における初期の重要な論文集で、主要な論者の論考を所収。

ホミ・バーバ『文化の場所――ポストコロニアリズムの位相』本橋哲也ほか訳、法政大学出版、二〇〇五年（Bhabha, Homi K., *The Location of Culture*（Routledge, 1994））。

「ジェンダーや人種、階級、そしてセクシュアリティの領域の間に存在する文化的政治的境界線」を精査する著作。モリスンやゴーディマー、ラシュディを扱っている。手軽に読める論者ではないものの（トニ・モリスンのいうように）「いかなる誠実なポストコロニアル／ポストモダンについての議論も、バーバ氏に言及することなしにはありえない」。

エメ・セゼール『帰郷ノート・植民地主義論』砂野幸稔訳、平凡社、二〇〇四年（Cesaire, Aime, *Return to My Native Land*（Penguin Poets, 1969））。

この著作と次のファノンの著作はポストコロニアリズム初期の基礎的なテクストであり、その地位はフェミニズムにおけるジャーメイン・グリア『去勢された女性』（Greer, Germaine, *The Female Eunuch*）やベティ・フリーダン『新しい女性の創造』（Friedan, Betty, *The Feminine Mystique*）のような「古典」に相当するものである。

フランツ・ファノン『地に呪われたる者』鈴木道彦ほか訳、みすず書房、一九九六年（Fanon, Frantz, *The Wretched of the Earth*（Penguin, 1961））。

ヘンリー・ルイス・ゲイツ・ジュニア編『「人種」、書くことと差異』（Gates, Henry Louis, Jr., ed., "Race," *Writing and Difference*（Chicago, 1987））。

アーニャ・ルーンバ『ポストコロニアル理論入門』吉原ゆかり訳、松柏社、二〇〇一年（Loomba, Ania, *Colonialism／Post-Colonialism*（Routledge, New Critical Idiom series, 2nd edn, 2005））。

これも優れた入門書の例。

ジョン・マクレオド『ポストコロニアル入門』（McLeod, Johon, *Beginning Postcolonialism*（Manchester University Press, 2nd edn, 2009））。

「入門（Beginnings）」シリーズの非常に優れた読みやすい本。

エドワード・サイード『文化と帝国主義』大橋洋一訳、みすず書房、一九九八、二〇〇一年（Said, Edward, *Culture and Imperialism*（Vintage, new edn, 1994））。

ヨーロッパ文化における「帝国主義のルーツ」を広範囲にわたって詳述するもの。

エドワード・サイード『オリエンタリズム』板垣雄三・杉田英明監修、今沢紀子訳、平凡社、一九九三年（Said, Edward, *Orientalism*（Penguin, new edn, 1995））。

サイードの仕事は広範囲にわたってこの分野で影響を及ぼしてきた。彼の書き方には直截な近づきやすさがあり、そのインパクトは明瞭なので、この分野に入り込んでいくための良い入り口になる。ここで紹介している再版にはボリュームのある書き下ろしの「あとがき」が付されている。

ガヤトリ・スピヴァク『文化としての他者』鈴木聡ほか訳、紀伊國屋書店、一九九〇年（Spivak, Gayatri Chakravorty, *In Other Worlds: Essays in Cultural Politics*（Routledge, 1987））。

スピヴァクもまた別の重要な論者ではあるものの、ポスト構造主義と非常に近しいかかわりをもっていることから、彼女の文章は非常に難解で読み解くには大きな努力が必要なものとなっている。ニュートンの『理論から実践へ』（*Theory into Practice*）にも所収されている「ドラウパディ」（'Draupadi'）（スピヴァク自身が翻訳し再掲しているベンガル語で書かれた短編小説）がとりあえずの入り口となるだろう。

デニス・ウォルダー編『現代世界における文学』（Walder, Dennis, ed. *Literature in the Modern World*（Oxford University Press, 1990））。

関連したセクションに、チヌア・アチェベの「植民地主義批評」（'Colonialist Criticism'）やその他有用な文章が収められている。

第11章
文体論

文体論——理論か、実践か

文体論とは、言語学の方法論や発見を用いて文学テクストの分析を行う批評アプローチである。ここでいう「言語学」とは、個別の言語の学習ではなく、言語とその構造についての科学的な研究を指す。文体論は二〇世紀になって発展し、文法構造など文学作品の技術的・言語的特徴がいかに作品全体の意味や文学的効果を支えているか分析することをその目的とする。

以下、この章での議論は批評「理論」というよりも批評の「実践」に大きく焦点を当てることになる。そこでまず、文体論とはそもそも批評「理論」なのかと問うことを出発点としよう。現在入手可能な文学理論入門書の編集に携わる人のほとんどは、これは「理論」ではないと考えているようだ（何故なら多くの場合文体論は無視されているからだ）。だがこの考えの根拠は理解しがたい。たしかに文体論というアプローチが行う批評実践は、われわれが慣れ親しんだものとはその調子や方法論が大きく異なってはいる。しかしこうした批評実践は文学の言語とその機能についてのきわめて明確な「理論」に基づいており、こうした理論は通常その実践とともに教えられている。

したがって文体論が「理論」から除外されてきた根拠は、おそらくこの学問分野を支える理論的展望の性質にあると考えられる。何故なら文体論は（これまで見たように）ほとんどの現代批評理論がその仮想敵とするリベラル・ヒューマニズムと多くの共通点をもつからだ。第一に、両者は共に経験主義の傾向が強い。つまり、一般化された理論的立ち位置を確立することよりも、具体的な正典《キャノン》の詳細な言語分析を共有する。第二に、両者はマルクス主義・フェミニズム・構造主義・ポスト構造主義を相互に発展させた折衷主義から距離をとっている。そして第三に、両者は通常「浮遊するシニフィアン」という概念（つまり、言語が確立する意味は本質的に流動的で、不確定で、移り変わり続けるものであるという考え）を受け入れない。

こうした共通点から、文体論とリベラル・ヒューマニズムはお互いに近しいものであると思われるかもしれないが、実際には両者は一九六〇年代、つまりリベラル・ヒューマニズムと理論一般の対立が勃発するよりも一〇年以上も前に、火花を散らしあっていた。しかしまた文体論は、他の批評理論とも異なるものである。というのは、これはほとんどの理論的言説に浸透する「相対主義」を拒否するものだからだ。文体論以外のあらゆるところでは、不確定性が規範となっている――批評家はみな用心深く「全体化の主張」を避け、全体を俯瞰する統一的な視野というものはありえず、各々部分的な複数の視野しか存在しないと認めている。これに対し文体論の展望は実証主義的なものである。つまりこれは、言語という外部の現象についての、無私の分析者による実証的調査によって蓄積された知識に信頼を置いているのである。したがって、文体論をその他の「理論」とは異なるものだと考える論拠は十分にあるものの、「非理論的」だと見なす理由は何もないと私には思われる。また理論の勉強を始めたばかりの人にとって、これは文学作品を解釈する新しい実践的方法論を多く与えてくれるという長所をもつものであるし、その方法論の多くは実践して面白いものである（とりわけクラスでグループになって行う場合には）。

文体論は文学作品の分析に限られたものではない、ということは付け加えておきたい。つまりこれは、説明的な散文や政治的演説、広告などにも同様に適用することができるのだ。したがって文体論は、文学の言語は「特別なケース」ではないと考えているといえる。むしろ文学の言語とは、他のどんな言語とも同様に分析され、いかにその効果が作り出されているのかを明らかにすることができるものなのだ。それゆえ文体論は文学の言語に対し何らの特別で神秘的な性質も認めない。文学的言語は神聖なものでも崇拝されるべきものでもなく、文体分析の方法を用いることのできるデータでしかないのである。もちろん、今日何らかの説得力をもつ文学批評家のうち、詩は霊感に基づいているだとか、神聖なものだとか、その領域は理性を超越しており、分析の手が完全に及ぶことが決してないものなのだとかいった，なかば神秘主義的な主張をするものはほとんどいないだろう。しかし他方で，その反対の主張，つまり文学の言語は日常の言語を超越する特質を何ひとつもっていないという主張をする批評家も，また多くはないだろう。

歴史的概要――修辞学から文献学，言語学，文体論，新しい文体論へ

文体論はある意味では「修辞学」という古来からの学問の近代版である。修辞学は，議論を構築する方法や，比喩や文彩を効果的に用いる術，そして一般的には演説や書き物はどのように構成し変更すれば最も効果をもつかを教えるものである。中世において修辞学は教会や法学，政治や外交に関わる人々を訓練するにあたり重要な役割を果たしたが，こうした職業的目的から分離した後は，例えば文彩の識別・分類といった，言語の単なる表面的特徴の無味乾燥で機械的な研究へとなりさがった。修辞学に携わる人々のもつ衒学的展望（例えば印象的な標語を好むことなど）はしばしばチョーサーやシェイクスピアなどによって諷刺の的となった。こうした堕落した形の修辞学は，つい近年まで学校教育にその痕跡を残し続けていた。

一九世紀をつうじ，こうした中世的修辞学は徐々に言語学に吸収されていった。当時言語学は通例「文献学」として知られ，その主眼はほとんど完全に歴史的研究にあった。具体的には，言語の通時的発展や複数の言語の相互関係，あるいは言語の起源そのものの考察などである。二〇世紀になってこうした歴史を重点とする研究から距離をおく動きが始まり，言語がシステムとしていかに構築されているかが新たな焦点となった。言語の意味が確立され，維持されるあり方や，文章の構築にあたりどういった選択肢があるか（またその各々がどうした結果を伴うか）といった側面が問題となったのである。第一次世界大戦の少し前ということになるが，ここである種の修辞学の再興が起こり，文学の文体やその効果へと新たな関心が寄せられることとなった。こうした関心は一九二〇年代のロシア・フォルマリズムや（第8章，一八九一―一九〇ページ），プラハ言語学派の代表者であり第二次世界大戦後にはアメリカに移住したロマーン・ヤーコブソンにも共有されたものである。一九五八年には有名な「文体についての学

会」がインディアナ大学で開催され、六〇年にはその際の発表論文集が『言語のスタイル』（Thomas Sebeok ed., *Style in Language*（Technology Press of Massachusetts Institute of Technology and John Wiley & Sons, New York, 1960））として言語学者トマス・シーベオクの編集により出版された（ニューヨーク、MIT出版およびジョン・ワイリー出版）。この学会においてとりわけ注目に値するのはヤーコブソンの「閉会のことば」である。ここで彼は、文学を言語学の手中におさめようという企てを宣言しているかのようだ。

詩学が携わるのは言語の構造という問題である。言語学は言語の構造に関する包括的な科学なのだから、詩学は言語学に統合される一部として考えられるだろう（ここでの「詩学」とは詩だけでなく文学研究一般を指す）。

シーベオクによる論集の要点は、言語学はより客観的な文学研究の方法を提供するということであり、同書はしばしば（イギリスの言語学者ロジャー・ファウラーの言葉を借りれば）文学研究・言語学研究の「両陣営の対立」の構図を提示するものであった。ファウラーは、こうした彼の目には無益なものと映る二極化に対し、『文体と言語――文体研究への言語学的および批評的アプローチ』（Roger Fowler, *Essays on Style and Language: Linguistic and Critical Approaches to Literary Style*, 1966）と題した論集を編集することで反応し、彼が「『言語』と『文学』の不要な対立」と見るものによってもたらされた被害を修復しようと試みた。しかしその結果は、どちらかといえば、両者の溝を深めるものだった。ファウラーの論集は同六六年、『エッセイズ・イン・クリティシズム』（*Essays in Criticism*）誌上で批評家ヘレン・ヴェンドラーによって書評されたが（pp. 457-463）、この書評において彼女は、言語学的研究には大きな可能性があるものの、現状において言語学者は「詩の読解については教育不足としかいえず」、彼らが取り組む「文献の主要な意味や価値を理解する能力をもっていない」と示唆したのである（p. 460）。この反撃は、しばしば引用されるファウラーと同誌の編集者F・W・ベイトソンの論争を引き起こした（*Essays in Criticism*, (1967), pp. 332-347、および*Essays in Criticism*, (1968), pp. 164-182 参照）。かくしてこれはまたしても言語学／文学の二極化を凝固させる結果に終わったのである。

しかし、一九八〇年代までに、ヘレン・ヴェンドラーが言語学に欠けていると述べたものが発達してくる。つまり、従来言語学が限定されていた単なる個別のフレーズや文章ではなく、一個の作品全体の構造について論じ、分析することを可能にするようなある種の「ディスコース〔談話〕分析」の発達である。これは言語学者以外の人々が言語学の論文による発見に関心を抱き始めることを意味したが、同時にこうした論文を書く言語学者たちも、言語学以外の研究を参考にし、吸収しなければならないと感じるようになった。その結果八〇年代において、後に「新しい文体論」と呼ばれるようになるものが生まれた、というのが通説となっている。これは（フェミニズム、構造主義、ポスト構造主義といった他の新しい批評の発見を利用するものであるという点において）ある程度折衷主義的なもので、以前の文体論ほど文学を客観的に研究する唯一の方法であると表立っては主張しなくなった。

しかし実のところ、文学・言語学両陣営による自らの優越性の主張は続いていた。例えばファウラーは一九八六年の『言語学的批評』（Roger Fowler, *Linguistic Criticism*）という本において、言語学的批評を「テクストについての客観的記述」（p.3）であると特徴づけ、他方従来の批評は「でたらめなジャーゴンによって記述」（p.3）された擬似文法用語しか用いない「アマチュア批評」であると述べた。また彼が八〇年代に書いたものは、六〇年代のベイトソンとの論争における議論とまったく同じものの反復であった。例えば一九八六年ファウラーは、言語学への対抗者は言語学をあたかも単一の存在であるかのように語るが、実際にはこれは多くの異なる手法を用いるものであり、そのなかには文学研究に適したものとそうでないものがあるのだ、と述べる。これは六〇年代に彼自身が述べた論点に他ならない。「単一の言語学というものは存在しない。（中略）曖昧な、きちんと定義されていない『言語学』についての説明は何も生み出さない」（*Essays in Criticism*, (1967), p. 325）。同様に、六〇年代の文体論者が皆この学問分野だけが唯一絶対の客観的研究であると主張したわけではなく、したがって「新しい文体論」の特徴とされる比較的リベラルな態度は八〇年代にのみ見られるものではなかった。例えばファウラーはベイトソンとの論争において、単に言語学者であるということだけで詩を適切に論ずる資格をもつわけではない、と強調した。その反対に、「文学は言語であり、それゆえ通常の形式的な言語学研究に開かれているものの（中略）、他の特有の形式をもったテクストと同様に本質的に特有の文脈をもっており、批評家だけでなく言語学者もこれを研究しなければならない」（*Essays in Criticism*, (1967), p. 325）のである。

したがって、文体論が「新しい文体論」に道を譲った、という歴史的筋道の根拠は薄いといわざるを得ない。好戦的な「古い」文体論的態度は今日においてもよく見られるものであり、この分野における最近の論文にも明確に現れている。例えば八〇年代半ばにおいても、ナイジェル・ファブとアラン・デュラントは、文体論と文学批評の違いを説明しつつ、後者の批評は「しばしば自身の方法論や前提を体系的に精査せず、場合によっては精査らしきことさえ行わない」ものだと述べる（『文章の言語学――言語と文学の論争』（*The Linguistics of Writing: Arguments between Language and Literature*,（Manchester University Press, 1987）, p. 228）。したがって、今日の文体論はかつてに比べて他の学術研究分野の仕事を取り入れることにより開かれているということはできるものの、「新しい文体論」という語が含意するような過去の強硬路線との明確な断絶を主張するのは言い過ぎというものであろう。現状の協調路線の雰囲気を代表するのは、ラウトリッジ社から刊行されている『インターフェース』シリーズ（ロナルド・カーター編）であり、これは「伝統的に分断されてきた言語研究と文学研究の学問分野の架け橋を作ろう」とするものである。伝統的文学研究から文体論に対するかつての強硬路線の態度もまた疑いようもなく残っているが、近年では多くの場合、伝統的な批評の価値を脅かすものは文体論ではなく構造主義やポスト構造主義であると見られており、その結果リベラル・ヒューマニズムの論争的著作のほとんどはこれらのターゲットに向けられている、ということは付け加えておくべきだろう。

文体論は通常の精読とどのように違うのか

文体論的分析が試みるのは、具体的で定量化可能なデータに基づき、体系的に適用された客観的で科学的な批評である。それに対して、これまでに見たように文体論者にとって伝統的な「精読」はしばしば（多かれ少なかれ）印象や直観に基づいており、一貫性をもたないものである。だがこの二つのアプローチの違いは一見したところ表面的なものにすぎないように思われるだろうから、ここで両者について詳細に述べることも無駄ではないだろう。伝統的精読と文体論の違いは、具体的には以下のようなものだ。

(1)　精読は文学の言語と一般的な言葉の共同体の差異を強調する。つまり、文学テクストを他の言語から切り離し、純粋に美学的な芸術作品あるいは「言語的アイコン」として見て、その言語は独自のルールによって機能していると考える傾向にある。それに対し、文体論者は文学の言語と日常言語の連続性を強調する。この文学言語についての考え方の違いは、実際にはきわめて古くからの論争の延長にあるものである。これは例えば、ワーズワスとコールリッジの間に決定的な対立をもたらした問題に他ならない。ワーズワスは、最も効果的な詩の言語とは最も飾り気がなく散文的な言語、つまり「人々」が実際に使う言語にできる限り近い言語だと信じていた。それに対してコールリッジの考える詩の言語の効果とは、(パターンを与えたり圧縮・反復などを行うことで) 詩人が言語を強く高尚なものにし、それによって日常の言語のパターンから離れた、より特別なものにすることによって支えられるものであったのだ。

(2)　文体論者たちは言語学という科学に由来する特別な専門用語を用いる (例えば他動性、不完全語彙化、連語関係、結束作用など――これらの意味は本章最終節で説明する)。これらの語は特定の学術領域の専門的な語彙の一部であり、その領域の外で通用するものではない。こうした語を、それが何を意味するかとか (そしてより重要なことに)、そもそも何のためのものなのかを説明することなしに日常会話にもち込めば、周囲の学生を当惑させるだけだろう。それに対し精読が用いる用語や概念は、多少「文学好き」な雰囲気があるものの、概して素人的なものであり日常言語の一部である (例えば「言葉のニュアンス」「アイロニー」「あいまいさ」「逆説」「両義性」など)。文学批評ではこれらの言葉は多少特別な使われ方をしており、各々この領域において独自の意味の共鳴をもっているのだが、これらの意味を日常会話のなかでわざわざ説明し始めれば何様だという感じを与えることだろう。いずれにせよ重要な点は、これらは明らかに「不完全語彙化」のように「専門的」な用語ではない、ということである。

(3) 精読に比べ、文体論ははるかに強く科学的な客観性を主張し、その方法論や手続きは誰でも学び用いることができると主張する。したがって文体論の目的のひとつは、文学と批評双方の「脱神秘化」であるということができる。例えば文学に関していえば、先に述べたように文体論は文学の言語と他の形式の文章が連続したものであることを示そうと試みる。また批評についていえば、文体論の一連の手続きは誰にでも使えるように開かれたものである。これは、批評家は文学テクストへの「審美眼」や「感受性」を育み、その方法論や手続きを模倣されぬよう注意深く隠すべしと強調しがちである伝統的精読とは対照的なものだ（例えば、代表的な精読批評家であるF・R・リーヴィスは自身の批評の方法論を説明したがらないということで悪名高かった）。同様に、精読の批評家はしばしば文学の言語がその効果を達成するあり方は本来的に分析の手が及ばないものであり、文学の核にはある種神秘的で計り知れない精髄があるのだ、といったことを述べる。もし多くの人が信じるように、ある詩の情緒は、詩人が選んだ言葉の形式で唯一無二のあり方で表現されているのならば、批評によって付け加えることのできる言葉には厳密な制限があるということになるだろう。

文体論の目論見

(1) 文体論者たちが目指すのは、文学作品に関する既存の「直観」を支える「実証可能な」データを提供することである。文体論は常に個別の文学作品の解釈のみに携わっている訳ではないが、ストレートなテクスト分析に関わるとき、文体論はしばしば（彼らが考えるところの）一般読者の印象主義的な直観を実証可能な言語学的データで補強しようと試みる。したがって例えば、ヘミングウェイの短編を読むときわれわれは「ヘミングウェイの文体は簡明で、きわめて特徴的だ」といった印象をもつかもしれないが、文体論者たちはより明確かつ具体的に、「『簡明』とは厳密にはどういう意味なのか」といった問いを立てるのだ。おそらく言語学の訓練を受けていなくても、ヘミングウェイは通常形容詞や副詞といった叙述語句を避ける傾向にあるということに気づくのは難しくないだろう。他の作家であれば「スミスは強い雨のなかを果断に走った」とするところを、ヘミングウェイなら「果断に」という副詞や「強い」という形容詞を省く、といった風に。彼はこれらの叙述的要素はほのめかすに留めたほうがより印象的に示すことができると考え、そうすることを好んだため、この文は単に「スミスは雨のなかを走った」となるだろう。文体論者はこうしたひとつの物語におけるヘミングウェイの語句の使用法を計算し、「〜という作品でヘミングウェイが使った名詞・動詞の七三パーセントは、形容詞・副詞による形容なしのものである」といったことを述べるのである。ひょっとすると、一般により装飾的な文体をもっていると考えられている他の作家の作品との比較があり、これらの作家の文章では形容語句なしの名詞・動詞は三〇パーセントだけに留まっている、などと論じられるかもしれない。無論こうした計算が適用されるのはこれらの作家の一部の作品のみ、おそらくは各々の典型的な作品と直観的に感じられるようなひとつの作品のみとなることだろう。結果として得られるのはヘミングウェイについての新しい情報ではない。彼の簡潔簡明な文体はその最大の特徴のひとつだということには、どんな読者でもすぐに気づくからだ。しかし文体論の分析は、こうした簡明さが言語学的にいかにして達成され、維持されているのかについて多くのことを教えてくれるのである。

(2) 文体論者たちは言語学的証拠に基づいた文学作品の新しい解釈を示唆する。文体論は特殊な専門知識を用いてテクストの言語学的特徴を分析し、作品の一般読者であれば気づかないであろう側面を明るみに出すのである。こうした側面には、われわれの作品解釈それ自体を変えてしまうようなものもあるだろう。例としては、シェイクスピアの史劇におけるフォルスタッフが性的曖昧さを示す要素として機能することを論じるコリン・マッケイブの論文が挙げられる。シェイクスピアはしばしばフォルスタッフの腹がいかにふくよかであり、それがいかに勇猛果敢になることを妨げるかを記すのだが、そこで用いられる言葉は「腹（stomach）」ではなく「子宮（womb）」なのだ（「俺の子宮、子宮、子宮が俺の邪魔をしやがる」）。この戯曲が書かれた時代は、「子宮」という言葉の意味が古い意味から新しい意味に徐々に転換する時期であった、とマッケイブは論じる。古くからの意味では、これは「腹」を指す一般的な言葉で、男性にも女性にも用いることができた。しかしシェイクスピアの時代にこの語は分化した近代的な意味ももつようになり、女性に限定的で、特定の解剖学的部位を示す言葉になっていった。こうした言葉の意味の移行期にはどちらの意味も示すことができたわけで、フォルスタッフの使う「子宮」という語は彼自身の性的曖昧さを示しているのである。これに気づくことができるのは、こうした語義変化についての専門知識をもっている読者だけだろう。そうでない読者はまずこの語に戸惑い、おそらくは用語解説を調べ、最終的にはこれは単に今は使われなくなった意味で用いられているのであり、登場人物の性質や作品解釈の問題にはまったく関わらないのだと結論づけるであろう。だがマッケイブの挙げるこの例をそのまま受け入れるのは難しいと私には思われる。彼は、語義変化の過程にある語はすべて古い意味と新しい意味両方の痕跡をもって用いられると考えているようだが、こういう場合、より正確にはその語はいずれかの意味をもつのであり、両方の意味をもつのではないと思われるためだ。例えば今日、「無私な（disinterested）」という語は語義変化の過程にあるが、これが使われるのはどんな場合でも「公平な（impartial）」あるいは「無関心な（not interested）」という意味のいずれかを示すのであり、これらを組み合わせた意味では決してないのである。文体論のより一般的な問題は、こうした「証拠」を認識できるのが言語学の専門家のみであるならば、そもそも何がどこまで「証拠」として認められるのか、という点にある。例えば、上に挙げたような語の二つの意味はどのようにしてテクストに入り込んだのだろう。作者が意図的に埋め込んだのだろうか。おそらくそうではないだろう。そして、こうした両義性を認識できるのが、基本的には言語学者という（今日のテクストという例を除き）テクストが書かれた当時には予見できたはずもない特定の読者たちだけであるならば、こうした両義性が「ある」とはそもそもどういった意味なのだろう。それでも全体として見れば、言語学は専門知識を用いることで、既存の読みを下支えするだけでなく新しい読みを打ち立てるということは明らかである。

(3)　文体論者たちは文学的な意味がいかに作られるかという問題についての一般論を立てようとする。ここでのポイントは、他の新しい文学へのアプローチと同様に、文体論は個別の文学作品だけでなく文学がいかに機能するかという、より一般的な問題に関心を抱いているということだ。例えば文体論は、文学的効果は作品の形式と内容の両方によって同時に作り出されている、と論じる。ハーディの『テス』を例にとれば、テスがいかにしてアレックの社会的・身体的な優勢さに屈服するかは、テクストで書かれている内容だけでなくその形式、つまり「誘惑」（あるいは「レイプ」）の場面の文法構造それ自体によって示されている。アレックが力をもっているということは、彼（または彼の属性）がしばしば文の主語になることで暗黙のうちに強調され、他方でテスの無力さは彼女がしばしば文法上の目的語になっているということによって強調される。かくしてこの場面での文章は「彼は（主語）彼女に（目的語）触った」だとか「彼の指は（主語）彼女のなかに（目的語）沈み込んだ」だとかいったパターンをとるのである。このような議論は（これが受け入れられるならばだが）、文学的な効果がいかに作り出され、いかにして機能するかを含意するものである。その含意とは、強力な文学的効果は「重層的に決定されている」というもの、つまり異なる要素の組み合わせによってうまれているというものであり、作品の内容は文法構造、全体の「談話《ディスコース》構造」、語選択、比喩表現などの形式によって巧妙に補強されている、というものだ。文学的意味は言語の根幹それ自体にまで及ぶものであり、文法・文章構造のレベルにおいて反映されているのである。したがって、言語の要素において中立なものは存在しない。文法や統語構造、形態素・音素などのパターンはすべて文学的意味に深く結びついているのである。こういった議論一般にもまた問題があるように思われる。例えばこれは、作者を近代言語学の内容を直観的に「知っている」天才としてしまうかのようである。いずれにせよはっきりしている点は、文体論は文学がいかに機能しているかについての一般的な真実を確立しようと試みているということである。

考えてみよう

文体論で用いられる言語学の語彙は、形式文法を学んでいなければきわめて難解なものに思われるだろうが、文体論を試みる準備として形式文法の勉強を始めるのはおそらくうまいやり方ではない。それよりは、基本的な参考文献を二、三冊入手して、それを参考にしながらこの節の最後に挙げている文献を何冊か読んでみるほうがいい。私が薦めるのは、ケイティ・ウェールズ『英語文体論辞典』（豊田昌倫ほか訳、三省堂、二〇〇〇年）（Katie Wales, *A Dictionary of Stylistics*, 1980）と優れた最新の英文法必携を使ってみることだ。英語学習の進んでいる人は、例えばマイケル・スワン『オックスフォード実例現代英語用法辞典』（吉田正治訳、研究社、二〇〇七年）（Michael Swann, *Practical English Usage*（Oxford University Press, 3rd edn, 2005））などを使ってみるといいだろう。

文体論に取り組むにあたり焦点をあてるべき問題は、批評家スタンリー・フィッシュが「文体論とは何であり、何故これについてこれほど酷いことがいわれているのか」という論文で明確に述べているものだ。フィッシュは、テクストから割り出されたその言語学的特徴と文体論者によるその解釈には常にギャップがあると述べる。この問題は解釈のギャップと呼ぶことができるかもしれない。

例えば、ある発話が多くの受動態動詞を使っているとされたとしよう。「私は……ということを知らされていた」といったパターンだ。これが言語学的特徴である。そしてわれわれは、こうした受動態はそのテクストにおいて意味がある程度はぐらかされていることを示しているのだ、と教えられるだろう。これが解釈である。

問題は、どうしたらこうした受動態の使用と意味のはぐらかしが結びついていると確かめることができるのか、ということだ。例えば受動態を使う人は通常ある種のはぐらかしを行っており、誰が情報の源であるかを隠していて、そして自分がそれを隠しているということを隠しているのだ、と断言できるだろうか（前の段落で受動態を多用した際、私ははぐらかしを行っていただろうか）。もし受動態が意味のはぐらかしを行うのがある限定的な場面においてのみならば、そうした場面とはどのような状況なのだろうか。

したがって、以下の例や本節の末尾で挙げている文献を読むにあたり、批評家が言語学的なデータの記述からその解釈に移り変わる瞬間――「解釈のギャップ」が開く瞬間――を見極め、このギャップがどれだけ説得的に乗り越えられているか（あるいはそうでないか）を考えてみてほしい。

文体論批評がすること

(1) 文体論は文法構造といったテクストの言語の技術的側面を記述し、そうしたデータを用いて解釈を行う。

(2) その目的は、文学作品についての既存の読みや直観を補強する客観的な言語学的データを提供するだけという場合もある。

(3) また別の場合には、こうした言語学的データにのみ（あるいは主にこうしたデータに）基づいた新しい読みを確立し、既存の読みに挑戦することを目的とすることもある。

(4) こうした、いかに文学の意味が作り出されるかについての技術的な説明は、文学は分析の及ばない神聖で神秘的な精髄などもっていないと示すという、文体論全体のプロジェクトの一部である。むしろ文学は、「ディスコースの宇宙」一般の一部分であり、他の言語使用と同じ技術や資源を用いるのである。

(5) このため、文体論は文学の分析にのみとどまらず、しばしば文学と他のディスコースを並立させる。例えば詩における言語的技巧と広告におけるそれの比較などである。

(6) 文体論は「文文法」を超えて「テクスト文法」を取り扱い、テクストが全体として（読者を楽しませる、サスペンスを作り出す、説得するなどの）その目的をいかに達成しているか（またはそれに失敗しているか）を考察し、こうした目的に寄与する言語学的特徴を分析する。

文体論の実例

ここではひとつの例を詳説するのではなく、言語の技術的側面を用いて批評的解釈を行う例を三つ簡単に挙げたいと思う。一つ目のものは、「他動性（transitivity）」と「不完全語彙化（under-lexicalisation）」という言語学用語を用いるものだ。これらはどういった意味だろうか。前者は動詞が用いられうる異なった文のパターンを示すものだ。伝統的に、動詞は明確な「目的」「受け手」「対象」をもっているときに他動詞と呼ばれる。例えば「彼女はドアを閉じた（She shut the door）」という文において、閉じるという行為はドアによって「受けられる」または「経験される」。そのため「閉じる（shut）」という動詞は「他動詞（transitive）」である、ということになる（transitive という語のおおよその意味は、「通過する」というものだ。つまりここでは、閉じるという動作がドアに向かって「通過していく」ということである）。「ドア」はこの動詞の目的語である。これに対し、「彼女はいなくなった（She vanished）」という文の動詞「いなくなる（vanish）」は「自動詞（intransitive）」と呼ばれる。ここで行為は何らの明確な対象を「通過する」わけではなく、いわばそれ自身で独立して起こるからだ。したがってこれらの例は異なる他動性のパターンを示すものである。「他動詞」「自動詞」という文法カテゴリーは伝統的な文法に由来し、もともとはラテン語の構造を記述するために作り出されたものだったが、動詞がとりうるパターンの範囲を示す「他動性」という抽象的概念は一九六〇年代から七〇年代にかけての言語学者M・A・K・ハリデイの仕事に由来する。ハリデイはこの概念を用いて小説を分析し、ロジャー・ファウラーがそれを引き継いでいった。

「不完全語彙化」という用語を作り出したのはファウラーである。これが指し示すのは、「特定の概念を表現するのに適切な語が不足している」（ウェールズ）という状況だ。例えばわれわれはある特定の道具を示す言葉を知らないときにそれを「なにかあれ」「なんとか」と呼んだり、あるものの名前（例えば「ハンドル」という語）を忘れたときに曖昧な説明で代用したりすることがある（「もつところ」など）。これらはそれぞれ少し異なる種類の不完全語彙化の例である。

では、批評家がいかにこうした語を用いてウィリアム・フォークナー『響きと怒り』（William Faulkner, *The*

Sound and the Fury）の冒頭を論じるかを見てみよう（これは前にあげたロジャー・ファウラーの『文体と言語』収録の論文である）。物語の冒頭は、幼い子どもの心をもった三三歳の男性であるベンジーの視点から語られる。ベンジーはゴルフの試合を眺めている。

フェンス越し、波立った花のスペースの間に彼らが打っているのが見えた。彼らは旗のあるほうにやってきていて、僕はフェンス沿いに歩いた。ラスターは花の木のそばの芝生をあさっていた。彼らは旗をとって、また打っていた。それから彼らは旗を戻して、台になったところに行って、一人が打ってもう一人が打った。

Through the fence, between the curling flower spaces, I could see them hitting. They were coming towards where the flag was and I went along the fence. Luster was hunting in the grass by the flower tree. They took the flag out, and they were hitting. Then they put the flag back and they went to the table, and he hit and the other hit.

これについてファウラーは以下のように論じる。

ここでの他動性は一貫して奇妙なものだ。目的語をもった他動詞はほとんど存在せず、自動詞が圧倒的であり（‘coming,’ ‘went,’ ‘hunting,’ など）、ひとつの他動詞（‘hit’）だけが目的語を伴わない文法的に誤ったやり方で繰り返し使われている。

これが言語学的データである。続いてファウラーは記述から解釈へと歩を進める。こうした「奇妙な他動性」（例えば何を打ったかをいわないで「打つ」という言葉を使うことなど）が意味するのは、「ベンジーが行為とそれが対象にもたらす効果についてほとんどわかっていない」ということだ、と。これは多少言い過ぎではないかと私は思うが、しかし右の文章を読めばベンジーの言語は何かおかしいことや、それはつまり彼の頭が少しおかしいことを意味しているのだろうということは明らかに理解できる。この言語の「おかしさ」こそ、他動性のパターンの問題なのだ。ファウラーの議論が含意するのは、こうした言語学的要素を混乱させようという作者の選択には重要な意味がある、ということだ。何故かといえば無論、精神の障害は理論上言語のどの要素を乱すことによっても示すことができるからだ。第二に、ベンジーの語彙化が不完全であることは、彼がしばしば物の正しい呼び名を使わず回りくどく説明することに見られる。例えば彼は、自分が見ているものについて「ゴルフ」という語を決して使わず、植え込みを「花の木」と呼ぶといった風に。これもまたデータである。その解釈の次元で論じられるのは、こうした言語的特徴はベンジーが他の人々がするような、社会的に受け入れられるやり方で世界を認識することができないことを示している、といったことだ。このように文体論者は、ベンジーという登場人物の異常性を彼に関わる言語の要素を文体的に分析することで説明するのである。

文体論者による言語学的データを用いた批評の第二の例として、ロナルド・カーターによるW・H・オーデンの詩「首都」（'The Capital'）の分析を挙げてみよう（カーター、バートン編『文学テクストと言語研究』（Ronald Carter and Deirdre Burton eds. *Literary Text and Language Study* (Edward Arnold, 1982)））。ここでカーターは「習慣的に共に用いられる（あるいはそう予期される）語同士の関係」（ウェールズ）を示す「連語関係（collocation）」という概念を用いる。これは、言葉はしばしばまったく同じパターンをもつ熟語にならなくとも、ある程度予期できる形のグループになってあらわれるということを示すものだ（イギリスのＴＶ番組"Blankety-Blank"は言語のこうした側面を利用していた）。これがどういうことを示すために、以下のフレーズの空欄部分を一語で埋めてみてほしい（各々別の、最初に頭に浮かんだ言葉で）。

一箱の○○　　黒い○○　　招かれざる○○

章末の注に、あなたがこの空欄部分に入れたであろう言葉を記しておいた。これらのフレーズは（「血の気を失う」といったような）決まり文句ではなく、単に発話における語の一つひとつがそれに続きうる語の可能性の範囲をどんどんと狭めていく過程の産物である。例えば、「いい○○ですね（It's a fine …）」といったとき、「いい」に続く言葉は「日和」とか「天気」とかといったものだろうと予想できる。この文が「尖塔の高さを計算する方法」という言葉で終わる可能性もなくはないが、実際の語使用においてはほぼありえないといっていいだろう。さて、詩の一般的特徴は習慣的な連語パターンを乱すことであり、通常一緒にあらわれない言葉が唐突に並べられることである。詩人は語を普段パートナーにしている語から別れさせ、一緒になるとは想像もされなかった語と予期せぬ新しいパートナー関係を作り出すのだ。例えばカーターが指摘するように、オーデンはこの詩のある場面で「人々は辛抱強く待っていた」といった予期された連語関係を避け、その代わりに大都市の暇な金持ちたちは「奇跡が起こるのを贅沢に待っていた」という言い回しを用いる。オーデンはまたこの都市の政治亡命者が集い、祖国で権力を奪還するための計画を練る地域を「悪意の村」と呼ぶ。「村」のより一般的な連語関係は、「親切な村」や「絵のようにきれいな村」や「のんびりとした村」といった肯定的な形容語句との組み合わせであろう。カーターの論点は、こうした「連語関係の攪乱」が起こるのは詩において重要な主題が込められている部分であり、深く分析するべき箇所だということである。

文体論者が言語論的データをいかに用いるかの最後の例は、「結束作用（cohesion）」という概念に関わる。結束作用とは、文法的には独立した文同士を結びつけてひとつの連続した発話にする、文同士の境界をつなぐ語彙を示すものである。結束作用がなければ、テクストは古臭い児童書のような不恰好で途切れ途切れなものになってしまう。例えばこうした風に。

　これはマンディーだ。マンディーは僕の友だちだ。マンディーと僕は一緒に映画を見に行く。

こうした途切れ途切れな感じを取り払って結束作用を達成するのは、言語学者たちが「代名詞化」と呼ぶもの（代名詞を使うこと）だ。例えば、

これはマンディーだ。彼女は僕の友だちだ。僕らは一緒に映画を見に行く。

といった形で。これらは未だ文法的には独立した文同士だが、「彼女」や「僕ら」という代名詞がすでに挙げられた人（たち）を指すことで、ひとつの連続した発話として流れをなしていることに注意してほしい。近代の作家はこうした連語のパターンを乱す効果に関心を抱いてきた。この概念を知っていれば、以下のような文章で何が起こっているか理解しやすくなるだろう。これはアメリカの作家ドナルド・バーセルミの短編「エドワードとピーア」の冒頭である。

エドワードはテーブルナイフに映った自分の赤いひげを見つめた。それからエドワードとピーアは（「彼とピーアは」ではなく）スウェーデンの農場に行った。ピーアは郵便受けにスウェーデン政府からウィリーに宛てられた小切手を見つけた。それは二三〇〇クラウンで、雨に濡れたような見た目だった。ピーアは（「彼女は」ではなく）茶色のコートのポケットにその小切手をしまった。ピーアは（「彼女は」ではなく）妊娠していた。彼女はロンドンでは毎日体調を崩していた。

ここでは右に述べた、予期された連語パターンの攪乱という以外にも多くの言語学的効果が起こっている。その効果の一部は、論理的にも概念的にも感情的にもゆがんで断絶した意味内容が、文法的には一貫したディスコースの枠に収まっているという不調和さに由来するものだ。また、語の単純さや文の短さは先ほどのように児童書的なトーンをもつものだが、こうしたトーンはきわめて大人向けでトラウマ的である作品の主題と著しく不釣合いであ

る。したがって、言語はある特定の使われ方をしたときにある種の文学的効果を生み出し、こうした場合には言語学の手法を用いて作品の分析を行うことが適当である、ということができるだろう。

参考文献

デイヴィッド・バーチ『言語、文学、批評実践――テクスト分析の方法』（Birch, David, *Language, Literature, and Critical Practice: Ways of Analyzing Text*（Rountledge, 1989））。

リチャード・ブラッドフォード『文体論』（Bradford, Richard, *Stylistics*（Routledge, New Critical Idiom series, 1997））。

　きわめて有用な、最新の議論。

ランス・シンジョン・バトラー『差異を銘記（レジスター）すること――銘記を通して文学を読む』（Butler, Lance St John, *Registering the Difference: Reading Literature Through Register*（Manchester University Press, 1999））。

　若干主流からは外れているが、活力があり扱いやすい、言語学を基盤にした文学アプローチ。

ロナルド・カーター編『言語と文学――文体論入門読本』（Carter, Ronald, ed., *Language and Literature: An Introductory Reader in Stylistics*（Allen & Unwin, 1982））。

　第五章はヘミングウェイの「雨の中のねこ」を取り扱う。

ロナルド・カーター、ポール・シンプソン編『言語、言説、文学――言説文体論入門読本』（Carter, Ronald and Simpson, Paul, eds., *Language, Discourse, and Literature: An Introductory Reader in Discourse Stylistics*（Routledge, 1988））。

ロナルド・カーター、ディアドリ・バートン編『文学テキストと言語研究』（Carter, Ronald and Burton, Deirdre, eds., *Literary Text and Language Study*（Edward Arnold, 1982））。

　第二章「詩における言語への応答」。

レイモンド・チャップマン『言語学と文学――文体論入門』（Chapman, Raymond, *Linguistics and Literature: An Introduction to Literary Stylistics*（Edward Arnold, 1974））。

　基礎的で短い。

アンヌ・クライスナー『文体論入門』（Cluysenaar, Anne, *An Introduction to Literary Stylistics*（Batsford, 1976））。

　詳細で基礎的。

ナイジェル・ファブほか編『エクリチュールの言語学――言語と文学の論争』（Fabb, Nigel, *et al.*, eds., *The Linguistics of Writing: Arguments Between Language and Literature*（Manchester University Press））。
有用な一冊。特に序論と、マリー・ルイーズ・プラット、モーリス・ハレ、ヘンリー・ウィドウソンによる各章を読むとよい。

スタンリー・フィッシュ『このクラスにテキストはありますか――解釈共同体の権威』小林昌夫訳、みすず書房、一九九二年（Fish, Stanley, *Is There a Text in This Class?*（Harvard University Press, 1980））。
第二章と第十章を読むとよい。これらは有名な「文体論とは何か、なぜ彼らはそんなにばかなことを言っているのか」という論文の前半後半である。

ロジャー・ファウラー『言語学的批評』（Fowler, Roger, *Linguistic Criticism*（Oxford Paperbacks, new edn, 1996））。
包括的で見事な序論。

ジョン・マクリー『詩の言語』（McRae, John, *The Language of Poetry*（Routledge, 1998））。
「インターテクスト」シリーズの一冊で、短いが非常に有用。

ジェレミー・タンブリング『文学的言語とは何か?』（Tambling, Jeremy, *What is Literary Language?*（Open University Press, 1988））。
「批評および修辞用語」に関する有用な補遺を収録。

マイケル・トゥーラン『文学の中の言語』（Toolan, Michael, *Language in Literature*（Arnold, 1988））。
文体論についてのきわめて有用な序論とワークブック。

マイケル・トゥーラン編『言語、テクスト、文脈』（Toolan, Michael, ed., *Language, Text and Context: Essays in Stylystics*（Routledge, 1992））。
文体論における近年のトレンドを代表する、興味深い選集で、特に文脈に重点が置かれている。この文脈化の妥当性を問いに付すものとして、サラ・ミルズによる章、「自分の位置を知ること――マルキシスト・フェミニスト文体分析」がある。

マイケル・トゥーラン『ナラティヴ――批判的言語学入門』（Toolan, Michael, *Narrative: A Critical Linguistic Introduction*（Routledge, 2nd edn, 2001））。
文学テクストと、映画、インターネット、テレビといった文学以外のテクストを取り扱う。

H・G・ウィドウソン『文体論から文学へ――英語教育の方法』田中英史・田口孝夫訳、彩流社、一九八九年（Widdowson,

H. G., *Stylistics and the Teaching of Literature*（Longman, 1975)）。

簡潔でシンプルな入門書。

原注

連語作用の原理を示すにあたり、私は右に挙げたのと同じ例を授業で何度も使ってきた。これらのフレーズを埋めるにあたり、生徒同士の相談を禁じ、また長く考えることも禁止した。するとほとんどの生徒は「一箱のチョコレート」か「一箱のマッチ」と答えたのだ。「一箱のハンカチーフ」か「一箱のおもちゃ」と答える生徒も何人かいた。以上四つが、一クラス二〇人の生徒が選んだもののほぼすべてである。「黒い」は通常「猫」か「箱」という語で補われた。「招かれざる」の場合は常に「客」だった。こうしたフレーズを二〇人の人が二〇通りの異なるやり方で補うということは決してあり得ないと私は確信する。

第12章

物語論

ストーリーを語るということ

本章では、物語論《ナラトロジー》（物語構造の研究）を扱う。物語論は構造主義の一分野ではあるが、それなりに一人立ちしているので、まるまる一章を費やしてもよいだろう。[1] また、その特徴の多くと用語のいくつかは言語理論からの借りものであるため、文体論のすぐ後に本章を置くのも理に適っているようだ。物語論はストーリーに関わるものであるから、まずは私自身の体験談《ストーリー》から始めたい。

数年前、「バーティーズ」なるレストランに行った。メニューには、店で出される料理について、誇張がいきすぎてほとんど詩的ともいえる説明がのっていた。一例を挙げれば、単に「フィッシュ・アンド・チップス」なのではなく、「黄金色の衣で揚げた新鮮で脂ののった北海産のタラ、山盛りの美味しいフレンチフライ添え」なのだ。皆さんにも聞き覚えのある話だろう。飲食業界ではそれを「説明《ナラティヴ》」と呼んでおり、それはそれで興味深い事実である。ともあれこの業界では、客がそれを文字通りに受け取り、衣がまったく黄金色ではなく茶色っぽかったという苦情を出すのではないかと危惧している。もしかしたら料理またはサービスの説明が虚偽だという告発にレストランをさらすことになってしまうかもしれない。したがって、メニューの下には「この説明はあくまで目安です。文字通りには受けとらないでください」という補足説明が加えられている。

このことが物語と物語に関する理論、さらには物語論について考えるきっかけとなった。物語論というものをさらに細かく定義すると、どのように物語が意味をつくりだすのか、そしてストーリーを語るという行為におしなべて共通する基本的構造と手順は何かについて研究する学問ということになる。したがって物語論は、個々のストーリーを読解・解釈するものではなく、ストーリー自体の性質を概念的に、あるいは文化的実践として研究するものだといえる。事実、実際の食事（フィッシュ・アンド・チップス）とそれについての物語による説明（「脂ののった新鮮なタラ」）の違いは、物語論研究者のいう「ストーリー」と「プロット」の基本的な区別とほぼ等しい。「ストーリー」では実際に起こった通りの順序で出来事が示される。出来事が物語と認められるようなかたちへと編集され、整理され、まとめられて、提示されると「プロット」となる。これは決定的な違いである。「ストーリー」は出来事が起こった順番通りであるから、もちろん最初からはじめなくてはならない。そして時間を追って進み、ひとつも取りこぼすことはない。それに対して「プロット」は、一連の出来事のどこか中間地点からはじまってもよい。そこから時間をさかのぼって前に起きたことについての情報を与える「フラッシュバック」をもたらすかもしれないし、後で起きる出来事を暗示する「フラッシュフォワード」もできる。したがって「プロット」というのはメニュー同様、あくまでいくつかあるストーリーの語られ方のひとつなのであり、文字通りに受け取られるべきものではないのである。

「ストーリー」と「プロット」の区別は物語論の基本であるが、物語論自体については数多くの競合する学派があり、それぞれが自前の専門用語を好む傾向をもっている。それゆえ、言い方は異なるものの指し示す対象は同じということもある。例えば、「リアリズムのテクストについての分析と解釈」（'Analysis and interpretation of the realist text' in *Working with Structuralism*（RKP, 1980））という有名な論文のなかで、デイヴィッド・ロッジは「ストーリー」と「プロット」ではなく、ロシア・フォルマリズムの用語である「ファブラ」と「シュジェット」を用いている（私としては、いまこれらの用語を用いることに利点があるとは思えない）。現在、北米で書かれる物語論についての論考では、ほとんどの場合「ストーリー」が用いられるが、「プロット」のかわりに「ディスコース」が好まれることも多い。私見ではそれは賢明な選択である。なぜなら、問題になっているのは狭義の「プロット」に限定されるものではなく、文体、視点、語りの速度など、総合的な効果を生み出すためのいわば物語のまとめ方全体だからである。またジェラール・ジュネット（二七五—二八四ページで扱う）は同様の組み合せとして、「イストワール」（「ストーリー」「ファブラ」と同義）、「レシ」（「プロット」「シュジェット」と同義）を提唱している。

アリストテレス

物語論に関係する二つ目のストーリーは、物語論そのものに関するものである。これから語る物語論小史には三人の重要人物が登場する。まず一人目はアリストテレスである。『詩学』については第一章でもふれたが、このなかでアリストテレスは「登場人物」と「行為」をストーリーにおける最重要要素とし、登場人物は行為を通して（したがって、プロットの側面から）示されるべきとする。アリストテレスによれば、プロットにおける重要要素は以下の三つである（以下、アリストテレスが用いたギリシア語で）。

(1)　ハマルティア
(2)　アナグノリシス
(3)　ペリペテイア

ハマルティアとは「罪」あるいは「過ち」のことである（これはしばしば悲劇において「悲劇的弱点」として知られる致命的な性格的欠陥の産物である）。アナグノリシスは「認識」もしくは「気づき」である。これは主人公が自身の置かれた状況についての真実を認識する時点を指す。多くの場合これは自己認識の瞬間である。ペリペテイアは運命の「転換」もしくは「逆転」である。古典悲劇においては、通常これは英雄が高みから失墜するなど、高い身分から低い身分に落ちることを意味する。アリストテレスはこの三つの決定的瞬間を見極めるにあたり、まさにすべての物語論研究者と同じことを行っている。つまり、多種多様なストーリー（アリストテレスの場合はギリシア悲劇）に共通する要素を問うているのである。これは自然科学者が（山、湖、火山など）異なる形状の対象を観察し、それらがすべて同様の化学的物質の有限の組み合わせからつくられているのに気づくのと似ている。どちらの場合も、違いの背後に潜む類似性と整合性を見抜く熟練した能力が問われる。

これらアリストテレス的要素の痕跡については、次のマンガのセリフのような最も初歩的な物語的素材からも見出すことができる。

〈奥さんは忙しい〉

「こら、ボブ。やめて。〔猫のボブが、テーブルクロスに足跡をつけている〕アイビーおばさまがお茶にみえるのよ。テーブルクロスをとりかえなくちゃ。」

〈しばらくして〉

「あら、私があげたテーブルクロスじゃないの。気がきくわね。」

「ありがとう、ボブ。」

これは「ブレッキーズ」〔イギリスのキャットフード〕の箱にのっているのを拝借したもので、ひとつの完結した物語としては至って単純なものである。アリストテレスは三要素すべてが「主人公」に集約されると見ていた点を強調しておかなくてはなるまいが、ここから先の議論では他の登場人物にも三要素を割りふってみたい。それはひとつには文学理論を使用するにあたっては発案者の指示に何から何までしたがう必要はないと私が考えているからであり、またこのあとで検討するウラジミール・プロップの手法を見越してのことである。

さて、「ハマルティア」（過ち）は猫がテーブルクロスに汚い足跡を残したことであるが、これは叱責と非難をもたらす行為である（「こら、ボブ。やめて。」）また、これは「ペリペティア」（好意からの失墜）を伴うものであり、猫は飼い主から嫌われてしまう。この失墜は、猫が文字通りテーブルから床に下りることによって表されている。しかしお茶の最中に、訪問客であるおばは、新しく取り替えられたテーブルクロスが以前自分が姪にプレゼントしたものであることに気づいて喜ぶのである。もちろん、おばはこれが姪が最初に選択したテーブルクロスではないことなど知らない。私たちは目撃者として全体を見渡せる特権的な位置にいるからこそそれを知っているのである。語りの秘訣は、情報を明かすことにあるのではなく隠すことにあるといってもよいだろう。読者は、登場人物が知らないことをしばしば知っているし、またその逆の場合もある。そして、語り手は読者と登場人物双方から何かを隠すのだ。物語の中心をなすしかけは遅延（具体的には、情報伝達を遅延させること）である。ヴィクトリア朝の小説家ウィルキー・コリンズの有名な言葉を借りれば、売れる小説を書くための秘訣は「読者を笑わせ、泣かせ、かつ待たせる」ことなのである。

このマンガにおける「アナグノリシス」は、ゲストからの贈り物を折よく用いることで感謝と礼儀を示す機会を逃してしまった、猫の飼い主の罪悪感の認識である（ただしそれはマンガの舞台裏での話である）。これはさらなるペリペテイアをもたらす。つまり、猫が飼い主の愛情を取り戻し、上から下に落ちるのではなく、下から上に復帰するのである。この地位回復は、言外の思いを伝える吹き出し（「ありがとう、ボブ」）と、猫のにやついた自己満足の顔つきと、飼い主のひざの上という特権的な場所に返り咲いた事実が示している。

アリストテレスの三つのカテゴリーは、「深層内容」とでも呼びうるものに関わっており、ストーリーに内在するテーマおよび道徳的目的に本質的に結びついている。それらはすべて「内面の出来事」（道徳的欠陥、およびその認識と帰結）に重要な関係をもつからである。これら三つは道徳的効果を生み出す力として機能しており、多くの物語の背後にたやすく見つけ出すことができる。それらはしばしば心の動きの「素材」となっており、物語として供される「料理」というべき具体的な「プロット」を作り出すために「調理」され、変容する。もっとも実際のところは、ストーリーにおいては多種多様なプロットを用いることができるし、またそれらについて記述する際、アリストテレスのものとは異なる体系（いわば、もっと多くの行為の記述を可能にし、もっと物語の表層部分において機能するようなもの）を必要とする。物語論の歴史に貢献した三人の人物のうちの二人目が、そのような体系を提供してくれた。

ウラジミール・プロップ

ご多分にもれず、後世の物語論研究者が、ほとんど無限なまでに多様な物語表層の背後に潜む「定数」について、さらに充実したリストを編み出している。ここで取り上げたい二人目の重要人物はウラジミール・プロップ（一八九五—一九七〇）である。ロシア・フォルマリズムの批評家であり、ロシアの民話によく見られる構造と場面を特定して、それを『昔話の形態学』（Vladimir Propp, *The Morphology of the Folktale*, 1928）にまとめた。プロップが序論で指摘しているとおり、「形態学」とは「形式の研究」であるから、本書には民話の構造とプロット構成が記されており、その歴史や社会的意義については一切扱われていない。すでに一九二八年には、ソビエトにおいてこの種のフォルマリズム研究への風当たりは厳しく、その後一九五〇年代に人類学者のクロード・レヴィ＝ストロースら構造主義者によって再発見されるまで忘れ去られていた。なお、レヴィ＝ストロースは、プロップの着想を用いて神話の研究を行っている。

『昔話の形態学』は、一〇〇篇の民話からなる資料の集積《コーパス》の研究に基づいており、すべての民話は三一個の「機能」（起こりうる行為／出来事）のうちの幾つかから構成されたものであると結論づけている。すべての機能を取り込む民話はなく、民話はすべて必ずリストから機能を選びとったうえで形作られる。全機能のリストは以下の通りである。

(1)　家族の一員が家を留守にする。
(2)　主人公に禁止が宣告される。
(3)　禁止が破られる。
(4)　敵対者が偵察をする。

(5) 敵対者が犠牲者についての情報を得る。

(6) 敵対者が犠牲者を人質にとるか、その所有物を奪うために騙そうとする。

(7) 犠牲者は騙され、知らず知らずのうちに敵を助けてしまう。

(8) 敵対者は家族の一員に危害を加える。もしくは（8a）家族の一員が何かを失うか、何かを手に入れたいと望む。

(9) 不運もしくは欠損が知らされる。主人公に対し要求あるいは命令がなされる。彼はどこかに出発を許可されるか、派遣される。

(10) 探求者（「探求」モードにある主人公）が反撃に出ることを同意あるいは決意する。

(11) 主人公が家を出る。

(12) 主人公が試練、尋問、攻撃などを受け、そのことが魔法手段あるいは援助者を獲得するための準備となる。

(13) 主人公がいずれ贈与者となる人物の行為に反応する。

(14) 主人公が魔法手段（物体・動物など）を獲得する。

(15) 主人公が探求していた対象のありかに移動、派遣、もしくは案内される。

(16) 主人公と敵対者が直接対決する。

(17) 主人公にしるしがつけられる。

(18) 敵対者が敗退する。

(19) 当初からの不運もしくは欠損が解消される。

(20) 主人公が帰還する。

(21) 主人公が追跡される。

(22) 主人公が追跡の手から逃れる。

(23) 主人公が正体に気づかれることなく帰郷するか、他の国に到着する。

(24) 偽主人公が不当な主張をする。
(25) 主人公に難題が課される。
(26) 任務が完了する。
(27) 主人公の正体が明かされる。
(28) 偽主人公もしくは敵対者の正体が暴露される。
(29) 主人公が新たな容貌をもつようになる。
(30) 敵対者が処罰される。
(31) 主人公が結婚し、王位につく。

以上がプロップの分析した物語群を構成する基礎要素である。個別の物語のプロットを構成するには、このリストから選択した項目を組み合わせればよい。当然のことであるが、ひとつの物語が三一の機能すべてを備えるということはない。物語はリスト上の機能の一部のみから構成され、しかもそれぞれの機能は常にリスト通りの順番にしたがって継起する。一例を挙げるなら、機能(5)(7)(14)(18)(30)(31)から構成される物語があるとしよう。その場合、敵対者が主人公(犠牲者)についての情報を得て(5)、主人公を騙すが(7)、主人公は魔法の力をもつ動物の助けを得て(14)、敵対者を倒し(18)、処罰し(30)、結婚して王位につく(31)ということになる。だが、(30)が(18)の前にくるなどして順番が入れ替わるということはない。なぜなら(この例でいえば)敵対者が倒されるより前に処罰されることはあり得ないからである。機能の順序が固定しているのは、ひとつにはプロップがいうように、出来事というのはしかるべき順序に進みがちだからである(目撃者が複数いる場合、それぞれが見たものは一致しないかもしれないが、見た順番についてはたいてい一致するものだ。家に強盗が侵入する前にものが盗まれるということはない)。この物語分析手法が示しているのは、「おどろくべき多様性」の背後には「同様におどろくべき画一性」が潜んでいるということである。前に用いた比喩を逆転させていうなら、さまざまな料理が同じ種類の素材からつくられているということになる。

明らかに、ここではアリストテレスのときよりも（文字通り）表層的にストーリーを見ているが、表立った出来事のほうが奥に潜む動機よりも多様なのだから、プロップのほうがアリストテレスよりも多くの変数を扱っているといえるだろう。ただし、機能のリストについて軽く検討するだけでも、プロップの体系の問題点が幾つか浮かび上がってくる。例えば(6)と(7)は犠牲者（主人公）が敵対者に騙されることについての二つの別々の機能とされているが、実のところ騙す者が騙し、騙される者が騙されるというひとつの行為しか含んでいない。騙すという行為には常にその二者が必要なのであるから、異なる視点から見ているというだけで、二つは同一の出来事なのだ。同様に、(10)と(11)も二つの異なる出来事なのではない。(10)で主人公は何かを行うことを決め、(11)ではそれを実行しているのである。(1)

三一個の機能とその亜種について説明する章は、同書において群を抜いて長く、本論全体のほぼ半分が費やされている。それにひきかえ、物語における登場人物の類型についてはごく簡単に（第六章でたった四ページ）ふれられるのみである。プロップにとって登場人物はストーリーのなかに機能を割りふるための装置にすぎないのだ。プロップは、三一個の機能は幾つかの「領域」に自然とまとまるように見えることを指摘する（例えば、「追跡」「捕獲」「処罰」は自然とひとまとまりになる）。そうなると、七つの「行為領域」を「登場人物」というより「役割」として見るほうが理に適っているといえるだろう。登場人物が行為に従属している点を反映しているからである（アリストテレスは物語において登場人物は行為のなかでのみ表出されるというから、従属というのはまたアリストテレスの物語論の特質でもある）。プロップのいう「行為領域」は以下の七つである。

(1)　敵対者
(2)　贈与者（提供者）
(3)　援助者
(4)　王女（探求される人物）とその父親

(5) 派遣者
(6) 主人公（探求者もしくは犠牲者）
(7) 偽主人公

三一個の機能と七つの行為の領域のリストを用いれば、ロシアの民話群に含まれるすべての民話のプロットを生成することができる。それは、英語の文法と統語法と語彙（ソシュールの用語でいう「ラング」）を身につければ、どのような内容の英語も発話できる（「パロール」）のと同様である。民話はもちろん比較的単純なものであるが、このような図式の使い道は、ロバート・スコールズの『スコールズの文学談義——テクストの構造分析にむけて』（高井宏子ほか訳、岩波書店、一九九二年）（Robert Scholes, *Structuralism in Literature* (Yale University Press, 1974)）の次のような指摘を思い起こすと大きく広がることになる。「一人の登場人物がある物語のなかでひとつ以上の役割を担ってもよい（例えば、敵対者は偽主人公であってもよいし、贈与者が派遣者であってもよい、など）。もしくは、ひとつの役割が何人かの登場人物に割り振られてもよい（敵対者が何人もいる、など）。だが、この種の物語において必要とされる役割はこれですべてであり、これらはおとぎ話とはさまざまな点で異なるフィクションの多くをも基礎づけるものである」（p. 65）。ここで示された転用の可能性は、比較的単純な作品を分析するだけであったプロップの方法を拡張し、心理主義的なリアリズム小説の根底をなす複雑な人物造形と動機を読み解く際の助けともなる。リアリズム小説においては、行為が登場人物に従属するという逆転が起きており、役割も「主人公」や「悪役」などと単純に区分されることはない。心理主義小説家の頂点に位置づけられるヘンリー・ジェイムズは、自分は善と悪についてではなく「善であり〈かつ〉悪であるもの」について書くのだといった。したがって、ヘンリー・ジェイムズの物語においては、自称援助者がふとしたことで妨害者になってしまったり、さらには本当のところどちらにあたるのかがよくわからなかったりする。(2) プロップの方法は、ずっと基本的な物語に見られる単純な原型が、一見気づきにくくはあるが複雑なリアリズム小説の土台ともなっていることを暗示するようだ。例えば、シンデレラ・タイプの物語原型（形こそ異なれ、世界中で見られる物語である）は、『マンスフィールド・パーク』や『ジェイン・エア』のような小説の背後にも見られるのである。しかしながら、プロップの体系においては、視点や文体といった物語を提示する手法についてはまったくふれられることがない。これらの点については、物語論における三人目の重要人物が焦点を当てているので、さらに細かく見ていくこととしよう。

ジェラール・ジュネット

ロラン・バルト以降で最も傑出した物語論研究者の一人に数えられるのはジェラール・ジュネットである。ジュネットの研究は、物語自体ではなく、物語がどのようにして語られるのかということ、つまり語りのプロセスに注目したものである。両者の区別が意味するところを明らかにするには、ジュネットが『物語のディスクール〔ディスコース〕——方法論の試み』（Gérard Genett, *Narrative Discourse*, Basil Blackwell, 1972）で論じた六つの領域について検討すればよい。今から物語る行為に関わる六つの基本的な問いを提示する。それぞれの問いについての私自身による補足説明も交えつつ、ジュネットの議論を概観していくこととしよう。

①　「ミメーシス」と「ディエゲーシス」のどちらが基本的な語りのモードか

ジュネットは、第四章「叙法」でこの点について検討している。「ミメーシス」とは「見せること、示すこと」あるいは「劇化」である。この方法で示された箇所は「劇化される」のだが、それはつまり出来事が「シーン」として具体的な設定のなかで再現されること、会話においては直接話法が用いられることを意味する。ミメーシスはゆっくりした語りであり、行為と発言は読者の目の前で演じられ、直接見聞きしているような錯覚を与えるものである。対照的に「ディエゲーシス」とは「告げること、述べること」である。この手法で示される部分は、語りの速度が速かったり、語りが概観的あるいは要約的だったりする。できるだけ効率的に、重要もしくは前後をつなぐのに必要な情報を伝達するのが目的であり、読者の目の前で出来事が起きているような錯覚は与えない。語り手は何が起きたのかをいうだけであり、出来事が起きたありのままのかたちを見せようとはしないのである。(3)

もちろん実作品においては、作家はこれら二つの方法を同時に用いる。戦略的な理由から、ミメーシスからディエゲーシスに移行したかと思ったらまた元に戻ったりもする。それはひとつにはすべてミメーシスで通そうとすると小説がとてつもなく長くなってしまうからであり、またすべてディエゲーシスだとほんの数ページで終わってしまい、小説がプロットの要約のようなものになってしまうからである。もちろん、ひとつの場面のみに焦点を当てることで全体をミメーシスの手法で貫いた短篇小説もある。アーネスト・ヘミングウェイは多くの小説をそのように書いたが、例えば、「白象に似た山々」は、スペインの人里離れた駅で列車を待つアメリカ人の男女についての「ワンショット」だけからなる話である。列車を待つあいだの二人の思いと言葉と行為が関係の危機を明らかにする。読者は二人が何を行い何を話すのかを、ただ眺めるだけである(4)。とはいえこのようなケースは稀であり、より長い構造をもつ小説であれば、通常はミメーシスとディエゲーシスをブレンドさせる必要が出てくる。以下の短い一節からも、二つの手法のあいだの移動を見ることができる。

五年のあいだ、マリオは毎朝同じ道を通って職場に向かったが、テルマを再び見かけることはなかった。ところがある朝、彼が地下鉄の駅を出て、チャリング・クロス通りを歩きはじめたところで、とても奇妙なことが起きた。その日、空は晴れ渡っていて……

最初の一文はディエゲーシスである。長いあいだの出来事をさらりとまとめており、すべていわば「舞台裏」で起きたこととしている。この種の文がないとプロットを効率的に進めることはできない。残りの部分はミメーシスである。前のところで早送りをしたが、今度は重要な場面で速度をゆるめ、読者に向けて描写を始めるのだ。その日の天気や正確な場所について伝えることで、読者が心の目で場面を見ることができるよう仕向けるのである。ミメーシスとディエゲーシスは互いに補いあうものであり、どこで入れ替わるのかはっきりと見抜けないくらいにしばしば協同するものであるが、両者ともに物語の基本的な構成要素であるのは明らかである。

② どのように物語は焦点化されるのか

焦点化（『物語のディスクール』(pp. 189-194)）とは「視点」もしくは「観点」のことであり、ストーリーを語る際の視点を意味する。これについては多くの方法がある。例えば、「外的焦点化」においては視点は登場人物の外に置かれており、外から観察可能なこと（つまり、登場人物の発言と行為）だけが語られる。これらは読者自身がその場に居合わせたとしたら見聞きできるようなことがらである。逆に「内的焦点化」の場合、登場人物の思考や感情に焦点が当てられる。これらのことがらは仮に読者がその場にいたとしてもおそらくわからない。したがって、「テルマは立ち上がり、マリオに声をかけた」というのは、その場にいたとしたら見聞きできるから、この場面の外的焦点化された再現である。それとは逆に、「マリオが自分を見ることなく、チャリング・クロス通りの反対側の歩道を何も気づかずに通り過ぎてしまったらどうしようと、テルマは急に心配になった。」という文について考えてみてほしい。これは内的焦点化による再現である。これは彼女が言葉に出さずに考え感じたことであり、仮に彼女の隣に立っていたとしてもまったく気がつくことができないものだ。もし、このように主としてテルマに内的焦点化することでストーリー全体が語られるとしたら、彼女はこの物語の「焦点化子」ということになる（もしくは、別口の物語論の流れにおいては、「映し手」と呼ばれる）。彼女は一人称で自分自身の話をするのではないが、読者は彼女の視点を通じて出来事についての情報を得る。したがって、『高慢と偏見』の焦点化子（映し手）はエリザベス・ベネットということになる。また、時折作者はあたかも秘密を知っているかのごとく、複数の人物の思考と感情に自由に入り込むことがある。この種の物語は「ゼロ焦点化」されているといわれる。ジェラルド・プリンスが『物語論辞典』(Gerald Prince, *A Dictionary of Narratology*) において簡潔に記しているように、これは「提示内容の把握あるいは知覚を妨げるような体系立った制約が見られない」場合に生じる。プリンスによれば、ゼロ焦点化は伝統的もしくは古典的物語を特徴的づけるものである。よりなじみのある言い方をすれば、「全知の語り手」ということになる。

③ 誰が語るのか

もちろん作者が語っているのであるが、作者自身の声で、ないしは作者自身の立場で語るとは限らない。しばしばゼロ焦点化された物語についていえるのだが、ある種の語り手は、名前や個人的背景を備えた一個の明確な登場人物としては認められない。理知的で記録を行う意識として私たちが単純に捉える声もしくは口調にすぎず、中立性と透明性を旨とする単なる「語りの媒体」となる。そのような語り手は、隠れていて、目立たず、介入せず、劇化されていない。ただ、これをもって作者が読者に直接話しかけていると捉えるのは性急である。これはいかなる意味でも作者の「真の」声ではないのだ。作者がこのような口調と語りの速度で細部にいたるまで語るのは小説のときだけであって、もしパーティや飲み屋で会う機会があったとして、この調子でやられたら数分で堪忍袋の緒が切れるに違いない。したがって、声だけで登場するこの種の語り手は、作者本人というより「作者のペルソナ」と考えるのが適切である。

別種の語り手として、名前をもった登場人物の場合がある。個人的背景をもち、性別や階級がわかり、好き嫌いも見られるなどする人物である。そのような語り手は、出来事を語るにあたり、それを見聞きあるいは目撃したか、場合によってはその出来事に直接関わっている。「公然の」「劇化された」「介入する」などと呼びうる語り手であり、例えばエミリー・ブロンテの『嵐が丘』のロックウッド、ジョゼフ・コンラッドの『闇の奥』のマーロウ、スコット・フィッツジェラルドの『グレート・ギャツビー』のニック・キャラウェイがそれにあたる。これらの劇化された語り手もさまざまな種類に分けられる。異質物語世界的語り手は、自身が語るストーリーのなかに登場人物としては登場せず、あくまで外側に位置する。ロックウッドがその一例である（「異質物語世界的（heterodiegetic）」とは、おおまかにいえば「他者－語り」の意味である。誰か他の人間についてのストーリーが語られるからである）。それに対して、等質物語世界的語り手は、例えばジェイン・エアのように「自身が語る物語のなかに登場人物としてあらわれる」（ジュネット、p. 245）（「等質物語世界的（homodiegetic）」とはおおまかにいえば「同人－語り」の意味である。語り手自身についてのストーリーが語られるからである）。注意すべきなのは、一人称の語り手だといっても自分自身ではなく他者のストーリーを語るのかもしれないから、異質物語世界的か等質物語世界的か両方の可能性があるということである。全知の語り手は必然的に異質物語世界的語り手である。以上の点については、『物語のディスクール』の第五章「態」のなかの「人称」の項において論じられている。

④　ストーリーのなかで時間はどのように扱われているのか

しばしば物語は前後に行ったり来たりするため、語りの順序は出来事の順序と一致しない。時には、過去の出来事を語るためにフラッシュバックするが、これを「後説法（analepsis）」という（「後ろにもたらす」ことを意味する）。同様に、これから先に起こる出来事について物語るか、言及するか、予測するなどしてフラッシュフォワードすることもある。それを「先説法（prolepsis）」という（「前にもたらす」ことを意味する）。例えば、D・H・ロレンスの短篇小説「プロシア士官」において、料理が出されるときボトルからワインがこぼれる。これは物語の最後に流血事件が起きることを暗示している。チャールズ・ディケンズも『二都物語』の冒頭において、これと同じような先取り手法を用いている。樽からワインがこぼれて道をひたすのだが、これは革命による流血を先取りしてのことなのだ。以上は先説法に関する記述であるが、これらがややあからさまなやり方で示しているのは、いかに後説法と先説法がストーリーの主題を提示し前景化するのに重要なものかということである。概して作者は語りにおいて、後説法と先説法の双方を戦略的に活用する。それは、そもそもの発端というのはあまりよいスタート地点ではなく、途中から（古典期の理論家がいうところの「物事の中途に《イン・メディアス・レス》」おいて）はじめられがちだからである。過去を描き出す後説法と、いずれ結果がどうなるかを暗示する先説法を用いることで、読者の興味を引き、物語の基本的な推進力を生み出す。これらの点については、『物語のディスクール』の第一章「順序」の「物語言説の時間」の項において論じられている。

⑤　どのように物語はまとめられているのか

ストーリーは常に直接的に提示されるという訳ではない。作家はしばしば「枠物語」（もしくは「一次的物語」）を用いる。枠物語のなかには「埋め込まれた物語」（もしくは「二次的物語」）が見られる。例えば、ヘンリー・ジェイムズの『ねじの回転』における中心的ストーリーは、クリスマスに田舎の邸宅で暖炉を囲んで人々が幽霊話をするという枠物語のなかに置かれている。そうした状況において客の一人の話すストーリーが、ジェイムズの小説の実質的内容となっているのである。ここで注意すべきは、一次的物語とは中心的物語のことではなく、単に最初に登場する物語を意味するということである。ふつうは一次的物語は中心的ストーリーではない。二次的物語とは二番目に登場する物語のことであり、一次的物語のなかに埋め込まれているものである。多くの場合、この二次的物語が中心的ストーリーとなっている。したがって、ジェイムズの小説においては、読者ははじめにクリスマスを祝うために田舎の邸宅に集った人達のことを聞き、それからその状況下で語られる物語（このほうが断然長い）にふれるのである。また同様に、コンラッドの『闇の奥』の中心的物語は、かつて遠洋を航海した船乗りの一群が潮の向きが変わるのを待っている間に長話をするという枠物語のなかに埋め込まれている。ジュネットは埋め込まれた物語を「メタ物語」と名づけている（「メタ物語は、物語のなかにある物語である」(footnote 41, p. 228)）。したがって、例えばチョーサーの『カンタベリー物語』の個々の物語は、カンタベリーへの巡礼という枠物語のなかに埋め込まれているので、メタ物語（すなわち、物語のなかにある物語）である。

もう少し細かく見ると、枠物語を「シングルエンド型」「ダブルエンド型」「介入型」の三つに下位分類できる。シングルエンド型枠物語は、埋め込まれた物語が完了しても枠の場面に再び戻らないタイプである。『ねじの回転』がこれにあたる。家庭教師と子どもたちについてのストーリーが終わったあとでも、クリスマスに幽霊話をするという枠に戻って聞き手の反応が知らされるようなことはない。ここでは枠がシングルエンドである理由ははっきりしている。もし暖炉の場面に戻るとしたら、この物語のまさしく核心であるといえる決定的な曖昧さについて説明あるいは検討がなされなくてはならなくなってしまうのだ。したがって、ここではすぐれて戦略的な理由により、枠はシングルエンドになっているといえる。それと対照的に、『闇の奥』の枠はダブルエンドであり、埋め込まれた物語が終わると枠の設定が再導入される。劇化された語り手であるマーロウがコンゴで経験したことについて語り終えると、聞き手がつかの間の再登場を果たすのである。もちろん、コンラッドは、途方もない倫理的ジレンマという物語の本質部分については解決も説明も試みない。ただ単に、小説全体を通して重要なイメジャリー（薄明かりとそれを取り囲む闇）を再登場させて、物語の主題を補強するために二重構造を用いているのである。

最後に、枠は「介入型」である場合がある。つまり、埋め込まれた物語が枠構造によりときおり中断されるのだ。それは『闇の奥』においても見られる。マーロウがしばらく自らの物語を語るのを止めて、「もちろん……おまえさんがたの方がそのときの俺なんかよりずっとわかっているんだろうがね。知っての通り、俺は……」という有名な科白をいうところがそれに当たる。ここは語りの行為に必ず付随する視点の限界という点について思い出させてくれるところであり、伝統的な語りのスタンスであるゼロ焦点化（全知の語り手）に対するコンラッドの嫌悪感を示すものである。コンラッドは、敢えて視野が明らかに限定されている語り手を選択し、介入的な一節によって聞き手の置かれている暗闇と孤独を強調するのだ（「漆黒の闇に包まれ、われわれ聞き手はお互いの顔もほとんど見ることができないありさまだった」）。マーロウのストーリーをのちに書き留めることになる無名の記録者は、その話が呼び覚ます倫理的不安感について表明し、読者に対して慎重であれ、気をつけろと念を押して要求する（「私は聞いた。意識をとぎすまして文と単語を聞いた。人間の口を通すことなく、川のどんよりとした夜風のなかで、ひとりでに形づくられたかのようなこの物語が掻き立てるかすかな不安感の手掛かりを求めて」）。さらにいえば、作者は明らかに戦略的な理由で介入型の枠構造を用いている。物語の魔力をわざと壊す「疎外装置」を挟み込むことで、読者に倫理的に複雑な問題があることを気づかせ、単にたまたま植民地に舞台を置いた冒険譚として無批判にストーリーに没頭することがないようにしているのである。

⑥　どのように発話と思考が再現されるのか

ジュネットはこの問題について「叙法」の章の「言葉についての物語言説」という項目で検討している。この点については、作者にさまざまな選択肢が与えられている。一番簡単な方法は、「直接話法と付加語」で発話を提示することである。

「君の名前はなに?」マリオは彼女に訊ねた。「テルマよ」と彼女は答えた。

これが直接話法であるのは、実際に話された言葉が括弧のなかに置かれているからである。「付加語」というのは誰の発話なのかを示す語句のことだ（「マリオは彼女に訊ねた」と「彼女は答えた」）。発話はまた「付加語なしの直接話法」で示されることもある。

「君の名前はなに？」

「テルマよ」

もし二人以上の登場人物が会話に加わっていたり、やりとりが単に問いと答えからなるものではなかったりする場合には、直接話法だけだと混乱を招きかねない。したがって、「選択的に付加語をつけた直接話法」というのが、より望ましいのかもしれない。

「君の名前はなに？」とマリオは訊ねた。

「テルマよ」

ここでの付加語が「選択的」であるのは、最初の発話には付加語がつけられているものの（「マリオは訊ねた」）、二つ目の発話にはつけられていないからである（「彼女は答えた」のような付加語は見られない）。一見たいした違いに見えないかもしれないが、それぞれの付加語は語り手の存在を思い起こさせるため、ミメーシスの働きを弱め、「見せること」から「告げること」へと少し引き戻してしまう。また、次のような「付加語つきの間接話法」という選択肢もある。

彼が彼女に名前を訊ねると、彼女はテルマだと答えた。

ここでは語りは伝聞形式になっているから、読者は実際の発言を聞くことはできない（「君の名前はなに?」といったのであって、「彼女に名前を訊ねる」という言い方をしたのではない）。また、ここでは付加語というのはいわば統合されてしまっている（言い換えれば、「彼が彼女に……訊ねると」や「彼女は……と答えた」は発話自体にまざりこんでおり、切り離すことはできない）。こうした伝聞形式の語りは、読者と出来事のあいだによそよそしい距離を生み出すもののように見える。そのような距離はおそらくもうひとつの選択肢である「自由間接話法」を用いることにより少しは縮めることができるだろう。

彼女の名前は何だったろう?　テルマだ。

動詞の時制が現在形から過去形に切り替わっていることからわかるように、ここでの発話もまた伝聞的あるいは間接的である。このようなスタイルの効果はきわめて絶妙であり、内的焦点化された語りを用いる際などに使い勝手がよい。なぜなら、次のように思考や感情へと自然に移動できるからだ。

彼女の名前は何だったろう?　テルマだ。テルマだったよな?　千艘の船を浮かべることができるような名前ではない。[2]郊外風というか、レースのカーテンがお似合いの名前だ。

ここでは全知の語り手ではなく、問いを投げかけた男性が名前について夢想していることは明らかであるが、外側から語り手の行為や反応を示すことで、物語言説を間接話法から直接話法へとたやすく移動させることもできる。したがって、これは作家にとって非常に便利な道具であるといえるだろう。

物語のなかの発話表象に関するジュネットの用語は以上の説明より少し概略的であり、実際の発話から徐々に遠ざかっていく三つの段階を想定したものである。

(1)「行かなくては」と私は彼女にいった（ミメーシス的発話）。
(2) 私は行かなくてはと彼女にいった（転記された発話）。
(3) 私は彼女に出発する必要があることを伝えた（物語化された発話）。

ジュネットによれば（p. 172）、転記された発話と自由間接話法はまったく同じではない。正確にいうと、転記された発話は間接的ではあるが自由ではないのである（なぜなら、「私は……いった」という陳述が付加語だからである）。転記された発話と物語られた発話の本質的な違いは、前者からは実際の発話（「行かなくては」）を推測できるのに対し、後者は実際の文言ではなく趣旨を伝えるものであるということだ（したがって、実際の文言は「行かなくちゃ」「行かざるを得ないんだ」「行くしかないんだ」などだったのかもしれない）。これは、生の発話を物語られた出来事へと転換し、発話された言葉の直接的な効果と口調から読者を最大限遠ざけるものである。

「統合型」物語論

本章で扱ったのは、物語論の七つ道具のようなものである。まず最初に、ストーリーとプロットを厳密に区別した。それは物語がどのように構成されていて、読者に対しどのようなたくらみをもつものなのか注意を促すものであった。次に、アリストテレスの分類が物語の奥に潜む心理的原理について教えてくれた。そしてプロップの体系がプロットの表層的な特質を検討するための情報を提供してくれ、さらにはジュネットの議論から、物語がどのように語られ、構想通りに進めるためにどのように企図されるものなのかを見た。最後に、本書にもすでに登場したロラン・バルトの五つの「コード」（五三―六三ページ）を補足として付け加えてもよいだろう。アリストテレスは特に物語の主題に、プロップはプロットに、ジュネットは語りに焦点を当てたとすれば、バルトは読者に注目したといえる。それというのも読者の「解読作業」が物語の発動するすべての要素に意味を与えるものだからだ。これらを戦略的な観点からひとまとまりにすると、物語論の統合体が形成され、ある体系において見過ごされる物語上の特質が、他の体系においてしかるべき注目を浴びるようになるのである。

考えてみよう

物語論のきわだった特徴のひとつとして、同一の現象に対していくつもの異なる用語が与えられがちだという点があげられる。それぞれが別の学派の産物である（例えば、「ゼロ焦点化」と「全知の語り」は同じものを指す）。そのことが英語圏ではあまり重大な問題にならないのは、英語が同じ概念を指すのにいくつか異なる語彙が使用可能な多層的な言語だからである。例えば、古英語由来の'blessing'とアングロ＝ノルマン語由来の'benison'とラテン語由来の'benediction'はどれも「祝福」という意味であるが、それぞれ別種のおもむきをもっている。'blessing'は平易で、'benison'は少し派手で古風であり、'benediction'は格別宗教じみているといった具合だ。同様に、物語論において現在最もはやっている用語は、どれもきわめてアカデミックな響きをもつものだ。古英語由来の身によくなじんだ言葉ではなく、（ミメーシスやディエゲーシスのように）ギリシャ語やラテン語起源の語彙群から引き出されているからである。それに対して、作家たちも一九世紀このかた創作理論について考察してきているが、彼らが平易な用語を好みがちなのは明らかだ。ジョージ・エリオットやヘンリー・ジェイムズは「ミメーシス」と「ディエゲーシス」ではなく「示すこと（showing）」と「言うこと（saying）」という言い方をしている。またE・M・フォースターは『小説とは何か』（*The Aspects of the Novel*）のなかで、（登場人物のことを「平面的人物《フラット》」および「立体的人物《ラウンド》」というなど）意味を包み隠さず見せるようなありふれた用語を好んで使用しており、専門的もしくは学問的な言い方で読者に感銘を与えようなどとはしない。してみると、物語論研究者が博学ぶった専門用語を好むという点をうまく擁護することなどできるのであろうか。

　これはもちろん個人的判断の問題であるから、自分なりの回答を作ってみるとよい。私の答えはこうだ。物語論研究者が学問的な用語を用いるのは、実際の語りの行為から距離を置いているからであり、究極的には彼らがふつう作家ではないからなのだ。これは芸術家や工芸家が創作技術について語るときの言葉はきわめて地に足がついたものだということと同じことである。その道のプロは専門用語の助けを借りずに、自身が精通する仕事について語るものだからである。したがって、部外者からはオーケストラのヴァイオリン奏者と呼ばれる人物も、会話のなかでは自分は楽団《バンド》で弦《フィドル》をやっているといったりするのである。言い換えれば、創作から一定の距離を置いているのだから、物語論の用語が学問的な響きをもつことは十分予想されることなのだ。しかし単なるこけおどしに聞こえるようなことはない。特にポスト構造主義におけるはるかにいい加減な用語法と比較すると、魅力的なほどにわかりやすさと正確さを備えているといえる。

物語論批評がすること

(1) 個々の物語のなかから、すべての物語に共通する構造を見つけ出す。
(2) 批評的関心を物語の内容よりも、語り手と語りに向ける。
(3) 主として短い物語の分析から得られたカテゴリーを拡張、洗練させ、長編小説の複雑性をも解説する。
(4) 伝統的批評に見られる登場人物と動機に注目する傾向を弱め、行為と構造を前景化させる。
(5) 少数の名作に見られる個性と独創性ではなく、物語全般に共通する類似性にこそ読みの快楽とおもしろみを見出す。

物語論の実例

再度、エドガー・アラン・ポーの「楕円形の肖像」（巻末の「付録」一を参照）を取り上げ、さきほどの折衷的物語論の活用例を示したい。例の四つの基本（プロットとストーリーの区別、アリストテレス、プロップ、ジュネット）について、ひとつずつ順番に見ていくのではなく融合させたかたちで考察するが、これまで議論の俎上に載せたすべてのカテゴリーの使用までは目指さない。文学理論が効率的に活用される際は、ほとんどの場合包括的ではなく選択的になるものだからである。またすでに第2章で扱っているので、ここではバルトの「コード」については省略する。

「楕円形の肖像」において、プロットとストーリーはすぐに見分けることができる。物語中の出来事が二つの、時系列という点では前後が逆の二つのまとまりとして示されているからである。プロットという観点から見ると、読者が最初に耳にするのは、内戦・語り手の傷・城への避難・肖像画の発見である。引き続いて、肖像画に描かれた女性にまつわるストーリーが語られるが、それは実のところは何年も前の出来事であるはずのものだ。もし仮に出来事が時系列通りに語られていたとすると、効果は大変に異なったものになり、ストーリーの進め方も難しくなっていたことだろう（士官が本を手に取るという行為が、話のつながりを自然なものにしているのである）。

このストーリーにおける二つのまとまりとは、もちろん「一次的物語」もしくは「枠物語」（負傷した士官についての部分）と「二次的物語」もしくは「埋め込まれた物語」（肖像画の背景についての部分）を指す。第2章でも「ストーリー内ストーリー」という言い方で簡単にふれたが、いまや私たちはこのような専門用語を手中にしている。ここで注目されるのは、枠物語とメタ物語の長さがめずらしくも釣り合っているということである。通常は、枠物語は埋め込まれた物語よりも短い。感情という側面においても、両者のあいだには一種の等質性が暗示されているといえる。語り手の傷と彼が絵を知覚する過程は、若い命の浪費という悲劇的なストーリーとほぼ同じ重さをもつように見えるのだ。おそらく前半部分では、ある理想を間違ったかたちで追求することで荒廃してしまった国が舞台となっていることが含意されている。それは埋め込まれた物語の内容とより大きなスケールで対応しているといえよう。

このことは、枠とは実際何のためのものなのだろうという問いを突きつけるものであり、また枠は埋め込まれた物語の主題と共鳴し、その適用範囲を広げる手段であるという答えを与えてくれるものでもある。とはいえ、枠というのは遅延装置であり、その役割はある特定の気分や雰囲気を掻き立てることであるといえる（オペラの前に演奏される前奏曲のようなものだ）。もしこれが民話やおとぎ話であったなら、慣習上枠なしに済ませ、「むかしむかし、若くて才能のある芸術家がいて……」というふうにストーリーをはじめることができただろう。その場合の効果はまるで別のものだ。またさらにつけ加えると、枠はオープンエンドであり、話の最後で士官と従者の場面に戻るということはない。画家が妻の死に気づくというクライマックスとともに、ストーリーは閉じられてしまうのである。明らかに、ダブルエンドの枠というのはここでの劇的効果を打ち消してしまう危険がある。語り手が（偉大な芸術をつくる代償はあまりに大きすぎることがある、というような）何らかの教訓的なコメントを述べざるを得なくなってしまい、それが確実に拍子抜けの効果をもたらすことになってしまうからである。

またここではプロップの概念は非常に有益なものとなる。埋め込まれた物語に見られる哀感が、二つの原型的なおとぎ話のモチーフを合成させることでつくられているというのがその一例である。一つ目の物語では、王女が鬼か敵対者により捕えられ、塔に軟禁されて、魔法の力で拘束されたり、麻痺させられたり、眠らされたりする。やがて王女は主人公の手で発見・救済されて、二人は結婚することになる。そしてこの物語が読者にしかけるもうひとつのモチーフは「青ひげ」の話である。次つぎと結婚しては相手を殺害し、歴代の花嫁の死体を地下室に蓄積する求婚者の物語だ。ポーの物語においても、花婿はすでに結婚しているし（「すでに芸術という花嫁をもっていた」）、やがて花嫁を死なせることにもなってしまう。ロバート・スコールズのいう役割合成の一種だと考えられるが、主人公と敵対者は同一人物であり、本来人生を豊かにするものであるべき芸術の魔力（主人公の芸術的才能）が人生を破壊するものとなってしまっている。このように読むことで、プロップの機能⒁（「主人公が魔法手段を獲得する」）を、かなり毛色が異なるポーの物語に大胆に適用させていることを指摘しておきたい。

ジュネットの分類へと視点を移そう。まずは、一次的物語と埋め込まれた物語のどちらもミメーシス的であることがわかるが、その度合たるやさまざまである。冒頭から「それは城のはずれの小塔にあった」という箇所まではかなり概略的だ。例えば、従者が城に「力づくで入った」という言い方は、「示すこと」というよりは「告げること」に見られるような一般論的様相を呈しており、（ジュネットによる使い勝手のよい表現を借りれば）いくぶん「物語化」されている。「語り手の発話」のなかに収められているから、読者が出来事を実際に「見る」ようにはなっていないという意味である。したがって、従者が斧で鍵を壊したのか、戸が開くまで何度も体当たりしたのか、壊れた日時計を即席の槌として用いて戸を破ったのか、はたまたライフルの銃底で一階の窓を割って侵入したのか、一切わからない。これらの説明があれば出来事がいわば「完全なミメーシス」となり、何が起きたのかを「見る」ことができるのだが、「力づくで入った」というのは「部分的なミメーシス」にすぎないので具体的な侵入方法については語り手のみぞ知るということとなってしまっている。

（「装飾は」から先の）部屋の描写は、完全なミメーシスへと近づいている。装飾は「豪華だったが、古びていて時代遅れだった」という。ここで立ち止まって考えてしまうのは「装飾」とはどのようなものなのかということである。「たくさんのさまざまな形をした紋章入りの記念品」とはそもそもどのようなものなのだろうか。楯か剣か兜か甲冑一式か、それともそれ以外の何かなのだろうか。それぞれいくつあって、どのように配置されているのだろうか。この種の「半ミメーシス」（とでもいっておこう）の役割はポータブルのビデオカメラのように部屋中をゆっくり写し出すということではないから、部屋の特徴と雰囲気についてはっきりと知らせてくれるのではなく、一連の鮮やかな印象を伝えるのみである。完全なミメーシスに至るのは「だがその行為は」からはじまる段落においてである。そこでは、語りの速度はさらに落ち、士官の抱く印象と調和するようになる。読者は士官の立ち位置に身を置かせてくれる非常に精巧なト書きを手に入れ、いわば彼と共に見、目の前で出来事が起こっているような錯覚を覚える。そして士官が本を手にすることで埋め込まれた物語が始動するまで完全なミメーシスは続く。さらには埋め込まれた物語自体もまた、部分的なミメーシスから半ミメーシス、そして完全なミメーシスへという同じ段階をたどる。

二つの物語の焦点化もまた興味を掻き立てるものだ。枠物語においては一人称の等質物語世界的語りが見られる。姓名こそわからないものの、はっきりした個性と個人的背景を備えていることが物語中の記述から見て取ることができる「劇化された」語り手による語りである。その人物は（一八世紀のアン・ラドクリフによるゴシック小説や「ヴィネット」などの絵画技術についての知識があり、知覚行為の過程と段階に強い興味を示していることからして）教育があり、（従者がいることからもわかるように）明らかに裕福である。埋め込まれた物語の語り手はもっと素性が不可解な人物だ。枕の上にあった「小さな本」は、部屋にある「おびただしい数の」絵画について「批評し説明したもの」であり、その人物が現在われわれのいうところの美術評論家か目利きであることを示唆している。しかしながら、その人物についてそれ以上のことは何もわからない。異質物語世界的語り手であり、自身が語る物語に登場しない人物だと考えられるが、「小塔には誰も入ることを許されなくなった」というところから先の情報をどこで手に入れたのかについては想像し難いものがある。話題にする人物の内面に入り込んで、心の動きを構築する特権をもつ全知の語り手なのだろうか、もしくは画家と深い関係をもつような人物なのだろうか。もしかしたら、この語り手こそが画家自身なのかもしれない。壁にかかっている「おびただしい数の勢いがある現代的な絵」は、明らかにすべて同一の作風だから、一人の画家の手で描かれたものだと推測できる。また、おそらくそれぞれの絵画はモデルの命を縮めたのと似たような状況、つまり芸術と人生が主導権を争う「原光景」の強迫的な反復のなかで制作されたものなのだろう。興味深いことに、これらは語り手の特質についての専門的観点からの憶測にとどまるものではなく、時を置かずして物語内容の最も深いレベルまで導くものとなる。

読者を導く先は、物語の奥に潜むアリストテレス的な物語論のレベルである。もちろんここでのハマルティア（ストーリー全体を動かす罪もしくは過ち）は、才能ある芸術家の倫理的な盲目ということである。生命の創造者の役割を引き受けることで神のようになろうとするのだが、妻の生命をその代償にしてしまう。彼は自己洞察も先見の明も欠いている。創作への強迫がどのような結果を必然的にもたらすのか想像することができないためである。そして芸術家らしからぬことに、共感力や想像力も皆無であるため、本物の対象を再現することができない。幻影、つまりモデルの本質があらわれてこない不気味なホログラムしかつくれないのだ。自己認識（アナグノリシス）の時がきたときはもう手遅れで、「彼女が死にそうだ」ということに気づくことができなかったために、事後的に「彼女は死んだ」と認識するのみである。運命の転換（ペリペティア）はおそらく登場人物双方に関わるものであり、

「高名」な芸術家だった男性は吸血鬼的殺人犯となり、生命力の権化のようであった女性は、命が奪われていくままにさせているところにこそ性的魅力が宿っているような従順な犠牲者となってしまうのである（ポーの物語に登場する女性はたいていこのような末路をたどる）。

以上のように、こうした物語論の専門用語を用いて作品に接すると、物語の意味がどのように構成されているのかについて新たな視野が開けてくる。また同時に、この物語と、そして人生と芸術の対立という手垢のついたテーマについての新しい知見が得られるという予期せぬボーナスも待ち受けているのである。

参考文献

ミーケ・バル『物語論——物語理論入門』（Bal, Mieke, *Narratology: Introduction to the Theory of Narrative* (University of Toronto Press, 2nd edn, 1997)）。

元はオランダ語で書かれたものである。英訳は一九八五年に初版が出て、出版後間もなく標準的テクストとなった。物語論自体の特徴とも重なるが、明確かつ簡明である。また物語論の他の主要文献と同様、大部ではない。楽しみながら読了でき、物語論辞典としても使える。

スティーヴン・コーハン、リンダ・M・シャイアーズ『ストーリーを語るということ——物語的虚構の理論的分析』（Cohan, Steven and Shires, Linda M., *Telling Stories: A Theoretical Analysis of Narrative Fiction* (Routledge, 1988)）。

映画や広告など、現代文化に見られる物語を幅広く押さえている。多いに役立つが、文章はかなり堅い。

ジェラール・ジュネット『物語のディスクール——方法論の試み』花輪光・和泉涼一訳、水声社、一九八五年（Genette, Gérard, *Narrative Discourse* (Basil Blackwell, 1972)）。

「順序」「持続」「頻度」「叙法」「態」の五つの章は、現在、物語論に関する多くの論考の典拠となっている。目次が簡潔すぎて各項目まで載っていないのが不親切だが、よく整った索引が目次の不備を補っており、物語論研究書が当然期待される「辞典的」使用を助けるものとなっている[3]。

デイヴィッド・ハーナン編『ケンブリッジ・コンパニオン——物語』（Hernan, David, ed., *The Cambridge Companion to Narrative* (Cambridge University Press, 2007)）。

「ストーリー・プロット・語り」「時間と空間」「登場人物」「会話」「焦点化」など役に立つ章が満載。「はじめて物語論にふれる読者」のための一冊。

スサーナ・オネガ、ホセ・アンヘル編『物語論』（Onega, Susana and Angel, José, eds., *Narratology*（Longman, 1996））。

上出来の一冊。物語論と脱構築、フェミニズム、精神分析、映画とメディア研究の相互影響関係に注目した論考。

ジェラルド・プリンス『物語論辞典』遠藤健一訳、松柏社、一九九一年（Prince, Gerald, *A Dictionary of Narratology*（University of Nebraska Press, 1987））。

物語論の用語について簡にして要を得た定義を得られる。驚くほど偏りなくさまざまな学派について説明をしている。物語論について何か調べたいとき、私が最初に手に取る本である。

シュロミス・リモン＝キーナン『物語的虚構』（Rimmon-Kenan, Shlomith, *Narrative Fiction*（Routledge, 1983））。

少し読みにくいが、先駆者的役割を果たした本。短い割に非常に幅広い対象を扱っている。

原注

（1）多くの著名な構造主義者がこのリストの不備を指摘して、改善案を提示している。クロード・レヴィ＝ストロース『構造人類学』（荒川幾男ほか訳、みすず書房、一九七二年）の第八章「構造と形式——ウラジミール・プロップの著作に関する省察」（Claude Lévi-Strauss, *Structural Anthropology*, vol. 2,（Allen Lane, 1977）, chapter eight, 'Structure and form: reflections on a work by Vladimir Propp'）とツヴェタン・トドロフ『散文の詩学』（Tzvetan Todorov, *The Poetics of Prose*（Basil Blackwell, 1977）の第一四章「物語の変化」（'Narrative transformations'）を参照のこと。

（2）プロップの手法を用いてジェイムズの作品をいくつか検討した拙論「当惑と苦境——ジェイムズの作家小説における相互影響のパターンについて」（'Embarrassment and predicaments: patterns of interaction in James's writer tales,' *Orbis Litterarum*, 46/1, spring 1991, pp. 87-104）を参照のこと。

（3）ジュネットが指摘するように、ミメーシスとディエゲーシスの区別はもともとはプラトンが『国家』第三巻において行ったものである。したがって、アリストテレスについてもいえるが、現代の物語論のルーツはギリシャ古典哲学にあるということになる。

（4）Ernest Hemmingway, *The First Forty-Nine Stories*（Arrow Books, 1993）（邦訳は、アーネスト・ヘミングウェイ『ヘミングウェイ短篇集（上）』谷口睦男訳、岩波文庫、一九八七年などに所収）。

訳注

［1］本章では、'narratology'を「物語論」、'narrative'を「物語」、'story'を「ストーリー」とする。

［2］これは絶世の美女と謳われたトロイのヘレンを指し示す際の常套表現である。

［3］邦訳の目次には各項目までの記載がある。

第13章

エコ批評

エコ批評か、グリーン・スタディーズか

「シンプルに定義すれば、エコ批評とは文学と物理的な環境との関係についての研究である」とシェリル・グロトフェルティは述べる。だが私たちは「エコ批評」と「グリーン・スタディーズ」のどちらの呼称を用いるべきなのだろうか。どちらの呼称も一九八〇年代後期のアメリカおよび一九九〇年代初頭のイギリスではじまった批評的アプローチを示すのに使用されており、これらはいまだ「新興の」運動なのだから、それが立ち上げられてきたこれまでの歴史を概観しておくべきだろう。アメリカで創始者として広く認知されているのはシェリル・グロトフェルティである。彼女はハロルド・フロムとともに『エコ批評読本』（Cheryll Glotfelty and Harold Fromm eds., *Ecocriticism Reader: Landmarks in Literary Ecology* (University of Georgia Press, 1996)）と題された権威ある有用な論集の編集を行っている。一九九二年には、ASLE（「アズリー」と発音される、文学・環境学会（Association for the Study of Literature and Environment の略称））の共同設立者にもなっている。ASLEではISLE（「文学と環境における学際的研究」（*Interdisciplinary Studies in Literature and Environment*））と呼ばれる機関誌がすでに一九九三年から始められているのだから、アメリカでのエコ批評は一九九〇年代初期の時点ですでにアカデミックな世界にひろく広がりつつあり、専門誌や公式の学会組織など専門的な活動のための基盤を築きはじめていたといえる。しかしながら本書で論じられたほとんどの理論とは異なって、エコ批評は明らかにアカデミックな世界の周辺に未だ位置している。本書は入手可能な多くの文学理論読本や入門書のなかでエコ批評に言及した最初のものであるし、この運動は広く

知られた一連の論理的前提や踏襲すべき理論、手順などを備えるには未だ至っていない。アメリカのエコ批評が最も影響力をもつのが西部の大学であるということから（すなわち、大都市から離れ、東西両海岸の主だったアカデミックな権力中枢から距離を置いているということから）、この批評が「脱中心主義的」な理想を体現するものだと期待できるかもしれない。

概念としてのエコ批評は一九七〇年代後半に、ＷＬＡ（主にアメリカ西部の文学に関心を向ける西部文学会であるWestern Literature Associationの略称）の大会中で初めて提起された。エコ批評の方向性を説明する手短な一連の所信表明文（それらはすべて「エコ批評とは何か」と題されていた）に付された序文のなかで、マイケル・Ｐ・ブランチは「エコ批評」という語の使用について、ウィリアム・リュカートの一九七八年のエッセー「文学とエコロジー──エコ批評の実験」にまで遡っている。[1] 関連語である「エコロジカル」という語を文学批評において最初に使用したといわれているのが、アメリカの著名なエコ批評家であるカール・クローバーであり、その論文「『グラスミアの家』──エコロジカルな聖性」はアメリカ近代語学文学協会（Modern Language Association）の学会誌である*PMLA*（89. 1974. pp. 132-141）に掲載された。この二つの術語（「エコ批評」と「エコロジカル」）は（ブランチによれば）一九八九年のＷＬＡの大会（アメリカ、コーダレンにて開催）まで批評用語のなかで休眠状態にあったようである。このとき、シェリル・グロトフェルティ（当時はコーネル大学の大学院生であったが、その後ネヴァダ州立大学レノ校の文学・環境の准教授）は「エコ批評」という術語を生き返らせただけでなく、それまで「ネイチャー・ライティング研究」として知られていた散漫な批評領域にその語を結びつけ適用するよう強く主要した。

現在のアメリカに存在するエコ批評は、自然や生命の力、そして荒野を言祝ぐ一九世紀アメリカの三人の偉大な作家たち、すなわちラルフ・ウォルド・エマソン（一八〇三―八二）、マーガレット・フラー（一八一〇―五〇）、そしてヘンリー・デイヴィッド・ソロー（一八一七―六二）からその方途を得ている。この三人は皆、超越主義者として知られるニュー・イングランドの作家や随筆家、哲学者らから成る集団の「メンバー」であった。それはヨーロッパ的なモデルからの「文化的独立」を達成したアメリカ最初の大きな文学運動であった。一八三六年に匿名で刊行されたエマソンの最初の短い著作『自然について』(*Nature*)(*Ralph Waldo Emerson: Selected Essays*, ed. Larzer Ziff (Penguin, 1982) 所収(『自然について(エマソン名著選)』齋藤光訳、日本教文社、一九九七年)は、自然世界が彼にもたらしたインパクトについての(哲学的というよりは)内省的なエッセーであり、力強くドラマティックなまでの直截性でもって語られている。

開かれた荒野をわたっている。雪解けの水溜り。薄明りのなか、曇り空の下で。心のなかにはなんの特別な幸運も現れない。私は完全な陽気を楽しんでいた。私は恐ろしいくらい喜びにあふれている(chapter 1, p. 38)。

フラー最初の著作である『一八四三年の湖での夏(*Summer on the Lakes, During 1843*)』(*The Portable Margaret Fuller*, Viking/Penguin, 1994 所収)は、ハーバード大学初の女子学生としての期間を終えた彼女が、あらゆるアメリカの風景との出会いを力強く書いた日誌である。例えばナイアガラで彼女は次のように書いている。

ここには、永遠に続く創造の重みから逃れるものは何もない。あらゆるほかの形や動きが来ては去り、潮は満ちそして引いていく。風は最も激しい時には強風や突風として吹き荒れはするが、ここには絶え間なく倦むことを知らない動きがあるのだ。起きているときも寝ているときも、逃れる得るものはなくこれが人の周りをそして人のなかを駆け抜けていく。このようにして私はその壮大さの最たるものを感じたのだった。無限ではないにせよ、なにか、永遠な(p. 71)。

ソローの『ウォールデン』(Henry David Thoreau, *Walden* (Oxford University Press, World's Classics, 1999))[1]は、生地であるマサチューセッツ州コンコルドから数マイル離れたウォールデン湖畔に自ら建てた小屋で過ごした一八四五年からの二年間を綴ったものである。この作品はおそらく、近代的な生活から離反し「自然にかえる」ことで自己の刷新を試みるという記述の、まさしく古典的なものといえよう。つまり、読者の態度に強い影響力を発揮してきた著作であり続けてきた、ということである。これら三つの著作はアメリカ的な「エコを中心に据えた」記述の基本的文献だと見なすことができるだろう。

これとは対照的にイギリス版のエコ批評あるいはグリーン・スタディーズは、一八四〇年代アメリカの超越主義ではなく、一七九〇年代イギリスのロマン主義からその方途を継承している。イギリス側での始祖と見なされているのは、『ロマン派のエコロジー――ワーズワースと環境保護の伝統』（Jonathan Bate, *Romantic Ecology: Wordsworth and the Environmental Tradition*（Routledge, 1991））の著者である批評家のジョナサン・ベイトである。また、イギリスのエコ批評家たちは（「エコ批評」なる術語が存在する以前から）レイモンド・ウィリアムズの『田舎と都会』（*The Country and The City*（Chatto & Windus, 1973））のなかに彼らの問題意識の多くが明示されているとも指摘している。イギリスにおけるエコ批評の基盤整備はアメリカほどには進んでいない（ＡＳＬＥのイギリス支部はあるものの、イギリス固有のエコ批評の学術雑誌や公式の学会がまだない）が、この分野と連関した学部生用の選択コースを設けることは、特に新設の大学や高等教育機関で広まりつつある。もちろん研究者の制度上の所属先は変化するのだが、ベイト自身を除けば（彼はウォリック大学で教鞭をとっていた）イギリスのエコ批評支持者たちの多くが執筆に際してそういった新設の大学や高等教育制度に基盤を置いていた（例えばマンチェスター市立大学のローレンス・クープ、バース・スパ大学のリチャード・ケリッジとグレッグ・ガラード、あるいはかつてのブレトン・ホール・コレッジ（現在はリーズ大学に統合）のテリー・ギフォード）。イギリスにおけるエコ批評の論集として最も信頼のおけるもの（アメリカでのグロトフェルティとフロムの著作の地位と同等の地位をイギリスでもつもの）は、ローレンス・クープの『グリーン・スタディーズ読本――ロマン主義からエコ批評まで』（Laurence Coupe, *The Green Studies Reader: From Romanticism to Ecocriticism*（Routledge, 2000））である。

エコロジー的なアプローチが二つの国の異なったヴァリエーションをもつということは、第9章で見たような、「イギリス的」な文化唯物論と「アメリカ的」な新歴史主義がアプローチと目的において明らかにつながっているが、その強調点と「祖先たち」を異にしているのと似た状況を示唆している。一般的に、アメリカで好まれる術語は「エコ批評」であり、他方でイギリスではもっぱら「グリーン・スタディーズ」が頻繁に用いられるし、アメリカにおける論考ではその論調が「賛美的」になる傾向がある（時にはより急進的な左派批評家がけなして「木を抱きしめるような環境保護マニア」と呼ぶものに退行していってしまう）のに対して、イギリス側のものはより「脅迫的」な語調になる傾向がある。つまり政治的、産業的、商業的、そして新植民地的な諸力による環境への脅威を私たちに警告しようとするものになっているのである。例えば、ベイトのもっと最近の著作『地球のうた』（*The Song of the Earth*（Picador, 2000））では、植民地主義と森林破壊が往々にして軌を一にすると論じられている。(2)

文化と自然

それでは、イギリスとアメリカの差異はわきに置くとして、エコ批評の特性とはどのような姿勢に見出せるのだろうか。このセクションでは、文化と自然の関係というきわめて重大な問題についてエコ批評内で交わされたいくつかの議論の広がりと限界を提示する。ここで指摘しておくべき最も基本的な点は、エコ批評がすべては社会的・言語的に構築されている（これは本書三四─三七ページで解説した批評理論における五つの繰り返し現れる考え方のリストの最初に挙げられるものであり、本書で扱われるほかの理論のほとんどが共有している）という観念を拒絶しているということであろう。エコ批評家にとって自然は、私たちの存在を超えて現実に存在している。自然とは、訳知り顔で引用符に閉じ込めた概念として、アイロニカルに用いられる必要はなく、むしろ私たちに影響を与え、もし取り扱いを間違えば私たちが致命的な影響を与えてしまいかねない、そんな実体をもった現実の存在なのである。だから自然は私たちの文化実践の一部（例えば私たちが神を作り出しそれを世界全体に投影するといったような）として考え出した概念には還元できないのだ。一般的に、理論には私たちの外在的な世界を社会的・言語的に構築されたもの、つまり「言説」へと「例外なくすでに」テクスト化されているもの、と見なす傾向があるが、エコ批評はこの息の長い理論の伝統的慣習に疑義を呈する。これはケイト・ソーパーの「オゾン層に穴をあけているのは言語ではない」というしばしば引用されることば（独創的な『自然とは何か』（Kate Soper, *What is Nature?*, p. 151））に見られるように、ときにはいら立ちを隠さない言明となる。つまりエコ批評は、文学理論の重要な側面である「構築性」に関わる根本的な信念を拒絶している。もちろん社会的な構築の普遍性を信じるという立場は、もしその通りならその考えそのものを知ることはできないのではないか、との反論には抗しがたい（何故なら「すべて」には「すべては社会的言語的に構築されている」という考え自体も含まれるからだ）。一九八〇年代には、社会構築主義のギャングたちがそこら中にいて、研究者のための舗装された伝統的思考の道すじを掘り返し、それにとってかわろうとしていたし、大部分において彼らの仕事はいまだにそこで行われていて人文学研究の大道を作り上げている。そういったわけですべては社会的・言語的に構築されているといった見方を肯定するにせよ反証するにせよ、そこには文学理論についての一日しのぎの議論に押し込めることのできない困難があるのだ。それでも、エコ批評の理論への介入の要点は、この構築主義への挑戦という点にある。

しかしながらこの決定的な論点は、エコ批評が「理論以前」のナイーヴな自然観をもつものだと理解されてはならない。この問題については逸話的な対決がいくつか存在し、それは稔りある研究対象となっている。またこの問題は、本書の各所で取り上げられる理論の根本原則についての重要な論争（例えばF・R・リーヴィスとルネ・ウェレックが一九三〇年代に行った文学批評の原則に関わるやりとり（本書二一―二二ページ）や、F・W・ベイトソンとロジャー・ファウラーの間で一九六〇年代に行われた言語学と文芸批評についての対話など（本書二四六ページ））と同じくらい重要なものである。エコ批評の場合、最も白熱した応酬のひとつに数えられるのは、アメリカのワーズワス研究家のアラン・リウと、ジョナサン・ベイト（『ロマン派のエコロジー』）やカール・クローバー『エコロジー的文芸批評』（Karl Kroeber, *Ecological Literary Criticism*）およびテリー・ギフォード（もともとは一九九六年の「文学と環境における学際的研究（*ISLE*）」において行われたが、後にクープの『グリーン・スタディーズ読本』（*The Green Studies Reader*）に再録された（pp. 173-176））を含む複数のエコ批評家たちとの間で行われたものだ。リウの論点の眼目は、何かを「自然」と呼びそれを「単なる所与のもの」と見なす見方は、往々にしてそういった見方を作り出してきた政治的なものを避けて通ろうとする方法である、というものである。もちろん、そうかもしれない。例えば、C・F・アレクサンダーのよく知られた一九世紀の子ども用讃美歌「すべては輝き美しく」はもともと（多くの版で長い間削除されていた）以下の悪名高い詩行をふくんでいた。

富める者は城に
貧しい者は門前に
神は彼らを高貴なものに、あるいは低俗なものに作りたもうた
そして地位を定めたもうたのだ

ここでは明らかに、社会的不平等が「自然化」、すなわち文字通り自然として偽装され「神の与えたもうた」逃れられない状況と見なされているのだが、これは実際には特定の政治的権力構造の所産である（おそらくカール・マルクスが一八四四年の「ヘーゲル法哲学批判」で宗教は人民のアヘンであると書きつけたときにはそういった感情が心中にあったのだろう）。左派が長きにわたって保持してきた前提は、自然であることへの言及はそれがいかなるものであっても、そこに政治的なものを覆い隠す作用があり、不平等と不正義に正当性を与えてしまうことになる、というものである。したがってリウにとって（ベイトの言い換えによると）「自然などというものは存在しない……言い換えると「自然」とはワーズワースやその他の人たちが自分たちの目的のために作り上げた構築物でしかない」（クープ、p. 171）ということになる。このリウのいまや悪名高い言明はエコ批評の著作で頻繁に標的にされ、逆説的に、エコ批評の立場を定義づけ明確化してくれる貴重な刺激となってきた（その具体例として章末のリストに上げられたクローバーの著作の「自然に不意打ちされて――エコロジーと冷戦批評」（Surprised by nature: ecology and Cold War criticism）と題された章を見られたい）。ギフォードはリウの次のような趣旨の言葉を引用する。「私たちは人間を正当化し、人間がみずからの居心地をよくすることのできる媒介を利用するために、非人間的なものを引っぱり出すのだが、それ

を、自然という名のもとに行うのだ」（p. 175）。これに対するギフォードの応答は、いうなれば「リウが自然という語を「媒介」であるとしているのは正しいのだが、その媒介の一般的な物理的存在という一側面を拒絶してしまっているのは間違いである」というものだ（p. 175）。たしかに、「自然」という語の意味は本書で取り上げられるほとんどすべての理論が議論を行う「闘争の場」であり、またこの語は文化史から重要な術語と概念を蒐集したレイモンド・ウィリアムズ『キーワード辞典』で最も長い記述がなされている語のひとつでもある。(3)

おそらく、現実が社会的および言語的に構築されているという問題（ときに「リアルなものの問題」と呼ばれる）は理論の教育が混乱を引き起こしてきた領域のひとつである、とこの種の本の後のほうの章で述べておくのは適切なことだろう。もちろん自然への態度は多様なものであるし、それらの一部は文化的に決定されてもいる。しかしある現象が異なった文化によって異なった見方をされているという事実は、それが「現実」であることに疑問符を突きつけることにはならない。テリー・ギフォードと同様に（p. 176）、私たち全員を成長や成熟やそして衰弱のサイクルのなかに含みいれる、すべてを覆う大きなナラティヴとしての自然が存在することの証拠として、私は自身の禿げ上がった頭を挙げることができる。このナラティヴに対して私は、リオタール的な「不信」をたっぷりともつことはできても、私の頭はそれによってどうなるものでもない。それでも、現実と概念両方の意味での「加齢」は異なった文化において異なった特質を担う。一部の文化は加齢をほとんど恥ずべきものと見なし、したがって歳を取った人が若者の話し方や服装、趣味・嗜好、行動のスタイルを身にまとうこととなる。また別の文化や時代は、例えば智慧や理解力をもっていることの指標として加齢を名誉ある賞賛すべきものと見なす（あるいは見なした）。したがってソクラテスあるいは父なる神の伝統的な表現は、メリハリのあるぴったりとした服を着た若い男性か女性像ではなく、ゆったりとした衣服をまとった年配で白髪交じりの髭をたくわえた家父長的な形象を提示するのだ。まるで老齢と男性性こそ「あらゆる時代および年代《エイジ》の智慧」にふさわしい、自然な肉体的身なりなのだといわんばかりに。しかしながら年を取るという事実に向けられる姿勢が文化的に決定され文化ごとに異なっているからといって、年齢は「社会的に構築されている」だとか、年齢は自然であるというよりはむしろ私たちの文化の一部であるといったことになるわけではないということを私たちは認識すべきである。はっきりさせておかなければならないのだが、そういった言明は比喩的な誇張された表現なのであって、真実の要素のひとつを指し示すものではあるが、文字通りの真実としてなりすまされてはならない。それは映画宣伝のなかで俳優について（例えば）「マーロン・ブランドはゴッド・ファーザーである」と述べられるような言明と似ている。文学理論の教育において、私たちはこういったことやこれに類似したことがらについて、必要十分といえるほど明確な区別はつけてこなかったのかもしれない。エコ批評の歓迎すべき副次的効果のひとつは、こうしたきわめて重要な問題を前景化させ、いくぶん遅まきながらではあろうが、この問題に関する私たちの思考をはっきりとさせてくれる点にある。

これまでの議論と連関して、エコ批評によって目立つこととなったもうひとつの問題がある。何かの区別（例えば自然と文化の区別）は、それが必ずしも常に絶対的で明確な区別ではないという事実によって自己矛盾へと脱構築されるのかどうか、という問いだ。あるレベルにおいては、この問題に至極簡単に答えることができる。すなわち、区別の存在は、中間的な段階がそれと同時に存在するからといってその区別の基盤を切り崩されるといったことはまったくない。なぜなら白でも黒でもないグレーは現実のものであるが、そのグレーの存在が白と黒のあいだにある差異の存在を不安定にさせるということはないからである。これをエコ批評に直接的に関わる問題に翻訳すると以下のようになる。すなわち、私たちには自然があり文化があり、そして双方に共通する状態があり、さらにまたそれら三つは現実のものである、と。例として、私たちが「屋外の環境」とよび得るような領域、すなわち隣接し重なり合いながら自然から文化へと以下の線引きに従って徐々に変化する領域を考えてみよう。

領域１：「荒野」（例――砂漠、大洋、人の住まない大地）
領域２：「崇高な風景」（例――森林、湖、山、崖、滝）
領域３：「田舎」（例――丘、野原、林）
領域４：「絵にかいたように美しくも馴致された日常空間」（例――公園、庭園、小径）

これらの領域を想像のなかで移動していくと、かなり「純粋な」自然の領域1から、大部分が「文化」である領域4に移行していくことになる。もちろん、荒野は地球温暖化（文化的なもの）に影響を受けているし、庭園は太陽光（自然の力）に依存している。だが、どちらの概念（「自然」あるいは「文化」）も、その事実によって無効なるというわけではない。さらに、程度の違いで分類された中間的な二つの領域は文化と自然双方の要素を多く含んでいることから、これら領域中の構成要素の幾つかの正しい位置づけに疑問を投げかけることになるかもしれない（山は領域1に分類されるべきだろうか、丘は領域2にすべきだろうか）。しかしながらこれらの不確定性は、自然と文化の根本的な差異を不安定化させるものとして見なされるべきではない。たとえもしこれら四つの領域すべてが実際には文化なのであって程度の違いでしかないとか、あるいは種類の異なった文化であると示され得たとしても、それでも、自然なるものは存在しない、ということに直結するわけではないのである（これと同様に、小雨は雨の一種でしかないという事実は、小雨なるものは存在しないなどということにはならないし、「雨が降っている」と「小雨が降っている」と述べることのあいだには差異がないなどということにもならない）。

ここで先ほどの四つの領域に立ち戻ってみると、「ネイチャー・ライティング」と呼ばれるものはこの二つの中間領域に関心を向けているということがわかるだろう。ジェイムズ・トムソンの『四季』（James Thomson, *The Seasons*, 1730）やトマス・グレイの「墓畔の哀歌」（Thomas Gray, 'Elegy in a Country Churchyard', 1751）、ウィリアム・クーパーの『課題』（William Cowper, *The Task*, 1785）がその実例となる一八世紀の地誌的な作品は、領域3のロケーションを好んで用いていたし、ワーズワスの『序曲』（William Wordsworth, *The Prelude* 最も知られた形のものは一八〇五年版）がその好例となるイギリス・ロマン主義の作品はしばしば領域2に傾注してきた。だがアメリカ一九世紀の超越主義者たちの作品は、主に領域1に関心を抱いている（山脈や大草原、巨大な滝、空白地帯そのもの）(4)。領域3と4はしばしば家族や家庭を描いたフィクションや抒情詩の舞台となっており、この二つの領域は人間同士の関係を中心に据えている。他方で最初の二つの領域は、人間と超越的な力（運命、宿命、神など）の関係を描く叙事詩や英雄譚、さらには人間が自身の限界や力を試すような「プロメテウス的」物語（例えばミルトンの『失楽園』

(John Milton, *Paradise Lost*, 1667)、メアリ・シェリーの『フランケンシュタイン』(Mary Shelley, *Frankenstein, or the Modern Prometheus*, 1818)、ハーマン・メルヴィルの『白鯨』(Herman Melville, *Moby Dick*, 1851) など) の好む舞台となっている。荒野は、自分自身を見出すことになる者たちが、まるで本能に突き動かされたかのように入り込むものとしてあるのだ。例えば、モーゼは十戒を授かるために山に登り、キリストは祈りのために荒野へと出て、オーストラリアのアボリジニの通過儀礼では、若者は灌木地帯を「さまよい歩くこと」を課され、ハック・フィンは「居留区《テリトリー》にとんでいく」などなど。したがってこれらの空間は私たちにとってある特別な機能を、すなわち私たちの幸福にとって必要不可欠な機能を演じているように思われる。とはいえもちろん、これは人間中心主義的な、まるでそれらが人間のために存在しているかのように考える見方であって、「急進的な環境保護論者《ディープ・エコロジー》」が反論するであろう論点なのではあるのだが[5]。エコ批評論者たちによって繰り返し指摘されているのは、地球温暖化、および毒性廃棄物や放射性降下物などの「人間中心主義」に由来する諸問題にどこも覆われ、人類史上はじめて、本当の意味での荒野はもはや地球上に存在しなくなってしまった、という論点である。こういった問題を看取する私たちの感覚は人それぞれであり得るだろうが、少なくとも、ジェンダーや人種、階級といった諸問題が文学や批評がもつべき問題関心の全領域を消尽してしまうことなどもはやありえない、ということは認められる必要がある。「社会生態学」や「エコ・フェミニズム」の論者たちがジェンダー、人種、階級などの問題を、環境に関わる問題意識に突き動かされたプログラムや見解と組み合わせようとすることは正当ではあるが、それでもこの認識は必要なのだ。ジェンダーや人種、階級の領域における不正義の是正に寄与しようと試みることは、文学者や理論家にとっては賞賛すべきこころざしではある。だが、それらの領域で何か事を成すということが、取り返しのつかない環境破壊は何とかして回避できるだろうという前提の上になされている事実を見過ごすのは、適切ではない。あるいはそれは、タイタニックが氷塊に向かって速度を上げているなかで、乗務員の労働環境を改善するために奮闘するごときものであろう。

批評を裏返しにする

文学テクストのエコ批評的読解とは、単純にいえば、これまで見てきたような問題や関心を何らかのかたちで含むような読解である。しかしながらすでに述べてきたように、単純に習得して適用すれば良いというだけの広く受け入れられたモデルは存在しない。これはしばしば、馴染み深いテクストのある側面に、すなわちそれまでそのテクストに常に付随してきていたかもしれないのに十全な関心が払われてこなかった側面に、これまでとは異なった注意深さでもって対峙しようというアプローチの問題にしかすぎないことがある。このアプローチの問題は、ラルフ・W・ブラックの「エコ批評について私たちが語るとき、私たちは何について語っているのか」と題された短いエッセーの冒頭に描き出されている。

先日、久しぶりに『リア王』を観た。オリヴィエの演じるリア王だ。私はいつも通り、リアの深い怒りとそれよりもさらに深い悲しみに驚嘆し、そして劇の末尾、彼がコーディリアのなきがらを抱えて舞台から去っていくところで、いつも通り涙した。だが私はそれ以上に、その冒頭部分に衝撃を受けた。王国の地図が広げられたのだが、それは堂々たる一群の鹿のなめし皮に書かれていたのだ。老君主は、彼の剣を用いて娘たちに領地を象徴的に分割する。娘たちがその愛のありようについて口を開くまえに、あるいは口をつぐむまえに、この違犯行為、すなわち商品化された大地の分割と最も言葉巧みな者への分配が存在しているのだ。私は少しのあいだ、この悲劇に対する自分の理解について考え込んでしまった。いかなる不遜な行為が彼の没落を引き起こすのか、そしてこの戯曲における自然世界の重要性について考えを巡らせたのだ。なぜなら、劇中で事態を明らかにする瞬間はすべて屋外、すなわち嵐のさ中や荒れ地、海岸でなされているように思われるからなのだ(6)。

こういった前置きは、これまでの『リア王』読解とはまったく異なると思われる読み方を示している。その独自性は、この戯曲を環境保護的な問題関心に還元してしまうところにあるのではなく、むしろこれまでの伝統的なアプローチがこの戯曲に見出してきた諸問題に、はじめて右記のような問題を付け加えるという点にある。こういった読み方は、父が聞きたいと望んでいることをいえばコーディリアに与えられることになっている王国の一片（「最も豊かな三分の一の土地」）が、実際に人々の住まう景観（丘、野原、河川、農場、共同体）であるということを思い起こさせてくれるだろう。それらの景観は、まるでそれ自体の主張や全体性をもっていないかのように、支配者の気まぐれによってでたらめに切り刻まれようとしているのだ。これと同様に、彼の狂気の舞台となる「殺伐とした荒野」は、この領地のどこかに位置づけられる実際の場所であり、おそらくリア王の政治的行為の帰結としてその領地が被る軽視と低落の象徴（「殺伐とした」という描写において）となっている。嵐も同様に、リア王の狂気の相関物であるだけでなく、彼の不自然な行動が折り合いをつけるのを拒絶する自然のプロセス、例えば彼自身の加齢や若い世代によって彼がわきに追いやられるといった自然なプロセスを表象する現実の天気なのである（トルストイは「すべての年老いた男性はリア王である」と述べていたし、フロイトも『リア王』を「家族劇」の原型と見なしていた）。したがって、正典《キャノン》と見なされるテクストのエコ批評的読解は、異なった視点を付加することから始まるのであり、それは明らかに自然を扱っている作品には限られないのだ。

しかし、ここでの『リア王』読解にはもうひとつの特筆すべき特質がある。この読解は従来の読解方法を、いうなれば、裏返しにするような傾向をもっているのだ。ここでの「裏返す」とは、この読解戦略がその批評的な注意力を内的なものから外的なものへ転換することで、それまで単純に「舞台」と見なされてきたものが批評の周辺から批評の中心にもち込まれるという事態（そうすることで嵐はリア王の精神的動揺の表象としてだけでなく、嵐そのものであるということになる）を指している。内的なものの外的なものに対する優越を拒絶するこの重要な動きを、少々長くなるが別のテクストを例として用いつつ説明してみたいと思う。ここで私が強調したいのは、この動きが還元的なものになるとは限らないこと、そして（究極的には）私たちの文学研究の活力となっている複雑性が、そこでは希釈されるのではなくむしろ豊穣化されている、という点である。ここで私が用いるテクストはエドガー・アラン・ポーのよく知られた物語「アッシャー家の崩壊」である[7]。物語のなかでロデリック・アッシャーとその妹マデリンは、古びて壊れかかり、他から隔絶されたアッシャー家の邸宅で、ある種の自主的幽閉の状態にある。この邸宅は、「屋敷のそばで波ひとつなく輝く、黒々としたぞっとするような沼」と描写される「不気味な池」のそばに建っている。妹は消耗性の奇妙な病気にかかっており、一方でアッシャー自身も「高潔で精神的な理想」をもった人で、「感覚の病的なまでの鋭さ」に苦しめられている。それは「花の香りはすべて息苦しく感じられ、その目は淡い光にさえ激しい苦しみを感じた」というほどのもので、彼はいかなる自然世界のものにも耐えられなくなっているのだ。彼の周りの世界との唯一の接触は芸術を通してなされるものとなっており、語り手がアッシャーに最初に出会うときには「[彼の部屋には]書物や楽器がたくさんあたりに散らばっていたが、それはこの場面になんの生気を与えることもなかった」というほどであった。

この物語は通常、アッシャーの病的な心理と、語り手の到来がマデリンの病状悪化の引き金となってしまったという不可解な点に焦点を当てて読まれる。つまり、語り手はマデリンがまだ完全には息を引き取っていない状態での墓所（これは語り手の部屋の真下にある）への埋葬に手を貸してしまうのだが、このことからこの共犯性の描写が成されてきたし、また、彼女が再び現れるシーンにおいても彼の関与が指摘されてきた、ということだ（語り手は、気味の悪い小説をアッシャーに読み聞かせるのだが、これは地下で起こっているマデリンの棺からのグロテスクな脱出劇および蘇生と並行している）。よみがえった妹を見たショックで神経が衰弱しているアッシャーは死んでしまうわけだが、名指されることのないこの語り手がこれらすべての出来事の引き金になっていることから、アッシャーとマデリンを語り手自身のある側面、つまり彼の理性の下部にある潜在意識だとする読み方が往々にして見られる。これは文学批評で良く見られる手だ。すなわち、「外在的なもの」（登場人物であれ、物体や状況や出来事であれ）が「内在的なもの」（この場合は潜在意識の要素）として読み込まれるのである。

これとは対照的に、エコ批評的読解は屋敷のもち主やその精神といった内部ではなく、屋敷そのものやその周りの環境といった外部に関心を向ける。また、エコ批評はエネルギーやエントロピー（システム内部にあり崩壊や無秩序へと向かうある種の負のエネルギー）、共生関係《シンビオシス》（「共に（sym）」—「生活すること（biosis）」で、文字通りには「共に生活すること」となり、互恵的に維持を行う共同存在関係のシステム）といった概念を用いる。したがってこの屋敷はより広範な生物圏に対する共生関係的接点をまったくもたない孤立したエントロピー的システムとして存在している、ということになる。「その屋敷の周りの水辺や壁には、屋敷それじたいの気配が少しずつではあるもののはっきりと凝縮していた」とあるように、淀んだ湖はその家の静止したイメージを反映しており、その家が吸い込むのは自身の崩壊の空気である。アッシャーと語り手が窓の外に「非常に濃く立ちこめている雲（それはこの家の小塔を圧するばかりに低く垂れていた）も［旋風によって］遠くへ飛び去ることはなく、四方八方から互いにぶつかりあって疾走しながら飛んでくるその生命あるもののような［旋風の］速さを、認めることを妨げはしなかった」のを見て取るように、この屋敷とその周囲はそれ自体で閉じた小さな環境を形成しており、物語のクライマックスが近づくにつれて、それは閉じこめられ代謝をやめた自身のエネルギーのなかであえいでいるように見える。このように、アッシャー家の屋敷は生命システムの一部ではない。外からやってきてこのシステムを活性化し、ほかのシステムへの寄与を可能にしてくれるような新しい要素は入ってこない。光は衰え、川は流れることを止め、火は燃え上がらせるべきものをもたない、それがアッシャー家とその周りのシステムなのである。このシステムは、自身をより広大な生命力の流れからナルシシズム的に隔絶してしまうことで、自身を自らのエネルギーを吸い上げて自らを破壊してしまう渦巻、すなわちある種のブラックホールに変身させてしまっている。実際に、「渦を巻く風はその力を明らかにこの屋敷の付近から獲得している」と、窓から外を覗き込んだ語り手がいっているし、物語の最後で屋敷が崩壊して完全に飲み込まれてしまう黒々とした沼（あるいは湖）を読み取ることもできる。なかでも最も薄気味悪いのは、「そこからは生来の定められた特質でもあるかのように、ある絶え間ない暗闇の放射として、道徳的・物理的な世界にあるすべてのものへと、闇を浴びせかけていた」と描写されるアッシャーの精神だろう。つまりアッシャーは、自己崩壊へと突き進む急激に収縮した星のごとく、エネルギーではなくエントロピーを放射するのである。恐ろしいことに彼はすべて「文化」であって、「自然」ではない。例えば彼は「光恐怖症」で、自然光にはまったく耐えられない。だから絵画内部に表現された光を好む。また、彼は自然の音にも耐えられないので、音楽の加工された音しか受け入れられない。以上のことから、ここでイメージされているのは、修復のきかなくなったほどにダメージを受けたエコシステムであり、その断末魔である。これは冷却へと向かう惑星の、自身の残骸で身動きが取れなくなり、あらゆるカタルシスやの再建の可能性から断たれてしまったシステム内部の生命なのである。この読解における物語の中心は、存在論的不安を伴った霊魂の暗夜にはない。その中心は意図的に環境災害や核の冬、太陽エネルギーの枯渇を招こうとする永続的な夜なのである。これは、それまでの慣習的な読解がもたらすものよりもっと恐ろしい物語となっている。なぜなら、語り手が崩れゆく家から走り出してくると、もはや彼には駆け込んでいく場所は存在しないだろうから。

考えてみよう

私の大学にある研究室のドアには、私が「反直観的」と考えるカギがつけられている。カギを枠から離す方向に回すのではなく枠に向けて回すとカギが開くのだ。だから結果としてカギを開けるときには毎回、直観的には明らかだと思われる手順の逆を、意識的にこなさなければならないことになる。批評理論はドアを開けるためのカギを私たちに提供してくれている（それは場合によってはイェールのカギ[2]だったりする）のだが、その多くが強い「反直観的」基盤をもっているように思われる。要するに、私たちが日々の生活のなかで正しいあるいは真実と見なす傾向にある観念と矛盾するように思われるような立場を、これら批評理論は提示しているのだ。エコ批評の場合、私たちが向き合わなければならない直観とは西洋の伝統的文化にみられる、息の長い深く根をはった人間中心的態度である。これは宗教的かつ人間主義的な態度であり、また、往々にしてありふれた引用や格言のなかに祭り上げられているものでもある。そんなわけで、紀元前五世紀ごろのギリシャの哲学者プロタゴラスは自信満々に私たち人間をすべての中心に据え、「人間は万物の尺度である」との有名な言明をしているし、創世記では人間は「海の魚、空の鳥そして大地で動くあらゆる生き物」に対する「支配権[3]」を与えられている。これらと同様にレオナルド・

ダ・ヴィンチの有名な「ウィトルウィウス的人体図」（水平に差し出した両腕と、斜めに差し出した両腕の両方が書かれた、男性裸体像）は、人間身体のプロポーションを最も根源的な幾何学的姿形の基礎だと見なし、したがって目を楽しませるものの外形上のバランスの基礎は人間身体にあると見なしている。また一八世紀の詩人アレクサンダー・ポープは『人間論』（*An Essay on Man*, 1732-34）のなかで「汝、自身を知れ、神のことをあれこれ詮索などするな。人類にふさわしい研究対象は人間である」（傍点筆者）と書いている。これらはすべて、そしてこれらとよく似たイメージや言い回しも同様に、私たち人間に環境中心的というよりは人間中心的な態度に対する高級文化《ハイ・カルチャー》のお墨付きを与えているように思われる。

一九世紀イギリス、ヴィクトリア朝の偉大な美術批評家であったジョン・ラスキンは『近代画家論　第三巻』（*Modern Painters, vol. 3*, 1856）のなかで、私たちが自分たちの感情を環境に投影しようとする本能的な傾向を表すのに「感傷的虚偽《パセティック・ファラシー》」という語を作り出した。これは何事も私たちを中心に据えたうえで見ようとする習慣の別様の形式だといえよう。ラスキンは「すべての激しい感情は同じ効果をもっている。それらの感情は私たちのなかに、すべての外在的事象についての間違った印象を作り出すのだ。私はこれを敷衍してそうした特性を「感傷的虚偽」と呼びたい」と述べている。したがって「残酷な海」などといったフレーズは人間の属性（残酷さ）を自然の要素に投影しているという点で感傷的虚偽を明らかにしてしまっているものだといえる。ラスキンは深いエコロジー的な意識をもっていた。彼は、自然の回復力は無限ではないかもしれず、近代的な生産と消費の形式には、環境に決定的なダメージを負わせる潜在的能力が備わってしまっているかもしれない、という感覚を記録したイギリスで初めての著名な作家であったのだ。彼は、彼が「一九世紀の暴風雲」とも「近代のペスト雲」とも呼ぶものについての講義のなかで、産業の汚染によって環境が永続的な傷を負わされてしまうかもしれないという強い不安を表明していた。これは、私たちの自然に対する「支配」には限界など必要ない、とする想定が環境に引き起こす帰結であるといえるだろう。この「脅迫的な」態度をとるラスキンは、二〇年間の観察を経て、その当時、雲の形成、大気の状態、そして天気のパターンが変化してきていること（変化させられてきていること）を確信したのだった。

興味深いことに、アメリカの詩人であるエマソンはこれとは対照的に感傷的虚偽については何も心配していなかった。彼は「自然はいつも精神の色彩をまとっている」と『自然』の第一章で述べているのだが、彼のこの言葉に共感しないでいるのは難しい。先ほど言及したアメリカとイギリスにおけるエコ批評の差異が、この両者の違いに徴候的に表れているとするのは性急すぎるだろうか。この二つの観点をそれぞれ環境的楽観主義と環境的悲観主義の徴候と見なすのは単純化に過ぎるのだろうか。つまり、イギリスや日本のような人口過密な島国では、自然は文化によってすぐに丸呑みされてしまうものとして直観的に想起され、他方、アメリカやオーストラリアのような広大な土地をもつ場所は、実際に周囲に広がる自然のあり方に刺激され、地球温暖化やオゾン層に関するどんな証拠が挙げられようとも地球は生き延びるだろうという心奥に宿る信念を生み出す傾向にあるのだろうか。私たちがどちらに向かうにせよ、私たちのこの問題に関する善意から出た問題意識は何か変化をもたらすのだろうか。状況を改善させるのに世界秩序におけるどのような変化が必要となるのだろうか、そしてそれらは不可避的に私たちの自由を切り詰めるものとなるのだろうか。そしてなによりも、ラスキンに工場汚染について悩んだり書いたりする自由を与えたのは何だったのだろうか（一方でほかの男性や女性は生きることに精いっぱいだったというのに）。それは究極的には、シェリー酒の輸入を基盤とした家族の財産［ラスキンの生家は富裕な酒商］だったのではないだろうか。この貿易という生業は、ほかと同じく産業的な汚染を引き起こす諸力と密接に結びつけられていたに違いないものである。それでは私たちの生活、つまり本や大学のコースやウェブサイトと関係する私たちの生活は、ラスキンのそれと比べて、自然環境に対して責任がないといえるのだろうか。

エコ批評がすること

(1) エコ批評家は自然世界の表象に特に注意を払いつつ、有名な文学作品を環境中心的な視点で読み直す。
(2) エコ批評家は環境中心的なさまざまな概念を自然の世界以外にも用いることで、その適用範囲を拡大する。

ここでの環境中心的な概念とは、例えば成長とエネルギー、均衡と不均衡、シンビオシスと相互性、エネルギーと資源の持続可能なあるいは持続不可能な使用、などを指す。

(3) エコ批評家は自身の主題として自然を前景化させた作家たちを、特に規範的なまでに重要視する。例えばアメリカの超越主義者やイギリスのロマン派、ジョン・クレアの詩、トマス・ハーディの作品、そして二〇世紀初期のジョージ朝時代の詩人たちである。

(4) エコ批評家は、関連した「事実に基づく」書き物、特にエッセーや旅行記、回想録、地域文学といった内省的で地誌的な素材をあらたに強調することで、文学批評の実践領域を拡大する。

(5) エコ批評家は、文学理論で支配的な「社会構築主義」と言語決定論（これは外在的世界は言語的、社会的に構築されているという点を強調することでなされる）に背を向け、その代わりに綿密な観察や集合的な倫理的責任、私たちを越えた世界の存在を主張することの環境中心的な価値を強調する。

エコ批評の実例

一九一五年、年老いたトマス・ハーディは、第一次世界大戦が泥沼化するにつれて文明的な諸価値が崩壊しつつあるという感覚に圧倒され、「『諸国家の破壊』の時に」と呼ばれる短い詩を書いた。

Ⅰ

ただ土を耕す一人の男が
ゆっくりと無言で歩く
つまずき、頭を揺らす年老いた馬を連れて
どちらも眠ったようにゆっくり歩く

Ⅱ
ただ炎のない薄い煙が
積まれたシバムギから立ち上る
それでもこれは変わらず続いてゆく
王朝がいくつ過ぎ去ろうとも。

Ⅲ
向こうにはひとりのメイドと彼女の男がおり
ひそひそ話をしながらやってくる
戦争の年代記は雲に隠れ宵闇に溶けてゆく
ふたりの物語が絶えるよりも先に。

「王朝いくつもが過ぎ去」り国家が猛攻撃によって破壊されていくなかで、この詩人は沈痛な面もちで自分のまわりを見渡し、不変なものの実例を探し求めている。世界大戦の惨禍のなかで、それにもかかわらず永遠に「変わらず続いてゆく」何かがある、と自分を安心させようとしているのだ。そこで彼が選ぶ何かとは、最もありふれた、高度な技術化がなされていない農業実践の発露である。すなわち機械を使わずに馬の引くすきで畑を耕す農夫である。作中では「ただ土を耕すひとりの男が／ゆっくりと無言で歩く」と表現されている。

しかしながら、この詩が一九一五年に書かれたと述べるのは字義的な事実でしかない。この作品は一九一五年に書きとめられたというほうがより正確だろう。というのも、この作品中で思い起こされている畑を耕す農夫は、実際には一八七〇年にハーディが目にしたものだったのだ。このときハーディはコーンウォールにある牧師館の庭で最初の妻エマ・ラヴィニア・ギフォードに結婚を申し込んでいる。これをおおまかにエコロジー的な観点で考えてみると、いまや遠くに離れてしまった彼の個人的な過去において、あるアイデアの種が詩人の心のなかに植えつけられ、時間とともにあるイメージが成長し成熟し、それが長い年月を経て立ち上がり、最終的には彼の欲求に見合う形で再利用された、ということができるかもしれない。したがってこの詩が長い時間をかけて練り上げられたということそれ自体が、詩で描写されている成長と耕作の忍耐強いプロセスを反映している。二番目の妻がゴーストライターをした自伝のなかでハーディが述べているように、エマへの求婚は［第一次世界大戦の］前におきた戦争、すなわち普仏戦争の時期になされており、一九一五年の詩に登場する農夫は一八七〇年の八月一八日、すなわち「グラヴロットの激戦」（プロシアの勝利に終わったがプロシア側には二万人の犠牲と、フランス側には一万三〇〇〇人の死者が出た）の日に目撃されていた。これはハーディとエマが屋外で一緒にテニスンを読んでいる時のことだった。その間に多くのことが変化し過ぎ去ってしまったにもかかわらず、その一方でハーディはまだ持続や不変を、時間を越えた自然の諸力を信じていた。古きヨーロッパの秩序が過ぎ去り、ハーディが自身の作品で記録していた農業実践は変容し、自身の青春時代は過ぎ去り、エマとのあいだの苦々しい若き年月も終わりをつげ、そして最後にはエマの死を迎えたにもかかわらず、である。「時代を超えた」農夫はしたがって、ハーディの求めた時間に逆らう性質を具現化しながら、何の変容も被ることなく彼の心中で四五年間も生き続けていたのだ。これとは対照的に「メイドと彼女の男」は一八七〇年あるいは一九一五年にハーディに目撃された人物なのではなく、彼自身とエマの姿を一八七〇年の情景に「逆投影」したものとなっている。そこでは、この不可知論者である詩人によって未来および自然と人間性の不滅を保障するようなものにされた農夫のすがたと関連づけられることで、この二人はハーディが永遠性を描くために用いた技巧に引き入れられているのである。

先に提示した四領域の枠組の観点から見てみると、安逸な立場にある詩中の話者あるいは観察者は、教区の庭園から眺めながら、領域3と領域4のあいだで揺れ動いていることになる（この庭園は一般的に美的かつ感覚的な快楽を意図した植物で装飾されており、伝統的に息抜きや恋の戯れにおあつらえ向きの舞台にされる。例えばテニスンの詩「モード」における庭のイメージを想起しよう。「庭にいらっしゃい、モード」と語り手はモードを招き入れる）。彼はその庭園から耕作地の広がる谷を眺めやる。それは領域3にあたる土地で、暮らしの糧となるものを植える場であり、良き生を実らせるための労働が必要とされる風景でもある。農業地と園芸地という二つの地域は相互に隣接しており、ハーディは求愛するカップルを「向こう」に、すなわち庭の外に置き、共通の属性を与えることによって、こちら側との理想的な融合を示唆している。馬と男はゆっくりと静かに眠ったように歩き、メイドとその男はささやきながら同様にゆっくり歩いているのだ。情景全体はゆっくりと静かに、まるで夢うつつであるかのように動いていくのだが、それらがひとつに混ざり合っていくことはない。第一連の畑を耕す農夫と第三連のカップルは、よりネガティヴなイメージをもった第二連によって分断されているのである。第二連で描かれる、積み上げられ火をつけられた草から炎もなく立ち上る細い煙は、まるでその地方独自の風景と居住区域内の風景の融合した生産的調和のヴィジョンが不吉にも妨げられるさまを表しているかのようだ。この詩のすぐ外にただよう人間による破壊的な活動（タイトルが用いている「諸国家の破壊」は旧約聖書のエレミヤ書から引用されているものであるし、自伝では普仏戦争での戦いが言及されている）は二つの領域を分断しずらしてしまうものであり、作中ではそれが草の燃えるさまで表象されている。二つの領域の、いわば生の異なった位相と側面のあいだの、シンビオシスは戦争の大量殺戮というエントロピーによって脅かされているのである。

戦争による破壊的な消耗という重荷を背負いながら、このカップルはテニスンの詩にどんな安らぎを見出せるのだろうか、と問うてみてもいいだろう。彼らはどのテニスンの詩を読んでいたのだろうか。実際に戦場には行かず自室で愛国心をたぎらせる「軽騎兵の突撃」（'The Charge of the Light Brigade'）のテニスンだろうか（彼の息子によると、テニスンは『タイムズ』紙のこの突撃の報にふれて興奮し、新聞を頭上でサーベルのように振り回し奇声をあげて部屋で大騒ぎしたのだという）。もしくは環境問題に対する不安の気配もまったく見せずに技術の変化と鉄道の敷設を喜ぶ「ロックスリー・ホール」（'Locksley Hall'）のテニスンだろうか。もしくは、永遠に続く生などというものにほとんど信頼を寄せていないように見える「イン・メモリアム」（'In Memoriam'）のテニスンだろうか。この時のテニスンは、生物の種の喪失と絶滅を記録する化石（そのころ、多くは聖職者で化石愛好家であったヴィクトリア朝の先駆的な地質学者たちによって、しだいに分析され始めていた）は、慈悲深き自然の連続性の再確認となるようなメッセージを運んでくるものではない、と気づいてしまっていた。それは、おびただしい数の種の消滅でさえ気にかけようとしない生命の力をありありと伝えるものであり、また、愛によってではなく無慈悲で貪欲な本能によって突き動かされた「牙と爪を血に染めた自然」を語りかけるものであった。このテニスンは彼の不可知論的立場（これは教会には行くが、確固とした信仰をもってはいなかったハーディのものと似ている）から、その形状や同一性の長期的な維持を完全に欠いたものとして、そして（地質学的な長大な時間の観点から眺めやれば）雲の形状のように流動的なものとして、丘や大陸について語っている[8]。テニスンのなかに慰めの言葉を探すがおそらく困難に直面したのだろう、この詩人は読んでいるもののなかにではなく、自身を取り巻く世界に安らぎを求め、農夫に目を留めるのである。

現在から見ると、農夫の「時間を超越した」形象を熟視することで回復されるこの確信は、いくらか過度に楽観主義的で自己欺瞞的だと思われるかもしれない。ハーディにとっての不変性の形象は、私たちにとってのはかなさの象徴なのかもしれない。すなわち、これは人間の身の丈に合った農業の時代の終焉をしのばせるものであり、助成を受けた過剰生産やBSEおよび口蹄疫などの病気を伴わず、また小鳥たちの歌声と低木の生垣も消失していないような、そんな農業の原初的な共同性から私たちの時代が隔絶してしまってあることを思い起こさせるものなのかもしれないのだ。このような反応をすることは、環境中心的な詩の読解の枠組作りを始めることである。それはすなわち作者の個人的な生の哀感を中心化するのではなく、まるでその詩人がたっぷりと時間をかけて、一生涯あたためてきたひとつの詩的イメージを一方に置き、他方に環境バランスの実際の不安定さを置き、両者間の奇妙な対比を詩の読解の中心に据えるという枠組である。そしてその実際の不安定さとは、詩のなかの形象が私たちのために具象化するにちがいないものなのである。

結論として、こういったエコ批評的読解の特質を挙げておこう。以下で示すリストは、エコ批評の問題意識を反映させた私の読解が目指すものであり、エコ批評そのものの到達点ではないのだが、エコ批評による読解が共有する特質を描き出したものとなっているだろうと思われる。まず第一に、右記のエコ批評の解説は、例えば詩作品そのものの成長過程についての、つまり詩が、明確な根拠なしに到来する想像力の一度きりのきらめきによって生起するのではなく、作家の人生の複数の層のなかでいかにつくりあげられるかについての鋭い認識を示すことで、おおまかに環境保護的と目される思考が取り入れられている証拠を提出する。第二に、この読解は詩のゆっくりとした成長に寄与する素材は、多様でお互いに異なったものであるということを認識している。これらの素材は、その一部は実際の事件（過去のものであったり現在のものであったりする）であり、そのほかは想像的な投影であったりもする。したがってその詩はいかなる単純化された意味でも「真実」のものではないのだが、はるかに説得力のある「真に迫る」特質をもっている。第三に、もちろん、明らかに環境保護的とわかる内容が見出される（ふたたび環境の「領域」についての要素がここで登場する）し、それらは議論のなかで適切な比重をもつ。第四に、これまで行ってきたように、詩のなかに鋭い回顧的なアイロニーを読み込む（例えばある詩に見られる永続性の象徴が、ハーディがその詩を書いてから一世紀も経っていない私たちにとって、象徴として同じようには機能しないというアイロニー）。これは、環境上の危機や危険性に対する私たちの沈痛な感覚のなかから立ち上がってくるアイロニーである。最後に（これまでの特質をまとめたものだが）、エコ批評的読解はそれ自体が多様で折衷主義的なものであり、単一の問題（例えばアレゴリー的な並列関係やある種の難解な象徴性など）にとらわれるものではなく、方法論的なバランスとオープンさをもっている。この特質があることによって、エコ批評は、ほかの多くの批評的アプローチのように証拠の単一の型（「フォルマリスト」批評の純粋なテクスト性、マルクス主義にとっての歴史性の優位、脱構築主義者にとっての主として反直観的な言語的素材など）に自身を制限することなく、広範な素材から議論を組み上げることが可能となっている。こういった折衷主義はしばしばエコ批評的読解のなかに顕著に見られるものなのだが、通常は指摘されない。というのも、批評の方法に対する不安はこのアプローチには縁遠いものだと思われるからである。この態度を要約するうえで、アメリカの批評家スコット・スロヴィックによるよく知られた寸評が思い浮かぶ。スロヴィックは「私は巨大で、多数の人を含む」というウォルト・ホイットマンの「私自身のうた」からの一節をひいてきて、それをエコ批評家たちの共同体のあり方に結びつけ、次のように付言するのだ。「エコ批評の実践を指導する単一の支配的な世界観は存在しない。エコ批評的な論文や学説の個々の事例に共通して作用している単一の戦略はないのだ」（クープ、p. 160）と。もちろん、ほとんどの批評的・理論的な運動は自身について同じ折衷性を主張する。個々の理論の創始者たち（例えばフロイト、ラカン、フーコー、デリダなど）による洞察と結びついたものでさえ、折衷化されてしまう。だがエコ批評のなかにはそういった優位性を誇る単一の人物は存在しない、というのは驚くべきことだ。エコ批評はそれ自体が多様な生物圏なのである。

参考文献

〈読本〉

マイケル・P・ブランチ、スコット・スロヴィック編『ISLE リーダー――エコ批評一九九三年―二〇〇三年』（Branch, Michael P. and Slovic, Scotr, eds., *The ISLE Reader: Ecocriticism: 1993-2003* (University of Georgea Press, 2003)）。

　クープ、グロトフェルティ、ケリッジとサメルズに対する「公式の」ライバル。

ロレンス・クープ編『グリーン・スタディーズ読本――ロマン主義からエコ批評まで』（Coupe, Laurence, ed., *The Green Studies Reader: From Romanticism to Ecocriticism* (Routledge, 2000)）。

　これは最も信頼のおけるイギリスの論集ではあるのだが、イギリスのもの（ベイト、ギフォード、ガラード、ケリッジなど）だけでなく、アメリカの主要な同時代の議論（ソウパー、スナイダー、スロヴィック、ビュエル、ローザック、グロトフェルティなど）も扱っており、さらにロマン主義時代からの初期のテクストも所収している。ほとんどが手短くまとめられた一五の章から成り、それらはよく練られしっかりとした導入のついた六つのセクションに編成されているので、三〇〇ページ前後という手頃なサイズとなっている。

シェリル・グロトフェルティ、ハロルド・フロム編『エコ批評読本――文学的エコロジーの主要論文集』（Glotfelty, Cheryll, and Fromm, Harpld, eds., *The Ecocriticism Reader: The Landmarks in Literary Ecology* (University of George Press, 1996)）。

　右記著作のライバルにあたるアメリカ版。これもまた素晴らしいと同時に長大ではない論集（手短さと簡潔さはエコ批評の美徳である）。

リチャード・ケリッジ、ニール・サメルズ編『環境を書く』（Kerridge, Richard and Sammells Neil, eds. *Writing the Environment* (Zed Books, 1998)）。

この分野における英米双方の著名な寄稿者による一五のエッセーが「エコ批評的理論」「エコ批評的歴史」「現代の著作」の三セクションに編成されている。この後にクープの論集が出版されているがそれにもかかわらず、まだ有用かつ人を引きつける本。

〈より広い領域を含むもの〉

ジョナサン・ベイト『ロマン派のエコロジー――ワーズワスと環境保護の伝統』小田友弥・石幡直樹訳、松柏社、二〇〇〇年（Bate, Jonathan, *Romantic Ecology: Wordsworth and the Environmental Tradition* (Routledge, 1991)）。

すでに古典と呼んでもいいもので、現在のイギリスエコ批評の草分け的テクストとなっている。簡潔で思考を刺激する好書。

ジョナサン・ベイト『地球のうた』（Bate, Jonathan, *The Song of the Earth* (Picador, 2000)）。

見事なまでに広い視野と議論枠をもち、バラエティに富んだ読み物が所収されている。本書は、エコ批評的なアプローチが熱意だけでなく、テクニックと学識を最大限に活用しうることを示している。

ロレンス・ビュエル『環境的想像力――ソロー、ネイチャー・ライティングとアメリカ文化の構成』（Buell, Lawrence, *The Environmental Imagination: Thoreau, Nature Writing, and the Formation of American Culture* (Harvard University Press, 1995)）。

この分野における非常に重要かつ影響力の強い著作であり、エコ批評で最も頻繁に引用される。

ゲイブリエル・イーガン『グリーン・シェイクスピア――エコ・ポリティクスからエコ批評へ』（Egan, Gabriel, *Green Shakespeare: From Ecopolitics to Ecocriticism* (Routledge, 'Accents on Shakespeare' series, 2006)）。

エコ批評の「成長領域」についてのもので、革新的なシリーズのなかのいきいきとした著作。

グレッグ・ガラード『エコ批評』（Garrard, Greg, *Ecocriticism* (Routledge, 'New Critical Idiom' series, 2004)）。

この分野における非常に有用かつ簡明な入門書。

テリー・ギフォード『緑の声――現代の自然詩を理解するために』（Gifford, Terry, *Green Voices: Understanding Contemporary Nature Poetry* (Manchester University Press, 1995)）。

筆者ギフォードがジョージ・クラブとジョン・クレアのなかに見出す「反パストラル的」伝統と呼ぶものにおいて、現代詩人であるR・S・トマスやジョージ・マッカイ・ブラウン、ジョン・モンタギュー、ノーマン・ニコルソン、パトリック・カヴァナその他を議論する。また、「ポスト・パストラル」と呼ぶものにおいて、シェイマス・ヒーニーをワーズワスの後継者として、テッド・ヒューズをブレイクの後継者として論じている。

テリー・ギフォード『パストラル』(Gifford, Terry, *Pastoral*. Routledge, 'Critical Idiom' series, 1999)。

　パストラル、反パストラル、ポスト‐パストラルという前掲書で用いられる三層モデルを発展させる、非常に有用な著作。

カール・クローバー『環境的文学批評――ロマン派の想像と精神のバイオロジー』(Kroeber, Karl, *Ecological Literary Criticism: Romantic Imagining and the Biology of Mind* (Columbia University Press, 1994))。

　上記ベイトの著作いずれかと併読するのに理想的な、簡潔でありつつ魅力的な著作。

パトリック・D・マーフィー編『自然の文学――国際的基本資料集』(Murphy, Patrick D., ed. *Literature of Nature: An International Source-book* (Fitzroy Dearborn, 1998))。

　「文学における自然表象と、人間のそれ以外の自然世界との相互関係の表象に関わる多様なジャンル、形式、方向性を渉猟した参考図書」。

ヴァル・プラムウッド『フェミニズムと自然の支配』(Plumwood, Val, *Feminism and the Mastery of Nature* (Routledge, 1993))。

　「エコ・フェミニズムあるいは環境主義的フェミニズムの出現を探り、ほかのフェミニスト理論との関係やディープ・エコロジーなどのラディカルなグリーン・セオリーとの関係を解説する」著作。

サイモン・シャーマ『風景と記憶』(高山宏・栂正行訳、河出書房新社、二〇〇五年)(Schama, Simon, *Landscape and Memory* (Harper Collins, 1995))。

　「環境はいかにして歴史に影響を及ぼすのか。(中略)この本はそういった問いに答えることを試み、私たちの周りの世界と、それがどのように私たちを形作っているかを描き出す」。

ケイト・ソーパー『自然とは何か――文化、政治、そして人間でないもの』(Soper, Kate, *What is Nature?: Culture, Politics, and the Non-Human* (Blackwell, 1995))。

　現在のエコ批評の基盤となっている一九九〇年代中ごろの、重要で読みやすい基礎的テクスト。

原注

（1）一九九四年に行われたエコ批評のシンポジウムで発表されたブランチのイントロダクションと、ほかの一二編の短い論文は、すべてＡＳＬＥのウェブサイトで公開されている（www.asle.org/site/resources/ecocritical-library/intro/defining）。

（2）「ロバート・Ｐ・ハリスンがその驚くべき著作『森の記憶――ヨーロッパ文明の影』（Robert P. Harrison, *Forests: The Shadow of Civilization*, 1992）で提示しているように、帝国主義は常に森林破壊と自然資源の消費を伴ってきたのだ」とベイトは書いている（p. 87）。

（3）一九八〇年代の文学理論についてのコンフェランスで「自然」という語を使用する際に、発話者が決まって行う神経質な弁明にいらだちを募らせるウィリアムズを私は思い出している。「この問題の性質《ネイチャー》は」といった明らかに害のないフレーズでさえ禁句となるか、あるいは公衆の面前で使用される前に手の込んだ消毒作業が必要だと感じられてしまっていたのだ。

（4）例えばソローのエッセー「ウォーキング」（クープ、pp. 23-25 に引用されている）を見てみるとそこではそういったような問題が論じられていることがわかる。「ここで引用すべき、自然へのこの憧れを十分に表現した詩を、私は知らない」と彼は書いている。

（5）ベイトは「ライト・グリーンズ」と「ダーク・グリーンズ」を区別している（『地球のうた』（*The Song of the Earth* p. 37））。「ライト・グリーンズ」は、自然は人間性を「取り巻いて（environ）」おり人間のよい生活状態に寄与しているとの理由で自然を価値づける「環境保護論者（environmentalist）」であり、私たち人間はより責任を負ったかたちでの消費と生産を通してこの星を「救う」ことができると信じている。他方、「ダーク・グリーンズ」あるいは「ディープ・エコロジー主義者」は、もっとラディカルなスタンスをとっているとされる。すなわち、テクノロジーが問題なのだからテクノロジーによる解決はあり得ない、したがって私たちは（何らかの方法で）「自然に帰」らなければならない、と。また、「環境」という人間中心主義的な術語を嫌い、私たちのためなどではなくそれ自身のためにそこに存在しているものとして「自然」という語を好むとされている。

（6）これは注（1）でふれたシンポジウムで用いられた原稿のひとつである。

（7）もし手元になければ、ウェブサイトからテクストをダウンロードすることもできる。例えば、www.kingkong.demon.co.uk/gsr.usher.htm など。

（8）『イン・メモリアム』一二三節、「丘はかげり、流れてゆく／次々に形を変え、何ももとのままではいない／霧のように溶け、大地は／雲のように形作っては流れ去る」。

訳注

［1］邦訳は『ウォールデン——森の生活』今泉吉晴訳、小学館、二〇〇四年など。

［2］「イェールのカギ」とは、欧米で広く知られているカギのメーカーであるイェール（Yale Lock and Hardware）と、ポール・ド・マンの脱構築を中心として高度な批評理論を形成したイェール学派の双方を指している。

［3］なお、新共同訳1・26には「海の魚、空の鳥、家畜、地の獣、地を這うものすべてを支配させよう」とある。

第14章

十大事件で振り返る文学理論の歴史

文学理論の入門書には、キーワード集や、年表や、主な議論の概要の一覧を収めたものもあるが、本書ではそうしたものを用意していない。一貫したテーマを記述するなかで、情報をまとめたほうがよいと思ったからである。しかし文学理論について語るには、その公の歴史を形作ったカギとなるいくつかの事件に焦点を当てるのもひとつの方法である。それによって多くの潜在的なテーマが顕在化し、文学理論の盛衰がどのようなものであったかが非常に明確になるだろう。ここでは「文学理論」という言葉を狭い意味、すなわち二〇世紀半ば以降の発展を指して使っており、第1章でふれたその前史を含まない。こうした制約のもとではあるが、文学理論の歴史は、次のカギとなる十大事件を通して語ることができるだろう。

インディアナ大学の「文体論についての学会」（一九五八年）

参考文献――この学会を書籍化したものが、トマス・シーベオク編『言語における文体』（Thomas A. Sebeok ed., *Style in Language*（The M. I. T. Press, 1960））である。

第2章で説明したように、初期の文学理論は言語学における発展の直接的な産物であった。一九五八年にインディアナ大学で開かれた、学際的な「文体論についての学会」は、人文学のなかで言語学の重要性が高まりつつあったことをよく示している。この学会を主催したトマス・シーベオクは、一九四四年にアメリカに帰化したハンガリー人の言語学者だが、彼の出発点となった博士論文は、言語学者ローマーン・ヤーコブソンの指導によるものであり、この学会でのヤーコブソンによる「閉会のことば（言語学と詩学）」はその後も強い影響力をもった。他方で、このシンポジウムの最も革新的な点はその学際性であり、言語学、文学批評、心理学の三つの観点から、文体の問題（どう定義するか、どう記述するか、どうやってその効果を調べるか）が議論された。とはいえ、発表の全体的な傾向としては言語学が支配的で、この学会が書籍化されたものでは、九つのセクションのうち四つが音韻論、韻律学、文法、意味論という言語学の主要な分野にあてられており、五つめのセクションは「言語芸術への言語学的アプローチ」と題され、六つめのセクションは（三つの分野からの）開会と閉会のことばを集めたものにすぎない。したがって、この学会は、人文学内部のパワーバランスが明らかに変化したことを示しており、科学的な調査方法が社会科学へ、言語学が他の二つの分野、特に文学批評へと影響を拡大し、その支配と名声をきわめようとしている感じを与える。そしていまや人文学へとその帝国を拡げて、一般的に認められた調査方法のモデルとなった時期を画するものである。実際、この学会が書籍化されたものに再録された発表原稿には、図表やグラフや統計が満載で、それがどんな本なのか知らずに手に取って、ぱらぱらとめくってみたら、科学の論文だと思うかもしれない。著者たちは何が正しいかについて、単に説得しようとするだけでなく論証しようとしている。一定の主張が正しいことについて、単に論じるのではなく証明しようとしているのであり、科学的方法とはそういうものである。

この学会はもちろん、これらの問題に決着をつけたわけではなく、閉会のことばもヤーコブソンのものだけだと一般には思われているが、実際には三つの閉会のことばがあった。文学批評を代表する閉会のことばは、高名な批評家ルネ・ウェレックによるもので、彼は言語学者たちの主張に対して非常に懐疑的だった。それでもやはり、ニュー・クリティシズムの人文主義的アプローチが文学研究を支配していた時代は最後の時期を迎えつつあり、言語学の地位が高まりつつあった。一九二八年生まれのアメリカ人言語学者であるノーム・チョムスキーはその後、半世紀前のソシュールのような同世代の言語学に対する支配的な影響力を及ぼすことになるが、彼はこのときすでに最初の本（『統辞構造論』（福井直樹・辻子美保子訳、岩波文庫、二〇一四年）（*Syntactic Structures*, 1957）を出版しており、この学会でも一部の発表者がこの本を論じていた。言語学から概念を借用することは、やがて理論においてほとんど定石となったが、それはチョムスキーの成功が大きかったからでもある。チョムスキーによれば、文法と意味論は分離することができず、意味を最終的に決定するのは「深層の」統辞構造である[1]。ヤーコブソンによる閉会のことばは、この学会で提起された議論をまとめることはせず、非常に厳密な詩の分析によって、言語学的方法を実演して見せたものだった。そこに主張があるとすれば、それは「詩も言語なのだから、言語学の領分に属さなければならない」という容赦なく単純なものである。「言語学者はどんな種類の言語でも研究するのだから、詩を研究に含めることができるし、またそうしなければならない」(p. 377、傍点筆者)。ヤーコブソンは結論にむけて、批評家のジョン・ホランダーを肯定的に引用し、「言語学的なもの全般から文学的なものを分離しようとすることは、意味がないように思える」とする。そして次の高らかな宣言で締めくくっている。

> しかしながら、ここにいるすべての人は、言語の詩的な機能に耳をかたむけない言語学者も、言語学的な問題に無関心で言語学的方法に親しまない文学研究者も、ともにひどく時代錯誤であることを、わかっているに違いない(p. 377)。

これ以降、文学批評は何よりも「科学的」かつ方法論的であることを目指すようになり、もはや単に文学的感性と知性を結びつけるだけでは十分でない、とされるようになった。すばらしきポスト-インディアナの新世界へようこそ！　というわけである。

ジョンズ・ホプキンズ大学での国際シンポジウム（一九六六年）

参考文献――リチャード・マクシー、ユージェニオ・ドナート編『構造主義論争』(Richard Macksey and Eugenio Donato eds., *The Structuralist Controversy* (Johns Hopkins University Press, 1970) (fortieth anniversary edition, 2006))。

このシンポジウムを書籍化したもので、デリダの「構造と記号とゲーム」とその質疑応答が収録されている。

一九六六年一〇月に、アメリカのジョンズ・ホプキンズ大学で「批評の諸言語と人間の諸科学」という国際的なシンポジウムが開かれた。この題名で並べられている言葉の順番は、言語学が引き続き優位に立っていたことを示しているが、このシンポジウムでも学際性が標榜された。このシンポジウムは、構造主義のゆりかごともいうべき、パリの社会科学高等研究院の「人間諸科学」部門との協力によって実現した。この「人間諸科学」というのは、伝統的には「人文学」および「社会科学」と呼ばれていた領域を結合させるもので、そこには文化人類学・哲学・文学・言語学・心理学・歴史学などが取り入れられたが、これは構造主義によって勢いづいた分野の集合体だともいえる。ルネ・ジラール、ジョルジュ・プーレ、ルシアン・ゴールドマン、ツヴェタン・トドロフ、ロラン・バルトといった構造主義の立て役者たちも参加し、このシンポジウムは構造主義の確立を祝うものとなった。これは言語学の支配をのりこえた前進として見ることができる。いまや言語学は「すべての人間的現象を理解するための普遍的枠組」(p. xi)を提供するという約束を果たしえない、と認識されるようになっていた。事態は再び動き始めており、デリダは構造主義の勝利への懐疑を表明し、「ポスト構造主義」の幕を切って落とすことで衝撃をもたらした。

デリダの発言の内容については第3章で述べたが、いま見ると印象深いのは、学会で記憶に残る重要な発言の多くは概してそうであるが、彼はまわりの議論や文脈についてほとんど配慮することなく、勢いと確信をもって挑戦をたたきつけていることである。しかし質疑応答では、デリダのアプローチの強みとともに、特有の弱みもすでに表れていた(発表のあとの議論を参照、pp. 265-272)。そこでは構造主義的な立場のジャン・イポリットが、「指示対象なくして構造は可能か」という点について、やや執拗に問いただした。かつてのわれわれの思考の「中心」(「人間」「神」「真理」といった概念)は「脱中心化」により一掃され、その代わりに残ったのは「差異」の構造である。つまり、AもBも存在せず、その間の差異だけが存在する。例えば、言語はルールの構造をもったゲームだが、そのゲームが何のためのものなのか、その究極的な目的が何なのかは問われない。そこでイポリットは、デリダが言語の構造の背後に何が存在すると考えているのかを知りたがった。「中心なしに構造を考えることはできない」(p. 266) と彼はいう。彼が何をいわんとしているのかを理解するために、例えばサッカーを思い浮かべてもらいたい。サッカーは複雑なルールや慣習の構造によって支配されているが、ルールの背後には何があるだろうか。試合に参加したり観戦したりすることの興奮。勝ったチームが受け取る優勝カップ。勝利の栄光、あるいは人生の困難に打ち勝ったという高揚感。さまざまなものが思い浮かぶだろう。明らかに、構造の背後には何かがあるはずであり、イポリットはデリダがそれは何だと考えているか知りたがったのである。しかしもちろんデリダはそれに応えず、この問題はデリダが有名になるにつれてお決まりのものとなったやり方で逸らされていく。「私は私がどこに向かっているのか知らない」(p. 267) と彼はいう。イポリットはさらに構造の定義を迫り (「中心の位置づけとの関連で、構造をどう定義するのか」、p. 268)、デリダは構造の概念は「もはや十分でない」ので、「私が言ったことは構造主義の批判として理解されうる」(p. 268) と答える。デリダはまた、常に「非 - 中心 (non-centre)」について語っている、と別の質問者から批判されている。この質問者によれば、中心の概念なしでは知覚が何であるかを説明することができない。「知覚は世界が私にとって中心化されているように見えるあり方にほかならないから」(p. 271) である。これに応えて、デリダは中心の現存 (existence) を否定したことを否定し、ただし「私の考えでは、中心は機能であって存在 (being) ではない。現実的なものだが、機能である」(p. 271) と付け加える。しかし彼は最後に知覚の現存を否定する。「私は知覚のようなものが現存するとは考えない。(中略) 私は知覚があるとは考えない」(p. 271)。これは、ポスト構造主義とはあらゆるものの構築性を強調するシステムにすぎない、つまり、知覚 (perception) は常に理解 (conception) だとするものだ、という無難な見方を不可能にするもののように見える。質疑応答の過程で、デリダが意図していたよりも極端な定式化へとほとんど押しやられ、後にそこから引き返せなくなったように見えるのは興味深い。この一九六六年のシンポジウムの内容は一九七一年にまとめられ、最終的に一九七二年に出版された。六〇年代半ばから七〇年代初めにかけて、知的雰囲気は大きく変化した。一九七二年には、デリダの構造主義への挑戦が含意していたことはひろくゆきわたり、少なくとも主要な思想家たちにとって、ポスト構造主義の時代はすでに盛期を迎えていたのだった。

『脱構築と批評』の出版（一九七九年）

参考文献――この本そのものと、S・L・ゴールドバーグの『ロンドン書評』での書評（S.L. Goldberg, *London Review of Books* (May 22-June 4. 1980)）および「脱構築を脱構築する」（'Deconstructing Deconstruction'）と題するデニス・ドノヒューの『ニューヨーク書評』での書評（Denis Donoghue, *New York Review of Books* (June 12. 1980)）などの、主要な書評。また、ロジャー・スクルートン『文化の政治』（Roger Scruton, *The Politics of Culture and Other Essays*）に再録されている、一九八〇年にBBCラジオ三チャンネルで放送されたロジャー・スクルートンの談話。

五人の共著によるこの本は、一九七九年にイェール大学出版で出版された。その五人とは、ハロルド・ブルーム、ポール・ド・マン、ジャック・デリダ、ジェフリー・ハートマン、ヒリス・ミラーで、理論の「イェール・マフィア」とも呼ばれる。この本はシェリーの「生の勝利」について、脱構築的読解の模範例を提示している。脱構築というアプローチを、そのもっとも妥協なく仮借ない形で示したのである。彼らは、当時文学理論全体を代表するものとして受け止められていた脱構築を、勢いよく、自信に満ちて、挑発的に誇示した。それは多くの人々にとって、変わりはててしまった文学研究のオーウェル的な悪夢であり、文学理論の未来像として、文学テクストが軍靴で踏みにじられているところを見せつけられるようなものであった。この本の書評はふたてに分かれ、称賛するほうも指弾するほうも妥協しなかった。それはまるで、文学研究の精神のために決定的な戦いが行われつつあるということを、みな意識していたかのようであった。最も注目に値する、執拗な攻撃は『ロンドン書評』でのS・L・ゴールドバーグ、『ニューヨーク書評』でのデニス・ドノヒュー、BBCラジオ三チャンネルでのロジャー・スクルートンによるものだった。

『脱構築と批評』は、脱構築の理論ではなく、脱構築の実践を標榜する本だったからこそ、そのような反応を巻き起こしたのであった。それが「たんなる」理論であったなら、敵対的な学者たちは、文学を読み解釈するという自分たち本来の仕事に、真に関連するものではないと片づけることもできただろう。そうであったなら、それは文学について読み書くという日々の仕事とははっきりとした関連のない、他の理論家たちにのみ語りかけるもので、純粋に哲学的な思考の内部で議論を続ける、ますます増えつつある類の本のひとつにすぎない、として脇に寄せられたであろう。そうではなく、この本が対決と憤慨の感情を引き起こしたのは、人間的な（文学研究を指す、伝統的だがいまや骨董品のような言葉を用いれば）「教養（letters）」の空間を侵略し、この分野を内部から、何か異質なものへと変えようとしているかのように見えたからだった。この類の思考は、その少数者にしか解らない用語と抽象的な定式化のため、若い学者たちには特に魅力的であり、それが流行したら文学研究の未来が毒されてしまう、と大いに恐れられた。少なくともイギリスでは初めて、文学研究がラジオやテレビで議論され始め、この本が英文科で起こっている不思議な出来事の一例として取り上げられた。全国の英文科で戦争のようなものが起きている、という噂が立った。「理論の戦い」という言葉が、八〇年代初めの人文学における議論で急速に用いられるようになった。『脱構築と批評』は新たに力を得た理論家たちによる、文学研究のまとまりを欠いた現状に対する宣戦布告として見ることができる。

マッケイブ事件（一九八一年）

この出来事の正式な学術的な記録はないが、一九八〇年末から一九八一年初めの新聞を参照されたい（この期間の *Times Full-text Database* で Colin MacCabe を検索）。一九八一年一月二四日（土曜）付『タイムズ』紙と、一月二五日（日曜）付『サンデー・タイムズ』紙から始めるとよい。

『脱構築と批評』の騒ぎが冷めやらぬ一九八〇年秋に、ケンブリッジ大学でコリン・マッケイブという若い非常勤講師が、五年間勤めたあとで常勤講師に昇格されないことが決まった。学生たちがこれに抗議し、決定を行った学部教授会にも異議と分裂が生じた。一連の出来事は新聞で報道され、一九八一年前半のイギリスで継続的にニュースの話題になっていた。その結果、英文学が大学でどのように教えられるべきかについて、高名な英文学部の関係者たちによる公の議論が起こった。レイモンド・ウィリアムズとフランク・カーモードはマッケイブを支持した（前者は彼のマルクス主義的なところが気に入り、後者は彼の構造主義的なところが気に入った）。他方でクリストファー・リックスはマッケイブの就任に反対し、より伝統的な学問的方法をよしとした。一九八一年一月二四日に、『タイムズ』紙がこの事件について記事と論説を掲載したが、その記事は構造主義とは何かを説明しあぐねていた。「構造主義は、単純にいえば、言語それ自体が作者の書き方にどう影響するかを研究する、言語学の手法である」としたのだが、あまり助けにはなっていない。論説のほうは、事件全体についてだいぶ上からの目線で論じている（「学者たちは、子どもが喧嘩するようにして力比べをしている」）。これもまた、構造主義を主として言語学に関わるものとしている。「構造主義はまず何よりも文法に関するものである。かつて学校で教えられた（もはや教えられていないようだが）規範的な意味における文法ではなく、潜在意識的なかたちでの言語のパターン、すなわち人の心のパターンとしての文法である」。これは一九八一年にもなっていうこととしては時代錯誤であり、構造主義がとっくにポスト構造主義にとって代わられていることに気づいていないようである。だが記者たちが聞かされた主要な名前は、ラカンやデリダではなく、レヴィ＝ストロースやロラン・バルトといった構造主義の生みの親たちだった。また文学理論が、いまや言語学よりも哲学と脱構築を基調としていることにもふれられていない。文法や人の心の潜在意識的なパターン云々というのは、八〇年代における文学理論の状況というよりも、チョムスキーの「深層統語」のことをいっているように見える。論説の一部は、ジャーナリストのイアン・ジャックが急きょ行ったコリン・マッケイブへのインタビューによるものだった。ジャックは、ブリティッシュ・カウンシルが手配したヨーロッパでの講演旅行から戻ったマッケイブとヒースロー空港で会い、ロンドンへのタクシーのなかで彼にインタビューした。このインタビューは翌日の一月二五日付『サンデー・タイムズ』紙に掲載されたが、ここでも言語が強調されていることが目立つ。マッケイブはタクシーのなかで「英文の学生たちが文法を学ぶ必要性についてくどくどといっていた」。マッケイブは、学生たちが学校で文法を教わらなくなったので、その枠組のうえに成り立つ考えを教えることが難しくなっている、と嘆いた――そうジャックは報じた。彼はマッケイブのような過激な左翼が、学校できちんとした文法教育がされなくなったことを嘆くのを聞いて、戸惑ったようである。

ケンブリッジでの論争は長引くうちに、笑劇的なパロディになってしまったように見えた。トム・シャープの一九七四年の風刺小説である『ポーターハウス・ブルー』は、架空のケンブリッジのコレッジ［ケンブリッジにはピーターハウスというコレッジがある］における反動派と改革派の争いの話だが、まるでその一挿話のようだった。任用委員会の審議内容が漏えいされ、この漏えいが七人委員会という大学古来の審判機関によって調査されることになった。すると学生たちが反乱を起こし、学部教授会の不信任を決議し、英文学部の状況についての公開討論を要求した。これはセネット・ハウスで行われることになり、「オーク材のパネルのように」硬かったと新聞に書かれることになった。それは構造主義、マルクス主義、リベラル・ヒューマニズムなどについての高度に知的な議論であるべきだったが、もちろんそうはならず、手続、学内行政、委員会が論じられた。当時、高等教育は急速に拡大していたが、サッチャー政権によって補助金は厳しくカットされていた。建物には湿ったカビが生えていて、清掃員は不足しており、教員たちは研究を進めるようますます圧力をかけられ、学生たちは彼らが時間を十分に割いてくれないと訴えた。やがてこの「事件」はくすぶって消えてしまった。マッケイブのポストをもう一年延期するという妥協がなされたが、彼は一九八一年七月にケンブリッジを去り、グラスゴーの新進の大学であるストラスクライド大学の教授に就任した。全体として、知名度が上がったことで文学理論は得をした。ここに才能ある若者が最先端の思想をもっていて、反動的な勢力によってキャリアを脅かされている、と見えたのである。理論はマッケイブという殉教者を出したことで、その一貫性と重要さについて自信を深めた、といってもよいだろう。

イーグルトン『文学とは何か』の出版（一九八三年）

参考文献――『文学とは何か』そのもの、および一九八三年六月一〇日付『タイムズ文芸付録』（*Times Literary Supplement*）掲載のジョン・ベイリー（John Bayley）による書評など、当時の書評。

一九七〇年代以降の文学理論の普及は、今から見れば起こるべくして起こったように見え、また猛威を振るったように見えるが、実際には学部と大学院で、理論を研究するだけでなく、それを教える効果的な方法を見出せるかどうかにかかっていた。マッケイブ事件は理論教育の難しさに注目を促し、詳細に説明し、例示し、議論することの必要性を明らかにした。文学理論の一次的文献のほとんどはフランス語で書かれており、またいくらかはドイツ語やロシア語で、それらのすべてが翻訳されているというわけでは決してなかった。橋渡しになるような本、すなわち学部や修士課程で教科書として使えるような入門書が、早急に必要だった。そのような本がなければ、文学理論はいつまでも少数のエリートだけが興味をもつものにすぎなかっただろう。最初にこうした基礎的な二次的解説の役割を果たしたのが、一九七七年に刊行が始まった「メシュエン社ニュー・アクセント」シリーズで、学生向けに構造主義・脱構築・ポスト構造主義などの入門書を提供した。文学理論の全体的な入門書も必要とされていたところ、これにはじめて応えた本が、一九八三年にブラックウェル社から出版された、テリー・イーグルトンの『文学とは何か』だったのである。この本は、その生き生きとした刺激的なスタイルによって、ただちに成功を収めた。イーグルトンが難解で長大な本を書く誘惑に屈していたら、同僚たちをうならせることはできても、初歩を学ぼうとする学生には受けなかっただろう。この本のスタイルは、その後出た入門書のほとんどや、八〇年代後半から出始めた文学理論の教科書用アンソロジーと比べて際立っていた。著名人による主要な論文や著書の抜粋からなるアンソロジーは、取捨選択を加えてユーザーの実際的な必要に応えたものであればとても有用だが、そうした本はだいぶ前から、競争によって膨れあがってしまっている。「そっちが一三〇〇ページでくるなら、うちはその倍のページ数にしてやる」といった、どこが一番分厚い理論の教科書を作れるかという、出版社同士のばかばかしい張り合いがあったのだ。

これとは対照的に、イーグルトンは簡潔さを旨とした。イントロダクションは「文学とは何か」と題されており、第一章は英文学の勃興について解説している。続く四つの章は、現象学、構造主義、ポスト構造主義、精神分析についてのもので、結論部は「政治的批評」と題されている。イーグルトンは中立を装おうとはしない。彼は明確にマルクス主義の立場から発言する批評家であり、なんとかイズムをちょっと味見しては次のなんとかイズムに移る、といったことはしない。省略がまた大胆である。例えば、一九八三年の本でありながら目次に「フェミニズム」や「フェミニズム理論」の項目がないのである。また「文学理論とは何か」ではなく「文学とは何か」を問うことから始めるというのも、『文学理論入門』〔原題〕という本としては一風変わっている。全体的な議論は、力強いが熟考を迫るものでもある。「文学とは何か」という問いの答えが、「文学は昆虫が存在するのと同じ意味では存在しない」だというのである。これに腹を立てて、「イーグルトンが文学の理論について一冊本を書いている以上、文学は確かに存在するはずだ。あるいは、昆虫が存在するのと同じ意味で存在する、といっても構わないではないか」と反論したくなるかもしれない。しかし、イーグルトンにとって文学理論の目的は反文学的なものであり、そこが文学の味方だとされている文学批評との違いなのである。彼にとって、文学理論が昆虫のようだとすれば、それは一種の害虫《バグ》で、文学を内側から攻撃して死に至らしめようとするものである（もっとも、文学が存在しないのなら、どうやって死ぬことができるのだろうか）。この本の最後にある有名なアレゴリーによって問われているのは、こうした神学的問題である。

ここで私は、寓話をひとつ語って本書を終えることにしよう。私たちは、ライオンがライオンの調教師よりも強いことを知っている。そしてライオンの調教師もこのことを知っている。問題は、ライオンだけがそれを知らないことだ。文学の死が、眠れるライオンの目を覚ますことに役立たないとは、だれにも断言できないのである。

ジョン・ベイリーが『タイムズ文芸付録』（一九八三年六月一〇日付）の書評でいったように、問題は「ライオンとは何か」である。おそらくライオンはプロレタリアで、ライオンの調教師は文学なのだろう。したがって、文学理論の役割は文学に対抗して、その大衆を馴致する力を奪うことにある。しかしながら、実はこのライオンはそれほど無知ではなく、調教師が自分よりも強いのは彼がムチをもっているからだ、ということを知っている。この隠喩では、文学がそのムチであり、力ではなくイデオロギーによって私たちを統制する「イデオロギー的国家装置」の一部だ、ということになるだろう（アルチュセールによるイデオロギー的国家装置の概念については、第8章を参照）。イーグルトンの本の影響力は、その全体としての勢い、ウィット、知的なフットワーク、そして大部な思想を巧みに要約したことによるものだった。例えば、構造主義の章はすばらしく簡潔に多くの情報を伝えているし、ポスト構造主義の章は一〇年後にやっと取りざたされるようになった問題をすでに提起している。精神分析の章は比較的普通だが、政治的批評についての最終章で、彼は妥協なしにマルクス主義的な思考を晒けだしており、それは彼がその二〇年後に専念することになる倫理的な諸問題を先取りしている。すなわち、「『リベラル・ヒューマニズムのいう』『よりよい人間』の意味は、具体的かつ実践的でなければならない」。イーグルトンの本はこうして、文学理論の確立に大きな貢献をした。理論を体系的に教える自信を教員たちにつけさせることで、それを学部のカリキュラムにしっかりと根づかせたのである。本章の十大事件による歴史のなかでは、これが文学理論の絶頂だったといえる。

J・ヒリス・ミラーによるMLA会長演説（一九八六年）

参考文献――「一九八六年会長演説――理論の勝利、読解への抵抗、物質的基盤の問題」（'Presidential Address. 1986. The Triumph of Theory, the Resistance to Reading, and the Question of the Material Base.' *PMLA*（May, 1987）. 102(3): 281-291）。ルイス・モントローズ「ルネッサンスを教える――文化の詩学と政治」（Louis Montrose, 'Professing the Renaissance: The Poetics and Politics of Culture', reprinted in Rivkin & Ryan, pp. 777-785）は新歴史主義者

による応答である。

一九八〇年代半ばには、文学理論の衰退の兆候が現われ始めていた。そのカギとなる瞬間が一九八六年のヒリス・ミラーによるアメリカ近代語学文学協会（ＭＬＡ）の会長演説だった。ＭＬＡはアメリカにおける英文学の大学教員の主要な団体で、その年次大会はこの分野では重要なイベントである。会長による基調演説はそのクライマックスで、英文学研究の現状を確認し、しばしば将来発展すべき方向性を指し示す。ヒリス・ミラーは『脱構築と批評』の「五人組」の一人で、長らく脱構築を支持してきた。演説が示しているように、彼は八〇年代初頭の自信に満ちた勢い（脱構築はアメリカの有名な英文科を総なめにしていた）が、これからも続くと考えていた。他方では、理論の支配には新しい対抗勢力が立ちはだかっているように見えた。この対抗勢力とは、文学への歴史主義的アプローチである。それは初期近代研究の分野から起こったもので、アメリカではスティーヴン・グリーンブラットの『ルネサンスの自己成型』（一九八〇年）によって、またイギリスではジョナサン・ドリモアとアラン・シンフィールドの『政治的シェイクスピア』によって始められた（第9章を参照）。脱構築は、七〇年代に構造主義が占めていた位置にとってかわり、八〇年代には文学理論を公に体現する最たるものとなっていたが、ヒリス・ミラーは、歴史主義が脱構築の対極に位置することに気づいた。したがってミラーが指摘したのは、要するに文学理論の勝利に対して歴史主義の出現が邪魔をしている、ということだった。

過去数年における文学研究では突然、ほとんど全面的な文学理論からの背反が行った。ここで文学理論というのは、言語それ自体への志向という意味におけるそれである。文学研究は、こんどは歴史、文化、社会、政治、制度、階級、ジェンダー、社会的文脈、物質的基盤といったものに向かっている（p. 283）。

理論を警戒する学者たちは主として（歴史とは区別されるところの）歴史主義へと向かったのであり、それは広汎な資料収集や、学際的な研究機関の設立や、組織横断的な協力によって、ますます手の込んだものになっていった。ミラーが二つの選択肢をこのようなかたちで提示していることからも、何故多くの人たちが彼には賛成しがたい立場を選んだかは明らかだというべきかもしれない。「歴史、文化、社会、政治、制度、階級、ジェンダー、社会的文脈、物質的基盤」の方が、ミラーのいう「言語それ自体への志向」よりも、研究分野としては面白そうに聞こえるのである。脱構築の文学理論は、本質的に、学生が文学ではなく「文学性」そのものを研究すべきだと考えた（文学性そのものというのは、例えばジョージ・エリオットの小説『ミドルマーチ』の具体的意味といったものではなく、意味が概念化される過程一般のことである）。実際問題として、この文学性そのもの、という概念を学部生のカリキュラムに組み込むのは、非常に難しい。ぶ厚い文学理論のアンソロジーがこうも多いことは、その証左である。同じように、「言語それ自体への志向」に向けた努力というのは、文学研究においては、太陽を見ようとすることにも似ている。つまり、長くは続けられず、ダメージが大きく、すぐによそ見をしたくなるのである。歴史、文化、ジェンダーなどを研究するほうがはるかに具体的であり、そうした関心領域を学生が履修したくなるようなシラバスにまとめるのも、そう難しいことではない。したがって、脱構築から歴史主義への潮流の転換は、さほど驚くべきことではなかった。

しかし、ここで考えておくべきなのは、歴史主義と歴史の違いとは一体何なのか、ということである。歴史家は、こつこつと調査して過去を再現し、例えばシェイクスピアが『ハムレット』の上演を見に劇場へ歩いて行ったときのロンドンの街並みを、私たちが想像できるようにしたりする。私たちは当時の街の様子、匂い、物音や、劇場に入るためにどんな硬貨を手にしていなければならなかったかを、知ることができる（これはご存じの通り、ジェイムズ・ジョイスの小説『ユリシーズ』の「スキュラとカリュブディス」で、スティーヴン・ディーダラスが夢見ることである）。これらはお気づきのように、外的で物質的なものばかりで、歴史的な研究が明らかにするのはこういったものである。このような調査の極致が、ロンドンのバンクサイドにあるグローブ座である。それは可能な限り忠実に再現されたエリザベス朝の劇場で、私たちはそこに行けば当時の体験に近いものを得ることができる。かつて土間客がそうしたように大空の下で、また古い発音での上演であれば、エリザベス朝の人々が聞いたとおりの英語を聞くことができるのである（もちろん、ひっきりなしにヒースローへ向かうジェット機の騒音は無視しなければならないが）。しかし歴史主義者はグローブ座のような事業を好まない。というのは結局、そうした外的な、物質的なものは彼らの目指すところではないからである。歴史主義者は内的なものに興味をもつ。エリザベス朝の人々が劇場で見たものよりは、彼らがそれを見てどう感じたかのほうに興味をもつ。また、さまざまないわゆる「アイデンティティ」も彼らの関心事である。初期近代的アイデンティティ、ジェンダー的アイデンティティ、国民的アイデンティティなど、単に外的で物質的なものではなく、その時代をより深いところで満たしていたものである。彼らはこういいたいのだ。「エリザベス朝の人々がどんなシャツを着ていたか、どう英語を発音していたかなんて、どうでもいいじゃないか。エリザベス朝の人であることがどんな感じだったかが知りたいんだ」。したがって歴史主義者たちは、主として「ディスコース」「感情構造」「心的態度」「アイデンティティ」などに関心があり、「本物の」歴史家たちよりも、そうした基本的だが捉えにくい過去の諸要素を、再現することが可能だという自信をもっているように見える。歴史家はその時間のほとんどを、つまらない考古学的な発掘作業に費やすが、歴史主義者はそれを抜きにして「アイデンティティ」のレベルへとじかに向かおうとする。「歴史家は常に唯物論者で、歴史主義者は常に観念論者だ」とモーリス・ザップ（デイヴィッド・ロッジの小説『交換教授』『小さな世界』の登場人物で、文学理論家）なら言っただろう。ヒリス・ミラーはその会長演説で、この歴史家と歴史主義者のちがいを無視しているように思われる。敵対勢力である歴史主義を、事実にしか関心がないものだと考えているので、何故それが「言語それ自体」の魅惑と競合するのか理解できないのである。私が見るところ、この六番目の出来事は、理論の大規模で急速な成功が、ある種の自己満足をもたらしていたことの徴候である。イギリスとアメリカの著名な大学におけるその巨大な影響力が、ほかのアプローチの魅力を過小評価させ、かつ彼ら自身の考えの知的な賞味期限を過大評価させたのだった。

ストラスクライド大学「エクリチュールの言語学」学会（一九八六年）

参考文献――この学会を書籍化したものが、ナイジェル・ファブ、デレック・アトリッジ、アラン・デュラント、コリン・マッケイブ『書字《エクリチュール》の言語学――言語と文学の論争』（Nigel Fabb, Derek Attridge, Alan Durant and Colin McCabe ed. *The Linguistics of Writing: Arguments Between Language and Literature* (Manchester University Press, 1987)）である。デイヴィッド・ロッジが台本を書きパーソナリティをつとめた、この学会のドキュメンタリーが、『壮大な言葉、小さな世界』（*Big Words Small Worlds*）と題して一九八七年一一月二二日に四チャンネルで放送された。

文学理論がいささか自己満足に陥っているかもしれないという感覚は、一九八七年の夏にグラスゴーで開かれ、高名な文学理論家たちが発表を行った大々的な学会にも表れていた。今から見れば、これは理論が成功の頂点をきわめた時であるとともに、ある種の勝利感が、頑固な伝統主義者たち以外にも、違和感と抵抗を引き起こし始めた時でもあった。私が思うに、この出来事はイギリス労働党の悪名高い「シェフィールド集会」のようなものだったのかもしれない。これは一九九二年の総選挙の直前に開かれた政治集会で、それまでの世論調査では労働党が保守党を大きく引き離していた。残念なことに、この集会はブラウン管のうえでは勝利の前に祝勝会をやっているように見えてしまった。世論の支持は一気に失われ、労働党はあと五年間野党に留まることになった。同じような祝勝ムードがストラスクライドでも見られたのである。この学会では他方において、言語学の地位を取り戻そうとする動きがあった。開催者はストラスクライド大学の文学的言語学コースで、この章で最初の事件として取り上げた、一九五八年のインディアナ大学での伝説的な「文体についての学会」の衝撃を反復しようとしたのであった。そこでこの学会は、インディアナ大学での学会へのオマージュとして、「閉会のことば」で始めて「開会のことば」で締めくくることにした――新しい文学理論の時代の始まりとなることを、自負するかのように。しかし、セッションは必ずしも優れたものばかりではなく、その場にいた私には、著名な言語学者の何人かは方法的に自閉しているように見えた。その意味では、インディアナ大学での熱意ある学際性からは一歩後退であった。デイヴィッド・ロッジはバフチンについての講演の初めに、難解な統計と図表を用いて自殺者の遺書における文体的逸脱について論じたインディアナ大学でのセッションに言及していたが、グラスゴーでの学会は進行するにつれて、しだいに文学理論の長大な遺書のように見えてきた。

デリダは「いかにして語ることを避けるか」について講演したが、これは特に重たく仮借のない否定神学についての議論で、私の記憶では二時間近くかかり、最後の三〇分は疲れ切った聴衆が講堂から出て行くので、ひっきりなしに扉の音がしていた。この講演は、おそらくデリダがすでにほかへ載せる約束をしていたため、学会が書籍化されたものには収録されていないが、質疑応答が「いくつかの質問と応答」(pp. 252-264) として収められている。これについては、前日に書いて提出された質問が司会者を通してデリダに渡され、事前に応答を考える時間が与えられていた。当日は司会者が質問を読み上げてから、デリダが、長大なメモを読み上げるというわけではなかったが、事前に考えてきたうえで答えており、それは今でいえば電子メールでのインタビューのような感じがするものだった。このセッションで私の記憶に残っているのは、まずデリダのウィットと魅力だが、ついで彼が、現前の形而上学が悪だとは言ったことも考えたこともない、と宣言して、聴衆を仰天させたことだった。「私はその正反対に、それが善であると考える方に傾いている」(p. 257)。この発言が含意するところを聴衆が理解するには数分かかった。もし現前の形而上学が善だとしたら、それを脱構築するのに学者生命を賭ける意味がなくなってしまうではないか。ジョナサン・カラーがフロアからこう質問し、質疑応答は事前に準備されていた内容から逸れて行った。それに対する答えは、現前への欲望は自然なものだが、それを達成することは「死そのものである」(p. 260) ので、完全な現前と誤認してしまうものが、実際は差延の明滅であることを示し続けるために、それを脱構築せざるを得ない、という神学的なものだった。これは「脱構築は方法ではな」く、「方法論的な規則からなるのではない」(p. 262) という、その後彼が繰り返すようになった命題へとつながっていった。もちろん、私はこれを額面通りに受けとめるつもりはないので、第3章では実際に脱構築の実践を提示し、評価したわけである。結局デリダも、脱構築には「いくらかの方法論的効果がある」(p. 262)といっているが、それが方法とどう違うのかについては説明していない。全体的にいって、これはなかなかのパフォーマンスではあったが、脱構築(であれ、何であれ)が何でないかについては語るが、それが何であるかについては説明できないか、もしくは説明したくないように見えるという、その後のデリダのやり方の前触れでもあった。当時理論の世界では、デリダの言うことが誤解されているとか、文字通りに受けとめられてしまっているとか、ナイーヴなあるいは単純すぎるかたちで理解されている、と主張する傾向が強まっており、こうした文句は彼の支持者たちによって絶えず繰り返されていた。デリダが間違っていると言うと、それは彼が言ったことではないとか、彼が言わんとしたことではない、という答えが返ってくるのだった。

学会が進行するにつれて、参加者たちのフラストレーションは高まっていった。当初の計画にはなかったのだが、テレビ番組の撮影が入ることになった。邪魔な照明やマイクが設置され、休憩時間にもカメラ班が著名人に巨大なアームつきのマイクをもって群がったり、セッションでの発言者から公開に同意する署名を集めるために走りまわったりしていた。最後の朝の「開会のことば」は、フロアから発言しようとする人たちに遮られた。特に、学会全体を通して明らかになった権力構造についての不満が多かった。代表委員たちは、照明を消してカメラ班を退去させることを決議し、「開会のことば」が力なく響くなか、ぐずぐずのまますべてが終わった。

何が間違っていたのだろうか。ひとついえることは、全体セッション(ほとんどすべての発表者がアメリカ人とイギリス人、かつ男性だった)が多すぎて、質疑応答も同じような人たちに独占されており、開かれた民主的な意見交換の余地も時間もなかった、ということである。メッセージが進歩的なら、文学理論はその手続きにおいても進歩的でなければならないはずだった。ほとんど意識せずに、またほんの数年のうちに、理論家たちは新しい主流派、すなわちアカデミズムの世界でのエリートになっており、その地位をあまりに当然のものと考えているように見えたのである。あの不幸なシェフィールド集会に、本物の閣僚まがいの黒いリムジンで、行列をなして乗りつけた労働党の影の閣僚たちのように、著名人たちはこの時、文学理論の勝利をあまりにも既成事実として扱いすぎているように見えたのだった。

ポール・ド・マンの戦時中の評論をめぐるスキャンダル（一九八七—八八年）

参考文献——「イェール大学の学者、親ナチスの新聞に執筆」（'Yale Scholar Wrote for Pro-Nazi Newspaper,' *New York Times*,（1 December 1987）p.1）。『ポール・ド・マン——戦時評論、一九三九—四三年』（Werner Hamacher, Neil Hertz, and Tom Keenan ed., *Paul de Man: Wartime Journalism, 1939-43*（University of Nebraska Press, 1988））。ジャック・デリダ「貝のなか深くの海の音のように——ポール・ド・マンの戦争」（Jacques Derrida, 'Like the Sound of the Sea Deep within a Shell: Paul de Man's War,' *Critical Inquiry*,（14, Spring 1988）pp.590-652）。同誌（issue 15, Summer 1989, pp.765-811）にこれに対する批判（'Critical Responses'）が集められている。デリダの反批判が「生物分解性のもの——七つの日記の断片」（'Biodegradables: Seven Diary Fragments,' pp.812-873）である。

『脱構築と批評』を共同執筆したイェール大学の脱構築「五人組」についてはすでに説明したが、その一人がベルギー生まれのポール・ド・マン（一九一九—八三）だった。彼の『盲目と洞察』（一九七一年）（宮﨑裕助・木内久美子訳、月曜社、二〇一二年）、『読むことのアレゴリー』（一九七九年）、『理論への抵抗』（一九八六年）（大河内昌・冨山太佳夫訳、国文社、一九九二年）という三冊の本は非常に影響力があり、彼が死んだ時には文学の脱構築の厳めしい体現者として、大いに敬意を寄せられていた。しかし一九八七年に『ニューヨーク・タイムズ』紙の記事が、四〇年代初めにナチス占領下のベルギーで、ド・マンが『ル・ソワール』紙のために二〇〇本近くの著しく反ユダヤ的な記事を書いていたことを明らかにした。記事そのものは、『ポール・ド・マン——戦時評論、一九三九—四三年』を参照されたい。もともとこれを発見したのはオルトワン・ド・グレフという、初期のド・マンとその作品について研究していたベルギーの学生だった。これはショッキングなことではあったが、脱構築と文学理論一般の地位にダメージを与えたのは、ド・マン個人がしたことよりも、他の理論家たちが彼を弁護しようとして言ったことの方であった。私が思うに、特にまずかったのは、『クリティカル・インクワイアリー』誌に掲載されたデリダの一連の長大な論文で、最初のものは七五ページもあり、それへの反応に応えた論文も六〇ページにわたるものだった。

デリダは、問いに応えることはできるか、問いに応えることが何を意味しうるか、それが責任を取ることを含意するか、そして責任とは何か、という思弁的な問いかけから始めている。一見して明らかだったのは、このようなしかたでなされる弁護はとても長くかかるだろうということ、そしてまた、弁護のために本当に必要なのは明確さ、簡潔さ、手短さ、強い確信と共感といったものだったのに、デリダにはそれが到底期待できない、ということだった。これはそもそも弁護の余地がない問題であり、できたこととしては、それらの記事を全部出版することで記録に残し、ド・マンがまだ若く、彼が（少なくとも当初は）ヨーロッパのユダヤ人に何が起こっているか知らなかったかもしれず、反ユダヤ主義を確信していたからではなく、身の危険への恐怖からそうしたのかもしれない、といった、責任を軽減しうるようなことを手短にいうことくらいだっただろう。これではあまりどうにもならなかったかもしれないが、実際にできたこととしてはそんなところだっただろう。かつての友人や同僚が、彼をよってたかって弾劾することは、必要でもなければ正しいことでもなかっただろうが、逆に彼を弁護する義務を感じる必要もなかったはずである。理論家たちは、ド・マンを弁護しなければ、脱構築と文学理論は彼の名声とともに失墜してしまう、と感じたかもしれないが、利己的な職業上の動機が見えすいた弁護は、却って立場を不利にする。デリダは友人としてド・マンを弁護しなければならないと感じたのだが、そうするにあたって脱構築を全面的に使ったので、言語が信頼できないことや、真実や自己といった概念が脆弱であることについての議論が、前面に出てしまった。その結果は避けがたいものだった。こうした考え方自体が、倫理的に疑わしく見えてきた。責任の概念を問いに付すことは、人がその言動について責任を負うことを否定することにつながるからである。四〇年代に「ヨーロッパから隔離されたユダヤ人コロニーの創設によるユダヤ人問題の解決は、西洋の文学的生活に憂うべき結果をもたらしはしない」と書くことは、少なくとも国外追放を公的に支持することであり、ド・マンの文学研究者としてのその後の人生を考えると、とりわけ衝撃的なのは、彼が文学的知識人として反ユダヤ主義を是認したことである。文学理論の信用はド・マン事件によって深く傷つけられてしまい、その地位と自信と道徳的・政治的な潔白さを完全に取り戻すことはなかった。

ジャン・ボードリヤールと「湾岸戦争は起こらなかった」(一九九一年)

参考文献――ジャン・ボードリヤール『湾岸戦争は起こらなかった』(Jean Baudrillard, *The Gulf War Did not Take Place* (Power Publications, Sydney, 1995))。クリストファー・ノリス『無批判理論――ポストモダニズム、知識人、湾岸戦争』(Christopher Norris, *Uncritical Theory: Postmodernism, Intellectuals, and the Gulf War* (Lawrence and Wishart, 1992))。

一九九一年の初めに公表した三つの論文によって、ジャン・ボードリヤールは、第一次湾岸戦争は起こらなかったと公言したことで悪名高い、フランスのポストモダニズム哲学者として広く知られるようになった。この三つの論文はそれぞれ、戦争が始まる直前と、最中と、終わった直後に書かれたもので、もともとフランスの新聞である『リベラシオン』紙上に一九九一年の一月、二月、三月に掲載されてから、まとめられてフランス語と英語で出版された。ボードリヤールは西側の湾岸政策に対して強固に反対しており、力強く誇張されたレトリックを使って主張を展開した。一八世紀のジョナサン・スウィフトが政治的腐敗と社会の自己欺瞞を告発したときのような、怒りに満ちた攻撃的な論調である。ボードリヤールにとって、起こったのは戦争ではなかった。彼によれば、五〇万の西側の兵士たちは、出撃していなければ戦死者よりも多い人数が交通事故で死んだであろうし(p.69)、推定戦死者である一〇万人はそのすべてが敵だった(p.2)。これは「完全に非対称的な作戦」(p.19)だったことを示すものである。さらに留意すべきは「おとりとしての事件、おとりとしての戦争の、わいせつな催淫剤のような機能」(p.75)である。性的なイメージが続く。「戦争は長いストリップショーのように展開した」(p.77)。「精密照準による戦争」が宣伝され、高性能兵器が目標へと誘導される様子を捉えた、先端部のカメラによる映像がそれを典型的に示していた。戦争はメディア上のイベントと化し、実際に人が死んでいるところは見せられず、「精密照準による攻撃」のクリーンで技術的なイメージだけが植えつけられた。しかし戦争のストリップショーは、バスラ街から撤退するイラク軍への恐ろしく残酷な爆撃のテレビ映像で、最高潮に達した。皮肉なことに、この戦争で最も人々の記憶に残ったイメージは、爆撃後に車のなかで黒焦げになったイラク兵を写した、ケン・ジャレックによる広く報じられた写真だった。

文学理論の側から見て最大の皮肉は、ボードリヤールの湾岸戦争についての論文が、そのなかで診断されていた現代の病理の犠牲になったことである。ボードリヤールは、戦争のイメージあるいは「シミュラークル」（第4章を参照）が実際の戦争と取り違えられたことを批判したのであるが、同じように、ボードリヤールが書いたと一般に考えられたことが、彼が実際に書いたことと取り違えられてしまったのである。この時から、彼は反理論家たちのスケープゴートとなり、ポストモダニズムに対する道徳的指弾の標的になってしまった。九〇年代においてポストモダニズムは、六〇年代の言語学、七〇年代の構造主義、八〇年代の脱構築について、いまや文学理論全体を代表するものと見なされていた。彼がいったことのカリカチュアあるいは「シミュラークル」版においては、ポストモダニズムを信奉するインテリが、現実性の概念について屁理屈をこね、人々の苦しみや死については無関心だということになっていた。ボードリヤールは湾岸戦争が起こらなかったと思っているかもしれないが、怒りを込めて報道されているように、苦しみや死は間違いなく起こったことなのだ。湾岸戦争の現実性を疑ったら、しまいにはホロコーストの現実性を疑うことになるのではないか、というわけである。

ド・マン事件が理論に与えたダメージが主として彼の弁護者たちによるものだったのに対し、ボードリヤールの場合、その一部は彼の批判者たちによるものだった。戦争中の記事についてド・マンを弁護したクリストファー・ノリスは、ボードリヤールについては違う感情を抱いたようである。彼はいまや「レトリック的形式主義」一般、なかでもポストモダニズムに対して明確に反対の立場をとり、理論が多くの面において、合理的客観性と真実を放棄して、相対主義や、共通了解や、プラグマティズムを優先させるものだとした。彼の『無批判理論――ポストモダニズム、知識人、湾岸戦争』は、怒りにみちた中傷的な本である。彼にいわせれば、湾岸戦争についての議論が、これらすべての問題を浮き彫りにした。ノリスはリアルタイムで書いており、まず一九九一年一月に『ガーディアン』紙に載せられた、ボードリヤールによる最初の湾岸戦争論の短縮版を批判した。彼はボードリヤールがいったことを、文字通り湾岸戦争が起こらないだろうという意味にとり、それは爆撃の開始によって経験的に反証済みの命題だ、という。だが、（これは別の意味で正しいが）「ボードリヤールの予言が単に間違っていたということが問題ではないのかもしれない」（p. 14）。ボードリヤールはついで、リチャード・ローティ、スタンリー・フィッシュ、フーコーなど、いまやノリスの標的となった理論家たちといっしょくたにされる。彼らはみな「ある状況での『真理』は、既存の『解釈』共同体に属する人々のあいだで、たまたま支配的な価値観や信念の問題でしかありえない」（p. 16）と主張する「反認知主義者」たちである。「現実性」を「純粋に言説的な現象」（つまり、コード、慣習、言語などによって構築されたもの）として捉えることや、「デリダが独我論的に、ごく単純に『テクストの外部には何もない』と主張しているとする、彼の作品の支配的な誤読」（傍点筆者）も同罪である。おかしなことに、ここでデリダの誤読とされるものは、ノリスによるボードリヤールの誤読とまったく同じように見える。ボードリヤールが、メディアによる湾岸戦争の誤った表象の外部には、文字通り何もないといっている、とノリスは考えているのだから。何故このような二重の基準を使わなければならないのだろうか。何故ボードリヤールは文字通りに読むべきで、デリダは文字通りに読むべきでないのか。何故ボードリヤールのいわんとするところは常に文字通りの内容であり、デリダのいわんとするところは決して文字通りの内容ではない、ということになるのか。ノリスの「あとがき（ボードリヤールの第二の湾岸戦争論）」はいくらか譲歩しているが、やはりボードリヤールの「徹底した認知的・認識論的な懐疑主義」を攻撃して終わっている。

　ノリスはボードリヤールを猛烈に批判したのだが、どちらも考えていたことは同じだといってよい。二人とも、西側の湾岸政策の無節操な残虐さを嘆いているのだ。ボードリヤールは出来事がリアルタイムで捏造され、クリーンな精密照準による攻撃という代替的な現実が公衆に与えられたことを示した。だがボードリヤールも指摘したように、この戦争で使われた兵器のほとんどはおよそクリーンではなく、その影響は今日でも残っている。湾岸戦争における理論の介入によって、その評価はさらに下がってしまった。私が見るところ、それはまったくの誤解だったのだが、言葉と世界、概念と知覚、現実と幻想、想像と出来事の境界をぼかすことで、真実と道徳的価値観の絶対性を損なうものとして見られたのである。理論の共同体がド・マンを弁護し、ボードリヤールを攻撃したことはいずれも誤っていたが、その後で三つ目の自殺点が入ることになる。

ソーカル事件（一九九六年）

参考文献――アラン・ソーカル、ジャン・ブリクモン『知の欺瞞――ポストモダン思想における科学の濫用』（*Intellectual Impostures: Postmodern Philosophers' Abuse of Science*（Alan Socal and Jean Bricmont, Profile Books, 2nd edn. 2003））。一九九七年にフランス語で出版され、一九九八年に英訳が出た。

一九九六年、ニューヨーク大学の物理学教授であるアラン・ソーカルが、「境界を侵犯すること――量子重力の変換解釈学に向けて」というでっちあげの論文を書いた。これは彼がポストモダニズムの紋切型と見たところを並べたものだった。彼はこれをデューク大学のポストモダニズムの文化研究誌である『ソーシャル・テクスト』に送り、受理された。その発行日に、彼は別の紀要に論文を発表し、論文がでっちあげだったことを明らかにし、それが受理されたことはポストモダニズム理論の空疎さ、そしてポストモダニズムが支配的である文化理論一般の空疎さを、暴露するものだと主張した。この事件は有名になり、多くの議論がかわされたが、本章にとって重要なのは、問題の論文にも引用されていたデリダが、この論争に加わったことだろう。

問題の論文は、ソーカルとブリクモンの『知の欺瞞』に収められている。この本と論文はポストモダニズム理論に対する全面的な攻撃として広く受けとめられたが、実際にはそうではなく、ラカン、クリステヴァ、イリガライ、ボードリヤール、ドゥルーズとガタリなどの著名なフランスの理論家たちが、物理学と数学からの諸概念を誤用していることを暴露するものだった。大まかに言って、彼らが借用した科学的・数学的な諸概念は、現実性についての「構築主義的」ないし「相対主義的」な考えを補強するものだった（例えば、ハイゼンベルクの不確定性原理、ゲーデルの不完全性定理、アインシュタインの相対性理論など）。ソーカルによれば、ポストモダニズムの専門用語の多くがあまり厳密な意味をもっていないので、その分野における重要な紀要の編集者たちでさえ、よく使われる用語や定式をごちゃごちゃにした、全体的な一貫性も論理もない論文に気づくことができなかったのである。もしでっちあげが明らかになったときに、編集者たちが間違いを認めて審査を厳しくすると言っていたら、事件はすぐに鎮静化していたかもしれない。だが彼らはそうしなかったので、事態は急激にエスカレートした。ソーカル事件関連の包括的な書誌については、http://physics.nyu.edu/sokal/#impostures を見ていただきたい。

　告発する側がアメリカ人で、告発された側のほとんどがフランス人だったので、このでっちあげはフランス知識人たちに対する攻撃と見なされ、『知の欺瞞』で最も厳しく批判された思想家の一人であるクリステヴァは、フランスの新聞である『ヌーヴェル・オブゼルヴァトゥール』紙上（一九九七年九月二五日、p. 122）で、アメリカではフランス趣味が流行した後の揺り戻しで「ひどいフランス嫌悪」が生じている、と述べた。デリダは、問題の論文でも『知の欺瞞』でもまとまった批判を受けてはいなかったが、問題の論文で最初に引用されており、その引用が『知の欺瞞』では「この論文における最初のちんぷんかんぷんな引用」だとされていた。奇妙なことに、この引用は先に述べた一九六六年のジャン・イポリットに対する即興の回答で、デリダはソーカル事件についてコメントする際、それに言及している（『ル・モンド』紙上でのコメントだが、『パピエ・マシーン』に再録された）。彼のド・マン事件への介入とは対照的に、デリダのコメントは短い。よく引用されるのは「あわれなソーカル」という一言で、ソーカルが物理学の業績よりもでっちあげの論文で有名になったことをいったものだが、デリダもまたこの事件をナショナリズムの観点から捉えている。アメリカで彼に与えられた栄誉が「外人の教授」としては過分なものと見られたため、彼はいまやほかのフランス人の書き手たちとともに、科学と数学から取られた隠喩をルーズに使うといって批判されているが、それはフランス人に限ったことではないはずだ。彼はさらに「アメリカの文脈と政治的な文脈」について述べたいが紙幅がない、という。

実際、ソーカル事件にはクリステヴァとデリダが感じたようなナショナリズムの側面があったように思われる。一九五八年と一九六六年に文学理論を招き入れ、四〇年ほどホスト役をつとめたアメリカの知識人たちが、こんどは文学理論に対して出て行けといっているように見えた。理論の旬の時期は長く続きすぎた、理論家たちはそろそろ荷づくりをして国に帰れ、というわけである。ポストモダニズムが理論を代表するようになっていたので、ソーカルがでっちあげによってポストモダニズム理論に屈辱を与えた（というのが一般的な印象になっていた）ことは、いまや理論の全面的な敗北を示すものとして見られるようになっていた。人文系のシラバスを奪還して再びアメリカらしいものにしようとする強い動きがあったことは間違いなく、それは九〇年代を通して加速した。アメリカの大学では全般的な対抗革命が起こっていて、ポリティカル・コレクトネス、相対主義、ポストモダニズム、多文化主義といったものが標的にされ、その傾向は九・一一以降の雰囲気のなかで強まって行った。新しいミレニアムの最初の一〇年が終わろうとしている今、さらなるテロへの不安が国際的な学会を難しくしており、他方では地球温暖化と二酸化炭素排出量への関心が高まっている。学会の必要性もある意味低くなった（電子メール、テレビや電話による会議、スマートホン、SNSなど）。その結果、知的生活が内閉し、国際的ではなく国内的になっており、文学理論もこうした傾向と無縁でない。これからの時代の文学理論は、限られた世界的なブランドによって完全に支配されるのではなく、地域によってより多様なものとなることが期待できるのかもしれない。そのような新しい時代が、次の章で見るように、すでに始まっているようである。

原注

（1） ありふれた例を挙げれば、「その列車はいつでも乗り込めた」と「私たちはいつでも乗り込めた」という二つの文は、「表層の」構文は同じであるが「深層の」構文が異なり、後者に真の意味がある。

第15章

「理論」以後の理論

理論の遺産

「理論以後《アフター・セオリー》に生はあるのか」。二〇〇三年、イギリスでの大規模な学会はこう問うた。この学会をまとめた本は『理論以後の生』と題され（Michael Payne and John Schad ed. *Life. After. Theory.* (Continuum, 2003)）、主要な出席者――ジャック・デリダ、フランク・カーモード、トリル・モイ、クリストファー・ノリス――へのインタビューを収めている。学会のタイトル自体は疑問形で、「理論以後に生はあるのか」と公表されていたが、興味深いことに、出版された本のタイトルには理論以後にも生はあるのだという見解への信仰宣言が読み取れるかもしれない。一九九五年本書『文学理論講義』初版の序論において私は、トマス・ドハーティの一九九〇年の著作『アフター・セオリー』（*After Theory*）を引き合いに出し、当時にあってさえ文学理論の真の務めはすでに終わりを迎えてしまったという感覚が一般にあると指摘した。テリー・イーグルトンは『アフター・セオリー』という書名を二〇〇三年の彼の著作でもう一度用いて、理論はいわば、いまだ終わったままであると示唆した。イーグルトンの著作自体、言及こそないが、ヴァレンタイン・カニンガムの『理論以後を読む／理論以後の読解』（Valentine Cunningham, *Reading After Theory* (Blackwell, 2001)）の「あと《ポスト》」に来るものであった。カニンガムは、大略、理論がその役割を終えたことをありがたがっていた。彼の自負するところによれば、理論が破壊した批評の修復に着手し、批評を文学研究のしかるべき場所に復帰させようというのだった。それはさながら、洪水やハリケーンの後片づけに取りかかる人を思わせる。「復旧に取りかかる」著作はほかにも出版されており、デイヴィッド・スコット・カスタンの『理論以後のシェイクスピア』（David Scott Kastan, *Shakespeare After Theory* (Routledge, 1999)）のように、特定の文学者に焦点を合わせているものもある。カスタンの本で「理論以後」は、理論が消え去ったあとの時代ではなく、理論がニュースではなくなった時代を意味すると理解されている。理論はもはやニュースとして取り上げられる価値はないのかもしれない。というのも、理論が提起した主要概念の多くはすでに広く受け入れられており、それゆえ、その影響力やカリスマ性は（社会学者マックス・ウェーバーの術語を使えば）「日常化」されているからだ。理論はその独自性を主張する必要がなくなり、一般的な思想の潮流の一部と化している。この「自己主張しない」という態度こそ、大文字の「理論」以後の理論、つまり、「教えを説く」段階が終わった時代における理論の一般的な特徴と考えられるかもしれない。これはまさしく、理論が提起した概念の多くが、現在私たちが生きている知的風土において、一般に流通するようになったためである。

ではどの概念が、四半世紀前には激しい抵抗を受けたものの、現在ではごく普通で当然のものと見なされているのだろうか。基本的なリストには以下のものが含まれるだろう。第一点。アイデンティティは固定的なものであると同時に揺れ動くものであるという感覚。英国人であること、ゲイであること、女性であること、信心深くあることは、常に変わらぬ何らかの固定した実体や見解をもつ事柄ではない。そうしたものはむしろ、人が異なれば異なって作用するさまざまな流れに応じて、常にどこかへ漂流しようとするアイデンティティなのだ。「理論以後」の「〜である」という概念は「〜になる」という重要な要素を常に含んでいると述べれば、以上の要約となるだろう。第二点。理論以後の文学テクストの概念も同様に、「正典化」されたテクストを思い浮かべようとなかろうと、不安定なものになっている。それぞれのテクストは、それが何「である」かについての揺れ動く認識に依存する。それゆえ集団によって異なる「アイデンティティ」をもち得るし、編集や提示方法によっていくつかの異なった形で存在することもあり得る。同様に、テクストというもの自体が、さまざまな（そしておそらく途切れることのない）専有化に常に晒されている——一九八〇年代の文化唯物論における「性的不一致＝異議」や「ポストコロニアル」、一九九〇年代の「カトリック」や「共和主義者」など、近年の文学理論に登場したあらゆるシェイクスピア像を思い浮かべればよい。第三点。私たちは、言語それ自体の不安定性、詳細な描写や厳密な定義といった網の目を滑り抜ける言語の能力を認識している。ここでいう言語の不安定性とは単に、「失言」や錯誤行為が言語の基本構造の一部となっているという、失錯に用心するような、フロイト以後の意味ではない。というのも私たちは、散文的で、記述の道具として用いられる発話さえもときに乱しうる、隠喩や比喩的表現といった言語の「夢生活」[1]を痛切に意識しているからだ。第四点。私たちは理論自体が広く浸透しており、どの立場を選び取るのかという責務を逃れることは不可能だと認識している。それぞれの立場はひとつの特定の見地であり、それゆえ私たちが述べるあらゆる主張は、即興的、偶発的、暫定的なものとなる。それらはいわば知性・文化の銀行に振り出される思弁／投機的な小切手であり、私たちは小切手を保証する預金が口座にどの程度あるのか、確信をもって知ることは決してできない。これら四つの思考様式というべきもの――不安定なアイデンティティ、不安定なテクスト、不安定な言語構造、不確かな真理の銀行――こそ、「理論以後」に残されたものである。ただし、これら四つの項目を私たちは一連の信念として登録することはない――四つの不安定性への確信は、定義からして、といってよかろうが、それ自体が不安定なものであるからだ。それにもかかわらず、こうした不安定性は常に存在し、私たちの思考や感受性の天候のみならず気候をも規定している。

　理論自体の知的光景について、さらに四つの大きな変化あるいは「決済」を指摘しておこう。第一の大きな変化として、理論は壮大かつ思弁的な知的主張に対し、かつてよりも不信の念を一時停止するのを好まなくなり、むしろ、経験的な水準で題材に取り組むようになっている。したがって、見出される結論はただ尊大に断言されるのではなく、「具体的な説明」を受ける、あるいは少なくとも細心の注意を払って議論される傾向がある。事実、単なる経験主義に対するフランス風のお馴染みの蔑視は、フランスの料理とファッションは本質的に他に勝ると決めてかかること同様、時代遅れのものと思われる。現在では、文学理論家に対してさえ明晰さが求められている。一九七〇―八〇年代のフランス語圏の理論家に気前よく許されていた詩的に書く自由はもはや効力をもたない（少なくともフランス語圏の外では）。このように、理論の「その後の生《アフターライフ》」の特徴は過去の知的「巨大領域」を戦略的に「規模縮小」することにある。構造主義は元来その専門分野のひとつであった物語論へと縮小し、また「イデオロギー」や「政治」といった抽象概念はマルクス主義的唯物論の主題であったが、いまや初期近代、ロマン派、ヴィクトリア朝といった特定の時代における文化戦略への事細かな注目に取って代わられている。

第二に、イギリスの文化唯物論やアメリカの新歴史主義に代表される唯物主義の優位からの方向転換、「精神的なもの」への移り変わりがある。ここでいう「精神的なもの」とは、読むこと、書くこと、テクスト性に関するさまざまな側面を隠喩的に表現したものとも(ジュリアン・ウルフレイズ『ヴィクトリア朝の幽霊——亡霊性、ゴシック、不気味なものと文学』(Julian Wolfreys, *Victorian Hauntings: Spectrality, Gothic, the Uncanny and Literature* (Palgrave, 2001) 参照)、物質的な現実よりも(より深く、より根源的という意味で)さらにリアルな世界を換喩的に表象したものとも了解してよい。事実、ここ数十年間よりも二〇〇〇年代以降になって、宗教的転回が文学研究においてはるかに目立つようになっているように思われる。おそらく近年広まっているシェイクスピアの宗教への関心がこの「転回」を示しているだろう(E・A・ホニグマン『シェイクスピア——失われた年月』(E. A. Honigmann, *Shakespeare: The Lost Years* (Manchester University Press, 1988))とリチャード・ウィルソン『秘密のシェイクスピア——劇場、宗教、抵抗の研究』(Richard Wilson, *Secret Shakespeare: Studies in Theatre, Religion and Resistance* (Manchester University Press, 2004) 参照)。

第三に、「言語論的崇高」とでも呼べるものからの目立った転換がある。すなわち、言語が世界を構築ないしは形成すると見なす「構築主義」的言語観からの転換であり、事実上すべてが言語である、あるいは、言語こそがすべてである(どちらになるかは言語をどう見なすか次第)という立場からの転換。思想家・哲学者のクリストファー・ノリス(一九四七—)は長い間、徹底した言語構築主義の威信に立ち向かい、その解体を試みてきた影響力のある人物である。ノリスは、私たちが言語を話すのではなく、その逆、言語が私たちを話すのだという見解に対して懐疑的(あるいはそれ以上)である。この考え方は、ノリスによれば(おそらくハイデガーやド・マンを念頭に)自分自身の意見表明に対する責任放棄をあまりに容易に許してしまう。ノリスはまた哲学における「反実在論者」(「精神から独立」した現実の存在を否定し、すべてを「精神に依存」していると見なす傾向のある者）をも痛烈に批判してきた。また彼は「実在論」と「反実在論」の両極のあいだのしばしば議論される「第三の道」も、実のところ後者の別形式にすぎないと見なして批判している。同様にノリスは「終わりなき、戯れに満ちた、多義的な解釈」にもまた異議を唱えている。彼の見るところこれらの解釈は、ボードリヤール、フィッシュ、ローティ、リオタールといった理論家において「体系的な議論を犠牲にして」打ち出されており、ポストモダニスト的な相対主義の典型である（参照は『ポストモダニズムの何が間違っているのか』（*What's Wrong with Postmodernism?*（Johns Hopkins University Press, 1990））、『量子論、および実在論からの逃走』（*Quantum Theory and the Flight from Realism*（Routledge, 2000））、『真理こそが問題——実在論、反実在論、反応依存』（*Truth Matters: Realism, Anti-Realism and Response-Dependence*（Edinburgh University Press, 2005））。

最後に、新たな文化批評が、九・一一のような極限的出来事への応答として、アラブ・イスラエル紛争、イラク、アフガニスタン、宗教的原理主義、環境破壊の容赦なき拡大といった、一見したところ手に負えない問題が生んだ世界規模のペシミズムへの応答として生じている。世界情勢はますます絶望的であり、文化批評自体がこうした情勢下では馬鹿馬鹿しい贅沢に見えるという感覚がテリー・イーグルトンによる最近の仕事の多くに潜んでいる（『甘美なる暴力——悲劇の思想』（森田典正訳、大月書店、二〇〇四年）（*Sweet Violence*（Blackwell, 2003））、『アフター・セオリー——ポスト・モダニズムを超えて』（小林章夫訳、筑摩書房、二〇〇五年）（*After Theory*（Allen Lane, 2003））、『テロリズム——聖なる恐怖』（大橋洋一訳、岩波書店、二〇一一年）（*Holy Terror*（OUP, 2005））。イーグルトンは暴力、恐怖、悪にますます的を絞った文化批評を、「危機の批評」（エコ批評がその一部門と見なしうるだろう）とでも呼べそうな形式の著作を世に問うている。こうした仕事は、破滅が広く浸透し、差し迫っているという感覚を背負っている。より一般的な文学・文化批評の事柄に関心を払っていては、いまにも私たちを破滅させようとしている力と裏で共謀しているのも同然と見えてしまう。イーグルトンがますます道徳、宗教、倫理の問題に専念してマルクス主義から遠のいているのは、先に述べた「宗教的転回」の徴候とも見なすことができる。

以上見たように、近年の理論はその傾向として、経験主義の度合いが強まり、もっぱら唯物主義的というわけではなくなり、さまざまな「言語論的崇高」の影響を受けにくくなり、差し迫る地球規模の危機に対する意識に満ちている。とはいえ、理論は店じまい、これにて廃業、というわけではない。事実、理論は取引を継続し、新たな事業を開拓してさえいる。いまや私たちは、例えば、理論の終わりを指摘することが一般的になり始めた一九九五年以降、正確にどの点において、理論は増強され、発展したのかと問うことができる。以下、網羅性を目指すのではなく、理論を学ぶ者が認識しておいて役立ちそうな、四つの成長領域について考察していこう。

現在主義

現在主義とは「テクストの現在における意味を志向し、過去における意味を志向する『歴史主義的』な方法に対立する」（ヒュー・クレイディ）文学研究の方法である。もともとは初期近代の文学、特にシェイクスピアに関わるものだったが、最近では「批判的現在主義《クリティカル・プレゼンティズム》」の名称で、ロマン主義の分野において台頭してきている。現在主義の有力な実践者はテレンス・ホークス、ヒュー・グレイディ、ユーアン・ファーニーなどである。

今日の批判的現在主義の潮流は、一九八〇年代以降優勢であった歴史中心的な文学研究の方法（第9章の新歴史主義および文化唯物論など参照）への反発と見ることができる。こうした歴史の強調はミシェル・フーコーの仕事を拠りどころとしていた。フーコーは『知の考古学』（一九六九年。英訳一九七二年（慎改康之訳、河出文庫、二〇一二年）（*The Archaeology of Knowledge*））の第一章で、言説領域の分析においては「その出来事の正確な特異性において言表を把握しなければならない」と規定している（傍点筆者）。それゆえ、「言表」（そのひとつが文学テクストである）を単に分析するだけでは不十分で、骨折って再構築した歴史の特異性のなかにその「言表」を「位置づけ」ようとしなければならない。すなわち「言表が存在するための条件を決定すること、少なくとも言表の限界を定めること、言表とそれに結びつきうる他の言表とのあいだの相関関係を打ち立てること、言表が他のいかなる形態の言表を排除するのかを示すこと」が必要なのである。これこそフーコーの主張した探求方法だったが、こうした方法が文学研究に与える影響は破壊的なものとなる恐れがある。実際フーコー自身の「言表」は、いってみれば、「歴史主義憲章」であり、この修辞の凝った宣言に署名するならば——多くの人々が事実署名したが——生涯終わることのない歴史的考古学に身を捧げることになるだろう。歴史主義はまた、レイモンド・ウィリアムズによる「特異的かつ支配的な意味づけによって事実上組織されたものとしての生きられた社会プロセスの全体」（傍点筆者）を理解することの強調（『マルクス主義と文学』（*Marxism and Literature*（Oxford University Press, 1977）））も拠りどころとしていた。これらの宣言における「特異的」「正確な」「全体」といった語の脅迫的な使用は多くの人々を徹底した歴史調査へと駆り立て、その結果、文学研究者は歴史的手法に専心することになった。一九九〇年代末には、文学は歴史を通してこそ最もよく理解されるということを否定するのは素人の読者だけである、ということが当然視されるように見えた。

こうした状況こそ現在主義が反発したものだった。「現在主義」とは二〇世紀初めにまで遡る術語で、元来は過去をもっぱら現在の観点から読解し、過去が到達しようと努めていた頂点や極点として現在を見なす素朴な傾向を意味していた。この素朴な意味での「現在主義者」にとって過去が興味深いものとなるのは、過去の問題が現在の問題と直接関連していると見なされるときだけだ。このとき私たちは自分たち自身と「密接な関連性のある」ものを求めて歴史をざっと調べ、残りは捨て去ってしまう。歴史学者が「現在主義」を犯したら嘆かわしい過ちとなるのは明らかだが、文学研究者についてはどうなのか。現在主義者でない文学研究者など実際のところ、まったく文学研究者ではないと述べることも可能だろう。というのも、もし文学が今日の問題に取り組まないのであれば、それを読むことはまったく無意味となりうるからだ。こうして二〇〇〇年ごろより「現在主義者」と自ら名乗る文学研究者グループの拡大が見られている。この自称には、彼らが自らの立場を歴史主義者のそれと対立するものと見ていることを示すため、という側面がある。テレンス・ホークスが現在主義を主導的に実践しており、彼によるラウトレッジ社「アクセント・オン・シェイクスピア」シリーズがその主たる出版成果となっている。一九七〇年代にさかのぼると、ホークスは文学理論の普及を担った主要人物でもあった。当時彼は理論運動の主要論者による文章を世に広め媒介するというきわめて重要な役目を果たしたメシュエン社「ニュー・アクセント」シリーズの編集主幹を務めていた。ホークスの新シリーズはこの「ニュー・アクセント」の使命を引き継ぐもので、その趣意は「授業における具体的な問題と接続するよう理論を『応用』し、拡張、翻案すること」にある(編集主幹によるシリーズ刊行の言葉)。現在主義を定義づける立場のいくつかは、シリーズ中のホークス自身による一冊『現在におけるシェイクスピア』(*Shakespeare in the Present*, 2002)において提示されている。その立場はまず「過去を真に捕捉あるいは反復すること」は「根本的に不可能である」という主張で始まる(p. 2)。それゆえ、過去は過去であり、その「アイデンティティ」を再構成したり、再捕捉すること(たいていの歴史主義的な文学研究の本質的な目標であろう)は決してできないという立場が議論の出発点となる。したがって歴史学者や文学者が「自分たちの関心によって方向づけられてはいない過去と接触する」(p. 3)ことは不可能である。というのも——ここでホークスはイタリアの批評家・哲学者のベネデット・クローチェ(一八六六—一九五二)を引用する——「すべての歴史は現代史である」からだ。こうして「現在主義」の文学研究者は、生ける者と対話し、交渉するという明白な目的をもって、「過去における現在」とでもいうべきものを積極的に探し求める。これと対照的に、歴史学者や歴史主義者は「死者との対話」(p. 4)に努めるわけで、死者との対話こそ歴史学者の主たる目的、喜びのひとつであるとしばしばいわれる通りである。事実、新歴史主義の先駆者スティーヴン・グリーンブラットがその影響力のある著作『シェイクスピアにおける交渉——ルネサンス期イングランドにみられる社会的エネルギーの循環』(酒井正志訳、法政大学出版局、一九九五年)(*Shakespearian Negotiations*, 1988)を次の言葉で始めていたのが思い起こされるかもしれない。「まず初めに私には死者と対話をしたいという願望があった。(中略)なるほど聞こえてきたのは私自身の声だけであったが、私の声は死者の声であったのだ」(p. 1)。こうして、現在主義者と歴史主義者のあいだの根本的な違いは、前者が主に生者との、後者が死者との対話を目指すということになるだろう——とはいえ、両者とも実際にはしばしば自分自身と交渉していると気がつくようなのだが(グリーンブラットによる冒頭の言葉がこれを認めているように思われる)。歴史主義の目的は、本質的には、文学をその時代と場所に「埋め込まれていること」(再度フーコーのいう「その出来事の正確な特異性」）のうちに研究することにある。これは一見したところ、論理的かつ自明な文学研究の方法だと思える。これに対して現在主義は（いってみれば）シェイクスピアが上演される現実の「時代と場所」を問うだけだ。というのも、ユーアン・ファーニーが述べるように、「とりわけシェイクスピアは、何よりもまず現代の劇作家である」からだ。「シェイクスピアは今日、他のどんな作家も匹敵しえないほどの地球規模で、教えられ、読まれ、上演されている。（中略）シェイクスピアはルネサンス期よりも現代の世界にこそ埋め込まれている」（彼の論文「シェイクスピアと現代主義の展望」（'Shakespeare and the Prospect of Presentism', p. 175）。さらに、歴史主義は論理的矛盾のうえに成り立っていると主張することも可能であろう。というのも、本当にアイデンティティが歴史的に構築されるとすれば、私たちは歴史的に構築された自分自身のアイデンティティから踏み出して、他の時代のアイデンティティを明らかにすることなど決してできないからだ。ホークスはまた、シェイクスピア研究において現在主義が強調している特定の領域を二つ挙げている。第一に、イギリスの政治における、近年の権限委譲の進展——一九九〇年代末、スコットランド、ウェールズ、北アイルランドで独自の議会が設立され、その結果「連合王国」が何を意味するのか、定義しなおされている。ホークスはとりわけ一九九〇年代の権限委譲運動以後の英国「連合」内に緊張や曖昧さを感じ取っているが、この認識が彼のシェイクスピア『シンベリン』読解（『現在におけるシェイクスピア』第四章）を特徴づけている。同章は'Aberdaugleddyf'と題されているが、これはミルフォード・ヘイヴン港のウェールズ語の名前である（逐語的には「二つの流れの合流する河口」の意）。ここはウェールズ内における「イングランドの」港で、長きにわたり「国土」（適度に曖昧な語）防衛にとって戦略上重要でありつづけ、戯曲内でも重要な役割を果たしている。イギリス史においては、ウェールズのテューダー家、スコットランドのスチュアート家が順に「イギリス」王位を継承したが、アイルランド、スコットランド、ウェールズの「国家」としての地位はいくぶんか曖昧なままにされている（固有の資格において、国家であるのか否か）。企てられたのはイングランド性、ウェールズ性、スコットランド性、アイルランド性をひとつの「英国性《ブリティッシュネス》」へと融合することだが、それは連邦制モデルを採用するという途を取らずに、なされなければならなかった。ホークスは、ウェールズ性とイングランド性という二つの流れは決してひとつに合流しなかったこと，今日の権限委譲の過程はこうした流れをますます分岐させせていることを認識したうえで，シェイクスピアの戯曲を読解していく。

シェイクスピア研究において現在主義が強調している第二の領域は，既存の優先順位や選択順位を戦略的に反転させることに関わっている。ここには「主要／副次，過去／現在といった一見したところ不変の概念ヒエラルキー」（p. 4）も含まれ，例えば，シェイクスピアのマルクスやフロイトに対する影響は，マルクスやフロイトの影響を受けたシェイクスピア読解と同様に興味深く重要であると見なされ，シェイクスピアの戯曲の「上演」がその「典拠」と同様に重要だと考えられるようになるだろう──つまり，何を行っているのかが，何を言っているのかと同様に重要になる。現在主義のいくらか詳細な定義は，もう少し先のところで与えられている。ホークスが述べるところでは，現在主義とは「今・ここに根差し，つながっていることが十分かつ積極的に要求され，意図的に前景化され，第一原理として活用される批評」である。「現在主義の批評がテクストと取り組むのはまさしく，過去の出来事と一致して鳴り響く──おそらく，終わりが始まりと共鳴するように──現代世界の側面という観点においてである」（pp. 21-22）。それゆえ現在主義は，「題材としての現在」から議論を始め，現在が「問いただすべき課題を設定する」のに任せ，「ある程度，新歴史主義の戦略を逆転させている」と自ら認めている（p. 22）。

現在主義の実践

現在主義が示す理論的立場の要点はおそらく，次の記述に含まれている。「あらゆる終わりは，その到来において，それに先立つ始まりを形作る」（p. 62）。現在主義の方法は，ホークスの『現在におけるシェイクスピア』を根拠とするなら，前提事項こそ大いに異なるが，新歴史主義のそれと著しく類似しているように見える。この立場の論文は鮮烈な「文化的スナップショット」で始まる傾向があり，現在あるいは現在に近いところから取られるとはいえ，新歴史主義の「逸話」にかなり似ている（第9章参照）。ホークスの『ハムレット』論「おまわり」（'The Old Bill'）は『ハムレット』を治安維持，捜査，情報収集に関する戯曲と見なす。というのも，この戯曲の登場人物の多くは絶えず他の人物によって監視され、他の人物を監視しているからだ（「The Old Bill」とは警察を意味するイギリスの俗語）。冒頭の「スナップショット」は一九四五年のベルリンでアメリカの占領軍政府が戯曲の認可・非認可一覧を課したという出来事に関わっている。『ハムレット』は「堕落と正義」の扱いゆえに前者の、『ジュリアス・シーザー』と『コリオレイナス』は申し立てによれば「独裁制を称賛」しているとの理由で、両者とも非認可一覧の方に載せられた。こうして演劇自体が第二次世界大戦直後という特定の状況においては、監視行為の一要素となる。ホークスは続けて演劇内での舞台使用や演技を論じ、さらに、ユダヤ人俳優モーリッツ・レオン・ライスの事実に基づいた話を織り込んでいく。ライスは一九三〇年代のナチス・ドイツにおいて、自ら非ユダヤ人の新しいアイデンティティをまるまる作り上げ、実生活においてそれを「演じた」。その「演技」は一九四〇年代のハリウッドへの移住で頂点に達するが、そこで彼は、何とも残酷な皮肉であるが、プロパガンダ映画でナチ党員の役を演じるに至った。こうした要素は論文において「批評的プロット」とでも呼ぶべきものへと編み込まれていく。この「プロット化」という要素には、批評の文章というより創作の文章に見慣れた雰囲気があるが、この「プロット化」の要素こそ現在主義の文章の特徴であろう。現在主義の論文には詳細にテクストを織り上げる作業が存在しているが、その織り込みは高度に「テーマ化」されており、監視、演技などの主要テーマに関する数多くの側面をテクストから引き出していく。冒頭の鮮烈な「スナップショット」、主要モチーフが再出し続ける高度にプロット化された論述構造、著しく「テーマ化」されたテクストへの取り組み、政治的な性質であるのが通例の、今日の最優先課題という推進力——これらが現在主義による戯曲の「プロット」ないしは「上演」の主要素となる。

歴史主義と現在主義のあいだの争点は、つまるところ、文脈の選択をめぐるものである——『ハムレット』は過去の文脈において読むことも可能であるし（この戯曲を初期近代における宗教上の信条と衝突の観点から考察した、『煉獄のハムレット』（*Hamlet in Purgatory*（Princeton University Press, 2001））におけるスティーヴン・グリーンブラットのように）、あるいは、現在（ないしは、ホークスが行うように、現在に近いところ）の文脈において読むことも可能だ。ユーアン・ファァーニーもまた、先に挙げた『ハムレット』論にて「現在主義」的な読解を行うとき、今日のテロリズムの脅威という文脈から、この演劇のあちこちに見られる無作為な暴力を読んでいる。ファーニーが認識しているように、こうした状況は一種の一致と見なされるだろう。というのも、歴史主義者も現在主義者も「テクスト以外の何か」(p. 176)を語っているように見えるからである。両者とも文脈の選択を読解戦略における決定的な行為と捉えている――あたかもハムレットは「芝居こそ、うってつけ」ではなく「文脈こそ、うってつけ」といったかのように。この問題については、新美学主義を考える際に、もう一度ふれよう。

現在主義について読むべきもの

ユーアン・ファーニー「最終幕――現在主義、精神性、『ハムレット』の政治学」ユーアン・ファーニー編『精神性のシェイクスピア』(Ewan Fernie, 'The Last Act: Presentism, Spirituality and the Politics of *Hamlet*', pp. 186–211 in Ewan Fernie ed., *Spiritual Shakespeares* (Routledge 'Accents on Shakespeare' series, 2005))。

ユーアン・ファーニー「シェイクスピアと現代主義の展望」『シェイクスピア・サーベイ』第五八巻(Ewan Fernie, 'Shakespeare and the Prospect of Presentism', in *Shakespeare Survey*, vol. 58 (Cambridge University Press, 2005))。

ヒュー・グレイディ、テレンス・ホークス編『現在主義のシェイクスピア』(Hugh Grady and Terence Hawkes, eds., *Presentist Shakespeares*, Routledge 'Accents on Shakespeare' series, 2006)。

テレンス・ホークス『現在におけるシェイクスピア』(Terence Hawkes, *Shakespeare in the Present*, Routledge 'Accents on Shakespeare' series, 2002)。

ロビン・ヘッドラム・ウェルズ「初期近代研究における歴史主義と『現在主義』」『ケンブリッジ・クォータリー』第二九巻第一号(Robin Headlam Wells, 'Historicism and "Presentism" in Early Modern Studies', pp. 37–60 in *The Cambridge Quarterly*, Vol. 29, No. 1, 2000)。

現在主義に関するインターネット上の議論 http://www.shaksper.net/archives/2007/0091.html [2]

横断の詩学に関する覚え書き

ここで、多くの点でイギリスの現在主義に相当するアメリカでの進展、一九九〇年代後半にアメリカで生じた「横断の詩学」について簡単な解説を加えておこう。横断の詩学は特に初期近代のテクストの研究方法で、「横断的」（大ざっぱにいって「境界侵犯的」の意）な批評や解釈に努めて初期近代のテクストと現代の文化、政治、社会の情勢を密接に結びつけていく。テクストの抑圧ないしは無視された側面に関する「遁走の探究」を生み出そうと努め、「横断の力」がもつ変容エネルギーによって「国家権力」を抑制することを目標とする。横断の詩学は心理学や社会心理学のほか、現代の劇場におけるラディカルな上演実践と緊密につながっており、さらには新歴史主義、文化唯物論、脱構築とも関連性がある。牽引する人物は、現在カリフォルニア大学アーヴァイン校所属のブライアン・レノルズで、他にカンザス州立大学所属のドナルド・ヘドリック、アメリカのノースウェスタン大学所属のウィリアム・ウェストがいる。レノルズの一九九七年の論文「悪魔の家、あるいは『さらに忌まわしきもの』――初期近代イングランドにおける横断の力と反演劇の言説」（Bryan Reynolds, 'The Devil's House, "or worse": Transversal Power and Antitheatrical Discourse in Early Modern England' *Theatre Journal*, Vol. 49, No. 2, pp. 143-167）が「横断主義」という概念を初期近代研究に導入した。この論文は新歴史主義の姿勢と同様に、エリザベス朝時代のなかに全権力を掌握する国家を見出す。この国家は端から端まで行き渡る「国家機構」によって考え方や習慣を支配するが、しかし、劇場それ自体が分断をもたらす数少ない力、すなわち、「横断的」な力のひとつと見なされる――個別の戯曲でもその「メッセージ」でもなく、「媒体」としての劇場自体であることに注目しよう。劇場はレノルズにとって、「横断的なテリトリー」（p. 148）、すなわち、権力に挑む場所、「他者性を経験」する空間なのだ。レノルズの図式にあって劇場は「乱痴気騒ぎ、犯罪、悪魔、口には出せないもの、思い浮かべてはならぬもの、あるいは『さらに忌まわしきもの』」（p. 150）と、換言すれば、境界侵犯的なもの、社会の境界を超えるものすべてと関連づけられている。

レノルズの著書『シェイクスピアとその同時代人の演劇における横断の企て――遁走の探究』（*Transversal En-*

terprises in the Drama of Shakespeare and his Contemporaries: Fugitive Explorations（Palgrave, 2006））の第一章は「横断の詩学と遁走の探究――劇場空間、中断された意識、仮定法性、そして『マクベス』」（'Transversal Poetics and Fugitive Explorations: Theatrespace, Paused Consciousness, Subjunctivity, and *Macbeth*'）と題されている。ここに明らかなように、レノルズは頭でっかちで困惑を招く題を好む。レノルズが同章で述べるところでは、横断の詩学とは「行為者性や創造性を高め、より良心的で社会的な目的を備えた学問や教育を生み出すため」に考案された批評のアプローチである（p. 1）。横断の詩学は「遁走の探求」、すなわち、「読解とテクスト双方の意味を権威が縮約し包摂しようとするのに抵抗する」読解を行う（p. 7）。

横断主義は初期近代研究における前途有望な立場として、自信をもって売り出している――その語調や並置法は尊大かつ威勢がよい。レノルズが述べるところでは、脱構築的な読解は「テクストやテクストの機能する記号体系の不安定性を単にあばくだけ」だ。この物言いは結局のところ、脱構築は政治的コミットメントを欠き、その代わりにテクストの不安定性を露わにし、擬似美学的、擬似哲学的な喜びに耽け、「差延」というテクストのきらめきに魅惑されたままでいるという昔からいわれていた非難と結局のところ同じである。横断する海賊たちは脱構築が見せる執着にとらわれることなく、テクストを越えて、例えば、『マクベス』の魔女たちが取る手段がいかに「演劇テクストの外における、誘惑や誤解を招く考えを流通」させる手段と似通っているのかを示す。彼がここで注意を向けるのは、「現代の広告キャンペーン、（現代の）宗教団体、（中略）（あるいは）『証人の誘導尋問』や『信仰療法』といった今日激しく議論されている認知介入法」などだ（p. 9）。魔女はマクベスに、女の腹から生まれたものは誰も彼に危害を加えられないこと、バーナムの森が動かないかぎり、何も恐れる必要がないことを伝えるが、この予言はともに油断のならないものであることが判明する。同じようにして、現代の広告は「洗剤ダズはもっと白く洗います」と約束するが、何と比べてもっと白く洗うのか（キャベツより？）は述べることはない。これが教えるところの多い並置法で、横断の方法論が実践において切れ味を発揮する可能性を備えていることをよく説明してくれる。レノルズは正当にも、脱構築主義者にはこうした「横断」する探究（『マクベス』から広告、法廷での訴訟手続、信仰療法などへと至る軌道をたどること）は行えないとしている。というのも、テクストの不安定性をあらゆるテクスト性が普遍的に陥る状態であると見なしているかぎり、脱構築主義者たちには実際のテクストについて比較を行うための有益な手掛かりを得ることなどできないからだ。横断の詩学は、最終的には、読者たちが「問題となっている文学テクストを彼らの生活に関連した問題へ接続すること」を望んでいる（p. 10）。これが脱構築の重要事項であったことは一度としてない。おそらく、横断的な並置法自体、より精緻になり、持続的に実践され、際立つ必要があるだろうし、ひどく凝って絡み合った術語で延々と語る傾向は控えたほうが有用であろう。とはいえ、横断の詩学の登場やこれからの進展は注目に値する。

新美学主義

新美学主義とは、美学の地位に関する一九九〇年代の哲学的論争から生まれた文学批評・理論の新動向で、二〇〇〇年頃から目立った文学的実践となっている。文学テクストの「個別性」や「特異性」を強調し、文学テクストの征服ではなく、それとの対話を追求し、テクストをその内部であるいは読者とのあいだで進行中の議論の一部と見なし、固定的な立場を代表するものとも、社会的に保守的な見解を表すようあらかじめ定められたものとも見なさない。新美学主義を実践する研究者には、ロンドン大学バークベック・コレッジ英文科名誉教授のイゾベル・アームストロング、現在セントラル・ランカシャー大学所属のジョン・ジョフィン、現在エディンバラ大学所属のサイモン・モーパスがいる。

新美学主義は主要文学理論とは正反対に進む。主要な理論が一九七〇年代以降目立つ存在となったのは、これらの理論のほとんどすべてが文学の自律性をますます疑問視し、否定したためであった。マルクス主義の批評家は文学を社会的諸力の表出と見なし、精神分析の批評家は文学を心的欲動や本能の葛藤を声に出したものと見なし、ポスト構造主義者はあらゆる文学行為を言語自体の不安定性を示すものと見なした。理論上の意見が一致したのは、作家自らが何を行ったり述べたりしていると考えるにせよ、彼らは常に別の何かを行ったり述べたりしているということだった。事実、文学が自ら語りえたことなどなく、文学は社会的、心理的、言語的な諸力のさまざまな組み合わせによって語られるだけであり、批評家や理論家のほうが、こうした諸力がどのようなものであるのかを常に作家よりもよく理解しているのだった。文学はこうして、その自律性、異質性、個別性を失い、申し分なく振舞っているように見えるとき――例えば、敗北者を擁護し、自己決定や平等のために立ち上がり、他者の主張への寛容や理解を求めるとき――でさえ、常に批評家や理論家によって制止され、警告を与えられていた。例えば、ジェイン・オースティンはいま例に挙げた事柄すべてを自身の小説内で行っていると考えていたかもしれないが、批評理論の思想警察のほうがいつだってもっとよくわかっていたのだ。彼らの理解するところでは、オースティンは実のところ、フランス革命の存在を覆い隠し、イギリス海軍にはびこる暴力を黙認し、紳士階級と奴隷制度のつながりを認識していることを疚しくないように見せ、性的抑圧を推奨するといったすべてを一冊の小説『マンスフィールド・パーク』(*Mansfield Park*) において行っていたという。作家へのこうした本能的な不信感はフランスの哲学者ポール・リクール(一九一三―二〇〇五)が「懐疑の解釈学」と呼ぶものの一部をなしている(『フロイトを読む――解釈学試論』(久米博訳、新曜社、一九八二年)(*Freud and Philosophy*))。リクールの定義によれば、「この解釈方法の想定では、あるテクストの文字通りあるいは表層レベルの意味は、そのテクストによって図られる政治的利害を覆い隠そうと努めることにある。解釈の目的はその覆いをはぎ取り、こうした利害をあばくことにある」。

理論家や批評家はこのように、およそ四半世紀にわたり、文学を「はぎ取る」者であり「あばく」者で、一九八〇年代初めのリベラル・ヒューマニズムの敗北以降、その優位はほぼ揺るぎのないものとなっていた。個々のテクストの特性はほぼ無視され、文学作品はその個別の性質がどんなものであれ、広く包括的な犯罪――それに対してそれぞれの理論的方法による専門的な捜査が及ぶ――を犯していると判断された。フェミニズム批評家の場合は性差別やファルス中心主義、ポストコロニアル批評家の場合はオリエンタリズム、脱構築主義者の場合はロゴス中心主義、などなど。数十年に及ぶこうした容赦なき猛攻を受けたあと、文学にふたたび自己主張する必要が生じたのは避けがたいことだった。文学テクストによる反論(かりに声を上げることが許されるならば)は簡潔で、次のようになるだろう。すなわち、文学テクストはそれぞれ異なり、すべてが社会的に保守的な傾向を共有しているとして型にはめられるべきではない、と。ポストコロニアルの批評家は、アラブ人もアジア人もムスリムはそれぞれ異なった特有の存在で、すべてを一緒くたにする有害な「オリエンタリスト」の思考のように、否定的な集合的ステレオタイプで表象されるべきではないと、きわめて正当にも主張している。思慮を欠く同一視へのこうした抵抗は、しかし、私たちの文学作品観に浸透していない。文学理論が文学という専門領域を除いたあらゆる領域で差異、他者性、行為者性、特異性を擁護する一方で、総体としての文学を社会的に退行的な知的構成物と見るのは、きわめて異様なことだ。こうして見ると、新美学主義は二〇〇〇年以降台頭しているが、懐疑の解釈学による三〇年にわたる審問に耐えた文学による避けがたい反撃のひとつと考えることができる。

文学テクストの力を再主張することは新美学主義の主要素であるが、遠い過去に理論が取って代わった、古き「精読」への回帰にすぎないのだろうか。私はそうは考えない。というのも、ここで新美学主義が原理的根拠として立ち帰るのは、精読の創始テクストたるI・A・リチャーズの『実践批評』(坂井公延訳、みすず書房、二〇〇八年)(I. A. Richard, *Practical Criticism*, 1929))やウィリアム・エンプソンの『曖昧の七つの型』(一九三〇年、岩崎宗治訳、岩波文庫、二〇〇六年)(William Empson, *Seven Types of Ambiguity*, 1930))ではなく、カントやヘーゲルの哲学であるからだ。これらの哲学はデリダたちによって再読されたが、新美学主義はそれをさらに再々読していく。一九七〇―八〇年代の理論家たちは、自分たちの「再読」が永続的かつ決定的であると想像しているように常に見えたが、実際のところ彼らもまた進行中の再読サイクルの一瞬一瞬にすぎず、それゆえ彼らの再読自体、ほかの読解と同様に再読に対して開かれている。新美学主義は言い換えれば、一九二九年の『実践批評』を『批評実践』(キャサリン・ベルジーによる一九八〇年の影響力ある著作(Catherine Belsey, *Critical Practice*))とする反転をさらに反転させようとするのではなく、一連の介入を行って理論の軌道自体を変更させようと努めているのだ。さらに新美学主義は「唯美主義運動」が一九世紀末に見せた、美学に対する関心や姿勢を復活させるものでもある。唯美主義運動は詩人のアルジャーノン・チャールズ・スウィンバーン(一八三七―一九〇九)、詩人、画家のダンテ・ゲイブリエル・

ロセッティ（一八二八―八二）、アイルランドの作家のオスカー・ワイルド（一八五四―一九〇〇）、随筆家、批評家のウォルター・ペイター（一八三九―九四）らの作品に見られ、その姿勢はしばしば「芸術のための芸術」という標語に要約される。芸術や文学の自律性が唱えられ、芸術や文学は道徳的正しさや社会的有用性の考慮から自由であると主張された。文学研究の中心に文学テクストを復権させる――ただし、新たに「全体化」されたかたちで――という欲望はたいへん興味深く、私が見るところでは、歴史主義および文学テクストの懐疑の解釈学の伝統に対する歓迎すべき反発である。(1)

つまり新美学主義はさまざまに考察できる。ひとつは、一九世紀末の唯美主義への関心の復活として見ること。もうひとつは、カントやヘーゲルの哲学に由来する美学に関する議論の再燃として見なすこと。第三には、（読者とテクストのあいだで進む「対話」という考えを通して）新しい種類の倫理批評として見ること。そして最後に、テクストの形式的特徴やこうした特徴が読者にもたらす効果を前景化する「新しい形式主義《ニュー・フォルマリズム》」のひとつと見なすこと。新美学主義はしばしば支配的な批評・理論のコンセンサスにひどく苛立ちつつ立ち向かい、文学研究において久しく無視され、悪しざまにいわれてきた側面の重要性を訴えている。あたかも、たえず守勢にまわることに突如うんざりしたかのように、新美学主義は問うてはならぬ問いを鋭い口調で発している。「美的なもののなにが間違っているのか」「カントのなにが間違っているのか」「精読（近づいて読むこと）とはどれほど近いのか」。これらの問いはみな、イゾベル・アームストロングの著書の章や節の見出しから取られている。つぎに本書を見ていこう。

新美学主義の実践

新美学主義の始まりを画す著作はイゾベル・アームストロングの『ラディカル美学』（Isobel Armstrong, *The Radical Aesthetic*（Oxford, 2000））である。その序論は、近年の文学理論のあらゆる流派が美的なものという概念を拒絶していると論じている。アームストロングはこう書いている。「もうひとつの詩学を発展させることは、理論的基礎を作り直し、議論の用語を変えることによって、反・美学の政治学に異を唱えることを意味する」（p. 2）。

これは、彼女が述べるところでは、美学の「基礎を築いた哲学者であるカントとヘーゲル」（p.1）の復権を意味する。この二人からこそ美学の最も発展性のある概念は生まれている。アームストロングはテリー・イーグルトンの著作『美のイデオロギー』（鈴木聡・藤巻明・新井潤美・後藤和彦訳、紀伊國屋書店、一九九六年）（*The Ideology of the Aesthetic*, 1990）を広範な影響力のある「反・美学の政治学」の表れと見ており、彼女の『ラディカル美学』はその一〇年後に出版されたが、イーグルトンの著書への直接の異議申し立てと見ることができる。彼女はまた、イーグルトンのこの著書を懐疑の解釈学の極点とも見ている――新美学主義は懐疑の解釈学への懐疑で始まる文学の研究方法と特徴づけられるかもしれない。アームストロングの第一章はイーグルトンへの反論を詳細に述べている。彼にとって、例えばソネットのテクストに固有の効果はすべて、「常にすでに」説明されている。ここでいう「効果」には、以下のものが含まれるだろう。押韻のパターン、起句八行と結句六行のあいだにある思考の「転回」、いくつかのイメージと一四行の枠組への思考の広がりの圧縮、二つの異なる意味をひとつの逆説的な表現へと巧みに収める語句の使用、「重い」主題（愛、死、宗教など）を言葉の巧妙さで「軽い」ものにする手法、そして、ソネット形式自体の特徴的な「劇的」展開（詩人は、概念上あるいは比喩上の行き止まりへと自らを追い込んでから、最後の数行の巧みな言い回しによってそこから脱出する）。これらはすべて、読者に美的、知的な喜びをもたらす、ソネット形式の燃料でありエンジンである。しかし、「懐疑」の理論家たちはこれらは「単なる」仕掛けにすぎず、その主たる効果はイデオロギーに関わるという。彼らにとっては、ソネットで披露される言葉の技巧は、階級と結びつき、エリート主義的で、思考を複雑で繊細優美な模様で飾り立てる過剰な贅沢品である。これらの効果を生み出すのに必要とされる技巧や技術は、その習得に向けられる膨大な自由時間が許されるほどの特権的な人々にしか獲得され得ない。それゆえ、こうした技巧が披露されるたびに、階級の境界線は強化される。また、見かけ上の矛盾や対立がソネットのなかに「演出」され、結末の数行にいたって言葉の手品により調停されるとき、ソネットという文学の形式自体があらゆる衝突はこうしたものだという主張なりイデオロギーを暗に伝えてしまう。ソネット形式が述べるところでは、衝突は見かけ上のことにすぎず、社会的差異は常に、共に腰を下ろし、ほんの少し発展的な修繕を行いましょうと意見をまとめれば解決され、あまりに根本的で、それを含むシステムの全面的な改革を必要とする矛盾などまったく存在しない。このような議論で、文学の形式についての「懐疑の解釈学」の見解は成り立つだろう。では、厳密にいって、この問題に関する新美学主義の意見はどう異なるのだろうか。

　イゾベル・アームストロングは『ラディカル美学』第三章「テクスチュアル・ハラスメント——精読のイデオロギー、あるいは精読（近づいて読むこと）とはどれほど近いのか」（‘Textual Harrassment: The Ideology of Close Reading, or How Close is Close?’）の終わり近くで、新しい実践を見事に実演している。同章はワーズワスの「ティンターン修道院」を扱うが、この詩は長きにわたり批評や理論の戦場、もしそういったものがあるなら、「闘争の場」であり続けてきた。章題の問い（「精読（近づいて読むこと）とはどれほど近いのか」）への彼女の答えは「十分に近くはない」である。従来の精読は「支配する」という性的／テクスト上の空想を抱いて、読者と詩のあいだに距離を保ってきた。このとき、（たいてい男性の）批評家は、テクストを切り開く、性的な行為を行っている。その物理的組成を「露出」させ、華麗さを「むき出し」にし、言語の身体感覚に関わる風味を「味わう」——これらの語句はすべて、本章冒頭に置かれた批評家・理論家のスタンリー・フィッシュ（テクストを分析するとき、自分自身がどう感じるのかを記述するスタンス）から採られているが、彼としては不運な用いられ方の引用であろう。こうした「支配」の手法は、アームストロングが述べるところでは、テクストの「情動」を回避することになる。この「情動」が意味するのは、昔からずっと男性の批評家によって大いに恐れられ、常に追い払われてきたもの、すなわち、テクストが読者に与える感情の効果である。例えばI・A・リチャーズは「月並みな反応」や「重要教義への固執」といったもの——本当に扱いに困るものと思われる——を非難しており、ウィムザットとビアズリーは「情動の誤謬」をとがめた。ウィリアム・エンプソンは、同じワーズワースの詩について、数種類ある詩的言語の曖昧さを注意深く分類し定義するのに適当な手段と記しつつも、「はるかに深く浸透した何ものかに対する崇高な感覚」という詩行の「何ものか」という語がもつ、非難されるべき曖昧さについてどんどんのめり込んでしまう。アームストロングの意見では、私たちが感情や感覚を記述するとき、ある程度の曖昧さは避けられないもので、曖昧さこそ、ともかく何かを述べるための唯一の手段であるかもしれないのだ。

こうしたジレンマに対するアームストロングの応答は「精読よりもさらに近く」へ進むことである。例えば、彼女はワーズワースの詩を論じる七ページのうち二ページを費やして、「〜の」(of)という語を論じる。このように新美学主義の手法の特徴のひとつ目は「超接近」、すなわち、「〜の」(of)のような「形式語」への注目である。他方、より伝統的な精読の分析は「内容語」、すなわち、名詞と形容詞、動詞と副詞に集中する傾向がある。第二に、アームストロングは、哲学者エマニュエル・レヴィナス(一九〇六—九五)を経由してフランスの作家・民族学者ミシェル・レリス(一九〇一—九〇)から採られた一対の概念「分岐」と「抹消」を活用する。[3]「分岐」では、一方の道が選ばれ他方の道が選ばれないことによって両者が活性化される。「抹消」は「上書き」を意味するが、それは、パリンプセストにおいて消去が書き直しによって、古い言葉のうえに新しい言葉を書くことによってなされるようなものだ。「分岐」と「抹消」の両方とも、詩には不安定な要素が含まれていること、詩はその内部で議論しており、その議論に加わるよう私たち読者を招いていることを示唆している。ひょっとすると詩には、私たちに伝えたいというより、尋ねたいことがあるのかもしれない。ことによるとワーズワス自身、先ほどの「何ものか」が何であるのか、わかっていないのかもしれない。彼は哲学者ではないため、執筆前に判断を下しておく必要もない。アームストロングが示すように、「ティンターン修道院」には分岐も抹消も多く存在している。例えば、ワーズワスは「生け垣」について書くが、すぐさま自己訂正し、「いや、生け垣とも呼べぬ、生え放題の気まぐれな立木の列」と書き直す。同じく、木々の間から立ちのぼるのが見える煙は、「不確かだがどうやら人家のない森に放浪者が住まうらしく見える」ことを示すが、この「どうやら〜らしく見える」という語句は、しびれを切らした読者に「けっきょく、そう見えるのか見えないのか」と尋ねさせるかもしれない。同じように、「放浪者が住まう」という撞着語法の語句は、当該の人々(ワーズワスは彼らを目撃はしていないので、存在するのか否かわからない)を定住していると同時に放浪しているように見せるだろう。もうひとつ関連するのは、この詩は大きな規模でたえず自己を反復し、書き直しているという事実だ。この詩の「いま」において記述される訪問は五年前の訪問を反復し、ワーズワスが執筆に取り組んでいるこの詩はきわめて似通った種の（言及はされていない）別の詩、彼の友人であり好敵手であるコールリッジによる「深夜の霜」を反響させ、それに挑戦している。それゆえ、この詩は、アームストロングが主張するところでは、さまざまなレベルで不安に満ちており、語調や構造の緊張がその不安を反映している。読者はこの詩の「支配」を試みたり、不安を引き起こす「情動」を避けたりするべきではない。むしろ、この詩が見せる感情の騒乱のなかへと進むべき、言い換えれば、詩の言葉のみならず、詩の感情にも接近すべきなのだ。この情動への接近という要素もまた、新美学主義の実践の主要素である。このようにアームストロングの読解はテクストの「変幻自在」な特性に注目し、テクストが示すのは批評が着目すべき静的な標的ではなく、思考と感情から成る動的な渦巻きであると強調する。思考と感情が渦巻きをなしては両者の区別はほぼ不可能であるが、その渦巻きは独特の強度を備えた情動として記述できるかもしれない。テクストはいわば、「誰かと関係を結ぶ」（p.102）必要性を大声で訴えている。読者は「テクストの『身体』のなかに、彼らが恐れ、嫌い、望むものを見出すかもしれない」。「同一化という『ナルシシズム』の瞬間は、必要不可欠な反応であるかもしれない。（中略）というのも、この同一化は、われわれの文化で優勢な支配者／隷属者の読解モデルをまぬがれるからだ」。私たちはテクストの死体を支配して切り開くという安全領域へ退くのではなく、「近さの恐怖」に向かい合うべきだとアームストロングは述べている。事実、「理論以後の理論」が知っているように、テクストは死体ではないし、死んでいるわけでもない。「理論」がテクストの通夜を執り行おうとも、テクストは立ち上がって踊っているのだ。

この領域におけるもう一冊の重要な著作『新美学主義』（John Joughin and Simon Malpas eds. *The New Aestheticism* (Manchester, 2003)）の序論は、アームストロングの強調点に同意して、ある文学テクストが遠く離れた時代から生き残るのは、「時代を超えた」意義があるためではなく、「たいてい議論の余地がある、あるいは、政治的に対立した解釈を維持する能力」（p.8）があるためだと述べている。ここに示唆されるように、文学テクストがその生産された時代を生き延びるために必要となる決定的な性質は、読者が「参加」し、言葉を返し、アームストロングの言葉を用いるなら、「読者と関係を結ぶ」ための余地を残しておくことである。これに対して、単に宗教的であったり、思想を宣伝したりするだけの、あるいは「まったくもって異議なし」の文学テクストは、こうした余地を許しはしない。こうしたテクストは、「受け入れるか否か」の方式で、わたしたちはどう考えるべきか、そのテクストが信じるところを伝えるだけだ。したがって、生きながらえる作品の目印は、いわば、依然進行中という性質、問題を解決するという課題に依然として取り組んでいるという性質をもつことにある。これこそ、新美学主義が応答して関与しようとする作品の側面、問いを開かれたままにして、決して終結させないという性質である。新美学主義は、言い換えれば、作品との対話を進行させつづける。他の批評アプローチのように、作品がどの程度オリエンタリズム的か、ファルス中心主義的か、自己脱構築的かを示すことをその主たる目標と見なして、締めくくり、決着、終結を求めることはない。「対話を続ける」というこの方法が文学テクストを「特権視」しているというのは、ある意味で正しい。しかし、そういうならば、他の批評アプローチは、批評家や理論家を特権視していることになるだろうし、新美学主義者が思い描く作品との終わりなき対話は、その性質として、根本的に「民主主義的」であるように思われる。というのも、この対話は、最終的に丸く収められ、結論づけられることの決してない会話であるからだ。こうして、この批評的探究の目的は、最終的な科学的真理へ到達することでは決してあり得ないと確認できる（この点、あとに見るように、認知主義の前提とはだいぶ異なる）。例えば、コンラッドの『闇の奥』は「人種差別主義」の作家による人種差別主義的な著作なのか（このテクストは、ジョフィン、モーパス編著中、ロバート・イーグルストンによる章が主題としている）、あるいは、ハムレットは「気が狂って」いるのかといった事柄が最終的に確定されることは決してあり得ない。というのも、どちらのテクストにも、（肯定的な意味にせよ否定的な意味にせよ）その種の「断定性」など存在しないからだ。可能なのは、『闇の奥』における人種差別という論点や『ハムレット』における狂気という論点を議論することだけだ。いずれにせよ、こうした問題を解決することで生まれる利益を想像するのはきわめて難しい。その一方で、そうした問題を議論することで生まれる多大な利益を想像することは、間違いなく可能である。こうした読者による文学テクストとの終わりなき対話の強調こそ、新美学主義が結局のところ何に関わるものなのか、最も接近した説明となろう。

新美学主義について読むべきもの

イゾベル・アームストロング『ラディカル美学』（Isobel Armstrong, *The Radical Aesthetic*（Oxford, 2000））。

ジョン・ジョフィン、サイモン・モーパス編『新美学主義』（John Joughin and Simon Malpas, eds., *The New Aestheticism*（Manchester, 2003））。

ニコラス・シュリンプトン「新旧の美学主義」『リテラチャー・コンパス』第二巻第一号（Nicholas Shrimpton, 'The Old Aestheticism and the New' in *Literature Compass*, Vol.2（Issue 1, January 2005））。

歴史的形式主義に関する覚え書き

ここで、歴史的形式主義《ヒストリカル・フォルマリズム》として知られる、最近の運動あるいは風潮と呼ぶべきものについて軽くふれておこう。この風潮には、現在主義や新美学主義といくらか類似性があるように思われる。歴史的形式主義（の少なくともその名称）の登場は、二〇〇二年、米国シェイクスピア協会における、同名タイトルを掲げたセミナーであった。この風潮は、スティーヴン・コーエン編の論文集『シェイクスピアと歴史的形式主義』（Stephen Cohen, ed., *Shakespeare and Historical Formalism*（Ashgate, 2007））の序論において特徴が述べられ、収録論文によって実地で説明されている（本書には、「形式を歴史化する」と題された第一部に四本、「歴史を再形式化する」と題された第二部に四本、計八本の論文が収められている）。印象深いことに、コーエンは序論の冒頭において、ここ一〇〇年間における英文学研究という制度の歴史は「この学問領域における強力な二項対立、形式と歴史のあいだでの往復運動」として要約されると述べている。新歴史主義は、一九八〇年代はじめに、私たちを決定的なまでに歴史へと揺り動かしたが、歴史的形式主義は、暗示されるところによれば、形式への修正的な揺り戻しとなっている。ただし、歴史的形式主義は（まさしくその名称が示すように）新歴史主義の断固たる拒絶ではなく、正確には、その修正である。歴史的形式主義は、新歴史主義の盲点のいくつかを埋め合わそうとする、文字通りの軌道修正と見なされるだろう。ここでいう盲点とは、例えば、新歴史主義は「個々のテクストと歴史的状況の関係」については語るべきことがしばしば多くある一方で、文学ジャンルの「歴史的な起源や機能」には「あまり関心を見せたことがなかった」という事実を指す。歴史的形式主義が文学研究に対して試みる軌道修正は、大ざっぱにいって、テクストが何を意味するのか（もちろん、その歴史的な個別性において）を単に問うことから私たちをいくぶんか遠ざけ、テクストがどのように意味を産出するのかを問うよういくぶんか促している。この問いは、歴史的形式主義の見解によれば、そのジャンル（ソネット連作であれ、五幕の喜劇であれ、そのほか何でも）の効果への一層の注目を必要とするだろう。先述の序論は、慎重に言葉を選んでその意図を述べているが、その説明には修辞上の考慮を払った気配があり、また、次のような箇所では、将来の指標を与えようと志しているように見える。

歴史主義的な批評が初期近代文学や文学理論に支持やインスピレーションを捜し求めるのであれば、その批評は、よくいわれる文学と他の言説の差異の拒否などではなく、文学の形式やそのイデオロギーに関わる機能の特異性への感受性にこそ基づくべきである。この感受性はわれわれ自身の批評実践を生き返らせることができる（p. 13）。

これはあまりに注意深く予防線を張った言い方で、インスピレーションを与える呼び声とはなり得ないが、「特異性」という語の特徴的な存在には注目しておこう。この語は二〇〇〇年代の文学研究においては、全面的な歴史主義への抵抗をしばしば意味する。ここで権利が主張されているのは、個別の文学テクスト（『マクベス』における、戯曲の簡単な要約を許さぬ痛烈な言葉、イメージ、文）ではなく、個別の文学形式である。これは、なるほど、これまで見たのとはだいぶ異なった種の特異性である。したがって、歴史的形式主義は学問領域としての舵取りに歓迎すべき修正の手を加えるが、その一方で、単に歴史主義を引き延ばしたり位置を換えたりするだけに見え、文学研究にとって適切と考えられている歴史主義の取り分を深刻なまでに奪い取ることはない。言い換えれば、歴史的形式主義は（少なくとも、その初期の様子から判断すると）現在主義や新美学主義に関して私が評価するような新歴史主義への根本的な異議申し立てにはなっていない。時が経てばわかることだが、理論の「その後の生」への旅が続くにつれて、ちょっとした針路修正の影響が、ことによると舵を取る者が意図した影響よりも根本的なものだったと判明することもあり得るだろう。

認知詩学

認知詩学は言語学と心理学を組み合わせる文学読解の手法で、基本的な認知プロセスの理解を深めることを目的としている。認知詩学を実践する主要な研究者としては、テル・アビブ大学へブライ文学の名誉教授リューヴェン・ツール、現在ノッティンガム大学所属のピーター・ストックウェル、現在アメリカのボストン・カレッジ所属のアラン・リチャードソン、現在シカゴのイリノイ大学所属のジョゼフ・タビィ、現在イスラエルのバル・イラン大学所属のエレン・スポルスキーがいる。

ラテン語の動詞 cognoscere は「知ること」を意味し、そこから英語の cognition（認知）が生まれた。その意味は（『コンサイス・オックスフォード英語辞典』によれば）「思考、体験、知覚を通して知識を獲得する、こころの作用ないしはプロセス」である。その形容詞は cognitive であり、「認知、認識に関わる」を意味する。「認知科学」が研究するのはこころの組織のされ方、思考自体のプロセス、内的世界と外的世界のあいだのインターフェイスとしてのこころ、などである。この分野における「革命」は一九五〇年代以降に起こり、前章で見た分野横断の潮流と密接に関係している。この横断によって、人類学、心理学、言語学といった学問領域が対話を始めることとなった。認知科学は部分的には、こころの情報処理の仕組みに関する可能なモデルを提案したコンピュータ工学の成長の産物でもある。もうひとつの重要な要因は、アメリカの言語学者ノーム・チョムスキー（一九二八―）によってなされた、心理学者B・F・スキナー（一九〇四―九〇）と関連した「行動主義」的なこころの研究方法に対する異議申立てである。チョムスキーによるスキナー『言語行動』（*Verbal Behavior*）の有名な書評論文（*Language*, 35, No. 1, 1959, pp. 26-58）が異を唱えたのは、言語習得は外的な信号や刺激に対する累積的な反応によって説明できるという見解に対してであった。チョムスキーは逆の見解を取って、言語習得は人間のこころに固有に備わっている創造的な内在化のプロセスであるとした。言語研究がこころの働きを説明するのに役立つだろうと推測することは当然のことである。というのも、言語の使用は人間の認知プロセスにおいて最も複雑で特徴的なものに思われるのだ。例えば、隠喩や換喩といった基本的な比喩的言語は、認識や理解の根本的な方法に対応するように見える。隠喩は二つないしはそれ以上の概念をひとつの新しい統一体へと融合させるし、換喩はあるものの部分にその全体を意味させるからだ。認知主義者はここで指摘するのだが、こころのプロセスについて語り、それを隠喩やその他の修辞法に関連づけるならば、私たちはすでに文学批評の領域に踏み込んでいることになる。このように見れば、文学批評、こころの哲学、さらには進化論的生物学や神経科学を融合させる研究の複合体という着想も、風変わりには見えなくなるだろう。

一九九〇年代初め、こうした分野連携の基礎を築いたのは、イスラエルの批評家リューヴェン・ツール（『認知詩学の理論に向けて』（Reuven Tsur, *Toward a Theory of Cognitive Poetics*, 2nd edition (Sussex Academic Press, 2008)））やエレン・スポルスキー（『自然の裂け目――文学解釈とモジュール的こころ』（Ellen Spolsky, *Gaps in Nature: Literary Interpretation and the Modular Mind* (SUNY Press, 1993)））の仕事であった。当時の文学理論で優勢だったのは、ひとつにはポスト構造主義で、「不安定性」や「相対性」にすぎないとする言語観への反対意見はまったく許されず、もうひとつには歴史主義も優勢で、「すべては社会的、歴史的に構築される」ことが最も重要な拠り所とされていた。こうした状況で、「自然」という概念はどんなものであれ、極度の疑いの目で見られていた。まさにこの語自体がタブー、第13章で見たように、エコ批評が異議を唱える必要のあった知的タブーであった。ある意味で、チョムスキーの言語理論は「自然」［という概念］をふたたび導入するものだった。チョムスキーがスキナー書評で述べるように、言語習得は「刺激、強化、遮断といった概念」では完全には説明できない。つまり、「社会的」要因（奨励、報酬、承認、実演や指導）では子どもの言語習得は完全には説明できず、言語を身につける能力は何らかの点で「埋め込まれている」もの、すなわち、生得的なものである。たしかにラカンは無意識は言語のように構造化されていると主張したが（第5章参照）、言語の構造化に関する彼の考えは、体系的かつ経験主義的な研究にはまったく基づいておらず、あまり正確なものではなかった。経験主義（概念上の理論化ではなく、詳細な実地に基づく研究を意味する）の軽視は、一九八〇年代の支配的な理論パラダイムが抱えるもうひとつの大きな弱みであり、これがいま、不可避的な異議申し立てに直面したのである。

以上が一九九〇年代に一体となって「認知詩学」の成長に結びついた要因である。その出現の重要な契機は一九九八年、アメリカ近代語学文学協会の年次大会であった。フランシス・スティーンとリサ・ザンシャインによって、「文学と認知革命」に関する討論会が準備され、この学会で、「文学への認知的アプローチ」に関する討論グループが立ち上げられた。以上に関しては、『ポエティクス・トゥデイ』（*Poetics Today*）の認知主義特集号（Vol. 23, No. 1, spring, 2003）の巻頭記事「文学と認知革命——序論」（'Literature and the Cognitive Revolution: an Introduction'）を参照してほしい。この特集自体、認知詩学という領域の確立における画期的出来事であり、この主題に関する優れた出発点となっている。

本特集におけるアラン・リチャードソンの論文「こころの痛みと脳損傷——『説得』におけるこころを読む」（Alan Richardson, 'Of Heartache and Head Injury: Reading Minds in *Persuasion*'）で認知主義の批評家に特徴的な関心が摑めるだろう。この論文は『説得』（*Persuasion*）のアン・エリオットというキャラクター［性質、性格］を当時の認知科学との関連において読解する。ジェイン・オースティンの時代に広く受け入れられていたこころの考え方は「社会構築主義的」なもので、こころは「状況や出来事」によって形作られると見られていた。こうしたコンセンサスを例証する古典的な文学作品はメアリ・シェリーの『フランケンシュタイン』（*Frankenstein*）であろう。この作品では、怪物の性質はそれが受ける扱いによって形成される。イギリス「経験論」の哲学者ジョン・ロック（一六三二—一七〇四）とデイヴィッド・ハートリー（一七〇五—五七）の見解に従って、一般的に、こころは受動的に刻印を受けるもの、状況の刻印によって形作られる白紙状態《タブラ・ラサ》と見なされていた。この二人の哲学者は、こころを体験という刻印によって形作られる「空」の潜在性と見なしたが、それゆえ、教育と社会的条件づけが重要な要因となる。私たちが私たちである、あるいは、私たちが私たちになるのは、こうした影響力によっている。メアリ・ウルストンクラフト（一七五九―一九七）の『女性の虐待あるいはマライア』（川津雅江訳、あぽろん社、一九九七年）（*The Wrongs of Woman*）からシモーヌ・ド・ボーヴォワール（「人は女に生まれるのではない、女になるのだ」）やそれ以降まで、こうした考え方はフェミニズムにとって不可欠なものとなっている。こうした見解はまた社会的正義の現代的概念にとっても不可欠である。この概念は犯罪者を単に罰する（刑務所などで）だけでは犯罪は撲滅されないと見なすが、それは犯罪の行動パターンを生み出す社会的条件も撲滅する必要があるためだ（「人は犯罪者に生まれるのではない、犯罪者になるのだ」とボーヴォワールならいったかもしれない）。同じように私たちは（古代ギリシャの哲学者ヘラクレイトスやドイツ・ロマン派の詩人ノヴァーリスに従って）「性格が運命である」と信じることもあるかもしれない。これは一種の宿命論のように響くが、「状況が性格を決める」というジョージ・エリオットにも賛同するなら、宿命論の度合いは減ずるだろう。つまるところ、性格に関する二つの主張のうち、前者は「すべては与えられる」ことを、後者は「すべては作られる」ことを、それぞれ意味する。第三の意見は「すべては部分的には与えられ、部分的には作られる」となるだろうが、これこそジェイン・オースティンが『説得』において表明するものに最も近いように思われる。その見解は登場人物アン・エリオットにおいて身をもって体現されている。彼女は二七歳で、当時の相場が一八歳あたりであった小説のヒロインの基準からすると、十分に年増であった。「体現」という言葉は意図的に使われている。というのも、この小説は、リチャードソンの読解によれば、こころや性格を脳や身体に埋め込まれ、肉体を与えられたものとして繰り返し示しているからだ。アン・エリオットは、リチャードソンによれば、「偽主人公」[4]たるルイーザ・マスグローヴと対になっている。ルイーザによる「フレデリックの腕のなかへのタイミングを誤った飛び降り」（p. 145）は、「ライム・リージスの突堤と知られる堤防の石畳への真っ逆さまの転落」という結果に終わる。頭部の強打は生涯にわたって彼女の性格を変えてしまう。それはちょうど、アンの性格がその人生における落胆（一四歳時における母の死や、その五年後、フレデリックとの恋愛の終結）によって変えられるのと同じだ。一方はこころの傷に苦しみ、他方は頭部の傷に苦しむ、とリチャードソンは述べている（p. 148）。転落事故はルイーザの「神経」も「運命」も変えてしまう、とオースティンは述べる。なぜなら、こころは「肉体を与えられ」ており、魂のように独立して自由に浮遊しているわけではないからだ。同じように、アン・エリオットの反応の描写においても、こころと身体、認識と肉体性は密接に結びつけられている。リチャードソンが述べるとおり、アンがウェントワース大佐のことを「解放されて自由の身になった」と考えると、「彼女の胸は思わず高鳴り、頬には赤みが差す」(p. 151)。リチャードソンの読解では、このように小説の主題が「認知主義」との関連性を見せる。『説得』においてオースティンは思考に関する当時の思考と対話して、メアリ・ウルストンクラフト、ウィリアム・ゴドウィン、メアリ・シェリーという同時代の人々に見られる極端な構築主義からはいくぶんか距離を取っていた。認知主義的な小説読解は、ここまで概観したような問題を前景化し、小説が主観性の構築に関する概念にどう集中するのかに着目する。

認知詩学の実践

しかしながら認知主義の読解がより頻繁に注目するのは、いま見た例におけるような、作品の内容ではなく、読者による内容の解読において明白となる認知プロセスのほうである。『実践認知詩学』(ジョアンナ・ゲイヴィンス、ジェラード・スティーン編、内田成子訳、鳳書房、二〇〇八年)(Joanna Gavins and Gerard Steen, *Cognitive Poetics in Practice* (Routledge, 2003)) 収録の二つの論文のほうがこうした認知主義の模範に近い。ピーター・ストックウェルの「シュールレアリスムにおける図」(Peter Stockwell 'Surreal Figures') はシュールレアリスム詩を、クレイグ・ハミルトンの「ウィルフレッド・オーエン『病院船』の認知文法」(Craig Hamilton 'A Cognitive Grammar of "Hospital Barge" by Wilfred Owen') はあまり議論されることのないオーエンによる作品を読解する。ストックウェルは基本原理として「図」と「地」という重要な認知の区別を活用する。認知主義の論文で用いられる手順の感じをつかむために、ストックウェルの術語を、ただし私自身の例で、用いていこう。次はある短篇小説の冒頭である。

> 波止場から定期船が離れはじめた。船の甲板には紫色のイブニング・ドレスを来た女性が立っていた。彼女の手

にはもみくちゃになった電報が握られ、そこには「パリ、一九五八年六月三〇日一四時一五分」の消印がある。前を見つめつつ、腕を船の手すりにもたれさせながら、彼女は指が丸まった紙を握るのを――あたかも無意識のことのように――ゆるめるのにまかせた。紙は港の波のあいだへとひらひらと舞い降りていった。

文学テクストにおいて「アトラクター」（こころの注意を引くもの）は一般に、（より大きい、あるいは静止した）「地（背景）」に対して、（より小さい、あるいは動いている）「図」を提示するという形で現れる。冒頭の文「波止場から定期船が離れはじめた」では、「地」（心内イメージにおける船以外のものすべて）は「無視」（「注目」の逆）をこうむり、それに対して、定期船が注意を引きつける。最初の「図」は、次の図／地の組みによって、「地」となる（背景へと変えられる、あるいは、「封じ込め」られる）ことがある。すなわち、「船の甲板には紫色のイブニング・ドレスを来た女性が立っていた」という文で船（あるいはその特定の部分）は、女性という図に対する地となる。そしてこのプロセスは反復され得る。「彼女の手にはもみくちゃになった電報が握られ、そこには『パリ、一九五八年六月三〇日一四時一五分』の消印がある」。この文ではさらに三つの図／地の「プロフィール化」が目まぐるしく連続している。女性は手という「図」に対する「地」となり、手は電報という「図」に対する「地」となり、電報は消印という「図」に対する「地」となる。「プロフィール化」という語が用いられるのは、この語が地に対する図の「輪郭」を指すためだ。つまり図と地は一緒に機能している、あるいは交差している。注意はその輪郭に向けて、あるいはその輪郭によって、引きつけられる。ここでわたしは専門的な術語（図、地、プロフィール化、注目、アトラクター、無視、封じ込め）を選び、簡単な例を用いてこれらの術語の働きを示している。すでに明らかであろうが、私は、こころがどうやってテクストの言葉やイメージによって「導かれる」かに焦点を合わせており、美学上の問題にはまったくふれていない。例えば、この幕開けはどの程度効果的なのか、性急すぎないか、簡素すぎないか、メロドラマ的にすぎないか。また、文学史の問題にもふれていない。例えば、この作者のふだんの幕開けの手法としてどの程度ありふれているのか。当時の短編小説として、技法や主題はどの程度広く見られるものなのか。さらに、解釈の問題にもふれていない。例えば、この女性は誰なのか、電報には何が記されているのか、喪失や別れの物語なのか。この簡単な例でもわかるように、認知主義者はここに挙げた問題よりも、関係する認知プロセスの仕組みを解析することに関心を向ける傾向がある。続く文はこうなっていた。

> 前を見つめつつ、腕を船の手すりにもたれさせながら、彼女は指が丸まった紙を握るのを――あたかも無意識のことのように――ゆるめるのにまかせた。紙は港の波のあいだへとひらひらと舞い降りていった。

この文では、ゆるめられる指が図で、その他すべてが地となっているが、特定の細部へ注意を引きつけるよう意図されている前景化された要素がもうひとつある。というのも、ストックウェルが述べるように、「アトラクターは、言語学的な逸脱を見せるテクスト上の文体的特徴によって形成されうる」からだ（p. 16、傍点原文）。ゆるめられる指という細部は、手短かに述べられる一連の「分詞」の動詞（「見つめつつ（staring）」や「もたれさせながら（resting）」などingで終わるもの）によって導かれ、焦点化される細部は「彼女は～まかせた（she let）」という定形の動詞によって示される。ただし、ここには「割り込み構文」が存在しており、予期される語順をさえぎって、副詞句「あたかも無意識のことのように」に注意を引きつける。こうしたことが起こるのはこの副詞句が予期せぬところに位置しているためだ。つまり、この句は主語（「指が」）・動詞（「ゆるめる」）・目的語（「握るのを」）という英語の通常の語順を破っている。例えば「彼は（主語）もち上げた（動詞）犬を（目的語）、十分注意して（副詞句）」という文のように、副詞句は通常、動詞のあとに来ると予想される。副詞句「あたかも無意識のことのように」は、予想される位置から動かされ、「異化」されて、馴染みのものという外貌を失い、突如目立つようになる。こうして、この動作は実際には無意識のものではなく、無意識と見えるよう意図的に演じられているのかもしれないという感覚が伝わる。さらに、「演じること」や「見えること」という考えは、誰かが見張っており、演技はこの人物に向けられ、しかしその姿はおそらく見えず、ことによると離れたところにいるが（双眼鏡をもって？）、ただしその存在は感じ取られ、そこにいるに違いないと確信されているといった着想を導く。また、別の人物が港からその紙を回収することになっているが、その人物の存在について、姿の見えない見張りがいるため、彼女は気づかない振りをしているのかもしれない。以上の大部分は、テクストにおいて明示的に述べられてはいないが、「あたかも〜のように」という語句に注意を向けることで、読者の思考プロセスがそうした方向へと促される。物語の筋書きはこうした展開へ開かれており、このことは言葉の配置やここまでたどってきた知覚作用を通して、読者へ巧妙に伝えられる。こうした知覚が、ページのうえの言語上の合図や手がかりに反応する読者の認知プロセスを促していく。

言及すべきもうひとつの言語要素は「彼女は指が〜をゆるめるのにまかせた（she let her fingers loosen）」という文だ。この文にも特色があるが、「彼女の指がゆるんだ（her fingers loosened）」という文と効果がどう異なるのかと問えば、その特異性もわかるだろう。この問いに答えるため、まず、「彼女は指が〜をゆるめるよう無理強いした（She forced her fingers to loosen）」という変形物と比べてみよう。こちらはあたかもある種の強迫を受けているように、彼女がこの行為を嫌々ながら行っていること、その行為がもたらす結果に関与したくないと願っていることを示すだろう。追加された語「無理強いした（forced）」は、このように、ある種の内面の葛藤を示す。これと対照的に、「まかせた（let）」という語にはどんな効果があるだろう。この問いに正確に答えるのは難しい。この行為に完全には同意することなく、何らかの衝動や必要性に屈している、と示唆しているのかもしれない――彼女はその衝動や必要性に従いはするものの、おそらく、その行為を行うことに完全には満足していない。以上は推論だが、この文の表現によって人物内の動機や心理の複雑さが初めて垣間見られ、読者の注意が外面の状況から内面の状況へと移り始めることは明らかだろう。

以上から認知的アプローチの目的、様式、強調点がどのようなものであるかが掴めるであろうし、その潜在的な欠点も明らかとなったのではないだろうか。例えば、あるテクストの冒頭部のような重要箇所で作用している認知プロセスを示すことはたしかに興味深いが、主要目的が認知プロセスを実地で説明したり解説したりすることに限られるならば、作品全体にわたって前述のやり方で進んでいく必要はない。読者の主たる関心が物語自体にあるな上でも多くを共有している文体論の問題と類似している。

らば、より徹底した分析が必要となるだろうが、この種の分析は、きわめて短い短編小説に対してさえ必ず、たいていの読者にとってすぐに退屈なものになってしまうだろう。この問題は、認知的アプローチが手続き上でも知識上でも多くを共有している文体論の問題と類似している。

こうした問題の解決策は、ひとつには、取り組むべききわめて短いテクストを探すことだが、その欠点は明白である。クレイグ・ハミルトンはウィルフレッド・オーエンのソネット「病院船」（'The Hospital Barge'）を用いるが、この詩の文学上の価値は私には貧弱に見える。もうひとつは、エレナ・セミーノの論文におけるヘミングウェイ「ごく短い物語」（'A Very Short Story'）やジョアンナ・ゲイヴィンスの章におけるドナルド・バーセルミの実験的作品『雪白姫』のように、高度の言語上あるいは手続き上の奇抜さで特徴づけられる作品を見つけることだ。ほとんどの場合、読者はそれぞれの論文において、認知科学のある側面について何かを学んでいく（ウィルフレッド・オーエン論では認知文法、上で挙げた二つの章では可能世界論とテクスト世界理論、キャサリン・エモットによる大衆小説におけるプロットのひねりに関する章ではコンテクスト・フレーム理論）。これらの論文のおよそ半分は問題となる理論の解説にあてられるため、文学研究の中心は認知研究自体のほうへと大いにシフトするが、この転換については確かで説得力のある根拠が必要だろう。認知主義者自身は認知科学は刺激的であると主張し続けているが、これはもちろん見解上の問題に違いなく、ハンス・アドラーとサビーヌ・グロスが『ポエティクス・トゥデイ』認知詩学特集号への応答論文で述べるように、「認知的分析は（中略）しばしば認知主義者以外には刺激を欠き、教えを垂れているように感じられる」（p. 19）。事実、文学研究の方向性をシフトさせるために挙げられた根拠は、驚くほどに道徳的なものである。すなわち、認知詩学は文学研究を「エリート主義的ではない」ものにする（『実践認知詩学』p. 1）、何故ならば、認知詩学は「文学を幸福な少数者のための問題とだけ見なすわけではない」ためだ（p. 1）。また、認知主義者は、驚くべきことに、文学や芸術研究への「機能主義」的な異議申し立てに賛同しているように見える。彼らが主張するところでは、「正典からさらにもうひとつのテクストの解釈を生み出すという習慣は、納税者によって疑問視されてきた」（p. 2）。認知詩学は研究に税金を費やすことを「正当とする根拠」を与える。なぜなら、認知主義者は文学が「人間の認知や体験に関する、最も根本的で一般的な構造やプロセスに基礎を置いている」ことを明らかにするからである（p. 2）。究極的には、彼らは「美学的、芸術的な体験のあらゆる問題について、あるいは、もうひとつの論争的な問題である文学的創造について、心理学的な説明」を与えることを目標としている。こうした二重の課題は本当に理にかなったものなのかと疑問に思われるかもしれない。また研究に税金ならぬ時間を費やしたいのは偉大な文学なのか、人間のこころの認知プロセスなのか、判断を下す必要もあろう。認知主義者ならば「同じことだ。一方なしに他方は研究できない」というだろう。しかし現実には、認知主義について「認知主義者が差し出すものを採用するか、あるいはそれに注意を向けるだけか」を選択することは間違いなく可能であり、（アドラーとグロスが述べるように）認知主義者以外の者にはその選択肢が実際に与えられている。不可避的に、たいていの人々は後者の選択肢を選ぶだろう。ただし、前者はもとより、後者が必要と見なされるためにも、「認知主義は『主流』の文学研究に訴えるべく、特定のテクストの分析に関連したものとなる必要があるだろう」。リチャードソンによる認知的視点からの『説得』論はたしかに、このテクストの理解に新たな一面を加えるように私には思われ、この基準を満たしている。しかし、より専門的な認知的読解が、テクストについて、もっと簡単なルートでは到達し得ない多くのことをいつも教えてくれると確信し切ることはできない。しかし、認知主義者のとてつもない楽観主義には、興味をひかれる何かがある――認知主義者たちは常に、今にも大きなブレークスルーを迎えようとしていると自負しているように見える。それゆえ、他のさまざまな「理論以後の理論」と同様に、認知主義についても偏見のない態度を保とうと思う。

認知詩学について読むべきもの

ハンス・アドラー、サビーヌ・グロス「フレームの調整――認知主義と文学へのコメント」『ポエティクス・トゥデイ』第二三巻第二号。後述の特集号への応答論文（Hans Adler and Sabine Gross, 'Adjusting the Frame: Comments on Cognitivism and Literature', pp. 1-26 in *Poetics Today*, 23. 2, summer 2002）。

ジョアンナ・ゲイヴィンス、ジェラード・スティーン編『実践認知詩学』内田成子訳、鳳書房、二〇〇八年（Joanna Gavins and Gerald Steen eds., *Cognitive Poetics in Practice*（Routledge, 2003））。

アラン・リチャードソン、フランシス・F・スティーン編『文学と認知革命』。これは『ポエティクス・トゥデイ』第二三巻第一号（二〇〇二年春）の特集号である（Alan Richardson and Francis F. Steen eds., *Literature and the Cognitive Revolution, Poetics Today*, 23. 1, spring 2002）。

ピーター・ストックウェル『認知詩学入門』内田成子訳、鳳書房、二〇〇六年（Peter Stockwell, *Cognitive Poetics: An Introduction*（Routledge, 2002））。

リューヴェン・ツール『認知詩学の理論に向けて』（Reuven Tsur, *Toward a Theory of Cognitive Poetics*（North-Holland, 1992））。

原注

（1）　私は以上の見解を「死を予見する学問領域」（'An Academic Discipline Foresees its Death'）と題された講演および論文で大まかに述べている。『ＰＮレビュー』一七三号（第三三巻第三号）（*PN Review*, 173（vil. 33, no. 3）, Jan.-Feb. 2007, pp. 16-20）。二〇〇六年「英文学研究にとってのヨーロッパ社会」学会における総会講演テクスト。ここで拙著『英文学の実践』（*English in Practice*, Arnold, 2003）の同名の章にて説明した「全体化されたテクスト性」という概念を主張している。

訳注

［1］「夢生活」：フロイト『夢解釈』とくに第一章を参照。

［2］リンク切れ。ただし、同サイト http://shaksper.net/archive にて presentism で検索すれば関連する議論は参照できる。

［3］エマニュエル・レヴィナス「語の超越――『ビフュール』をめぐって」『外の主体』合田正人訳、みすず書房、一九九七年、二三二―二四一ページ。

［4］「偽主人公」――リチャードソンはウラジミール・プロップ『昔話の形態学』を参照している。本書第12章を参照。

付　録

一　エドガー・アラン・ポー「楕円形の肖像」

ひどく負傷した状態の私に、屋外で一夜を明かさせまいと、私の従者が大胆にも力づくで入ったその城は、ラドクリフ夫人が想像したような、アペニン山脈のなかで長いあいだその威容を示してきた、陰鬱と壮麗の混じりあった大建築のひとつであり、実際ラドクリフ夫人が空想したとおりのものだった。見たかぎりでは、その城は一時的に、それもつい最近空き家にされたようだった。私たちはなかでは最も狭く家具もつつましい部屋のひとつに落ち着いた。それは城のはずれの小塔にあった。装飾は豪華だったが、古びていて時代遅れだった。壁には刺繍がかけられ、たくさんのさまざまな形をした紋章入りの記念品が飾られ、それらとともに豪華な金の唐草模様の額に入った、おびただしい数の勢いがある現代的な絵がかけられていた。これらの絵は、壁の主要な部分だけでなく、城の風変わりな構造から設けられた、数々の奥まったところにもかかっていた――これらの絵に、あるいは私の錯乱が始まったせいか、私は深い興味を抱いた。そこで私はペドロに、部屋の重たい雨戸を閉めて――すでに夜だったので――私のベッドの枕元に立っていた高い燭台に火をつけて――ベッドのまわりを覆う房飾りのついた黒いビロードのカーテンを大きく開けるようにいった。私がこれらのことを望んだのは、もし眠れなかったとしたら、少なくとも代わりにこれらの絵をじっくりと見、またそれらを批評し説明したものだという、枕の上にあった小さな本を読むことができるようにであった。

長いあいだ——長いあいだ私は本を読んでいた——そして心をこめて、熱心に絵を見ていた。何時間もがあっという間に快く過ぎて行き、深夜になった。燭台の位置が私を不愉快にさせたので、まどろんでいる私の従者を起こすまいと、私は困難とともに手を伸ばし、本にもっと光が当たるよう燭台を置き直した。

だがその行為はまったく予期されない効果を生み出した。いくつものろうそく（それは実にいくつもあった）の光がいまや、それまでベッドの柱のひとつによって深い影に隠されていた部屋のくぼみにあてられた。私はこうして、あざやかな光のなかにそれまでまったく気づかなかった絵を見た。それはちょうど女へと成熟しつつある少女の肖像だった。私はその絵を急いで一目見て、それから目を閉じた。私がなぜそうしたかは最初私自身にもはっきりわからなかった。しかし私がこうしてまぶたを閉じているあいだに、私は心のなかで自分がそうしている理由を探していた。それは考える時間を稼ぐための——私の視覚が私を欺いていないことを確かめるための——より落ち着いて、確実に見られるよう私の空想を静めて抑えるための、衝動的な動作だった。ほんの数秒後に、私は再びその絵をしっかりと見た。

いまや私がしっかりと見ていることは疑いえず、疑うつもりもなかった。なぜなら、そのキャンバスの上にろうそくの光をあてたとき、私の感覚に忍び寄っていた夢のような麻痺状態は消え失せ、私を直ちに驚きとともに覚醒させるように思えたからだ。

その肖像は、すでに言ったように、少女の肖像だった。それは顔から肩までだけを描いたもので、専門用語ではヴィネットと呼ばれる様式であった。多分にサリーの好んで描いたようなスタイルである。腕や、胸や、輝く髪の先さえが、全体の背景となっているぼんやりとした暗い影のなかへと、しだいに溶けて行っている。額は楕円形で、豪華に金が塗られ、ムーア風のすかし細工が施されていたが、芸術作品としては絵それ自体よりも見事なものはなかった。しかしそんなにも突然に激しく私を感動させたのは、作品のできばえでも、面影の不滅の美しさでもなかったはずだ。私の空想が、半ばまどろんでいる状態から覚まされて、その顔を生きている人のそれと間違えたことは、なおさらありえない。私は直ちに、構図や、ヴィネット様式や、額の特徴が、そうした考えを瞬時に払いのけたに違いないことを理解した――そうした考えを一瞬抱くのさえも阻んだに違いないことを。これらのことを真剣に考えながら、私は一時間ほど、その肖像に視線を釘づけにされて、半ば座り、半ば横になっていた。やがて、その効果の真の秘密に満足して、私はベッドのなかに身を横たえた。私はその絵の魔力が、完璧に生き写しの表情にあることを見出した。そのことに最初は驚いたが、しまいに私は狼狽し、圧倒され、顔色をなくした。深く敬虔な畏敬の念とともに、私は燭台をその元の位置に戻した。私の深い動揺がこうして視界から閉ざされると、私は絵とその来歴を論じた本を探した。楕円形の肖像につけられた番号のページをめくると、私はそこに次の曖昧で古風な記述を読み取った。

「彼女は比類なく美しい乙女であり、美しいだけでなく陽気さに満ちていた。彼女がその画家と出会い、愛し、結婚した時は呪われた時であった。画家は情熱的で、勤勉で、厳格で、すでに芸術という花嫁をもっていた。乙女は比類なく美しく、美しいだけでなく陽気さに満ちており、すべてこれ明るさとほほ笑みで、小鹿のように浮かれていて、すべてのものを愛し祝福し、彼女の恋敵であった芸術だけを憎み、彼女の恋人の好意を奪うパレットや絵筆やその他の不都合な道具だけを恐れた。したがってその画家が彼の若い花嫁も肖像に描きたいという欲望を口にするのを聞くのは、この女性にとって恐ろしいことだった。だが彼女は控えめで従順で、頭の上から青白いキャンバスに光がしたたるだけの、高い小塔の暗い部屋で何週間もおとなしく座った。しかし画家は自分の仕事に大いに熱中し、それは何時間も何日も続いた。そして彼は情熱的で、狂気がかった、ふさぎがちな男で、夢想に我を失って行ったので、彼はその寂しい小塔にこうも物凄く落ちていた光が、彼の花嫁の健康と元気をしおれさせていることを見ようとせず、彼女は彼以外のすべての人の目には明らかにやつれて行った。それでも彼女は不満を訴えずなおほほ笑みつづけた。なぜなら彼女は（高名であった）その画家が、その作業に熱烈で燃えるような快楽を得ており、彼をとても愛していたが、日に日に元気をなくし弱って行く彼女を描くために、昼も夜も働いていることを知っていたからだ。そしてまことに、その肖像を見た人々は、それがそっくりであることは素晴らしい驚異であり、また画家の能力だけでなく彼がそんなにも並はずれてよく描いた彼女への深い愛の証拠だと、低い声で語った。だがやがて、その仕事が終わりに近づくにつれて、小塔には誰も入ることを許されなくなった。画家は彼の仕事への熱情で狂っており、彼の妻の面影を見るためにさえ、稀にしかキャンバスから目をそらさないようになったのである。そして彼はキャンバスの上に彼が拡げた色彩が、彼の傍に座る女性の頬から取られていたことを見ようとしなかった。そして何週間もが過ぎ、口の上のひと筆と目の上のひと色を除いて、なすべきことがもうあまり残っていないとき、その女性の精神は再び、受け口まで燃えたランプの炎のように小さく燃え上がった。それからひと筆が加えられ、ひと色が置かれた。そして一瞬のあいだ、その画家は彼が作った作品の前に恍惚として立っていた。しかし次の瞬間には、まだそれを見ながら、彼は震えだし、とても青ざめて、驚愕して、大きな声で『これは実に生身そのものだ！』と叫び、とっさに彼の愛する人を見るために振り返った――彼女は死んでいた！」

二　ディラン・トマス「ロンドンのある子どもの、火災による死を悼むことを拒んで」

人類を造り
鳥と獣と花を
父として生《な》しすべてを謙虚にさせる闇が
沈黙によって最後の光がさすのを告げ
そして静止した時が
馬具をつけられて海から転げだすまでは決して

そして私が再び水玉の
丸いシオンに入り
麦の穂のシナゴーグに否応なく入るまでは決して

私は音の影さえも祈らせはしない
あるいは私の塩の種を撒きはしない
粗布のほんの小さな谷間にさえ

その子どもの死の荘厳さと燃焼を悼むために。
私は殺しはしない
厳粛な真理とともに逝く彼女のなかの人類を
また息の道ゆきを冒涜することはしない
さらなる
無垢と若さへの哀歌によって。

地中深く最初の死者とともにロンドンの娘は横たわる、
古い友達と、
時代を超えた穀物と、彼女の母の暗い血管というローブをまとい、
流れゆくテムズの
悼まない水のほとりに秘められて。
最初の死のあとに、ほかの死はない。

三　ウィリアム・クーパー「漂流者」

とても暗い夜が空を包み、

大西洋の大波が唸りをあげ、
その時、哀れな運命の男である私は
甲板からまっさかさまに波にさらわれ、
友も、希望も、すべてを奪われて、
彼の浮かぶ住まいを永遠にあとにした。

イギリスでかつてないほど勇敢な
船長に彼は同行した、
またかつてないほど温かい祝福を受けて、
船はイギリスをあとにした。
彼は船長と船をともに愛したが、それは虚しかった、
また船長も船も、ふたたび見ることはなかった。

泳ぎに熟練した彼は、
海水に長く沈められてはいなかった。
また彼はすぐに力が衰え、
勇気が萎えることもなかった。
そして長いこと死と戦った、
生への絶望に支えられて。

彼は叫んだ。仲間たちは船の進行を

とどめなかったわけでもなかった。
だが激しい突風があまりに優勢だったので、
いやおうなく無慈悲にも、
彼らはうちやられた仲間を残し、
風に追われて進みつづけた。

彼らはいまだ助けをさしのべることができた、
そして嵐のなかで投げやれるだけの
樽や、籠や、浮き網を、
急いで投げやった。
だが（彼らは知っていた）彼は船にも、岸にも、
何を与えても辿りつかないことを。

残酷なようではあったが、彼自身
彼らが急ぐのを責められもしなかった、
海がそのようでは、逃げることだけが、
彼らを救えることを知っていたので。
それでも死ぬことは苦しく感じられた
仲間たちがこうも近いのに、置き去りにされて。

海で自分を支えながら

一時間生きるのは、長いものだ。
彼はそのあいだ、残った力で、
彼の運命に抗った。
そしてずっと、時がたつあいだ、
助けを乞い、あるいはさらば！　と叫んだ。

やがて、彼のつかの間の猶予は過ぎ、
以前には、彼の声を
突風のたびに聞いていた仲間たちは、
それを聞き取れなくなった。
なぜならその時、労苦にうちまかされ、彼は
波を飲んで窒息し、沈んだからだ。

彼を悼む詩人はなかった。だが彼の
名前、有能さ、年齢を記した、
偽りない記録のページは、
アンソンの涙で濡れている。
そして詩人や英雄が流した涙は
ともに死者を不死のものとする。

したがって私は、ゆめ思わない、

この悲しい話が
より長く語り継がれるよう、
彼の運命を長々と語ろうとは。
だがそれでも苦悩は他人の境遇に
その似姿を見出すことを喜ぶのだ。

神の声が嵐を静めることもなく、
幸いな光がさすこともなかった
すべての有効な援助から引き離されて、
私たちがそれぞれ、独りで死んだときに。
だが私は彼よりも、より荒い海の下にあり、
より深い淵に沈められたのだ。

次のステップの参考文献

〈概説的な入門書〉

アンドルー・ベネット、ニコラス・ロイル『文学・批評・理論の入門』（Bennett, Andrew and Royle, Nicholas, *An Introduction to Literature, Criticism and Theory* (Prentice Hall, 2nd edn, 1999)）。

鋭敏かつ興味深い。

ハンス・ベルテンス『文学理論――基礎』（Bertens, Hans, *Literary Theory: The Basics* (Routledge, 2001)）。

興味深いシリーズの新しい一冊。

グレゴリー・キャッスル『ブラックウェル版文学理論入門』（Castle, Gregory, *The Blackwell Guide to Literary Theory* (Blackwell, 2007)）。

扱う領域は系統的で広範。通読のための著作というより調べ物のための参考図書。

ジョナサン・カラー『文学理論――一冊でわかる』荒木映子・富山太佳夫訳、岩波書店、二〇〇三年（Culler, Jonathan, *Literary Theory: A Very Short Introduction* (Oxford University Press, new edn, 2000)）。

有益かつ鋭敏。［邦訳は原書初版に基づく。新版では新しい章「倫理学と美学」追加。エコ批評、新美学主義への言及あり。］

ジョナサン・カラー『文学と文学理論』折島正司訳、岩波書店、二〇一一年（Culler, Jonathan, *The Literary in Theory* (Stanford University Press, 2006)）。

文学理論による文学軽視を議論。理論のパイオニア的紹介者の一人による歓迎すべき一冊。

アラン・デュラント、ナイジェル・ファブ『文学研究の実践』（Durant, Alan and Fabb, Nigel, *Literary Studies in Action* (Routledge, 1990)）。

野心的かつ革新的だが、常に成功しているというわけではない。

テリー・イーグルトン『文学とは何か——現代批評理論への招待』大橋洋一訳、岩波書店、一九八五年、新版一九九七年（Eagleton, Terry, *Literary Theory: An Introduction*（Blackwell, Anniversary Edition, 2008））。

先駆的著作の新版。最初の包括的入門書。ときに楽しく、ときに難解。現在ではアップデートが必要。

スティーヴン・リン『テクストとコンテクスト——文学について書くための批評理論』（Lynn, Steven, *Texts and Contexts: Writing about Literature with Critical Theory*（Longman, 3rd edn, 2000））。

たいへん使いやすく、批評の実践としての理論を特に強調。ただし、段階方式のライティング支援の強調は過剰と思われる。例示されるライティング課題がきわめて限定的。

ラマーン・セルデン『現代文学理論ガイドブック』栗原裕訳、大修館書店、一九八九年（Selden, Raman, Widdowson, Peter, and Brooker, Peter, *A Reader's Guide to Contemporary Literary Theory*（Harvester, 4th edn, 1996））。

公平かつ詳細な取り扱い。初版はイーグルトン著の直後に出版。機知こそないが、ごく最近のアップデートの利点あり。

ロイス・タイソン『今日の批評理論——ユーザーフレンドリー・ガイド』（Tyson, Lois, *Critical Theory Today: A User-Friendly Guide*（Garland, 1999））。

優れた著作だがすべての理論をひとつのテクスト（『グレート・ギャツビー』）に適応するという構想は常に成功しているというわけではない。

ロジャー・ウェブスター『文学理論を学ぶ——入門』（Webster, Roger, *Studying Literary Theory: An Introduction*（Arnold, 2nd edn, 1995））。

きわめて短いが、他の著作が明断さを欠くところでしばしばわかりやすい。

ジュリアン・ウルフレイズ編『文学理論への招待——入門と用語集』（Wolfreys, Julian, ed., *Introducing Literary Theories: A Guide and Glossary*（Edinburgh University Press, 2001））。

今までにない特徴的な構成。多くの寄稿者が文学への応用に文学テクストの小さな「サンプル庫」を使用。一作品のみを用いるより優れた着想。

〈参考図書〉

マーティン・コイルほか編『文学・批評百科事典』（Coyle, Martin, et al., eds., *Encyclopedia of Literature and Criticism*（Routledge, 1990））。

役立つ文献が豊富。

J・A・カドン、C・E・プレストン『ペンギン版文学用語・文学理論辞典』（Cuddon, J. A. and Preston, C. E., *The Penguin Dictionary of Literary Terms and Literary Theory*（Penguin, 4th edn, 2000））。

大いに改善されている。主要批評アプローチに関する長文項目はよく調査されている。

ジェレミー・ホーソーン『現代文学理論用語集』（Hawthorn, Jeremy, *A Glossary of Contemporary Literary Theory*（Edward Arnold, 4th edn, 2000））。

収録項目の大部分がたいへん役立つ。

スチュアート・シム、ノエル・パーカー『現代文学・文化理論家総覧』（Sim, Stuart and Parker, Noel, *The A to Z Guide to Modern Literary and Cultural Theorists*（Prentice Hall, 1997））。

主要な理論家すべてをアルファベット順に記載。それぞれに短い評論文と参考文献を付す。一冊通して有益。

ケイティ・ウェールズ『英語文体論辞典』豊田昌倫ほか訳、三省堂、二〇〇〇年（Wales, Katie, *A Dictionary of Stylistics*（Longman, 2nd edn, 2001））。

あらゆる点で印象的、常に啓蒙的。

ジュリアン・ウルフレイズ編『エディンバラ版現代批評・理論百科事典』（Wolfreys, Jusian, ed., *The Edinburgh Encyclopedia of Modern Criticism and Theory*（Edinburgh University Press, 2002））。

図書館で閲覧すべき内容豊富な論文がよく整理されている。

〈概略的読本〉

ピーター・バリー編『現代批評理論の諸問題』（Barry, Peter, ed., *Issues in Contemporary Critical Theory*（Macmillan Casebook, 1987））。

幾つか難解な原典資料もあるが強く推奨される。

ヴィンセント・B・リーチ編『ノートン版理論・批評アンソロジー』（Leitch. Vincent. B. ed., *The Norton Anthology of Theory and Criticism*（Norton, 2001））。

最初期から現在までカバーするが、一九八〇年代の先駆けとなった理論読本の八倍の分量。

デイヴィッド・ロッジ、ナイジェル・ウッド編『現代批評・理論読本』（Lodge, David and Wood, Nigel, eds., *Modern Criti-*

cism and Theory: A Reader（Longman, 2nd edn, 1999)）。

すぐれた原典資料集。多くの主要論者による文章を読む最初の「実体験」を与えてくれるだろう。分量も賢明。

K・M・ニュートン編『理論の実践』（Newton, K. M., ed., *Theory into Practice*（Macmillan, 1992)）。

理論の応用に関する有力な論集。

K・M・ニュートン編『二〇世紀文学理論読本』（Newton, K. M., ed., *Twentieth Century Literary Theory: A Reader*（Palgrave, 2nd edn, 1997)）。

有益で広範に渡る。長大ではない貴重な読本。

フィリップ・ライス、パトリシア・ウォー編『現代文学理論読本』（Rice, Philip and Waugh, Patricia, eds., *Modern Literary Theory: A Reader*（Arnold, 4th edn, 2001)）。

こちらもすぐれた原典集。やはり賢明な分量。

ジュリー・リフキン、マイケル・ライアン編『文学理論アンソロジー』（Rivkin, Julie and Ryan, Michael, eds., *Literary Theory: An Anthology*（Blackwell, 2nd edn, 2004)）。

評判は良いが目的に対して分量がありすぎる。文学関連の収録理論が十分ではない。

ラマーン・セルデン『プラトンから現代までの批評理論読本』（Selden, Raman, *The Theory of Criticism from Plato to the Present: A Reader*（Longman, 1988)）。

扱う時代は包括的だが、いくつかの抜粋が短いのが不満。分類がところどころ風変わり。

デニス・ウォルダー『現代世界における文学——批評的エッセイと記録資料』（Walder, Dennis, *Literature in the Modern World: Critical Essays and Documents*（Oxford University Press and Open university, 1990)）。

重要な文献や発言を集めた大変有益な一冊。編集上のつなぎが秀逸。

パトリシア・ウォー編『オックスフォード版文学理論・批評入門』（Waugh, Patricia, ed., *Literary Theory and Criticism: An Oxford Guide*（Oxford University Press, 2006)）。

とりわけ学生向けに書かれた論文集で、ひと味違った読本。四つのセクションで構成。最後の「未来と回顧」が特に興味深い。

〈批評理論の応用──初期の一二例〉

ジョナサン・ドリモア、アラン・シンフィールド編『政治的シェイクスピア──文化唯物論の新論文集』(Dollimore, Jonathan and Sinfield, Alan, eds., *Political Shakespeare: New Essays in Cultural Materialism* (Manchester University Press, 2nd edn, 1994))。

　役立つ文献が多い。例えば第二章のスティーヴン・グリーンブラット「見えざる砲弾──『ヘンリー四世』『ヘンリー五世』におけるルネサンス期の権威とその転覆」(Stephen Greenblatt, 'Invisible Bullets: Renaissance Authority and its Subversion, *Henry IV* and *Henry V*')(スティーヴン・グリーンブラット『シェイクスピアにおける交渉──ルネサンス期イングランドにみられる社会的エネルギーの循環』酒井正志訳、法政大学出版局、一九九五年、第二章、三七─一〇四頁)を見よ。何度も再録される新歴史主義の古典的論文。また第五章「家父長的詩人──フェミニズム批評とシェイクスピア──『リア王』と『尺には尺を』」('The Patriarchal Bard: Feminist Criticism and Shakespeare: *King Lear* and *Measure for Measure*')も参照せよ。

アントニー・イーストホープ編『現代詩と現代理論の遭遇』(Easthope, Antony, ed., *Contemporary Poetry Meets Modern Theory* (Harvester, 1991))。

　リック・ライランスによる第五章「トニー・ハリソンの言語」は「理論化」された実践批評の一例。そのアプローチは大ざっぱにいって「文化主義的」で、関連文章や社会データなどを用いて、詩を現代の背景に位置づける(題材が現代のものでなければ、「文化主義的」読解は「新歴史主義的」と呼ばれるだろう)。

サンドラ・ギルバート、スーザン・グーバー『屋根裏の狂女──ブロンテと共に』山田晴子・薗田美和子訳、朝日出版社、一九八六年(Gilbert, Sandra and Gubar, Susan, *The Madwoman in the Attic: The Woman Writer and the Nineteenth Century Literary Imagination* (Yale University Press, 1979))。

　オースティン、ブロンテ姉妹、ジョージ・エリオットなどに関する章がある。

メアリ・ジャコウバス『女を読む──フェミニズム批評論集』(Jacobus, Mary, *Reading Woman: Essays in Feminist Criticism* (Methuen, 1986))。

　『ヴィレット』、『フロス川の水車小屋』、フロイトの症例研究(「ドーラと妊娠した聖母マリア」の章を見よ)に関する章がある。

イーディス・カーツワイル『文学と精神分析』(Kurzweil, Edith, *Literature and Psychoanalysis* (Columbia University Press,

1983））。

第一五章はヘンリー・ジェイムズの奇妙な短篇小説「にぎやかな街角」の精神分析的読解。第二〇章のウィリアム・エンプソンによる「不思議の国のアリス――牧童としての子供」は『牧歌の諸変奏』（柴田稔彦訳、研究社、一九八二年）（*Some Versions of Pastoral*）から。

デイヴィッド・ロッジ『バフチン以後――「ポリフォニー」としての小説』伊藤誓訳、法政大学出版局、一九九二年（Lodge, David. *After Bakhtin: Essays on Fiction and Criticism*（Routledge, 1990））。

第二章「現代小説におけるミメーシスとディエゲーシス」はフェイ・ウェルドン、ジョージ・エリオット、ジェイムズ・ジョイスなどを例として、小説における題材のさまざまな提示方法を考察（構造主義的）。第五章「現代小説のダイアローグ」はイーヴリン・ウォーを主たる例として、会話のさまざまな提示方法を考察（言語学的）。

リチャード・マチン、クリストファー・ノリス編『英詩のポスト構造主義的読解』（Machin Richard and Norris Christopher, eds. *Post-structualist Readings of English Poetry*（Cambridge University Press, 1987））。

ダン、ミルトンの「失明」ソネット、グレイの「墓畔の哀歌」、コールリッジの「老水夫行」などに関する章。常に簡単に読みこなせるというわけではないが、優れたものもある。キャサリン・ベルジーによるマーヴェル「はにかむ恋人へ」論は文学への新歴史主義的アプローチの優れた実例。

ジョン・P・ミュラー、ウィリアム・J・リチャードソン編『盗まれたポー――ラカン、デリダ、精神分析的読解』（Muller, John P. and Richardson, William J. eds. *The Purloined Poe: Lacan, Derrida, and Psychoanalytic Reading*（Johns Hopkins University Press, 1988））。

一九八〇年代後半、批評理論家から大いに注目されたポー「盗まれた手紙」に関する論文集。第六章のマリー・ボナパルトによる一九三〇年代のポー論抜粋も参照せよ（p. 101-132）。ポーを「率直な」精神分析的アプローチにかける。

デイヴィッド・マレー編『文学理論と詩――正典の拡張』（Murray, David, ed. *Literary Theory and Poetry: Extending the Canon*（Batsford, 1989））。

第三章「不完全な司書――『荒地』と『四つの四重奏』におけるテクストと言説」（'The Imperfect Librarian: Text and Discourse in *The Waste Land* and *Four Quartets*'）および第四章「参照の枠組み――三人の女性詩人の受容と反応」（ディキンソン、プラス、マリアン・ムーアについて（'Frames of Reference: The Reception of, and Response to, Three Women Poets'））は「理論化」された実践批評の好例。フェミニズム、脱構築、および（後者では）精神分析から得られた手法を活用。

ラマーン・セルデン『現代の文学批評——理論と実践』鈴木良平訳、彩流社、一九九四年（Selden, Raman, *Practising Theory and Reading Literature: An Introduction*（Harvester, 1989））。

二四の短い章であらゆる主要理論の実践——構造主義、ポスト構造主義、マルクス主義、フェミニズムなど——の実例を見せる。有益だが過度に短いことがしばしば。

パトリシア・スタッブズ『女性とフィクション——フェミニズムと一八八〇—一九二〇年の小説』（Stubbs, Patricia, *Women and Fiction: Feminism and the Novel, 1880-1920*（Harvester, 1979））。

ハーディ、フォースター、ロレンス、ウルフなどに関する論文を集める。

ダグラス・タラック編『文学理論の実践——三つのテクスト』（Tallack, Douglas, ed., *Literary Theory at Work: Three Texts*（Batsford, 1987））。

構造主義、マルクス主義、フェミニズム、精神分析、脱構築を三つの物語——コンラッドの『闇の奥』（*Heart of Darkness*）、ヘンリー・ジェイムズの「檻の中」（'In the Cage'）、D・H・ロレンスの「セント・モーア」（'St Mawr'）——に応用。

〈理論への抵抗〉

カトリーヌ・バルガス『理論への挑戦——脱構築以降のディシプリン』（Burgass, Catherine, *Challenging Theory: Discipline after Deconstruction*（Ashgate, 1999））。

理論が人文学教育にもたらした影響に関する思慮に富む一冊。

ジョン・M・エリス『脱構築への抵抗』（Ellis, John M., *Against Deconstruction*（Princeton University Press, 1989））。

議論の行き届いた一冊。論争的というより節度のある語調。一冊を通して文学理論が文学読解の実践に与えた影響にしっかりと焦点を合わせる。

レナード・ジャクソン『構造主義の貧困——文学と構造主義理論』（Jackson, Leonard, *The Poverty of Structuralism: Literature and Structuralist Theory*（Longman, 1991））。

構造主義理論による文学批評の実践への影響よりも、主に構造主義の基礎をなす言語学や哲学の根本的誤りについて。

ロレンス・ラーナー編『文学の再構築』（Lerner, Laurence, ed., *Reconstructing Literature*（Blackwell, 1983））。

セドリック・ワッツによる第一章および第五章を見よ。理論に対するそっけない批判だが、主にその哲学上の欠点をめぐる。

ダフネ・パタイ、ウィル・H・コラル編『理論の帝国——異議申立てのアンソロジー』（Patai, Daphne and Corral, Will H., eds.,

Theory's Empire: An Anthology of Dissent (Columbia University Press, 2005))。

主に八〇年代から九〇年代のおよそ五〇の論文からなる反理論の読本。著名な論者による鋭敏な古典的論考もいくつかあるが、多くの読本と同じく、逆効果なまでに分量がある。

トム・ポーリン『アイルランドと英文学の危機』(Paulin, Tom. *Ireland and the English Crisis* (Bloodaxe, 1984))。

pp. 148-154の「今日の英文学」('English Now')を見よ。この論考はもともと、影響力ある「理論」書たるピーター・ウィドウソン編『英文学再読』(*Re-Reading English*, ed. Peter Widdowson)に対する『ロンドン書評』(*London Review of Books*)掲載の敵意ある書評だった。この書評は同誌において「交戦する批評家たち」('Critics at War')の見出しのもと、一年間に及ぶ論争的な往復書簡を招いた。

レイモンド・タリス『アンチ・ソシュール——ポスト・ソシュール派文学理論批判』村山淳彦訳、未來社、一九九〇年(Tallis, Raymond. *Not Saussure: A Critique of Post-Saussurean Literary Theory* (Macmillan, 1988))。

構造主義者、ポスト構造主義者によるソシュールの概念使用に対するきびしい批判。

レイモンド・タリス『希望の敵』(Tallis, Raymond. *Enemies of Hope* (Palgrave, 1999))。

常に鋭敏たるこの著者が「文化批評」や「ヒステリー的人文学」の誤りを広くあばく。

ピーター・ワシントン『欺瞞——文学理論と英文学の終焉』(Washington, Peter. *Fraud: Literary Theory and the End of English* (Fontana, 1989))。

ラディカルな批評理論とラディカルな政治学とのつながりを主に批判。

監訳者あとがき

本書の原著Peter Barry, *Beginning Theory: An Introduction to Literary and Cultural Theory*（Manchester U.P.）は一九九五年に初版、二〇〇二年に増補第二版が刊行され、好評をもって迎えられた（増刷はあわせて十数回に及ぶ）のを受けて、二〇〇九年にさらに増補を加えた第三版が出版されており、翻訳にあたっては当然、この最新版を用いた。増補もしくは拡大の経緯は、冒頭の「はしがき」に明らかだが、本書の強みは何よりも、実際の授業をその土台としているところに求められるだろう。事実、原著が版を重ねた大きな理由は、欧米の大学の多くの学部課程の教科書、参考書として使われたことにある。原題をそのまま訳せば「理論事始め」なり「初心者用理論」とでもなって、理論の入口の前に立っている、もしくは入口を横目で見ながらも通り過ぎようとする読者向けのものであることは明らかだが、いわゆる文学・文化理論の入門書が思想・用語解説に終始し、一冊読破すると文字通り一巻の終わりとなる場合が少なくないのに対して、本書は、「考えてみよう」のコーナーに端的に示されているように、具体的で取り組みやすい〈実践〉に向かって開かれているところに大きな特徴がある（本書でも言及のあるAlan Durant and Nigel Fabb, *Literary Studies in Action*も同様の志向を持った興味深い試みだが、少なくとも日本で使うには教師・学生への負担が多すぎた）。その点からも、理論を単なる知識に留めず、それを消化し血肉化するのに、本書は恰好の入門書となっているのではあるまいか。実践のためにわざわざテクストを別に参照しなくともすむように、「付録」として掲載されているのも、独習書もしくはワークブックとしてのみならず、英文学作品はもちろん、（文学）テクストをどのように分析したらいいのかについて、皆で一緒に悩もうとする授業の教科書としての利用価値を高めている。

そう述べたうえで、しかし、本書についてわたしが何よりも興味深く思うのは、すでに今や〈理論以後〉の時代であるという著者の認識である。二〇〇〇年前後から大声で聞こえるようになった感のある〈ポスト・セオリー〉や〈アフター・セオリー〉という掛け声がどれほどの実体を伴っているのか判然としないが、たしかに今、一九七〇年代後半から九〇年代にかけて見られた理論への熱狂は静まっている感がある。時に皮肉な響きを伴うことのある著者の筆致はそうした状況を幾分なりとも反映しているに違いない。とはいえ、現在が理論以後の時代であるとして、それが理論を経験した後の時代を意味するということを忘れてはならないだろう。〈ビフォア〉と〈アフター〉がどれほど劇的に違うのか、観察者によって測定値も、それを測る座標も異なるだろうが、〈理論以後〉となったからといって、理論のもたらした知見が消えることは決してない。ポストモダンの時代に生きる人間が全員ポストモダニストとは限らないぞと嘯いていた人間が、自らの正しさを自己納得して安心する時代になったというわけではないのである。著者の言葉を借りれば、理論が「瞬間」から「時間」になった、換言すれば、理論が日常化されたということに他なるまい。たしかに、アイデンティティや主体の揺らぎが声高に語られた後でも、昨日と今日で発言がころころと変わるような人間は無責任と非難されることに変わりはなく、ポスト構造主義者としての気取りを保障しているのは野暮なリベラル・ヒューマニストなのだという愚痴が日常茶飯に交わされたとしても、そうした非難と愚痴にさえ理論以前にはなかった倍音が聞き取れるはずである。小声で偉そうに言えば、聞き取らなくてはいけない、はずである。

そのように考えると、理論には背を向けると固く決意している読者は別として（定義上、そうした人は本書には見向きもしないだろう）、本書を手にした読者個人のスタンスによって、どの部分にとくに惹かれるかはさまざまに分かれるような気がする。ただ、理論の入口の真正面に立つ読者はもちろん、すでに仄めかしたように、理論に対して斜に構えていた読者に対しても、本書は十分に魅力的であるという点は強調しておきたい。もちろん最初から通読していただくのが普通であり、一番いい読み方かもしれないのだが、それにこだわらずに、格別斜め歩きが好きな読者には、第三版で加えられた二つの章——週刊誌的興味からでも読める一四章と理論の時代の理論への批判や反省を内包する〈理論以後の理論〉を論じた一五章——をまず読んで、それから遡るという読み方も面白いのではないかという気がする。当然ながら読み方はひとつではないのだから、本書の記述自体を脱構築して新歴史主義的に読みたいと考える読者がいても不思議ではない。例えば、英文学というディシプリンの成立について、ここでの記述は何を〈カバー（cover）〉しているか、つまり何を扱い、同時に何を覆い隠しているかについて、考えたくなる読者がいて当然である。まして、インドやスコットランドの教育の歴史に関心があれば……。いやこれ以上の贅言は蛇の足にもなるまい。あとはぜひとも本文をお読みいただきたい。

本訳書の出発点は気鋭の若い研究者たちの研究会にある。翻訳分担は訳者紹介にある通りだが、それぞれ訳稿に対して複数で相互チェックを行い、さらに完成稿へと整える過程では、とくに浦野、倉田両氏の尽力があったと聞く。訳者の過半がわたしの若い友人であったために、出版に際して担ぎ出されたというのが真相だが、さすがにわたしの名前が超越的シニフィアンとして浮遊するはずもなく、完成稿を読ませてもらって、訳者各人の苦労を思いつつ、どこまでそれぞれの個性を尊重すべきかに迷いながらも、傲慢ながら読者の便を考えるふりをして（訳書情報を紙幅の許すかぎり提供したのもそのためである）、勝手に手を加えるという快感を味わった。その快感と引き換えに、残存しているかもしれない思わぬ誤解、遺漏はすべてわたしの責任となった、と言い切るだけの度胸も自信もないが、かなりの程度までわたしの責任であることは間違いない。読者諸兄姉のご教示をお願いする次第です。ゆるやかな用語統一と索引の作成については再度、倉田氏および中嶋氏の手を煩わせ、具体的な編集作業ではミネルヴァ書房編集部の河野菜穂さんのお世話になった。心から感謝したい。

二〇一四年三月

監訳者　高橋和久

索　　引

ア　行

カ　行

サ　行

タ　行

ナ　行

マ　行

ヤ・ラ行

ワ　行

中嶋　英樹（なかじま　ひでき）**第４章・第15章・次のステップの参考文献**

東京大学大学院人文社会系研究科博士課程満期退学。

現　在　多摩美術大学美術学部准教授。専門はイギリス小説。

西　　亮太（にし　りょうた）**第８章・第10章・第13章**

一橋大学大学院言語社会研究科博士課程満期退学。

現　在　中央大学法学部准教授。専門はポストコロニアリズム・批評理論。

共著に『〈終わり〉への遡行――ポストコロニアリズムの歴史と使命』（英宝社）がある。

宮永　隆一朗（みやなが　りゅういちろう）**第９章・第11章**

一橋大学大学院言語社会研究科博士課程退学。

金沢学院大学文学部講師。専門はアメリカ文学・批評理論。

山口　哲央（やまぐち　のりお）**第７章**

東京大学大学院人文社会系研究科博士後期課程満期退学。

現　在　共立女子大学・成城大学非常勤講師。専門はイギリス小説。

輪湖　美帆（わこ　みほ）**第６章**

ウォリック大学 PhD。

現　在　中央大学理工学部准教授。専門はイギリス文化・文学。

〈監訳者紹介〉

高橋　和久（たかはし　かずひさ）

東京大学大学院修士課程修了。

現　在　東京大学名誉教授。専門はイギリス文学。

主要著訳書　『エトリックの羊飼い，或いは，羊飼いのレトリック』（研究社），『二〇世紀「英国」小説の展開』（松柏社，共編），『別の地図』（松柏社），ジョゼフ・コンラッド『シークレット・エージェント』（光文社），ジョージ・オーウェル『一九八四年』（早川書房）など。

〈訳者紹介〉（五十音順，翻訳分担）

伊藤　啓輔（いとう　けいすけ）第５章

専修大学大学院文学研究科博士後期課程単位取得退学。

現　在　専修大学人文科学研究所特別研究員。専門は哲学・倫理学。

共訳書に P. コーフマン編『フロイト・ラカン事典』（弘文堂）がある。

浦野　　郁（うらの　かおる）序論・第１章

ダラム大学 PhD。

現　在　共立女子大学文芸学部教授。専門はイギリス文化・文学。

倉田　賢一（くらた　けんいち）はしがき・第14章・付録

ウォリック大学 PhD。

元広島大学大学院人間社会科学研究科准教授。専門はイギリス小説。逝去。

貞廣　真紀（さだひろ　まき）第２章

東京大学大学院人文社会系研究科博士課程満期退学。

現　在　明治学院大学文学部教授。専門はアメリカ文学。

共訳書にエドワード・W・サイード『故国喪失についての省察２』（みすず書房）がある。

侘美　真理（たくみ　まり）第３章

東京大学大学院人文社会系研究科博士過程単位取得満期退学。

現　在　東京藝術大学音楽学部教授。専門はイギリス小説。

共著に『NHK ラジオ英語で読む村上春樹――世界のなかの日本文学』（NHK 出版（ラジオテキスト，2013.4-2014.3））がある。

田代　尚路（たしろ　なおみち）第12章

東京大学大学院人文社会系研究科博士課程単位取得満期退学。

現　在　大妻女子大学文学部英語英文学科専任准教授。専門はイギリス詩。

〈著者紹介〉
ピーター・バリー（Peter Barry）

ロンドン大学 MA。
現　在　アベリストウィス大学教授。専門はイギリス詩・批評理論。
著書に本書のほか，*Literature in Contexts*（Manchester University Press, 2007），*Reading Poetry*（Manchester University Press, 2013）などがある。

文学理論講義
——新しいスタンダード——

2014年4月30日　初版第1刷発行　〈検印省略〉
2025年2月20日　初版第9刷発行

定価はカバーに
表示しています

監訳者　高　橋　和　久
発行者　杉　田　啓　三
印刷者　江　戸　孝　典

発行所　株式会社　ミネルヴァ書房
607-8494 京都市山科区日ノ岡堤谷町1
電話代表 (075)581-5191
振替口座 01020-0-8076

共同印刷工業・吉田三誠堂製本

ISBN978-4-623-07043-5
Printed in Japan